Hanif Kureishi wurde 1954 als Sohn
stani in Südlondon geboren. Schon
Theaterstücke und Drehbücher zu
gen zu Stephen Frears' Filmen »M
»Sammy und Rosie tun es« (Knaur
»Der Buddha aus der Vorstadt« is
debütierte er mit »London kills me«

Von Hanif Kureishi sind außerdem erschienen:

»Mein wunderbarer Waschsalon/Sammy und Rosie tun es«
(Band 3120)
»London kills me« (Band 60054)

Dieses Buch wurde auf chlor- und säurefreiem Papier gedruckt.

Neuausgabe Juni 1994
der vollständigen Taschenbuchausgabe Mai 1992
Droemersche Verlagsanstalt Th. Knaur Nachf., München

Titel der Originalausgabe »The Buddha of Suburbia«
Umschlaggestaltung: Andrea Schmidt, München
Druck und Bindung Elsnerdruck, Berlin
Printed in Germany
ISBN 3-426-60019-6

4 5 3

Hanif Kureishi

Der Buddha aus der Vorstadt

Roman

Aus dem Englischen übersetzt
von Bernhard Robben

Knaur®

TEIL 1

In den Vororten

Kapitel eins

Ich heiße Karim Amir und bin ein waschechter Engländer – jedenfalls beinahe. Man hält mich oft für eine komische Sorte Engländer, als gehörte ich zu einer neuen Rasse, die aus zwei alten Kulturen hervorgegangen ist. Aber mir ist das egal: Ich bin Engländer (wenn auch nicht unbedingt stolz darauf), ich komme aus den südlichen Randbezirken Londons und gehe wer weiß wohin. Vielleicht ist es diese verrückte Mischung aus Völkern und Kontinenten, aus hier und da, aus dazugehören und nicht dazugehören, die mich so unruhig macht, die schuld daran ist, daß ich mich so schnell langweile. Vielleicht liegt es auch an der Vorstadt, der Suburbia, in der ich aufgewachsen bin. Aber warum im Innenleben herumsuchen, wenn die Erklärung doch völlig ausreicht, daß ich auf Ärger aus war, daß ich keinem Abenteuer, keiner Aufregung oder Affäre aus dem Weg ging, weil es in unserer Familie so trübselig, schlaff und stumpfsinnig zuging; woran das lag, weiß ich nicht. Ganz ehrlich, mich zog einfach alles runter, und ich war zu allem bereit.

Eines Tages änderte sich dann alles. Am Morgen sah die Welt noch so aus und zur Schlafenszeit schon anders. Ich war siebzehn.

An diesem Tag hastete mein Vater einmal nicht niedergeschlagen zur Tür herein. Er war glänzender Laune, zumindest für seine Verhältnisse. Als er seine Aktentasche hinter die Eingangstür stellte, den Regenmantel auszog und über das Treppengeländer warf, stiegen mir aus seiner Kleidung die Gerüche des Vorortzugs in die Nase. Er packte meinen jüngeren Bruder Allie, der sich gerade aus dem Staub machen wollte, und küßte ihn ab; und er küßte meine Mutter und mich mit einer Leidenschaft, als wären wir nur knapp einem Erdbeben entronnen. Schon etwas ruhiger, drückte er Mum sein Abendbrot in die Hand: eine Portion Kebab und Chapatis, die so fett waren, daß sich das Einwickelpapier bereits auflöste. Statt sich in den Sessel fallen zu lassen, um die Nachrichten anzusehen und darauf zu warten, daß Mum ihm das aufgewärmte Essen auf den Tisch stellen würde, ging er erst mal ins Schlafzimmer, das parterre neben dem Wohnzimmer lag, und zog sich bis auf Unterhemd und Unterhose aus.

»Hol mir das rosa Handtuch!« sagte er zu mir.

Ich holte es ihm. Dad legte es auf den Boden des Schlafzimmers und fiel auf die Knie. Etwas erstaunt fragte ich mich, ob er plötzlich fromm geworden war. Keine Spur. Er stützte die Arme neben dem Kopf auf und stemmte die Beine in die Luft.

»Ich muß üben«, sagte er mit erstickter Stimme.

»Was mußt du üben?« fragte ich natürlich und sah ihm neugierig und ein wenig mißtrauisch zu.

»Sie haben mich für diese Scheiß-Yoga-Olympiade nominiert.« Mein Dad wurde ziemlich schnell sarkastisch.

Er stand jetzt in perfekter Haltung auf dem Kopf. Sein Bauch sackte nach unten, Eier und Schwanz fielen ihm aus der Unterhose. Seine beachtlichen Armmuskeln schwollen an, und er atmete energisch. Wie viele Inder war Dad klein, aber er war elegant und sah gut aus, hatte feine Hände und ebensolche Manieren; neben ihm wirkten die meisten Engländer wie tolpatschige Giraffen. Außerdem war er breitschultrig und kräftig; in seiner Jugend hatte er geboxt und fanatisch mit dem Expander trainiert. Auf seinen Brustumfang war er so stolz wie unsere Nachbarn auf ihre Einbaukiiche. Beim ersten Lächeln der Sonne zog er sein Hemd aus, um mit Liegestuhl und dem *»New Statesman«* unterm Arm in den Garten zu marschieren. Er erzählte mir, daß er seine Brust in Indien regelmäßig rasiert hatte, damit die Haare darauf in künftigen Jahren um so üppiger sprossen. Ich dachte mir, daß seine Brust wohl das einzige Gebiet war, auf dem er sich jemals vorausschauend verhalten hatte.

Meine Mutter, die wie immer in der Küche stand, kam kurz nach uns ins Zimmer und sah Dad bei seinem Training für die Yoga-Olympiade zu. Er hatte seit Monaten nichts mehr dafür getan, also wußte sie, daß etwas Besonderes anlag. Sie trug eine geblümte Schürze und trocknete sich umständlich die Hände an einem Geschirrtuch ab, einem Souvenir aus Woburn Abbey. Mum war eine pummelige und unsportliche Frau mit blassem, rundem Gesicht und freundlichen braunen Augen. Ich stellte mir vor, daß sie ihren Körper für etwas Lästiges hielt, für etwas, das sie umschloß, als wäre sie auf einer unerforschten, einsamen Insel gestrandet. Meistens war sie ängstlich und nachgiebig, aber wenn sie wütend wurde, konnte sie auf ihre nervöse Art ziemlich aggressiv werden, so wie jetzt.

»Allie, geh ins Bett!« herrschte sie meinen Bruder an, als der seinen Kopf durch die Tür steckte. Er trug ein Haarnetz, damit seine Frisur im Bett nicht durcheinandergeriet. Zu Dad sagte sie: »Himmel, Haroon, bei dir hängt ja vorne alles raus, und Gott und die Welt können es sehen!« Sie drehte sich zu mir um. »Und du unterstützt ihn auch noch. Zieh wenigstens die Vorhänge zu!«

»Brauchen wir nicht, Mum. Auf hundert Yards steht hier kein Haus, von dem aus man uns sehen könnte – es sei denn, man beobachtet uns mit einem Fernglas.«

»Und genau das tun sie«, sagte sie.

Ich schloß die Vorhänge vor dem Fenster zum Garten. Das Zimmer schien im gleichen Augenblick zu schrumpfen. Die

Spannung stieg. Ich konnte es kaum noch abwarten, aus dem Haus zu verschwinden. Ich wollte immer woanders sein, ich weiß nicht, warum.

Als Dad sprach, klang seine Stimme gequetscht und dünn. »Karim, lies mir aus dem Yoga-Buch vor! Laut und deutlich.«

Ich suchte unter den Büchern über Buddhismus, Sufismus, Konfuzianismus und Zen, die er sich im Orientalischen Buchladen in der Cecil Court, einer Seitenstraße der Charing Cross Road, gekauft hatte, nach Dads Lieblingsbuch über Yoga: »Yoga für Frauen«, ein Buch mit Bildern von knackigen Frauen in schwarzen Trikots. Mit dem Buch in der Hand hockte ich mich neben ihn. Er atmete ein, hielt den Atem an, atmete aus und hielt wieder den Atem an. Ich war kein schlechter Vorleser und sah mich auf der Bühne des Old Vic stehen und mit grandioser Stimme deklamieren: »Salamba Sirsasana belebt und bewahrt ein jugendliches Gemüt, ein Gewinn, den man nicht unterschätzen darf. Es ist wundervoll, zu wissen, daß man sich den Widrigkeiten des Lebens stellen und ihm zudem all die wahren Freuden abgewinnen kann, die es einem zu bieten hat.«

Bei jedem Satz grunzte Dad seine Zustimmung, öffnete die Augen und blickte suchend nach meiner Mutter, die ihre Lider geschlossen hielt.

Ich las weiter: »Außerdem verhindert diese Stellung Haarausfall und baldiges Ergrauen.«

Das war der Clou: keine grauen Haare. Zufrieden stand Dad auf und zog sich wieder an.

»Jetzt fühl ich mich besser. Ich spüre, daß ich alt werde, weißt du.« Mit sanfterer Stimme: »Übrigens, Margaret, kommst du heute abend mit zu Mrs Kay?« Mum schüttelte den Kopf. »Komm schon, Liebling! Laß uns zusammen ausgehen und ein bißchen Spaß haben, he?«

»Aber Eva will mich doch gar nicht sehen«, sagte sie. »Für die bin ich Luft. Merkst du das denn nicht? Sie behandelt mich wie ein Stück Dreck, Haroon. Ich bin ihr nicht indisch genug. Ich bin bloß eine Engländerin.«

»Ich weiß, daß du nur eine Engländerin bist, aber du könntest ja einen Sari tragen.« Er lachte. Es machte ihm Spaß, jemanden auf den Arm zu nehmen, aber Mum war ein denkbar ungeeignetes Opfer für seine Neckereien, sie begriff nicht, daß man zu lachen hatte, wenn man lächerlich gemacht wird.

»Außerdem«, sagte Dad, »gibt es heute abend einen besonderen Anlaß.«

Das war es also, worauf er die ganze Zeit hingearbeitet hatte. Jetzt wartete er darauf, daß wir ihn fragten.

»Was ist es, Dad?«

»Wißt ihr, sie haben mich freundlicherweise gebeten, einen Vortrag über diesen oder jenen Aspekt der orientalischen Philosophie zu halten.«

Dad sprach rasch und versuchte, seinen Stolz über diese Ehre, diesen Beweis seiner Wichtigkeit, zu verbergen, indem er eifrig sein Unterhemd in die Hosentasche stopfte. Das war meine Chance.

»Wenn du willst, könnte ich mit zu Eva kommen. Ich wollte eigentlich in den Schachklub, aber wenn du meinst, dann laß ich ihn eben ausfallen.«

Weil ich mein Vorhaben nicht durch Eilfertigkeit gefährden wollte, sagte ich dies in einem Ton, der so unschuldig klang wie der eines Vikars. Ich hatte längst festgestellt, daß andere dazu neigen, das Interesse zu verlieren, wenn man selbst zu eifrig ist. Zeigt man sich aber nicht sonderlich interessiert, neigen die anderen dazu, um so eifriger zu sein. Je interessierter ich also tatsächlich war, desto uninteressierter gab ich mich.

Dad zog sein Hemd wieder hoch und schlug sich rasch hintereinander mit beiden Händen auf den nackten Bauch. Es waren laute und widerliche Geräusche, die wie Pistolenschüsse durch unser Haus hallten.

»In Ordnung, Karim« sagte Dad. »Zieh dich um!« Er wandte sich an Mum. Er hätte sie gern dabeigehabt, damit sie sehen konnte, wie sehr er geachtet wurde. »Komm doch mit, Margaret!«

Ich stürmte nach oben, um mich umzuziehen. In meinem Zimmer, dessen Wände von oben bis unten mit Zeitungsausschnitten dekoriert waren, konnte ich die beiden unten diskutieren hören. Würde er sie überreden können? Hoffentlich nicht. Ohne meine Mutter war mein Vater viel frivoler. Ich legte eine meiner Lieblingsplatten auf, Dylans *»Positively Fourth Street«*, um mich für den Abend in Stimmung zu bringen.

Ich brauchte eine Ewigkeit. Dreimal wechselte ich mein gesamtes Outfit. Um sieben Uhr kam ich die Treppe in den Klamotten herunter, von denen ich wußte, daß sie für Evas Abend genau das richtige waren. Ich trug türkisfarbene Hosen mit weitem Schlag, ein durchsichtiges, mit blauen und weißen Blumen bedrucktes Hemd, blaue Wildlederstiefel mit abgeschrägten Hacken und eine armfreie, scharlachrote indische Jacke mit goldenen Saumstickereien. Ich hatte mir ein Stirnband übergestreift, um mein schulterlanges, krauses Haar zu bändigen. Mein Gesicht hatte ich in Old Spice gebadet.

Die Hände in den Hosentaschen, wartete Dad an der Tür auf mich. Er trug einen schwarzen Rollkragenpullover, eine schwarze Jacke aus Lederimitat und graue Kordhosen von Woolworth. Als er mich sah, schien er plötzlich unruhig zu werden.

»Sag deiner Mum auf Wiedersehen!« verlangte er.

Mum saß im Wohnzimmer, sah *»Steptoe and Son«* und biß einmal von einem Snickers ab, das sie dann wieder vor sich auf den Polsterhocker legte. Es war ihr Ritual: Nur einmal alle fünfzehn Minuten erlaubte sie sich einen Bissen. Deshalb sah sie auch ständig zwischen Uhr und Fernseher hin und her. Manchmal drehte sie durch und verschlang das ganze Ding in weniger als zwei Minuten. »Ich hab mir mein Snickers verdient«, sagte sie dann trotzig.

Bei meinem Anblick wurde sie genauso nervös wie Dad. »Mach uns nicht lächerlich, Karim«, sagte sie, ohne den Blick noch einmal vom Fernseher zu wenden. »Du siehst aus wie Danny La Rue.«

»Und was ist mit Tante Jean?« sagte ich. »Die hat sogar blaue Haare!«

»Für ältere Damen schickt es sich, die Haare blau zu färben«, sagte Mum.

Dad und ich verließen das Haus, so schnell wir konnten. Als wir am Ende der Straße auf den 227er Bus warteten, ging einer meiner Lehrer – er hatte nur noch ein Auge – an uns vorbei. »Nicht vergessen«, sagte Zyklop, »ein Universitätsabschluß ist zweitausend Pfund im Jahr wert, dein Leben lang!«

»Keine Angst!«, erwiderte Dad. »Natürlich kommt der Junge auf die Universität. Er wird einer der führenden Ärzte Londons. Mein Vater war auch Doktor. Medizin liegt bei uns im Blut.«

Es war nicht weit bis zu den Kays, vielleicht vier Meilen, aber ohne mich wäre Dad nie dort angekommen. Ich kannte alle Straßen und Busstrecken.

Dad war seit 1950 in Großbritannien – seit über zwanzig Jahren, und fünfzehn davon hatte er in den südlichen Vororten Londons gelebt. Trotzdem stolperte er noch immer durch die Gegend wie ein Inder, der gerade vom Schiff kommt, und fragte Sachen wie: »Liegt Dover in Kent?« Dabei sollte man glauben, daß ein Angestellter, ein Beamter der britischen Regierung, selbst wenn er so schlecht bezahlt und unbedeutend war wie Dad, diese Dinge einfach wissen müßte. Ich schwitzte vor Verlegenheit, wenn er Fremde auf der Straße anhielt, um nach einer Straße zu fragen, die gerade hundert Yards entfernt lag und zudem in einer Gegend, in der er schon zwei Jahrzehnte lebte.

Aber auf seine Naivität reagierten die Menschen fürsorglich, und Frauen fanden seine Unschuld hinreißend. Manchmal sah er so verloren und jungenhaft aus, daß sie am liebsten die Arme um ihn geschlungen hätten. Ganz unbeabsichtigt war das natürlich nicht, und Dad zog auch seinen Nutzen daraus. Als ich klein war und wir beide in Lyon's Cornerhouse saßen und unsere Milchshakes tranken, schickte er mich wie eine Brieftaube zu Frauen an anderen Tischen und ließ mich aufsagen: »Mein Daddy würde Ihnen gerne einen Kuß geben.«

Dad brachte mir bei, mit jedem zu flirten, sei es Mädchen oder Junge, und ich lernte, persönlichen Charme noch vor Höflichkeit, Ehrlichkeit oder gar Anstand für die erste gesellschaftliche Tugend zu halten. Ich lernte auch, selbst niederträchtige und gefühllose Menschen zu mögen, wenn sie nur interessant genug waren. Aber ich war mir immer sicher gewesen, daß Dad sein sanftes Charisma nie dazu benutzte, um mit jemand anderem als meiner Mum zu schlafen.

Inzwischen hatte ich jedoch den Verdacht, daß Mrs Eva Kay – die meinen Dad ein Jahr zuvor bei einem Hobby-Schriftsteller-Kurs in einem Raum im oberen Stock des King's Head an der Bromley High Street kennengelernt hatte –, daß diese Mrs Kay sich ihm an den Hals werfen wollte. Pure Lüsternheit war nicht der letzte Grund, warum mir soviel daran lag, sie zu sehen, und Verlegenheit einer der Gründe, warum Mum sich weigerte, mitzukommen. Eva Kay war direkt; sie war schamlos; sie war gewissenlos.

Auf dem Weg zu Eva überredete ich Dad, bei den Three Tuns in Beckenham eine Zwischenstation einzulegen. Ich stieg aus dem Bus; Dad blieb keine Wahl: Er mußte mir nach. In der Kneipe drängten sich Kids aus meiner Schule und von den Schulen der Umgebung. Die meisten Jungs sahen tagsüber völlig unscheinbar aus, und gingen jetzt, genau wie ich, in Samt und Seide und leuchtenden Farben;

einige trugen Bettlaken oder Vorhänge. Die kleinen Pisser redeten ganz esoterisch von Syd Barrett. In der Schule galt es als unheimlicher Vorteil, wenn man einen älteren Bruder in London hatte, der in Mode, Musik oder Werbung machte. Ich mußte meine *»Melody Maker«* und den *»New Musical Express«* gründlich lesen, wenn ich mithalten wollte.

Ich nahm Dad an die Hand und führte ihn ins Hinterzimmer. Kevin Ayers, der mal bei Soft Machine gewesen war, saß auf einem Barhocker und säuselte ins Mikrofon. Er hatte zwei französische Mädchen bei sich, die auf der Bühne herumtorkelten. Dad und ich bestellten jeder ein Pint Helles. Ich war Alkohol nicht gewohnt und war sofort betrunken. Dad wurde trübsinnig.

»Deine Mutter regt mich auf«, sagte er. »Sie hält sich aus allem raus. Wenn ich mich nicht so verdammt anstrengen würde, wäre diese ganze Familie längst auseinandergebrochen. Kein Wunder, daß ich mir ständig mit leichter Meditation den Kopf freihalten muß.«

Hilfsbereit schlug ich vor: »Warum läßt du dich nicht scheiden?«

»Weil dir das nicht gefallen würde.«

Aber sie wären sowieso nie auf die Idee gekommen, sich scheiden zu lassen. In Suburbia träumen die Menschen selten davon, den Griff nach dem Glück zu wagen. Gewohnheit und Durchhalten geht ihnen über alles: Die Belohnung für Langeweile sind Sicherheit und Geborgenheit. Unter dem Tisch ballte ich meine Fäuste. Ich wollte nicht daran denken. Es würde noch Jahre dauern, bevor ich in die Stadt flüchten konnte, nach London, wo das Leben so grenzenlos verführerisch war.

»Ich habe Angst vor heute abend«, sagte Dad. »Es ist das erste Mal, daß ich so was mache. Ich weiß nichts. Ich werde ein totaler Reinfall sein.«

Die Kays waren um einiges besser gestellt als wir und hatten ein größeres Haus mit einer kleinen Auffahrt, Garage und

Auto. Ihr Anwesen lag etwas zurückgesetzt in einer von Bäumen gesäumten Straße, die unmittelbar von der Beckenham High Street abzweigte. Es hatte Erkerfenster, Mansarden, ein Gewächshaus, drei Schlafzimmer und Zentralheizung.

Ich erkannte Eva Kay nicht, als sie uns an der Tür begrüßte, und einen Augenblick lang dachte ich, wir wären vor dem falschen Haus aufgekreuzt. Außer einem langen, bunten Kaftan hatte sie nichts an, und ihr Haar stand nach allen Seiten vom Kopf ab. Sie hatte sich die Augen mit Kajal geschwärzt und sah aus wie ein Panda. Sie lief barfuß, ihre Zehennägel waren abwechselnd grün und rot lackiert.

Als die Tür fest hinter uns ins Schloß fiel und wir in der dunklen Eingangshalle standen, umarmte Eva meinen Dad und küßte ihm das ganze Gesicht ab, auch die Lippen. Es war das erste Mal, daß ich sah, wie er leidenschaftlich geküßt wurde. Und – sieh an, sieh an – von Mr Kay keine Spur. Als Eva sich wieder rührte, als sie sich zu mir umdrehte, kam sie mir wie eine Art menschlicher Getreidebestäuber vor, der eine Wolke orientalischer Düfte vor sich hersprühte. Ich versuchte gerade zu ergründen, ob Eva die kultivierteste oder die eingebildetste Frau war, die ich je kennengelernt hatte, als sie mich auch auf die Lippen küßte. Mein Magen ballte sich zusammen. Wie einen Mantel, den sie anprobieren wollte, hielt sie mich dann auf Armlänge von sich ab, sah mich von oben bis unten an und sagte: »Karim Amir, du bist so exotisch, so originell! Welch eine Bereicherung für den heutigen Abend! So typisch du!«

»Vielen Dank, Mrs Kay. Hätte ich früher von der Einladung gewußt, hätte ich mich noch etwas zurechtgemacht.«

»Ganz wie der Vater, der gleiche wundervolle, aber vernichtende Witz!«

Ich spürte, daß ich beobachtet wurde, und als ich aufsah, entdeckte ich oben auf der Treppe, vom Geländer halb verborgen, Charlie, ihren Sohn, der auf meiner Schule in die Abschlußklasse ging und fast ein Jahr älter war. Er war ein Junge, den die Natur so überreich mit Schönheit bedacht hatte – seine Nase so gerade, seine Wangenknochen so hoch, seine Lippen solch knospende Rosen –, daß man davor zurückschreckte, sich ihm zu nähern, weshalb er oft allein war. Männer und Jungen bekamen eine Erektion, wenn sie bloß mit ihm im selben Raum waren; andere, die nur mit ihm im selben Land lebten, reagierten genauso. Frauen seufzten in seiner Gegenwart – und Lehrern sträubten sich die Haare. Vor ein paar Tagen, bei einer Schulversammlung, als die Lehrer wie ein Schwarm Krähen auf der Bühne saßen, ließ sich der Direktor lang und breit über Vaughan Williams aus. Wir sollten uns dessen *»Fantasia on Greensleeves«* anhören. Als Yid, der Religionslehrer, feierlich den Saphir auf die staubige Platte setzte, begann Charlie, der etwas weiter in meiner Reihe stand, auf und ab zu wippen und den Kopf zu schütteln. Er flüsterte: »Hey, Leute, das müßt ihr euch reinziehen! Genießt es!« – »Was liegt an?« fragten wir. Wir fanden es bald genug heraus, denn als der Direktor sich zurücklehnte, um sich besser an den lieblichen Klängen Vaughans ergötzen zu können, ließ das erste Zischen von *»Come Together«* die Lautsprecher aufklirren. Und während Yid sich an den anderen Lehrern vorbeidrängte, um den Plattenspieler abzustellen, sang die halbe Schule: »*... groove it up slowly ... he got ju-ju eyeballs ... he got hair down to his knees ...*« Charlie bekam dafür vor unseren Augen den Rohrstock.

Jetzt senkte er seinen Kopf ein zweiunddreißigstel Zentimeter, um anzudeuten, daß er von meiner Anwesenheit Notiz nehme. Auf dem Weg zu Eva hatte ich absichtlich jeden Gedanken an ihn vermieden. Ich hatte nicht damit gerechnet, daß er zu Hause sein würde, deshalb war ich ja auch in die Three Tuns gegangen, falls er dort auf den ersten Drink des Abends vorbeikommen würde.

»Gut, dich zu sehen, Mann«, sagte er und kam langsam die Treppen runter.

Er umarmte Dad und nannte ihn beim Vornamen. Er hatte Stil, wie immer, und unglaubliches Selbstvertrauen. Als er uns ins Wohnzimmer folgte, zitterte ich vor Aufregung. Im Schachklub ging es mir nie so.

Mum sagte oft, Eva sei eine fürchterliche Angeberin und ein Großmaul, und selbst ich sah ein, daß Eva etwas Lächerliches an sich hatte, aber sie war der einzige Mensch über dreißig, mit dem ich reden konnte. Sie war entweder ständig guter Laune oder engagierte sich leidenschaftlich für etwas. Jedenfalls legte sie ihren Gefühlen keinen Panzer an wie der Rest der elenden Untoten um uns herum. Ihr gefiel das erste Album der Rolling Stones. Die Third Ear Band fand sie spitze. In unserer guten Stube führte sie Isadora-Duncan-Tänze auf und erzählte mir dann, wer Isadora Duncan gewesen war, und warum sie Schals gemocht hatte. Eva war beim letzten Konzert der Cream gewesen. Auf dem Schulhof, bevor wir in die Klassenzimmer gingen, hatte uns Charlie von ihrer letzten Wahnsinnstat erzählt: Sie hatte ihm und seiner Freundin Eier und Speck ans Bett gebracht und gefragt, ob es ihnen Spaß gemacht habe, miteinander zu schlafen.

Wenn sie zu uns kam, um Dad zum Schriftstellerkurs abzuholen, rannte sie immer zuerst in mein Schlafzimmer, um über meine Marc-Bolan-Bilder herzuziehen. »Was liest du? Zeig mir deine neuen Bücher!« verlangte sie. Und einmal: »Warum um alles in der Welt magst du Kerouac, du armes Unschuldslamm? Weißt du, was Truman Capote mal über ihn gesagt hat?«

»Nein.«

»Er sagte: ›Das nenn ich nicht Schreiben, das nenn ich Tippen.‹«

»Aber Eva...«

Um ihr eine Lektion zu erteilen, las ich ihr die letzten Seiten aus *»On the Road«* vor. »Gut gebrüllt, Löwe!« sagte sie und murmelte – sie mußte immer das letzte Wort haben: »Ihn mit achtunddreißig noch einmal zu lesen ist das Grausamste, was man Kerouac antun kann.« Als sie ging, öffnete sie ihre Wundertüte, so jedenfalls nannte sie ihre Handtasche. »Hier ist was anderes zu lesen.« Es war *»Candide«*. »Ich ruf dich nächsten Samstag an und frag dich darüber aus!«

Am spannendsten war es, wenn Eva intim wurde und mir Geheimnisse aus ihrem Liebesleben anvertraute, während sie auf meinem Bett lag und sich die Platten anhörte, die ich ihr vorspielen wollte. Ihr Mann würde sie schlagen, erzählte sie. Sie würden nie miteinander schlafen. Aber sie wolle Sex, es sei das hinreißendste Gefühl, das man haben könne. Sie benutzte das Wort »ficken«. Sie wolle leben, sagte sie. Ich fand sie beängstigend; ich fand sie aufregend; irgendwie hatte sie, seit dem Moment, als sie zum ersten Mal bei uns durch die Tür kam, den gesamten Haushalt durcheinandergebracht.

Was hatte sie jetzt mit Dad vor? Was geschah in ihrem Wohnzimmer?

Eva hatte die Möbel zurückgeschoben. Die Sessel mit gemusterten Bezügen und die Glastische standen vor dem Bücherregal aus Kiefernholz. Die Vorhänge waren zugezogen. Vier Männer und vier Frauen mittleren Alters, alles Weiße, saßen im Schneidersitz auf dem Boden, aßen Erdnüsse und tranken Wein. Etwas abseits, mit dem Rücken gegen die Wand gelehnt, saß ein Mann unbestimmten Alters – er konnte ebenso fünfundzwanzig wie fünfundvierzig sein – in einem fadenscheinigen, schwarzen Kordanzug und altmodischen, schweren, schwarzen Schuhen. Die Hosenbeine hatte er in die Socken gestopft. Sein blondes Haar war fettig; seine Taschen von zerfledderten Taschenbüchern ausgebeult. Er schien niemanden zu kennen, und falls er doch jemanden kannte, dann wollte er nicht mit ihm reden. Wie er dort saß und rauchte, machte er einen interessierten Eindruck, interessiert auf eine neutrale, wissenschaftliche Art. Er wirkte äußerst angespannt und nervös.

Die Leute stimmten eine Art Singsang an, der mich an eine Beerdigung erinnerte.
Charlie murmelte: »Ist Bach nicht einfach göttlich?«
»Nicht gerade mein Fall.«
»Wie du meinst, aber ich schätze, oben habe ich was für dich, das eher dein Fall sein dürfte.«
»Wo ist dein Dad?«
»Er hat einen Nervenzusammenbruch.«
»Heißt das, er ist nicht hier?«
»Er ist in so eine Art Therapiezentrum gegangen, wo er alles aus sich rauslassen darf.«
Bei uns zu Hause waren Nervenzusammenbrüche so exotisch wie New Orleans. Ich hatte keinen Schimmer, was das Wort eigentlich genau bedeutete, aber Charlies Dad schien mir durchaus zum nervösen Typus zu gehören. Das einzige Mal, das er in unser Haus kam, saß er allein in der Küche, weinte und reparierte dabei Dads Füllfederhalter; und im Wohnzimmer sagte Eva, sie müsse sich unbedingt ein Motorrad kaufen. Ich weiß noch, wie Mum dazu nur gähnte.
Dad saß auf dem Boden. Man redete über Musik und über Bücher, es fielen die Namen Dvořák, Krischnamurti und Eclectic. Ich sah mir alle genauer an und vermutete, daß die Männer als Werbefachleute, Designer oder in ähnlich kreativen Berufen arbeiteten. Charlies Vater entwarf Anzeigenkampagnen. Nur auf den Mann im schwarzen Kord konnte ich mir keinen Reim machen. Aber wer diese Leute auch waren, sie gaben fürchterlich an – in diesem Zimmer wurde schlimmer angegeben als im gesamten restlichen Südengland zusammen.
Daheim hätte Dad darüber nur gelacht. Aber jetzt, während er mittendrin saß, schien es, als verbringe er die beste Zeit seines Lebens. Er gab den Ton an, redete viel zu laut, fiel anderen ins Wort und berührte jeden, der gerade in seiner Nähe war. Langsam ließen sich die Männer und Frauen –

Kordanzug ausgenommen – auf dem Boden in einem Kreis um ihn herum nieder. Warum bloß sparte er sich seine Verdrossenheit und sein unzufriedenes Gemurmel immer für uns zu Hause auf?

Ich sah, wie der Mann neben mir sich zu seinem Nachbarn beugte und auf meinen Vater zeigte. Dad erklärte gerade voller Elan einer Frau, die nur mit einem langen Männerhemd und schwarzer Strumpfhose bekleidet war, wie wichtig es sei, einen freien, sorglosen Geist zu erlangen. Die Frau nickte meinem Vater aufmunternd zu. Laut flüsternd sagte der Mann zu seinem Freund: »Warum hat Eva uns diesen Scheiß-Inder angeschleppt? Ich dachte, wir wollen uns besaufen?«

»Er soll uns seine mystischen Künste demonstrieren.«

»Und hat er draußen sein Kamel geparkt?«

»Nee, er kam auf einem fliegenden Teppich.«

»Cyril Lord oder Debenhams?«

Ich gab dem Mann einen heftigen Stoß in die Nieren. Er sah auf.

Da sagte Charlie zu meiner Erleichterung: »Komm mit auf meine Bude, Karim!«

Noch bevor wir uns absetzen konnten, löschte Eva jedoch das Deckenlicht. Über die Stahllampe drapierte sie einen großen, durchsichtigen Schal; das Zimmer war jetzt nur noch von einem rosafarbenen Glühen erleuchtet. Ihre Bewegungen hatten etwas Tänzerisches bekommen. Nach und nach verstummten alle. Eva lächelte sie an.

»Warum entspannt ihr euch nicht?« fragte sie, und sie nickten. Die Frau mit dem Hemd sagte: »Warum eigentlich nicht?« – »Ja, genau«, stimmte ihr jemand zu. Ein anderer schüttelte seine Hände wie leere Handschuhe, öffnete seinen Mund, so weit er konnte, streckte die Zunge heraus und ließ seine Augen hervorquellen, als wäre er ein wasserspeiender Gnom.

Eva wandte sich an meinen Vater und machte vor ihm eine

Verbeugung im japanischen Stil. »Mein guter und teurer Freund Haroon hier wird uns den Weg zeigen. Den Pfad der Erleuchtung.«

»O gottverdammte Scheiße!« flüsterte ich Charlie zu und dachte daran, daß Dad nicht mal den Weg nach Beckenham finden würde.

»Sieh zu, sieh genau zu!« murmelte Charlie und hockte sich hin.

Dad saß am anderen Ende des Zimmers. Alle sahen ihn aufmerksam und erwartungsvoll an, nur die beiden Männer neben mir warfen sich einen Blick zu, als wollten sie gleich losplatzen. Dad sprach langsam und selbstsicher. Seine Nervosität war offensichtlich verschwunden. Er schien zu wissen, daß er ihre Aufmerksamkeit besaß und daß sie seinen Worten gehorchen würden. Dabei hatte er dergleichen zuvor nie getan, da war ich mir sicher. Er würde improvisieren müssen.

»Heute abend werden Sie etwas erleben, das Ihnen guttun wird. Es wird Sie vielleicht sogar ein wenig verändern oder doch zumindest bewirken, daß Sie sich gern verändern möchten, um alle Ihre Möglichkeiten, die Sie als menschliche Geschöpfe besitzen, entfalten zu können. Doch eines dürfen Sie nicht machen: Sie dürfen sich nicht dagegen sträuben. Sich gegen Ihre Erfahrungen zu sperren ist so, als wollten Sie mit angezogener Handbremse Auto fahren.«

Er schwieg. Alle Augen ruhten auf ihm.

»Wir werden mit etwas Bodenarbeit beginnen. Bitte spreizen Sie Ihre Beine!«

Sie spreizten die Beine.

»Heben Sie Ihre Arme!«

Sie hoben die Arme.

»Atmen Sie jetzt aus, und beugen Sie sich zu Ihrem rechten Fuß vor!«

Nach einigen elementaren Yoga-Positionen ließ er alle sich auf den Rücken legen. Zu seinen sanften Anweisungen entspannten sie ihre Finger, einen nach dem anderen, dann ihre Handgelenke, dann die Zehen, die Fußgelenke, die Stirn und seltsamerweise auch die Ohren. Dad verlor keine Zeit, zog sich Schuhe und Socken aus und dann – ich hätte es mir ja denken können – auch sein Hemd und das weiße Netzhemd. Er glitt durch den Kreis der Träumer, hob dort einen lockeren Arm, hier ein Bein und prüfte ihre Verspannungen. Eva, die auch auf dem Rücken lag, beobachtete ihn aus einem vorwitzigen, sich langsam immer weiter öffnenden Auge. Hatte sie je in ihrem Leben eine so dunkle, harte, haarige Brust gesehen? Als Dad an ihr vorbeischwebte, berührte sie seinen Fuß. Der Mann im schwarzen Kord konnte sich nicht entspannen, nicht die Spur. Er lag da wie ein Holzbündel, die Beine übereinandergeschlagen, eine brennende Zigarette zwischen den Fingern, und sah nachdenklich an die Decke.

Ich zischte Charlie zu: »Laß uns hier verschwinden, bevor wir auch noch hypnotisiert werden wie diese Idioten!«

»Ist das nicht einfach faszinierend?«

Auf dem oberen Treppenabsatz stand eine Leiter, die in Charlies Mansarde führte. »Leg bitte deine Uhr ab!« sagte er. »In meinem Reich spielt Zeit keine Rolle.« Also legte ich meine Uhr auf den Boden und kletterte zur Mansarde hoch, die so groß wie der gesamte Dachboden war. Charlie hatte diesen riesigen Raum für sich allein. Die schrägen Wände und die niedrige Decke waren mit Mandalas und langhaarigen Köpfen bemalt. Sein Schlagzeug stand mitten im Zimmer. Seine vier Gitarren – zwei akustische und zwei Stratocaster – standen aufgereiht an der Wand. Überall lagen große Sitzkissen, Platten stapelten sich, und die vier Beatles aus der *»Sergeant-Pepper«*-Zeit hingen wie Götzenbilder an der Wand.

»In letzter Zeit was Gutes gehört?« fragte er und zündete eine Kerze an.

»Yeah.«

Nach der Gelassenheit und Stille im Wohnzimmer klang meine Stimme lächerlich laut. »Das neue Album von den Stones. Ich habe es heute im Musikklub aufgelegt, und die Jungs drehten beinahe durch. Sie haben sich die Jacken und Schlipse vom Leib gerissen und getanzt. Ich hab auf dem Tisch gestanden. Es war wie bei einem verrückten, heidnischen Ritual. Mann, du hättest dabeisein sollen!«

Als ich Charlies Blick sah, war mir sofort klar, daß ich mich wie ein Tier, wie ein Philister, wie ein Kleinkind verhalten hatte. Charlie warf sein schulterlanges Haar zurück, sah mich einige Male nachsichtig an und lächelte dann.

»Ich glaube, es ist an der Zeit, mein Freund, daß du deine Ohren an etwas wirklich Erquickendem labst.«

Er legte eine Platte der Pink Floyd auf, die *»Ummagumma«* hieß. Ich zwang mich, der Musik zuzuhören, während Charlie mir gegenübersaß, ein getrocknetes Blatt über den Tabak krümelte und einen Joint drehte.

»Dein Vater. Der ist wirklich top. Ein echter Weiser. Macht ihr diese Meditationssache jeden Morgen?«

Ich nickte. Ein Nicken ist schließlich keine Lüge, oder?

»Und ihr singt auch?«

»Nicht jeden Tag, nein.«

Ich dachte daran, was morgens in unserem Haus ablief; an Dad, der in der Küche rumrannte und nach Olivenöl für sein Haar suchte; an meinen Bruder und mich, wie wir uns um den *»Daily Mirror«* stritten; an meine Mutter, die wieder einmal über ihre Arbeit im Schuhgeschäft jammerte.

Charlie gab mir den Joint. Ich zog daran, reichte ihn zurück und schaffte es, mich dabei mit Asche zu bestreuen und ein kleines Loch in mein Hemd zu brennen. Ich war so erregt und verwirrt, daß ich sofort aufsprang.

»Was ist los?«

»Ich muß auf den Pott.«

Ich hastete die Mansardenleiter hinunter. Im Badezimmer der Kays hingen gerahmte Plakate von Genet-Stücken. Ich blickte auf Bambusstangen und Pergamentrollen mit drallen, kopulierenden Orientalen. Neben dem Klo stand ein Bidet. Während ich so dasaß, die Hosen zwischen den Knien, und mir alles ansah, hatte ich eine höchst merkwürdige Vision. Zum ersten Mal konnte ich mein Leben klar vor mir ausgebreitet sehen: die Zukunft und was ich tun wollte. Ich wollte nur noch so intensiv wie jetzt leben: Mystik, Alkohol, sexuelle Abenteuer, kluge Menschen und Drogen. Alles zusammen hatte ich vorher noch nie erlebt, und jetzt wollte ich nichts mehr davon missen. Die Tür zur Zukunft hatte sich aufgetan: Ich konnte sehen, welchen Weg ich gehen würde.

Und Charlie? Meine Gefühle für ihn waren keine gewöhnliche Liebe, zumindest nicht, was man unter Liebe nun einmal versteht: Ihr fehlte die Großmut. Ich bewunderte ihn mehr als jeden anderen Menschen, wünschte ihm aber nichts Gutes. Ich fand ihn schlichtweg besser als mich und wollte so sein wie er, wollte sein Talent, sein Gesicht, seinen Stil. Ich wünschte mir, ich würde aufwachen, und all das würde mir gehören.

Ich stand im Treppenhaus. Bis auf die leisen Töne von *»A Saucerful of Secrets«*, die vom Dachboden des Hauses herüberklangen, war es still. Jemand hatte Räucherstäbchen angezündet. Ich schlich die Treppe hinunter. Die Wohnzimmertür stand offen. Vorsichtig spähte ich in den schwach erleuchteten Raum. Die Werbefritzen und ihre Frauen saßen aufrecht da, mit überkreuzten Beinen und steifem Rücken, die Augen geschlossen; sie atmeten regelmäßig und tief. Kordanzug saß in einem Sessel, drehte allen den Rücken zu, las und rauchte. Nur Eva und Dad waren nicht im Zimmer. Wo konnten sie sein?

Ich ließ die hypnotisierten Buddhas allein, lief durch das Haus und in die Küche. Die Gartentür stand weit offen. Ich tauchte in die Dunkelheit. Es war ein warmer Abend, ein Vollmondabend.

Ich kniete nieder. Ich wußte, daß dies genau das Richtige war – seit Dads Vorführung war ich in höchstem Maße intuitiv geworden. Ich kroch über den Rasen. Sie mußten hier vor kurzem ein Barbecue veranstaltet haben, denn rasiermesserscharfe Kohlestückchen schnitten mir die Knie auf. Trotzdem überquerte ich die Rasenfläche ohne ernsthafte Verletzungen. Am Rand sah ich undeutlich eine Gartenbank. Als ich noch näher herankroch, erkannte ich im Mondlicht Eva. Sie zog gerade ihren Kaftan über den Kopf. Wenn ich genau hinsah, konnte ich sogar ihre Brust erkennen. Und ich sah genau hin; ich sah so genau hin, daß mir beinahe die Augen aus dem Kopf fielen. Dann wußte ich, daß ich mich nicht getäuscht haben konnte: Eva hatte nur noch eine Brust. Soviel ich erkennen konnte, war dort, wo man eigentlich die andere Brust erwartete, tatsächlich nichts zu sehen.

Unter den Massen von Fleisch und Haaren war, beinahe völlig unsichtbar, mein Vater. Ich war mir sicher, daß es sich um Daddio handelte, weil er fast ohne jede Rücksicht auf die Nachbarn über die Gärten Beckenhams hinwegröhrte: »O mein Gott, o Gott, o Gott!« War ich etwa so empfangen worden, fragte ich mich, in vorstädtischer Nachtluft, beim Geheul eines christlichen Fluches aus dem Munde eines abtrünnigen Moslems, der sich als Buddhist verkleidet hatte?

Mit einem schallenden Klaps schloß Eva meinem Vater den Mund. Das war eine Spur zu gebieterisch, dachte ich, und war nahe daran, aufzuspringen und zu protestieren. Aber, verdammt noch mal, wie die Eva federn konnte! Kopf zurück, Blick zu den Sternen, so stieß sie sich wie ein Fußballer mit fliegendem Haar vom Rasen ab. Was war jedoch mit dem mörderischen Gewicht auf Dads Hintern? Der Abdruck der Gartenbank würde bestimmt noch tagelang wie Grillstreifen auf einem Steak auf seinen Arschbacken zu sehen sein.

Eva nahm ihre Hand von seinem Mund. Er begann zu lachen. Dieser glückliche Ficker lachte und lachte. So klang die Lebenslust eines Mannes, den ich nicht kannte, voller Geilheit und egoistischer Zufriedenheit. Es machte mich völlig fertig.

Ich hoppelte zurück. In der Küche goß ich mir einen Scotch ein und kippte ihn runter. Kordanzug stand in einer Ecke. Seine Lider zuckten entsetzlich. Er streckte die Hand aus.

»Shadwell«, sagte er.

Charlie lag in der Mansarde auf dem Boden. Ich nahm ihm den Joint aus der Hand, zog meine Stiefel aus und legte mich auch hin.

»Komm, leg dich neben mich!« sagte er. »Näher!« Seine Hand berührte meinen Arm. »Du darfst mir nicht übelnehmen, was ich dir jetzt sage.«

»Nein, niemals, Charlie, egal, was es ist.«

»Du mußt weniger anziehen.«

»Weniger anziehen, Charlie?«

»Dich weniger aufdonnern, ja.«

Er setzte sich auf, stützte einen Ellbogen aufs Knie und sah mich prüfend an. Sein Mund war geschlossen. Ich badete in seinem Blick.

»Levis, würde ich vorschlagen, dazu ein Hemd mit offenem Kragen, vielleicht in rosa oder purpur, und einen breiten, braunen Ledergürtel. Das Stirnband kannst du vergessen.«

»Das Stirnband – vergessen?«

»Vergiß es!«

Ich riß mir das Stirnband vom Kopf und schleuderte es auf den Boden.

»Für deine Mum.«

»Siehst du, Karim, du neigst dazu, wie eine Pailletten-schwuchtel auszusehen.«

Ich, der ich doch wie Charlie sein wollte – so klug, so cool auch noch im letzten Winkel meiner Seele –, ich tätowierte mir seine Worte in mein Hirn. Levis mit offenem Hemd,

vielleicht einem dezent rosa- oder purpurfarbenem. Für den Rest meines Lebens wollte ich in keinen anderen Klamotten mehr herumlaufen.
Während ich voller Verachtung über mich und meine gesamte Garderobe nachdachte und ohne zu zögern auf jedes Kleidungsstück geschissen hätte, lehnte Charlie sich mit seinem einzigartigen Verständnis für Fragen der Mode und geschlossenen Augen zurück. Außer mir war wohl jeder in diesem Haus im siebten Himmel.
Ich legte meine Hand auf Charlies Schenkel. Keine Reaktion. Ich ließ sie einige Minuten lang dort liegen, bis mir der Schweiß an den Fingerspitzen ausbrach. Seine Augen blieben geschlossen, aber in seinen Jeans schwoll etwas an. Ich begann, mich mutiger zu fühlen. Ich wurde wahnsinnig. Ich stürzte mich auf seinen Gürtel, auf seinen Reißverschluß, auf seinen Schwanz, den ich an die frische Luft zerrte, um mich zu beruhigen. Er gab ein Zeichen! Er zuckte! Mit Hilfe solcher Ströme menschlicher Elektrizität verstanden wir uns.
Ich hatte in der Schule schon oft einen Penis gedrückt. Wir rubbelten und rieben und streichelten uns ständig gegenseitig; das unterbrach die Monotonie des Lernens. Aber ich hatte noch nie einen Mann geküßt.
»Wo bist du, Charlie?«
Ich versuchte, ihn zu küssen. Er drehte den Kopf zur Seite und wich meinen Lippen aus. Aber ich schwöre, als er in meiner Hand kam, da war das einer der unvergeßlichsten Augenblicke in meinem noch relativ jungen Leben. Es tanzte in meinen Straßen. Meine Flaggen flatterten, meine Trompeten schmetterten!
Ich leckte mir die Finger und überlegte, wo ich mir ein rosa Hemd kaufen könnte, als ich ein Geräusch hörte, das nicht von den Pink Floyd kam. Ich drehte mich um und sah, wie Dad mich vom anderen Ende der Mansarde mit flammenden Augen anstarrte. Dad, der sich mit Nase, Hals und seiner

berühmten Brust durch die rechteckige Luke im Boden hochgestemmt hatte. Ich sprang auf. Dad kam auf mich zu, gefolgt von einer lächelnden Eva. Dad sah Charlie an, dann mich, dann wieder Charlie.
Eva schnupperte.
»Ihr unartigen Jungs!«
»Wieso, Eva?« fragte Charlie.
»Gras Marke Eigenbau.«
Eva meinte, es sei an der Zeit, uns nach Hause zu fahren. Wir stiegen der Reihe nach rückwärts die Leiter hinunter. Dad war der erste; er trampelte auf meine Uhr, die unten lag, zertrat sie in Stücke und schnitt sich in die Fußsohle.
Zu Hause stiegen wir aus dem Auto, ich sagte Eva gute Nacht und ging voran. Von der Tür aus konnte ich sehen, wie Eva versuchte, Dad zu küssen, während er sich bemühte, ihr die Hand zu schütteln.
Unser Haus war dunkel und kalt, als wir uns erschöpft hineinschlichen. Dad mußte um halb sieben aufstehen, und ich hatte meine Zeitungstour um sieben. Im Flur hob Dad seine Hand, um mich zu schlagen. Er war besoffener, als ich bekifft war, und so fiel ich dem undankbaren Schwein in den Arm.
»Was zum Teufel hast du getan?«
»Halt's Maul!« sagte ich, so ruhig ich konnte.
»Ich hab' dich gesehen, Karim. Mein Gott, was bist du für ein verdammter Scheißkerl! Ein Arschficker! Mein eigener Sohn – wie ist das nur möglich?«
Er war von mir enttäuscht. Verzweifelt rannte er auf und ab, als hätte er gerade erfahren, daß sein Haus bis auf die Grundmauern abgebrannt sei. Ich wußte nicht, was ich machen sollte, also äffte ich den Ton nach, in dem er vorher zu den Werbefritzen und Eva gesprochen hatte.
»Entspann dich, Dad! Entspann deinen Körper, von den Fingern bis zu den Zehen! Schicke deine Gedanken in einen ruhigen Garten, wo ...«

»Ich schick dich zu einem verdammten Arzt, um deine Eier untersuchen zu lassen!«

Ich mußte ihn am Weiterschreien hindern, bevor wir Mum und die gesamte Nachbarschaft um uns versammelt hatten. Ich flüsterte: »Aber ich habe dich gesehen, Dad.«

»Du hast nichts gesehen«, sagte er mit äußerster Verachtung. Er konnte sehr arrogant werden, was wohl an seiner gutbürgerlichen Erziehung lag.

Aber ich hatte ihn. »Mum hat wenigstens zwei Titten.«

Dad ging auf die Toilette, ohne die Tür zu schließen, und übergab sich. Ich stellte mich hinter ihn und rieb ihm den Rücken, während er sich die Seele aus dem Leib kotzte.

»Ich werde kein Wort mehr über heute nacht verlieren«, sagte ich. »Und du auch nicht.«

»Wie kannst du ihn bloß so heimbringen?« fragte Mum. Sie stand hinter uns in ihrem Morgenmantel, der so lang war, daß er fast den Boden berührte und sie beinahe quadratisch aussehen ließ. Sie war müde. Sie erinnerte mich an die wirkliche Welt. Ich hätte sie gern angeschrien: Schaff mir diese Welt vom Hals!

»Hast du nicht auf ihn aufpassen können?« fragte sie. Sie zupfte mich ständig am Ärmel. »Ich habe aus dem Fenster gesehen und stundenlang auf euch gewartet. Warum habt ihr nicht angerufen?«

Endlich richtete Dad sich auf und drückte sich an uns vorbei.

»Mach mir mein Bett im Wohnzimmer!« sagte sie. »Ich will nicht die ganze Nacht neben diesem nach Kotze stinkenden Mann schlafen.«

Als ich ihr Bett gemacht und sie sich hingelegt hatte – das Lager war viel zu schmal und zu kurz und zu ungemütlich für sie –, gestand ich ihr: »Ich werde nie heiraten, okay?«

»Ich kann's dir nicht verdenken«, sagte sie, drehte sich um und schloß die Augen.

Ich glaubte nicht, daß sie auf dieser Couch viel schlafen

würde, und sie tat mir leid. Aber es machte mich auch wütend, wie sie sich selbst bestrafte. Warum konnte sie nicht stärker sein? Warum konnte sie nicht kämpfen, zurückschlagen? Ich würde stärker sein, beschloß ich. In dieser Nacht ging ich nicht zu Bett, sondern blieb auf und hörte Radio Caroline. Ich hatte einen Blick auf eine Welt voller Aufregung und Möglichkeiten geworfen, eine Welt, die ich mir in meinen Gedanken bewahren wollte und die das Gerüst für meine Zukunft abgeben sollte.

Nach diesem Abend schmollte Dad eine Woche lang und sprach kein Wort, nur hin und wieder deutete er mit dem Finger, etwa auf Salz und Pfeffer. Manchmal endete dieses Gestikulieren in einer komplizierten Marcel-Marceau-Zeichensprache. Besucher von einem fremden Planeten hätten bei einem Blick durch unser Fenster glauben können, wir seien bei einem Familienratespiel. Mein Bruder, Mum und ich standen um Dad herum und riefen uns mögliche Lösungsworte zu, während er uns, ohne sich auf den Kompromiß eines freundlichen Wortes einzulassen, zu zeigen versuchte, daß die Regenrinne mit Laub verstopft war und die Seitenwand des Hauses feucht wurde, daß Allie und ich auf die Leiter steigen und die Rinne freimachen sollten, während Mum die Leiter halten könnte. Zum Abendbrot aßen wir schweigend unsere verschrumpelten Hamburger mit Pommes und Fischstäbchen. Einmal brach Mum in Tränen aus und schlug mit der flachen Hand auf den Tisch. »Mein Leben ist fürchterlich, fürchterlich!« schrie sie. »Sieht das denn niemand ein?«

Wir sahen sie einen Augenblick lang überrascht an, dann aßen wir weiter. Mum machte wie immer den Abwasch, und keiner half ihr. Nach dem Tee verschwanden wir so schnell wir konnten. Mein um vier Jahre jüngerer Bruder Amar nannte sich Allie, um Problemen rassischer Art aus dem Weg zu gehen. Er zog sich immer so früh wie möglich ins Bett zurück und nahm sich Modemagazine mit, zum Beispiel *»Vogue«*, *»Harpers and Queen«* oder was er sonst noch an europäischen Heften in die Finger bekam. Zum Schlafen trug er winzige rote Seidenhosen, eine Hausjacke, die er sich mal auf einem Flohmarkt gekauft hatte, und sein Haarnetz. »Warum soll ich nicht gut aussehen?« fragte er und ging nach oben. Abends verdrückte ich mich oft in den Park, um in dem nach Pisse stinkenden Schuppen zu sitzen und mit den anderen Jungens, die auch von zu Hause abgehauen waren, eine zu rauchen.

Dad hatte genaue Vorstellungen von der Arbeitsteilung zwischen Mann und Frau. Meine Eltern gingen beide arbeiten: Mum hatte eine Stelle in einem Schuhgeschäft an der High Street, damit Allie auf eine teure Privatschule gehen konnte, denn er hatte beschlossen, Balletttänzer zu werden. Aber Mum erledigte auch alle Hausarbeit und das Kochen. In der Mittagspause ging sie einkaufen, und abends machte sie das Essen. Danach sah sie bis halb elf fern. Der Fernseher war das einzige, worüber sie absolute Autorität besaß. Es galt als unausgesprochene Regel in unserem Haus, daß sie sich ansah, was ihr gefiel; wollte jemand von uns etwas anderes sehen, hatte er keine Chance. Mit der letzten Energie, die ihr der Tag noch gelassen hatte, raffte sie sich dann zu einem solchen Anfall von Wut, Selbstmitleid und Enttäuschung auf, daß niemand mehr wagte, ihr zu widersprechen. Auf *»Steptoe and Son«*, *»Candid Camera«* und *»The Fugitive«* war sie wie verrückt.

Wenn es im Fernsehen Wiederholungen oder politische Sendungen gab, zeichnete sie. Ihre Hand flog nur so übers Papier. Sie war auf einer Kunstschule gewesen. Im Lauf der Jahre hatte sie uns immer wieder gezeichnet, unsere drei Köpfe auf einem Blatt. Drei egoistische Männer nannte sie uns. Sie sagte, sie habe Männer noch nie gemocht, weil Männer Folterer seien. Das Gas in Auschwitz sei nicht von Frauen aufgedreht worden, behauptete sie, und die Bomben über Vietnam hätten sie auch nicht abgeworfen. In den Tagen, an denen Dad stumm blieb, zeichnete sie viel. Sie steckte den Zeichenblock griffbereit zu ihrem Strickzeug, dem Kriegstagebuch ihrer Kindheit (»Heute nacht Luftangriff«) und ihren Catherine-Cookson-Romanen hinter den Sessel. Ich hatte oft und nachdrücklich versucht, sie zum Lesen vernünftiger Bücher wie *»Tender is the Night«* oder *»The Dharma Bums«* zu überreden, aber sie behauptete jedesmal, die seien ihr zu klein gedruckt.

Eines Nachmittags, wenige Tage nach Beginn von Dads großer Schmollerei, bestrich ich mir eine Scheibe Brot mit Erdnußbutter, legte *»Live at Leeds«* von den Who unter die Nadel – volle Lautstärke, um Townshends Fetzakkorde in *»Summertime Blues«* besser genießen zu können – und schlug Mums Zeichenblock auf. Ich wußte, ich würde etwas finden. Ich blätterte, bis ich eine Zeichnung von meinem nackten Vater fand.

Neben ihm stand Eva, etwas größer, ebenfalls nackt, inklusive ihrer einen großen Brust. Wie verängstigte Kinder hielten sie sich an der Hand und sahen mich an, ungeschminkt und ohne alle Eitelkeit, als wollten sie sagen: Mehr hat es mit uns nicht auf sich, dies sind unsere Körper. Sie sahen aus wie John Lennon und Yoko Ono. Wie konnte Mum nur so unbeteiligt sein? Woher wußte sie überhaupt, daß sie miteinander gevögelt hatten?

Vor mir war kein Geheimnis sicher. Ich beschränkte meine Nachforschungen nicht nur auf Mum. So erfuhr ich auch, daß Dad zwar seinen Mund nicht aufmachte, seine Augen aber fleißig arbeiten ließ. Ich stöberte heimlich in seiner Aktentasche und zog Bücher von Lu Po, Laotse und Christmas Humphreys heraus.

Es war mir klar, daß das Interessanteste, was in diesem Haus passieren konnte, eintreten würde, sobald Dad einen Anruf bekam und sein Schweigen auf die Probe gestellt wurde. Also sah ich zu, daß ich als erster am Apparat war,

als es eines Abends um halb elf klingelte. Ich erkannte Evas Stimme und wußte plötzlich, wie sehr ich darauf gewartet hatte, ihre Stimme wiederzuhören.
Sie sagte: »Hallo, mein süßer, unartiger Junge! Wo ist dein Dad? Warum hast du mich nicht angerufen? Was liest du gerade?«
»Was schlägst du vor, Eva?«
»Du kommst besser vorbei und besuchst mich, dann füll ich dir den Kopf mit rosaroten Ideen.«
»Wann kann ich kommen?«
»Frag nicht – komm einfach!«
Ich holte Dad, der gerade ganz zufällig in seinem Pyjama hinter der Schlafzimmertür stand. Er griff nach dem Hörer. Ich konnte es nicht fassen: Er wollte tatsächlich in seinem Haus den Mund aufmachen.
»Hallo«, krächzte er, als wäre seine Stimme aus der Übung gekommen. »Eva, schön, daß du anrufst, mein Liebling. Ich bin leider heiser, geschwollene Mandeln wahrscheinlich. Kann ich dich vom Büro aus zurückrufen?«
Ich ging auf mein Zimmer, stellte das große, braune Radio an, wartete, bis es warm wurde und dachte nach.
In dieser Nacht zeichnete Mum wieder.
Es geschah noch etwas, das mich begreifen ließ, daß Gott, wie ich meinen Dad jetzt nannte, ernstzunehmende Pläne hegte: Als ich zu Bett ging, hörte ich seltsame Laute aus seinem Zimmer. Ich preßte mein Ohr auf die weiße Lackfarbe der Tür. Ja, Gott führte Selbstgespräche, wenn auch nicht gerade Gespräche privater Natur. Er sprach langsam, mit einer tieferen Stimme als sonst, fast als stehe er vor einer Menschenmenge. Er zischte die S-Laute und übertrieb seinen indischen Akzent. Jahrelang hatte er versucht, sich den Engländern anzupassen, um nicht aufzufallen oder sich lächerlich zu machen, und jetzt wollte er mit aller Macht das Gegenteil. Warum?

Einige Wochen später, an einem Samstagmorgen, rief er mich in sein Zimmer und sagte geheimnisvoll: »Bist du heute nacht dabei?«

»Was ist heute nacht, Gott?«

»Ich habe meinen Auftritt«, sagte er mit unverhohlenem Stolz in der Stimme.

»Wirklich? Noch einmal?«

»Ja, sie haben mich darum gebeten. Die Nachfrage ist so groß.«

»Großartig! Wo denn?«

»Wird noch nicht verraten.« Er schlug sich glücklich auf den Bauch. Von jetzt an wollte er nichts anderes mehr machen als »auftreten«. »Ganz Orpington wartet auf mich. Ich werde bekannter sein als Bob Hope. Aber sag deiner Mutter nichts davon! Sie hat kein bißchen Verständnis für meine Auftritte, genausowenig übrigens wie für meine Abgänge. Also, sind wir dabei?«

»Wir sind dabei, Dad.«

»Sehr gut. Mach dich bereit.«

»Bereit für was?«

Er strich mir sanft mit dem Handrücken übers Gesicht. »Bist ganz schön aufgeregt, he?« Ich antwortete nicht. »Dir gefällt dieses In-der-Welt-Herumzigeunern, nicht wahr?«

»Ja«, sagte ich schüchtern.

»Und mir gefällt es, daß du dabei bist, mein Junge. Ich habe dich sehr lieb. Wir werden zusammen erwachsen, wir beide.«

Er hatte recht, ich freute mich auf sein zweites Auftreten. Mir gefiel es, daß sich etwas tat, aber ich mußte auch etwas Wichtiges herausfinden: Ich wollte wissen, ob Dad ein Scharlatan war, oder ob an der ganzen Sache wirklich etwas dran war. Schließlich hatte er Eva imponiert und sogar das Unmögliche geschafft – er hatte Charlie beeindruckt. Bei ihnen hatte seine Magie gewirkt, und ich hatte ihm deshalb den Spitznamen Gott verpaßt, wenn auch mit Vorbehalt; ein volles Anrecht hatte er noch nicht auf diesen Namen. Ich wollte erst mal sehen, ob Dad jetzt, da er langsam bekannt wurde, den Leuten wirklich etwas zu bieten hatte, oder ob er nur einer von diesen Vorstadtexzentrikern war.

Kapitel zwei

Dad und Anwar hatten in Bombay Tür an Tür gelebt und waren seit ihrem fünften Lebensjahr die besten Freunde. Dads Vater, der Arzt, hatte am Juhu-Strand für sich, seine Frau und seine zwölf Kinder ein wunderschönes flaches Holzhaus gebaut. Dort schliefen Dad und Anwar auf der Terrasse und liefen beim Morgengrauen zusammen ans Meer, um zu schwimmen. Sie fuhren in einer von Pferden gezogenen Rikscha zur Schule, am Wochenende spielten sie Kricket und nach der Schule Tennis auf dem eigenen Platz. Die Diener waren die Balljungen. Oft spielten die beiden Kricket gegen die Engländer, aber die mußte man gewinnen lassen. Außerdem gab es immer wieder Aufstände, Demonstrationen und Unruhen zwischen Hindus und Moslems. Man konnte vor seinem Haus Hindu-Freunde und Hindu-Nachbarn in Sprechchören obszöne Schimpfworte rufen hören.

Es gab Parties, auf die sie gehen konnten, denn Bombay war das Zentrum der indischen Filmindustrie, und einer von Dads älteren Brüdern gab eine Filmillustrierte heraus. Dad und Anwar prahlten gern damit, wie viele Schauspieler sie kannten und wie viele Schauspielerinnen sie geküßt hatten. Einmal, ich war sieben oder acht Jahre alt, sagte mir Dad, ich solle Schauspieler werden; es sei ein gutes Leben, meinte er, und das Verhältnis von Arbeit und Geld sei gar nicht so schlecht. Aber eigentlich war es ihm doch lieber, daß ich Arzt werde, und er erwähnte das Thema Schauspielerei nie wieder. Der Berufsberater in der Schule meinte, ich solle zum Zoll gehen – wahrscheinlich dachte er, ich hätte ein natürliches Talent zum Filzen von Koffern. Und Mum meinte, ich solle zur Marine gehen, vielleicht weil ich so gerne Hosen mit weitem Schlag trug.

Dad hatte eine idyllische Kindheit, und wenn er mir von seinen Abenteuern mit Anwar erzählte, fragte ich mich oft, warum er seinen Sohn in einen trübseligen Londoner Vorort verbannte, von dem es hieß, daß Menschen, die hier ertranken, vor dem inneren Auge nicht ihr Leben, sondern ihre Doppelglasfenster vorbeiziehen sahen.

Erst später, als er nach England kam, begriff Dad, wie kompliziert das tägliche Leben sein konnte. Er hatte noch nie in seinem Leben gekocht, noch nie abgewaschen, noch nie seine Schuhe geputzt oder sein Bett gemacht. Dafür gab es Diener. Wenn er sich an das Haus in Bombay erinnere, erzählte uns Dad, könne er sich die Küche nicht vorstellen: Er hatte sie nie gesehen. Allerdings konnte er sich entsinnen, daß sein Lieblingsdiener wegen gewisser Missetaten in der Küche entlassen worden war: Einmal hatte er im Liegen Toast geröstet und dabei das Brot mit den Zehen über die Flamme gehalten, und bei einer anderen Gelegenheit hatte er Sellerie mit der Zahnbürste geputzt – seiner eigenen, wie sich herausstellte, nicht der seines Herrn, aber das war keine Entschuldigung. Diese Vorfälle hatten Dad zum Sozialisten werden lassen, jedenfalls soweit er jemals ein Sozialist war. Mum irritierte Dads aristokratische Nutzlosigkeit, aber sie war auch stolz auf seine Familie. »Sie ist bedeutender als die der Churchills«, ließ sie alle wissen. »Mein Mann fuhr mit einer Pferdekutsche in die Schule.« So sorgte sie dafür, daß man Dad nicht für einen jener indischen Bauern hielt, die in den fünfziger und sechziger Jahren in Scharen nach Großbritannien gekommen waren, und denen man nachsagte, daß sie nicht wüßten, wie man mit Messer und Gabel umgehe, geschweige denn mit einer Toilette, da sie auf den Sitz stiegen und von hoch oben herunterschissen.

Im Unterschied zu den Bauern war Dad von seiner Familie nach England geschickt worden, um dort zu studieren. Seine Mutter hatte ihm und Anwar einige wollene, kratzige Unterhemden gestrickt, ihnen beim Abschied von Bombay zugewinkt und sie schwören lassen, niemals zu Schweinefleischessern zu werden. Wie vor ihm Gandhi und Jinnah sollte Dad als geschickter englisch diplomierter Rechtsanwalt und vollendeter Tänzer nach Indien zurückkehren. Aber als er losfuhr, ahnte Dad nicht, daß er das Gesicht seiner Mutter nie wiedersehen würde. Dies war der große, unausgesprochene Kummer seines Lebens, und ich denke, das erklärt seine hilflose Anfälligkeit für Frauen, die sich um ihn sorgten, für Frauen, die er lieben konnte, wie er seine Mutter hätte lieben sollen, der er nie auch nur einen einzigen Brief schrieb.

London und die Old Kent Road waren ein eiskalter Schock für Anwar und Dad. Es war naß und neblig; Dad nannte man Sunny Jim; es gab nicht genug zu essen; und Dad hat es nie geschafft, Geschmack an Bratenfett auf Brot zu gewinnen. »Schmeckt wie Nasenpopel«, hatte er gesagt und damit den Bann über das Nationalgericht der Arbeiterklasse verhängt. Es war noch die Zeit der Lebensmittelkarten, und der Bezirk sah durch die Bombenangriffe, die alles in Trümmer gelegt hatten, ziemlich heruntergekommen aus. Der Anblick der Briten im Mutterland erstaunte und ermutigte Dad. Er hatte vorher noch nie einen armen Engländer gesehen, kannte keine englischen Straßenkehrer, Müllmänner, keine Engländer hinter dem Tresen eines kleinen Geschäfts oder einer Bar. Er hatte noch nie zuvor einen Engländer gesehen, der sich das Brot mit den Fingern in den Mund stopfte, und niemand hatte ihm gesagt, daß die Engländer sich nicht regelmäßig wuschen, weil das Wasser zu kalt war – wenn sie überhaupt Wasser in ihrer Wohnung hatten. Und als Dad versuchte, in den Eckkneipen über Byron zu diskutieren, hatte ihn vorher niemand gewarnt, daß nicht alle Engländer lesen konnten, oder daß es ihnen möglicherweise nicht gefiel, wenn ein Inder ihnen Nachhilfeunterricht über die Lyrik eines Perversen und Verrückten erteilte.

Dad und Anwar hatten Glück; sie kannten jemanden, bei dem sie wohnen konnten. Dr. Lal, ein Freund von Dads Vater, war ein indischer Zahnarzt von riesenhaftem Wuchs und, so behauptete er, ein Freund von Bertrand Russell. Während des Krieges hatte in Cambridge ein einsamer Russell Dr. Lal den Hinweis gegeben, daß Masturbation die Antwort auf sexuelle Frustration sei. Für Dr. Lal, der seitdem, wie er sagte, nie mehr unglücklich gewesen war, stellte Russells großartige Entdeckung gleichsam eine Offenbarung dar. War Dr. Lals sexuelle Befreiung etwa gar eine der herausragendsten Leistungen Russells? Schon möglich, denn wenn Dr. Lal nicht so unumwunden mit seinen beiden jungen und sexuell so gierigen Untermietern über körperliche Lust gesprochen hätte, wären sich mein Vater und meine Mutter vielleicht nie begegnet, und ich hätte mich nie in Charlie verliebt.

Mit seiner dicken Wampe und seinem runden Gesicht war Anwar schon immer etwas plumper gewesen als mein Vater. Kein Satz war für ihn vollständig, wenn er ihn nicht mit unanständigen Wörtern spicken konnte, und ihm gefielen die Huren, die sich im Hyde Park herumtrieben. Sie nannten ihn Baby Face. Er war freilich nicht sonderlich elegant. Wenn der monatliche Wechsel aus Indien eintraf, ging Dad sofort in die Bond Street, um sich Frackschleifen, flaschengrüne Westen und Socken mit Schottenmuster zu kaufen, und danach war er gezwungen, sich von Baby Face Geld zu leihen. Tagsüber studierte Anwar Luft- und Raumfahrttechnik im Norden Londons, und Dad versuchte, sich hinter seinen juristischen Bücher zu vergraben. Nachts schliefen sie zwischen den Apparaturen in Dr. Lals Behandlungszimmer. Anwar schlief im Zahnarztstuhl. Verrückt vor Wut über die zahlreichen Mäuse, sexuell frustriert und gepeinigt von den kratzenden Unterhemden, die seine Mutter ihm mitgegeben hatte, zog Dad eines Nachts Lals hellblauen Kittel an, griff nach dem schrecklichsten Bohrer und fiel über den schlafenden Anwar her. Anwar schrie, als er aufwachte und den zukünftigen Guru von Chislehurst mit einem Zahnarztbohrer über sich sah. Diese Verspieltheit, diese Weigerung, etwas ernst zu nehmen, als hätte das Leben keine Bedeutung, bestimmte auch Dads Einstellung zu seinem Studium. Er konnte sich einfach nicht konzentrieren. Dad hatte noch nie gearbeitet, und es gelang ihm auch jetzt nicht. Anwar sagte bald von Dad: »Haroon tritt täglich vor die Schranken – und zwar um zwölf und um halb sechs in der Kneipe.«

Dad verteidigte sich: »Ich gehe in die Kneipe, um nachzudenken.«

»Zum Trinken – nicht zum Denken«, antwortete Anwar.

Freitags und samstags gingen sie tanzen und schoben zur Musik von Glenn Miller, Count Basie oder Louis Armstrong die Mädchen über den Tanzboden. Dort fiel Dad auch zum erstenmal ein bestimmtes Mädchen ins Auge und in die Hände. Sie hieß Margaret, kam aus einer Arbeiterfamilie und der Suburbia. Meine Mutter sagte mir, daß sie ihn vom ersten Augenblick an geliebt habe, ihren kleinen Mann. Er habe so lieb und freundlich und gänzlich verloren ausgesehen, weshalb die Frauen in ihm auch ein gefundenes Fressen sahen.

Mum hatte eine Freundin, mit der Baby Face ausging und bei der er offenbar auch aus- und einging, aber Anwar war schon verheiratet mit Jeeta, einer Prinzessin, deren Familie hoch zu Roß in die alte britische Bergstation Murree im Norden Pakistans gekommen war, als sie sich das Jawort gaben. Jeetas Brüder trugen Gewehre, das hatte Anwar nervös gemacht und nach England auswandern lassen.

Prinzessin Jeeta folgte ihrem Anwar bald nach England und wurde meine Tante Jeeta. Tante Jeeta sah nicht aus wie eine Prinzessin, und ich machte mich über sie lustig, weil sie nicht richtig Englisch sprechen konnte. Sie war sehr schüchtern, und die beiden lebten in einem dreckigen Zimmer in Brixton. Es war alles andere als ein Palast, und der Blick ging nach hinten zu den Bahngleisen raus. Eines Tages beging Anwar einen schwerwiegenden Fehler im Wettbüro und gewann eine Menge Geld. Er schloß einen kurzfristigen Pachtvertrag für einen Spielzeugladen im südlichen London ab. Das Geschäft war eine katastrophale Fehlinvestition, bis Prinzessin Jeeta einen Gemüseladen daraus machte. Danach hatten sie es geschafft. Die Kunden kamen in Scharen.

Aus Dad dagegen wurde nichts Rechtes. Seine Familie schickte ihm kein Geld mehr, als sie durch einen Spion – Dr. Lal – erfuhr, daß er sich nicht im Gericht, sondern nur in der Kneipe herumtrieb, um einige Pint dunkles Stout und Ale zu trinken und seidene Frackschleifen zu einer grünen Weste auszuführen.

Schließlich wurde Dad Angestellter im öffentlichen Dienst mit drei Pfund in der Woche. Statt eines sanften Stroms wohltuender Zerstreuungen, einer Abfolge von Strand und Kricket, von Britenwitzen und Zahnarztstühlen, war sein Leben ein Käfig aus Regenschirmen und eiserner Regelmäßigkeit geworden. Es gab nur noch Züge und scheißende Söhne, platzende Wasserrohre im Januar und Feuermachen um sieben in der Früh; nur noch den Versuch, im suburbanen Familienleben in einer Zwei-Treppen-rauf-zwei-Treppen-runter-Doppelhaushälfte in Südlondon der Liebe einen Platz einzuräumen. Weil er ein Kind war, ein Naivling, der sich nie um sich selbst hatte kümmern müssen, erteilte ihm das Leben seine Lehren. Einmal, als man mich den ganzen Tag mit ihm allein gelassen und ich mir in die Hosen gemacht hatte, geriet er total in Panik. Er stellte mich nackt in die Badewanne, nahm eine Schüssel, stellte sich an das andere Ende des Badezimmers, als hätte ich die Pest, und schüttete mir von dort aus Wasser zwischen die Beine; dabei hielt er sich mit der freien Hand die Nase zu.

Ich weiß nicht, wie alles anfing, aber als ich zehn oder elf war, begann er Lieh Tsu, Laotse und Chuang Tsu zu lesen, als wären sie noch nie zuvor gelesen und ausschließlich für ihn allein geschrieben worden.

Wir besuchten Baby Face und Prinzessin Jeeta regelmäßig am Sonntagnachmittag, die einzige Zeit, in der ihr Laden geschlossen war. Dads Freundschaft mit Anwar war im Grunde immer noch eine Freundschaft, die auf Witzereißen beruhte, auf Kricket-, Box-, Leichtathletik- und Tennisprogrammen im Fernsehen. Als Dad mit dem »Geheimnis der goldenen Blume« aus der Leihbücherei zu ihm kam, schnappte Anwar danach, hielt das Buch hoch und lachte.

»Mit was für einer verdammten Narrensache gibst du dich denn neuerdings ab?«

Prompt fing Dad an: »Anwar, *yaar*, du hast keine Ahnung, was für großen Geheimnissen ich auf der Spur bin! Wie glücklich ich mich fühle, seit ich verstehe, was das Leben ist!«

Anwar unterbrach ihn und stieß mit seiner aufgerollten Zeitung wie mit einem Dolch nach Dad. »Du blöder chinesischer Trottel! Wie kannst du nur so einen Unsinn lesen, während ich Geld verdiene! Ich habe zumindest meine verfluchte Hypothek bezahlt.«

Dad war so begierig darauf, sich Anwar verständlich zu machen, daß seine Knie zitterten. »Geld ist mir egal. Irgendwie gibt es immer Geld. Aber ich muß diese geheimen Dinge verstehen lernen.«

Anwar blickte zum Himmel und sah dann Mum an, die gelangweilt neben ihm saß. Sie mochten Dad beide gern, sie liebten ihn, aber in solchen Situationen mischte sich Bedauern unter die Liebe, als würde er einen tragischen Fehler begehen, wie zum Beispiel den Zeugen Jehovas beitreten. Je mehr er von Yin und Yang, von kosmischem Bewußtsein, chinesischer Philosophie und »dem Weg folgen« sprach, um so verlorener fühlte sich Mum. Er schien in den Weltraum hinauszutreiben und sie zurückzulassen; sie war eine Frau der Suburbia, ruhig und freundlich, und sie fand das Leben, so wie es war, mit zwei Kindern und Dad, schon schwierig genug. Aber in Dads fernöstlichen Entdeckungen steckte auch eine gute Portion Stolz, die ihn auf Anwars Leben verächtlich herabblicken ließ.

»Du interessierst dich ja nur für Toilettenpapier, Sardinenbüchsen, Monatsbinden und Rüben«, sagte er zu Anwar. »Aber es gibt mehr Dinge, *yaar*, zwischen Himmel und Erde, als du dir in diesem Kaff Penge verdammt noch mal träumen läßt.«

»Ich habe keine Zeit zum Träumen«, unterbrach ihn Anwar. »Und du solltest auch nicht herumträumen. Wach auf! Wie steht es denn mit einer Beförderung, damit Margaret endlich mal ein paar schöne Kleider tragen kann? Du weißt doch, wie Frauen sind, *yaar!*«

»Die Weißen befördern uns niemals«, sagte Dad. »Zumindest keinen Inder, solange auf der Erde noch ein weißer Mann herumläuft. Mit denen braucht man gar nicht zu argumentieren. Sie glauben selbst dann noch, ihnen gehöre ein Weltreich, wenn sie keine zwei Penny mehr in der Tasche haben.«

»Sie befördern dich nicht, Haroon, weil du zu faul bist. Deine Eier setzen Schimmel an. Du denkst an dein Chinesenzeugs statt an die Königin.«

»Scheiß auf die Königin! Fühlst du denn nie, Anwar, daß du dich selbst kennenlernen möchtest? Daß du dir eigentlich ein vollkommenes Rätsel bist?«

»Kein Mensch interessiert sich für mich, warum sollte ausgerechnet ich mich für mich interessieren?« rief Anwar. »Sieh lieber zu, daß du mit dem Leben fertig wirst!«

Dieser Zank in der Wohnung über Anwars und Jeetas Laden

dauerte immer länger, bis die beiden sich so in der Wolle hatten und so gehässig zueinander wurden, daß Anwars Tochter Jamila und ich uns fortschlichen, um im Garten mit einem Besenstiel und einem Tennisball Kricket zu spielen. Hinter dem ganzen chinesischen Getue verbargen sich Dads Einsamkeit und seine Sehnsucht nach einer inneren Entwicklung. Er mußte mit jemandem über das Chinazeugs reden, das er sich beibrachte. Ich ging morgens oft mit ihm zum Bahnhof, wo er in den 8-Uhr-35er zur Victoria Station einstieg. Bei diesem Zwanzigminutenspaziergang schlossen sich ihm andere Pendler an, meistens Frauen – Sekretärinnen, Verkäuferinnen oder Angestellte –, die auch in der Londoner City arbeiteten. Er wollte darüber reden, wie man seine Seelenruhe findet, wie man sich selbst treu bleibt, wie man sich verstehen lernt. Und ich hörte, wie die anderen ihm in einer Weise von ihrem Alltag, von Freunden, von ihrem Seelenleben und wahrem Ich erzählten, in der sie bestimmt mit niemandem sonst über dergleichen redeten. Sie nahmen nicht einmal Notiz von mir und dem Kofferradio, mit dem ich mir die Tony Blackburn Show auf Radio eins anhörte. Je weniger Dad sie verführen wollte, um so mehr verführte er sie. Oft warteten sie hinter der Tür, bis er vorbeiging. Wenn er aus Angst vor den Schuljungen der Realschule, die ihn manchmal mit Steinen und pissegefüllten Eistüten bewarfen, eine andere Route wählte, dann änderten auch sie ihren Weg. Im Zug las Dad seine mystischen Bücher, oder er konzentrierte sich auf seine Nasenspitze, eine wahrhaft mächtige Zielscheibe. Und ständig trug er ein winziges, blaues Wörterbuch bei sich, nicht größer als eine Streichholzschachtel, damit er täglich ein neues Wort lernen konnte. Am Wochenende fragte ich ihn dann nach der Bedeutung von »analeptisch«, »fruktifizieren«, »polyzythämisch« und »orgulös«. Er sah mich an und meinte: »Man kann nie wissen, wann man ein schwergewichtiges Wort braucht, um einem Engländer zu imponieren.«

Erst als er Eva traf, hatte er jemanden, mit dem er seine Chinasachen teilen konnte, und es überraschte ihn, daß so eine Gemeinsamkeit möglich war.

Ich nahm an, daß Gott an diesem Samstagabend Eva wiedertreffen wollte. Er gab mir ein Stück Papier mit der Adresse, und diesmal nahmen wir den Bus stadtauswärts, raus aufs Land, wie mir schien. Es war dunkel und eiskalt, als wir in Chislehurst ausstiegen. Ich führte Dad erst in die eine und dann – ich sprach mit großer Autorität – in die entgegengesetzte Richtung. Er war so scharf darauf, endlich anzukommen, daß er sich zwanzig Minuten lang nicht beschwerte; aber dann wurde er äußerst giftig.
»Wo sind wir? Idiot.«
»Ich weiß nicht.«
»Gebrauch deinen Verstand, den ich dir vererbt habe, du Kretin!« sagte er und zitterte. »Es ist verdammt kalt, und wir kommen zu spät.«
»Es ist deine Schuld, wenn dir kalt ist, Dad«, sagte ich.
»Meine Schuld?«
Es war wirklich seine Schuld, denn unter seinem Mantel trug mein Vater etwas, das aussah wie ein weiter Pyjama. Den Oberkörper bedeckte ein langes Seidenhemd, das um den Hals herum mit Drachen bestickt war. Dieses Hemd umspannte seine Brust, bauschte sich meilenweit über seinem Bauch und fiel dann auf seine Knie. Dazu trug er eine Pumphose und Sandalen. Aber das eigentliche Verbrechen, der Grund, warum er diesen Aufzug unter dem haarigen Mantel verbarg, war die knallrote, golden und silber gemusterte Weste, die er über dem Hemd trug. Hätte Mum ihn dabei erwischt, daß er so ausgehen wollte, sie hätte die Polizei gerufen. Schließlich war Gott ein Angestellter im öffentlichen Dienst, besaß eine Aktentasche und einen Regenschirm und sollte eigentlich nicht wie ein Torero im Miniaturformat herumlaufen.

Zu den Häusern in Chislehurst gehörten Gewächshäuser, große Eichen und Rasensprenger; während der Woche kamen Männer und kümmerten sich um die Gärten. Wir waren von der Gegend so beeindruckt, daß dies für unsere Familie, wenn wir am Sonntag Tante Jean besuchten, ein »Untere-Mittelklasse-Äquivalent« für das Theater war. Wir hauchten Ahhs und Ohhs, malten uns aus, dort zu leben und wie phantastisch es sein würde, das Haus einzurichten und den Garten umzugestalten, um darin Kricket, Federball und Tischtennis zu spielen. Ich erinnere mich, wie Mum Dad einmal vorwurfsvoll ansah, als wolle sie sagen: Was bist du nur für ein Ehemann, daß du mir so wenig zu bieten hast, während andere Männer, die Alans und Barrys und die Peters und Roys, ihre Frauen mit Autos, Häusern, Ferienreisen, Zentralheizung und Juwelen verwöhnen? Wenigstens wissen sie, wie man Regale anbringt oder den Zaun repariert. Und was kannst du? Aber dann wäre Mum beinahe gestrauchelt so wie wir gerade, weil man die Straßen extra voller Steine und Schlaglöcher läßt, um gewöhnliche Menschen davon abzuhalten, auf ihr hin und her zu fahren.

Als wir endlich über die knirschende Auffahrt gingen – mit einer kurzen Rast für Gott, damit er seine Daumen zusammenpressen und einige Minuten lang Trance üben konnte –, erzählte mir Dad, daß das Haus Carl und Marianne gehöre, Freunden von Eva, die erst kürzlich eine lange Reise durch Indien gemacht hätten. Das fiel auch gleich ins Auge, denn jeder verfügbare Platz war mit Buddhas aus Sandelholz, kupfernen Aschenbechern und gestreiften Gipselefanten dekoriert. Außerdem standen Carl und Marianne barfuß in der Tür, die Hände wie zum Gebet aneinandergelegt und den Kopf gesenkt, als wären sie Tempeldiener und nicht Teilhaber des örtlichen TV-Verleihs Rumbold & Toedrip.

Als ich reinkam, entdeckte ich Eva sofort. Sie hatte in einem bodenlangen, roten Kleid und rotem Turban auf uns gewartet, stürzte sich jetzt auf mich und drückte mir nach zwölf Küssen drei Taschenbücher in die Hand.

»Riech mal!« drängte sie.

Ich steckte meine Nase zwischen die stockfleckigen Seiten. Sie rochen nach Schokolade.

»Secondhand! Echte Zufallstreffer! Und das hier ist für deinen Dad.« Sie gab mir eine neue Ausgabe der »Erörterungen und Gespräche« des Konfuzius, übersetzt von Arthur Waley. »Bitte, heb es für ihn auf! Ist er okay?«

»Total nervös.«

Sie blickte sich um; etwa zwanzig Menschen waren im Zimmer.

»Ein ganz passabler Haufen. Ziemlich blöd. Ich glaube nicht, daß er irgendwelche Schwierigkeiten haben wird. Mein Traum wäre es, ihn mit etwas sensibleren Leuten zusammenzubringen – in London. Ich bin fest entschlossen, uns alle in die City zu bringen«, sagte sie. »Aber komm, ich stell dich vor!«

Nachdem ich ein paar Hände geschüttelt hatte, konnte ich es mir auf einem glänzendschwarzen Sofa bequem machen, meine Füße in einem kuscheligen, weißen Teppich vergraben und mich mit dem Rücken gegen eine Reihe dickleibiger, in Plastikfolie eingebundener Bücher lehnen, gekürzte Ausgaben (illustriert) von *»Vanity Fair«* und *»The Woman in White«*. Vor mir stand etwas, das mich an ein erleuchtetes Stachelschwein erinnerte – eine Art Glühbirne, in der Hunderte von bunten Federn steckten, die hin- und herwogten und leuchteten – zweifellos ein Gegenstand, der erst mit Hilfe halluzinogener Drogen voll zur Geltung kommen würde.

Ich hörte, wie Carl sagte: »Es gibt zwei Arten von Menschen auf der Welt: diejenigen, die in Indien gewesen sind, und die, die nicht in Indien gewesen sind«, und mußte aufstehen und den Raum verlassen.

Neben der doppelt verglasten Terrassentür, durch die man

auf den großen Garten und den in purpurnes Licht getauchten Goldfischteich sehen konnte, war eine Bar. Bei diesem spirituellen Anlaß tranken nur wenige, aber ich hätte mir mit Leichtigkeit einige Pint hinter die Binde kippen können. Es hätte bloß nicht besonders gut ausgesehen, das war sogar mir klar. Mariannes Tochter und ein etwas älteres Mädchen in engen Hotpants servierten Lassi und scharfes, indisches Knabbergebäck, von dem man garantiert furzen mußte wie ein alter Opa auf Müslidiät. Ich half dem Hotpants-Mädchen hinter der Bar und fand heraus, daß sie Helen hieß und aufs Gymnasium ging.

»Dein Vater sieht aus wie ein Zauberer«, sagte sie, lächelte mich an, trat mit zwei raschen Seitenschritten in meine Privatsphäre und stand neben mir. Ihre plötzliche Nähe überraschte und erregte mich. Es war nur eine kleinere Überraschung auf der Richterskala für Überraschungen, sagen wir eine Dreieinhalb-Punkte-Überraschung, aber das Meßgerät schlug aus. Inzwischen ruhten meine Augen auf Gott. Sah er wie ein Zauberer, wie ein Wundertäter aus?

Er wirkte zumindest ziemlich exotisch. In diesem Augenblick war er wahrscheinlich der einzige Mann im südlichen England (abgesehen vielleicht von George Harrison), der eine rotgoldene Weste und einen indischen Pyjama trug. Im Vergleich zu den anderen teiggesichtigen Arbuckles mit ihren engen, bügelfreien Hemden, die an ihren Bäuchen klebten und den grauen John-Collier-Hosen, bei denen der Schritt ausbeulte und Falten warf, bewegte er sich außerdem so anmutig wie ein Wohnzimmer-Nurejew. Vielleicht war Daddio wirklich ein Zauberer, der sich (so Dads Worte) von einem Inder im öffentlichen Dienst, der seine Zähne nur mit dem schwarzen Zahnpulver, Marke Monkey, der Firma Nogi & Co. aus Bombay putzte, aus eigener Kraft in den weisen Ratgeber verwandelt hatte, der er heute zu sein schien. Sexy Sadie! Jetzt stand er im Mittelpunkt der

Aufmerksamkeit. Wenn sie ihn in Whitehall nur so sehen könnten!
Er sprach mit Eva, und sie legte ganz beiläufig ihre Hand auf seinen Arm. Diese Geste sagte alles, sie schrie es hinaus. Ja, rief sie, wir sind zusammen, wir berühren uns vor Fremden ohne jede Hemmung. Verwirrt drehte ich mich um und wandte mich der Sache mit Helen zu.
»Nun?« fragte sie sanft.
Sie war scharf auf mich.
Ich war mir sicher; ich hatte nämlich eine todsichere Methode entwickelt, mit der ich Geilheit bestimmen konnte. Die Methode besagte, daß sie scharf auf mich war, weil ich kein Interesse an ihr hatte. Wenn ich jemanden für attraktiv hielt, dann garantierten die korrupten Gesetze, die dieses Universum regieren, daß dieser Mensch mich entweder widerlich oder einfach nur zu klein fand. Wenn ich mit Menschen wie Helen zusammen war, die mich nicht interessierten, garantierten diese Gesetze aber auch, daß die Chancen gar nicht schlecht standen, daß diese Menschen mich ansahen, so wie sie mich jetzt ansah: mit einem schamlosen Lächeln und voller Lust, mir meinen Willi zu rubbeln, und nichts in der Welt wäre mir lieber gewesen, wenn ich sie oder ihn attraktiv fand. Bei ihr war das nicht der Fall.
Mein Vater, der große Weise, von dessen Lippen Ratschläge tropften wie Regen über Seattle, hatte mit mir nie über Sex geredet. Als ich seinen Liberalismus auf die Probe stellen wollte und ihn aufforderte, mich über die Tatsachen des Lebens aufzuklären (über die die Schule mich längst unterrichtet hatte, auch wenn ich die Worte »Uterus«, »Skrotum« und »Vulva« noch ständig durcheinanderbrachte), murmelte er nur: »Man kann immer leicht erkennen, wenn eine Frau zu Sex bereit ist. Wirklich, ganz leicht. Sie kriegt dann heiße Ohren.«
Ich sah angestrengt auf Helens Ohren. Ich streckte sogar

meinen Arm aus und kniff ihr aus Gründen wissenschaftlicher Überprüfung leicht in ein Ohr. Lauwarm!

O Charlie. Mein Herz sehnte sich danach, seine heißen Ohren auf meiner Brust zu spüren. Aber seit wir uns das letztemal geliebt hatten, hatte er mich weder angerufen noch sich die Mühe gemacht, hier aufzukreuzen. Er war auch nicht in der Schule gewesen, weil er eine Demo-Kassette mit seiner Band schneiden mußte. Der Schmerz, ohne diesen Scheißer leben zu müssen, der *cold turkey*, an dem ich litt, war nur durch den Gedanken ertragbar gewesen, daß er sich heute nacht neue Einsichten von meinem Vater erhoffen würde. Aber bis jetzt war von ihm noch keine Spur zu sehen.

Eva und Marianne begannen, das Zimmer vorzubereiten. Die Kerzenindustrie wurde gefördert, Jalousien heruntergelassen, indische Sandelholzstinker angezündet und in Blumentöpfe gesteckt, und ein schmaler Teppich wurde für den Buddha von Suburbia ausgebreitet, damit er darauf abheben konnte. Eva verbeugte sich vor ihm und überreichte ihm eine gelbe Narzisse. Gott lächelte denen zu, die er vom letzten Mal her wiedererkannte. Er wirkte diesmal souverän und gelassen, entspannter, nicht so unruhig, und gestattete es seinen Bewunderern, ihm mit Respekt und Achtung zu begegnen, Gefühle, die Eva in ihren Freunden geweckt haben mußte.

Dann betraten Onkel Ted und Tante Jean das Zimmer.

Kapitel drei

Da waren sie – zwei gewöhnliche, unglückliche Alkoholiker, sie in rosa Stöckelschuhen, er in einem zweireihigen Anzug, angezogen wie für eine Hochzeit, und kamen beinahe nichtsahnend, wie zu einer Party. Es waren Mums hochgewachsene Schwester Jean und ihr Gatte Ted, der eine Firma für Zentralheizungen besaß, die sich Peter's Heaters nannte. Und sie machten Stielaugen, als sie sahen, wie ihr Schwager, den sie Harry nannten, sich vor ihren Nachbarn in Yoga-Trance versetzte. Jean rang um Worte, wohl das einzige, worum sie in ihrem Leben je gerungen hatte. Eva hob einen Finger an die Lippen, und Jeans Mund schloß sich so langsam wie die Tower Bridge. Teds Blicke durchsuchten das Zimmer nach einem Anhaltspunkt, der ihm erklären würde, was hier eigentlich vor sich ging. Er entdeckte mich, und ich nickte ihm zu. Er war fassungslos, ärgerte sich aber nicht so sehr wie Tante Jean.

»Was macht Harry da?« formten seine Lippen lautlos.

Ted und Jean hatten Dad noch nie bei seinem indischen Namen, Haroon Amir, genannt. Für sie war er immer Harry gewesen, und auch zu anderen Leuten sprachen sie nur von Harry. Schließlich war es schon schlimm genug, daß er überhaupt ein Inder war, auch ohne diesen unaussprechlichen Namen. Sie nannten Dad Harry seit dem Tag, an dem sie sich zum erstenmal getroffen hatten, und Dad hatte nichts dagegen machen können. Also nannte er sie Gin und Tonic.

Onkel Ted und ich waren dicke Kumpel. Manchmal gab er mir irgendwelche Jobs bei seiner Zentralheizungsfirma. Die schwereren Arbeiten bezahlte er mir. Wir aßen mit Corned beef belegte Brote und tranken Tee aus unseren Thermosflaschen. Er gab mir Sporttips und nahm mich mit nach Catford zum Hunderennen und auf die Epsom Downs. Er redete mit mir über Taubenzucht. Seit ich klein war, mochte ich Onkel Ted, weil er Sachen wußte, die auch die Väter anderer Jungens wußten, nur Dad nicht: Ted wußte über Angeln und Luftgewehre Bescheid, über Flugzeuge und darüber, wie man Strandschnecken ißt.

Mein Verstand raste, während ich zu begreifen versuchte, wie es geschehen konnte, daß Ted und Jean hier auftauchten wie Gestalten aus einer Ealing-Komödie, die sich in einen Film von Antonioni verlaufen hatten. Sie wohnten in Chislehurst, nicht weit von Carl und Marianne, aber die beiden Paare trennten Welten. Ich konzentrierte mich, bis ich allmählich einen klareren Überblick gewann. Wie hatte es zu dieser Situation kommen können? Ich begann zu verstehen. Und was ich verstand, gefiel mir nicht.

Die arme Mum mußte so unglücklich sein, daß sie ihrer Schwester von Dads erster Heldentat als Guru in Beckenham erzählt hatte. Und daß Mum zu schwach gewesen war, ihn davon abzuhalten, dürfte Jean vor Wut rasend gemacht haben. Wahrscheinlich haßte Jean Mum deswegen.

Als Gott ankündigte – oder sagen wir, nachdem er mich erst vor wenigen Stunden hatte ankündigen lassen –, daß er sein Comeback als Visionär plante, hatte Mum offenbar ihre jüngere Schwester angerufen. Und Jeans Gestalt wird sich gestrafft haben, um sich in das stählerne, intrigante Messer zu verwandeln, das sie in ihrem tiefsten Innersten war. Dann trat sie in Aktion. Wahrscheinlich hatte sie Mum erzählt, daß sie Carl und Marianne kannte. Vielleicht waren die Radiatoren in diesem Haus von Peter's Heaters installiert worden. Und Ted und Jean lebten in einem noch relativ neuen Haus in der Nähe. Das war wohl die einzige Möglichkeit, wie Carl und Marianne ein Paar wie Ted und Jean kennengelernt haben konnten. Ansonsten nämlich dürften Carl und Marianne mit ihren Büchern und Platten, den Indienreisen, mit ihrer ganzen »Kultur«, ein Greuel für Ted und Jean gewesen sein, die die Menschen nur nach Geld und Macht beurteilten. Der Rest war Angabe und Schlitzohrigkeit. Tommy Steele – dessen Eltern um die Ecke lebten – war für Ted und Jean die Verkörperung von Kultur, Unterhaltung und Showbusineß.

Noch hatte Eva keine Ahnung, wer Ted und Jean waren. Sie winkte diesen späten und seltsam respektabel wirkenden Eindringlingen gereizt zu.

»Setzt euch, setzt euch!« zischte sie.

Ted und Jean sahen sich an, als hätte man sie aufgefordert, Streichhölzer zu verschlucken.

»Ja, ihr da«, fügte Eva hinzu. Sie konnte streng sein, die gute Eva.

Sie hatten keine Wahl. Langsam ließen sich Ted und Jean zu Boden sinken. Es mußte Jahre her gewesen sein, daß Tante Jean sich irgendwo in Bodennähe aufgehalten hatte, wenn sie nicht gerade betrunken hingefallen war. Sie hatten bestimmt nicht damit gerechnet, daß es an diesem Abend so devot zugehen würde, daß alle um meinen Vater herumsitzen und ihn anhimmeln würden. Später würden wir ganz schön Ärger bekommen, das stand außer Frage.

Gott wollte anfangen. Helen setzte sich zu den anderen auf den Boden. Ich stand hinter der Bar und sah zu. Dad blickte in die Menge und lächelte, bis er sich dabei ertappte, wie er Jean und Ted anlächelte. Einen Augenblick lang änderte sich sein Gesichtsausdruck nicht.

Obwohl er Ted und Jean Gin und Tonic nannte, hatte er nichts gegen Jean und mochte Ted eigentlich ganz gern, der ihn seinerseits auch mochte. Ted besprach oft seine »kleinen persönlichen Schwierigkeiten« mit ihm, denn obwohl es für Ted unverständlich war, wieso Dad kein Geld hatte, spürte er doch, daß Dad das Leben kannte, daß er weise war. Also erzählte Ted ihm von Jeans Sauferei oder von ihrer Affäre mit einem jungen Mitglied des Stadtrats, davon, daß sein Leben langsam nutzlos zu werden schien oder daß er sich unzufrieden fühlte.

Wann immer sie diese Bekenntnissitzungen abhielten, sorgte Dad dafür, daß Ted sich nützlich machte. »Er kann doch schließlich gleichzeitig reden und arbeiten, oder vielleicht nicht?« sagte er, während er in einem Gartenstuhl aus Aluminium saß und Ted, als Gegenleistung für Dads Aufmerksamkeit, manchmal in Tränen aufgelöst, Steckdosen unter Putz verlegte, Regale für die orientalischen Bücher zimmerte, eine Tür abschmirgelte oder das Badezimmer flieste. »Verschieb deinen Selbstmord, Ted, bis du mit dem Boden fertig bist«, sagte Dad.

Heute abend hielt sich Dad nicht mit Gin und Tonic auf. Im Zimmer war kein Laut zu hören. Dad sah vor sich hin und schwieg. Zuerst war es ein kleines Schweigen. Aber es dauerte und dauerte und wurde ein großes Schweigen: Auf nichts folgte nichts, dem wiederum sehr bald mehr nichts folgte, während Dad dort saß, den Blick starr, aber sorgenvoll geradeaus gerichtet. Mir trat der Schweiß auf die Stirn. Ein Kichern stieg in meiner Kehle auf. Ich fragte mich, ob er sie zum Narren halten und eine Stunde schweigend sitzen bleiben würde (vielleicht würde er noch einen mystischen Satz wie: »Getrocknetes Exkrement auf dem Haupt einer Taube« zum Besten geben), um dann, nachdem er der Bourgeoisie von Chislehurst einen vorzüglichen Begriff ihrer inneren Leere vermittelt hatte, seinen Mantel anzuziehen und zu seiner Frau nach Hause zu fahren.

Endlich begann er seinen Sermon, den er diesmal mit nervenaufreibenden Zischgeräuschen, Schweigephasen und starren Blicken ins Publikum musikalisch unterlegte. Und er zischte und schwieg und starrte so leise ins Publikum, daß die armen Idioten sich vorbeugen mußten, um ihn hören zu können. Aber keiner war mit seinen Gedanken woanders; ihre Ohren waren weit geöffnet.

»In unseren Büros und an unseren Arbeitsplätzen sagen wir den anderen gern, was sie tun sollen. Wir stellen sie bloß. Wir vergleichen ihre Arbeit mit der unseren und lassen kein gutes Haar an ihnen. Wir leben in ständiger Konkurrenz. Wir geben an und tratschen. Wir träumen davon, gut behandelt zu werden und andere schlecht zu behandeln ...«

Hinter Dad öffnete sich langsam eine Tür. Ein Pärchen war zu sehen – ein großer, junger Mann mit kurzem, abstehendem und weiß gefärbtem Haar. Er trug silberfarbene Schuhe und ein glänzendes, silbriges Jackett. Er sah aus wie ein Astronaut. Im Vergleich zu ihm wirkte das Mädchen an seiner Seite eher schlampig. Sie war vielleicht siebzehn, trug einen langen Hippie-Kittel, einen Rock, der bis auf den Boden fiel, und Haare bis zu den Hüften. Die Tür schloß sich wieder, und sie waren verschwunden; niemand war gestört worden. Alle hörten Dad zu, nur Jean nicht, die ihr Haar in den Nacken warf, als wollte sie sich Dad damit vom Leib halten. Als sie zu Ted hinübersah und ein Zeichen des Zuspruchs von ihm erwartete, bekam sie keines: Auch er war von Dad völlig fasziniert.

Wie ein Bühneninspizient, der sieht, daß seine Aufführung gut läuft, und weiß, daß es nichts weiter zu tun gibt, schlüpfte ich durch die Terrassentür aus dem Zimmer. »Wir müssen einen völlig neuen Weg finden, unser Leben zu leben«, war der letzte Satz, den ich hörte.

Es war weniger die Bedeutung der einzelnen Worte als vielmehr Dads Anwesenheit, die den Lärm in den Köpfen der Menschen zum Verstummen brachte. Er strahlte eine Gelassenheit, eine Ruhe und Selbstsicherheit aus, die mir das Gefühl gaben, ich sei aus Licht und Luft geschaffen, als ich durch die stillen, parfümierten Zimmer von Carl und Marianne glitt, mich manchmal hinsetzte und in die Weite starrte, dann wieder nur so umherschlenderte. Laute und Lautlosigkeit nahm ich deutlicher wahr; die Konturen der Dinge waren schärfer. Ich überraschte mich dabei, daß ich voller Bewunderung in den Anblick einiger Kamelien in einer Jugendstilvase versunken war. Durch Dads innere Ruhe und Konzentration erlebte ich die Bäume im Garten überraschend neu; ohne zu assoziieren und analysieren, sah ich in die Welt. Der Baum bestand aus Form und Farbe, nicht aus Blättern und Ästen. Aber langsam begann die Frische der Wahrnehmung nachzulassen; mein Verstand beschleunigte wieder und füllte sich allmählich mit Gedanken. Dad war nicht wirkungslos geblieben, und ich war zufrieden. Aber der Zauber war noch nicht vorbei: Da war noch etwas – eine Stimme. Und während ich dort in der Eingangshalle von Carl und Marianne stand, trug mir diese Stimme Gedichte vor. Ich verstand jedes einzelne Wort:

»'Tis true, 'tis day; what though it be?
O wilt thou therefore rise from me?
Why should we rise? because 'tis light?
Did we lie downe, because 'twas night?
Love which in spight of darkness brought us hither,
Should in despight of light keepe us together.«

Es war eine kraftvolle, männliche Stimme, die nicht von oben kam, wie ich zuerst dachte – ein Engel konnte es also nicht sein –, sondern von der Seite. Ich ging ihr nach, bis ich zum Wintergarten kam und dort den Typen mit den silbernen Haaren fand, der neben dem Mädchen in einer Hollywoodschaukel saß. Er sprach zu ihr – nein, er las ihr aus einem kleinen, ledergebundenen Buch vor, das er in der Hand hielt – und hielt seinen Mund so nah an ihr Gesicht, als wollte er die Worte in sie hineinstopfen. Sie saß teilnahmslos da, roch nach Patschuli und wischte sich zweimal eine Haarsträhne aus den Augen, während er weiterlas:

»The serpent is shut out from Paradise.
The wounded deer must seek the herb no more
In which its heart-cure lies ...«

Das Mädchen langweilte sich zu Tode, lebte aber auf, als sie mich, den ewig lauernden Voyeur, entdeckte.
»Tschuldigung«, sagte ich und drehte mich um.
»Karim, warum gehst du mir aus dem Weg?«
Jetzt erst erkannte ich Charlie.
»Tu ich nicht. Ich meine, will ich nicht. Warum hast du dir die Haare silbern gefärbt?«
»Macht mehr Spaß so.«
»Ich habe dich seit einer Ewigkeit nicht mehr gesehen, Charlie. Was war los? Ich habe mir Sorgen um dich gemacht.«
»Kein Grund zur Panik, mein Kleiner. Ich habe mich auf den Rest meines Lebens vorbereitet. Und auf sonst noch so einiges.«
Das faszinierte mich.
»Ehrlich? Wie sieht denn der Rest deines Lebens aus? Weißt du das schon?«
»Wenn ich in die Zukunft blicke, seh ich drei Dinge: Erfolg, Erfolg –«
»Und Erfolg«, ergänzte das Mädchen träge.
»Das hoffe ich doch«, sagte ich. »Gut so, Mann.«
Das Mädchen grinste ironisch. »Mein Kleiner«, kicherte sie. Dann streifte sie mit den Lippen sein Ohr. »Charlie, kannst du mir nicht noch etwas vorlesen?«
Also stand Charlie wieder auf und las uns beiden vor, aber ich fühlte mich nicht mehr besonders gut. Um ehrlich zu sein, ich fühlte mich wie ein Trottel. Ich brauchte jetzt sofort eine Dosis von Gottes Kopfmedizin, aber ich wollte mich nicht von Charlie trennen. Warum war er silberhaarig

geworden? Standen wir vielleicht am Anfang einer neuen Haar-Ära, von der ich überhaupt noch nichts bemerkt hatte? Widerwillig ging ich zurück ins Wohnzimmer. Dads Auftritt bestand aus einer halben Stunde gezischten Anweisungen plus Fragen, einer halben Stunde Yoga sowie Meditation. Zum Schluß, als alle aufgestanden waren und sich schläfrig unterhielten, sagte Tante Jean ziemlich barsch Hallo. Ich sah, daß sie gehen wollte, zugleich aber den Blick nicht abwenden konnte von einem erleichterten und lächelnden Dad am anderen Ende des Zimmers. Eva stand neben ihm, und einige Leute warteten darauf, mehr von seiner Lehre zu erfahren. Andere fragten ihn, ob er auch in ihr Haus käme und dort Sitzungen abhalten würde. Eva war besitzergreifend geworden und entführte ihn den Langweilern, während er allen ein königliches Nicken schenkte.

Bevor ich ging, tauschten Helen und ich unsere Adressen und Telefonnummern aus. Charlie und das Mädchen stritten sich in der Halle. Charlie wollte, daß das Mädchen mit zu ihm komme, aber sie bestand darauf, ihrer eigenen Wege zu gehen, der kleine Dummkopf. »Aber warum willst du mich denn nicht?« fragte er. »Ich will dich wirklich. Ich liebe dich jetzt.«

Warum war er so uncool? Aber ich fragte mich, ob es mir wohl gleichgültig sein würde, wenn einmal der Tag käme, an dem ich jemanden wollte und er oder sie mich ablehnte. Ich schnaubte verächtlich in seine Richtung und wartete draußen auf Dad und Eva.

Das war es also. Helen war unglücklich in mich verliebt, und ich war unglücklich in Charlie verliebt, und er war unglücklich in Miss Patschuli verliebt, und sie war bestimmt in einen anderen armen Teufel unglücklich verliebt. Das einzig glücklich verliebte Paar waren Gott und Eva. Ich fand es furchtbar, hinter ihnen im gleichen Wagen sitzen und mit ansehen zu müssen, wie Eva ihre Arme überall um Dad herumschlang. Um sie in die Schranken zu weisen, sah Dad sich gezwungen, gebieterisch einen Finger zu heben – in den Eva hineinbiß. Und ich saß da wie ein lieber Junge und tat so, als gäbe es mich nicht.

War Dad wirklich in Eva verliebt? Unsere Welt schien so unveränderlich zu sein, daß es mir nicht leicht fiel, mich mit dieser Liebe abzufinden. Aber hatte er sie nicht selbst publik gemacht? Hatte er nicht am Ende seiner Vorstellung mit einem Geräusch, als würde er eine Orange aussaugen, Eva einen schmatzenden Kuß gegeben und ihr gestanden, daß er es ohne sie nie geschafft hätte? Und sie war ihm mit der Hand durch sein Haar gefahren, während Carl und Marianne in ihrer Hände-zusammen-Betposition verharrten und Ted und Jean herumstanden und glotzten und in ihren blöden Mänteln wie Geheimpolizisten aussahen. Was war los mit Dad?

Mum wartete im Flur auf uns, ihr Gesicht halb vom Telefon verborgen. Sie sagte wenig, aber ich konnte Jeans blecherne Stimme am anderen Ende hören. Man hatte keine Zeit verloren. Dad verdrückte sich in sein Zimmer. Ich wollte auch gerade nach oben laufen, als Mum sagte: »Warte eine Sekunde, Klugscheißer, da will jemand mit dir reden.«

»Wer?«

»Komm her.«

Sie hielt mir den Hörer hin, und ich hörte Jean nur den einen Satz sagen: »Komm uns morgen besuchen; keine Widerrede. Verstanden?«

Sie schrie einen immer so an, als ob man blöde wäre.

Arschloch, dachte ich. Wenn sie in dieser Stimmung war, würden mich keine zehn Pferde in ihre Nähe bringen. Andererseits war ich natürlich der neugierigste Mensch, der mir je begegnet war. Ich würde gehen – das stand fest.

Also putzte ich am nächsten Morgen mein Fahrrad und holperte bald darauf über die halbfertigen Straßen. Es war der gleiche Weg, den Dad und ich am Abend zuvor gegangen waren. Ich fuhr langsam und beobachtete dabei die Männer, die über ihre Autos redeten, sie bewunderten, abspritzten, wuschen, staubsaugten, polierten, auf Hochglanz brachten, alte Farbe abkratzten, neue Farbe auftrugen. Es war ein schöner Tag, aber ihre Gewohnheiten würden sie deshalb nie ändern. Frauen riefen, das Essen sei auf dem Tisch. Menschen in Hüten und Anzügen kamen aus der Kirche und trugen Bibeln in der Hand. Die Kids hatten saubere Gesichter und gekämmte Haare.

Ich war noch nicht ganz darauf eingestellt, mir von Ted und Jean die Laune verderben zu lassen, also beschloß ich, auf einen Sprung bei Helen vorbeizugehen. Sie wohnte nicht weit weg. In der Frühe war ich in Dads Zimmer gehuscht und hatte einen seiner staubigen London-Gefühlsecht mitgehen lassen – man kann ja nie wissen.

Helen lebte in einem großen alten Kasten, der etwas abseits von der Straße stand. Mir kam es so vor, als ob alle Menschen, die ich kannte, Charlie und die anderen, in großen Häusern wohnten, nur wir nicht. Kein Wunder, daß ich an einem Minderwertigkeitskomplex litt. Aber Helens Haus war seit Urzeiten nicht mehr gestrichen worden. Zwischen den Sträuchern und Blumenbeeten wucherte das Unkraut, und auf dem Weg hatte sich Löwenzahn breitgemacht. Der Gartenschuppen war halb verfallen. Eine Schande, hätte Onkel Ted gesagt.

Ich stellte mein Fahrrad draußen ab und kettete es an den Zaun. Die Pforte klemmte. Ich gab mich erst gar nicht damit ab und kletterte direkt über den Zaun. Als ich an der Eingangstür klingelte, hörte ich irgendwo tief im Haus eine Glocke. Es war ziemlich gespenstisch. Niemand öffnete, also schlenderte ich zur Rückseite.

»Karim, Karim.« Helen klang nervös und besorgt. Ihre Stimme kam aus einem Fenster über meinem Kopf.

»Hey«, rief ich. »Ich wollte nur mal bei dir vorbeischauen.«

»Bei mir auch, wie?«
Sie nervte mich. Ich wollte immer, daß alles sofort geschieht. »Was ist los? Kannst du nicht runterkommen? Was soll dieses Julia-Getue?«
In diesem Moment schien jemand ihren Kopf ins Haus zurückzureißen. Ich hörte einen gedämpften Wortwechsel – eine Männerstimme –, und das Fenster knallte zu. Dann wurden die Vorhänge vorgezogen.
»Helen! Helen!« rief ich und fühlte mich plötzlich sehr zu ihr hingezogen.
Die Haustür ging auf. Helens Vater stand im Eingang. Er war ein großer Mann mit einem schwarzen Bart und dicken Armen. Ich bildete mir ein, daß er auch haarige Schultern hatte und, noch schlimmer, einen haarigen Rücken, so wie Peter Sellers und Sean Connery. (Ich führte eine Liste von Schauspielern mit haarigen Rücken, die ich ständig ergänzte.) Und dann wurde ich blaß, aber offenbar nicht blaß genug, denn Pelzrücken ließ den Hund von der Leine, eine verdammt große dänische Dogge, und sie trottete neugierig auf mich zu. Ihr Maul klaffte wie eine Höhle. Es sah aus, als hätte jemand aus ihrem Kopfklumpen einen gezackten Keil herausgerissen, um daraus einen gelbzahnigen, geifernden Rachen zu formen. Ich hielt meine Arme ausgestreckt vor mich in die Luft, damit mir der Hund nicht in die Hände biß. Ich muß wie ein Schlafwandler ausgesehen haben, aber da ich meine Hände auch noch in Zukunft brauchen würde, machte es mir nichts aus, diese barocke Pose einzunehmen, obwohl ich mich sonst fanatisch um mein Aussehen sorge und so tue, als hätte die ganze Welt nichts Besseres zu tun, als mich nach den Regeln einer komplizierten und geheimnisvollen Etikette ständig auf irgendeinen Fauxpas hin zu beobachten.
»Du wirst meine Tochter nie wiedersehen«, sagte Pelzrükken. »Sie geht nicht mit Jungens aus. Schon gar nicht mit Pakis.«

»Schon gut.«
»Kapiert?«
»Yeah«, sagte ich mürrisch.
»Wir wollen keine Nigger in unserm Haus.«
»Hatten Sie denn schon viele?«
»Viele *was*, du kleiner Pinscher?«
»Nigger.«
»Wo?«
»In Ihrem Haus.«
»Wir wollen sie nicht«, sagte Pelzrücken. »Egal, wie viele Nigger wo sind, wir wollen sie nicht. Wir halten es mit Enoch. Wenn du deine schwarze Hand an meine Tochter legst, dann hau ich dir mit 'nem Hammer drauf! Mit 'nem Hammer!«
Pelzrücken knallte die Haustür zu. Ich ging einige Schritte rückwärts, dann drehte ich mich um. Scheiß-Pelzrücken. Ich mußte dringend pissen. Ich besah mir seinen Wagen, einen großen Rover. Ich beschloß, die Luft aus den Reifen zu lassen. Ich würde höchstens ein paar Sekunden brauchen, dann durch das Fenster pissen, und wenn er rauskam, war ich schneller über den Zaun als eine Katze durch ein Fenster. Ich ging schon auf den Rover zu, als ich merkte, daß Pelzrücken mich mit seinem Hund allein gelassen hatte. Er schnüffelte an einem Scheißhaufen, nur ein paar Meter entfernt. Jetzt setzte er sich in Bewegung. Ich stand mucksmäuschenstill da, wie ein Stein oder ein Baum, dann drehte ich dem Hund bedächtig den Rücken zu und ging einige Schritte, als liefe ich auf Zehenspitzen über ein einsturzgefährdetes Dach. Ich hoffte, Helen würde das Fenster öffnen und meinen Namen rufen, oder noch besser den des Hundes. »O Helen, Helen!« murmelte ich.
Offensichtlich gefielen dem Hund meine sanften Worte, denn plötzlich war da eine Art ungestümer Wirbel, und ich spürte etwas Eigenartiges auf meinen Schultern. Es waren Hundepfoten. Der Hund blies mir seinen warmen Atem in

den Nacken. Ich machte noch einen Schritt, der Hund auch. Jetzt begriff ich, was der Hund vorhatte. Er war in mich verliebt – das sagten mir seine schnellen Bewegungen an meinem Hintern. Seine Ohren waren heiß. Da sich die Bewegungen verstärkten, glaubte ich nicht, daß der Hund mich jetzt gerade beißen würde, also entschied ich mich, es zu riskieren. Der Hund an meinem Rücken bebte.

Ich stürzte zur Pforte und kletterte hinüber; dabei blieb mein rosa Hemd an einem Nagel hängen. Als ich auf der anderen Seite in Sicherheit war, sammelte ich einige Steine auf und verpaßte dem Hund eine Salve. Einer krachte ihm auf die Birne, aber das schien ihm nichts auszumachen. Bevor ich mich auf das Fahrrad schwang, zog ich mir die Jacke aus und sah, daß sie voller Hundewichse war.

Als ich endlich auf meinem Drahtesel über Jeans Gartenweg strampelte, war ich verdammt schlechter Laune. Und Jean ließ einen an der Haustür immer die Schuhe ausziehen, damit niemand zweimal auf den Teppich trat und ihn ruinierte. Einmal, als wir ins Haus gingen, sagte Dad: »Was soll das hier eigentlich sein, Jean, ein Hindu-Tempel? Trifft sich hier Ohne-Schuh mit Hacke-Voll?« Sie machten bei jeder Neuanschaffung so ein Theater: In ihrem drei Jahre alten Wagen hingen zum Beispiel immer noch Plastikbezüge über den Sitzen. Dad sagte in diesem Wagen gern zu mir: »Findest du nicht, daß man hier sitzt wie Gott in Frankreich, Karim?« Er brachte mich zum Lachen, mein Dad.

Heute morgen, als ich losfuhr, war ich fest entschlossen gewesen, höflich und zuvorkommend zu sein, ein richtiger Schleimscheißer, aber mit dem Hundesperma auf dem Rükken meiner gefärbten Jacke, ohne Schuhe und mit zum Platzen gefüllter Blase hielt ich diese Fitzgerald-Fassade für eine Zumutung. Und Jean führte mich gleich ins Wohnzimmer, legte mir die Hände auf die Schultern, drückte mich in den Sessel – ein ganz neuer Zug an ihr – und verschwand, um Ted zu holen.

Ich ging ans Fenster und sah hinaus in den Garten. Hier hatten Ted und Jean im Sommer, als Peter's Heaters noch Hochkonjunktur hatten, phantastische Parties veranstaltet, oder »Feten«, wie Ted sie nannte. Mein Bruder Allie, Ted und ich bauten dazu ein großes Zelt auf dem Rasen auf und warteten atemlos auf die Ankunft der besseren Gesellschaft von ganz Südlondon und Kent. Die wichtigsten Bauunternehmer, Bankdirektoren, Steuerberater, lokalen Politiker und Geschäftsmänner mit ihren Frauen und Flittchen kamen. Allie und mir machte es Spaß, in dieser duftenden Meute herumzulaufen und die mit Aftershave und Parfüm geschwängerte Luft zu riechen. Wir servierten Cocktails und reichten Erdbeeren, Sahne und Törtchen oder Käse und Schokolade; manchmal kniffen uns die Frauen dafür in die Wangen, und wir versuchten, ihren Töchtern unter die Röcke zu fassen.

Mum und Dad fühlten sich auf diesen großen Veranstaltungen, bei denen die Menschen nur an ihrem Geld gemessen wurden, immer fehl am Platz und fanden, daß man sie herablassend behandelte. Sie kennenzulernen, brachte niemandem einen Gewinn, und sie wollten von keinem der Gäste etwas. Irgendwie schienen sie immer falsch angezogen zu sein und leicht schäbig auszusehen. Nach einem Eimer Bowle wollte Dad dann meistens über die wahre Bedeutung des Materialismus diskutieren, und darüber, warum man allgemein annahm, daß wir in einer materialistischen Zeit lebten. Die Wahrheit sei, sagte er, daß wir den Wert individueller Objekte oder ihre spezifische Schönheit nicht wirklich zu schätzen wüßten. Unser Materialismus feiere die Habgier, Habgier und Prestige, aber nicht das Sein und die Beschaffenheit der Dinge. Solche Gedanken hörte man auf Jeans Parties nicht gern; meine Mutter winkte meinem Dad dann verstohlen zu und machte ihm Zeichen, daß er den Mund halten solle: er wurde dann schnell depressiv. Mums Ehrgeiz war es, unbemerkt zu bleiben, so wie alle anderen zu sein, und Dad wollte am liebsten auffallen wie ein Jongleur auf einer Beerdigung.

Ted und Jean waren damals so etwas wie ein Königspaar – reich, mächtig und einflußreich. Jean brillierte im Vermitteln von Kontakten geschäftlicher und auch romantischer Natur. Sie führte über die örtlichen Liebesgeschichten Buch, mischte sich in zahlreiche Affären ein, warnte, gab Ratschläge, umwarb und förderte bestimmte Ehen, riß unpassende Verbindungen gnadenlos auseinander. Sie wußte, was überall geschah; sie kannte die Bewegungen auf dem Konto so gut wie das Geschehen im Bett.

Jean schien unverwundbar, bis sie sich auf eine Affäre mit einem farblosen, achtundzwanzigjährigen, konservativen Ratsmitglied aus einer alten und angesehenen, bürgerlichen Familie aus Sevenoaks einließ. Er war sexuell so gut wie unberührt, naiv und unerfahren und hatte Pickel, aber er war ihr gesellschaftlich weit überlegen. Innerhalb von sechs Monaten sprachen seine Eltern ein Machtwort, und er sah sie nie wieder. Sie trauerte zwei Jahre um ihn, und von Tag zu Tag schien Ted im Vergleich mit ihrem verflossenen, konservativen Jüngling erbärmlicher abzuschneiden. Es gab keine Parties mehr, und die Leute blieben aus.

Tante Jean kam mit Onkel Ted ins Zimmer zurück. Er war der geborene Feigling und fürchterlich nervös. Vor irgendwelchen Auseinandersetzungen oder Streitereien hatte er eine Höllenangst.

»Hallo, Onkel Ted.«

»Tag, mein Sohn«, sagte er mit jämmerlicher Stimme.

Tante Jean begann ohne Umschweife. »Hör zu, Karim –«

»Wie sieht's mit Fußball aus?« fragte ich, ohne auf ihre Bemerkung einzugehen, und lächelte Ted an.

»Was?« fragte er und schüttelte den Kopf.

»Die Spurs stehen gar nicht schlecht da, was meinst du?«

Er sah mich an, als wäre ich verrückt. Tante Jean begriff nicht, was hier vor sich ging. Ich wurde deutlicher: »Höchste Zeit, daß wir uns mal wieder ein Spiel ansehen. Wie wär's, Onkel Ted?«

Eigentlich eine ganz gewöhnliche Bemerkung, aber bei Onkel Ted erzielte sie die gewünschte Wirkung. Ich war mir sicher, daß er im Streit um Dad nach dieser Anspielung wenigstens neutral, wenn nicht gar auf meiner Seite sein würde. Ich war mir deshalb sicher, weil Ted üble Scheiße gebaut hatte und nicht wollte, daß Tante Jean etwas davon erfuhr; genau wie die Gartenbankgeschichte, mit der ich Daddio in den Griff gekriegt hatte, war diese Story in meinem Kopf gespeichert, um sie gegen Ted ausspielen zu können.

Ich fühlte mich schon etwas besser.

Hier ist der Mist, den Ted angestellt hatte:

Vor einiger Zeit wollte ich unbedingt der erste indische Mittelstürmer sein, der für England spielt, und die Schule schickte mich zu Testspielen zu Millwalls und Crystal Palace. Unsere Mannschaft waren allerdings die Spurs, und weil ihr Stadion weit entfernt in Nordlondon lag, bekamen Ted und ich sie nicht oft zu sehen. Als sie jedoch ein Heimspiel in Chelsea hatten, überredete ich Ted, mich mitzunehmen. Mum war überzeugt, daß mir die Shed-Jungs einen Floh ins Ohr setzen würden und versuchte, mich davon abzuhalten. Dabei war ich gar nicht so scharf auf Fußball live. Man stand da mit Eiszapfen an den Eiern in der Kälte herum, und wenn einer ein Tor schoß, sprang das ganze Stadion in die Luft, und man sah nur noch Wollmützen, sonst nichts.

Der Zug trug Ted und mich und unsere belegten Brote durch die Vorstädte nach London. Es war der gleiche Weg, den Dad jeden Morgen fuhr, in seiner Aktentasche Keema und Roti mit Erbsencurry, eingewickelt in fettiges Papier. Bevor wir den Fluß überquerten, fuhren wir durch die Slums von Herne Hill und Brixton, Bezirke, die so fremd und anders waren als die Gegenden, die ich kannte, daß ich aufsprang, die Fenster herunterriß und gebannt auf die Reihen verfallener, viktorianischer Häuser starrte. In den Gärten lagen verrostender Schrott und triefnasse Mäntel; im Zickzack zogen sich vollgehängte Wäscheleinen durch die Trümmerlandschaft. Ted erklärte: »Da wohnen die Nigger. Die Schwarzen.«

Auf dem Rückweg standen wir dichtgedrängt neben Dutzenden von anderen Spur-Fans mit schwarzweißen Schals. Ich hielt eine Fußballrassel in der Hand, die ich mir in der Schule gemacht hatte. Die Spurs hatten gewonnen. Wir sangen: »Tottenham, Tottenham!«

Als ich wieder zu Ted hinübersah, hatte er ein Messer in der Hand. Er sprang auf den Sitz und zerschmetterte die Glühbirnen in unserem Abteil. Meine Haare waren voller Glassplitter. Wir sahen zu, wie Ted vorsichtig die Spiegel zwischen den Abteilen herausschraubte – als würde er einen Radiator von der Wand nehmen – und aus dem Zug warf. Während wir hin- und herrückten, um ihm Platz zu machen – keiner machte mit – zerstach Ted die Sitze und riß das Futter heraus. Zum Schluß hielt er mir eine unzerbrochene Glühbirne hin und zeigte damit auf das offene Fenster.

»Mach schon, genieß das Leben, schließlich ist Samstag.«

Ich stand auf und feuerte die Glühbirne, so weit ich konnte, aus dem Fenster und sah nicht, daß wir in die Penge Station einfuhren. Die Glühbirne krachte gegen eine Mauer, vor der ein alter Inder saß. Der Mann schrie, stand auf und humpelte davon. Die Jungs im Zug johlten ihm rassistische Sprüche hinterher. Als Ted mich zu Hause ablieferte, hatte Mum auf mich gezeigt und gefragt, ob ich mich gut benommen hätte.

Jetzt richtete Tante Jean die Scheinwerfer ihrer Augen voll auf mich.

»Wir haben deinen Dad eigentlich immer gern gehabt, und wir haben nie etwas dagegen gesagt, als er und Margaret heirateten, obwohl es so manchen Leuten nicht paßte, daß sie einen Farbigen geheiratet hat –«

»Tante Jean –«

»Unterbrich mich nicht, Herzchen. Deine Mum hat mir alles haarklein erzählt, was dein Dad sich drüben in Bekkenham geleistet hat. Er hat sich als Buddhist ausgegeben –«

»Er ist Buddhist.«

»Und er macht mit dieser verrückten Frau rum, von der jedermann weiß – weil sie es allen erzählt –, wie entstellt sie ist.«

»Entstellt, Tante Jean?«

»Und gestern, da haben wir kaum unseren Augen getraut, war es nicht so, Ted? Ted!«

Ted nickte, um anzudeuten, daß er seinen Augen nicht getraut hatte.

»Wir rechnen damit, daß diese Verrücktheiten jetzt sofort aufhören.«

Sie lehnte sich zurück und wartete auf meine Antwort. Himmel, Tante Jean wußte nur zu gut, wie sie einem mit ihren Blicken Angst einjagen konnte, sogar so gut, daß ich mir kaum einen Furz verkneifen konnte, der gerade aus mir raus wollte. Ich schlug meine Beine übereinander und drückte mich so tief wie nur möglich in das Sofa. Aber vergeblich. Fröhlich donnerte der unartige Furz aus mir heraus. Sekunden später war das stinkende Gas aufgestiegen und trieb in Schwaden zu Tante Jean hinüber, die immer noch darauf wartete, daß ich etwas sagte.

»Frag mich nicht, Tante Jean. Was geht es uns schließlich an, was Dad macht?«

»Ich fürchte, was er macht, geht verdammt noch mal nicht nur ihn allein was an. Es betrifft uns alle! Die denken sonst, wir wären verrückt geworden. Denk doch bloß an Peter's Heaters!« sagte sie und wandte sich an Onkel Ted, der sich ein Kissen vor das Gesicht hielt. »Was machst du denn da, Ted?«

So unschuldig, wie ich nur konnte, fragte ich: »Wie kann

denn Dads Benehmen unser Leben beeinflussen, Tante Jean?«

Tante Jean kratzte sich an der Nase. »Deine Mum hält es nicht mehr aus«, sagte sie. »Es liegt an dir, du mußt diesem Unsinn sofort ein Ende machen. Dann verlieren wir kein Wort mehr über die ganze Sache. Ehrenwort.«

»Nur an Weihnachten«, fügte Ted hinzu. Er sagte gern die falschen Dinge zur falschen Zeit, als brächte ihm diese Rebellion etwas Selbstachtung ein.

Jean stand auf und schritt mit ihren hochhackigen Schuhen über den Teppich. Sie öffnete ein Fenster und atmete die frische Gartenluft ein. Dieses stärkende Tonikum brachte sie auf das Königshaus.

»Außerdem ist dein Dad Beamter. Was würde die Königin sagen, wenn sie wüßte, was er treibt?«

»Welche Königin?« murmelte ich vor mich hin. Laut sagte ich: »Ich beantworte keine rhetorischen Fragen«, stand auf und ging zur Tür. Als ich vor ihr stand, merkte ich, wie sehr ich zitterte. Aber Jean lächelte mich an, als hätte ich jedem Wort von ihr zugestimmt.

»Sei ein guter Junge, Herzchen. Gib mir einen Kuß. Was ist das für eine Schweinerei auf deiner Jacke?«

Wochenlang hörte ich nichts mehr von Gin und Tonic, und in dieser Zeit lief ich keineswegs zu Dad, um ihn auf Knien anzuflehen, er solle diese Buddha-Geschichten sein lassen, nur weil sie Jean nicht gefielen.

Was Eva anging, so kam kein Wort mehr von ihr. Ich dachte schon, die ganze Affäre sei vorbei, und das fand ich schade, weil unser Leben wieder in seinen langweiligen Alltagstrott verfiel. Aber eines Abends klingelte das Telefon, und Mum nahm den Hörer ab. Sie legte sofort wieder auf. Dad stand in der Tür seines Zimmers. »Wer war dran?« fragte er.

»Niemand«, sagte Mum mit einem trotzigen Blick in den Augen.

Kapitel vier

Es gab andere deutliche Hinweise darauf, daß Eva aus unserem Leben nicht mehr wegzudenken sein würde. Sie war da, wenn Dad in sich gekehrt und gedankenverloren aussah – wie eigentlich jeden Abend; sie war da, wenn Mum und Dad sich zusammen *»Panorama«* ansahen; sie war da, wenn er sich eine traurige Platte anhörte oder jemand das Wort Liebe erwähnte. Und keiner war glücklich. Ich war mir nicht sicher, ob Dad sich heimlich mit Eva traf. Wie sollte das möglich sein? Für Pendler war das Leben bis auf die Minute durchreguliert; wenn Züge Verspätung hatten oder ausfielen, gab es immer sofort eine andere Verbindung. Am Abend fehlte jeglicher Vorwand: niemand ging aus; es gab nichts, wo man hätte hingehen können, und privat traf Dad sich nie mit einem Kollegen aus dem Büro. Nach der Arbeit flüchteten alle, auch Dad, aus London, so schnell sie konnten. Ungefähr einmal im Jahr gingen Mum und Dad ins Kino, und Dad schlief jedesmal dabei ein; ein einziges Mal waren sie ins Theater gegangen, um sich die *»West Side Story«* anzusehen. Außer Onkel Ted kannten wir niemanden, der in Kneipen ging. Kneipen waren nur etwas für die unteren Schichten; dort, wo wir lebten, konnte man eher die Zahn- und Schamlosen hören, wie sie, begleitet von ramponierten Klavieren sangen: »Komm, komm, komm und mach mir schöne Augen, beim alten Bull and Bush.« Dad konnte Eva also höchstens während seiner Mittagspause treffen, und vielleicht wartete sie vor dem Büro auf ihn, um Arm in Arm mit ihm im St. James Park zum Essen zu gehen, so wie Mum und Dad es damals getan hatten, als sie verliebt waren. Ich hatte keine Ahnung, ob Dad und Eva miteinander schliefen. Aber in seiner Aktentasche entdeckte ich ein Buch mit Bildern von chinesischen Sexstellungen, darunter die »Verschlungenen Mandarinenten« und die komplizierte »Bonsai-Kiefer«, die »Katz-und-Maus-teilen-sich-ein-Loch«-Stellung und die entzükkende »Dunkle-Zikade-klammert-sich-an-einen-Ast«.

Ob sich die dunkle Zikade nun an einen Ast klammerte oder nicht, jedenfalls war das Leben sehr nervenaufreibend. Zumindest oberflächlich verlief es jedoch in geraden Bahnen, bis ich eines Sonntagmorgens, etwa zwei Monate nachdem ich Gin und Tonic in ihrem Haus besucht hatte, die Tür öffnete, und Onkel Ted vor mir stand. Ohne zu lächeln oder ihn zu begrüßen, sah ich ihn an, und er schaute verlegen zurück, bis er schließlich hervorstieß: »Ach, Junge, ich komm nur auf einen Sprung vorbei, um einen Blick auf den Garten zu werfen. Ich will bloß wissen, ob die Rosen auch aufgegangen sind.«

»Der ganze Garten steht in Blüte.«

Ted ging ins Haus, sang: *»There'll be blue birds over the white cliffs of Dover«* und fragte: »Wie geht's deinem alten Herrn?«

»Noch immer bei unserer kleinen Unterhaltung, wie?«

»Behalte das für dich, so wie wir es damals vereinbart haben«, sagte er und stolzierte an mir vorbei.

»Höchste Zeit, daß wir mal wieder zum Fußball gehen, Onkel Ted, findest du nicht auch? Mit dem Zug zum Beispiel, wie wär's?«

Er ging in die Küche, als Mum gerade den Sonntagsbraten in den Ofen schob. Er nahm sie mit hinaus in den Garten, und ich sah an seinem Gesicht, daß er sie fragte, wie es ihr ginge. Mit anderen Worten, er wollte wissen, was mit Dad

und Eva und der ganzen Buddha-Geschichte war. Was würde Mum antworten? Alles war okay und nicht-okay. Es gab keine Indizien, aber das mußte nicht heißen, daß keine Verbrechen begangen wurden.
Noch immer in der Laune des praktischen Geschäftsmannes, steuerte Ted, nachdem er mit Mum fertig war, Dads Schlafzimmer an. Neugierig, wie ich war, folgte ich ihm, obwohl er versuchte, mir die Tür vor der Nase zuzuschlagen.
Dad saß auf der weißen Tagesbettdecke und putzte seine Schuhe mit einem von meinen gebatikten Unterhemden. Jeden Sonntagmorgen polierte Dad geduldig und sorgfältig seine zehn Paar Schuhe, bürstete seine Anzüge, wählte die Hemden für die Woche aus – einen Tag rosa, für den nächsten blau, dann lila und so weiter –, suchte nach den Manschetten und legte die Schlipse dazu, von denen er mindestens hundert besaß. Wie er da in Gedanken versunken hockte und sich überrascht umdrehte, als die Tür mit einem Knall aufging und der riesige Ted in schwarzen Stiefeln und grünem, bauschigem Rollkragenpullover keuchend ins Zimmer stürmte und es schier sprengte, sah Dad in seiner aufgestörten Einsamkeit und Arglosigkeit ziemlich klein und kindlich aus. Sie schauten sich an. Ted wirkte plump und ungehobelt, und Dad saß einfach nur da, im weißen Unterhemd und Schlafanzughosen, sein gedrungener Hals quoll aus seiner enormen Brust hervor, die sich über dem weniger enormen Unterleib wölbte. Aber Dad machte es nichts aus, gestört zu werden. Ihm gefiel es, wenn Menschen kamen und gingen, und wenn, so wie es auch in Bombay gewesen wäre, das Haus voller Stimmen und Leben war.
»Ach, Ted, kannst du dir das bitte einmal ansehen?«
»Was?«
Ein Anflug von Panik zeigte sich auf Teds Gesicht. Jedesmal, wenn er uns besuchen kam, war er entschlossen, sich nicht überreden zu lassen, irgend etwas zu reparieren.

Er führte Ted um das Bett herum zu einem wackligen Tisch, auf dem ein Plattenspieler stand, eines von diesen Koffergeräten, die mit billigem Filz ausgeschlagen waren und einen kleinen Lautsprecher an der Vorderseite hatten. Aus dem mit sprödem Gummi bezogenen Plattenteller ragte eine lange Spindel hervor, auf die man zehn Langspielplatten auf einmal stapeln konnte. Dad zeigte darauf und sprach in einem Ton zu Ted, den er bestimmt auch bei seinen Dienern angeschlagen hatte.

»Ich bin untröstlich, Ted. Ich kann mir meine Nat-King-Cole- und Pink-Floyd-Platten nicht mehr anhören. Bitte, sieh dir das doch einmal an.«

Ted warf einen Blick auf den Apparat. Ich sah seine Finger, dick wie Würste, die Haut mit tiefen Dreckfurchen und die Fingernägel eingerissen. Ich versuchte, mir seine Hand auf dem Körper einer Frau vorzustellen. »Warum kann Karim das nicht machen?«

»Er schont seine Finger für die Zeit, wenn er mal Arzt ist. Außerdem ist er ein nutzloser Scheißer.«

»Das stimmt«, sagte Ted und strahlte über diese Unverschämtheit.

»Aber natürlich ist nur das Nutzlose von Dauer.«

Bei dieser unpassenden mystischen Bemerkung sah Ted argwöhnisch zu Dad hinüber. Ich holte Teds Schraubenzieher aus seinem Wagen, er setzte sich auf das Bett und begann, den Plattenspieler aufzuschrauben.

»Jean meinte, ich sollte dich besuchen, Harry.« Ted wußte nicht, was er als nächstes sagen sollte, und Dad half ihm auch nicht. »Sie sagt, du wärst Buddhist.«

Er sagte »Buddhist«, wie er »homosexuell« sagen würde, wenn er einen Grund hätte, »homosexuell« zu sagen, aber den hatte er nicht.

»Was ist ein Buddhist?«

»Was war denn das letztens oben in Chislehurst für eine verrückte Sache, ohne Schuhe und so?« entgegnete Ted.

»Fandest du es widerlich, mir zuzuhören?«
»Ich? Nein, ich höre jedem zu. Aber Jean, ihr hat sich ganz bestimmt der Magen umgedreht.«
»Warum?« Dad brachte Ted durcheinander.
»Buddhismus ist nicht gerade eine Sache, an die sie gewöhnt ist. Das Ganze muß aufhören! Was du auch vorhast, du mußt sofort damit aufhören!«
Dad verfiel in eine seiner wirkungsvollen Schweigephasen, indem er einfach dasaß, Daumen aneinandergelegt und den Kopf demütig gesenkt, wie ein Kind, das ausgeschimpft worden ist, im tiefsten Innern seines Herzens aber davon überzeugt ist, recht zu haben.
»Also hör gefälligst auf, was soll ich denn sonst Jean sagen?« Ted geriet langsam in Wut. Dad saß immer noch.
»Sag ihr: Harry ist ein Niemand.«
Das nahm Ted den letzten Wind aus den Segeln. Wenn alles andere nichts half, mußte er sich notgedrungen eben doch auf einen Streit einlassen, obwohl er die Hände voller Plattenspielerteile hatte.
Dann wechselte Dad den Ton und das Thema. Wie ein Fußballer, der mit einem langen, flachen Schuß die gegnerische Verteidigung durchbricht, fragte er Ted, wie es mit der Arbeit laufe, der Arbeit und dem Geschäft. Ted seufzte, aber sein Gesicht hellte sich auf: Bei diesem Thema fühlte er sich offenbar sicherer.
»Harte Arbeit, sehr hart, von morgens bis abends.«
»Ja?«
»Arbeit, Arbeit, verdammt viel Arbeit!«
Das interessierte Dad gar nicht. So dachte ich wenigstens. Dann tat er etwas Ungewöhnliches. Ich glaube nicht einmal, daß er sich überlegt hatte, was er tun würde. Er stand auf, ging zu Ted, legte ihm die Hand in den Nacken und zog Ted zu sich heran, bis Teds Nase sich in Dads Brust vergrub. Mindestens fünf Minuten lang blieb Ted in dieser Haltung, den Plattenspieler auf dem Schoß, bis Dad, der auf seinen

Kopf heruntersah, schließlich sagte: „Es gibt zuviel Arbeit auf dieser Welt.«

Irgendwie hatte Dad Ted von dem Zwang befreit, sich normal zu verhalten. Mit erstickter Stimme klagte Ted: »Kann einfach nicht aufhören.«

»Doch, du kannst.«

»Wie soll ich dann leben?«

»Wie lebst du denn im Moment? Dein Leben ist eine Katastrophe. Handle nach deinen Gefühlen. Geh den Weg des geringsten Widerstandes. Tu, was dir Spaß macht – was es auch ist. Soll doch das Haus zusammenfallen. Laß dich gehen.«

»Sei nicht blöd. Muß mich doch anstrengen.«

»Unter keinen Umständen sollst du dich anstrengen«, sagte Dad bestimmt und nahm Teds Kopf zwischen seine Hände. »Wenn du nicht bald aufhörst, dich anzustrengen, wirst du sterben.«

»Sterben? Ich?«

»Ja, du. Daß du dir dauernd was vornimmst, macht dich kaputt. Kann man sich vielleicht vornehmen, sich zu verlieben? Und wer sich vornimmt, mit jemandem zu schlafen, der wird impotent. Handle nach deinen Gefühlen. Die ganze Anstrengerei ist doch beschränkt. Es gibt eine angeborene Weisheit. Mach nur, wozu du Lust hast.«

»Wenn ich nach meinen verdammten Gefühlen handle, dann mach ich verdammt noch mal überhaupt nichts mehr«, sagte Ted dann, wenn ich mich richtig erinnere. Da er seine Nase gegen Dad preßte und nur dumpfe Geräusche von sich gab, war es nicht leicht, ihn gut zu verstehen. Ich hätte mir gern einen besseren Platz gesucht, um zu sehen, ob Onkel Ted in Tränen ausgebrochen war, aber ich wollte nicht quer durchs Zimmer stapfen und die beiden ablenken.

»Dann mach eben gar nichts«, sagte Gott.

»Das Haus wird zusammenfallen.«

»Wen stört's? Laß es fallen.«
»Das Geschäft wird zusammenbrechen.«
»Ist sowieso schon im Arsch«, schnaubte Dad.
Ted sah zu ihm auf. »Woher weißt du das?«
»Laß es zusammenbrechen. Mach in ein, zwei Jahren was anderes.«
»Jean wird mich verlassen.«
»Aber sie hat dich doch schon längst verlassen.«
»O Gott, o Gott, o Gott, du bist der dümmste Mensch, den ich je getroffen habe, Harry.«
»Vielleicht bin ich ziemlich dumm. Aber du leidest höllische Qualen. Und du schämst dich deshalb auch noch. Darf man neuerdings nicht einmal mehr leiden? Leide, Ted!«
Ted litt. Er schluchzte ausgiebig.
»Nun«, sagte Dad und kehrte zu seinen ursprünglichen Prioritäten zurück, »was ist los mit dem verdammten Plattenspieler?«
Ted lief aus Dads Zimmer und sah Mum die Treppe mit einem gefüllten Teller Yorkshire-Pudding heraufkommen. »Was hast du mit Onkel Ted gemacht?« fragte sie schokkiert. Sie stand da und sah zu, wie Onkel Teds endlose Beine einknickten und er am Fuße der Treppe zusammensackte wie eine sterbende Giraffe; in der Hand hielt er immer noch Dads Plattenspieler. Sein Kopf rutschte an der Wand entlang und rieb Frisiercreme in die Tapete, etwas, mit dem man Mum todsicher auf die Palme bringen konnte.
»Ich habe ihn erlöst«, sagte Dad und rieb sich die Hände.

Was für ein Wochenende! Die Verwirrung und der Schmerz, die Mum und Dad quälten, waren fast greifbar; hätte ihre gegenseitige Abneigung eine physische Substanz gehabt, dann wäre unser Haus bis oben hin mit Schlamm gefüllt gewesen. Es schien, als bräuchte es nur noch eine kleine Bemerkung oder einen Zwischenfall, und sie würden sich umbringen, nicht aus Haß, sondern aus Verzweiflung. Sooft ich nur konnte, saß ich oben in meinem Zimmer, aber ich mußte mir immerzu vorstellen, daß sie sich gerade erstechen wollten. Und dann geriet ich in Panik, weil ich dachte, ich könnte sie nicht rechtzeitig auseinanderbringen.

Am folgenden Samstag, als wir wieder alle beisammen waren und Stunden der Nähe und Gemeinsamkeit vor uns lagen, fuhr ich auf meinem Fahrrad aus der Suburbia und ließ das kleine Chaoshaus hinter mir. Es gab noch einen anderen Ort, an den ich gehen konnte.

Als ich Onkel Anwars Laden, das Kaufhaus Paradies, betrat, sah ich, daß seine Tochter Jamila gerade die Regale auffüllte. Ihre Mutter, Prinzessin Jeeta, stand an der Kasse. Kaufhaus Paradies war ein staubiger Laden mit einer hohen, stuckverzierten Decke, von der die Farbe abblätterte. In der Mitte versperrte ein großes Regal den Weg, um das die Kunden herumschlurfen mußten; manchmal hoben sie die Füße, um über Kisten und Dosen zu steigen. Die Ware schien ohne System und völlig wahllos ausgelegt worden zu sein. Weil die Kasse eingezwängt in einer Ecke an der Tür stand, fror Jeeta ständig und trug das ganze Jahr über fingerfreie Handschuhe. Anwars Stuhl stand auf der anderen Seite des Ladens in einer Nische, aus der er mit ausdruckslosem Gesicht hervorstarrte. Draußen standen Kisten mit Gemüse. Paradies öffnete um acht Uhr morgens und schloß um zehn Uhr nachts. Seit einiger Zeit hatten sie sogar sonntags geöffnet; dafür nahmen sich Anwar und Jeeta jedes Jahr zu Weihnachten eine Woche Urlaub. Jedes Jahr nach Neujahr graute mir schon davor, Anwar sagen zu hören: »Nur noch dreihundertundachtundfünfzig Tage, bis wir uns wieder ungestört ausruhen können.«

Ich wußte nicht, wieviel Geld sie besaßen. Aber falls sie überhaupt etwas besaßen, dann mußten sie es vergraben haben, denn nie kauften sie sich die Sachen, wofür die Leute in Chislehurst ihre rechte Hand hergeben würden: Samtvorhänge, eine Stereoanlage, Martinis, elektrische Rasenmäher oder Doppelglasfenster. Sich zu amüsieren wäre Jeeta und Anwer nie eingefallen. Sie benahmen sich, als hätten sie eine unbegrenzte Anzahl von Leben vor sich: Dieses Leben war bedeutungslos, es war nur das erste in einer Reihe von vielen Hunderten, in denen sie ihr Dasein genießen konnten. Sie wußten auch nichts von der übrigen Welt. Ich fragte Jeeta oft nach dem Namen des Finanzministers oder danach, wer Außenminister von Großbritannien sei, aber sie kannte sie nicht und bedauerte ihre Unwissenheit auch nicht.

Ich sah durch das Fenster, als ich mein Fahrrad an der Straßenlampe ankettete. Anwar konnte ich nicht sehen. Vielleicht war er zum Wettbüro gegangen. Eigenartig, daß er nicht da war; normalerweise strich er neugierig, unrasiert, rauchend und in einem vergammelten Anzug, den Dad ihm 1954 geschenkt hatte, um potentielle Ladendiebe herum, die er nur LDs nannte. »Hab heute zwei üble LDs erwischt«, sagte er dann. »Direkt vor meiner verdammten Nase, Karim. Den Ärschen habe ich's gegeben.«

Ich beobachtete Jamila, drückte meine Nase gegen die Fensterscheibe und stieß eine Reihe von Urwaldlauten aus. Ich war Mowgli, der Shere Khan herausforderte. Aber sie hörte mich nicht. Sie gefiel mir: Sie war klein und dünn, hatte große, braune Augen, eine winzige Nase und trug eine kleine Drahtbrille. Ihre Haare waren dunkel und wieder lang. Sie hatte nämlich Gott sei Dank den »natürlichen« Afro-Look aufgegeben, der in Penge vor einigen Jahren ziemliches Aufsehen erregt hatte. Jamila war sehr dynamisch und enthusiastisch. Sie schien sich ständig vorzubeugen, um zu argumentieren, zu überzeugen. Außerdem hatte sie einen dunklen Schnurrbart, der lange Zeit viel imposanter war als mein eigener. Er ließ sich höchstens mit meiner Augenbraue vergleichen – ich hätte nur eine, behauptete Jamila, und die läge dick und schwarz wie der Schwanz eines kleinen Eichhörnchens über meinen Augen. Sie sagte, zusammengewachsene Augenbrauen seien für die Römer ein Zeichen von innerem Adel gewesen; für die Griechen waren sie ein Zeichen von Heimtücke. »Was wird aus dir werden, Römer oder Grieche?» fragte sie mich oft.

Ich war mit Jamila aufgewachsen, und wir hatten nie aufgehört, miteinander zu spielen. Jamila und ihre Eltern waren für mich wie eine zweite Familie. Wenn sie mich zu Hause so weit trieben, daß ich mir überlegte, von dort wegzulaufen, war es tröstlich zu wissen, daß es immer einen Ort gab, an dem es, menschlich gesehen, wärmer war als bei uns und an dem nicht alle ständig unter Hochspannung standen.

Wenn ich kam, fütterte mich Prinzessin Jeeta mit Dutzenden scharfer Kebabs, die ich über alles liebte. Ich bestrich sie mit Mango-Chutney und wickelte sie in Chapati ein, weshalb sie mich Feuerschlucker nannte. Außerdem nahm ich nirgendwo so gern ein Bad wie in ihrem Haus. Obwohl das Badezimmer völlig vergammelt war, der Putz von den Wänden fiel, ein Großteil der Decke in Haufen auf dem Boden lag und der Ascot-Ofen so gefährlich wie eine Tretmine war, setzte sich Jeeta neben die Badewanne, massierte mir den Kopf mit Olivenöl und schlüpfte mit ihren flinken Fingern in jede Einbuchtung an meinem Schädel, bis mein Körper zu schmelzen schien. Als Gegenleistung befahl sie Jamila und mir, über ihren Rücken zu spazieren. Jeeta lag neben ihrem Bett auf dem Boden, und Jammie und ich hielten uns aneinander fest und stapften auf ihr hin und her, während Jeeta die Kommandos gab: »Drückt eure Zehen in meinen Nacken – er ist steif, steif, wie aus Eisen! Ja, da, da! Ein bißchen tiefer! Ja, da, auf dem Wulst, auf dem Felsen, ja, treppauf, treppab und auf den Treppenabsatz!«

Jamila war in jeder Hinsicht viel weiter als ich. Neben dem Laden war eine Bücherei, und jahrelang lud Miss Cutmore, die Bibliothekarin, Jamila nach der Schule zum Tee zu sich ein. Miss Cutmore war Missionarin in Afrika gewesen, aber Frankreich gefiel ihr auch, weil sie in Bordeaux an gebrochenem Herzen gelitten hatte. Mit dreizehn las Jamila nonstop; Baudelaire, Colette, Radiguet und die ganze schweinische Bande, sie lieh sich Ravel-Platten aus und Scheiben von Sängern, die in Frankreich populär waren, zum Beispiel Billie Holiday. Dann hatte sie plötzlich den Spleen, sie wolle Simone de Beauvoir sein; seit damals vögelten wir ungefähr alle paar Wochen miteinander – meistens in einem Bushäuschen, einem Abrißhaus oder auf einem zerbombten Grundstück. Diese Bücher müssen wie Dynamit gewesen sein, denn wir haben es sogar in öffentlichen Toiletten getrieben. Skrupellos schlenderte Jammie direkt auf die Herrentoilette und schloß hinter uns die Kabine. Das fand sie sehr pariserisch, und zu allem Überfluß trug sie auch noch Federboas. Es war natürlich alles Angabe, und ich lernte nichts über Sex, nicht das Geringste über das Wo und Wie und Hier und Da, und meine Angst vor Intimität verlor ich auch kein bißchen.

Durch Miss Cutmore, die Jamila gern hatte, erhielt sie die bestmögliche Ausbildung. Ich glaube, allein die Tatsache, daß sie sich jahrelang mit jemandem getroffen hat, der Schriftsteller, Kaffee und subversive Ideen liebte und ihr sagte, wie brillant sie sei, veränderte sie für immer. Ich klagte ständig darüber, daß ich mir auch einen Lehrer wie Miss Cutmore wünschte.

Als Miss Cutmore jedoch von Südlondon nach Bath zog, ließ Jamila kein gutes Haar an ihr und begann, sie zu hassen, weil sie vergessen hätte, daß Jamila Inderin ist. Jamila glaubte, daß Miss Cutmore eigentlich nur alles Fremdländische in ihr hatte ausrotten wollen. »Sie hat mit meinen Eltern gesprochen, als wären es Bauern«, sagte Jamila. Besonders trieb mich zur Weißglut, wenn sie behauptete, daß Miss Cutmore sie kolonialisiert hätte, denn schließlich war Jamila der willensstärkste Mensch, den ich je getroffen hatte; aus ihr konnte keiner eine Kolonie machen. Außerdem haßte ich undankbare Menschen. Ohne Miss Cutmore hätte Jamila nicht einmal das Wort »Kolonie« gekannt. »Miss Cutmore hat dir den richtigen Weg gezeigt«, sagte ich ihr.

Über die Mediothek lernte Jamila bald darauf Bessie und Sarah und Dinah und Ella kennen, deren Platten sie mit zu mir nach Hause brachte und Dad vorspielte. Dann saßen sie zusammen auf seinem Bett, fuchtelten mit den Armen herum und sangen die Texte mit. Miss Cutmore hatte ihr auch von Gleichheit, Brüderlichkeit und dem dritten Ding erzählt, das ich immer vergesse, und deshalb hatte Jammie in ihrer Brieftasche ein Foto von Angela Davis, trug schwarze Klamotten und war in der Schule ziemlich aufsässig. Monatelang hieß es nur Soledad hier und Soledad da. Ja, manchmal waren Jammie und ich Franzosen, und dann wieder gingen wir als schwarze Amerikaner. Das Problem war, daß wir eigentlich Engländer sein sollten, aber für Engländer waren wir nur Ausländer und Nigger und Pakis und was weiß ich noch.

Verglichen mit Jammie, war ich im Straßenkampf ein echter Hasenfuß. Wenn man mich anspuckte, dann war ich noch beinahe dankbar dafür, daß ich nicht auf dem Moos zwischen den Pflastersteinen herumkauen mußte. Jamila dagegen hatte den Doktortitel in körperlichen Vergeltungsmaßnahmen. Einmal fuhr so ein Widerling auf dem Fahrrad an uns vorbei und sagte, in einem Ton, als fragte er nach der Uhrzeit: »Freßt Scheiße, ihr Pakis.« Jammie sprintete durch den Verkehr, warf den Pisser vom Fahrrad und riß ihm einige Büschel Haare aus, als würde sie in einem verwilderten Garten Unkraut jäten.

Im Laden bediente Tante Jeeta gerade einen Kunden und steckte ihm Brot, Orangen und Tomatendosen in eine braune Tüte. Jamila nahm mich überhaupt nicht zur Kenntnis, also wartete ich bei Tante Jeeta, deren kummervolles

Gesicht über die Jahre hinweg bestimmt Tausende von Kunden vertrieben hatte, ohne daß einer von ihnen je gemerkt hätte, daß sie eine Prinzessin war, deren Brüder mit Gewehren herumliefen.

»Wie geht es deinem Rücken, Tante Jeeta?« fragte ich.

»Krumm wie eine Haarnadel vor lauter Sorgen«, sagte sie.

»Wie kannst du dir nur Sorgen machen, Tante Jeeta, bei deinem blühenden Geschäft?«

»Kümmer du dich nicht um meine verschimmelten Sachen hier. Nimm Jamila mit auf einen eurer Spaziergänge. Mach es bitte mir zuliebe, ja?«

»Was ist los?«

»Hier ist ein Samosa, Feuerschlucker. Extra scharf für neugierige Jungs.«

»Wo ist Onkel Anwar?« Sie sah mich traurig an. »Und wie heißt der Premierminister?« fügte ich hinzu.

Jamila und ich zogen los und durchquerten Penge im Eilschritt. Jamila hatte ein regelrechtes Marschtempo drauf, und wenn sie über die Straße wollte, dann spazierte sie einfach mitten in den Verkehr hinein und erwartete, daß die Autos anhielten oder ihretwegen langsamer fuhren, was sie auch taten. Schließlich fragte sie, was sie immer fragte: »Was hast du mir zu erzählen, Milchgesicht? Was gibt's zu berichten?«

Fakten wollte sie hören und gute Geschichten, je schlimmer, desto besser – Geschichten von Peinlichkeiten, Demütigungen und Versagen, dreckige und samenbefleckte Geschichten. Hatte ich nichts zu erzählen, würde sie mich einfach stehenlassen und wie ein unzufriedener Theaterbesucher wieder gehen. Aber diesmal war ich vorbereitet. Knallharte Geschichten warteten auf sie wie Getränke auf den Durstigen.

Ich erzählte ihr alles über Dad und Eva, über Tante Jeans Stimmung, und wie sie mich so fertiggemacht hatte, daß ich furzen mußte. Ich erzählte ihr von Trancezuständen, von betenden Werbefritzen und von den Versuchen auf einer Gartenbank in Beckenham, den wahren Weg zu finden.

Aber ich erzählte ihr nichts von der großen dänischen Dogge. Jedesmal, wenn ich sie fragte, was ich ihrer Meinung nach wegen Dad und Mum und Eva unternehmen sollte, ob ich wieder von zu Hause weglaufen sollte oder ob wir zusammen in die City fliehen und uns Arbeit als Kellner suchen sollten, lachte sie etwas lauter.

»Kapierst du denn nicht, daß es verdammt ernst ist?« fragte ich sie. »Dad darf Mum nicht so verletzen. Sie hat das nicht verdient.«

»Nein, hat sie nicht. Aber was in diesem Garten in Beckenham geschehen ist, ist schließlich geschehen, und du hast in deiner typischen Haltung, auf den Knien, dabei zugesehen. O Milchgesicht, du gerätst wirklich in komische Situationen. Merkst du eigentlich, wie absolut charakteristisch das für dich ist?«

Sie lachte so heftig über mich, daß sie anhalten mußte und sich vorbeugte, die Hände auf die Oberschenkel stützte und nach Atem rang. Ich ging weiter. »Aber meinst du nicht, daß Dad sich zusammenreißen und an uns denken sollte? An seine Familie? Daß wir ihm wichtiger sein sollten?«

Erst jetzt, als ich zum erstenmal darüber redete, merkte ich, wie unglücklich mich die ganze Angelegenheit machte. Unser Familienleben lag in Trümmern, und kein Mensch verlor ein Wort darüber.

»Manchmal kannst du so richtig spießig sein, du Milchgesicht in Jeanshosen. Familien sind keine Heiligtümer, besonders nicht für indische Männer, die über nichts anderes reden und doch anders handeln.«

»Dein Vater ist nicht so«, sagte ich. Sie putzte mich immer so runter. Heute konnte ich das überhaupt nicht vertragen. Jammie war so stark, so beherrscht, und sie zweifelte nie daran, was zu tun war.

»Und er liebt sie. Du hast gesagt, dein Dad liebt Eva.«

»Ja, kann schon sein, daß ich das gesagt habe. Ich glaube, er liebt sie. Er hat es nicht gerade überall herumposaunt.«

»Na, Milchgesicht, der Liebe soll man sich nicht in den Weg stellen. Oder? Glaubst du etwa nicht an die Liebe?«

»Ja, natürlich. Okay. Theoretisch. Verdammt noch mal, Jammie!«

Ehe ich mich's versah, kamen wir an einer öffentlichen Toilette neben dem Park vorbei, und Jammie nahm mich an der Hand. Sie zerrte mich hinter sich her, und als mir das Geruchsgemisch aus Urin, Scheiße und Desinfektionsmittel in die Nase stieg, das ich immer mit Liebe in Verbindung brachte, mußte ich einfach stehenbleiben und nachdenken. Ich glaubte nicht an Monogamie oder an ähnlich überholte Geschichten, aber meine Gefühle waren immer noch bei Charlie, und ich konnte an niemand anderen denken, nicht einmal an Jammie.

Mir war klar, wie ungewöhnlich es war, daß ich mit Jungen ebenso gern schlief wie mit Mädchen. Ich mochte starke Körper und die Nacken der Jungen. Es gefiel mir, von Männern genommen zu werden, besonders wenn sie härter zupackten; und mir gefiel es, wenn sich etwas – ein Bürstenstiel, ein Füllfederhalterende oder Finger – in meinen Hintern schob. Aber ich mochte auch Mösen und Brüste, die Sanftheit der Frauen, die langen, glatten Beine und die Art, wie Frauen sich anzogen. Ich spürte, daß es mir das Herz brechen würde, wenn ich mich für eines von beiden entscheiden müßte, als hätte ich die Wahl zwischen den Beatles oder den Rolling Stones. Ich dachte nicht besonders gern über die ganze Sache nach, weil ich Angst hatte, es könnte sich herausstellen, daß ich pervers war und eine Behandlung brauchte, mit Hormonen oder Elektroschocks. Aber wenn ich dann darüber nachdachte, hielt ich mich immer für einen glücklichen Menschen, weil ich von einer Party mit jedem, gleich welchen Geschlechts, nach Hause gehen konnte – nicht, daß ich auf besonders viele Parties ging, eigentlich ging ich auf gar keine, aber falls ich es tun würde, konnte ich, wie soll ich sagen, in beide Richtungen

Ausschau halten. Aber meine wichtigste Liebe im Moment war die zu meinem Charlie, und sogar noch wichtiger als diese Liebe waren Mum und Dad und Eva. Wie konnte ich da an etwas anderes denken?

Ich hatte den hervorragenden Einfall, Jammie zu fragen: »Und was gibt's bei dir Neues? Erzähl.«

Sie schwieg einen Moment lang, und ihr Schweigen verfehlte seine Wirkung nicht. »Laß uns noch eine Runde um den Block machen«, sagte sie. »Die Lage ist ernst hoch zwei, Milchgesicht. Ich weiß nicht, was mit mir passiert. Nix zum Lachen, okay?«

Sie erzählte von Anfang an.

Unter dem Einfluß von Angela Davis hatte Jamila angefangen, täglich Sport zu treiben. Sie lernte Karate und Judo und stand früh auf, um sich zu strecken, um zu laufen und Liegestütze zu machen. Jamila lief traumhaft gut; sie hätte über Schnee laufen können, ohne eine Spur zu hinterlassen. Sie bereitete sich auf den Guerillakrieg vor, der, da war sie sich sicher, kommen würde, wenn die Weißen sich schließlich gegen die Schwarzen und Asiaten wandten und versuchten, uns in Gaskammern zu schicken oder von ihrem untergehenden Schiff in leckgeschlagene Boote zu schubsen.

Das war keineswegs so lächerlich, wie es klingen mag. Die Gegend, in der Jamila lebte, lag näher an London als unsere Suburbia und war wesentlich ärmer. Überall trieben neofaschistische Banden und Schläger ihr Unwesen, die ihre eigenen Kneipen und Klubs und Läden hatten. An Samstagen standen sie auf der High Street und verkauften ihre Zeitungen und Broschüren. Sie lungerten auch vor den Schulen, den Collegegebäuden und Fußballstadien herum, zum Beispiel vor dem Millwall und dem Crystal Palace. Nachts zogen sie durch die Straßen, schlugen Asiaten zusammen und warfen Scheiße und brennende Lumpen durch Briefkastenschlitze. Oft sah man die bösartigen, weißen, haßerfüllten Gesichter öffentliche Versammlungen abhalten und mit dem Union Jack und von der Polizei beschützt durch die Straßen marschieren. Es gab keine Anzeichen dafür, daß diese Menschen verschwinden würden – keine Anzeichen dafür, daß ihre Macht abnehmen und nicht sogar zunehmen würde. Der Alltag von Anwar und Jeeta und Jamila war geprägt von der Angst vor Gewalt. Ich bin mir sicher, daß sie jeden Tag daran dachten. Jeeta hatte eimerweise Wasser neben ihrem Bett stehen, für den Fall, daß jemand nachts eine Brandbombe in den Laden warf. Viele von Jamilas Ansichten wurzelten in der Überzeugung, daß einer von uns eines Tages von einer weißen Bande umgebracht werden könnte.

Jamila hatte versucht, mich für ihren Trainingskader zu rekrutieren, aber ich konnte morgens nicht so früh aufstehen. »Warum müssen wir mit dem Training um acht Uhr morgens anfangen?« jammerte ich.

»Cuba wurde auch nicht durch Langschläfer befreit, oder? Fidel und Che standen schließlich nicht um zwei Uhr nachmittags auf. Sie hatten nicht einmal Zeit, sich zu rasieren!«

Anwar hatte etwas gegen diese Trainingsstunden. Er dachte, sie würde sich in der Karateschule nur mit Jungens treffen und lange Läufe durch die Stadt machen. Manchmal rannte sie durch Deptford und wurde aus einem Türeingang heraus von Baby Face beobachtet, der sich, den Kragen hochgeschlagen, seine haarige Nase gerade noch sichtbar, angewidert umdrehte, wenn Jammie ihrem Daddy eine Kußhand zuwarf.

Bald nachdem Daddys haariger Nase ein Kuß zugehaucht worden war, der sein Ziel nie erreichte, hatte Anwar ein Telefon angemeldet und sich damit stundenlang ins Wohnzimmer eingeschlossen. Danach war das Telefon abgesperrt. Jamila mußte eine Telefonzelle benutzen. Anwar hatte nämlich insgeheim entschieden, daß es an der Zeit sei, Jamila zu verheiraten.

Mittels dieser Anrufe war Anwars Bruder in Bombay eingeschaltet worden, und Jamila war seither mit einem Jungen verkuppelt, der nur darauf wartete, nach London zu kommen und dort als Jamilas Ehemann zu leben. Nur war dieser Junge kein Junge mehr. Er war dreißig. Als Mitgift erwartete das alternde Bürschchen einen warmen Wintermantel von Moss Bros, einen Farbfernseher und, eigenartigerweise, eine Gesamtausgabe der Werke von Conan Doyle. Anwar hatte allem zugestimmt, beriet sich aber mit Dad. Und Dad fand die Conan-Doyle-Forderung äußerst seltsam. »Welcher normale Inder würde so etwas wollen? Über den Jungen müssen weitere Nachforschungen angestellt werden – und zwar sofort!«

Anwar jedoch ignorierte Dads Vorahnungen. Wegen der Kinder hatte es schon vorher Reibereien zwischen ihnen gegeben. Dad war sehr stolz darauf, daß er zwei Söhne hatte. Es bedeute, sagte er überzeugt, daß er »guten Samen« habe. Und da Anwar es bisher nur auf eine Tochter gebracht hatte, bedeute dies, daß er »schwachen Samen« habe. Anwar damit aufzuziehen, machte Dad Spaß.

»*Yaar*, hast du denn in der gesamten Samenproduktion deines Lebens nicht mehr auf Lager als nur ein Mädchen, nur ein einziges Mädchen?«

»Scheiß drauf«, antwortete Anwar. Das Thema brachte ihn leicht aus der Fassung. »Meine Frau ist schuld, du Arschloch. Ihr Bauch ist verschrumpelt wie eine Pflaume.«

Anwar hatte Jamila erzählt, was er beschlossen hatte; sie würde den Inder heiraten, und der würde herüberkommen, seinen Mantel anziehen und in ihren starken Armen bis an sein Lebensende glücklich sein.

Danach wollte Anwar in der Nähe eine Wohnung für die frisch Vermählten mieten. »Groß genug für zwei Kinder«, sagte er zu einer perplexen Jamila. Er nahm ihre Hand und meinte noch: »Bald wirst du sehr glücklich sein.« Ihre Mutter sagte: »Wir freuen uns beide sehr für dich, Jamila.«

Wie es bei jemandem mit ihrem Temperament und ihren Angela-Davis-Überzeugungen nicht sonderlich überraschte, war Jamila wenig begeistert von der Idee.
»Was hast du ihm gesagt?« fragte ich, während wir weiter spazierengingen.
»Milchgesicht, ich wäre sofort, in der gleichen Sekunde noch, abgehauen. Ich hätte dafür gesorgt, daß die Stadt sich um mich kümmern muß. Irgend etwas. Ich hätte bei Freunden gewohnt, wäre auf Trebe gegangen. Wenn meine Mutter nicht wäre. Er läßt es an Jeeta aus. Er vergreift sich an ihr.«
»Er schlägt sie? Ehrlich?«
»Hat er, früher, bis ich ihm gesagt habe, daß ich ihm die Haare mit einem Schnitzmesser abschneiden würde, wenn er es noch einmal macht.«
»Nun«, sagte ich, zufrieden damit, daß es in dieser Angelegenheit nicht mehr viel zu sagen gab, »letzten Endes kann er dich nicht zu etwas zwingen, was du nicht willst.«
Sie drehte sich zu mir um. »Kann er doch! Du kennst meinen Vater gut, aber so gut nun auch wieder nicht. Es gibt etwas, das ich dir noch nicht erzählt habe. Komm mit. Komm schon, Karim«, drängte sie.
Wir gingen zurück zum Laden, wo sie mir rasch ein Kebab und Chapati machte, diesmal mit Zwiebeln und grünen Chilis. Das Kebab schwitzte braunen Saft über die rohen Zwiebeln. An dem Chapati verbrannte ich mir die Finger: Es war mörderisch heiß.
»Nimm es bitte mit nach oben, Karim«, sagte sie.
Von der Kasse rief ihre Mutter zu uns herüber. »Nein, Jamila, nicht nach oben!« Sie knallte eine Flasche Milch so laut auf den Tisch, daß der Kunde zusammenzuckte.
»Was ist denn, Tante Jeeta?« fragte ich. Sie begann zu weinen.
»Komm schon«, sagte Jamila.

Ich schob mir soviel Kebab ins Maul, wie ich nur konnte, ohne zu kotzen, während Jamila mich nach oben zerrte und ihre Mutter hinter uns her rief: »Jamila, Jamila!«

Ich wäre jetzt lieber nach Hause gegangen; ich hatte genug von diesen Familiendramen. Um diese ganze Ibsen-Scheiße zu erleben, hätte ich gar nicht rauszugehen brauchen. Außerdem wollte ich mir mit Jamilas Hilfe darüber klarwerden, was ich von Dad und Eva zu halten hatte, ob ich großmütig sein sollte oder nicht. Aber ruhiges Nachdenken war hier wohl kaum möglich.

Auf halbem Weg nach oben roch ich etwas Verfaultes. Es roch, als wirbelten hier Schweißfüße und Arschlöcher und Fürze durcheinander, ein Gemisch von Winden, die direkt in meine breiten Nasenlöcher wehten. Diese Wohnung war schon immer ein Trödelladen gewesen, mit zerbrochenen Möbeln und Fingerabdrücken überall auf der Tür, der hundert Jahre alten Tapete und den Zigarettenstummeln auf jeder freien Fläche, aber es hatte noch nie gestunken, höchstens nach Jeetas wundervollen Leckereien, die ständig in großen, verrußten Töpfen vor sich hin brutzelten.

Anwar saß auf einem Bett im Wohnzimmer. Es war nicht sein Bett, und es stand nicht an seinem üblichen Platz. Er trug eine zerschlissene und schimmlig aussehende Schlafanzugjacke, und ich sah, daß seine Zehennägel eine gewisse Ähnlichkeit mit Cashewnüssen hatten. Aus irgendeinem Grund stand sein Mund offen, und er keuchte, obwohl er in den letzten fünf Minuten kaum einem Bus hinterhergerannt sein konnte. Er war unrasiert und magerer, als ich ihn je zuvor gesehen hatte. Seine Lippen waren trocken und aufgeplatzt. Seine Haut sah gelb aus, und seine Augen waren eingefallen; sie sahen aus, als lägen sie mitten in einem Bluterguß. Neben seinem Bett stand ein dreckiger, verkrusteter Topf, in dem eine Pißpfütze stand. Ich hatte noch nie jemanden sterben sehen, aber ich war überzeugt, daß Anwar auf dem besten Wege dazu war. Anwar starrte auf mein dampfendes Kebab, als wäre es ein Folterinstrument. Ich kaute schneller.

»Warum hast du mir nicht gesagt, daß er krank ist?« flüsterte ich Jamila zu.

Aber ich war mir nicht sicher, ob er wirklich nur krank war, denn in ihrem Gesicht war jedes Mitleid von Wut überdeckt. Sie funkelte den alten Mann an, aber er wich ihren Blicken aus, und, als ich hereinkam, meinen auch. Er starrte direkt vor sich hin, wie er immer auf den Bildschirm des Fernsehers starrte, nur daß der diesmal nicht eingeschaltet war.

»Er ist nicht krank«, sagte sie.

»Nein?« sagte ich, und dann zu ihm: »Hallo, Onkel Anwar. Wie geht's denn so, Chef?«

Seine Stimme hatte sich verändert: sie klang schwach und dünn. »Halt mir dein verfluchtes Kebab nicht unter die Nase«, sagte er. »Und bring das verdammte Mädchen hier raus.«

Jamila faßte mich am Arm. »Sieh her.« Sie setzte sich auf den Bettrand und beugte sich zu ihm vor. »Bitte, bitte, hör auf damit.«

»Verschwinde!« krächzte er. »Du bist nicht meine Tochter. Ich kenne dich nicht.«

»Um Himmels willen, hör auf! Schau, hier ist Karim, der dich lieb hat –«

»Ja, natürlich!« sagte ich.

»Er hat dir ein schönes, leckeres Kebab mitgebracht!«

»Warum ißt er es dann selbst?« fragte Anwar berechtigterweise. Sie riß mir das Kebab aus der Hand und schwenkte es vor ihrem Vater hin und her. Mein armes Kebab löste sich dabei in seine Bestandteile auf, und Fleischstückchen, Chili und Zwiebeln verteilten sich über das Bett. Anwar achtete nicht darauf.

»Was geht hier eigentlich vor?« fragte ich.

»Sieh ihn dir an, Karim, er hat seit acht Tagen nichts gegessen oder getrunken! Er wird sterben, Karim, wenn er nichts ißt!«
»Ja, das stimmt. Du wirst ins Gras beißen, Chef, wenn du deinen Fraß nicht frißt, wie jeder andere auch.«
»Ich werde nichts essen. Ich werde sterben. Wenn Gandhi mit Fasten die Engländer aus Indien vertreiben konnte, werde ich meine Familie mit den gleichen Mitteln dazu zwingen, mir zu gehorchen.«
»Was willst du denn, was soll sie denn machen?«
»Den Jungen heiraten, den mein Bruder und ich ihr ausgesucht haben.«
»Aber das ist doch altmodisch, Onkel, völlig überholt«, erklärte ich ihm. »Heutzutage macht das keiner mehr so. Man heiratet den Menschen, mit dem man gerade was hat, wenn man sich überhaupt mit Heiraten abgibt.«
Diese Predigt über zeitgenössische Moral warf ihn nicht gerade von der Bettkante.
»Das ist nicht unsere Art, Junge. Unser Weg ist klar und deutlich. Sie muß tun, was ich ihr sage, oder ich werde sterben. Sie wird mich umbringen.«
Jamila begann, mit ihren Fäusten auf das Bett einzuschlagen.
»Es ist so dumm! Was für eine Verschwendung von Zeit und Leben!«
Anwar blieb ungerührt. Ich hatte ihn immer gemocht, weil er in allem so locker war; er war nicht so ewig ängstlich wie meine Eltern. Und jetzt machte er einen großen Aufruhr nur wegen einer Heirat, und ich konnte es nicht begreifen. Es machte mich traurig, zu sehen, was er sich antat. Ich konnte nicht glauben, was die Menschen sich alles antaten, wie sie sich ihr Leben versauten und dafür sorgten, daß alles schiefging, so wie Dad, der sich mit Eva herumtrieb, oder wie Ted, der zusammenbrach, und jetzt verordnete Onkel Anwar sich auch noch diese radikale Gandhi-Diät. Es

waren keine äußeren Umstände, die sie in diesen Wahnsinn trieben; es waren eindeutig nur die Illusionen in ihren Köpfen.

Angesichts von Anwars Irrationalität begann ich zu zittern. Ich merkte, daß mein Kopf in alle Richtungen zuckte. Anwar hatte sich aller Vernunft, aller Überredung, allem gesunden Menschenverstand verschlossen. Sogar Glück, das so häufig Dreh- und Angelpunkt unserer Entscheidungen ist, spielte hier keine Rolle mehr – Jamilas Glück, meine ich. Wie Jamila wollte ich mich irgendwie körperlich ausdrücken. Es schien uns nichts anderes mehr übriggeblieben zu sein.

Ich trat ziemlich heftig gegen Anwars Pißpott, und eine kleine Urinwelle schwappte über die überhängenden Bettlaken. Anwar beachtete mich nicht. Jamila und ich standen da und wollten gehen. Aber jetzt hatte ich dafür gesorgt, daß mein Onkel in seiner eigenen Pisse schlafen mußte. Und wenn er später seinen Mund, seine Nase gegen diese Stelle seines Lakens preßte? War Onkel Anwar nicht immer freundlich zu mir gewesen? Hatte er mich nicht immer so akzeptiert, wie ich war, und mich nie ausgeschimpft? Ich stürzte ins Badezimmer, holte ein feuchtes Tuch und ging zurück, um das bepißte Laken so lange einzuweichen, bis es wenigstens nicht mehr stank. Es war unvernünftig von mir, seine Unvernunft so sehr zu hassen, daß ich Pisse über seinem Bett verschüttete. Aber als ich sein Laken schrubbte, merkte ich, daß er gar nicht begriff, was ich da, neben ihm auf den Knien, eigentlich tat.

Jamila kam nach draußen, als ich mein Fahrrad aufschloß.

»Was wirst du jetzt machen, Jammie?«

»Ich weiß nicht. Was schlägst du vor?«

»Ich weiß es auch nicht.«

»Nein?«

»Aber ich werde drüber nachdenken«, sagte ich. »Ich versprech es dir, ich werde eine Lösung finden.«

»Danke.«

Sie begann hemmungslos zu weinen, ohne ihr Gesicht zu verbergen, und sie versuchte auch nicht, damit aufzuhören. Normalerweise macht es mich verlegen, wenn Mädchen weinen. Manchmal könnte ich ihnen eine knallen, weil sie so einen Aufstand machen. Aber Jamila saß wirklich in der Klemme. So standen wir da draußen vor dem Kaufhaus Paradies bestimmt eine halbe Stunde lang, hielten uns einfach nur umarmt und dachten an unsere jeweilige Zukunft.

Kapitel fünf

Ich trank gerne Tee, und ich fuhr gern Fahrrad. Ich fuhr oft zum Teeladen in der High Street, um zu sehen, welche neuen Mischungen sie hatten. In meinem Schlafzimmer standen stapelweise Teedosen, und ich war selig, wenn ich neue Sorten fand, die ich in meiner Teekanne zu noch originelleren Mixtees aufbrühen konnte. Ich sollte mich eigentlich auf die Abi-Vorprüfungen in Geschichte, Englisch und Gemeinschaftskunde vorbereiten, aber was auch immer kommen mochte, ich wußte, ich würde sowieso durchfallen. Ich war zu beschäftigt mit anderen Dingen. Manchmal nahm ich ein paar Speeds – »Blaue«, kleine blaue Tabletten –, um wach zu bleiben, aber sie machten mich depressiv und meine Hoden runzelig, und ich glaubte jedesmal, ich bekäme einen Herzinfarkt. Also süffelte ich meine gewürzten Tees und hörte die ganze Nacht lang Platten. Die ohne Melodie gefielen mir am besten: King Crimson, Soft Machine, Captain Beefheart, Frank Zappa und Wild Man Fisher. Die meisten Platten, die ich haben wollte, ließen sich in den Läden in der High Street problemlos auftreiben.

In diesen Nächten, wenn es um mich herum still war – unsere Nachbarn gingen fast alle um halb elf ins Bett – betrat ich eine andere Welt. Ich las Norman Mailers journalistische Essays über den Action-Schriftsteller, der sich auf Gefahren, auf Widerstand und politisches Engagement einließ: Aben-

teuergeschichten aus keiner fernen Vergangenheit, sondern aus der gerade erst vergangenen Gegenwart. Ich kaufte mir von dem Mann in der Fish-and-Chips-Bude einen Fernseher. Wenn der Schwarzweißkasten warm wurde, stank es nach Fett und Fisch, aber dafür konnte ich spät nachts noch von Sekten und neuen Formen des Zusammenlebens in Kalifornien hören. In Europa legten Terroristen Bomben in den Zentren kapitalistischen Lebens; in London behaupteten Psychologen, man müsse sein Leben auf seine eigene Weise leben und nicht so, wie die Familie es wollte, sonst würde man verrückt. Ich lag im Bett und las den *»Rolling Stone«*. Manchmal spürte ich, daß die ganze Welt auf dieses kleine Zimmer einstürzte. Und wenn ich so richtig stoned und so richtig frustriert war, dann klappte ich bei Tagesanbruch die Schlafzimmerfenster auf und sah über die Gärten, die Rasenflächen, Gewächshäuser, Schuppen und die Fenster mit ihren Vorhängen. Ich wollte, daß mein Leben endlich anfing, genau jetzt, wo ich dazu bereit war. Dann wurde es Zeit für meine Zeitungsrunde und danach für die Schule. Die Schule war auch so eine Sache, von der ich langsam die Nase voll hatte.
Kürzlich war ich von einem Lehrer zu Boden geschlagen und getreten worden, weil ich Schwuler zu ihm gesagt hatte. Diesem Lehrer mußte ich mich immer auf die Knie setzen, und wenn er mich zum Beispiel fragte: »Was ist die Quadratwurzel von fünftausendsechshundertundachtundsiebzigeinhalb?« und ich die Antwort nicht wußte, dann kitzelte er mich. Wirklich sehr lehrreich. Ich hatte es auch satt, liebevoll Scheißgesicht oder Curryfresser genannt zu werden und mit Spucke und Rotz, Kreidestaub und Spänen bedeckt nach Hause zu kommen. Wir arbeiteten im Werkunterricht in unserer Schule oft mit Holz, und den anderen Kids machte es Spaß, mich und meine Freunde im Vorratsraum einzusperren und uns dort »Manchester United, Manchester United, wir sind die Schuhputzer« singen zu

lassen, während sie uns ihre Meißel an die Kehle hielten und die Schnürsenkel abschnitten. Wir arbeiteten in unserer Schule viel mit Holz, weil man der Meinung war, wir könnten mit Büchern sowieso nicht umgehen. Einmal bekam unser Werklehrer direkt vor unseren Augen einen Herzinfarkt, als einer der Jungens den Schwanz von einem anderen Kid in einen Schraubstock legte und anfing, die Kurbel zu drehen. Scheiß drauf, Charles Dickens, nichts hat sich geändert. Ein Kid versuchte mir mal mit einem rotglühenden Metallstück ein Brandzeichen auf den Arm zu brennen, ein anderer pinkelte auf meine Schuhe, und mein Dad konnte nur daran denken, daß ich Arzt werden sollte. In was für einer Welt lebte der eigentlich? Ich konnte mich an jedem Tag glücklich schätzen, an dem ich ohne ernsthafte Verletzung von der Schule nach Hause kam.

Von alldem hatte ich die Schnauze voll. Ich wollte mich zurückziehen. Ich hatte nichts Bestimmtes vor. Man mußte ja auch nicht unbedingt etwas tun. Man konnte sich schließlich einfach treiben lassen, herumhängen und sehen, was so passierte, und das gefiel mir ganz gut, sogar noch besser, als Zollinspektor oder Profifußballer oder Gitarrist zu werden.

Also raste ich auf meinem Fahrrad durch Südlondon und wurde einige Male fast von Lkws zermalmt. Ich hielt den Kopf über die nach unten geschwungene Lenkstange gebeugt, schaltete flüssig durch die zehn Campagnola-Gänge, sauste durch den Verkehr, fuhr manchmal auf dem Bürgersteig oder in falscher Richtung durch eine Einbahnstraße, bremste plötzlich, beschleunigte, indem ich im Stehen fuhr, und bei alldem putschte mich die Bewegung ebenso auf wie das, was in meinem Kopf vorging.

Die Gedanken überschlugen sich in mir. Ich mußte Jamila vor dem Mann retten, der Arthur Conan Doyle liebte. Vielleicht mußte sie von zu Hause fortlaufen, aber wo sollte sie hin? Die meisten ihrer Schulfreundinnen lebten bei ihren

Eltern, und die waren arm, sie konnten Jamila nicht bei sich wohnen lassen. Und bei uns konnte sie auch auf keinen Fall bleiben: Dad würde mit Anwar aneinandergeraten. Mit wem konnte ich darüber reden? Der einzige Mensch, von dem ich wußte, daß er hilfsbereit und objektiv sein würde, war Eva. Aber sie durfte ich eigentlich nicht mögen, weil durch ihre Liebe zu meinem Vater unsere ganze Familie im Arsch war. Trotzdem war Eva der einzige vernünftige erwachsene Mensch. Mittlerweile wußte ich ja, daß ich Anwar und Jeeta von meiner Liste der Normalen streichen konnte. Es war zumindest seltsam, daß Onkel Anwar sich wie ein Moslem benahm. Ich hatte es bei ihm vorher nie erlebt, daß er an irgend etwas glaubte, daher war ich ziemlich erstaunt, daß er für das Prinzip absoluter patriarchaler Autorität buchstäblich sein Leben aufs Spiel setzte. Aufgrund der standhaften und nachsichtigen Liebe ihrer Mutter plus ihrer eigenen außergewöhnlichen Phantasie, die im verborgenen blühte, vor allem aber durch Anwars Gleichgültigkeit hatte sich Jamila Sachen erlauben können, von denen ihre weißen Gleichaltrigen nur träumen konnten. Sie hatte jahrelang geraucht, getrunken, getanzt und sexuellen Verkehr gehabt; erleichtert wurde ihr dieses Leben durch die Feuertreppe vor ihrem Schlafzimmer und die Tatsache, daß ihre Eltern abends immer so kaputt waren, daß sie wie Mumien schliefen.
Vielleicht gab es gewisse Parallelen zwischen dem, was die Entdeckung der östlichen Philosophie bei Dad bewirkte, und dem letzten Aufbegehren von Anwar. Möglicherweise machten sich bei ihnen die besonderen Bedingungen ihres Lebens als Immigranten bemerkbar. Jahrelang hatte es sie glücklich gemacht, wie die Engländer zu leben. Anwar verdrückte manchmal sogar Schweinefleischpasteten, wenn Jeeta gerade mal nicht hinsah. (Mein Dad hat Schweinefleisch allerdings nie angerührt, aber ich bin mir sicher, daß dies mehr mit Gewohnheit als mit religiösen Bedenken zu tun hatte, so wie ich schließlich auch keine Pferdehoden

essen würde. Um ihn auf die Probe zu stellen, bot ich ihm einmal Speckchips an und sagte, als er gierig hineinbiß: »Ich wußte gar nicht, daß du geräucherten Speck magst«, und er sprintete ins Badezimmer, wusch sich den Mund mit Seife aus und schrie mit Schaum vor den Lippen, daß er dafür in der Hölle schmoren müsse.)

Jetzt, wo sie älter geworden waren und hier ihre Heimat gefunden zu haben schienen, sah es so aus, als würden Anwar und Dad innerlich nach Indien zurückkehren oder sich zumindest doch dem englischen Einfluß widersetzen wollen. Es war schon eigenartig: Keiner äußerte den Wunsch, sein Heimatland tatsächlich wiederzusehen. »Indien ist ein beschissenes Land«, knurrte Anwar. »Warum sollte ich da wieder hingehen? Es ist dreckig und heiß, und will man es dort zu etwas bringen, kostet das verdammt viel Nerven. Wenn ich irgendwohin gehen wollte, dann höchstens nach Florida oder nach Las Vegas in die Spielhöllen.« Und mein Vater war mit dem, was bei uns geschah, viel zu beschäftigt, um an eine Rückkehr zu denken.

Ich ließ mir das alles durch den Kopf gehen, während ich mit dem Fahrrad herumfuhr. Plötzlich glaubte ich meinen Vater zu sehen. Da in unserer Gegend von London nur wenige Asiaten lebten, konnte es eigentlich niemand anderer sein, aber der größte Teil seines Gesichts war von einem Schal verdeckt, und er sah aus wie ein nervöser Bankräuber, der keine Bank finden konnte. Ich stieg vom Fahrrad. Ich befand mich in der Bromley High Street, neben der Gedenktafel, auf der zu lesen war: »H. G. Wells wurde hier geboren.«

Die Gestalt mit dem Schal stand auf der anderen Straßenseite, inmitten von einkaufenden Menschen. In unserem Bezirk waren sie alle fanatische Einkäufer. Einkaufen war für sie das, was für die Brasilianer Rumba und Gesang ist. An den Samstagnachmittagen, wenn sich eine träge Masse aus weißen Gesichtern durch die Straßen wälzte, feierten sie den Karneval des Konsums und rissen die Waren aus den Regalen. Und jedes Jahr nach Weihnachten, wenn der Schlußverkauf anfing, lag da eine Reihe von mindestens zwanzig Idioten, eingewickelt in Decken auf Liegestühlen zwei Tage lang in der Winterkälte und wartete darauf, daß die großen Kaufhäuser aufmachten.

Dad hätte sich normalerweise nicht in einen solchen Wahnsinnstrubel begeben, aber da stand er, dieser grauhaarige Mann, kaum größer als fünf Fuß, und ging in eine Telefonzelle, obwohl in unserem Flur ein funktionierendes Telefon stand. Ich merkte, daß er noch nie ein öffentliches Telefon benutzt hatte. Er setzte sich die Brille auf und las die Bedienungshinweise mehrmals durch, bevor er einen Stapel Münzen auf dem Apparat ablegte und wählte. Als er durchkam und zu sprechen begann, wurde er fröhlicher und lachte und redete drauflos, aber gegen Ende des Gesprächs sah er dann wieder niedergeschlagen aus. Er legte den Hörer auf, drehte sich um und entdeckte mich.

Er verließ die Telefonzelle, und ich schob mein Fahrrad neben ihm her durch die Menge. Ich wollte unbedingt seine Meinung über diese Geschichte mit Anwar wissen, aber dazu war er im Moment offenbar nicht aufgelegt.

»Wie geht's Eva?« fragte ich.

»Sie sagt, sie hat dich lieb.«

Wenigstens tat er nicht so, als wenn er nicht mit ihr gesprochen hätte.

»Mich oder dich, Dad?« fragte ich.

»Dich, Junge. Ihren Freund. Du weißt gar nicht, wie gern sie dich hat. Sie bewundert dich, sie denkt –«

»Dad, Dad, bitte sag mir: Liebst du sie?«

»Lieben?«

»Ja, lieben. Du weißt schon. Verdammt noch mal, du weißt doch.«

Es schien ihn zu überraschen, ich weiß nicht, warum. Vielleicht war er überrascht, weil ich es erraten hatte. Vielleicht hatte er aber auch den Gedanken an dieses mörderische Wort Liebe vermeiden wollen.

»Karim«, sagte er, »sie ist mir sehr wichtig geworden. Sie ist jemand, mit dem ich reden kann. Ich bin gerne mit ihr zusammen. Weißt du, wir haben die gleichen Interessen.«

Ich wollte nicht sarkastisch und aggressiv werden, weil es gewisse grundlegende Dinge gab, die ich wissen wollte, aber dann sagte ich doch: »Muß ja nett für euch sein.«

Er schien mich nicht zu hören; er konzentrierte sich auf das, was er selber sagte.

Er sagte: »Es muß wohl Liebe sein, weil es so weh tut.«

»Was wirst du also machen, Dad? Wirst du uns verlassen und mit ihr fortgehen?«

Es gibt bestimmte Gesichtsausdrücke bei bestimmten Menschen, die ich lieber nicht noch einmal sehen möchte, und dieser war einer von ihnen. Verwirrung, Schmerz und Angst überschatteten sein Gesicht. Ich war mir sicher, daß er über diese Fragen noch nicht viel nachgedacht hatte. Das mit Eva war einfach passiert, wie so etwas eben passiert. Jetzt überraschte es ihn, daß man von ihm erwartete, er solle die Motive und Absichten hinter alldem erklären, damit andere es verstehen konnten. Aber es gab keinen Plan, nur eine Leidenschaft und mächtige Gefühle, die ihn aus dem Hinterhalt überfallen hatten.

»Ich weiß nicht.«

»Was sagt dir dein Gefühl?«

»Ich fühle mich, als würde ich Erfahrungen machen, wie ich sie in der Art noch nie gemacht habe, sehr starke, zwingende, überwältigende Erfahrungen.«

»Du meinst, du hast Mum nie geliebt?«

Er dachte eine Zeitlang darüber nach. Warum mußte er darüber nachdenken?!

»Hast du jemals jemanden vermißt, Karim? Ein Mädchen?«

Wir hatten wohl beide an Charlie gedacht, denn er fügte sanft hinzu: »Oder einen Freund?«

Ich nickte.
»Wenn ich nicht mit Eva zusammen bin, vermisse ich sie ständig. Wenn ich Selbstgespräche führe, spreche ich immer mit ihr. Sie versteht sehr viel. Ich spüre, daß ich einen großen Fehler mache, wenn ich nicht mit ihr zusammen bin, daß ich eine echte Chance verpasse. Und es gibt noch etwas. Eva hat es mir gerade erst erzählt.«
»Ja, was denn?«
»Sie trifft sich mit anderen Männern.«
»Mit was für Männern, Dad?«
Er zuckte mit den Achseln. »Ich habe nicht nach genaueren Beschreibungen gefragt.«
»Nicht mit weißen Männern in bügelfreien Hemden?«
»Du Snob, ich versteh gar nicht, was du gegen bügelfreie Hemden hast. So etwas ist für Frauen sehr praktisch. Aber erinnerst du dich an diesen Kotzbrocken Shadwell?«
»Yeah.«
»Sie ist oft mit ihm zusammen. Er lebt jetzt in London, arbeitet beim Theater. Sie glaubt, daß er eines Tages einer von den Großen sein wird. Er kennt diese Künstlertypen. Ihr gefällt diese ganze Kunst-Schund-Szene. Sie feiern Parties in ihrem Haus.« Dad zögerte. »Ich meine, sie und der Kotzbrocken treiben es nicht miteinander, aber ich habe Angst, daß seine romantische Tour sie mir entfremdet. Ich fühle mich ohne sie so verloren, Karim.«
»Ich habe Eva nie völlig vertraut«, sagte ich. »Sie mag wichtige Leute. Sie will dich damit erpressen, ganz bestimmt.«
»Aber ein bißchen liegt es auch daran, daß sie mit mir unglücklich ist. Sie kann nicht jahrelang auf mich warten. Kann man ihr das vorwerfen?«
Wir schoben uns durch das Gedränge. Ich sah einige Typen aus meiner Schule und drehte mich um, damit sie mich nicht entdeckten. Ich wollte nicht, daß sie sahen, wie ich weinte. »Hast du Mum davon erzählt?« fragte ich.

»Nein.«

»Warum nicht?«

»Weil ich solche Angst habe. Weil sie so sehr darunter leiden wird. Weil ich ihr nicht in die Augen sehen kann, wenn ich es ihr sage. Weil ihr alle so darunter leiden werdet, und ich lieber selbst leiden würde, als euch etwas anzutun.«

»Also bleibst du bei Allie, mir und Mum?«

Einige Minuten lang antwortete er nicht. Und selbst danach gab er sich gar nicht erst mit Worten ab. Er packte mich, zog mich in seine Arme und fing an, mich abzuküssen, auf die Backen, die Nase, die Stirn und die Haare. Es war verrückt. Ich hätte fast mein Fahrrad fallen lassen. Passanten schreckten zusammen. Jemand sagte: »Kletter lieber wieder in deine Rikscha.« Der Tag ging langsam zu Ende, und ich hatte immer noch keinen Tee gekauft. Außerdem lief im Radio eine Sendung mit Alan Freeman über die Geschichte der Kinks, die ich mir anhören wollte. Ich machte mich von Dad frei und begann zu laufen, mein Fahrrad schob ich neben mir her.

»Warte einen Moment!« rief er.

Ich drehte mich um. »Was gibt's, Dad?«

»Ist das hier die richtige Bushaltestelle?«

Diese Unterhaltung mit Dad war schon seltsam, denn als ich ihn später zu Hause traf, oder wenn ich ihm in den nächsten Tagen über den Weg lief, benahm er sich, als wenn sie nie stattgefunden hätte, als hätte er mir nicht erzählt, daß er in jemand anderen verliebt war.

Jeden Tag nach der Schule rief ich Jamila an, und jeden Tag war die Antwort auf meine Frage: »Wie steht's?« die gleiche: »Unverändert, Milchgesicht«, oder: »Unverändert, nur schlimmer.« Wir beschlossen, nach der Schule in der Bromley High Street eine Krisensitzung abzuhalten, auf der wir entscheiden würden, was zu tun sei.

Aber als ich an diesem Tag mit ein paar Jungs aus der

Schule kam, sah ich Helen. Das überraschte mich, denn seit ich von ihrem Hund gevögelt worden war, hatte ich kaum mehr an sie gedacht. Dieser Vorfall hatte sich in meinen Gedanken mit Helen verknüpft: Sie und Hundeschwanz gehörten irgendwie zusammen. Jetzt stand sie mit einem schwarzen Schlapphut und einem langen, grünen Mantel vor meiner Schule und wartete auf einen Typen. Als sie mich entdeckte, lief sie auf mich zu und küßte mich. Ich wurde in letzter Zeit oft geküßt: Und ich hatte jede Form von Zuneigung bitter nötig. Jeder hätte mich küssen können, und ich hätte sie oder ihn interessiert zurückgeküßt.
Die Jungs waren aus der Clique, mit der ich immer zusammen war. Sie trugen stinkende filzige Haarmähnen bis auf die Schultern und verrottende Schuljacken, keine Schlipse, aber Hosen mit Schlag. In letzter Zeit war in der Schule ein bißchen Stoff im Umlauf gewesen, und einige Jungs waren auf dem Trip. Ich hatte morgens beim Schulgebet eine halbe Tablette eingeworfen, aber die Wirkung hatte inzwischen nachgelassen. Ein paar Jungs tauschten Platten aus, Traffic und The Faces. Ich verhandelte gerade wegen einer Jimi-Hendrix-Platte – *»Axis: Bold as Love«* – mit einem Typen, der total scharf auf die Knete war, weil er zu einem Emerson, Lake and Palmer-Konzert in der Fairfield Hall gehen wollte. Ich fürchtete, daß dieser Narr so verzweifelt hinter der Kohle her war, daß er die Macken und Kratzer auf seiner Scheibe mit schwarzer Schuhcreme überschmiert hatte, und untersuchte deshalb die Rillen mit einem Vergrößerungsglas.

Einer der Jungs war Charlie, der sich zum erstenmal seit Wochen wieder dazu herabgelassen hatte, zur Schule zu kommen. Seine silbernen Haare und seine Plateausohlen hoben ihn von der übrigen Meute ab. Er sah nicht mehr so lieblich und poetisch aus wie früher; sein Gesicht war härter geworden, die Haare kürzer, die Wangenknochen traten schärfer vor. Ich wußte, das war Bowies Einfluß. Bowie, der damals noch David Jones hieß, war vor einigen Jahren auf unsere Schule gegangen, und im Speisesaal konnte man auf einem Gruppenfoto sein Gesicht erkennen. Oft sah man Jungs vor dieser Ikone auf den Knien liegen und beten, daß sie Popstars würden, und daß ihnen ein Leben als Automechaniker, Angestellte in einer Versicherungsfirma oder als Junior-Architekten erspart bliebe. Aber abgesehen von Charlie machte sich keiner von uns große Illusionen; in uns war nur eine Mischung aus elenden Aussichten und wilden Hoffnungen. Und ich, ich hatte nur wilde Hoffnungen.

Charlie ignorierte mich, genauso wie er beinahe alle seine Freunde ignorierte, seit er nach einem Open-Air-Konzert auf dem Bezirksfußballplatz auf der Titelseite der *»Bromley and Kentish Times«* erschienen war, zusammen mit seiner Band Mustn't Grumble. Die Band war schon seit zwei Jahren zusammen und trat bei Schulfeten, in Kneipen und als Vorgruppe bei einigen größeren Konzerten auf, aber vorher war noch nie etwas über sie geschrieben worden. Dieser plötzliche Ruhm beeindruckte und verstörte die ganze Schule, inklusive der Lehrer, die Charlie nur Girlie nannten.

Beim Anblick von Helen hellte sich Charlies Gesicht auf, und er kam zu uns herüber. Sie stellte sich auf die Zehenspitzen und küßte ihn.

»Wie waren die Proben?« fragte sie ihn. Ihre Hand fuhr durch sein Haar.

»Großartig. Wir treten bald wieder auf.«

»Ich werde kommen.«

»Wenn nicht, spielen wir nicht«, sagte er. Darüber lachte sie wie bescheuert. Ich mischte mich ein; ich mußte unbedingt auch etwas beitragen.

»Wie geht es deinem Dad, Charlie?«

Er sah mich amüsiert an. »Viel besser.« Er sagte zu Helen: »Dad liegt im Kopf-Krankenhaus. Nächste Woche wird er entlassen, und ständig sagt er, er würde nach Hause zu Eva gehen.«

»Wirklich?«

Eva würde wieder mit ihrem Mann zusammenleben? Das überraschte mich. Und Dad würde es zweifellos auch überraschen.

»Freut sich Eva?« fragte ich.

»Wie du genau weißt, du kleine Schwuchtel, wäre sie beinahe gestorben. Sie ist zur Zeit an anderem interessiert. Genauer: an anderen Leuten. Okay? Ich schätze, Dad wird den großen Rausschmiß erleben, sobald er bei uns zur Tür hereinkommt. Eva wird ihn zurück zu seiner Mum schikken; und das wird es dann wohl gewesen sein.«

»O Gott.«

»Yeah, aber ich mochte ihn noch nie besonders. Er ist ein Sadist. In unserem Haus gibt es dann für jemand anderen Platz. Unser Leben wird sich ziemlich bald ändern. Ich mag deinen alten Herrn, Milchgesicht. Er inspiriert mich.«

Ich fühlte mich geschmeichelt. Gerade wollte ich sagen: Wenn Eva und Dad heiraten, dann bist du mein Bruder, und wir haben Inzest begangen, aber ich schaffte es noch, die Klappe zu halten. Trotzdem durchlief mich ein freudiger Schauer, wenn ich daran dachte. Es würde bedeuten, daß Charlie und ich auf Jahre miteinander verbunden wären, selbst lange nachdem wir die Schule verlassen hatten. Ich wollte Dad und Eva in ihrer Idee, zusammenzuziehen, bestärken. War es nicht schließlich Mums Problem, wieder auf die Beine zu kommen? Vielleicht würde sie sogar jemand anderen finden, obwohl ich da meine Zweifel hatte.

Plötzlich erschütterte eine Explosion die Vorstadtstraße vor der Schule. Der Krach war lauter als alles, was man seit der Bombardierung durch die deutsche Luftwaffe 1944 gehört hatte. Fenster wurden geöffnet; Händler rannten aus ihren Ladentüren; Kunden hörten auf, über Schinkenspeck zu diskutieren, und drehten sich um; unsere Lehrer gerieten auf ihren Fahrrädern ins Schlingern, weil die Druckwelle wie ein heftiger Windstoß an ihnen zerrte; Jungs liefen aus der Schule zu den Toren, während andere, coolere, nur mit den Achseln zuckten oder sich angewidert umdrehten, spuckten, fluchten und davonschlurften.

Der rosarote Vauxhall Viva hatte quadrophonische Lautsprecher, aus denen die Byrds ihr *»Eight Miles High«* dröhnten. Auf dem Rücksitz saßen zwei Mädchen, und Charlies Manager, genannt Fisch, ein großer, hübscher ehemaliger Internatsjunge mit geradem Rücken, saß hinterm Steuer. Von seinem Vater hieß es, er sei Admiral der Navy, seine Mutter war angeblich eine Lady. Fisch hatte kurze Haare und trug meist einfallslose Klamotten, zum Beispiel ein weißes Hemd, dazu einen zerknitterten Anzug und Turnschuhe. Er machte der Mode keine Zugeständnisse, aber trotzdem war er irgendwie in und cool. Ihn konnte nichts verblüffen. Und dieses rätselhafte Wesen war neunzehn, nicht viel älter als wir, aber er gehörte eben nicht zum gemeinen Volk wie unsereins, und wir hielten ihn für überlegen, für genau den richtigen Jungen, um auf unseren Charlie aufzupassen. Beinahe jedesmal, wenn Charlie nachmittags in der Schule war, tauchte er auf, um ihn zu Proben mit seiner Band ins Studio abzuholen.

»Kann ich dich mitnehmen?« rief Charlie zu Helen.

»Heute nicht! Bis dann!«

Charlie schlenderte zu dem Wagen. Je näher er kam, um so nervöser wurden die beiden Mädchen, als würde er einen Wind vor sich herschicken, der sie aufscheuchte wie ein paar Hühner. Als er einstieg und sich neben Fisch setzte, beugten sie sich vor und küßten ihn begeistert. Er sah in den Rückspiegel und brachte sein Haar wieder in Ordnung, während das Monster sich in den Verkehr einfädelte und einige kleine Jungs vertrieb, die sich vor dem Auto angesammelt hatten, um die Haube zu öffnen und – du lieber Gott! – den Motor zu begutachten. Die Menge zerstreute sich bald, als die Vision davonschwebte. »Wichser«, sagten die Jungs verzweifelt, von der Schönheit dieses Ereignisses wie am Boden zerstört. »Scheiß-Wichser!« Wir würden nach Hause zu unseren Müttern gehen, zu unseren Fleischklößchen und Pommes mit Tomatensauce, um französische Vokabeln zu pauken und unsere Fußballsachen für morgen einzupacken. Charlie aber würde mit seinen Musikern zusammensein. Er würde um ein Uhr morgens in einen Klub gehen. Er würde sich mit Andrew Loog Oldham treffen.

Aber dafür war ich im Moment wenigstens mit Helen zusammen.

»Es tut mir leid, was letztens vor unserem Haus passiert ist«, sagte sie. »Er ist normalerweise ganz freundlich.«

»Väter haben halt so ihre Launen.«

»Nein, ich meinte den Hund. Ich mag es nicht, wenn man Menschen nur ihres Körpers wegen benutzt. Du vielleicht?«

»Hör zu«, sagte ich und baute mich vor ihr auf. Ich würde einen Rat befolgen, den Charlie mir bezüglich der Behandlung von Frauen gegeben hatte: Mach sie scharf, zeig dich hart. »Ich muß zum Bus. Ich habe keine Lust, hier den ganzen Nachmittag herumzulungern und mich wie ein Idiot auslachen zu lassen. Wo ist der Typ, auf den du gewartet hast?«

»Du bist der Typ, Dummkopf.«

»Du wolltest mich abholen?«

»Ja. Hast du heute nachmittag schon was vor?«

»Nein, natürlich nicht.«

»Wollen wir also was zusammen machen?«

»Yeah, wär großartig.«

Sie hängte sich bei mir ein, und wir marschierten zusammen an den Schülern vorbei, die uns nachstarrten. Sie sagte, sie wolle von der Schule abhauen und in San Francisco leben. Sie hätte genug von der Kleinkariertheit des Zusammenlebens mit Eltern, und die Bedeutungslosigkeit der Schule vernebele ihr das Gehirn. Überall in der westlichen Welt gäbe es

Befreiungsbewegungen und alternative Lebensformen – es hätte noch nie so einen Kinderkreuzzug wie diesen gegeben –, und Pelzrücken ließe sie nur bis elf Uhr abends aus dem Haus. Ich sagte ihr, daß der Kinderkreuzzug ins Stocken geraten sei, daß die Kids alle eine Überdosis genommen hätten, aber sie wollte nichts davon hören. Kann ich ihr auch nicht verübeln. Wenn überhaupt irgend etwas bis zu uns durchdrang, konnte man sicher sein, daß es schon vorbei war. Aber ich haßte die Vorstellung, daß sie fortging, hauptsächlich wohl deshalb, weil ich die Vorstellung haßte, zurückzubleiben. Charlie kam groß ins Geschäft, Helen plante ihre Flucht, und was hatte ich vor? Wie würde ich hier wegkommen?

Ich blickte auf und sah Jamila, die in schwarzem T-Shirt und weißen Shorts auf mich zugelaufen kam. Ich hatte vergessen, daß wir uns verabredet hatten. Sie rannte die letzten Meter und atmete heftig, aber mehr vor Besorgnis als vor Erschöpfung. Ich stellte ihr Helen vor. Jamila würdigte sie kaum eines Blickes, aber Helen ließ meinen Arm nicht los.

»Mit Anwar wird's immer schlimmer«, sagte Jamila. »Er läßt es darauf ankommen; er geht bis ans bittere Ende.«

»Soll ich euch beide allein lassen?« fragte Helen.

Ich verneinte rasch und fragte Jammie, ob ich Helen erzählen könnte, was los sei.

»Wenn du unbedingt willst, daß unsere Kultur lächerlich und unser Volk altmodisch, radikal und engstirnig wirkt – warum nicht?«

Also erzählte ich Helen von dem Hungerstreik. Jamila warf manchmal einige Details ein und brachte uns auf den neuesten Stand. Anwar hatte kein bißchen nachgegeben, er hatte keinen Keks geknabbert, von keinem Glas Wasser genippt und nicht eine einzige Zigarette geraucht. Entweder Jamila gehorchte, oder er würde qualvoll sterben, wenn seine Organe eines nach dem anderen versagten. Und wenn sie ihn ins Krankenhaus brächten, würde er das Ganze so lange wiederholen, bis seine Familie endlich nachgab.

Es begann zu regnen, also setzten wir drei uns unter das Dach der Bushaltestelle. Nie wußte man, wo man hingehen sollte. Helen war geduldig und aufmerksam; sie hielt meine Hand, um mich zu beruhigen. Jamila sagte: »Ich habe entschieden, daß es heute nacht um Mitternacht sein wird. Dann werde ich beschließen, was zu tun ist. Diese Unentschlossenheit halte ich nicht mehr aus.«

Jedesmal, wenn der Vorschlag aufkam, Jamila solle von zu Hause fortlaufen, und wir uns überlegten, wohin sie gehen könne und wie wir Geld für sie auftreiben würden, damit sie überlebte, sagte sie: »Und was ist mit meiner Mutter?« Anwar würde Jeeta an allem, was Jamila tat, die Schuld geben. Jeetas Leben würde zur Hölle auf Erden werden, und für sie gab es keinen Ort, an den sie sich flüchten konnte. Ich hatte die hervorragende Idee, daß Jamila und Jeeta doch zusammen fortlaufen sollten, aber Jeeta würde Anwar nie verlassen: Indische Frauen tun das nicht. Unsere Gedanken drehten sich ständig im Kreis, als Helen plötzlich einen Geistesblitz hatte.

»Wir fragen einfach deinen Vater, Karim«, sagte sie. »Er ist ein kluger Mann, er ist vergeistigt und –«

»Er ist ein totaler Spinner«, sagte Jamila.

»Wir können es doch wenigstens versuchen«, erwiderte Helen.

Also zogen wir los zu unserem Haus.

Mum, unter deren Morgenmantel die fast durchscheinend weißen Beine hervorlugten, saß im Wohnzimmer und zeichnete. Sie schloß rasch ihre Skizzenmappe und ließ sie hinter dem Sessel verschwinden. Ich konnte ihr ansehen, daß sie ihr Arbeitstag im Schuhgeschäft erschöpft hatte. Immer nahm ich mir vor, mich danach zu erkundigen, aber »Wie war dein Tag?« zu fragen, wäre mir so lächerlich vorgekommen, daß ich mich nie dazu überwinden konnte. Sie sprach deshalb mit niemandem über ihre Arbeit. Jamila setzte sich auf einen Stuhl und starrte Löcher in die Luft, als wäre sie glücklich darüber, das Thema des Selbstmordes ihres Vaters anderen überlassen zu können.

Helen sagte, daß sie bei Dads Auftritt in Chislehurst dabei gewesen sei und tat sich damit weder einen Gefallen, noch vermehrte sie unbedingt die Chance für Frieden auf Erden.

»Ich war nicht dort«, sagte Mum.

»Ach, wie schade. Es war phantastisch.« Mum schaute sie wehleidig an, aber Helen hörte nicht auf. »Es war befreiend. Es rief in mir den Wunsch wach, fortzugehen und in San Francisco zu leben.«

»Dieser Mann ruft in mir auch den Wunsch wach, fortzugehen und in San Francisco zu leben«, sagte Mum.

»Aber wahrscheinlich haben Sie auch schon alles von ihm gelernt, was er zu lehren hat. Sind Sie Buddhistin?«

Sie war ziemlich daneben, diese Unterhaltung zwischen Mum und Helen. Sie sprachen über Buddhismus in Chislehurst, über Bewußtseinserweiterung, über Freiheit und Festivals. Aber für Mum war in unseren Straßen noch immer der Zweite Weltkrieg gegenwärtig, in den Straßen, wo sie aufgewachsen war. Sie erzählte mir oft von nächtlichen Bombenangriffen, von ihren Eltern, die von der Brandwache erschöpft waren, von Häusern in vertrauten Straßen, die plötzlich zu Schutt und Asche wurden, von Menschen, die plötzlich verschwanden, von Nachrichten über Söhne, die an der Front gefallen waren. Was verstanden wir schon vom Bösen oder von den Ausmaßen menschlicher Zerstörungskraft? Ich selbst kannte vom Krieg nur den Luftschutzbunker am Ende unseres Gartens, einen dicken, gedrungenen Kasten, den ich als Kind zu meinem eigenen kleinen Haus gemacht hatte. Damals standen dort noch die Reihen Marmeladengläser und die vergammelten Feldbetten von 1943.

»Für uns ist es leicht, von Liebe zu sprechen«, sagte ich zu Helen. »Aber was ist mit dem Krieg?«

Jamila sprang verärgert auf. »Warum reden wir über den Krieg, Karim?«

»Es ist wichtig, er ist –«

»Du Idiot. Bitte –« Und sie sah Mum flehentlich an. »Wir sind aus einem bestimmten Grund hergekommen. Warum spannt ihr mich so lange auf die Folter? Laßt uns mit der Beratung anfangen.«

Mum zeigte auf die Wand zum angrenzenden Zimmer und sagte: »Mit ihm?«

Jamila nickte und biß sich auf die Fingernägel. Mum lachte bitter.

»Er kommt doch nicht einmal mit sich selbst zurecht.«

»Es war Karims Idee«, sagte Jamila und rauschte aus dem Zimmer.

»Daß ich nicht lache«, sagte Mum. »Warum tust du ihr das an? Warum machst du nicht etwas Nützliches, warum putzt du nicht zum Beispiel die Küche? Warum gehst du nicht und liest in einem deiner Schulbücher? Warum machst du nichts, das dich ein bißchen weiterbringt, Karim?«

»Werd bloß nicht hysterisch«, sagte ich zu Mum.

»Warum nicht?« antwortete sie.

Als wir in sein Zimmer kamen, lag Gott auf dem Bett und hörte Musik aus dem Radio. Er sah Helen wohlwollend an und zwinkerte mir zu. Sie gefiel ihm, aber er war sowieso schon froh, wenn ich überhaupt mit jemandem ausging, der kein Junge oder Inder war. »Warum willst du mit diesen Moslems ausgehen?« hatte er mich einmal gefragt, als ich eine von Jamilas pakistanischen Freundinnen mit nach Hause brachte. »Warum nicht?« fragte ich. »Zu viele Probleme«, sagte er mit überlegener Miene. »Was für Probleme?« fragte ich. Auf Details hatte er noch nie Wert gelegt; er schüttelte den Kopf, als wollte er andeuten, daß er bei so vielen Problemen gar nicht wisse, wo er mit der Aufzählung beginnen solle. Nur seiner Beweisführung zuliebe hatte er ergänzt: »Aussteuer und all das.«

Wir erzählten ihm alles. »Anwar ist der älteste Freund, den ich auf dieser Welt habe«, sagte er traurig, als wir fertig

waren. »Wir alten Inder mögen dieses England immer weniger und kehren innerlich in ein Indien unserer Phantasie zurück.«
Helen nahm Dads Hand und streichelte sie tröstend.
»Aber dies ist eure Heimat«, sagte sie. »Es gefällt uns, daß ihr hier seid. Eure Traditionen sind für unser Land von Nutzen.«
Jamila verdrehte die Augen. Ich sah, daß Helen sie an den Rand des Wahnsinns trieb. Mich brachte Helen sonst nur zum Lachen, aber dies hier war eine ernste Angelegenheit.
Ich sagte: »Willst du nicht zu ihm hingehen und mit ihm reden, Dad?«
»Er würde nicht einmal auf Gandhi persönlich hören«, sagte Jamila.
»Na gut«, sagte Dad. »Kommt in fünfundneunzig Minuten zurück. Ich werde euch meine Antwort geben, wenn ich diesen Gedanken zu Ende gedacht habe.«
»Großartig!«
Also verließen wir drei die Victoria Road, eine Sackgasse. Wir liefen durch die tristen, widerhallenden Straßen bis zur Kneipe, vorbei an vollgeschissenen Parkanlagen, vorbei an der viktorianischen Schule mit den Außentoiletten, an den zahlreichen zerbombten Grundstücken – unseren eigentlichen Spielplätzen und Sexschulen –, vorbei an den adretten Gärten und den unzähligen der Straße zugewandten Zimmern, in denen lauter bekannte Unbekannte wohnten, und den unwirklich schimmernden Fernsehapparaten. Eva nannte unseren Bezirk immer »die höheren Tiefen«. Es war so still, daß keiner von uns den Klang der eigenen Stimme hören wollte; es wäre uns peinlich gewesen.
Dort lebte Mr Whitman, der Polizist, mit seiner jungen Frau Noleen, daneben ein Rentnerehepaar, Mr und Mrs Holub. Sie waren Sozialisten aus der Tschechoslowakei, die hier im Exil lebten, und ohne daß sie etwas davon ahnten,

verließ ihr Sohn jeden Freitag und Samstag das Haus im Schlafanzug, um sich harte, wilde Musik anzuhören. Gegenüber lebte noch ein Rentnerpaar, ein Lehrer und seine Frau, die Gothards. Deren Nachbarn war eine Familie aus dem East End, die Lovelaces, Verkäufer von Vogelsamen – die alte Oma Lovelace war Toilettenfrau in den Library Gardens. Etwas weiter die Straße hinunter wohnten ein Reporter aus der Fleet Street, Mr Nokes, seine Frau und deren übergewichtige Kids, und daneben die Scoffields – Mrs Scoffield war Architektin.

Alle diese Häuser waren »verschönert« worden. Das eine hatte ein neues Vordach über dem Eingang, das andere Doppelglasfenster, »georgianische« Fenster oder eine neue Tür mit Messingknauf. Küchen waren vergrößert, Dachböden ausgebaut, Wände eingerissen und Garagen angebaut worden. Hierin lag nämlich die wahre Leidenschaft der Engländer: keine Leidenschaft für die Selbstverbesserung, die Kultur oder den Geist, sondern eine Leidenschaft für DIY, *Do It Yourself*, für das größere und bessere Haus mit mehr Extras, die sorgfältige Anhebung des Komforts und damit auch des gesellschaftlichen Status – quasi die Zurschaustellung des Einkommens in Stein und Mörtel. Zurschaustellung war ihr Ein und Alles. Wie oft waren wir bei einem Besuch in der Nachbarschaft, noch bevor uns eine Tasse Tee angeboten worden war, durch das Haus geführt worden – »Schon wieder die *grande tour*«, seufzte Dad –, um Zimmer zu bewundern, zwischen denen die Wände herausgeschlagen worden waren, um geschickt eingefügte Geschirrschränke oder Schlafplätze, Duschen, Kohlenkammern oder Gewächshäuser zu bestaunen.

In der Kneipe, dem Chatterton Arms, saßen alternde Teddy Boys mit steifen, wie gemeißelten Haarlocken, einem Schiffssteven nicht unähnlich, und hatten Jacken mit Samtkragen und aufgekrempelten Ärmeln an. Ein paar bedrohlich aussehende Rocker trugen Ketten und nietenbeschlagene Lederklamotten und redeten vom Rudelficken, ihrer Lieblingsbeschäftigung. Und einige Skinheads in Halbschuhen mit dicker Sohle, Levis, Strickjacke und Hosenträgern waren mit ihren Mädchen da. Viele kannte ich von der Schule: Sie waren jeden Abend in der Kneipe, ebenso wie ihre Väter, und sie würden immer da sein, würden nie wieder fortgehen. Als sie zwei Hippies mit einem Paki hereinkommen sahen, waren sie etwas verblüfft; es gab einige Kommentare zu diesem Thema und zahlreiche Blicke in unsere Richtung, also sah ich zu, daß wir sie nicht anglotzten und ihnen auch sonst keinen Anlaß gaben, sich aufzuregen. Trotzdem war ich nervös; ich hatte Schiß, sie könnten uns von hinten anfallen.

Jamila sagte nichts, und Helen redete voller Begeisterung von Charlie, ein Thema, das sie offenbar ziemlich gründlich studiert hatte. Jamila blickte unterdessen nicht einmal verächtlich drein, während sie geistesabwesend mehrere Pint in sich hineingoß. Sie hatte Charlie einige Male bei uns zu Hause getroffen und war, um es freundlich auszudrücken, nicht gerade von ihm angetan. »Eitelkeit, dein Name ist Charlie«, faßte sie ihren Eindruck zusammen. Charlie gab sich bei ihr keine Mühe. Warum sollte er auch? Jamila konnte ihm nicht nützlich sein, und vögeln wollte er sie auch nicht. Jamila hatte den alten Charlie auf Anhieb durchschaut; sie sagte, unter dem samtigen Idealismus verberge sich eisenharter Ehrgeiz, und das stünde schließlich ganz im Zeichen der Zeit.

Freudestrahlend bestätigte Helen, daß Charlie nicht nur an unserer Schule ein kleiner Star sei, sondern daß sein Glanz auch andere Schulen, insbesondere Mädchenschulen, erhelle. Es gebe dort Mädchen, die Mustn't Grumble von Auftritt zu Auftritt folgten, nur um in der Nähe ihres Schwarms zu sein, und die seine Konzerte auf Zweispurtonbandgeräten aufnahmen. Seltene Fotografien von Charlie wurden herumgereicht, bis sie ganz zerfleddert waren. Es hieß, daß ihm ein Plattenvertrag angeboten worden sei, den Fisch aber mit dem Argument, daß sie noch nicht gut genug seien, abgelehnt hätte. Wenn sie dann erst gut wären, würden sie eine der größten Bands der Welt sein, prophezeite Fisch. Ich fragte mich, ob Charlie davon überzeugt war, ob er es auch so empfand, oder ob sein Leben, das Leben, das er von Tag zu Tag lebte, so im Arsch und verworren war wie meins.

Jammie und Helen standen hinter mir, als ich später am Abend an die Tür zu Dads Zimmer klopfte. Es kam keine Antwort.
»Vielleicht ist er immer noch auf einer anderen Bewußtseinsstufe«, sagte Helen. Ich sah Jammie an und fragte mich, ob sie Dad auch schnarchen hörte. Wahrscheinlich, denn sie schlug laut und ungeduldig gegen die Tür. Als Dad öffnete, waren seine Haare zerzaust, und er war überrascht, uns zu sehen. Wir setzten uns um sein Bett, und er begann eine seiner eindrucksvollen Schweigephasen, die ich inzwischen als Begleiterscheinung der Weisheit zu akzeptieren gelernt hatte.
»Wir leben in einer Zeit des Zweifels und der Ungewißheit. Die alten Religionen, mit denen die Menschheit neunundneunzigkommaneun Prozent der Zeit ihrer Geschichte lebte, sind untergegangen oder unbedeutend geworden. Unser Problem ist die Diesseitigkeit. Wir haben unsere geistigen Werte und Weisheiten gegen den Materialismus eingetauscht. Und nun zieht jedermann umher und fragt sich, wie er leben soll. Und manchmal wenden sich verzweifelte Menschen sogar an mich.«
»Onkel, bitte –«
Dad hob seinen Zeigefinger um den Bruchteil eines Zentimeters, und Jamila schwieg widerwillig.
»Ich habe folgendes beschlossen.«
Wir konzentrierten uns alle so stark, daß ich fast gekichert hätte.

»Ich glaube, daß man nur glücklich werden kann, wenn man seinen Gefühlen, seiner Intuition, seinem wahren Begehren folgt. Verhält man sich aber im Einklang mit seinen Pflichten, Verbindlichkeiten, gibt man seinen Schuldgefühlen nach oder dem Wunsch, anderen zu gefallen, kann daraus nur Unglück erwachsen. Wenn möglich, sollte man das Glück annehmen, und zwar nicht auf egoistische Weise, sondern indem man sich daran erinnert, daß jeder Mensch Teil dieser Welt ist, daß man mit anderen verbunden und nicht getrennt von ihnen lebt. Sollte der Mensch sein eigenes Glück auf Kosten des Glücks eines anderen verfolgen? Oder sollte er unglücklich sein, damit ein anderer glücklich sein kann? Es gibt niemanden, dem sich dieses Problem noch nicht gestellt hat.«

Er schwieg einen Moment, um Atem zu holen, und sah uns an. Ich wußte, daß er an Eva dachte. Plötzlich wußte ich auch, daß er uns verlassen würde, und ich fühlte mich verzweifelt und allein. Ich wollte nicht, daß er uns verließ. Ich liebte ihn so sehr.

»Wenn man sich also auf die puritanische Art, auf die Art der englischen Christen, durch Selbstverleugnung straft, wird man Unmut und Unglück nur vermehren.« Jetzt sah er Jamila an. »Man fragt mich ständig um meinen Rat. Menschen fragen mich um Rat und sollten lieber versuchen zu begreifen, was eigentlich geschieht.«

»Danke für die Blumen«, sagte Jamila.

Es war Mitternacht, als wir sie zurückbrachten. Sie ging mit gesenktem Kopf ins Haus. Ich fragte sie, ob sie ihre Entscheidung getroffen hätte.

»Ja. Natürlich«, sagte sie und begann die Treppen zu der Wohnung hochzusteigen, in der ihre Eltern und Folterknechte in getrennten Zimmern lagen, der Vater, der versuchte zu sterben, und die Mutter, die ohne Zweifel den Tod herbeiwünschte. Der Zähler für das Licht im Flur tickte laut. Helen und ich starrten im trüben Zwielicht in Jamilas

Gesicht und suchten nach einem Hinweis darauf, wozu sie sich entschlossen hatte.
Helen meinte, Jamila würde den Jungen heiraten. Ich meinte, sie würde ihn zurückweisen. Aber wir waren uns beide nicht sicher.
Helen und ich kletterten am Anerley Park über den Zaun und legten uns neben den Schaukeln auf dem Rücken ins Gras; wir sahen in den Himmel und zogen uns aus. Es war ein guter Fick, nur zu hastig, weil Pelzrücken sich sonst Sorgen machen würde. Ich fragte mich, ob wir wohl beide an Charlie dachten, als wir es taten.

Kapitel sechs

Der Mann, der sich England, unseren neugierigen Augen und dem warmen Wintermantel näherte, den ich in meinen Händen hielt, war nicht der Schriftsteller Flaubert, obwohl er einen ähnlich grauen Schnauzbart, zwei Doppelkinne und nicht viel Haare hatte. Nicht-Flaubert war kleiner als ich, er hatte etwa die Größe von Prinzessin Jeeta. Doch im Unterschied zu ihr – auch wenn ihre Figur wegen des geräumigen *salwar kamiz* nur schwer auszumachen war – trug Changez einen dicken Bauch vor sich her, über den sich ein dunkler, roter, in Rippen gestrickter Pullover spannte. Das Haar, das Gott ihm gelassen hatte, wuchs spärlich, trocken und vertikal, als kämmte er es sich jeden Morgen in die Stirn. Mit seiner gesunden Hand stieß er einen Gepäckwagen vor sich her, der mit zwei vergammelten Koffern beladen war, die nur durch einen dünnen Bindfaden und eine Schlafanzugskordel vor der sofortigen Auflösung bewahrt wurden.

Als Nicht-Flaubert den Namen entdeckte, den ich auf ein Stück Pappkarton geschrieben hatte, hörte er einfach auf, den Gepäckwagen zu schieben, ließ ihn dort im Gedränge der Flughafenmenge stehen und ging auf Jeeta und seine zukünftige Frau, Jamila, zu.

Helen hatte sich bereit erklärt, uns an diesem Tag der Tage zu helfen. Wir beide retteten den Gepäckwagen und schwankten unter dem Gewicht, als wir Changez' Plunder in den Kofferraum des großen Rovers luden. Helen wollte nicht richtig zupacken, weil sie Angst hatte, es könnten Mücken aus den Koffern herausfliegen und sie mit Malaria anstecken. Nicht-Flaubert stand neben uns und stieg erst in den Wagen, als ich, nachdem er mit einem königlichen Nicken seinen Segen dazu gegeben hatte, den Kofferraum schloß und seine heiligen Gepäckstücke somit vor dem Zugriff von Banditen und Gangstern geschützt waren.

»Wahrscheinlich ist er Diener gewöhnt«, sagte ich laut zu Helen, als ich ihm die Tür aufhielt, damit er sich neben Jeeta und Jamila schieben konnte. Helen und ich stiegen vorne ein. Für mich war es ein Augenblick köstlicher Rache, denn der Rover gehörte Helens Dad, dem Pelzrücken. Wenn er gewußt hätte, daß vier Pakis ihre dunklen Ärsche in die tiefen Ledersitze seines Wagens drückten, mit seiner Tochter am Steuer, die erst kürzlich von einem von ihnen gevögelt worden war, dann wäre er bestimmt kein zufriedener Mann mehr gewesen.

Die eigentliche Hochzeit sollte am nächsten Tag stattfinden, und Changez und Jamila würden danach für einige Nächte im Ritz wohnen. Heute gab es eine kleine Party, um Changez in England willkommen zu heißen.

Anwar stand unruhig am Fenster des Kaufhauses Paradies, als der Rover in die Straße einbog und vor der Bücherei hielt. Er hatte sich sogar einen anderen Anzug angezogen: statt dem Ding aus den frühen Fünfzigern, das er sonst anhatte, trug er jetzt ein Etwas aus den späten Fünfzigern. Der Anzug war überall mit Nadeln abgesteckt und umgeschlagen, denn Anwar war knochendürr geworden. Seine Nase und seine Wangenknochen stachen so stark wie nie aus seinem Gesicht hervor, und er war sogar noch blasser als Helen, so blaß, daß ihn wirklich niemand mehr einen Darkie oder einen schwarzen Teufel nennen konnte, obwohl das Wort Teufel vielleicht gar nicht so falsch war. Er fühlte sich schwach und hatte Mühe, beim Gehen seine Füße zu heben. Er lief, als hingen ihm Zuckersäcke an den Knöcheln. Und als Changez ihn auf der Straße umarmte, dachte ich, man könnte Anwars Knochen krachen hören. Er schüttelte Changez zweimal die Hand und kniff ihm in die Wangen. Diese Anstrengung schien Anwar sehr zu ermüden.

Changez' Ankunft versetzte Anwar in geradezu ausgelassene Stimmung. Vielleicht lag es daran, daß er keinen Sohn hatte und nun einen bekam; vielleicht stimmte ihn auch sein Sieg über die Frauen so zufrieden. Wie groß auch das Ausmaß seiner selbstverantworteten körperlichen Schwäche sein mochte, so gutgelaunt wie in der letzten Zeit hatte ich ihn noch nie erlebt, und auch nicht auf so nervöse Art gesprächig. Er war kein Freund von vielen Worten, aber wenn ich in diesen Tagen in den Laden kam, nahm er mich unweigerlich beiseite und erpreßte mich mit Samosas, mit Fruchteis und der Gelegenheit, nicht arbeiten zu müssen, damit ich mich von ihm vollabern ließ. Ich bin überzeugt, daß er mich beiseite nahm – in die Vorratskammer, fort von Jeeta und Jamila, wo wir wie Fabrikarbeiter, die sich vor der Arbeit drückten, auf Holzkisten saßen –, weil er sich über seinen bitteren Sieg schämte oder sich zumindest deswegen genierte. Prinzessin Jeeta und Jamila waren seit einiger Zeit in Begräbnisstimmung und gaben Anwar auch nicht für eine Sekunde Gelegenheit, die Freuden seiner Tyrannei zu genießen. Es blieb dem armen Teufel also nichts anderes übrig, als seinen Sieg mit mir zu feiern. Würden sie denn nie die Früchte seiner Weisheit zu schätzen wissen?

»Mit einem zweiten Mann im Haus werden sich die Dinge hier gründlich ändern«, erzählte er mir strahlend. »Der Laden muß tapeziert werden. Ich brauche einen Jüngeren, der auf eine Leiter steigen kann! Außerdem muß jemand da sein, der die Kisten vom Grossisten hierherträgt. Wenn Changez kommt, soll er mit Jamila den Laden übernehmen. Und ich kann die Frau« – er meinte seine eigene Frau – »irgendwohin mitnehmen, wo es schön ist.«

»Wo ist es schön, Onkel? Wohin willst du sie mitnehmen? In die Oper? Ich habe gehört, daß gerade eine gute Aufführung von ›*Rigoletto*‹ läuft.«

»In ein indisches Restaurant, der Besitzer ist ein Freund von mir.«

»Und wo ist es noch schön? Wohin gehst du noch mit ihr?«

»In den Zoo, verdammt! Überall, wohin sie nur will!« Anwar wurde sentimental, wie es gefühllose Menschen oft werden. »Sie hat ihr Leben lang hart gearbeitet. Sie hat eine kleine Pause verdient. Sie hat uns alle immer so sehr geliebt. So geliebt. Wenn die Frauen meinen Standpunkt doch nur begreifen würden. Aber wenn der Junge erst mal kommt, dann werden sie schon verstehen. Dann werden sie schon sehen, he?«

In der Vorratskammer-der-Geheimnisse erfuhr ich auch, daß Anwar sich auf Enkelkinder freute. Anwar war überzeugt, daß Jamila sofort schwanger werden würde, und daß es bald von kleinen Anwars nur so wimmelte. Anwar würde sich um die kulturelle Erziehung der Kleinen kümmern, sie zur Schule bringen und zur Moschee mitnehmen, während Changez wahrscheinlich den Laden tapezieren, Kisten tragen und meine Freundin Jamila erneut schwängern würde. Während dieser Unterhaltungen pflegte Jamila die Tür zur Vorratskammer zu öffnen und richtete einfach nur die schwarzen Mündungen ihrer Augen auf mich, als säße ich dort mit Eichmann zusammen.

Für den festlichen Anlaß hatten Jeeta und Jamila im oberen Zimmer der Wohnung ein dampfendes, köstliches Festmahl mit Keema und Aloo, Reis, Chapatis und Nan zubereitet. Es gab Tizer, Vanille-Shakes, Bier und Lassi zu trinken; und alles lag auf einer weißen Tischdecke vor uns ausgebreitet. Für jeden gab es winzige Papierservietten. Angesichts des wieder in seinen ursprünglichen Zustand versetzten und geschrubbten Zimmers, das auf die Hauptstraße nach London hinausging, konnte man kaum glauben, daß erst vor

wenigen Wochen ein Mann hier versucht hatte, sich zu Tode zu hungern.
Anfangs fühlten sich alle unbeholfen und verlegen, und das Fest war die reinste Hölle. Um das Schweigen zu brechen, unternahm Onkel Anwar mit der Wortgewandtheit eines Oscar Wilde drei Versuche, die Unterhaltung in Gang zu bringen, aber alle Versuche scheiterten. Ich musterte den fadenscheinigen Teppich. Sogar Helen, die sich mit wohlwollender Neugier umsah, und von der man gewöhnlich eine erheiternde und aufrüttelnde Bemerkung erwarten konnte, sagte außer zweimal »lecker-lecker« kein Wort und sah aus dem Fenster.
Changez und Jamila saßen nicht beisammen, und obwohl ich nur darauf wartete, daß sie sich ansahen, kann ich bezeugen, daß nicht ein einziger, verstohlener Blick zwischen den zukünftigen Bettgenossen ausgetauscht wurde. Was würde Changez von seiner Frau halten, wenn er sie schließlich doch ansah? Die Tage der hautengen Blusen und der Miniröcke waren vorbei. Jamila trug ein sackähnliches Etwas: lange Röcke, etwa drei übereinander, und ein langes Hemd in verschossenem Grün, unter dem die flachen Rundungen ihrer BH-losen Brüste für den, der sich dafür interessierte, zu sehen waren. Außerdem hatte sie ihre übliche Krankenkassenbrille auf und trug an ihren Füßen ein Paar ziemlich unnachgiebig aussehender derber, brauner Gesundheitsschuhe, die den Eindruck erweckten, als wolle sie gleich zu einer Bergwanderung aufbrechen. Sie war völlig vernarrt in diese Klamotten; sie war froh, daß sie eine Kluft gefunden hatte, die sie jeden Tag tragen konnte, weil sie, wie ein chinesischer Bauer, am liebsten nie mehr darüber nachdenken wollte, was sie anziehen sollte. Eine derart einfache Idee, die so typisch für die nicht besonders eitle Jamila war, hielten andere Menschen für exzentrisch – mich brachte sie zum Lachen. Der einzige Mensch, dem das alles nicht exzentrisch vorkam, weil er es

gar nicht bemerkte, war ihr Vater. Er wußte wirklich ziemlich wenig über Jamila. Wenn ihn jemand gefragt hätte, was für eine Partei sie wählte, wie ihre Freundinnen hießen, was sie sich von ihrem Leben erwartete, hätte er nicht antworten können. Fast schien es, als sei es auf eine seltsame Art unter seiner Würde, sich für sie zu interessieren. Er nahm sie nicht wahr. Diese Frau, die seine Tochter war, hatte sich einfach nur auf ganz bestimmte Weise zu verhalten.
Endlich erschienen vier weitere Verwandte von Anwar und brachten noch mehr zu essen und trinken mit. Sie schenkten Kleider und Töpfe, und einer der Männer bedachte Jamila mit einer Perücke. Changez überreichte man einen Kranz aus Sandelholz. Bald ging es laut, lebhaft und geschäftig zu.
Anwar freundete sich mit Changez an. Er schien überhaupt nicht von ihm enttäuscht zu sein; ständig lächelte er ihn an, nickte ihm zu und berührte ihn. Es dauerte eine Weile, bis Anwar bemerkte, daß sein heißersehnter Schwiegersohn körperlich keineswegs das imponierende Musterexemplar war, das er erwartet hatte. Sie unterhielten sich nicht auf Englisch, deshalb war ich mir nicht sicher, was sie sagten, aber nach einem Blick, dem zur näheren Überprüfung, zwecks besseren Blickwinkels, ein Schritt zur Seite folgte, zeigte Anwar besorgt auf Changez' Arm.
Changez ließ die Hand ein wenig schlenkern und grinste ganz ungeniert; Anwar versuchte auch zu lachen. Changez' linker Arm war eigenartig verkümmert, und am Ende dieses dürren Gliedes stak wie ein harter, golfballgroßer Fleischklumpen eine kleine Faust, aus deren kompakter Masse sich statt der flinken, Laden-streichenden, Kisten-tragenden Finger nur ein winziger Daumen emporreckte. Es sah aus, als hätte Changez seine Hand ins Feuer gehalten, und als wären ihm Fleisch, Knochen und Sehnen zusammengeschmolzen. Ich kannte zwar einen ausgezeichneten Klempner, der für Onkel Ted arbeitete und statt der einen Hand

nur einen Stummel hatte, aber ich konnte mir einfach nicht vorstellen, wie Changez Anwars Laden mit dem einen Arm tapezieren wollte. Andererseits bezweifelte ich sowieso, daß er, selbst wenn er vier Muhammad-Ali-Arme gehabt hätte, wußte, wozu man eine Tapezierbürste oder auch nur eine Zahnbürste gebrauchte.

Auch wenn Anwar jetzt vielleicht Grund hatte, gegenüber Changez etwas reserviert zu sein (Changez war von Anwar allerdings offenbar begeistert und lachte über alles, was Anwar sagte, selbst wenn der es ernst gemeint hatte), so war dies mit Jamilas Abneigung überhaupt nicht zu vergleichen. Hatte Changez eigentlich eine Vorstellung davon, mit welchem Widerwillen seine zukünftige Braut – die gerade ans Bücherregal ging, ein Buch von Kate Millett in die Hand nahm, einige Minuten lang hineinstarrte und es nach einem vorwurfsvollen und mitleidigen Blick ihrer Mutter zurückstellte – ihm das Jawort geben würde?

Jamila hatte mich an dem Tag, nachdem Helen und ich im Anerley Park miteinander gevögelt hatten, angerufen, um mir von ihrer Entscheidung zu erzählen. Ich war an jenem Morgen so begeistert über meinen Triumph, die Hundebesitzerstochter verführt zu haben, daß ich Jamilas große Entscheidung völlig vergessen hatte. Als sie mir sagte, daß sie den Mann heiraten würde, den ihr Vater für sie unter Millionen ausgesucht hatte, und daß die ganze Sache damit nun beendet sei, klang ihre Stimme kalt und distanziert. Sie würde es überleben, sagte sie. Sie wollte kein Wort mehr davon hören.

Typisch Jamila, mußte ich immerzu denken, das paßte zu ihr, als passiere ihr so etwas jeden Tag. Aber ich war überzeugt, daß sie Changez aus einer perversen Lust heraus heiratete. Schließlich lebten wir in rebellischen und unkonventionellen Zeiten. Und Jamila interessierte sich für Anarchisten, Situationisten und für die Weathermen, schnitt entsprechende Artikel aus den Zeitungen aus und zeigte sie mir. Changez zu heiraten war für sie anscheinend eine Rebellion gegen die Rebellion, etwas kreativ Neues. Ihr ganzes Leben würde sich dadurch verändern, es würde zum Experiment. Sie behauptete, sie tue es ausschließlich für Jeeta, aber ich vermutete, daß dahinter ein manifester Widerspruchsgeist steckte.

Beim Essen saß ich neben Changez. Unfähig, etwas zu sich zu nehmen, kam es Helen buchstäblich hoch, als sie vom anderen Ende des Zimmers aus Changez zusah, wie er, den Kranz in den Haaren, einen Teller auf seinen Knien balancierte und mit seiner gesunden Hand aß, wobei er die paar Finger, die ihm zur Verfügung standen, flink zu gebrauchen wußte. Hatte er etwa noch nie mit Messer und Gabel gegessen? Jamila fand das natürlich bestimmt amüsant. Sie würde es weithin hörbar ihren Freundinnen zukrähen: »Wißt ihr eigentlich, daß mein Gatte noch nie in seinem Leben Besteck in der Hand hatte?«

Aber Changez sah so einsam aus – und aus der Nähe konnte ich einzelne Stoppeln aus seinem schlecht rasierten Kinn hervorstechen sehen –, daß selbst ich nicht auf meine übliche Art über ihn lachen konnte. Und er sprach so freundlich mit mir und mit solch unschuldiger Begeisterung, daß ich versucht war, zu Jamila zu sagen: Hey, so schlimm ist der eigentlich gar nicht!

»Würdest du mit mir ausgehen und mir die eine oder andere Sache zeigen, die ich vielleicht sehen möchte?«

»Klar, wann immer du willst«, antwortete ich.

»Ich würde auch gern ein Kricketspiel sehen. Wir könnten ja zu den Lords gehen. Ich habe mein eigenes Fernglas mitgebracht.«

»Großartig.«

»Und in Buchläden? Ich habe gehört, daß es viele solcher Unternehmen auf der Charing Cross Road gibt.«

»Stimmt. Was liest du gerne?«

»Die Klassiker«, sagte er, ohne zu zögern. Ich merkte, daß

er einen Hang zur Überheblichkeit hatte, so sicher schien er sich seines Geschmacks und seines Urteils zu sein. »Magst du auch die Klassiker?«

»Du meinst doch nicht diesen griechischen Mist? Vergil, Dante, Homo oder so?«

»Für mich geht nichts über P.G. Wodehouse und Conan Doyle! Kannst du mir das Sherlock-Holmes-Haus in der Baker Street zeigen? Ich mag auch Simon Templar und Mickey Spillane. Und Western! Alle Filme mit Randolph Scott! Oder mit Gary Cooper! Oder mit John Wayne!«

Ich sagte, um ihn auf die Probe zu stellen: »Wir können eine Menge Sachen machen. Und wir können Jamila mitnehmen!«

Ohne Jamila anzusehen, sagte er: »Das wäre toll.« Und stopfte sich dabei den Mund mit Reis und Erbsen voll, bis sich seine Wangen aufblähten – er war wirklich ein gieriger Fresser.

»Ihr beiden Ärsche seid jetzt also richtige Kumpel«, zischte mich Jamila später an. Anwar hatte Changez wieder in Beschlag genommen und klärte ihn geduldig über den Laden, den Grossisten und die finanzielle Situation auf. Changez sah dabei aus dem Fenster, kratzte sich am Hintern und ignorierte seinen Schwiegervater völlig, so daß dem keine andere Wahl blieb, als mit seinen Erklärungen fortzufahren. Noch während Anwar auf ihn einredete, drehte sich Changez um und sagte: »Ich hatte gedacht, daß es in England viel kälter sein würde.«

Anwar war verstört. Diese zusammenhanglose Bemerkung hatte ihn völlig aus dem Konzept gebracht.

»Aber ich sprach gerade von den Gemüsepreisen«, sagte Anwar.

»Warum?« fragte ihn Changez erstaunt. »Ich esse hauptsächlich Fleisch.«

Anwar gab darauf keine Antwort, aber der Ausdruck auf seinem Gesicht wechselte von Verblüffung zu Verwirrung und dann zu Ärger. Und wieder schielte er auf Changez' nutzlose Hand, als wolle er sich noch einmal vergewissern, daß sein Bruder ihm als Mann für seine einzige Tochter tatsächlich einen Krüppel geschickt hatte.

»Ich glaube, Changez ist ganz in Ordnung«, erzählte ich Jamila. »Er mag Bücher und scheint nicht gerade zu den Typen gehören, die an überstarkem Sexualdrang leiden.«

»Woher willst du das wissen, Klugscheißer? Warum heiratest du ihn dann nicht? Schließlich magst du ja Männer.«

»Weil du ihn heiraten willst.«

»Ich *will* gar nichts, nur mein Leben in Frieden leben.«

»Du hast deine Wahl getroffen, Jammie.«

Sie war wütend auf mich.

»Ach, zur Hölle mit dir! Was auch geschieht, auf deine Unterstützung und Anteilnahme kann ich mich wahrlich immer verlassen.«

Gott sei Dank, dachte ich, als Dad in genau diesem Augenblick auftauchte. Er war direkt von der Arbeit zur Party gefahren und trug seinen besten Burton-Maßanzug, eine gelbe Weste mit Taschenuhr an einer Kette (ein Geschenk von Mum) und einen blau-rosa gestreiften Schlips mit einem Knoten, so groß wie ein Stück Seife. Er sah aus wie ein Wellensittich. Weil er davon überzeugt war, daß er damit einer beginnenden Glatze Einhalt gebieten könne, schmierte sich Dad gerne Olivenöl ins Haar, das dementsprechend glänzte. Wenn man ihm allerdings zu nahe kam, war man versucht, nach der Quelle ebendieses gewissen Duftes Ausschau zu halten – stand in unmittelbarer Nähe vielleicht ein reichlich mit Öl getränkter Salat? Seit einiger Zeit versuchte er den Geruch mit seinem bevorzugten Rasierwasser, Rampage, zu überdecken. Dad war so dick wie nie zuvor. Er begann langsam einem kleinen, schweinchenhaften Buddha zu ähneln, aber verglichen mit den übrigen Gästen im Zimmer war er das Leben selbst, übermütig, respektlos und dauernd zum Lachen aufgelegt. Im Vergleich zu ihm war Anwar ein alter Mann geworden. Außerdem war Dad heute großzügig; er erinnerte mich an einen aalglatten Politiker, der einen etwas heruntergekommenen Wahlbezirk besucht, lächelt, Babys küßt und wohlwollend Hände schüttelt – und verschwindet, sobald es der Anstand erlaubt.

Helen sagte mehrmals: »Bring mich fort von hier, Karim«, und fiel mir damit so auf die Nerven, daß Dad und ich sie schließlich die Treppe hinunter begleiteten.

»Was ist los?« fragte ich Helen. »Was geht dir so gegen den Strich?«

»Einer von Anwars Verwandten benimmt sich reichlich seltsam«, sagte sie.

Offenbar war dieser Mann jedesmal, wenn sie in seine Nähe kam, zusammengeschreckt, hatte sie fortgescheucht und gemurmelt: »Schweinefleisch, Schweinefleisch, geschlechtskrank, geschlechtskrank, weiße Frau, weiße Frau.« Außerdem ärgerte sie sich über Jamila, weil sie Changez geheiratet hatte, bei dessen Anblick ihr übel wurde. Ich sagte ihr, sie solle doch nach San Francisco gehen.

Unten führte Anwar Changez durch den Laden. Während Anwar erklärte und auf Dosen, Kisten, Flaschen und Bürsten zeigte, nickte Changez wie ein begabter, aber frecher Schuljunge, der sich dem eifrigen Museumsführer zuliebe anständig benimmt, von dem Gesagten aber kein Wort behält. Changez schien nicht dazu bereit, die Leitung von Kaufhaus Paradies zu übernehmen. Als er sah, daß ich gehen wollte, lief er zu mir herüber und nahm meine Hand.

»Denk an die Buchläden, die Buchläden!«

Er schwitzte, und die Art, wie er sich an mich klammerte, sagte mir, daß er nicht allein gelassen werden wollte.

»Und bitte«, sagte er, »nenn mich bei meinem Spitznamen – Blase.«

»Blase?«

»Blase, ja. Und deiner?«

»Milchgesicht.«

»Auf Wiedersehn, Milchgesicht.«

»Auf Wiedersehn, Blase.«

Draußen ließ Helen den Rover aufheulen und das Radio laufen. Ich hörte meine Lieblingsstelle aus *»Abbey Road«: »Soon we'll be away from here, step on the gas and wipe that tear away.«* Überrascht stellte ich fest, daß auch Evas Wagen vor der Bibliothek parkte. Und Dad hielt die Tür auf. Er war heute in lebhafter Stimmung, aber auch reizbarer und gebieterischer, als ich ihn seit Ewigkeiten erlebt hatte, in denen er eher düster und trübsinnig gewesen war. Fast schien es so, als sei er sich über etwas klar geworden, ohne sich aber sicher zu sein, daß er auch das Richtige tat. Statt also entspannt und zufrieden zu sein, war er nervöser und intoleranter als je zuvor.

»Steig ein«, sagte er und zeigte auf den Rücksitz von Evas Wagen.

»Warum? Wo fahren wir hin?«

»Steig erst mal ein. Bin ich vielleicht nicht dein Dad? Habe ich nicht immer auf dich aufgepaßt?«

»Nein. Und es kommt mir so vor, als würde ich gekidnappt. Ich habe Helen versprochen, heute abend mit ihr zusammen etwas zu machen.«

»Aber willst du denn Eva nicht wiedersehen? Du magst doch Eva. Und Charlie wartet zu Hause. Er will unbedingt die eine oder andere Sache mit dir diskutieren.«

Eva lächelt vom Fahrersitz herüber. »Küßchen, Küßchen«, sagte sie. Ich wußte, daß man mich reinlegen wollte. Erwachsene sind so doof, sie wollen einfach nicht glauben, daß man sie durchschaut, egal was sie machen.

Ich ging zu Helen und sagte ihr, daß irgendeine wichtige Sache laufen würde. Was, wüßte ich noch nicht genau, aber ich müßte jetzt gehen. Sie küßte mich und fuhr los. Den ganzen Tag lang war ich mir sehr gefaßt vorgekommen, obwohl ich wußte, daß sich für Jamila alles in ihrem Leben geändert hatte; und wenn ich die Blicke in den beiden Gesichtern neben mir im Auto richtig deutete, sollte mir jetzt, am selben Tag noch, das gleiche bevorstehen. Ohne zu wissen warum, winkte ich Helens Wagen hinterher. Ich sollte sie nie wiedersehen. Sie gefiel mir, wir begannen gerade, öfters miteinander auszugehen, dann passierte diese Geschichte, und ich sah sie nie wieder.

Ich saß hinter Eva und Dad im Wagen und beobachtete, wie ihre Hände ständig die Berührung des anderen suchten; man brauchte kein Genie sein, um zu merken, daß die beiden ein Paar waren. Hier vor mir saßen zwei Verliebte, daran bestand kein Zweifel. Eva fuhr, und Dad konnte den Blick nicht von ihrem Gesicht lassen.

Eva, diese Frau, die ich kaum kannte, hatte mir meinen Vater gestohlen. Aber was hielt ich eigentlich von ihr? Ich hatte sie mir noch nicht einmal richtig angesehen.

Dieser neue Mensch in meinem Leben war keine Frau, die auf einem Paßfoto besonders attraktiv aussehen würde. Sie war nicht schön, jedenfalls nicht im herkömmlichen Sinne; ihren Zügen fehlte die erlesene Proportion, und ihr Gesicht war ein bißchen pausbäckig. Aber sie wirkte anziehend, weil ihr rundes Gesicht unter dem glatten, blondgefärbten Haar, das ihr über die Stirn und in die Augen fiel, so offen war. Dieses Gesicht war pausenlos in Bewegung, und darin lag der Grund für ihre Schönheit. Es spiegelte noch das leiseste Gefühl wider und verbarg so gut wie nichts. Manchmal wurde sie richtig kindisch, und man wußte dann, wie sie mit acht, siebzehn oder fünfundzwanzig ausgesehen hatte. Die verschiedenen Altersstufen ihres Lebens schienen zeitgleich zu existieren, als könnte sie sich, ganz wie es ihrer Stimmung entsprach, zwischen den Jahren bewegen. Sie hatte Gott sei Dank nichts von diesem abgeklärten Erwachsensein. Trotzdem konnte sie ganz schön ernst und direkt sein und von Verletzungen und Schmerz reden, als wären wir alle so offen und menschlich wie sie und nicht verkorkst, verschwiegen und verschlagen. Als sie mir damals erzählt hatte, wie einsam und verlassen sie sich fühlte, wenn sie mit ihrem Mann zusammen war, da lief es mir bei diesem Bekenntnis, »einsam und verlassen«, das mich normalerweise höchstens in die Flucht geschlagen hätte, kalt über den Rücken.

Wenn sie in Begeisterung geriet, und sie geriet oft in Begeisterung, dann reflektierte ihr Gesicht diese Begeisterung wie ein Spiegel die Strahlen der Sonne. Ihr Leben war nach außen gerichtet, auf ihr Gegenüber, und ihr Gesicht war immer sehenswert, denn sie langweilte sich nur selten. Sie ließ es nicht zu, daß die Welt sie langweilte. Und sie konnte reden, unsere alte Eva, und wie sie reden konnte!

Wenn sie redete, dann gab es keine halbherzigen Zustimmungen oder Ablehnungen, aber sie zog auch keine große Gefühlsshow ab. Das habe ich nicht gemeint. Sie erzählte von Tatsachen, nannte Fakten, so fest und zerkaubar wie Brot. Sie klärte mich über den Ursprung des Paisley-Musters auf; sie lehrte mich die Geschichte von Notting Hill Gate, erzählte mir, wie Vermeer die Camera obscura benutzte, warum Charles Lambs Schwester ihre Mutter umgebracht hatte, und die Geschichte von Tamla Motown. Ich liebte dieses Zeug; ich schrieb es auf. Eva breitete die Welt vor mir aus. Durch sie wurde mein Interesse am Leben geweckt.

Dad war von ihr, glaube ich, etwas eingeschüchtert. Eva war klüger als er und zeigte mehr Gefühl. Ihm war noch nie eine so leidenschaftliche Frau begegnet. Das war einer der Gründe, weshalb er Eva begehrte und liebte. Und doch hatte diese Liebe, so überwältigend, so faszinierend sie auch war, große Zerstörung angerichtet.

Täglich konnte ich sehen, wie die Fundamente unserer Familie untergraben wurden. Täglich ging Dad, wenn er von der Arbeit nach Hause kam, in sein Schlafzimmer und

ließ sich danach nicht mehr blicken. Letztens hatte er Allie und mich aufgefordert, mit ihm zu reden. Wir setzten uns zu ihm und erzählten von der Schule. Ich vermute, daß ihm diese tintenbekleckten Berichte gefielen, weil er sich, während unsere Stimmen wie Rauch das Zimmer füllten, in den Klangschwaden zurücklehnen und ungestört an Eva denken konnte. Oder wir saßen bei Mum und sahen fern, ertrugen ihre ständige Gereiztheit und ihre selbstmitleidigen Seufzer. Und wie Rohre, die tropfen, undichter werden und auf dem Dachboden bald zu zerplatzen drohen, brachen in diesem Haus unaufhörlich und langsam die Herzen, und keiner sagte ein Wort.
Für den kleinen Allie war es in mancher Hinsicht noch schlimmer, da er eigentlich über nichts genau Bescheid wußte. Für ihn war das Haus voller Leid und vergeblicher Versuche, so zu tun, als gäbe es dieses Leid nicht. Aber keiner redete mit ihm. Keiner sagte: Mum und Dad sind unglücklich miteinander. Er muß noch verwirrter als jeder von uns gewesen sein; vielleicht schützte ihn aber auch seine Ignoranz davor, zu begreifen, wie schlecht es tatsächlich um uns bestellt war. Bei allem, was während dieser Zeit geschah, waren wir voneinander isoliert.

Als wir ihr Haus betraten, legte Eva ihre Hand auf meine Schulter und sagte, ich solle zu Charlie raufgehen. »Ich weiß ja, daß du nichts lieber tust. Komm danach aber wieder herunter. Wir müssen einige wichtige Sachen besprechen.«
Als ich nach oben ging, dachte ich daran, wie sehr ich es haßte, wenn man mir sagte, was ich tun soll. Mach dies, mach das, geh hierhin, geh dahin. Es war klar, daß ich bald von zu Hause abhauen würde. Warum konnten sie den wichtigen Krempel nicht direkt mit mir besprechen? Oben auf dem Treppenabsatz drehte ich mich einen Moment lang um und sah den Grund. Eva und mein Vater gingen Hand in

Hand ins vordere Zimmer; und sie befummelten sich untenrum, klammerten sich aneinander, streckten sich die Zungen entgegen und preßten sich schon aneinander, noch ehe sie durch die Tür waren. Ich hörte, wie sie hinter sich abschlossen. Nicht mal eine halbe Stunde konnten sie damit warten.

Ich steckte meinen Kopf durch Charlies Falltür. Das Zimmer hatte sich seit dem letzten Mal mächtig verändert. Charlies Gedichtbände, seine Zeichnungen, seine Cowboystiefel lagen überall verstreut. Die Schränke und Schubladen standen offen, als wäre er gerade beim Packen. Er nahm Abschied von seinem früheren Ich. Vor allem hatte er es aufgegeben, ein Hippie sein zu wollen. Für Fisch war das bestimmt eine ziemliche Erleichterung, nicht nur in beruflicher Hinsicht, sondern auch, weil er Charlie jetzt seine Soulplatten vorspielen konnte – Otis Redding und so –, die einzige Musik, die ihm wirklich gefiel. Fisch lag, alle viere von sich gestreckt, im schwarzen Stahlrohrsessel und lachte, während Charlie redete, auf und ab ging, schmollte und mit seinen Haaren spielte. Charlie marschierte, und Fisch griff nach einer alten ausgefransten Jeans, einem Hemd mit weitem Kragen und rosa Blumenmuster oder nach einem Barclay-James-Harvest-Album und warf es aus der Fensterluke nach unten in den Garten.

»Es ist einfach lächerlich, wie man an seinen Job kommt«, sagte Charlie. »Sollte man nicht das Zufallsprinzip bestimmen lassen? Man müßte jemanden auf der Straße ansprechen und ihm sagen, daß er jetzt für einen Monat der Herausgeber der *»Times«* ist. Oder daß er Richter, Polizeikommissar oder Toilettenmann ist. Es muß willkürlich geschehen. Zwischen der Ernennung zu diesem Job und der Person darf es außer seiner völligen Untauglichkeit für diese Position keinerlei Verbindung geben. Stimmst du mir zu?«

»Gilt das ohne Ausnahme?« fragte Fisch lustlos.

»Nein. Für bestimmte Menschen sollte es unmöglich sein, wichtige Positionen einzunehmen. Zum Beispiel diejenigen, die Bussen hinterherlaufen und dabei die Hände in die Taschen stecken, damit das Kleingeld nicht herausfällt. Dazu gehören auch die Menschen, die von der Sonne gebräunt sind, aber auf den Oberarmen noch weiße Streifen haben. Sie gehören von gehobenen Positionen ausgeschlossen und sollten in besonderen Lagern bestraft werden.«

Und dann, obwohl ich dachte, daß er mich gar nicht bemerkt hatte, sagte Charlie plötzlich zu mir: »Ich bin gleich unten«, als hätte ich ihn wissen lassen, daß sein Taxi wartete.

Ich muß verletzt ausgesehen haben, denn Charlie lenkte ein.

»Hey, Kleiner«, sagte er. »Komm schon her. Wir können auch ebensogut Kumpel sein. Nach allem, was ich gehört habe, werden wir uns in Zukunft ja häufiger sehen.«

Also kletterte ich durch das Loch und ging auf ihn zu. Er beugte sich vor und legte die Arme um mich. Es war eine zärtliche Umarmung, aber bei ihm war sie nichts Besonderes, so, wie er auch zu jedem x-beliebigen sagte, daß er ihn liebe und damit alle im gleichen Ton ansprach. Ich wollte diesen ganzen Mist durchbrechen.

Ich griff nach unten und bekam eine gute Handvoll von seinem Hintern zu fassen. Es gab auch reichlich davon, genug, um mich anzumachen. Als er wie erwartet überrascht aufsprang, fuhr ich ihm mit der Hand zwischen die Beine und zupfte einmal so richtig an seinem Bohnensack. Er krümmte sich vor Lachen – sogar dann noch, als er mich quer durch das Zimmer in sein Schlagzeug warf.

Ich lag da, dem Heulen nahe, und tat so, als hätte ich mir nicht wehgetan, während Charlie weiter auf- und abstapfte, geblümte Klamotten auf die Straße nach unten warf und die mögliche Aufstellung einer Polizeitruppe diskutierte, die

Rockgitarristen verhaften und einsperren sollte, die während ihrer Auftritte die Knie beugten.
Einige Minuten später saß ich unten auf dem Sofa neben Eva, die mir die Stirn mit Küssen bedeckte und flüsterte: »Ihr dummen Jungs, ihr dummen Jungs.« Charlie saß mir gegenüber und sah etwas dämlich drein, während Gott an seiner Seite langsam seine gute Laune verlor. Eva war barfuß, und Dad hatte Jackett und Schlips abgelegt. Er hatte dieses Gipfeltreffen sorgfältig geplant, und jetzt war das Zen der ganzen Sache durcheinander, denn gerade als Dad seinen Mund öffnete, um mit seiner Rede zu beginnen, tropfte mir – eine Folge von meinem Sturz in Charlies Schlagzeug – das Blut aus der Nase in den Schoß.
Dad begann richtig staatsmännisch, als redete er vor den Vereinten Nationen, und sagte doch tatsächlich, daß er Eva in der Zeit ihrer Bekanntschaft lieben gelernt hätte, und so weiter. Aber bald darauf verließ er die irdische Mühsal des Konkreten und hob zu einem Flug in reinere Sphären ab. »Wir klammern uns an die Vergangenheit, an das Alte«, sagte er, »weil wir Angst haben. Ich hatte Angst davor, Eva zu verletzen, ich hatte Angst davor, Margaret zu verletzen, und die meiste Angst hatte ich davor, mich selbst zu verletzen.« Dieser Sermon ging mir jetzt schon auf die Nerven. »Unsere Leben werden schal, sie werden starr. Vor allem haben wir Angst vor dem Neuen, das uns verändern oder wachsen lassen könnte.« Auf mich hatte es nur die Wirkung, daß meine Muskeln schlaff wurden und sich nutzlos anfühlten, und daß ich über die Straße sprinten wollte, nur um zu spüren, daß ich noch lebte. »Aber das ist kein Leben, das ist der lebende Tod, das ist –«
Das war genug. Ich unterbrach ihn. »Hast du eigentlich eine Ahnung, wie langweilig dieser ganze Blödsinn ist?«
Betroffenes Schweigen breitete sich aus. Scheiß drauf. »Was du sagst, ist vage und bedeutungslos, Dad. Bloß heiße Luft, verstehst du.« Sie sahen mich an. »Wie kann man nur

reden, ohne je an die Menschen um sich herum zu denken, bloß weil man in den Klang seiner eigenen Stimme verliebt ist?«

»Bitte«, flehte Eva, »sei nicht so unhöflich und laß deinen Vater zu Ende reden.«

»Genau«, sagte Charlie.

Dad sagte – und es mußte ihm schwerfallen, so wenig zu sagen, nachdem ich ihn so runtergeputzt hatte –: »Ich habe mich entschlossen, bei Eva zu bleiben.«

Und alle drehten sich zu mir und sahen mich mitleidig an.

»Was ist mit uns?« fragte ich.

»Finanziell wird natürlich für euch gesorgt sein, und wir können uns sehen, sooft du willst. Du magst doch Eva und Charlie. Tu einfach so, als bekämst du noch eine Familie dazu.«

»Und Mum? Bekommt sie auch eine Familie dazu?«

Dad stand auf und zog sich sein Jackett an. »Ich werde jetzt zu ihr gehen und mit ihr reden.«

Während wir sitzen blieben, ging Dad nach Hause, um unser gemeinsames Leben zu beenden. Eva, Charlie und ich nahmen uns einen Drink und sprachen von anderen Dingen. Ich sagte, ich müßte mal pissen, lief aber statt dessen aus dem Haus, ging durch die Straßen und fragte mich, was zum Teufel ich machen sollte, und versuchte mir vorzustellen, was Dad zu Mum sagen würde, und wie sie es aufnahm. Dann ging ich in eine Telefonzelle und meldete ein R-Gespräch für Tante Jean an, die wie gewöhnlich besoffen und beleidigend war. Also sagte ich nur, was ich zu sagen hatte, und legte den Hörer wieder auf: »Es wäre wohl besser, wenn du herkommst, Tante Jean. Gott – ich meine Dad – hat sich entschlossen, bei Eva zu bleiben.«

Kapitel sieben

Das Leben geht seinen mühsamen Gang, monatelang geschieht gar nichts, und dann spielt plötzlich an einem Tag alles, und ich meine *alles*, verrückt und dreht durch. Als ich nach Hause kam, waren Mum und Dad in ihrem Schlafzimmer, und der arme kleine Allie stand davor und hämmerte wie ein Fünfjähriger gegen die Tür. Ich zerrte ihn fort und wollte ihn nach oben locken, damit er nicht für den Rest seines Lebens an einem Trauma zu leiden hatte, aber er trat mir in die Eier.

Fast im selben Augenblick traf die Herz-Ambulanz ein: Tante Jean und Onkel Ted. Onkel Ted blieb im Wagen sitzen, während Jean mich zur Seite stieß, als ich die Privatsphäre meiner Eltern schützen wollte, und direkt ins Schlafzimmer stürmte. Von drinnen schrie sie mir Befehle zu.

Vierzig Minuten später war Mum zur Abfahrt bereit. Tante Jean hatte ihre und ich Allies Sachen gepackt. Man nahm an, daß ich mit nach Chislehurst fahren würde, aber ich sagte, ich würde später mit meinem Fahrrad nachkommen; ich hätte meine eigenen Pläne. Es war mir klar, daß mich nichts in ihre Nähe bringen würde. Was kann schlimmer sein, als nach Chislehurst umzuziehen? Nicht einmal zwei Tage lang würde ich es aushalten können, morgens als erstes Tante Jean zu sehen, wie sie ohne Make-up, mit einem Gesicht so ausdruckslos wie ein Ei, Dörrpflaumen und Heringe zum Frühstück aß, Zigaretten rauchte und mir ein Glas heißes

Wasser mit einem Teebeutel vorsetzte. Außerdem war ich mir sicher, daß sie den ganzen Tag lang über Dad schimpfen würde. Allie weinte und schrie: »Verpiß dich, du Buddhisten-Schwein!«, als er mit Mum und Jean fortging.

So machten die drei also ihren Abgang, die Augen voller Tränen, in ihren Gesichtern Angst, Schmerz und Wut. Dad brüllte ihnen nach: »Wohin geht ihr? Warum verlaßt ihr das Haus? Bleibt doch einfach hier!«, aber Jean sagte ihm nur, er solle seine große Klappe halten.

Das Haus war still, als ob nie jemand da gewesen wäre. Dad saß eine Weile auf der Treppe, den Kopf in die Hände gestützt, dann kam Bewegung in ihn. Er wollte auch verschwinden. Er stopfte Schuhe, Schlipse und Bücher in jede Plastiktüte, die ich für ihn auftreiben konnte, hielt aber plötzlich inne, als habe er begriffen, daß es sich nicht schickte, ein Haus zu plündern, das man verließ.

»Vergiß es«, sagte er. »Laß uns nichts mitnehmen, okay?«

Mir gefiel die Idee: Es kam mir irgendwie aristokratisch vor, einfach mit leeren Händen hinauszugehen, als stünden wir über allen irdischen Dingen.

Schließlich rief Dad Eva an, um ihr zu sagen, daß die Luft rein sei. Zögernd betrat sie das Haus, war so herzlich und freundlich, wie man es sich nur wünschen konnte, und brachte Dad zum Wagen. Dann fragte sie mich, was ich vorhätte, und ich konnte nicht anders, ich mußte einfach sagen, daß ich mit zu ihr fahren wollte. Entgegen meiner Erwartung zuckte sie nicht zusammen. Sie sagte nur: »In Ordnung, hol deine Sachen. Schön, daß du mitkommst. Wir werden viel Spaß zusammen haben, meinst du nicht auch?«

Also holte ich etwa zwanzig Platten, zehn Päckchen Tee, den *»Tropic of Cancer«, »On the Road«* und die Theaterstücke von Tennessee Williams und zog los, um bei Eva zu wohnen. Und bei Charlie.

Eva brachte mich für diese Nacht in ihrem kleinen, sauberen Gästezimmer unter. Bevor ich ins Bett ging, warf ich einen Blick in das große Badezimmer neben ihrem Schlafzimmer, das ich vorher noch nie gesehen hatte. Die Badewanne stand mitten im Raum und hatte einen altmodischen Wasserhahn aus Messing. Auf dem Rand der Badewanne standen Kerzen, daneben ein alter Alu-Eimer. In den Eichenholzregalen reihten sich die Lippenstifte und Rougedöschen, Make-up-Entferner, Reinigungs- und Feuchtigkeitscremes, Haarsprays, cremefarbene Seifen für Kinder-, für empfindliche und für normale Haut; Seifen in exotischen Verpackungen und in hübschen Schachteln; Gartenwicke wuchs in einem Marmeladenglas und aus einem Eierbecher, in Wedgwood-Untertassen lagen Rosenblüten; außerdem entdeckte ich noch Parfümflaschen, Wattebäusche, Haarfestiger, Stirnbänder, Haarklammern und Shampooflaschen. Es war verwirrend: Daß sich da jemand mit soviel Aufmerksamkeit dem eigenen Körper widmete, stieß mich ab, und doch eröffnete sich mir hier eine Welt der Sinnlichkeit, der Gerüche und Berührungen, des Luxus und der Gefühle, die mich wie eine unerwartete Zärtlichkeit erregte, als ich mich auszog, die Kerzen anzündete und in diesem Zimmer Evas in die Wanne stieg.

Später am Abend kam sie noch in mein Zimmer, im Kimono. Sie brachte mir ein Glas Champagner und hielt ein Buch in der Hand. Ich sagte ihr, daß sie glücklich und wie von innen erleuchtet aussehe, und das ließ sie noch glücklicher und noch strahlender aussehen. Komplimente waren nützliche Hilfsmittel im Geschäft mit der Freundschaft, sagte ich mir, aber in ihrem Fall stimmten sie tatsächlich. Sie erwiderte: »Danke. Es freut mich, daß du das sagst. Ich war schon lange nicht mehr glücklich, aber ich glaube, jetzt werde ich es sein.«

»Was ist das für ein Buch?« fragte ich.

»Ich werde dir daraus vorlesen«, sagte sie, »damit du den Klang von guter Prosa schätzen lernst. Und weil du mir in den nächsten Monaten, wenn ich koche oder Hausarbeiten erledige, etwas vorlesen wirst. Du hast eine gute Stimme. Dein Dad sagte mir, daß du einmal Schauspieler werden wolltest.«

»Ja.«

»Dann sollten wir mal konkret darüber nachdenken.«

Eva setzte sich auf den Bettrand und las *»The Selfish Giant«*, wobei sie alle vorkommenden Personen selbst spielte und beim sentimentalen Schluß der Geschichte die Stimme eines blasierten Pfarrers imitierte. Sie trug nicht zu dick auf; sie wollte mich nur wissen lassen, daß ich mich bei ihr geborgen fühlen könne, daß das Auseinanderbrechen der Ehe meiner Eltern nicht die schlimmste Sache der Welt und ihre, Evas, Liebe groß genug sei, um für uns alle zu reichen. Sie war stark und selbstbewußt geworden. Sie las sehr lange, und es war mir ein besonderes Vergnügen, weil ich wußte, wie ungeduldig mein Vater darauf wartete, in dieser Nacht der Nächte, der ersten Nacht ihrer Flitterwochen, mit ihr zu vögeln. Ich bedankte mich, und sie sagte: »Du bist schön, und den Schönen sollte man geben, was sie sich wünschen.«

»Und was ist mit den Häßlichen?«

»Die Häßlichen«, – sie streckte mir die Zunge raus –, »sind selbst schuld, wenn sie häßlich sind. Man sollte es ihnen vorwerfen, nicht sie bemitleiden.«

Ich lachte darüber, aber es machte mich nachdenklich, und ich fragte mich, ob Charlie nicht etwas von ihrer Grausamkeit geerbt haben konnte. Als Eva gegangen war und ich zum erstenmal mit Charlie, Eva und meinem Vater unter einem Dach lag, dachte ich an den Unterschied zwischen interessanten und netten Menschen, und warum es oft verschiedene Personen sind. Mit den interessanten Menschen will man zusammensein – ihre Ansichten sind ungewöhnlich, mit ihnen sieht man die Dinge neu, und das Leben ist nicht langweilig und tot. Ich wollte unbedingt wissen, was Eva über bestimmte Sachen dachte, was sie zum Beispiel von Jamila und ihrer Heirat mit Changez hielt. Ich wollte ihre Ansichten kennenlernen. Eva konnte ein Snob sein, das war klar, aber wenn ich irgendwo hingegangen war, mir etwas angesehen oder ein Musikstück gehört hatte, war ich erst zufrieden, wenn Eva mich dazu gebracht hatte, es in einem bestimmten Licht zu sehen. Sie näherte sich den Dingen von einer anderen Seite; sie zog Verbindungen. Dann gab es da noch die netten Menschen, die uninteressant waren und von denen man nicht wissen wollte, was sie dachten. So wie Mum. Sie waren gut und schwach und verdienten mehr Liebe. Aber es waren die Interessanten, die Evas mit ihrer harten, einnehmenden Art, die am Ende alles hatten und mit meinem Vater im Bett lagen.

Als Dad zu Eva und Jamila und Changez in ihre neue Wohnung gezogen waren, hatte ich fünf Plätze, an denen ich bleiben konnte: bei Mum und Tante Jean; in unserem mittlerweile leeren Haus; bei Dad und Eva; bei Anwar und Jeeta; oder bei Changez und Jamila. Als Charlie nicht mehr zur Schule ging, hörte ich auch auf, hinzugehen, und Eva besorgte mir einen Platz auf einem College, an dem ich meinen Abschluß machen konnte. Ich hatte den Eindruck, daß dieses College das Beste war, was mir überhaupt passieren konnte.

Die Lehrer sahen wie die Schüler aus, und alle waren gleichberechtigt, ha, ha, aber ich machte mich gleich lächerlich, als ich die Lehrer mit Sir und die Lehrerinnen mit Miss anredete. Außerdem war ich zum erstenmal zusammen mit Mädchen in einer Klasse und dazu auch noch mit einer üblen Bande. Die feierlichen Bräuche der Unschuld waren, was diese Clique betraf, längst vergessen. Sie lachten ständig über mich, warum, weiß ich nicht; vermutlich hielten sie mich für unreif. Schließlich hatte ich morgens gerade erst mit meiner Zeitungsrunde aufgehört, und sie redeten schon von verrückten Sachen, von denen ich vorher noch nie ein Wort gehört hatte: von Abtreibungen, Heroin, Sylvia Plath und Prostitution. Diese Mädchen kamen aus der Mittelschicht, aber sie hatten sich von ihren Familien losgesagt. Ständig faßten sie sich an, vögelten mit ihren Lehrern und bettelten sie um Geld für Drogen an. Sie waren ziemlich rücksichtslos gegen sich selbst und kamen regelmäßig wegen Drogensucht, Überdosen oder Abtreibungen ins Krankenhaus. Aber sie kümmerten sich umeinander und manchmal auch um mich. Sie meinten, ich sei süß und lieb und hübsch und all das, und das gefiel mir. Es gefiel mir, weil ich mich zum erstenmal in meinem Leben einsam und wie ein heimatloser Vagabund fühlte.

Ich hatte ziemlich viel Freizeit. Vorher hatte ich ein regelmäßiges Leben gehabt, in meinem Schlafzimmer mit dem Radio und im Wohnzimmer mit meinen Eltern, und jetzt zog ich zwischen den verschiedenen Häusern und Wohnungen hin und her, trug alles, was ich zum Leben brauchte, in einer großen Segeltuchtasche mit mir herum und wusch mir nie die Haare. Ich war keineswegs fürchterlich unglücklich, wenn ich mit dem Bus kreuz und quer durch Südlondon und die Suburbia fuhr, ohne zu wissen, wo ich war. Wenn Mum, Dad oder Ted erfahren wollten, bei wem ich mich gerade aufhielt, war ich immer woanders, ging manchmal sogar zu einer Vorlesung und machte mich danach auf den Weg zu Changez und Jamila.

Ich wollte keine Bildung. Es war nicht der richtige Zeitpunkt in meinem Leben, um mich zu konzentrieren. Dad glaubte immer noch, daß ich etwas werden wollte – Rechtsanwalt, hatte ich ihm vor kurzem erzählt, weil sogar er geschnallt hatte, daß der Traum vom Medizinstudium ausgeträumt war. Aber ich wußte, irgendwann würde ich ihm beibringen müssen, daß das Bildungssystem und ich miteinander fertig waren. Es würde ihm sein Emigrantenherz brechen. Bei den Leuten, mit denen ich mich abgab, manifestierte sich der Zeitgeist in allgemeinem Herumhängen und genereller Trägheit. Wir wollten kein Geld. Wofür auch? Wir konnten ohne auskommen, konnten von den Eltern, von Freunden oder vom Staat leben. Und wenn wir uns langweilen sollten, und wir langweilten uns meistens, weil wir uns selten aus eigenem Antrieb heraus zu etwas aufrafften, dann konnten wir uns wenigstens zu unseren eigenen Bedingungen langweilen, konnten in Abbruchhäusern stoned auf Matratzen liegen, statt winzige Rädchen im großen Getriebe zu sein. Ich wollte nicht arbeiten, wenn ich dabei nicht meinen Pelzmantel tragen konnte.

Auf jeden Fall gab es eine Menge zu beobachten – klar, das Leben interessierte mich. Ich war ein aufmerksamer Zeuge von Dads und Evas Liebe, doch Changez und Jamila fand ich noch faszinierender. Die beiden lebten, kaum zu glauben, aber wahr, zusammen in Südlondon.

Jamilas und Changez' Wohnung, die Anwar angemietet hatte, war eine Zwei-Zimmer-Schachtel nicht weit von der Hunderennbahn in Catford. Die Möbel waren nur leicht lädiert, die Wände gelb, und in der Wohnung stand ein Gasofen. In dem einzigen Schlafzimmer lag eine Doppelmatratze, darüber eine indische Tagesdecke in schreiend grellen Farben. Es war Jamilas Zimmer. Am Fußende des Bettes stand ein kleiner Kartentisch, den Changez ihr zur Hochzeit geschenkt hatte; ich hatte ihn eigenhändig vom Trödelhandler zurückgeholt. Auf dem Tisch lag ein Tuch mit einem Liberty-Muster, und ich hatte Jamila eine weiße Vase gekauft, in der Narzissen oder Rosen standen. Ihre Kugelschreiber und Bleistifte bewahrte sie in einem Erdnußbutterglas auf. Bücher aus der Post-Miss-Cutmore-Phase lagen auf dem Tisch und stapelten sich um Jamila herum auf dem Boden: die »Klassiker«, wie sie sie nannte – Angela Davis, Baldwin, Malcolm X, Greer, Millett. Es war eigentlich nicht erlaubt, etwas an die Wände zu pinnen, aber Jamila hängte Gedichte von Christina Rossetti, Plath, Shelley und anderen Vegetariern auf, die sie aus geliehenen Büchern kopierte, und las sie, wenn sie sich die Beine vertrat und einige Schritte in ihrem winzigen Zimmer auf- und abging. Auf einer vorstehenden Holzplatte, die sie auf das Fensterbrett genagelt hatte, stand ihr Tonband. Vom Frühstück bis spätabends, wenn wir drei unsere Gute-Nacht-Biere zischten, dröhnten Aretha und die anderen »Mamas« durch das Zimmer. Jamila machte nie die Tür zu, also beobachteten Changez und ich, während wir tranken, das Profil unserer ach-so-konzentrierten Jamila, die mit gesenktem Kopf las und sang und in alten Schulheften herumschrieb. Genau wie ich war sie von all dem »alten, langweiligen, weißen Scheiß« fortgelaufen, den sie einem in der Schule und am College beibrachten. Aber sie war nicht faul, sie bildete sich selbst weiter. Sie wußte, was sie lernen wollte, und sie wußte, wo sie es lesen konnte; sie brauchte es sich nur noch in ihren Kopf zu schaufeln. Wenn ich Jamila zusah, dachte ich mir oft, daß es auf der Welt drei Arten von Menschen gab: diejenigen, die wissen, was sie tun wollen; die, die nie wußten, was der Sinn und Zweck ihres Lebens ist (das sind die unglücklichsten); und die, die es erst später herausfinden. Ich vermutete, daß ich zur letzten Sorte gehörte, was mich aber nicht daran hinderte, mir zu wünschen, ich wäre in die erste hineingeboren.

Im Wohnzimmer standen zwei Sessel, und um einen Tisch, an dem wir unser Fast Food aßen, standen zwei Stahlrohrstühle mit ekelhaften weißen Plastiksitzen. Von Anfang an hatte Jamila darauf bestanden, daß Changez auf dem niedrigen Feldbett unter den braunen Decken schlief. Es war nie darüber diskutiert worden, und im entscheidenden Moment, als er – vielleicht – noch etwas hätte tun können, hatte Changez keinen Einspruch erhoben. An ihrem Verhältnis hatte sich nichts geändert, seit sie dafür gesorgt hatte, daß er im Ritz die Nacht auf dem Boden neben dem Hochzeitsbett verbrachte.

Während Jamila in ihrem Zimmer arbeitete, lag Changez glücklich und zufrieden auf seinem Feldbett und hielt sich mit seinem gesunden Arm ein Taschenbuch vor die Augen, zweifellos eines seiner Specials. »Das ist wirklich ein echter Extra-Special«, sagte er, und warf noch einen Spillane, einen James Hadley Chase oder Harold Robbins zur Seite. Ich denke oft, daß der ganze Ärger, der sich anbahnte, damit begann, daß ich Changez einen Harold Robbins zu lesen gab, denn der erregte Changez, wie Conan Doyle es nie getan hatte. Wenn jemand glaubt, Bücher verändern Menschen nicht, dann soll er einen Blick auf Changez werfen, denn plötzlich kamen ihm bisher unerträumte Möglichkeiten in Sachen Sex in den Sinn, ihm, einem Mann, der frisch verheiratet war, absolut zölibatär lebte und England für das hielt, was für uns Schweden war: eine Goldgrube erotischer Gelegenheiten.

Bevor es mit den Sexproblemen so richtig losging, gab es da allerdings noch den Ärger, der sich zwischen Anwar und Changez zusammenbraute. Nachdem Anwar durch seine Gandhi-Diät, die Changez überhaupt erst nach England gebracht hatte, so schwach geworden war, wurde Changez nämlich dringend im Laden gebraucht.

Zu Beginn von Changez' Karriere im Gemüsehandel zeigte Anwar ihm, wie man die Kasse bedient, an der man auch mit einem Arm und einem halben Hirn noch gut zurechtkommen konnte. Anwar war sehr geduldig; er sprach mit Changez wie mit einem Vierjährigen, und das war genau der richtige Ton. Aber Changez war zu schlau für Anwar. Er machte ihm klar, daß er beim Broteinwickeln und Wechselgeldherausgeben einfach ein hoffnungsloser Fall war. Er kam mit dem Rechnen nicht zu Rande. An der Kasse bildeten sich so lange Schlangen, daß die ersten Kunden wieder aus dem Laden gingen. Und Anwar schlug vor, er solle ein andermal mit der Arbeit an der Kasse weitermachen. Anwar würde schon noch etwas für ihn finden, das ihn in Gemüsehändlerstimmung versetzen würde.

Changez' neue Aufgabe war es, hinter der Gemüseabteilung auf einem dreibeinigen Schemel zu sitzen und auf Ladendiebe zu achten. Die Arbeit war einfach: Man sah jemanden, der etwas stehlen wollte, und schrie: »Leg das zurück, du verfluchter, dreckiger Dieb!« Aber Anwar hatte nicht damit gerechnet, daß Changez die hohe Kunst des Im-Sitzen-Schlafens beherrschte. Jamila erzählte mir, daß Anwar eines Tages in den Laden gekommen sei und gesehen habe, wie Changez auf seinem Stuhl saß und schnarchte, während ein LD sich direkt vor seinen geschlossenen Augen ein Glas Heringe in die Hose schob. Anwar explodierte. Er griff nach einem Büschel Bananen, warf es nach seinem Schwiegersohn und traf ihn so hart gegen die Brust, daß Changez vom Schemel fiel und sich an seinem gesunden Arm eine böse Prellung zuzog. Er wand sich am Boden und konnte alleine nicht wieder aufstehen. Schließlich mußte Prinzessin Jeeta Changez helfen und ihn aus dem Laden bringen. Anwar schrie auf Jeeta und Jamila ein und brüllte sogar mich an. Ich konnte über Anwar nur lachen, wie wir alle, aber keiner wagte es, ihm die Wahrheit zu sagen: daß er nämlich selber schuld war. Er tat mir leid.

Anwars Verzweiflung war nicht länger zu übersehen. Er war launisch und brauste ständig auf. In der Zeit, als Changez zu Hause blieb, um seinen verletzten Arm auszukurieren, kam Anwar dauernd zu mir, wenn ich in der Vorratskammer arbeitete. Er hatte bereits allen Respekt und jede Hoffnung verloren, die er einmal in Changez gesetzt hatte. »Was macht das verdammte, fette, nutzlose Schwein heute?« erkundigte er sich. »Geht's ihm immer noch nicht besser?«

»Er kuriert sich aus«, sagte ich. »Dem werd ich seine Scheißeier mit einem verfluchten Flammenwerfer kurieren!« sagte Onkel Anwar. »Vielleicht sollte ich die Nationale Front anrufen und denen Changez' Namen durchgeben, he? Eine gute Idee, he!«

Inzwischen wurde Changez immer besser im Auf-dem-

Feldbett-Liegen, Taschenbücher-Lesen und Mit-mir-durch-die-Stadt-Schlendern. Er war stets zu irgendwelchen Abenteuern aufgelegt, bei denen er nicht an einer Kasse oder auf einem dreibeinigen Schemel sitzen mußte. Und weil er ein bißchen doof oder zumindest schnell verletzbar war, außerdem freundlich und leicht zu beeinflussen und zudem einer der Menschen, die ich ungestraft verspotten und beherrschen konnte, wurden wir Freunde. Er folgte mir, wohin es mich trieb, während ich meiner Bildung aus dem Weg ging.

Anders als die meisten hielt er mich für ziemlich außergewöhnlich. Er war schockiert, wenn ich mein Hemd auf der Straße auszog, um mir ein paar Sonnenstrahlen auf den Pelz brennen zu lassen. »Du bist richtig mutig und unkonventionell, *yaar*«, sagte er häufig. »Und wie du dich anziehst, wie ein Zigeuner. Was sagt dein Vater dazu? Bestraft er dich sehr hart?«

»Mein Vater ist zu eifrig mit der Frau beschäftigt, mit der er abgehauen ist«, antwortete ich, »um besonders viel an mich zu denken.«

»O Himmel, dieses Land ist verrückt geworden, total sexbesessen«, sagte er. »Dein Vater sollte einige Jahre zurück in die Heimat gehen und dich mitnehmen. In ein abgelegenes Dorf zum Beispiel.«

Changez' Abscheu vor alltäglichen Dingen brachte mich auf den Einfall, ihm Südlondon zu zeigen. Ich fragte mich, wie lange es dauern würde, bis er sich daran gewöhnte, mit anderen Worten, bis er korrupt wurde. Ich machte mich ans Werk. Wir verschwendeten mehrere Tage beim Tanzen im Pink Pussy Club, gähnten über Fat Mattress beim Croydon Greyhound, glotzten uns sonntagmorgens Stripper in einer Kneipe an, schliefen bei Godard- und Antonioni-Filmen und genossen die Schlägereien auf dem Millwall-Fußballplatz. An diesem Tag zwang ich Changez, sich eine Pudelmütze über das Gesicht zu ziehen, damit die Jungs nicht sahen, daß er ein Paki war und womöglich noch auf die Idee kamen, daß ich auch einer sein könnte.

Changez wurde finanziell von Jamila unterstützt, die mit ihrer Arbeit im Laden alles bezahlte. Und mit dem Geld, das ich von Dad bekam, konnte ich ihm manchmal aushelfen. Außerdem sandte Changez' Bruder ihm Geld, was ziemlich ungewöhnlich war, denn eigentlich hätte es, da Changez seinen Weg in den reichen Westen gemacht hatte, andersherum sein sollen, aber ich war überzeugt davon, daß die Feierlichkeiten aus Anlaß der Abreise von Changez in Indien immer noch andauerten.

Jamila war, wie sich bald herausstellte, in der glücklichen Lage, ihren Ehemann weder zu mögen noch zu verabscheuen. Der Gedanke, daß sie ihr Leben so weiterführte, als gäbe es ihn gar nicht, amüsierte sie. Aber spätabends spielten die beiden gerne Karten, und sie fragte ihn über Indien aus. Er erzählte ihr Geschichten von davongelaufenen Frauen und zu kleinen Mitgiften, von Ehebrüchen unter den Reichen Bombays (das dauerte viele Abende) und, besonders ergötzlich, von politischer Korruption. Er hatte aus den Taschenbüchern, die er las, offenbar einige Tricks gelernt, denn er zog diese Geschichten in die Länge wie ein Kind ein Stück Kaugummi. Darin war er gut; er verrührte die Geschichten mit immer mehr Kaugummi und Spucke und führte mit Sätzen wie »Erinnerst du dich an den bösen, bösen Mann, den man nackt in einer Badehütte erwischt hat?« alte Figuren neu ein, wie in einer von diesen verrückten, rührseligen Seifenopern. Schließlich war er sich sicher, daß Jamila irgendwann am Ende eines Tages, an dem sie an staubigem Hirnschmalz herumgenuckelt hatte, ihre rasend machenden Lippen öffnen und sagen würde: »Hey, Changez, Gatte oder was du auch bist, weißt du nicht, was aus diesem komischen alten Politiker geworden ist, den man in den Knast geworfen hat?«

Im Gegenzug beging er den taktischen Fehler, sie nach

ihren sozialen und politischen Überzeugungen zu fragen. Eines Morgens legte sie ihm die »Gefängnistagebücher« von Gramsci auf die Brust, ohne daran zu denken, daß sein Hang zu Taschenbüchern nicht völlig unterschiedslos war.
»Warum hast du das hier nicht gelesen, wenn du so interessiert bist?« fragte sie ihn Wochen später herausfordernd.
»Weil ich es lieber von deinen Lippen höre.« Und er wollte es wirklich von ihren Lippen hören. Er wollte sehen, wie sich die Lippen seiner Frau bewegten, weil es Lippen waren, die er mehr und mehr schätzen gelernt hatte. Es waren Lippen, die er kennenlernen wollte.
Eines Tages, als wir durch die Trödelläden und Secondhand-Buchläden stöberten, faßte mich Changez am Arm und zwang mich, ihm ins Gesicht zu sehen, was selten ein erfreulicher Anblick war. Endlich, nachdem er wochenlang wie ein ängstlicher Taucher auf einem Felsen gebibbert hatte, überwand er sich und fragte: »Glaubst du, daß meine Jammie jemals mit mir ins Bett gehen wird? Sie ist schließlich meine Frau. Ich denke dabei an nichts Ungesetzliches. Du kennst sie doch schon dein Leben lang – bitte, sag mir ganz ehrlich: Welche Chancen habe ich in dieser Sache?«
»Deine Frau? Im Bett mit dir?«
»Ja.«
»Keine Chance.«
»Was?«
»Unmöglich, Changez.«
Er wollte es nicht wahrhaben. Ich erklärte es ihm näher: »Sie würde dich nicht einmal mit Asbesthandschuhen anfassen.«
»Warum denn? Bitte, sei offen zu mir, wie du es bisher in allen anderen Dingen auch gewesen bist. Du kannst sogar vulgär werden, Karim, ganz wie du willst.«
»Du bist zu häßlich.«
»Wirklich? Mein Gesicht?«
»Dein Gesicht. Dein Körper. Alles. Igitt.«

»Ehrlich?« In dem Moment spiegelte ich mich in einer Schaufensterscheibe, und ich war zufrieden mit dem, was ich sah. Ich hatte keine Arbeit, keine Ausbildung und keine Aussichten, aber ich sah ziemlich gut aus, und das war doch was. »Jamila legt Wert auf Qualität, weißt du.«

»Ich hätte gerne Kinder mit meiner Frau.«

Ich schüttelte den Kopf. »Vergiß es.«

Diese Sache mit den Kindern war für Changez, die Blase, keineswegs unwichtig. Vor kurzem hatte es einen schrecklichen Zwischenfall gegeben, der ihm in Erinnerung geblieben sein mußte. Wohl in dem Glauben, daß ich mit Erfolg auf ihn aufpassen könnte, bat Anwar Changez und mich, den Laden aufzuwischen. Was sollte dabei auch schiefgehen können? Ich machte mich in dem verlassenen Laden an die Schrubberei, während Changez mit unglücklichem Gesicht den Eimer in der Hand hielt und mich fragte, ob ich noch andere Romane von Harold Robbins hätte, die er sich ausleihen könnte. Dann tauchte Anwar auf und sah uns beim Arbeiten zu. Endlich schien er sich zu etwas durchgerungen zu haben: Er fragte Changez, wie es Jamila und ihm ginge. Er fragte Changez, ob Jamila »erwartet«.

»Was ›erwartet‹?« fragte Changez.

»Meinen verdammten Enkel!« antwortete Anwar. Changez sagte nichts, schlurfte aber in den Hintergrund des Ladens, fort von der lodernden Verachtung Anwars, die eine bodenlose Enttäuschung schürte.

»Es muß doch irgendwas«, sagte Anwar zu mir, »*irgend etwas* zwischen den Beinen dieses Esels hängen?«

Bei diesen Worten explodierte Changez. Zentrum des Bebens war sein großer Bauch, von dem aus Wellen der Wut durch seinen Körper gingen, und sein Gesicht schien plötzlich größer zu sein, während es zugleich flach wurde wie eine Qualle. Selbst sein entstellter Arm pulsierte wahrnehmbar, bis Blases ganzer Körper von Zorn, Erniedrigung und Unverständnis geschüttelt wurde.

Er schrie: »Zwischen den Beinen dieses Esels hier ist mehr als zwischen den Ohren von dem Esel dort!«
Und er stürzte sich auf Anwar, in der Hand eine Karotte, die gerade griffbereit gelegen hatte. Jeeta, der kein Wort entgangen war, eilte herbei. Die Ereignisse der letzten Zeit schienen in ihr etwas Kraft und Verwegenheit freigesetzt zu haben; sie war gewachsen, während Anwar geschrumpft war. Außerdem war ihre Nase so krumm wie ein Schnabel geworden, und jetzt schob sie dieselbe als Hindernis zwischen Anwar und Changez, damit keiner den anderen zu fassen bekam. Und sie verpaßte Anwar eine Standpauke. So hatte ich sie noch nie reden gehört. Sie war furchtlos. Mit ihrem Atem hätte sie selbst Gulliver schrumpfen lassen können. Anwar drehte sich um und zog fluchend ab. Sie schickte Changez und mich aus dem Laden.
Blase, der bisher noch nicht viel Zeit gehabt hatte, seine England-Erfahrungen zu verarbeiten, begann jetzt offenbar, über seine Lage nachzudenken. Eheliche Rechte wurden ihm verweigert; Menschenrechte wurden ihm zeitweilig verwehrt; überall bereitete man ihm unnötige Schwierigkeiten; Schimpfworte flogen ihm um den Kopf wie ein Spuckregen – und er war doch ein wichtiger Mann aus einer achtenswerten Bombayer Familie! Was ging hier vor? Es mußte etwas getan werden! Aber das Wichtigste zuerst. Changez suchte in seinen Taschen. Endlich fischte er ein Stück Papier heraus, auf dem eine Telefonnummer stand.
»Wenn das so ist –«
»Wenn *was* so ist?«
»Meine Häßlichkeit, die du hilfreicherweise erwähnt hast. Ich muß etwas tun.«
Changez telefonierte. Es war alles sehr geheimnisvoll. Dann mußte ich ihn zu einem großen, abgelegenen Haus bringen, das in viele einzelne Wohnungen unterteilt war. Eine alte Frau öffnete die Tür – sie schien ihn erwartet zu haben –, und als er hineinging, drehte er sich um und sagte zu

mir, ich solle auf ihn warten. Also stand ich wie ein Trottel zwanzig Minuten lang herum. Als er wieder auftauchte, sah ich, wie eine kleine, schwarzhaarige Japanerin mittleren Alters in einem roten Kimono hinter ihm die Tür schloß.

»Sie heißt Shinko«, sagte er glücklich, als wir zurück zur Wohnung gingen. Changez' Hemdzipfel sah wie eine weiße Flagge aus dem offenen Hosenschlitz hervor. Ich beschloß, ihm nichts davon zu sagen.

»Eine Prostituierte, he?«

»Sei nicht gemein! Jetzt ist sie eine Freundin. Noch eine Freundin im unfreundlichen, kalten England!« Er sah mich freudestrahlend an. »Sie hat ihre Sache so gemacht, wie es bis auf das I-Tüpfelchen genau bei Harold Robbins beschrieben steht! Karim, all meine Probleme sind gelöst! Ich kann meine Frau auf die normale Art lieben, und Shinko kann ich unnormal lieben! Leihst du mir bitte ein Pfund? Ich möchte Jamila ein paar Pralinen kaufen!«

Mir gefiel dieses Herumstromern mit Changez, und er gehörte für mich bald zur Familie, zu meinem Leben. Aber ich hatte auch eine richtige Familie, um die ich mich kümmern mußte – nicht um Dad, der war zu beschäftigt, sondern um Mum. Ich rief sie jeden Tag an, aber seit ich bei Eva lebte, hatte ich sie nicht mehr gesehen; ich wollte keinen aus Tante Jeans Haus sehen.

Als ich dann doch beschloß, nach Chislehurst zu fahren, kamen mir die Straßen im Gegensatz zu Südlondon ruhig und unbewohnt vor, als hätte man den Bezirk evakuiert. Das Schweigen verhieß nichts Gutes; es schien anzuwachsen und bereit, über mich herzufallen. Beinahe das erste, was ich sah, als ich aus dem Zug stieg und wieder durch diese Straßen lief, waren Pelzrücken und sein Hund, die große dänische Dogge. Pelzrücken rauchte Pfeife, lachte und unterhielt sich vor seiner Tür mit einem Nachbarn. Ich ging über die Straße und ein Stück zurück, um ihn mir genau anzusehen. Wie konnte er so unbeschwert herumstehen, wo er mich doch beleidigt hatte? Ich spürte, wie mir plötzlich vor Ärger und Demütigung ganz schlecht wurde – damals hatte ich nichts davon gespürt. Ich wußte nicht, was ich machen sollte. Etwas in mir trieb mich mit aller Macht zurück zum Bahnhof und zum Zug, zurück zu Jamilas Wohnung. So stand ich da, bestimmt fünf Minuten lang, beobachtete Pelzrücken und fragte mich, welchen Weg ich nehmen sollte. Aber was hätte ich Mum sagen sollen? Ich hatte ihr versprochen, sie zu besuchen; ich mußte einfach weiter.

Ich merkte, daß es mir guttat, daran erinnert zu werden, wie sehr ich die Vorstädte haßte, und daß ich meinen geplanten Umzug nach London und in ein neues Leben nicht aufgeben durfte. Ich wollte mit solchen Menschen und solchen Straßen nichts mehr zu tun haben müssen.

Mum hatte sich an dem Tag, als sie unser Haus verließ, in Jeans Haus ins Bett gelegt und war seither nicht wieder aufgestanden. Wenigstens war Ted wieder in Ordnung: Ich freute mich auf ihn. Allie hatte mir erzählt, er habe sich völlig verändert; Ted hatte sein Leben verloren, um es wiederzufinden. Ted war Dads Triumph; er war jemand, den Dad wirklich befreit hatte.

Seit dem Tag, an dem Dad ihn mit einem Plattenspieler auf dem Schoß exorzierte, hatte Ted nämlich keinen Handschlag mehr getan. Er nahm kein Bad, stand nicht vor elf Uhr auf und las dann Zeitung, bis die Kneipen aufmachten. Die Nachmittage verbrachte er mit langen Spaziergängen oder in Meditationskursen in Südlondon. Abends weigerte er sich zu reden – ein Schweigegelübde –, und einmal die Woche fastete er einen Tag lang. Abgesehen davon, daß ihm in seinem Leben nichts besonders wichtig schien, war er glücklich, oder doch glücklicher als früher. Wenigstens erkannte er dies jetzt und wich dieser Einsicht nicht länger aus. Dad sagte ihm, er solle diesen Zustand »erforschen«.

Dad sagte Ted auch, daß es Jahre dauern könne, bevor sich ein Sinn hinter allem zeige, und daß er inzwischen in der Gegenwart leben und den Himmel, die Bäume, die Blumen und den Geschmack guten Essens genießen solle, und daß er vielleicht ein paar Dinge in Evas Haus reparieren könne – zum Beispiel Dads Nachttischlampe und das Tonband –, wenn er etwas praktische Therapie nötig habe. Ted sagte, er würde fischen gehen, wenn er Therapie brauche. Alles, was zu technisch sei, könnte ihn wieder in die alten Bahnen zurückkatapultieren. »Wenn ich an mich denke«, sagte Ted, »dann sehe ich mich in einer Hängematte liegen und schaukeln, nur schaukeln.«

Teds Hängemattengehabe, sein Übertritt zum Ted-Buddhismus, wie Dad es nannte, brachte Tante Jean zur Weißglut. Sie wollte ihm die schaukelnde Hängematte abschneiden. »Sie ist wütend auf ihn«, sagte Mum genüßlich. Der Streit zwischen Ted und Jean schien für sie das einzige Vergnügen in ihrem Leben zu sein, und wer sollte es ihr verdenken? Jean tobte und diskutierte und versuchte es sogar mit Zärtlichkeiten, um Ted wieder zum gewöhnlichen, aber wenigstens arbeitsamen Zustand des Unglücks zu bekehren. Schließlich hatten sie jetzt kein Einkommen mehr. Früher hatte Ted immer stolz verkündet: »Ich habe zehn Männer unter mir«, und jetzt hatte er keinen einzigen mehr. Unter ihm war nur noch dünne Luft und der Abgrund des Bankrotts. Aber Ted lächelte nur und sagte: »Dies ist meine letzte Chance, glücklich zu werden. Die kann ich mir nicht verpatzen, Jeanie.« Einmal schaffte es Tante Jean, bis zu verletzten Gefühlen vorzustoßen, als sie die zahlreichen Tugenden ihres ehemaligen, konservativen Freiers aufzählte. Aber Ted schlug zurück und sagte (eines Abends während seines Silentiums): »Der Junge hat wenigstens früh genug kapiert, was er von dir zu halten hatte.«

Als ich ins Haus kam, sang Ted gerade ein Sauflied und drängte mich praktisch in einen Kleiderschrank, um mit mir über sein Lieblingsthema zu reden – über Dad. »Wie geht's deinem Vater?« fragte er flüsternd. »Ist er glücklich?« Mit träumerischem Blick fuhr er fort, als spräche er von einem homerischen Abenteuer: »Er macht einfach Schluß und zieht mit dieser piekfeinen Frau ab. Es ist unglaublich. Ich mache ihm ja keinen Vorwurf. Ich beneide ihn! Schließlich will jeder so sein. Sich einfach umdrehen und loslaufen. Aber wer macht das schon? Niemand – nur dein Dad. Ich würde ihn gern sehen und ausführlich mit ihm darüber sprechen. Aber es verstößt gegen das Gesetz in diesem Haus. Man darf ihn nicht besuchen, darf nicht einmal über ihn reden.« Als Tante Jean aus dem Wohnzimmer in den Flur kam, hob Ted einen Finger an die Lippen. »Sag kein Wort.« – »Worüber, Onkel Ted?« – »Sag einfach kein verdammtes Wort!«

Sogar heute wirkte Tante Jean sehr aufrecht und sah in ihren hochhackigen Schuhen und dem dunkelblauen Kleid großartig aus. Sie hatte sich eine Diamantenbrosche in Gestalt eines springenden Fisches angesteckt, und ihre Fingernägel waren kleine, vollkommene, glänzende Muscheln. Sie leuchtete, als wäre sie frisch angemalt worden; und man hatte Angst, etwas zu verwischen, wenn man sie berührte. Sie schien für eine dieser Cocktailpartys angezogen zu sein, auf denen ihre Lippen Wangen und Gläser, Zigaretten und Servietten, Kekse und Cocktailsticks verschmierten, bis es keinen Fußbreit mehr im Zimmer gab, der nicht wie rot übermalt aussah. Aber in diesem Haus der Halbtoten gab es keine Partys mehr; es war nur noch eine alte Bude mit einem verwandelten und einem gebrochenen Menschen darin. Jean war zäh, und sie trank gern; sie würde noch eine Weile durchhalten. Aber was würde geschehen, wenn sie begriff, daß das Urteil, so wie die Dinge standen, auf lebenslänglich lautete, und nicht nur auf zeitweilige Aussetzung des wahren Vergnügens?

»Du bist es also«, sagte Tante Jean.

»Yeah, glaub schon.«
»Wo bist du gewesen?«
»Im College. Deshalb wohn ich auch bei den anderen. Um näher beim College zu sein.«
»Sicher doch, aber mir brauchst du nichts vorzumachen, Karim.«
»Ist Allie da?«
Sie drehte sich um. »Allie ist ein guter Junge, aber er putzt sich ziemlich heraus, findest du nicht?«
»Yeah, er war immer schon ein bißchen überkandidelt.«
»Er zieht sich dreimal am Tag um. Wie ein Mädchen.«
»Hm, wirklich mädchenhaft.«
»Ich glaube, er zupft sich sogar die Augenbrauen«, sagte sie entschlossen.
»Er ist ganz schön behaart, Tante Jean. Deswegen nennen sie ihn in der Schule ja auch Kokosnuß.«
»Männer müssen behaart sein, Karim. Haarigkeit ist ein typischen Kennzeichen für den wahren Mann.«
»Du scheinst seit einiger Zeit den großen Detektiv zu spielen, Tante Jean. Hast du schon daran gedacht, dich bei der Polizei zu bewerben?« sagte ich, als ich nach oben ging. Der gute alte Allie, dachte ich.
Ich hatte mich nie viel um Allie gekümmert, und meistens vergaß ich sogar, daß ich einen Bruder hatte. Ich kannte ihn kaum; und ich verachtete ihn, weil er so brav war und herumschlich und Geschichten über mich erzählte. Ich hielt mich auf Distanz zu ihm, damit der Rest der Familie nicht herausbekam, was ich vorhatte. Aber jetzt war ich zur Abwechslung mal dankbar dafür, daß er da war, sowohl für die Gesellschaft, die er Mum leistete, als auch für das Ärgernis, das er für Tante Jean darstellte.
Vielleicht bin ich nicht besonders mitfühlend oder so, und ich schätze, ich bin ein ziemlicher Schweinehund, dem eigentlich alle Menschen egal sind, aber, verdammt noch mal, ich haßte es, diese Stufen zu Mum hochzugehen, be-

sonders weil Jean unten stehenblieb und jeden meiner Schritte beobachtete. Wahrscheinlich hatte sie nichts Besseres zu tun.

»Wenn du hier unten wärst«, sagte sie, »würde ich dir für deine Frechheit eine scheuern.«

»Was für eine Frechheit?«

»Diese verdammte Frechheit, die in dir steckt. Diese Unverschämtheit.«

»Halt doch die Klappe«, sagte ich.

»Karim!« Sie erstickte fast an ihrer Wut. »Karim!«

»Hau ab, Tante Jean«, sagte ich.

»Buddhisten-Schwein«, antwortete sie. »Buddhisten, alle wie ihr da seid.«

Ich ging in Mums Zimmer. Ich konnte hören, wie Tante Jean über mich schimpfte, aber ich konnte kein Wort mehr verstehen.

Eine ganze Wand von Tante Jeans Gästezimmer, in dem Mum in ihrem rosafarbenen Nachthemd lag, mit ungekämmten Haaren, die Beine angezogen, wurde von einer Spiegelschrankwand eingenommen, die mit alten, aber glitzernden Abendkleidern aus den parfümierten Tagen vollgestopft war. Neben dem Bett standen Teds Golfschläger und mehrere Paar staubiger Golfschuhe. Sie hatten ihretwegen nichts fortgeräumt. Allie hatte mir am Telefon erzählt, daß Ted sie fütterte, daß er ins Zimmer kam und sagte: »Hier, Marge, probier doch mal diesen leckeren Fisch mit Brot und Butter.« Aber meistens endete es damit, daß er ihn selbst aß.

Ich zögerte, meine Mutter zu küssen, weil ich Angst hatte, daß ihre Schwäche und ihr Unglück mich irgendwie anstekken könnten. Natürlich dachte ich nicht einen Moment lang daran, daß meine Lebendigkeit und meine Stimmung sie etwas aufmuntern könnten.

Wir saßen eine Weile einfach nur da und sagten wenig, bis ich ihr schließlich eine Beschreibung von Changez' Specials gab, von seinem Feldbett und dem bizarren Schauspiel eines Mannes, der sich in seine eigene Frau verliebt. Aber Mum verlor bald das Interesse. Wenn fremdes Unglück sie nicht aufheitern konnte, würde sie nichts aufheitern können. Ihr Verstand war zu Glas geworden, und alles Leben glitt an seiner bloßen Form ab. Ich bat sie, mich zu zeichnen.

»Nein, Karim, heute nicht«, seufzte sie.

Wieder und wieder redete ich auf sie ein: Zeichne mich, zeichne mich, zeichne mich, Mummy! Ich haderte mit ihr. Ich war richtig wütend. Ich wollte nicht, daß sie sich mit der Lebensphilosophie abfand, die sie an die Schattenenden der Welt kettete. Für Mum war das Leben im Grunde eine Hölle. Man wurde blind, man wurde vergewaltigt, man vergaß ihren Geburtstag, Nixon wurde gewählt, ihr Mann verließ sie mit einer Blonden aus Beckenham, und dann wurde man alt, man konnte nicht mehr gehen, und man starb. Nichts Gutes konnte einem hier auf Erden widerfahren. Obwohl diese Ansicht ebensogut zu einem gewissen Gleichmut führen könnte, hatte sie in Mums Fall nur Selbstmitleid bewirkt. Daher war ich überrascht, als sie mich dann doch zeichnete, als ihre Hand sich wieder leicht über das Papier bewegte und in ihren Augen endlich doch so etwas wie Interesse aufleuchtete. Ich saß so still, wie ich konnte. Als sie sich aus dem Bett erhob, ins Badezimmer ging und mir befahl, die Zeichnung nicht anzusehen, ergriff ich die Gelegenheit und betrachtete sie eingehend.

»Sitz still«, klagte sie, als sie zurückkam und die Zeichnung wieder in die Hand nahm. »Deine Augen wollen mir nicht gelingen.«

Wie sollte ich es ihr begreiflich machen? Vielleicht sollte ich besser nichts sagen. Aber ich war Rationalist.

»Mum«, sagte ich. »Du hast mich angesehen, Karim, deinen ältesten Sohn. Aber das Bild da – und es ist ein großartiges Bild, gar nicht besonders haarig – ist ein Bild von Dad, oder vielleicht nicht? Das ist Dads große Nase und sein Doppelkinn. Diese Säcke unter den Augen sind seine – nicht meine. Mum, das Gesicht hat mit meinem Gesicht überhaupt keine Ähnlichkeit.«

»Nun, Liebling, Vater und Sohn werden sich ähnlich.« Und sie warf mir einen bedeutungsvollen Blick zu. »Schließlich habt ihr mich beide verlassen.«

»Ich habe dich nicht verlassen«, sagte ich. »Ich bin immer da, wenn du mich brauchst. Ich studiere nur, das ist alles.«

»Schon gut, ich weiß, was du studierst.« Eigenartig, wie oft meine Familie über mich und das, was ich tat, sarkastische Bemerkungen machte. Sie sagte: »Ich bin ganz allein. Keiner liebt mich.«

»Doch, das tun wir wohl.«

»Nein, keiner hilft mir. Keiner unternimmt irgend etwas, um mir zu helfen.«

»Mum, ich liebe dich«, sagte ich. »Auch wenn mein Verhalten nicht immer danach aussieht.«

»Nein«, sagte sie.

Ich küßte sie, umarmte sie und versuchte, ohne mich von jemandem zu verabschieden, aus dem Haus zu kommen. Ich schlich nach unten, ging raus und näherte mich erfolgreich der Gartentür, als Ted um das Haus gesprintet kam und mich festhielt. Er mußte auf der Lauer gelegen haben.

»Sag deinem Dad, daß wir alle zu schätzen wissen, was er getan hat. Für mich hat er jedenfalls eine Riesenmenge getan!«

»Okay, mach ich«, sagte ich und riß mich von ihm los.

»Nicht vergessen.«

»Nein, nein.«

Ich rannte fast zurück nach Südlondon und zu Jamilas Wohnung. Dort machte ich mir eine Kanne Pfefferminztee und saß schweigend am Wohnzimmertisch. Meine Gedanken tobten. Ich versuchte, mich abzulenken, indem ich mich auf Jamila konzentrierte. Sie saß wie immer an ihrem

Tisch, ihr Gesicht war von einer billigen Leselampe erleuchtet. Ein großes Glas mit purpurroten, wilden Blumen und Eukalyptusblättern stand auf einem Stapel von Büchern aus der Leihbücherei. Wenn man an jemanden denkt, den man anbetet, lassen sich gewöhnlich Augenblicke finden – vielleicht auch Nachmittage oder ganze Wochen –, in denen sie uns am vollkommensten erscheinen, in denen Jugend und Weisheit, Schönheit und Haltung sich auf perfekte Art ergänzen. Und als Jamila dort saß, vor sich hinsummte und selbstvergessen las, während Changez, umgeben von mit Staubfusseln bedeckten Specials, Krickettheften und halb leergegessenen Kekspackungen, auf seinem Bett lag und in ihren Anblick vertieft war, spürte ich, daß dies ein Moment von äußerster Stimmigkeit war. Ich hätte dort auch wie ein Fan sitzen können, der einer Schauspielerin zusieht, wie ein Liebhaber, der seine Geliebte betrachtet, zufrieden, nicht an Mum denken zu müssen und daran, was wir für sie tun könnten. Kann man überhaupt etwas für jemand anderen tun?

Changez ließ mich meinen Tee austrinken; meine Unruhe legte sich ein wenig. Dann sah er mich an.

»Okay?« fragte er.

»Was ist ›okay‹?«

Changez stemmte seinen Körper vom Feldbett hoch wie jemand, der versuchte, mit fünf Fußbällen unter dem Arm zu laufen. »Komm mit.« Er zog mich in die winzige Küche. »Hör zu, Karim«, flüsterte er. »Ich muß heute nachmittag ausgehen.«

»Yeah?«

»Ja.«

Er versuchte, seinen aufgeblasenen Zügen einen bedeutsamen Ausdruck zu verleihen. Alles, was er tat, gefiel mir. Ihn zu ärgern, war eine der bewährtesten Freuden meines Lebens. »Dann geh«, sagte ich. »Gibt es hier vielleicht einen Wächter, der dich davon abhält?«

»Pssst. Ich will mit meiner Freundin Shinko ausgehen«, sagte er vertraulich. »Sie zeigt mir den Tower von London. Und ich habe von neuen Stellungen gelesen, *yaar*. Ziemlich verrückt, die Frau auf den Knien und der Mann von hinten. Also bleib du hier und lenk Jamila ab.«

»Jamila ablenken?« lachte ich. »Ihr ist es völlig egal, Blase, ob du hier bist oder nicht. Ihr ist es egal, wo du bist.«

»Was?«

»Warum auch nicht, Changez?«

»Gut, gut«, sagte er ausweichend. »Ich seh schon.«

Ich hörte nicht auf zu sticheln. »Da wir gerade von Stellungen reden, Changez. Anwar fragt mich seit einiger Zeit nach deiner Stellung im Laden und wie es deiner Krankheit geht.« Übergangslos zeigten sich Angst und Schrecken auf Changez' Gesicht. Ein göttlicher Anblick. Dies war nicht gerade sein Lieblingsthema. »Du siehst aus, Changez, als hättest du eine Scheißangst.«

»Dieser Pisser, mein Schwiegervater, der versaut mir meine Erektion für den ganzen Tag«, sagte er. »Ich mach mich besser auf die Socken.«

Aber ich bekam ihn noch bei seinem Armstummel zu fassen und fuhr fort: »Ich habe die Nase voll. Ständig jammert er mir etwas vor. Du mußt was dagegen unternehmen.«

»Dieses Arschloch, was glaubt er denn, wer ich bin? Sein Diener? Ich bin kein Verkäufer. Das Geschäft ist nicht meine stärkste Seite, *yaar*, nicht meine stärkste Seite. Ich bin eher ein intellektueller Typ; ich bin keiner von diesen ungebildeten Emigranten, die hierherkommen, um Tag und Nacht zu ackern und dreckig auszusehen. Sag ihm, daß er das nicht vergessen soll.«

»Gut, sag ich ihm. Aber ich warne dich, er wird deinem Vater und deinem Bruder schreiben und ihnen sagen, was für ein fetter, fauler Penner du bist, Changez. Ich weiß das genau, weil ich für ihn in dieser Sache einen Brief tippen mußte.«

Er griff nach meinem Arm. Entsetzen verzerrte sein Gesicht. »Um Himmels willen, nur das nicht! Stiehl ihm den Brief, wenn du kannst. Bitte!«
»Ich sehe zu, was ich machen kann, Changez, schließlich liebe ich dich wie einen Bruder.«
»Mich also auch, hä?« sagte er gutherzig.

Es war heiß, und ich lag mit Jamila nackt auf dem Bett. Ich hatte alle Fenster der Wohnung geöffnet, ließ die Autoabgase und das Gebrüll der Arbeitslosen herein, die sich auf der Straße stritten. Jamila bat mich, sie zu streicheln, ich rieb ihr Vaseline zwischen die Beine und folgte dabei ihren Anweisungen, die mal »Fester« und »Mehr Mühe bitte« lauteten, mal »Gut so, aber denk dran, du schläfst mit mir, du putzt dir nicht die Zähne«. Ich kitzelte sie mit meiner Nase im Ohr und fragte: »Bedeutet dir Changez eigentlich etwas?«
Ich glaube, diese Frage überraschte sie.
»Changez ist süß, stimmt schon, wenn er so zufrieden vor sich hingrunzt, wenn er liest und durch die Wohnung summt und mich fragt, ob ich etwas Keema möchte. Aber ich wurde gezwungen, ihn zu heiraten. Ich will ihn nicht um mich haben. Ich weiß nicht, warum er mir auch noch etwas bedeuten soll.«
»Was ist, wenn er dich liebt, Jammie?«
Sie setzte sich auf und sah mich an. Schließlich streckte sie mir ihre Hände entgegen und sagte mit leidenschaftlicher Stimme: »Karim, diese Welt ist voller Menschen, unterdrückter Menschen, die unsere Sorge und unser Mitgefühl brauchen, unser Volk zum Beispiel, das in diesem rassistischen Land tagtäglich der Gewalt ausgesetzt ist. Ihm gilt mein Mitgefühl, nicht meinem Mann. Eigentlich geht er mir manchmal sogar ziemlich auf die Nerven. Feuerschlucker, der Mann lebt doch kaum! Es ist ein Jammer!«
Aber während ich ihren Bauch und ihre Brüste mit den

kleinen Küssen bedeckte, die sie so sehr liebte, und mit meinen Lippen an ihr knabberte und sie sanft biß, damit sie sich entspannte, grübelte sie immer noch über Changez nach. Sie sagte: »Im Grunde ist er nur ein parasitärer, sexuell frustrierter Mann. Für das halte ich ihn jedenfalls, wenn ich überhaupt an ihn denke.«

»Sexuell frustriert? Aber deshalb ist er doch gerade weggegangen. Um die Hure zu treffen, zu der er regelmäßig geht! Shinko heißt sie.«

»Nein! Wirklich? Ist das wahr?«

»Natürlich.«

»Erzähl schon, erzähl!«

Also erzählte ich ihr von Changez' Schutzheiligem, Harold Robbins, von Shinko und von dem Problem mit den Stellungen. Das brachte uns auf die Idee, selbst einige der Stellungen zu versuchen, wie sie, während wir uns unterhielten, zweifellos auch Shinko und Changez einnehmen würden. Später, als wir engumschlungen dalagen, sagte sie: »Aber wie ist es mit dir, Karim? Du bist traurig.«

Ich war traurig, das stimmte. Wie sollte es auch anders sein, wenn ich an Mum denken mußte, die Tag für Tag völlig verzweifelt in ihrem Bett lag, weil Dad mit einer anderen Frau durchgebrannt war? Würde sie sich wieder erholen? Mum hatte großartige Eigenschaften, sie war charmant und freundlich und meistens ziemlich anständig, aber würde dies jemals jemand zu schätzen wissen und sie nicht mehr verletzen?

Dann sagte Jammie: »Was wirst du jetzt mit deinem Leben anfangen, wo du nicht mehr ins College gehst?«

»Was? Aber ich gehe doch noch. Ich bin nur nicht besonders oft in den Vorlesungen. Laß uns über etwas anderes reden, dieses Thema deprimiert mich. Was willst du machen?«

Sie wurde ganz aufgeregt. »Ach, keine Ahnung, jedenfalls nicht rumhängen, auch wenn es so aussieht. Ich bereite mich wirklich auf etwas vor. Ich weiß bloß noch nicht genau, was es ist. Ich spüre nur, daß ich bestimmte Dinge wissen muß und daß sie mir eines Tages sehr dabei helfen werden, die Welt zu verstehen.«

Wir liebten uns noch einmal, und dann sind wir wohl müde geworden, denn es kann höchstens zwei Stunden später gewesen sein, als ich aufwachte. Mir war kalt. Jamila schlief fest, ein Laken bedeckte ihren Unterkörper. Noch benommen, kroch ich aus dem Bett, um die Decke aufzuheben, die auf den Boden gefallen war, als ich ins Wohnzimmer blickte. In der Dunkelheit sah ich Changez auf dem Feldbett liegen und mich beobachten. Sein Gesicht war ausdruckslos, vielleicht ernst, aber eigentlich eher geistesabwesend. Er sah aus, als hätte er dort schon lange auf seinem Bauch gelegen. Ich schloß die Schlafzimmertür, zog mich hastig an und weckte Jamila. Ich hatte mich oft gefragt, was ich in einer solchen Situation machen würde, aber es war sehr einfach. Ich flüchtete aus der Wohnung, ohne meinen Freund anzusehen, überließ Ehemann und -frau sich selbst und fühlte mich, als wenn ich sie alle verraten hätte – Changez, Mum und Dad und mich selbst.

Kapitel acht

»Du tust überhaupt nichts«, sagte Dad. »Du bist ein verdammter Tagedieb. Weißt du, daß du mutwillig dein Leben zerstörst? Es bricht mir das Herz.«

»Schrei mich nicht so an, das ertrag ich nicht.«

»Muß ich doch, Junge, wie soll ich es sonst in deinen dicken Schädel hämmern? Kein einziges Examen hast du bestanden. Wie hast du es nur geschafft, bei sämtlichen Prüfungen durchzufallen?«

»Ganz einfach. Ich bin nicht hingegangen.«

»Das hast du getan?«

»Ja.«

»Aber warum denn, Karim? Warum hast du mir gegenüber so getan, als ob du diese verdammten Prüfungen machen würdest? Du bist so voller Selbstvertrauen aus dem Haus gegangen. Jetzt weiß ich, warum«, sagte er bitter. »Wie konntest du das nur tun?«

»Weil ich zum Studieren nicht in der richtigen Stimmung bin. Ich bin zu aufgewühlt von dem, was passiert. Daß du Mum verläßt und so. Ist 'ne große Sache. Die wirkt sich auf mein Leben aus.«

»Wirf mir nicht vor, daß ich dein Leben ruiniert hätte«, sagte er. Aber ihm traten Tränen in die Augen. »Warum? Warum? Misch dich nicht ein!« herrschte er Eva an, die ins Zimmer kam, weil unser Geschrei sie erschreckt hatte. »Dieser Junge ist ein mieser Versager. Was willst du also machen, he?«

»Ich will nachdenken.«

»Denken, verdammter Narr? Wie willst du denken, wenn du kein Hirn im Kopf hast?«

Ich hatte gewußt, daß dies geschehen würde; ich war fast darauf vorbereitet gewesen. Aber diese Verachtung warf mit der Sturmgewalt eines Taifuns alle meine Reserven und meine Selbstbeherrschung über den Haufen. Ich fühlte mich elender, als ich mich je zuvor gefühlt hatte. Danach ignorierte Dad mich einfach. Weil ich fürchtete, in Jamilas Wohnung Changez begegnen zu müssen, konnte ich dort nicht mehr übernachten, und so sah ich Dad jeden Tag und mußte seine Mißbilligung über mich ergehen lassen. Ich weiß nicht, warum er es so verdammt persönlich nahm. Warum machte es ihm so viel aus? Es war, als gäbe es für ihn nur ein Leben, das wir uns beide teilten. Ich war die zweite Hälfte, eine Verlängerung seiner selbst, und statt ihn zu vervollkommnen, hatte ich ihn mit Scheiße überschüttet.

Es kam deshalb wie eine große, befreiende Überraschung, als ich eines Tages Evas Haustür öffnete und Onkel Ted in seinem grünen Overall vor mir stehen sah, die Werkzeugtasche in der Hand und ein Grinsen auf seinem pausbäckigen Gesicht. Er marschierte in den Flur und begann mit fachmännischem Blick die Wände und die Decke zu begutachten. Eva kam und begrüßte ihn wie einen Künstler, der aus trostlosem Exil zurückkehrt, Rimbaud aus Afrika. Sie griff nach seinen Händen, und sie sahen sich in die Augen.

Von Dad hatte Eva gehört, was Ted für ein Künstler unter den Handwerkern sei, wie er sich gewandelt hätte und sich weigerte, den täglichen Trott weiterzuleben, und wie er jetzt sein Talent brachliegen ließ. Alarmiert bestellte Eva für alle einen Tisch zum Abendessen in einem Restaurant. Danach gingen wir in einen Jazzklub auf der King's Road – Onkel Ted hatte noch nie schwarze Wände gesehen –, und hier sagte Eva voller Hinterlist zu Dad: »Ich glaube, es wird langsam Zeit, daß wir nach London umziehen.«

»Ich mag die Ruhe in Beckenham, wo sich kein Arsch um einen kümmert«, sagte Dad und dachte, damit sei die Sache erledigt, wie sie es früher, wenn er mit Mum redete, auch gewesen wäre.

Aber es ging um Geschäfte. Zwischen den Jazzstücken machte Eva Ted ein Angebot: Komm und mach mein Haus schön, Ted, wir spielen dir Swingplatten vor und trinken dazu Margheritas. Es würde ihm gar nicht wie Arbeit vorkommen. Ted stürzte sich sofort auf die Gelegenheit, bei Eva und Dad arbeiten zu können, einerseits aus Neugier – um zu sehen, was die Freiheit aus Dad gemacht hatte und vielleicht auch aus Ted machen konnte –, zum anderen, weil sein Appetit auf Arbeit wiedererwacht war. Aber zuerst mußte er Tante Jean die Neuigkeit beibringen. Und das war der schwierigste Teil.

Tante Jean platzte vor Wut. Da gab es Arbeit, bezahlte Arbeit, Arbeit für Wochen, und Ted wollte sie mit Freuden annehmen. Er war bereit, damit anzufangen – aber sein Auftraggeber war Jeans Feindin, eine fürchterliche, männerraubende, verstümmelte Frau. Einen Tag lang ging Jean mit sich selbst zu Rate, während wir den Atem anhielten. Endlich löste sie das Problem, indem sie Ted unter zwei Bedingungen ihre Zustimmung gab: daß niemand Mum etwas davon erzählte und daß Ted Jean am Ende eines jeden Tages einen vollständigen Bericht darüber lieferte, was genau zwischen Dad und Eva vor sich ging. Wir erklärten uns mit diesen Bedingungen einverstanden und versuchten, uns einige obszöne Geschichten auszudenken, die Ted Jean erzählen konnte.

Eva wußte, was sie wollte: Das ganze Haus sollte verändert werden, jeder Quadratzentimeter, und sie wollte tatkräftige, emsige Menschen um sich haben. Wir fingen sofort an. Erleichtert ließ ich jeden Anschein von Gelehrsamkeit fallen und wurde ein mystischer Hilfsarbeiter. Ich lud auf und trug und zerschlug, Eva machte die Denkarbeit, und Ted sorgte dafür, daß ihre Anweisungen ausgeführt wurden. Dad vermied sorgfältig jeden Baudreck und zischte uns einmal einen arabischen Fluch zu: »Mögen die Bauarbeiter zu dir kommen.« Ted antwortete mit einem unverständlichen Spruch, von dem er glaubte, daß Dad darüber begeistert sein würde. »Haroon, ich küsse die Freude in ihrem Flug«, sagte er und wuchtete den Hammer gegen die Mauer.

Wir drei arbeiteten hervorragend zusammen; wir waren ausgelassen und in bester Stimmung. Eva gab sich exzentrisch: Wenn eine Entscheidung anstand, mußten Ted und ich warten, während sie sich nach oben zurückzog und über die genaue Form des Gewächshauses oder die Dimensionen der Küche meditierte. Ihr Unbewußtes würde ihr zeigen, welchen Weg sie zu wählen hatte. Das war nicht so wahnsinnig anders, dachte ich, als in dem Buch, das ich gerade las, Edmund Gosses *»Father and Son«*, in dem der Vater vor jeder schwierigen Entscheidung betete und Gottes Fingerzeig abwartete.

Vor dem Mittagessen ließ Eva uns in den Garten zotteln, wo wir uns beugen und strecken, mit geradem Rücken sitzen und abwechselnd durch die Nasenlöcher atmen mußten, bevor wir unseren Salat und unsere Früchte aßen. Ted begeisterte sich für solche Sachen mit einer großen, kindlichen Bereitwilligkeit. Er nahm die Kobra-Stellung ein, als wäre sie für ihn erfunden worden. Im Gegensatz zu mir schien es ihm zu gefallen, wie ein Narr auszusehen, weil er dachte, er sei ein neuer, offener Mensch geworden. Eva ermunterte uns zum Ausspannen, aber sie war auch ein gewiefter Chef. Wir schufteten für sie, weil wir sie gern hatten, aber mit lascher Arbeit gab sie sich nicht zufrieden: sie war eine Perfektionistin. Außerdem hatte sie einen guten Geschmack; sie bestand ausschließlich auf den besten Materialien, was in den Vorstädten ziemlich selten war, denn hier wurden viktorianische und edwardianische Häu-

ser gewöhnlich eingerissen und demontiert, um dann mit Spanplatten und Formica neu hergerichtet zu werden.
Zum Schluß wurde jedes Zimmer im Haus weiß angestrichen. »Weiß ist die einzige Farbe, die für ein Haus in Frage kommt«, verkündete Eva. Die Böden waren aus abgeschliffenem, dunklem Holz, vor den Fenstern hingen grüne Jalousien. Schwere, schwarze, schmiedeeiserne Kaminroste wurden, zu Teds Verblüffung, wieder eingebaut, hatte er doch einen Großteil seines Arbeitslebens damit verbracht, Kaminroste herauszureißen, damit Frauen wie meine Mutter nicht früh am Morgen in der Kälte aufstehen und auf ihren Knien liegend das Feuer anzünden mußten.
Wenn Tante Jean am Ende eines jeden Tages Onkel Ted das Abendbrot auf den Tisch knallte – eine Fleischpastete mit Pommes frites oder ein schönes Stück Rumpsteak mit Sauce Tartare (er hatte es noch nicht über sich gebracht, Vegetarier zu werden) –, setzte sie sich mit einem harten Drink vor ihn hin und verlangte Fakten über Eva und Dad.
»Also, Onkel Ted, was hast du ihr letzte Nacht erzählt?« fragte ich am nächsten Morgen bei der Arbeit. Was gab es schon zu erzählen? Ich konnte mir nicht vorstellen, daß Ted über die Eigenart des intensiven Glücks von Eva und Dad nachdachte und erzählte, wie die beiden ständig versuchten, sich gegenseitig die Hosen der Trainingsanzüge herunterzuziehen, oder etwa, wie sie Wetten darüber abschlossen, wer bei zehn Versuchen mit dem Stiel eines Lollipops am häufigsten in den Mülleimer traf.
Vielleicht erzählte er eher von dem, was er sah, wenn er morgens zur Arbeit kam – Eva in ihrem blauseidenen Schlafanzug und dem roten Morgenmantel, wie sie rief und lachte, mir Anweisungen gab, wie das Frühstück zu machen sei, und laut aus den Zeitungen vorlas. Mum und Dad hatten früher nur den *»Daily Mirror«* gehabt, mehr nicht. Eva liebte es, täglich etwa fünf Tageszeitungen und drei Zeitschriften im Haus zu verteilen, die *»Vogue«*, den *»New*

Statesman« und den *»Daily Express«* zu überfliegen, bevor sie den ganzen Haufen in den Papierkorb neben ihrem Bett warf. Vielleicht erzählte Ted Jean auch von den Spaziergängen, die wir vier unternahmen, wenn Eva keine Lust mehr zum Arbeiten hatte, und von damals, als Evas Füße wehtaten und sie ein Taxi rief – in den Augen von Dad, Ted und mir reinste römische Dekadenz. Wir machten eine Zweistundentour durch Südlondon, Eva trank Guinness und lehnte sich winkend aus dem Fenster, als wir durch die Old Kent Road fuhren, dann hielten wir vor der berühmten Praxis von Dr. Lal und bei dem Tanzsaal der Liebe, wo Mum Dad begegnet und ihm verfallen war. Aber ich bezweifelte, daß Ted etwas von diesem Spaß und all den unterhaltsamen Stunden, die wir erlebten, erzählen konnte. Es würde kaum das sein, was Jean hören wollte. Für sie war es nutzlos.

Natürlich waren Ted und ich nicht ständig mit den beiden zusammen, um die verworrenen Aufregungen dieser neuen Liebe unter die Lupe zu nehmen, vor allem auch deshalb nicht, weil Dad und Eva viele Abende auf der anderen Seite des Flusses, im eigentlichen London verbrachten, um sich im Theater kontroverse Stücke oder im Kino deutsche Filme anzusehen, sich marxistische Vorlesungen anzuhören oder auf die Parties der gehobeneren Gesellschaft zu gehen. Evas alter Freund Shadwell etablierte sich langsam als Theaterregisseur, er arbeitete als Assistent bei der Royal Shakespeare Company, leitete Workshops über Beckett und inszenierte Stücke von Artaud und anderen, neueren Autoren auf alternativen Schaubühnen. Einmal half Eva Shadwell aus und entwarf und nähte die Kostüme für eine seiner Aufführungen. Das gefiel ihr, und es führte schließlich dazu, daß sie, Dad und Shadwell gemeinsam zum Essen und auf Parties gingen und dort allerhand (ziemlich) wichtige Typen trafen – nicht die Sorte, wie wir sie aus den Vorstädten kannten, sondern die echten: Leute, die wirklich schrieben und Stücke inszenierten und nicht nur davon redeten. Eva wollte mehr in dieser Richtung tun; sie beriet reiche Leute in Sachen Möbel und Tapeten – dieser Menschenschlag kaufte sich ständig neue Häuser auf dem Land, und Eva wußte, wie sie sich nützlich machen konnte.

Wie elegant und vornehm sie aussahen, wenn sie abends nach London fuhren, Dad in einem seiner Anzüge und Eva mit ihren Schals und Hüten, teuren Schuhen und Handtaschen. Sie strahlten beide vor Glück. Und ich wanderte dann im leeren Haus umher oder rief Mum an, um mit ihr zu plaudern; manchmal lag ich in Charlies Dachkammer auf dem Boden und fragte mich, was er gerade machte und was für phantastische Sachen er erlebte. Dad und Eva kamen meistens sehr spät zurück, und ich stand auf, um sie zu sehen und um, während sie sich auszogen, von ihnen zu hören, wer was zu wem über das letzte Stück, den neuesten Roman oder Sexskandal gesagt hatte. Eva trank Champagner und sah vom Bett aus fern, was mich sehr schockierte, und wenigstens einmal in der Woche sagte sie, sie sei entschlossen, uns alle für immer mit nach London zu nehmen. Und Dad sprach vom Abend im Theater und sagte, daß der Autor mit Tschechow nicht zu vergleichen sei. Tschechow war Dads unübertroffener Lieblingsschriftsteller, und er behauptete immer, daß ihn Tschechows Stücke an Indien erinnerten. Ich habe das nie begriffen, bis ich irgendwann merkte, daß er meinte, die Nutzlosigkeit, Trägheit und Sehnsucht der Charaktere Tschechows seien typisch für die Erwachsenen, die er als Kind gekannt hatte.

Doch über ein Thema mußten Jean und Ted auf jeden Fall geredet haben, nämlich über Geld. Selbst ich machte mir deshalb Sorgen. Das Geld, das wir für dieses Haus ausgaben, rann uns förmlich durch die Finger wie Blut bei einem Aderlaß. Im Unterschied zu Mum, für die Sparsamkeit selbstverständlich war, kaufte sich Eva alles, was sie haben wollte. Wenn sie in einen Laden ging und ihr etwas ins Auge fiel – ein Buch mit Zeichnungen von Matisse, eine Schallplatte, Yin-und-Yang-Ohrringe, ein chinesischer Hut – kaufte sie es sofort. Für sie gab es beim Geldausgeben nicht diese Qualen und Schuldgefühle, an denen wir alle leiden mußten. »Ich habe es verdient«, sagte sie immer. »Früher war ich mit meinem Mann unglücklich, aber ich werde nie wieder unglücklich sein.« Nichts hielt sie zurück. Als ich ihr gegenüber eines Tages diese Verschwendungssucht erwähnte, während wir Seite an Seite eine Wand anstrichen, tat sie meinen Einwand einfach damit ab, daß sie sagte: »Wenn wir kein Geld mehr haben, besorge ich uns neues.«

»Woher, Eva?«

»Hast du noch nicht gemerkt, Karim, daß die Welt nur so im Geld schwimmt? Hast du noch nicht gemerkt, wie es dieses Land überflutet?«

»Yeah, hab ich, Eva, aber nichts davon überflutet unser Haus.«

»Wenn wir es brauchen, werden wir den Strom schon hierher lenken.«

»Sie hat recht«, sagte Dad etwas oberlehrerhaft, als ich später zu ihm ging, ihm erzählte, was sie mir gesagt hatte, und versuchte, ihm klarzumachen, wie wahnsinnig ihre Einstellung war. »Man muß nur das richtige Bewußtsein haben, wenn man die Geldmengen zu sich lenken will.«

Für jemanden, der bisher offenbar nie das richtige Bewußtsein gehabt hatte, um mittels dieser magnetischen Art mehr als seinen Monatslohn an sich ziehen zu können – Geld, das Anwar immer nur den »unverdienten Verdienst« nannte – schien dies ein bißchen dick aufgetragen. Aber die Liebe und Eva hatten für Dad den Teppich des Selbstvertrauens ausgerollt, über den er jetzt überschwenglich dahintanzte. Im Vergleich zu ihnen fühlte ich mich richtig konservativ.

Wie früher hatte Dad einmal die Woche einen Guru-Auftritt in Sachen Taoismus und Meditation, nur bestand Eva diesmal darauf, daß die Teilnehmer bezahlten. Um Dad scharte sich eine feste Gruppe von ernsthaften jungen Kopfnickern – Studenten, Psychologen, Krankenschwestern, Musikern –, die ihn bewunderten und manchmal noch spät am Abend anriefen oder ihn in panischer Angst aufsuchten, so abhängig waren sie von seinem freundlichen Zuhören geworden. Es gab eine Warteliste für diese Gruppe. Vor ihren Treffen mußte ich das Zimmer saugen, die Räucherkerzen anzünden, ich mußte die Gäste wie ein Oberkellner begrüßen und ihnen indische Süßigkeiten servieren. Eva bestand außerdem darauf, daß Dad sein Angebot verbesserte: Sie brachte ihn dazu, früh am Morgen, noch vor der Arbeit, in Bibliotheksbüchern über Esoterik nachzuschlagen und fragte ihn dann beim Frühstück mit einer Stimme, mit der sie früher wahrscheinlich Charlie gefragt hatte, ob er die technischen Zeichnungen für seine Hausarbeiten fertig habe: »Und was hast du heute morgen gelernt?«

Eva kannte jemanden bei der Bezirkszeitung – denselben hilfsbereiten Journalisten, der Charlie auf die Titelseite der *»Bromley and Kentish Times«* gebracht hatte – und der interviewte Dad. Man machte ein Foto von Dad, wie er in roter Weste und dem indischen Pyjama auf einem goldenen Kissen saß. Seine Mitpendler waren von seinem plötzlichen Ruhm beeindruckt, und Dad erzählte mir begeistert, wie sie sich auf Bahnsteig zwei gegenseitig auf ihn aufmerksam machten. Für etwas anerkannt zu werden, das er in seinem Leben erreicht hatte, gab Dad ungeheuren Auftrieb, denn vor seiner Begegnung mit Eva hatte er sich für einen Versager und sein Leben für eine elende Angelegenheit gehalten. Aber im Büro, wo man in ihm einen nie beförderten, faulen Inder sah, der von seiner Frau und seinen Kindern fortgelaufen war, zeigten ihm die Kollegen, wie sehr sie ihn verachteten: Hinter seinem Rücken und sogar vor seinen Augen machte man sich über ihn lustig. Auf sein Bild in der Zeitung malte jemand eine Sprechblase, die aus seinem

Mund aufstieg: »Das dunkle Geheimnis des Lebens von dunklem Scharlatan gelöst – auf Kosten der Steuerzahler.« Dad sprach davon, seinen Job aufzugeben. Eva sagte, er könne machen, was er wolle; sie würde für uns beide sorgen – mit Liebe vermutlich.

Ich glaube nicht, daß Ted mit Tante Jean über diese Probleme sprach oder daß er ihr von dem anderen verliebten Geplänkel erzählte – von Eva zum Beispiel, wenn sie das Seufzen und Stöhnen, die zahlreichen Schnaub- und Grunzlaute imitierte, die Dads Reden durchzogen. Ted und ich überraschten sie einmal in der ausgeräumten Küche, als sie, wie eine stolze Mutter, die die ersten Worte ihres Kindes nachspricht, eine Symphonie seiner Geräusche von sich gab. Dad und Eva konnten sich stundenlang über die alltäglichsten Dinge unterhalten, zum Beispiel über den Charakter der Menschen, die Dad im Zug traf, bis ich sie anschreien mußte: »Wovon zum Teufel redet ihr eigentlich?« Sie waren voneinander so gebannt, daß sie mich ganz überrascht ansahen. Ich schätze, es war ihnen ziemlich egal, worüber sie sprachen; die Worte selbst waren wie ein Streicheln, ein Austausch von Blumen und Küssen. Und Eva konnte nicht aus dem Haus gehen, ohne beim Heimkommen zu sagen: »Hey, Haroon, ich habe etwas gefunden, das dir gefallen könnte«, – ein Buch über japanische Gärten, einen Seidenschal, ein Füllfederhalter von Waterman, eine Platte von Ella Fitzgerald oder einmal sogar einen Drachen. Während ich dies beobachtete, entwickelte ich meine eigenen, wütenden Theorien über die Liebe. Mußte Liebe nicht edelmütiger sein als dieser muntere Egoismus-à-deux? Unter ihren Händen schien die Liebe ein engstirniges, exklusives, selbstsüchtiges Ungeheuer zu werden, das sich auf Kosten einer Frau vergnügte, die im selben Moment in Tante Jeans Haus lag und auf deren Leben niemand Rücksicht nahm. Mums Unglück war der Preis, den Dad für sein Glück zu zahlen bereit war. Wie konnte er das nur wollen?

Ihr Unglück, das muß man ihm allerdings lassen, lag ihm schwer auf der Seele. Er stritt sich mit Eva darüber: Sie hielt ihn für zu nachsichtig. Aber wie hätte er sich, wenn man ehrlich war, anders verhalten können? Es gab Situationen, wenn wir fernsahen oder bei Tisch saßen, da schlugen Wellen der Reue über seinem Gesicht zusammen. Reue und Schuldgefühl und Schmerz überwältigten ihn einfach. Wie schlecht er mit Mum umgegangen sei, sagte er uns. Wieviel sie ihm gegeben, wie sehr sie für ihn gesorgt, ihn geliebt hatte, und jetzt saß er hier mit Eva in ihrem Haus, und alles sei so behaglich und bequem, und er freue sich auf das Bett.

»Ich fühl mich wie ein Verbrecher«, gestand er Eva in einem achtlosen Augenblick und ließ damit die unselige Wahrheit doch ans Licht kommen. »Weißt du, wie jemand, der einen Menschen schwer verletzt hat, um an sein Geld heranzukommen.« Eva konnte sich nicht länger beherrschen und schrie ihn an. Er verstand nicht, womit er sie so plötzlich und grausam verletzt hatte. Sie war unvernünftig.

»Aber du willst sie ja nicht! Ihr habt nicht zusammengepaßt! Ihr habt euch gegenseitig in eurer Entwicklung gehemmt. Warst du nicht lange genug mit ihr zusammen, um das zu begreifen?«

»Ich hätte mehr tun können«, sagte er. »Hätte mich mehr anstrengen können. So verletzt zu werden, hat sie nicht verdient. Ich halte nichts von Menschen, die einen Menschen einfach verlassen.«

»Dieses Schuldgefühl, dieses Bedauern wird uns noch umbringen!«

»Es ist ein Teil von mir –«

»Du mußt es loswerden, ich flehe dich an.«

Aber wie konnte er es loswerden? Es lag auf ihm wie Wasser auf einem Wellblechdach, und Tag für Tag rostete und verrottete es weiter. Und obwohl er nie wieder eine solch arglose Bemerkung machte, obwohl Eva und Dad immer

noch ständig Lust hatten, miteinander zu schlafen und ich Eva dabei überraschte, wie sie kicherte und idiotische Sachen mit ihm anstellte, ihm zum Beispiel mit einer riesengroßen Schere die Härchen aus Ohr und Nase schnitt, warf er ihr dennoch Blicke zu, die seiner aufmerksamen Kontrolle entgangen waren, Blicke, die mich glauben ließen, daß er nur zu einem korrumpierten Glück fähig war.
Vielleicht war es die Hoffnung darauf, dieses Wasser absaugen zu können, die sie veranlaßte, das schöne, weiße, von Ted gestaltete Haus zum Verkauf anzubieten, sobald es fertig war. Sie beschloß, Dad fortzubringen. Sie würde sich nach einer Wohnung in London umsehen. Die Suburbia war passé: eine Gegend, die man nur noch verlassen konnte. Vielleicht, dachte Eva, würde ein Ortswechsel ihn dazu bringen, nicht mehr an Mum zu denken. Einmal fuhren wir drei in Evas Wagen auf der High Street, als Dad, der auf dem Rücksitz saß, zu weinen begann. »Was ist los?« fragte ich. »Was ist passiert?«
»Sie war es«, antwortete er. »Ich dachte, ich hätte deine Mutter in einen Laden gehen sehen. Und sie war allein. Ich will nicht, daß sie allein ist.«
Dad telefonierte nicht mit Mum und sah sie auch nicht, da er überzeugt war, daß dies auf lange Sicht besser so war. Aber er hatte Fotos von ihr in jeder Jackentasche, und sie fielen zum falschen Zeitpunkt aus seinen Büchern und ärgerten Eva; und wenn er mich nach Mum fragte, mußten Dad und ich in ein anderes Zimmer gehen, fort von Eva, als würden wir über etwas Unanständiges reden wollen.

Wenn sie das Haus aufgab und mit uns nach London zog, konnte Eva auch Charlie auf der Spur bleiben, der sich nur noch selten bei uns blicken ließ. Für ihn galt offenbar auch, daß die Vorstädte bloß noch ein Ort waren, den man verlassen mußte, der Startplatz für ein neues Leben. Ansonsten war man verraten und verkauft; Charlie liebte es, überall zu schlafen, nichts zu besitzen, nirgendwo auf Dauer zu leben und zu vögeln, wen er zu fassen bekam; manchmal probte er sogar und schrieb einige Songs. Noch machte ihn sein exzessives Leben nicht verzweifelt, sondern er genoß es in seiner ganzen Intensität. Manchmal wachte ich morgens auf, und dann stand er da in der Küche und aß wie ein Scheunendrescher, als hätte er keine Ahnung, wo er seinen nächsten Fraß bekommen würde, als wäre jeder Tag ein Abenteuer, das überall enden konnte. Und dann war er wieder verschwunden.

Dad und Eva gingen zu allen Auftritten von Charlie, in die Kunst-Colleges ebenso wie in Kneipen oder zu kleinen Festivals auf morastigen Feldern. Eva schlängelte sich immer nach vorne durch, ein Bier in der Hand, während Dad blinzelnd im Hintergrund stehenblieb, verschreckt vom Lärm und der Menge, den wilden Veitstänzen über junge, reglose Gestalten hinweg, die apathisch in Bierpfützen herumlagen. Er war verschreckt von dem Elend, den stinkenden Klamotten, den üblen Trips, den Vierzehnjährigen, die in Krankenwagen fortgefahren wurden, der wahllosen, lieblosen Vögelei und den miesen Fluchten aus der Familie, die in dreckigen Buden in Herne Hill endeten. Er hätte in der Zeit viel lieber einen Schüler unterrichtet – das ernste Mädchen Fruitbat zum Beispiel, oder ihren gnadenlos lächelnden Lover Chogyam-Jones, der eine Art chinesischen Teppich trug; ihre Schmeicheleien wurden für ihn allmählich unverzichtbar. Doch Dad begleitete Eva überallhin, wo sie ihn brauchte. Jedenfalls hatte er mehr Spaß an seinem Leben als je zuvor, und als Eva schließlich verkündete, daß wir nach London ziehen würden, gab er zu, daß es so am besten sei.

Als wir auf dem Dachboden Charlies Sachen zusammenpackten, sprachen Dad und ich über Charlies Problem: Charlie wußte, daß die Band keinen eigenen, originellen Sound hatte. Ihr Leuchtsternchen war dieser auffallende

Sänger-Gitarrist mit den köstlichen Wangen und den Wimpern eines Mädchens, dem man eher anbot, als Dressman für Modezeitschriften zu arbeiten, als in der Albert Hall aufzutreten. Der Mißerfolg machte Charlie arrogant. Er nahm die Gewohnheit an, ständig einen Gedichtband in seiner Tasche zu tragen, den er bei allen möglichen und unmöglichen Gelegenheiten öffnete, um sich an einer kräftigen Prise Sublimem zu laben. Er legte eine aufreizende Affektiertheit an den Tag, die wohl nur einem Oxforder Studenten angestanden hätte, zumal Charlie ihr manchmal mitten in einem Gespräch nachgab, wie er es kürzlich bei einem Auftritt in einem College getan hatte: Der Präsident des Debattierklubs sprach gerade mit ihm, als Charlie mit seiner Hand in die Tasche faßte, das Buch hervorzog und öffnete. Dem Mann fielen vor Staunen schier die Augen aus dem Kopf, als Charlie einen ordentlichen Schluck des warmen Südens durch seine Kehle laufen ließ.

Was für ein verwirrter Junge er war! Von Anfang an hatte Eva darauf bestanden, daß er Talent besaß, daß er schön war und Gott ihm in seinen Schwanz gehaucht hätte. Er war mindestens ein Orson Welles. Und natürlich prägte dieses alte Wissen von seiner Erhabenheit heute seinen Charakter. Er war stolz, abweisend, unzuverlässig und, je nach Gutdünken, großmütig. Er konnte andere davon überzeugen, daß er bald aus seinem Kopf eine Dichtkunst herausschleudern würde, die die Welt in Erstaunen versetzen werde, so wie es auch die anderen englischen Jungs, Lennon, Jagger und Bowie, geschafft hatten. Wie André Gide, der, als er jung war, von Leuten erwartete, daß sie ihn für die Bücher bewunderten, die er in Zukunft schreiben würde, gefiel es Charlie, in einigen höheren Kreisen für sein Potential geschätzt zu werden. Aber er verdiente sich diese Wertschätzung mit seinem Charme, den man oft mit Können verwechselte. Mit seinem Charme konnte er sich bestimmt sogar selbst täuschen, dachte ich.

Was machte seinen Charme aus? Wie hatte er mich so lange umgarnen können? Ich hätte alles für Charlie getan, und in der Tat – in diesem Moment sortierte ich zwanzig Jahre seiner Habe aus. Mit dieser Anfälligkeit für ihn stand ich nicht allein da. Viele hätten ihm mit Ja geantwortet, noch bevor er sie um etwas gebeten hatte. Wie funktionierte das nur? Ich studierte die verschiedenen Spielarten des Charmes. Es gab charmante Menschen, die nur hinreißend waren; sie hatten am wenigsten Talent. Dann gab es jene, die Macht hatten, denen es jedoch an anderen Vorzügen mangelte; allerdings war Macht im Unterschied zu hübschen Wangen wenigstens etwas Selbstgeschaffenes. Dann gab es da noch jene, die bezwingende Redner waren, und an erster Stelle dieser Gruppe standen jene, die einen zum Lachen bringen konnten. Wieder andere ließen einen ihre Klugheit und ihr Wissen bewundern: Sie boten außer Leistung auch noch Unterhaltung.

Charlie hatte ein Quentchen von allem; er war ein Allroundtalent. Aber seine Stärke lag in der Fähigkeit, im anderen die Bewunderung für sich selbst zu wecken. Die Aufmerksamkeit, mit der er sich um dich kümmerte, wenn er sich um dich kümmerte, war absolut. Er wußte, wie er dich ansehen mußte, um dir den Eindruck zu geben, daß du der einzige Mensch warst, der ihn je interessiert hatte. Er fragte dich nach deinem Leben und schien jeden Moment eurer Unterhaltung zu genießen. Er war ein ausgezeichneter Zuhörer und dabei ganz ohne Zynismus. Das Problem war nur, daß ihm die Neurotiker in Scharen zuliefen. Niemand sonst wollte ihnen zuhören, aber Charlie hatte es – einmal vielleicht – getan, und sie konnten ihn nicht mehr vergessen; vielleicht hatte er auch mit ihnen geschlafen. Eva mußte sie von ihm fernhalten, indem sie sagte, wenn es sehr dringend sei, könnten sie ihm eine Nachricht dalassen. Und Charlie flüchtete aus dem Haus und kletterte über den hinteren Gartenzaun, während sie den ganzen Tag am Vordereingang auf ihn warteten.

Nachdem ich Charlies Charme so lange beobachtet hatte, begann ich, seine Methode zu erkennen: Es war, wie wenn man Häuser ausraubt, indem man die Besitzer so weit bringt, daß sie einen einladen und auffordern, alle ihre Besitztümer an sich zu nehmen. Es war zweifellos Raub; es gab Dinge, die er haben wollte. Und er nahm sie sich. Er manipulierte Menschen, was nicht richtig war, doch ich bewunderte ihn schrecklich. Ich machte mir Notizen über seine Technik, denn sie funktionierte, besonders bei Mädchen.

Letzten Endes war dies alles nicht gerade ungefährlich. Nein; Charlie gehörte zur grausamsten und tödlichsten Sorte der Verführer. Er holte sich nicht nur Sex, sondern auch Liebe und Treue, Freundlichkeit und Ermunterung, bevor er dann weiterzog. Ich hätte diese meisterlichen Fähigkeiten nur zu gern selbst angewandt, aber mir fehlte ein ganz entscheidendes Ingredienz: Charlies starker Wille und sein ungeheuer ausgeprägter Wunsch, alles in seinen Besitz zu bringen, woran er gerade Gefallen fand. Unterschätzen durfte man ihn nicht, er war äußerst ehrgeizig. Und weil er so nicht weiterkam, fühlte er sich frustriert. Er sah, daß ihm nicht mehr viel Zeit blieb, und letztlich spielte er doch nur in einer miserablen Rockband, die sich Mustn't Grumble nannte und wie Hawkwind klang.

Seinen eigenen Vater, diese geduldige und traurige Gestalt, hatte Charlie kaum gesehen, als er noch bei seiner Mutter lebte. Wenn Charlie jetzt jedoch in Evas Haus wohnte, war er stundenlang mit meinem Vater zusammen, mit dem er über alles redete. Gemeinsam machten sie sich auf die Suche nach seinem Talent. Dad zeichnete ihm Karten für das Unbewußte, schlug ihm Wege und Geschwindigkeiten vor, die Kleider für die Reise, und er sagte ihm, wie er am Steuer sitzen solle, wenn er sich dem bedrohlichen Inne-

ren näherte. Und Tag für Tag, unter dem Vollmond hoher Erwartungen, bemühte sich Charlie, seiner Seele einen Splitter des Schönen abzugewinnen – in meinen Augen (und zu meiner Erleichterung) vergebens. Die Songs waren immer noch beschissen.
Ich brauchte einige Zeit, um dies zu begreifen, denn Charlie bedeutete mir immer noch so viel, daß ich nicht mit kühlem Kopf über ihn nachdenken konnte. Aber als ich seine Schwäche erkannt hatte – seine Sehnsucht, einem Verein namens Genius beizutreten –, wußte ich, daß ich ihn in der Hand hatte. Wenn ich wollte, konnte ich mich jetzt an ihm rächen, was zwar armselig war, aber auch bezeichnend für mein eigenes, zielloses Leben.
Manchmal erzählte ich Eva, daß ich gern Fotograf oder Schauspieler wäre, vielleicht auch Journalist, am liebsten Auslandskorrespondent in Kriegsgebieten, Kambodscha zum Beispiel oder Belfast. Ich wußte, daß ich Vorgesetzte ebenso haßte wie das Gefühl, herumkommandiert zu werden. Ich arbeitete gern mit Ted und Eva zusammen, und sie ließen mich mehr oder weniger kommen und gehen, wie es mir paßte. Aber mein Traum war es, von Mustn't Grumble als Rhythmusgitarrist aufgenommen zu werden. Immerhin konnte ich sogar ein bißchen spielen. Als ich Charlie einen entsprechenden Vorschlag machte, erstickte er fast vor Lachen. »Aber es gibt da einen Job, der ist genau das Richtige für dich.«
»Ja? Was für einer?«
»Fang am Samstag an«, sagte er.
Und er besorgte mir einen Job als Aushilfs-Roadie bei Mustn't Grumble. Ich hatte immer noch nichts erreicht, aber ich war in einer guten Position, um an Charlie heranzukommen, wenn die Zeit dafür reif war.
Und eines Abends war sie reif. Es war nach seinem Auftritt in einem Kunst-College, als ich die Instrumente zurück zum Lkw schleppte. Ich hatte gehört, wie Dad und Eva in der Bar

den Abend analysierten, als hätten sie Miles Davis' Abschiedskonzert gehört. Charlie schlenderte an mir vorbei, seinen Arm um ein Mädchen geschlungen, dem die Titten heraushingen, und um sie zum Lachen zu bringen, sagte er: »Mach Dampf, Karim, mein Süßer. Bring mir mein Acid in den Umkleideraum und komm mir ja nicht zu spät.«

»Warum die Eile?« fragte ich. »Du kommst nirgendwo zu spät – weder als Mitglied deiner Band noch als Mensch.«

Er sah mich unsicher an, strich sich wie immer über sein Haar und war sich nicht ganz im klaren, ob ich vielleicht nur Spaß machte. »Was soll das heißen?«

Da hatte ich ihn also. Er war mir direkt vor die Flinte gelaufen.

»Was das heißen soll?«

»Ja«, sagte er.

»Um etwas zu erreichen, muß man talentiert sein, Charlie. Man muß es hier oben haben.« Ich tippte mir gegen die Stirn. »Und allem Anschein nach hat so ein Hintertürensteher wie du hier oben nicht genug. Du bist ein Blender, einer, bei dem man zweimal hinsieht, zugegeben. Aber deine Leistung haut mich nicht gerade um, und mich muß etwas umhauen. Du kennst mich. Ich muß wahnsinnig beeindruckt sein. Und ich bin nicht wahnsinnig beeindruckt. Überhaupt nicht.«

Er sah mich nachdenklich an. Das Mädchen zerrte an seinem Arm. Schließlich sagte er: »Ich weiß nicht. Aber ich lös die Band sowieso auf. Was du gesagt hast, hat sich erledigt.«

Charlie drehte sich um und ging. Am nächsten Tag war er verschwunden. Es gab keine Auftritte mehr. Dad und ich packten seine Sachen zu Ende.

Im Bett, ehe ich einschlief, stellte ich mir London vor und malte mir aus, was ich tun würde, wenn die Stadt mir gehörte. London hatte für mich einen besonderen Klang. Es war der Klang von Bongos, auf denen man im Hyde Park spielte; außerdem war da noch das Keyboard aus *»Light my*

Fire« von den Doors. Dann waren da Kids in Samtmänteln, die ein freies Leben lebten; überall sah man Tausende von Schwarzen, und ich würde kaum noch auffallen; da gab es Buchläden mit Regalen voller Zeitschriften, die ohne Großbuchstaben und ohne Punkte, dieses bourgeoise Ärgernis, gedruckt waren; da gab es Läden, die jede Platte verkauften, nach der man verlangte; da gab es Partys, auf denen einen Mädchen und Jungen, die man nicht kannte, mit nach oben schleppten und vögelten; da gab es jede Droge, die man nur schlucken konnte. Wie man sieht, verlangte ich nicht viel vom Leben; das war das ganze Ausmaß meiner Wünsche. Aber meine Ziele waren wenigstens klar, und ich wußte, was ich wollte. Ich war zwanzig Jahre alt. Ich war zu allem bereit.

TEIL 2

In der City

Kapitel neun

Eigentlich bestand die Wohnung in West Kensington nur aus drei großen, einstmals vornehmen Zimmern mit so hohen Decken, daß ich erstaunt und mit offenem Mund die Dimensionen der Wohnung beglotzte, als stünde ich in einer verfallenen Kathedrale. Die Decke in diesen Zimmern war aber auch das Interessanteste an der ganzen Wohnung. In der Toilette am Ende des Flurs war das Fenster zerbrochen, und der Wind pfiff einem direkt am Arsch vorbei. Die Wohnung hatte einer Polin gehört, die hier ihre Kindheit verlebt und die Zimmer in den letzten fünfzehn Jahren an Studenten vermietet hatte. Als sie starb, kaufte Eva die Wohnung inklusive Möbel. Die Zimmerwände waren mit einer uralten, verkrusteten Schimmelschicht überzogen, und in jedem Raum gab es einen Klingelzug mit eisernem Griff, mit dem man früher die Diener aus dem Basement gerufen hatte, wo jetzt der Tournee-Manager von Thin Lizzy wohnte; ein Mann, erzählte mir Eva, der das Pech hatte, daß ihm Haare auf den Schultern wuchsen. An den tristen Wänden, von denen die Farbe abgeblättert war, hingen dunkle, zersprungene Spiegel und große, rußgeschwärzte Bilder, die, wenn wir nicht zu Hause waren, eines nach dem anderen verschwanden; sonst gab es keine Anzeichen dafür, daß bei uns eingebrochen worden war. Erstaunlicherweise schien Eva sich nicht sonderlich über das Verschwinden der Bilder aufzuregen. »Hey, Eva, ich glaube, es fehlt schon wieder ein Bild«, sagte ich.

»Ach ja? Dann haben wir wenigstens Platz für andere Sachen«, antwortete sie. Schließlich gestand sie uns, daß Charlie die Bilder klaute, um sie zu verkaufen, aber wir sollten ihn nicht daraufhin ansprechen. »Zumindest zeigt er einen gewissen Einfallsreichtum«, sagte sie.

Trennwände in den drei großen Räumen unterteilten die Wohnung in kleinere Zimmer. Gebadet wurde in der Küche. Es sah aus wie in einer Studentenbude: eine elende und dreckige Absteige mit Linoleumboden und getrockneten weißen Blumen auf dem Kaminsims. Die großen, leeren Flächen der Zimmer wurden durch ramponierte, braune Möbelstücke aufgelockert. Es gab nicht einmal ein Bett für mich; ich schlief auf dem Sofa im vorderen Zimmer. Charlie, der auch nicht wußte, wo er bleiben sollte, schlief manchmal neben mir auf dem Boden.

Angewidert sah Dad sich in der Wohnung um. Eva hatte sie ihm vorher nicht gezeigt; sie unterschrieb einfach sofort den Vertrag, als wir das Haus in Beckenham verkauft hatten und ausziehen mußten. »Gott im Himmel«, stöhnte Dad, »warum müssen wir nur in so einem Drecksloch leben?« Aus lauter Angst, eine Spinne könne aus einem der Sessel herauskrabbeln, wollte er sich nicht einmal hinsetzen. Eva mußte mehrere Plastiktüten über einen Stuhl ausbreiten, bis er für Dads Hintern hygienisch genug war. Eva dagegen strahlte vor Glück. »Ich kann hier wirklich einiges draus machen«, sagte sie mehrmals und ging mit großen Schritten durch die Wohnung, während Dad immer blasser wurde. Dann umarmte sie ihn mitten im Zimmer, bedeckte sein Gesicht mit Küssen. Er sollte wohl den Mut und den Glauben an sie nicht verlieren und sich nicht danach sehnen, wieder bei Mum zu sein. »Was meinst du?« fragte Dad und wandte sich an mich, seiner Sorge Nummer Zwei. »Mir gefällt's hier«, sagte ich, und das beruhigte ihn. »Aber wird es für ihn auch das Richtige sein?« fragte er. Eva bejahte. »Ich paß schon auf ihn auf«, sagte sie und lächelte.

Das Leben in der City machte die Fenster in meinem Kopf weit auf. Wenn ich an die Möglichkeiten dachte, die sich mir an einem so bunten, schnellen und quirligen Ort eröffneten, wurde mir ganz schwindelig: und dieses Gefühl half mir nicht gerade, mit diesen Möglichkeiten irgendwie zurechtzukommen. Mir war immer noch völlig unklar, was ich eigentlich wollte. Ohne Ziel fühlte ich mich in der Menge verloren; und ich begriff erst allmählich, wie die Stadt funktionierte.

West Kensington bestand praktisch nur aus Reihen fünfstökkiger Häuser mit abbröckelnden Stuckfassaden; die Wohnungen wurden meist zimmerweise an ausländische Studenten, Durchreisende und ärmere Leute vermietet, manche von ihnen wohnten schon jahrelang hier. Die District Line der U-Bahn verlief parallel zur Baron's Court Road und tauchte ungefähr in der Straßenmitte in die Erde ein; die Züge donnerten nach Charing Cross und dann hinaus nach East End, dem Viertel, in dem Onkel Ted aufgewachsen war. Anders als in den Vorstädten, in denen niemand Nennenswertes – außer H. G. Wells – je gelebt hat, kreuzte man hier ständig die Spuren der VIPs. Gandhi höchstpersönlich hatte einmal in einem Zimmer in West Kensington gewohnt, und in der nächsten Straße hatte sich der berüchtigte Vermieter Rachman eine Wohnung für die junge Mandy Rice-Davies gehalten; Christine Keeler hatte hier ihren Tee getrunken. IRA-Bombenleger lebten in winzigen Zimmerchen, trafen sich in Kneipen in Hammersmith und sangen zur Sperrstunde »Waffen für die IRA«. Und in der Nähe der U-Bahn-Station hatte früher Mesrine gewohnt.

Endlich war ich also in London, und nichts machte mir mehr Spaß, als den ganzen Tag in meinem neuen Revier herumzuschlendern. London kam mir vor wie ein Haus mit fünftausend verschiedenen Zimmern; der ganze Reiz lag darin, zu entdecken, wie die Zimmer untereinander verbunden waren, und sie allmählich alle zu durchlaufen.

Richtung Hammersmith lag der Fluß und an ihm die Kneipen mit ihren polternden Mittelklassesäufern; abgeschiedene Gärten säumten den Fluß entlang der Lower Mall und den schattigen Spazierweg über den Treidelpfad nach Barnes. In diesem Teil von Westlondon kam ich mir vor wie auf dem Land, bloß daß hier keine Kühe oder Bauern störten.

Ganz in der Nähe lag das noble Kensington, wo die reichen Damen einkaufen gingen, und nach einem kurzen Spaziergang befand man sich in Earls Court, dem Viertel der babygesichtigen Huren und Strichjungen, die sich in den Kneipen gegenseitig die Freier wegnahmen; hier traf man Transvestiten, verstörte Einzelgänger, Drogensüchtige und Trickdiebe. Da gab es kleine Hotels, die nach Sperma und Desinfektionsmittel rochen, australische Reisebüros, zwerggroße Bengalis in Läden, die die ganze Nacht über geöffnet hatten, Leder-Bars mit fetten Tunten, die einen Oberlippenbart trugen und vor den Türen geheime Signale austauschten, und man begegnete streunenden Fremden mit durchdringendem Blick und ohne Geld. In Kensington wurdest du nicht beachtet, aber in Earls Court starrte dich jeder an und fragte sich, was er aus dir herausholen konnte.

West Kensington lag zwischen den Extremen: Hier legte man auf dem Weg nach oben eine kurze Pause ein, oder man blieb da, weil es einfach nicht mehr weiterging. Es war eine ruhigere Gegend mit wenigen, uninteressanten Läden; da gab es Restaurants, die mit optimistischen Einladungen und großem Trara eröffnet wurden, doch einige Wochen später sah man dann vor der Tür des Lokals den Besitzer stehen, der sich verzweifelt fragte, was er nur falsch gemacht hatte, und dem man ansah, daß er davon überzeugt war, zu seinen Lebzeiten würde sich dieser Bezirk nicht wieder erholen. Aber Eva ignorierte solche Augen; sie war der Meinung, daß sie aus diesem Kaff etwas machen konnte. »Diese Gegend hat es in sich«, prophezeite sie, während wir uns um die einzige Wärmequelle der Wohnung drängten, einen Paraffin-Ofen, über dessen Herdplatte sie Dads Unterhosen zum Trocknen drapiert hatte.

Eine Ecke weiter war das Nashville, eine wahnsinnig berühmte Kneipe, ein Schuppen für Krawalle und Joints. Eichenbalken und gebogene Glasfenster in der Form einer Wurlitzer-Jukebox prangten an der Fassade, und Nacht für Nacht fetzte brandheiße Musik durch die Straßen von West Kensington.

Eva hatte gewußt, daß die Gegend, in der die Wohnung lag, wie ein Magnet auf Charlie wirken würde, und als er eines Abends zum Essen und Schlafen auftauchte, sagte ich zu ihm: »Komm, laß uns ins Nashville gehen.«

Charlie warf mir einen argwöhnischen Blick zu und nickte. Er schien ziemlich scharf darauf zu sein, die neuesten Bands kennenzulernen und zu sehen, was sich in der Musikszene so tat, aber seine Antwort kam zögernd. Später schien er seine Meinung geändert zu haben, denn er meinte: »Willst du nicht lieber irgendwoanders hin, wo es ruhiger ist? Wo wir reden können?« Seit Monaten war Charlie allen Konzerten und Auftritten aus dem Weg gegangen. Er hatte Angst, er könnte die Londoner Bands zu gut finden, so als fürchte er sich, auf eine derart talentierte und vielversprechende Gruppe zu stoßen, daß seine zerbrechlichen Hoffnungen und Ziele in einer schrecklichen Sekunde der Einsicht und Selbsterkenntnis explodieren und sich in nichts auflösen könnten. Ich selbst ging jeden Abend ins Nashville und war überzeugt, daß der Ruhm, den Charlie in Südlondon genoß, aller Ruhm war, den er je genießen würde. In London sahen die Kids einfach irre aus; sie zogen sich an wie kleine Götter und gingen und redeten auch so. Für die hätten wir auch direkt aus Bombay kommen können. So weit würden wir es nie bringen.

Wie vorauszusehen war, mußte ich für Charlie bezahlen. Und ich tat es, ohne zu zögern, obwohl ich nur wenig Geld hatte, denn schließlich war ich immer noch gern mit Charlie zusammen. Meine Geldknappheit kam nicht von ungefähr. Da die Wohnungspreise in London stiegen, hatte sich Eva einen pfiffigen Plan ausgedacht: Sie wollte die Wohnung renovieren, sie dann mit Gewinn weiterverkaufen, wie damals das Haus, und erneut umziehen. Aber noch meditierte sie stundenlang und wartete darauf, daß die innere Stimme der Wohnung ihr die beste Farbkombination für die jeweiligen Zimmer einflüsterte. Sobald sie die Botschaft empfing, würden Ted und ich die Anweisungen ausführen, und Eva würde uns bezahlen. Bis dahin war ich jedoch pleite, und Ted blieb daheim, hing mit Mum gemeinsamen Kriegserinnerungen nach und versuchte, Jean vom Trinken abzuhalten.

Charlie war sofort blau. Wir saßen in der kleinen Seitenbar vom Nashville. Ich merkte, daß er allmählich anfing zu stinken. Er wechselte nicht besonders oft die Kleider, und wenn er sich umzog, dann nahm er, was ihm in die Hände fiel – Evas Pullover, Dads Jacken und vor allem meine Hemden, die er sich auslieh und die ich nie wiedersah. Meistens lud er sich selbst auf irgendeine Fete ein, entdeckte im Kleiderschrank ein besseres Hemd, zog es an und ließ meins dafür liegen. Seit einiger Zeit schloß ich meine Hemden jede Nacht in ein Schubfach in der Kommode ein, aber vor einigen Tagen hatte ich den Schlüssel verloren, und so lagen meine ganzen Ben Shermans jetzt unter Verschluß.

Ich hatte gehofft, Charlie erzählen zu können, wie deprimiert und einsam ich mich fühlte, seit wir in die City gezogen waren. Aber noch ehe ich meinen ersten Seufzer ausstoßen konnte, kam Charlie mir schon zuvor. »Ich glaube, ich bring mich um«, verkündete er so großspurig, als wäre er schwanger. Er sagte, er wisse nicht mehr ein noch aus vor Verzweiflung und kümmere sich keinen Deut mehr darum, was mit ihm oder dem Rest der Welt geschehe.

Ein berühmter Fußballstar mit einer berühmten Dauerwelle saß neben Charlie und hörte zu. Bald begann Charlie der Dauerwelle leid zu tun, wie es Leuten mit Charlie oft so geht, und Charlie fragte ihn nach der drückenden Last des Ruhms, als wäre es etwas, was auch ihm Tag für Tag zu schaffen machte. »Was tun Sie zum Beispiel«, fragte Charlie, »wenn die Reporter Sie nicht in Ruhe lassen wollen? Wenn sie Ihnen jeden Morgen die Tür einrennen?«

»Was soll's? Letzten Endes ist es die Sache schon wert«, antwortete Dauerwelle. »Manchmal lauf ich auf den Platz und hab 'nen Steifen, so aufgeregt bin ich.«

Er lud Charlie – mich nicht – auf einige Drinks ein. Ich wünschte mir, Dauerwelle würde verschwinden, und ich könnte mit Charlie reden, aber Charlie rührte sich nicht vom Fleck. Wenigstens hatte ich mir vorher einige Speeds eingeworfen, und wenn ich diese kleinen blauen Dinger intus hatte, konnte ich alles ertragen, aber ich fühlte mich trotzdem enttäuscht. Erst als irgend jemand ankündigte, daß die Band im Saal nebenan weiterspielen wolle, wendete sich mein Glück. Ich sah, wie Charlie plötzlich zusammenklappte, dem Fußballer auf die Hose kotzte und dann hintenüber vom Barhocker fiel. Dauerwelle tobte. Immerhin schwamm ihm ein dampfender Teich aus Charlies chinesischem Abendessen im Schoß, und kurz vorher hatte er uns noch erzählt, daß er heute nacht eine Frau mit ins Tramp nehmen wolle. Jedenfalls sprang er auf und trat Charlie einige Male mit den berühmten Füßen gegen den Kopf, bis ihn die Rausschmeißer wegzogen. Ich manövrierte Charlie bis an die Hauptbar und lehnte ihn gegen die Wand. Er war nur halb bei Bewußtsein und flennte unaufhörlich. Er wußte, wie weit es mit ihm gekommen war.

»Mach dir nichts draus«, sagte ich ihm. »Komm heute abend einfach niemandem zu nahe.«

»Ich fühl mich schon besser, kapiert?«

»Gut.«

»Jedenfalls im Moment.«

»Ist schon okay.«

Langsam ließ die Anspannung nach, und ich sah mich in dem dunklen Saal um. Gegenüber, auf der anderen Seite, war eine kleine Bühne mit Schlagzeug und Mikroständer. Vielleicht lag's ja wirklich daran, daß ich aus der tiefsten Provinz kam, aber langsam wurde mir klar, daß um mich herum das verrückteste Publikum war, das ich in diesem Schuppen je gesehen hatte. Im Hintergrund hingen die üblichen Langhaarigen und ausgeflippten Typen herum, mit ihren Samthosen und dreckigen Jeans, den Patchwork-Stiefeln und Schaffellmänteln, und diskutierten über Bus-Tickets nach Fez, über Jobs und Barclay James Harvest. Das war die übliche Kundschaft – die angetörnten Bewohner der Kellerwohnungen und besetzten Häuser.

Doch vor der Bühne saßen ungefähr dreißig Kids in schwarzen, zerfetzten Klamotten, vollgespickt mit Sicherheitsnadeln. Sie trugen die Haare schwarzgefärbt und kurzgeschnitten, verdammt kurzgeschnitten, oder lang und stachlig, so daß sie ihnen wie eine Handvoll Nägel nach allen Seiten vom Kopf abstanden. Ein Hurrikan hätte diesen Frisuren nichts anhaben können. Die Mädchen trugen Plastik und Leder, hautenge Röcke, Strumpfhosen mit Löchern, weißes Make-up und dazu knallroten Lippenstift. Sie fletschten die Zähne und fauchten die Typen an, die ihnen zu nahe kamen. Drei Gestalten, die aussahen wie überspannte südamerikanische Transvestiten, die Gesichter voller Rouge und Lippenstift, gehörten offenbar auch zu diesen Kids; die eine von ihnen trug an einer Schnur ein gebrauchtes Tampon um den Hals. Charlie wurde unruhig. Wehleidig preßte er sich die Arme gegen den Körper, während wir diese Außerirdischen anstarrten, die sich mit einer derart wilden Hingabe und Eigenwilligkeit anzogen, wie wir es nie für möglich gehalten hätten. Langsam wurde mir klar, was sich hinter dem Wort London verbarg, und mit welch ungeheurem Aufschrei der Wut wir es hier zu tun hatten. Jedenfalls wurden wir ganz schön in unsere Schranken verwiesen.

»Was soll'n der Scheiß?« sagte Charlie. Er schnaubte verächtlich, klang aber auch etwas atemlos; in seiner Stimme schwang ein ehrfürchtiger Ton mit.

»Bleib cool, Charlie«, antwortete ich und stierte weiter ins Publikum.

»Cool bleiben? Ich bin völlig fertig. Schließlich hat mir gerade erst ein Fußballer in die Eier getreten.«

»Immerhin war's ein berühmter Fußballer.«

»Und sieh dir die Bühne an«, meinte Charlie. »Was für'n Mist ist das denn? Warum hast du mich überhaupt hierhergeschleppt?«

»Willst du lieber gehen?«

»Yeah. Die machen mich krank.«

»Okay«, sagte ich. »Stütz dich auf meine Schulter, und ich bring dich raus. Gefällt mir auch nicht besonders hier. Ist mir zu abgefahren.«

»Viel zu abgefahren.«

»Ist einfach zuviel.«

»Yeah.«

Aber bevor wir uns rühren konnten, schlurfte die Band auf die Bühne, junge Kids, ähnlich gestylt wie ihr Publikum. Schlagartig begannen die Fans zu toben. Sie sprangen in die Luft, warfen sich der Länge nach auf den Boden, schrien und spuckten die Band an, bis dem Leadsänger, einem dürren, kleinen Kerl mit karottengelben Haaren, der Speichel nur so heruntertroff. Er schien damit gerechnet zu haben und schimpfte seinerseits auf das Publikum ein, spuckte es an, rutschte einmal sogar aus, landete auf dem Arsch, soff einen Pint und latschte dann wieder über die Bühne, als wäre er in seinem Wohnzimmer. Er wollte kein Star sein; er würde er selbst sein, egal, wie abgeschmackt und banal er dabei wirken mochte. Der kleine Typ wollte ein Anti-Star sein, und ich konnte meinen Blick nicht von ihm abwenden. Für Charlie mußte es noch schlimmer sein.

»So ein Idiot«, sagte Charlie.
»Yeah.«
»Und ich wette, er kann nicht einmal spielen. Sieh dir diese Instrumente an. Wo haben sie die her? Vom Trödel vielleicht?«
»Genau«, sagte ich.
»Völlig unprofessionell.«
Die Chaosgruppe fing an, und die Musik war ätzend. Sie klang aggressiver als alles, was ich seit den frühen Who gehört hatte. Nichts da mit *love and peace;* keine Schlagzeugsolos oder weiche Synthesizerklänge. Keine Spur von »Progressivem« oder »Experimentellem« bei diesen bleichen, bösartigen Ghettokids mit Igelschnitt. Sie jaulten uns ihre Texte über Haß und Anarchie ins Ohr. Kein Song dauerte länger als drei Minuten, und in jeder Pause verfluchte uns der Karottentyp und wünschte uns die Pest an den Hals. Er schien Charlie und mich direkt anzuschreien. Ich spürte, wie Charlie sich neben mir verkrampfte. Als ich hörte, wie der Sänger uns anbrüllte, wußte ich, daß London uns umbringen würde: »Verpißt euch, ihr stinkigen alten Hippies! Ihr Scheißer! Ihr dreckigen Furz-Ärsche! Zur Hölle mit euch!«
Bis zum Ende des Auftritts konnte ich Charlie nicht mehr in die Augen sehen. Als die Lichter angingen, stand er aufrecht und angespannt neben mir, Spuren getrockneter Kotze im Gesicht.
»Laß uns gehen«, sagte ich.
Wir waren wie betäubt; vor lauter Angst, wieder in unser banales Ich zurückverwandelt zu werden, sagten wir lieber kein Wort. Die wilden Kids strömten nach draußen. Charlie und ich drängten uns durch die Menge. Dann blieben wir stehen.
»Was ist los, Charlie?«
»Ich muß hinter die Bühne und mit diesen Typen reden.«
Ich schnaubte verächtlich. »Warum sollten die mit dir reden wollen?«

Ich dachte, gleich knallt er mir eine; aber er nahm es erstaunlich gut auf.

»Yeah, es gibt keinen Grund, warum sie mich mögen sollten«, sagte er. »Wenn ich mich selbst in die Garderobe kommen sehen würde, würde ich mich auch rauswerfen.«

Wir liefen durch West Kensington, aßen Cervelatwurst und in Salz getunkte Pommes mit Essig. Vor dem Burger sammelte sich eine Menschenmenge; einige Typen holten sich Zigaretten aus dem indischen Laden an der Ecke und warteten dann an der Bushaltestelle. In den Kneipen stellten die Kellner die Stühle auf die Tische und riefen: »Beeilung bitte, vielen Dank, auf Wiedersehen.« Vor den Kneipen stritt man sich darüber, wo man noch hingehen konnte. Mich schüchterte die Stadt nachts ein: die Alkis, Penner, Schnorrer und Dealer gröhlten herum und warteten nur auf eine Schlägerei. Die Polizei kreuzte durch die Straßen, und manchmal griff sich der Arm des Gesetzes aus dem Wagen heraus eines der Kids, zog es an den Haaren und knallte seinen Schädel gegen die nächste Wand. Die abgewrackten Kids pißten in Hauseingänge.

Charlie war aufgeregt. »Das ist es, genau das«, sagte er, als wir langsam durch die Straßen schlenderten. »Verdammte Scheiße, das ist es.« Seine Stimme überschlug sich vor Begeisterung. »Ab heute nacht kannst du die sechziger Jahre vergessen. Diese Kids haben einen tödlichen Anschlag auf die Hoffnung verübt. Die Hoffnung ist hin, und diese Kids sind unsere gottverdammte Zukunft.«

»Yeah, kann schon sein, aber mit denen können wir nicht mithalten«, sagte ich gelassen.

»Warum nicht?«

»Ist ja wohl klar, daß wir keine Plastikklamotten und Sicherheitsnadeln tragen können. Wie würde das aussehen, Charlie, ich bitte dich.«

»Warum denn nicht, Karim? Mann, warum denn nicht?«

»Ist einfach nicht unser Ding.«

»Aber wir müssen uns ändern. Was sagst du? Wir können nicht mithalten? Meinst du, daß wir Vorstadtjungs immer wissen sollten, wo wir hingehören?«
»Es wäre aufgesetzt«, sagte ich. »Wir sind nicht so wie die. Wir hassen nicht so wie sie. Wir haben keinen Grund dazu. Wir kommen nicht aus dem Ghetto. Wir haben nicht durchgemacht, was die durchgemacht haben.«
Er drehte sich um und warf mir einen seiner gehässigsten Blicke zu.
»Du wirst es nie zu etwas bringen, Karim. Du machst nichts aus deinem Leben, weil du immer in die falsche Richtung glotzt und wie immer den falschen Weg einschlägst. Aber versuch ja nicht, mich mit runterzuziehen. Ich brauch deine Mutlosigkeit nicht! Glaub bloß nicht, daß ich so enden will wie du!«
»So wie ich?« Ich konnte kaum reden. »Was paßt dir eigentlich nicht an mir?« stieß ich hervor.
Aber Charlie beachtete mich nicht mehr, er sah zur anderen Straßenseite hinüber. Vier Kids aus dem Nashville, zwei Mädchen und zwei Typen, quetschten sich in einen Wagen. Sie machten die Passanten an, johlten und ballerten mit Spritzpistolen in der Gegend herum. Im nächsten Moment sah ich, wie Charlie zwischen den fahrenden Autos hindurch auf sie zu sprintete. Er verschwand hinter einem Bus, und ich dachte schon, er wäre überfahren worden. Als er wieder auftauchte, riß er sich sein Hemd – es war eigentlich meins – vom Leib. Zuerst dachte ich, er wolle damit der Menge zuwinken, aber dann knüllte er es zusammen und schleuderte es gegen einen Polizeiwagen. Sekunden später sprang er zu den Kids in den Wagen und fiel mit dem nackten Oberkörper bei jemandem auf den Schoß. Noch bevor er die Tür zuknallen konnte, fuhr der Wagen los und bog in die North End Road. Charlie war unterwegs zu neuen Abenteuern. Ich ging nach Hause.

Einige Tage später verkündete Eva: »Karim, laß uns wieder zusammen arbeiten. Es wird Zeit. Ruf Onkel Ted an.«

»Großartig«, sagte ich. »Endlich.«

Aber es gab da noch etwas, was sie vorher erledigen wollte. Sie müsse eine Einweihungsparty geben, sagte sie. Sie habe eine Partytheorie, die sie ausprobieren wolle. Man würde Leute einladen, von denen man wußte, daß sie sich nicht ausstehen konnten, und freute sich dann, wenn sie hervorragend miteinander zurechtkamen. Aus irgendeinem Grund glaubte ich ihr nicht; ich war sogar überzeugt davon, daß sie die Unwahrheit sagte. Was sie auch sonst noch vorhatte – und sie hatte etwas vor –, jedenfalls kreuzte sie ständig irgendwelche Namen an und strich sie wieder durch und ließ die Gästeliste, ein dickes, cremefarbenes Stück Papier, nicht aus den Augen. Sie tat ungewöhnlich geheimnisvoll, führte verwickelte Gespräche mit Weiß-der-Himmel-wem am Telephon und wollte Dad oder mich auf keinen Fall in ihre Pläne einweihen.

Ich wußte nur, daß Shadwell bei all dem eine Rolle spielte. Eva machte sich seine Kontakte zunutze. Eva und er waren Komplizen. Eva flirtete mit ihm und spannte ihn für sich ein. Sie sagte ihm, was er tun sollte, und bat ihn um Gefälligkeiten. Ich war beunruhigt, aber Dad schien sich keine Gedanken zu machen. Er gab sich Shadwell gegenüber väterlich und fühlte sich kein bißchen von ihm bedroht. Er hielt es für selbstverständlich, daß man sich in Eva verliebte. Doch der Abend ging Dad durchaus etwas an. Zum Beispiel wollte er seine Meditationsgruppe zur Party einladen, doch Eva bestand darauf, daß höchstens zwei aus der Gruppe kommen könnten. Sie wollte bei ihrer neuen, mondänen Clique nicht den Eindruck erwecken, daß sie sich mit einer Bande von Korbflechtern aus Bromley abgeben würde. Also kamen nur Chogyam-Jones und Fruitbat. Sie trafen eine Stunde zu früh ein, als Eva noch in der Badewanne in der Küche stand und sich die Beine rasierte. Eva duldete die beiden, weil sie für Dads Philosophie und somit für ihr Mittagessen bezahlten, aber während sich Eva für den spektakulären Abend die gelbe Seidenbluse anzog und die beiden Meditierenden ins Schlafzimmer gingen, um zu singen, hörte ich, wie Eva zu Dad sagte: »Die Zukunft sollte nicht allzuviel von der Vergangenheit enthalten.« Später, gerade als die Party in Schwung kam und Eva sich mit Dad über den Ursprung des Wortes »Bohemien« stritt, zog Fruitbat einen Notizblock aus der Tasche und fragte, ob sie sich einige Bemerkungen von Dad aufschreiben könne. Der Buddha aus der Vorstadt gewährte ihr diese Bitte mit hoheitlichem Kopfnicken, während Eva ein Gesicht zog, als würde sie am liebsten die Schere nehmen und Fruitbat die Augenlider abschneiden.

Erst ungefähr vierzig Minuten nach Beginn dieser lange vorbereiteten Party merkten Dad und ich, daß wir so gut wie niemanden kannten. Shadwell dagegen schien alle zu kennen. Er stand an der Tür, begrüßte die Eintreffenden, zeigte sein albernes Lächeln, kicherte und fragte, wie es denn Dem-und-dem gehen würde. Er gab sich auch betont tuntig, ohne es zu sein; es war einfach nur eine seiner Posen, eine Masche, seine Art sich zu präsentieren. Und wie immer strotzte er vor Gesundheit, er trug einen schwarzen Fummel zu schwarzen Stiefeln und schien von wilden Zuckungen befallen. Sein Gesicht war weiß, seine Haut skrofulös und seine Zähne verfault.

Seit ich in der neuen Wohnung lebte, kam Shadwell wenigstens einmal pro Woche, um Eva zu besuchen, tagsüber, wenn Dad in seinem Büro war. Eva und er unternahmen lange Spaziergänge oder gingen ins Kino im ICA, um sich Scorsese-Filme oder eine Ausstellung über dreckige Windeln anzusehen. Eva kümmerte sich nicht darum, ob ich und Shadwell uns näher kennenlernten; im Gegenteil, ich spürte deutlich, daß es ihr nicht paßte, wenn wir uns unterhielten. Sooft ich Shadwell und Eva zusammen sah, wirkten beide auf mich ziemlich angespannt, als hätten sie sich gerade gestritten oder teilten eine Menge Geheimnisse miteinander.

Während sich das Partyvolk in glitzernder Garderobe die Ehre gab, begriff ich allmählich, daß dieser Abend für Eva kein Fest, sondern ihr Einstand in der Londoner Gesellschaft war. Sie hatte jeden Theater- und Filmmenschen eingeladen, der ihr in den letzten Jahren über den Weg gelaufen war, und auch eine ganze Reihe von denen, die ihr noch nicht begegnet waren. Viele gehörten zu Shadwells Bekanntenkreis, Leute, die er nur ein- oder zweimal getroffen hatte. Jeder drittklassige Schauspieler, stellvertretende Filmproduzent, Wochenendschriftsteller, Halbtagsregisseur und all ihre Freunde, wenn sie denn welche hatten, kreuzten in unserer Wohnung auf. Während meine geliebte Zweitmutter mit strahlendem Lächeln durch die Zimmer glitt, um Derek, der gerade bei dem Stück *»Equus«* am Contact-Theater die Regie geführt hatte, Bryan vorzustellen, einem freiberuflichen Journalisten, der sich auf Filmbesprechungen spezialisiert hatte, oder während sie Karen, Sekretärin eines Literaturagenten, mit Robert, dem Designer, bekanntmachte; während sie über das neue Dylan-Album plauderte und erklärte, was gerade in den Riverside-Studios abliefe, wurde mir klar, daß sie sich ihr vorstädtisches Stigma richtiggehend aus dem Körper herausbrennen wollte. Sie verstand nicht, daß es ihr im Blut lag und nicht auf der Haut; sie begriff nicht, daß es kaum etwas Vorstädtischeres gab als den Versuch eines Suburbianers, sich selbst zu verleugnen.

Ich war erleichtert, als ich endlich jemand Bekanntes entdeckte. Vom Fenster aus sah ich Jamila aus einem Taxi steigen, an ihrer Seite eine japanische Frau und Changez. Ich war froh, das glückliche Puddinggesicht meines alten Freundes wiederzusehen, wie er da blinzelnd an der verfallenen Villa hochsah, in der unsere Wohnung lag. Als sich unsere Blicke trafen, merkte ich, wie sehr ich mich danach sehnte, ihn wieder einmal in meinen Armen halten und seine Fettpölsterchen drücken zu können. Allerdings hatte ich ihn nicht mehr gesehen, seit er auf seinem Feldbett gelegen und mich dabei beobachtet hatte, wie ich nackt neben seinem geliebten Weibe schlief, der Frau, die ich ihm gegenüber immer nur »Schwester« genannt hatte.

Natürlich hatte ich in der Zwischenzeit oft mit Jamila telefoniert. Changez – der ruhige, gleichmütige, unerschütterliche Changez – war damals nach dem Nackt-auf-dem-Bett-Vorfall wohl ziemlich durchgedreht. Er tobte und beschimpfte Jamila, warf ihr Ehebruch vor sowie Inzest, Verrat, Hurerei, Betrug, Lesbentum, Gattenhaß, Frigidität, Verlogenheit und Gefühllosigkeit, und was sonst noch so üblich ist.

Jamila ließ sich nichts von ihm bieten und klärte ihn wutentbrannt erst einmal darüber auf, wem ihr verdammter Körper schließlich gehöre. Und überhaupt ginge es ihn nichts an: Hätte er etwa nicht seinen regelmäßigen Fick? Er könne sich seine Scheinheiligkeit in den Arsch schieben! Changez, der im tiefsten Inneren ein konservativer Moslem war, erklärte ihr die diesbezüglichen Lehren des Koran, und als Worte sie nicht überzeugen wollten, versuchte er, ihr eine Tracht Prügel zu geben. Aber Jamila ließ sich nicht prügeln. Sie verpaßte Changez eine eindrucksvolle Rückhand auf die wabbelnden Hängebacken, die ihm das Maul für die nächsten vierzehn Tage verschloß. Während dieser zwei Wochen wuchtete er sich mit blau angelaufenem Kiefer und bitterer Leidensmiene auf sein Feldbett – diese Insel im Sturm – und sagte kein einziges Wort.

Jetzt schüttelte er mir die Hand und hielt sie fest. Ich muß zugeben, daß ich die leichte Befürchtung hegte, er würde mir ein Messer in den Wanst stoßen.

»Wie geht es dir, Changez?«

»Siehst gut aus, wirklich gut.«

»Wirklich?«
Ohne zu zögern, sagte er: »Laß uns nicht drumherum reden. Glaubst du, ich könnte dir je verzeihen, daß du meine Frau gevögelt hast? Ist das vielleicht nett, seinem Freund so etwas anzutun, eh?«
Ich war nicht unvorbereitet.
»Ich kenne Jammie schon mein Leben lang, *yaar*. Uralte Abmachung. Sie gehörte mir, soweit sie überhaupt jemandem gehörte, und sie hat nie jemandem gehört und wird nie jemandem gehören, kapiert? Sie gehört sich selbst.«
Sein trauriges Gesicht zitterte. Er blickte ernst und verletzt drein, schüttelte den Kopf und setzte sich hin.
»Du hast mich betrogen. Es war ein herber Schlag. Du hast mich hart getroffen, Karim, unter der Gürtellinie.«
»Wie kommt ihr beiden überhaupt miteinander aus?« wechselte ich das Thema. Ich setzte mich neben ihn, und wir machten jeder ein Heineken auf. Changez wirkte ernst und nachdenklich.
»Ich muß die Zeit der Anpassung einfach realistisch sehen. Schließlich bin ich Inder, und es ist nicht gerade leicht für mich, mit dem fertigzuwerden, was meine Frau so macht. Jamila verlangt von mir, daß ich einkaufe, und daß ich den Abwasch und das Putzen erledige. Außerdem hat sie sich mit Shinko angefreundet.«
»Shinko?«
Er zeigte auf die Japanerin, die mit ihm gekommen war. Ich sah sie an; irgendwo hatte ich sie schon einmal gesehen. Dann erst fiel mir wieder ein, wer Shinko war – seine Freundin, die Prostituierte, mit der er die Harold-Robbins-Stellungen ausprobierte. Ich war verblüfft. Mir fehlten die Worte, aber immerhin konnte ich vor mich hin kichern, denn da standen sie, Changez' Frau und seine Nutte, und unterhielten sich mit Fruitbat über moderne Tänze.
Ich war baff. »Ist Shinko denn Jamilas Freundin?«
»Seit kurzem, du Schlaumeier. Jamila beschloß, sie hätte zu

wenig Freundinnen, also ging sie hin und besuchte Shinko. Schließlich hast du ihr ja von Shinko erzählt, ohne jeden Grund natürlich. Meinen herzlichen Dank auch, ich hoffe, ich kann dir irgendwann den gleichen Gefallen erweisen. Jedenfalls war es anfangs verdammt peinlich, als die beiden Mädels direkt vor meiner Nase saßen, und das war erst der Anfang.«

»Und was hast du getan?«

»Nichts! Was hätte ich schon tun können? Sie freundeten sich an! Sie redeten über all die Themen, die normalerweise unter der Bettdecke verborgen bleiben. Penis hier, Vagina da, der Mann oben, die Frau unten, hier und da und überall. Ich muß die Demütigungen eben ertragen, mit denen man mich in diesem Land überhäuft! Außerdem ist alles noch schwieriger, seit Anwar-*saab* völlig verrückt geworden ist.«

»Wovon redest du, Changez? Davon weiß ich nichts.«

Er lehnte sich zurück, sah mich kühl an und zuckte selbstgefällig mit den Achseln. »Was weißt du auch schon?«

»He?«

»Du gehst ja nicht mehr hin, *yaar*, gehst ihnen aus dem Weg, so wie du mir neuerdings aus dem Weg gehst.«

»Ach so.«

»Es macht mich traurig«, sagte er.

Ich nickte. Er hatte recht, ich war schon lange nicht mehr bei Jeeta und Anwar gewesen. Der Umzug, meine Niedergeschlagenheit und all das hatte mich davon abgehalten, und dann war da noch mein neues Leben, das ich in London anfangen wollte, und die Stadt, die ich kennenlernen mußte.

»Laß deine Familie nicht im Stich, Karim.«

Noch ehe ich die Chance hatte, meine Familie im Stich zu lassen und herauszufinden, wie verrückt Anwar eigentlich geworden war, kam Eva zu mir.

»Entschuldige«, sagte sie zu Changez. »Steh auf«, sagte sie zu mir.

»Ich sitz ganz gut hier«, antwortete ich.

Sie zerrte mich in die Höhe. »Himmel, Karim, kannst du denn nie mal was für dich selber tun?« Ihre Augen glitzerten vor Aufregung. Während sie redete, sah sie sich unablässig im Zimmer um. »Karim, mein Liebling, der große Moment deines Lebens ist da. Hier ist jemand, der verrückt danach ist, dich wiederzutreffen, das heißt, dich endlich richtig kennenzulernen. Ein Mann, der dir helfen kann.«

Sie führte mich durch das Gedränge. »Übrigens«, flüsterte sie mir ins Ohr, »sei nicht arrogant oder selbstgefällig.«

Es ärgerte mich, daß sie mich von Changez fortzog. »Warum nicht?« fragte ich.

»Laß ihn reden«, sagte sie.

Sie hatte jemanden erwähnt, der mir helfen würde, aber ich sah nur Shadwell, auf den wir zusteuerten. »Oh, nein«, sagte ich und wollte mich abseilen. Aber sie zog mich weiter hinter sich her wie eine Mutter ihr unartiges Kind. »Komm schon«, sagte sie. »Das ist deine Chance. Red mit ihm über das Theater.«

Ich mußte Shadwell nicht besonders ermutigen. Man merkte rasch, daß er klug und sehr belesen war, aber auch ein ziemlicher Langweiler. Wie so viele bekannte Nervensägen hatte er seine Gedanken in Schubladen gepackt und mit einem Etikett versehen. Wenn ich ihn etwas fragte, dann sagte er etwa: »Die Antwort darauf lautet – um präziser zu sein: die möglichen Antworten lauten: A...« Und nach Punkt A kam Punkt B und dann C, und einerseits F und andererseits G, bis man das ganze Alphabet vor sich ausgebreitet sah, jeder Buchstabe eine Sahara, durch die man kriechen mußte. Er redete über das Theater und über Schriftsteller, die ihm gefielen: über Arden, Bond, Orton, Osborne, Wesker, und jeder von ihnen erstickte nach nur einer Minute in Shadwells Mund. Ich versuchte ständig, zu Changez' kummervollem Gesicht zurückzukehren, das sich verdrießlich in seine gesunde Hand schmiegte, während die Gäste um Changez herum die Luft mit ihren kultivierten Geräuschen füllten. Ich sah, wie Changez' Blick zärtlich über die Gestalt seiner Frau glitt und dann an den erstklassigen Hüften seiner Prostituierten kleben blieb, während die beiden sich zu Martha Reeves und den Vandellas vorarbeiteten. Dann raffte sich Changez plötzlich auf und tanzte mit ihnen. Wie ein Zirkuselefant hob er einen Fuß nach dem anderen schwerfällig vom Boden und spreizte seine Ellbogen, als hätte man ihn in einer Pantomimeschule darum gebeten, einen Flamingo nachzumachen. Ich wollte mit ihm tanzen und die Erneuerung unserer Freundschaft feiern. Langsam rückte ich von Shadwell ab, aber dann fing ich Evas Blick auf. Sie funkelte mich an.

»Ich seh schon, daß du mich loswerden willst«, sagte Shadwell, »um dich mit faszinierenderen Leuten zu unterhalten. Aber Eva hat mir gesagt, du interessierst dich für die Schauspielkunst?«

»Ja, seit langem, glaub ich.«

»Also ja oder nein? Soll ich mich nun für dich interessieren oder lieber nicht?«

»Doch, wenn Sie mich interessant finden.«

»Gut, ich bin interessiert. Ich möchte, daß du für mich arbeitest. Man hat mir für eine Saison ein Theater überlassen. Würdest du eine Rolle in einem Stück übernehmen wollen?«

»Ja«, sagte ich. »Ja, ja. Ja, ich will.«

Als die Gäste um drei Uhr morgens gegangen waren, wir zwischen den Resten saßen und Chogyam und Fruitbat Abfall in Plastiktüten sammelten, wollte ich mit Eva über Shadwell reden. Ich sagte ihr, daß er ein totaler Langweiler sei. Eva, diese Madame Verdurin von Westlondon, war sofort eingeschnappt; sie meinte, Dad und ich wüßten die Qualität ihrer Gäste nicht zu schätzen. »An wessen Verstand hast du dich denn heute abend gemessen, Karim? Ihr beide benehmt euch ja, als lebten wir immer noch in der hintersten Provinz. Und es ist ungezogen, Karim, sich darüber zu ärgern, daß Shadwell so langweilig ist. Er kann doch nichts dafür, es ist einfach ein Mißgeschick. Beinahe so, als wäre er mit einer Rüben-Nase geboren.«

»Bei der weht jetzt der Wind aus 'ner anderen Richtung«, sagte ich zu Dad, aber der hörte nicht hin. Er beobachtete Eva. Anscheinend war er in neckischer Laune, denn er tätschelte das Kissen neben sich und sagte: »Komm her, komm her, kleine Eva, ich will dir ein Geheimnis erzählen.« Sie trieben immer noch ihre nervtötenden Spiele, tupften sich zum Beispiel gegenseitig Sperma auf die Nase und nannten sich Merkin und Muffin. Was soll man davon halten? Chogyam wandte sich an Dad. »Was ist Ihre Ansicht? Was halten Sie von der Langeweile?«

Dad räusperte sich und sagte, langweilige Menschen seien absichtlich langweilig. Es sei eine Frage der Persönlichkeit, und man könnte ihnen die Verantwortung dafür nicht abnehmen, indem man behaupte, sie seien wie Rüben. Langweiler wollten ihre Zuhörer betäuben, damit die sie nicht durchschauten.

»Ist auch egal«, flüsterte Eva, setzte sich zu Dad, bettete seinen Kopf in ihren Schoß und sah mich an. »Jedenfalls hat Shadwell ein richtiges Theater, und aus irgendeinem Grund mag er dich. Vielleicht können wir ja einen Theaterjob für dich an Land ziehen. Das willst du doch, oder nicht?«

Ich wußte nicht, was ich sagen sollte. Hier bot sich eine Chance, aber ich hatte Angst davor, Angst, mich bloßzustellen und zu versagen. Im Gegensatz zu Charlie war mein Ehrgeiz nicht stärker als meine Zweifel.

»Entscheide dich«, sagte Eva. »Ich helf dir, mein Milchgesicht, egal bei was.«

Mit Eva als meiner Regisseurin – eine Arbeit, die ihr sehr viel Spaß machte – übte ich in den nächsten Wochen für mein Vorsprechen bei Shadwell einen Monolog aus dem Stück *»The Mad Dog Blues«* von Sam Shepard ein. Ich hatte in meinem ganzen Leben noch nie so hart gearbeitet, und als ich endlich angefangen hatte, merkte ich auch, daß mir noch nie etwas so wichtig gewesen war. Der Monolog begann so: »Ich saß in einem Greyhound von Carlsbad nach Loving, New Mexico. Wollte meinen Dad wiedersehen. Nach zehn Jahren. Rausgeputzt in 'nem Zweireiher und blitzenden Schuhen. Der Fahrer ruft ›Loving‹, und ich spring aus dem Bus...«

Ich wußte, was ich tat; ich hatte mich gründlich vorbereitet; aber das hieß nicht, daß ich nicht trotzdem kurz vor einem Nervenzusammenbruch stand, als es endlich soweit war. »Kennen Sie das Stück *›The Mad Dog Blues‹?*« fragte ich Shadwell, überzeugt, daß er noch nie ein Wort davon gehört hatte.

Er saß in der ersten Reihe seines Theaters und beobachtete mich. Auf den Knien, die in speckigen Hosen steckten, balancierte er ein Notizbuch. Er nickte. »Mir gefällt Shepard. Außerdem wollen wohl die meisten Jungs so sein wie er, weil er A) attraktiv ist, B) schreiben und spielen kann, C) weil er Schlagzeug spielt und D), weil er ein wilder Typ und ein Rebell ist.«

»Genau.«

»Also sag mir *›The Mad Dog Blues‹* auf, aber mach es gut.«

Shadwells Theater war ein kleines Holzgebäude, eine Art große Hütte, und lag im vorstädtischen Norden von London. Es hatte nur ein kleines Foyer, dafür aber eine große Bühne, eine vernünftige Beleuchtung und außerdem etwa zweihundert Sitzplätze. Man führte Stücke auf wie *»French without Tears«*, den neuesten Ayckbourn, Frayn oder eine Pantomime. Eigentlich war es in erster Linie ein Amateurtheater, aber pro Jahr wurden hier auch drei professionelle Aufführungen inszeniert, meistens Stücke, die auf dem

Lehrplan der Schulen standen, zum Beispiel *»The Royal Hunt of the Sun«*.

Als ich fertig war, applaudierte Shadwell mit den Fingerspitzen, als hätte er Angst, seine Hände würden sich infizieren, wenn sie sich berührten. Er kam auf die Bühne. »Ich danke dir, Karim.«

»Hat es Ihnen gefallen?« fragte ich atemlos.

»So sehr, daß ich dich bitten möchte, es noch einmal zu machen.«

»Was? Noch einmal? Aber ich glaub, das war meine Glanzleistung, Mr Shadwell, besser geht's nicht.«

Er beachtete mich gar nicht. Er hatte eine Idee: »Nur werden diesmal zwei zusätzliche Dinge passieren: A) Um deinen Kopf wird eine Wespe fliegen; und B) die Wespe will dich stechen. Deine Motivation – alle Schauspieler lieben ein bißchen Motivation – Du willst die Wespe vertreiben, verscheuchen, abwehren, okay?«

»Ich glaub nicht, daß Sam Shepard die Sache mit der Wespe gefallen würde«, sagte ich selbstbewußt. »Glaub ich ganz und gar nicht.«

Shadwell drehte sich um und glotzte mit übertriebener Dramatik in jeden Winkel des verlassenen Theater. »Aber er ist verdammt noch mal nicht hier. Oder bin ich blind geworden?«

Und er setzte sich wieder und wartete darauf, daß ich anfing. Ich fühlte mich völlig bescheuert, als ich mich wild fuchtelnd gegen diese blöde Wespe wehrte. Aber ich wollte die Rolle, welche es auch sein würde. Ich konnte unmöglich in die Wohnung nach West Kensington zurückkehren, ohne zu wissen, was ich mit meinem Leben anfangen sollte, und auch noch nett sein müssen, ohne von jemandem respektiert zu werden.

Als ich Shepard und die Wespe hinter mich gebracht hatte, legte Shadwell seinen Arm um mich. »Gut gemacht! Du hast dir einen Kaffee verdient. Komm mit.«

Er nahm mich mit in ein Café für Lkw-Fahrer, nicht weit vom Theater. Ich war bester Stimmung, besonders als er sagte: »Nach einem Schauspieler wie dir habe ich gesucht.«

In meinem Kopf läuteten Festtagsglocken. Wir holten den Kaffee und setzten uns. Shadwell schob seinen Ellbogen über den halben Tisch, stützte ihn in einer Teepfütze auf, preßte seine Wange in die Hand und starrte mich an.

»Ehrlich?« fragte ich begeistert. »Einen Schauspieler wie mich? Wieso?«

»Einen Schauspieler, der die Rolle übernehmen kann.«

»Welche Rolle?« fragte ich.

Er sah mich ungeduldig an. »Die Rolle aus dem Buch.«

Ich konnte manchmal ziemlich direkt sein. »Welches Buch?«

»Ich hab dich doch gebeten, ein Buch zu lesen, Karim.«

»Nein, haben Sie nicht.«

»Ich hab Eva gesagt, sie soll es dir sagen.«

»Aber Eva hat mir nichts gesagt. Ich würde mich doch daran erinnern.«

»Verdammt, o Himmel, ich werde noch verrückt. Karim, was zum Teufel denkt sich diese Frau eigentlich?« Und er stützte seinen Kopf in die Hände.

»Keine Ahnung«, sagte ich. »Aber sagen Sie mir wenigstens, um welches Buch es geht. Vielleicht kann ich es heute noch auftreiben.«

»Hör auf, den Neunmalklugen zu spielen«, sagte er. »Es sind die *›Jungle Books‹*. Kipling. Kennst du natürlich.«

»Yeah, ich hab den Film gesehen.«

»Kann ich mir vorstellen.«

Er konnte ein arrogantes Arschloch sein, der alte Shadwell, soviel stand fest. Aber was er auch sagen würde, ich würde mich zurückhalten. Dann fing er plötzlich mit einer ganz anderen Tour an. Statt mit mir über den Job zu reden, sagte er einige Worte in Punjabi oder Urdu und sah aus, als wollte er mit mir ein tiefsinniges Palaver über Ray oder Tagore oder sonstwen halten. Um ehrlich zu sein, klang es mehr wie Gurgeln, wenn er redete.

»Nun?« sagte er. Er rasselte noch einige Worte. »Verstehst du das nicht?«

»Nein, eigentlich nicht.«

Was hätte ich sonst sagen sollen? Ich hatte keine Chance. Ich wußte, daß er mich deswegen verachten würde.

»Deine eigene Sprache?«

»Yeah, ich meine, ein bißchen kenn ich schon. Die Schimpfworte. Ich weiß, wann man mich ›Kamelarsch‹ nennt.«

»Klar. Aber dein Vater spricht doch wenigstens diese Sprache, oder etwa nicht? Muß er doch einfach.«

Natürlich kann mein Vater sprechen, wollte ich sagen. Er spricht mit dem Mund, im Gegensatz zu dir, du verdammtes Arschgesicht.

»Sicher, ich aber nicht«, sagte ich. »Wär ja auch doof. Wenn Dad Urdu reden würde, wüßten wir schließlich überhaupt nicht, was er eigentlich sagen will. Es ist so schon schwierig genug.«

Shadwell gab nicht nach. Es schien, als wollte er überhaupt keine Ruhe mehr geben.

»Du bist wohl nie da gewesen, nehm ich an.«

»Wo?«

Wieso war er eigentlich so verdammt aggressiv?

»Du weißt schon wo. Bombay, Delhi, Madras, Bangalore, Hyderabad, Trivandrum, Goa, das Punjab. Du hast nie den Staub dieser Orte in deiner Nase gehabt?«

»Nicht in meiner Nase, nein.«

»Du mußt einfach mal hin«, sagte er, als wäre außer ihm noch nie einer dort gewesen.

»Werd ich, okay?«

»Ja, nimm einen Rucksack und sieh dir Indien an, und wenn es das letzte ist, was du in deinem Leben machst.«

»Geht in Ordnung, Mr Shadwell.«

Er war schon eine komische Nummer, dieser Mr Shadwell. Schließlich schüttelte er den Kopf und gab eine Reihe kurzer, kehliger Kläfflaute von sich. So lachte dieser Typ, da war ich mir sicher. Er sagte: »Was für eine Rasse von Menschen zweihundert Jahre Imperialismus doch gezeugt haben! Wenn dich nur die Pioniere der Ostindischen Kompanie sehen könnten – die würden vielleicht staunen! Jeder, der dich ansieht, denkt doch, ach, ein indischer Junge, wie exotisch, wie interessant, was für seltsame Geschichten von Tanten und Elefanten er uns erzählen kann. Und dabei kommst du aus Orpington.«

»Yeah.«

»O Gott, was für eine seltsame Welt. Der Einwanderer ist der Jedermann des zwanzigsten Jahrhunderts. Stimmt's?«

»Mr Shadwell –« begann ich.

»Eva kann eine ziemlich schwierige Frau sein, weißt du.«

»Yeah?«

Jetzt, wo er das Thema gewechselt hatte, konnte ich etwas freier atmen. »Die besten Frauen sind schwierig, das geb ich zu«, fuhr er fort. »Aber sie hat dir das Buch nicht gegeben, sie versucht, dich vor deinem Schicksal zu bewahren, und dein Schicksal ist es, Mischling in England zu sein. Ist sicher nicht leicht für dich, das zu akzeptieren – nirgendwohin zu gehören, von niemandem gewollt zu werden. Rassismus. Ist es schwer für dich? Erzähl's mir, bitte.« Er sah mich an.

»Ich weiß nicht«, sagte ich abwehrend. »Lassen Sie uns lieber über Schauspielerei reden.«

»Weißt du es denn nicht?« drängte er. »Wirklich nicht?«

Ich konnte seine Frage nicht beantworten. Ich konnte nicht einmal reden; meine Gesichtsmuskeln waren wie gelähmt. Ich zitterte vor Verlegenheit, weil er es wagte, so mit mir zu reden, als ob er mich kennen würde, als ob er das Recht hätte, mir solche Fragen zu stellen.

Wenigstens erwartete er keine Antwort. Er sagte: »Als ich mich noch häufiger mit Eva traf, war sie oft sehr labil. Überdreht, sagen wir dazu. Sie ist ganz schön rumgekommen, die Eva, und sie hat eine Menge gesehen. Einmal wachten wir morgens in Tanger auf – ich besuchte dort gerade Paul Bowles, einen berühmten homosexuellen Schriftsteller –, und sie bekam keine Luft mehr. In der Nacht waren ihr alle Haare ausgefallen, und sie erstickte beinahe.«

Ich sah ihn nur an.

»Unglaublich, he?«

»Unglaublich. War bestimmt psychisch.« Und fast hätte ich hinzugefügt, daß meine Haare wahrscheinlich auch bald ausfallen würden, wenn ich mich noch lange in seiner Nähe aufhalten mußte. »Aber ich möchte nicht über die Vergangenheit reden«, sagte ich.

»Ehrlich nicht?«

Diese Geschichten über ihn und Eva waren mir unangenehm. Ich wollte nichts davon hören.

»Gut«, sagte er schließlich. Ich seufzte erleichtert auf. »Ist sie glücklich mit deinem Vater?«

Mein Gott, was war er doch ein fixer Fragensteller. Er hätte Leute mit seiner Fragerei erschlagen können, bloß daß er nie auf die Antworten wartete. Er wollte gar keine Antworten, nur das Vergnügen, sich selbst reden zu hören.

»Hoffentlich hält die Beziehung«, sagte er. »Irgendwelche Zweifel?«

Ich zuckte mit den Schultern. Aber jetzt wußte ich, was ich ihm erzählen konnte. Und los ging's.

»Ich war bei den Pfadfindern. Kann ich mich gut dran erinnern. ›*The Jungle Books*‹ ist das mit Baloo und Bagheera und so, oder?«

»Stimmt. Hundert Punkte. Und?«

»Und was?«

»Und Mowgli.«

»Ach ja, Mowgli.«
Shadwell sah mich an, als erwartete er einen Kommentar, ein Zusammenzucken, vielleicht auch ein leises, höhnisches Lachen. »Du bist die ideale Besetzung dafür«, fuhr er fort. »Eigentlich bist du sogar Mowgli selbst. Du bist dunkelhäutig, du bist klein und drahtig, und im Kostüm wirst du sicher ganz süß und natürlich aussehen. Nicht zu pornographisch, will ich hoffen. Ein paar der Kritiker werden richtig scharf auf dich sein. Bestimmt. Ha, ha, ha, ha, ha!«
Er sprang auf, als zwei junge Frauen mit Drehbüchern unter dem Arm ins Café kamen. Shadwell umarmte sie, und die Frauen küßten ihn, scheinbar ohne Widerwillen. Sie sprachen sehr respektvoll mit ihm. Das war mein erster Hinweis darauf, wie verzweifelt Schauspieler sein können.
»Ich habe Mowgli gefunden«, berichtete Shadwell ihnen und zeigte auf mich. »Ich habe endlich meinen kleinen Mowgli gefunden. Ein unbekannter Schauspieler, unmittelbar vor seinem großen Durchbruch.«
»Hallo«, sagte eine der beiden Frauen zu mir. »Ich bin Roberta«, sagte die andere.
»Hallo«, sagte ich.
»Ist er nicht göttlich?« fragte Shadwell.
Die zwei Frauen sahen mich aufmerksam an. Ich war genau der Richtige. Ich hatte es geschafft. Ich hatte einen Job.

Kapitel zehn

Für Charlie und mich überstürzten sich in jenem Sommer die Ereignisse: große Ereignisse für ihn; kleine, aber bedeutsame für mich. Obwohl ich Charlie monatelang nicht sah, rief ich Eva beinahe jeden Tag an, um mir einen vollständigen Bericht geben zu lassen. Außerdem war Charlie natürlich im Fernsehen und in den Zeitungen. Plötzlich konnte man ihn und seine verdammte Karriere kaum noch übersehen. Er hatte es geschafft. Ich dagegen mußte bis zum Spätherbst warten, bevor die Proben für *»The Jungle Books«* begannen, also zog ich wieder nach Südlondon, glücklich bei dem Gedanken, daß ich bald in einer professionellen Aufführung mitarbeiten und mich in jemanden aus dem Ensemble verlieben konnte. Ich wußte einfach, daß es so kommen würde.

Allie war mit seinen schicken Schulfreunden nach Italien gefahren, um sich – was denn auch sonst – in Mailand Klamotten anzusehen. Mum war bei Ted und Jean ausgezogen und lebte jetzt wieder in unserem alten Haus. Ich wollte nicht, daß sie sich allein fühlte. Zum Glück hatte man ihr den Job im Schuhgeschäft wiedergegeben, also mußten wir nur die Abende und die Wochenenden zusammen verbringen. Mum fühlte sich besser, und sie wirkte wieder viel lebendiger, obwohl sie bei Ted und Jean ziemlich fett geworden war.

Sie redete immer noch nicht besonders viel, als wollte sie

es vermeiden, ihren Schmerz und ihre Verletztheit in Worte oder abgedroschene Phrasen zu kleiden. Aber ich sah ihr zu, wie sie das Haus – und es war nur ein Haus, ein von Kindern verdrecktes, nüchternes Haus – in ihr Heim verwandelte. Zum erstenmal in ihrem Leben trug sie Hosen, machte eine Diät und ließ sich die Haare wachsen. In einem Trödelladen kaufte sie sich einen Tisch aus Kiefernholz, schmirgelte ihn nach und nach im Garten ab und lackierte ihn dann; dabei hatte sie so etwas vorher noch nie getan, ja, nicht einmal daran gedacht. Ich war überrascht, daß sie überhaupt wußte, was Schmirgelpapier ist; aber ich konnte schon ein ziemlicher Idiot sein, so wenig wie ich manche Menschen kannte. Die zum Tisch passenden Bambusstühle trug ich auf meinem Kopf nach Hause, und dort saß Mum dann stundenlang und übte sich in Kalligraphie – sie malte Weihnachts- und Geburtstagskarten auf rechteckige Schnipsel aus weichem Papier. Sie putzte wie noch nie, das heißt sorgfältig und voller Interesse (Putzen war keine Hausarbeit mehr), rutschte auf den Knien mit Scheuerbürste und Wassereimer hin und her, wischte hinter den Schränken und über die Fußleisten. Sie wusch die Wände und strich die mit unseren Fingerabdrücken beschmutzten Türen neu. Sie topfte alle Pflanzen im Haus um, und neuerdings hörte sie sogar Opern.

Ted kam und brachte Pflanzen mit. Er liebte Sträucher, besonders Flieder, den Jean radikal aus ihrem Garten verbannt hatte, und so brachte er sie zu uns. Außerdem kam er mit alten Radios und Tellern an, brachte Kännchen und silberne Kerzenständer vorbei, einfach alles, was ihm in die Hände fiel, während er durch Südlondon streifte und darauf wartete, daß er die Arbeit in Evas neuer Wohnung wiederaufnehmen konnte.

Ich las viel, und sogar richtige Bücher, zum Beispiel Balzacs »Verlorene Illusionen« und »Rot und Schwarz« von Stendhal und ging früh zu Bett, um für Liebe und Arbeit gut in

Form zu sein. Obwohl ich nur einige Meilen entfernt auf der anderen Seite des Flusses lebte, fehlte mir das London, das ich gerade erst kennengelernt hatte, und ich spielte mit mir selbst ein Ratespiel: Wenn der Geheimdienst dir befehlen würde, daß du den Rest deines Lebens in der Suburbia zu verbringen hättest, was würdest du tun? Dich umbringen? Lesen? Fast jede Nacht quälten mich Alpträume und Schweißausbrüche. Es lag einfach daran, daß ich unter dem gleichen Dach schlief, unter dem ich auch meine Kindheit verbracht hatte. Welche Angst vor der Zukunft ich auch hatte, ich würde mit ihr fertigwerden; bei meinem Haß auf die Vergangenheit würde das eine Kleinigkeit sein.

Endlich begannen die Proben. Ich verabschiedete mich traurig von Mum, verließ Südlondon und lebte wieder einmal bei Dad und Eva. Und jeden Tag lief ich von der Underground zum Probenraum. Abends war ich der letzte, der ging. Mir gefiel die harte Arbeit, und ich liebte es, zur Gruppe zu gehören, mit den übrigen zehn Schauspielern zusammenzusein, mit ihnen in der Kneipe oder im Café zu sitzen.

Shadwell hatte offenbar mehrere Wochenenden auf dem Kontinent verbracht und sich europäisches Theater angesehen. Er wollte ein »physisches« *»Jungle Books«* inszenieren, das auf Pantomime, Stimmeinsatz und körperlicher Improvisation aufbaute. Requisiten und Kostüme würden minimal sein. Den Dschungel, die Bäume und Sümpfe, die vielen Tiere, die Feuerstätten und Hütten sollten wir durch unsere Körper, durch Bewegungen und Schreie darstellen. Doch die meisten seiner Schauspieler hatten noch nie etwas Ähnliches gemacht. Als wir am ersten Tag zum Aufwärmen fünfmal um den Probenraum joggten, hörte man einige von uns ganz schön keuchen. Eine der Frauen hatte bislang nur beim Radio gearbeitet – als Diskjockey. Einer der anderen Schauspieler, Terry, mit dem ich mich anfreundete, hatte bisher nur Agitprop gemacht; er war mit seiner Gruppe Vanguard und einem Lieferwagen umhergezogen und hatte eine Art Varietéstück über den Bergarbeiterstreik von 1972 mit dem Titel *»Dig!«* gespielt. Und jetzt sollte er Kaa sein, die taube Schlange, berühmt für die ungeheure Kraft ihrer Umarmungen. Und Terry sah wirklich so aus, als könnte er jemanden kräftig umarmen. Er würde das ganze Stück über zischeln und sich durch den Gerüstbogen schwingen, der an den Seiten entlang und über der Bühne aufgebaut worden war. Von diesem Gerüst ließen sich Affen herunterbaumeln und ärgerten den Bär Baloo, der nicht klettern konnte und ständig brummte und grunzte. Terry war Anfang vierzig und hatte ein blasses, hübsches Gesicht – ein ruhiger, offenherziger Kerl aus der walisischen Arbeiterschicht. Er wirkte wie ein Junge. Ich mochte ihn sofort, besonders weil er ein Fitneß-Fanatiker und sein Körper straff und fest war. Ich beschloß, ihn zu verführen, hatte aber keine große Hoffnung auf Erfolg.

Erst in der zweiten Woche, bei der Kostümprobe, gerieten Shadwell und ich aneinander. Anfangs verhielten sich alle sehr respektvoll und hörten sich aufmerksam seine eintönigen Erklärungen an. Aber bald wurde er für die meisten zu einer Witzfigur; er war nicht nur pedantisch und gönnerhaft, er bekam auch Angst vor seiner eigenen Courage und lehnte alle Vorschläge allein schon deshalb ab, weil er Angst hatte, eine Änderung könne bedeuten, daß er von Anfang an auf dem falschen Weg gewesen sei. Eines Tages nahm er mich beiseite und überließ mich der Kostümbildnerin, einem nervösen, immer schwarz angezogenen Mädchen. Sie hielt einen gelben Schal und ein Töpfchen mit kackbrauner Creme in der Hand, die sie hinter ihrem Rükken zu verstecken suchte.

»Dies ist Ihr Kostüm, Mr Mowgli.«

Ich verrenkte mir den Hals, um zu sehen, was sie in ihrer Hand verbarg.

»Wo ist es denn?«

»Ziehen Sie sich bitte aus.«

Es stellte sich heraus, daß ich auf der Bühne einen Lendenschurz und braunes Make-up tragen sollte. Darin sah ich aus wie ein längliches Stück Scheiße in einem Bikini-Unterteil. Ich zog mich aus. »Bitte tun Sie mir das nicht an«, sagte ich fröstelnd. »Geht nicht anders«, sagte sie. »Seien Sie tapfer.« Während sie mich von Kopf bis Fuß mit dieser braunen Matsche beschmierte, dachte ich an Julien Sorel in »Rot und Schwarz«, der seinem Ehrgeiz zuliebe manches über sich ergehen ließ, der oft in seinem Stolz verletzt wurde, ohne daß dies seinem Selbstbewußtsein etwas anhaben konnte. Also hielt auch ich meinen Mund, während ihre Hände mich langsam in einen Dreckklumpen verwandelten.

Einige Tage später fragte ich Shadwell, ob er eine Möglichkeit sähe, daß ich mein Debüt als professioneller Schauspieler machen könnte, ohne mich mit Scheiße zu bedekken.

Shadwell war auf einmal ganz kurz angebunden: »Das ist dein verdammtes Kostüm! Was hast du denn gedacht, als du so begierig deine erste Rolle angenommen hast? Daß Mowgli einen Kaftan tragen würde? Einen Saint-Laurent-Anzug?«

»Aber Mr Shadwell – Jeremy – ich fühle mich nicht gut in diesem Kostüm. Ich fühle, daß wir zusammen die Welt nur häßlicher machen.«

»Du wirst es schon überleben.«

Er hatte recht. Aber gerade als ich mich mit dem Lendenschurz und der Schuhcreme angefreundet hatte, als ich früher als alle anderen meinen Text auswendig kannte und mich auf dem Gerüst so souverän bewegte wie ein kleiner Orang-Utan, wurde mir klar, daß wir noch nicht am Ende unserer Streitigkeiten waren. Shadwell nahm mich zur Seite und sagte: »Nur auf ein Wort, Karim, es geht um deinen Akzent. Ich meine, er sollte echt wirken.«

»Was meinst du mit ›echt‹?«

»Wo ist Mowgli geboren?«
»In Indien.«
»Eben. Nicht in Orpington. Was für einen Akzent haben sie in Indien?«
»Einen indischen Akzent.«
»Hundert Punkte.«
»Nein, Jeremy, bitte nicht.«
»Karim, du hast diese Rolle, weil es auf Echtheit ankommt, und nicht wegen deiner schauspielerischen Erfahrung.«
Ich konnte es nicht glauben. Doch selbst als ich es glauben konnte, redeten wir noch öfter darüber, aber er wollte seine Meinung nicht ändern. »Versuch es«, sagte er, wenn wir dann den Probenraum verließen, um uns draußen zu streiten. »Du bist so konservativ, Karim. Versuch es so lange, bis du dich wie ein Bengali fühlst. Schließlich bist du angeblich ein Schauspieler, aber ich fürchte manchmal, daß du nur ein Exhibitionist bist.«
»Jeremy, hilf mir doch, ich bring das nicht fertig.«
Er schüttelte den Kopf. Ich schwöre, daß mir das Wasser in den Augen stand.
Einige Tage vergingen, ohne daß wir ein weiteres Wort über den Akzent verloren. Shadwell sorgte dafür, daß ich mich vorerst auf die Tiergeräusche konzentrierte, die ich zwischen den Dialogen von mir geben sollte; so sollte ich zum Beispiel zischeln, wenn ich mit Kaa, der schlüpfrigen Schlange, Mowglis Lebensretterin, sprach. Terry und ich mußten gemeinsam zischeln. Der Gedanke an Dad, wie er damals bei Carl und Marianne Ted und Jean seine Lehren erteilte, tröstete mich beim Zischeln. Ich fand es durchaus annehmbar, in einem menschlichen Zoo mitzuspielen, solange die Sache mit dem indischen Akzent vom Tisch war.
Als das Problem wieder angesprochen wurde, war das gesamte Ensemble dabei.
»Jetzt mit Akzent«, sagte Shadwell plötzlich. »Ich hoffe, du hast ihn zu Hause geübt?«

»Jeremy«, bettelte ich. »Für mich ist es eine politische Frage.«
Er sah mich wütend an. Die ganze Gruppe beobachtete mich, die meisten eher mitleidig. Boyd hatte SPT, Selbstbehauptungstraining und Primärtherapie mitgemacht; er liebte es, als Ausdruck seiner spontanen Gefühle Stühle durch den Raum zu pfeffern. Ich fragte mich, ob er auch zu meiner Verteidigung einige spontane Gefühle zeigen würde, aber er sagte nichts. Ich sah mich nach Terry um. Terry war aktiver Trotzkist und hatte mich aufgefordert, über die Vorurteile und Mißhandlungen zu reden, denen ich mich als Sohn eines Inders ausgesetzt sah. Abends sprachen wir über Ungleichheit, Imperialismus, weiße Vorherrschaft und darüber, ob sexuelles Herumexperimentieren bloß bourgeoise Maßlosigkeit sei oder zur Auflösung der etablierten Gesellschaft beitrage. Aber wie die anderen sagte Terry jetzt kein Wort. Er stand nur da in seinem Trainingsanzug und wartete darauf, wieder zischelnd über den Boden gleiten zu dürfen. Ich dachte: Du redest auch lieber in Allgemeinplätzen wie: »Wenn die Arbeiter nach der Revolution erwachen, werden sie erfüllt sein von unglaublicher Freude«, statt dich gegen solche Faschisten wie diesen Shadwell zu wehren.
Shadwell meinte es ernst: »Karim, hier steht eine talentierte und teure Gruppe sehr gut ausgebildeter Schauspieler. Sie wollen arbeiten, sehnen sich nach dem Spiel. Sie sind voller Liebe für ihr bescheidenes Können, begierig, bereit und konzentriert. Aber du, und ich muß leider sagen, nur du, hältst die ganze Produktion auf, du allein. Wirst du also in das einwilligen, was dein erfahrener Theaterregisseur von dir verlangt?«
Ich wollte fliehen, zurück nach Südlondon, wohin ich gehörte, das ich dummer- und anmaßenderweise verlassen hatte. Ich haßte Shadwell, ich haßte die ganze Gruppe.
»Ja«, antwortete ich Shadwell.

An diesem Abend setzte ich mich in der Kneipe nicht zu den anderen an den Tisch, sondern ging mit meinem Pint und der Zeitung in einen Nebenraum. Ich verachtete die übrigen Schauspieler, weil sie sich nicht für mich eingesetzt hatten, und weil sie sich später, als ich schließlich meinen Text sprach, über den Akzent lustig machten. Terry stand von seinem Tisch auf und gesellte sich zu mir.

»Komm schon«, sagte er. »Trink noch einen. Nimm's nicht so schwer, Schauspieler sind doch immer beschissen dran.«

»Schauspieler sind beschissen dran« war sein Lieblingsausdruck. Ständig und überall schienen die Schauspieler »beschissen dran« zu sein, man mußte einfach damit leben, meinte er, jedenfalls solange die momentane Ungerechtigkeit fortdauerte.

Ich fragte ihn, ob jemand wie Shitwell – so nannten wir ihn unter uns – mich auch noch nach der Revolution herumkommandieren würde, ob es dann überhaupt noch Regisseure gäbe, oder ob wir alle mal an die Reihe kämen und den anderen befehlen könnten, wo sie zu stehen und wie sie sich anzuziehen hätten. Offenbar hatte Terry noch nie darüber nachgedacht, er geriet ins Grübeln, starrte in sein Bier und in eine Tüte mit Räucherspeckchips.

»Es wird immer einen Regisseur geben«, antwortete er schließlich. »Glaube ich. Aber er wird von den Schauspielern gewählt werden. Wenn er der Gruppe auf den Geist geht, dann wirft sie ihn raus und schickt ihn wieder in die Fabrik, wo er herkam.«

»Fabrik? Wie wollen wir jemals Leute wie Shadwell in die Fabrik stecken?«

Terry sah jetzt ziemlich verwirrt aus; er schien ins Schleudern zu kommen.

»Man wird sie dazu zwingen.«

»Ach so. Mit Gewalt vielleicht?«

»Warum sollen denn immer dieselben Menschen die Drecksarbeit machen? Mir gefällt es nicht, wenn jemand

Leuten befiehlt, eine Arbeit zu machen, die er selbst nicht anrühren würde.«

Ich mochte Terry, wie ich schon lange niemanden mehr gemocht hatte, und wir unterhielten uns täglich miteinander. Aber er war überzeugt, daß die Arbeiterklasse – von der er sprach, als wäre sie ein einziger, zielstrebiger Mensch – ein paar Dinge anstellen würde, die ich für reichlich unwahrscheinlich hielt. »Die Arbeiterklasse wird mit diesen Schweinen leicht fertig«, sagte er über rassistische Organisationen. »Die Arbeiterklasse ist zum Zuschlagen bereit«, meinte er bei anderen Gelegenheiten. »Sie hat genug von dieser Labour Party. Sie will die Veränderung der Gesellschaft, und zwar jetzt!« Seine Sprüche ließen mich an die Siedlungen bei Mums Haus denken, wo die »Arbeiterklasse« Terry ins Gesicht gelacht hätte – jedenfalls die Arbeiter, die ihm nicht sowieso gleich eine scheuern würden, weil er sie »Arbeiterklasse« genannt hatte. Ich wollte ihm sagen, daß das Proletariat der Vorstädte ein ziemlich starkes Klassenbewußtsein habe. Es war ein bösartiges und haßerfülltes Bewußtsein, das sich ausschließlich gegen die richtete, die gesellschaftlich direkt unter ihm standen. Aber bei manchen Themen war es sinnlos, mit Terry reden zu wollen. Ich dachte mir, daß er sich in meine Auseinandersetzung mit Shadwell nicht eingemischt hatte, weil er wollte, daß sich die Situation noch weiter verschlechtere. Terry hielt nichts von Sozialarbeitern, linken Politikern, radikalen Rechtsanwälten, Liberalen oder von Reformen. Es war ihm lieber, die Dinge entwickelten sich zum schlechteren, und wenn sie dann auf ihrem Tiefpunkt angelangt waren, würde es eine radikale Veränderung der Verhältnisse geben. Wenn die Situation sich verbessern sollte, mußte sie sich folglich also erst einmal verschlechtern; je beschissener es aussah, um so besser würde es in Zukunft sein; andersrum konnte es nicht einmal ansatzweise besser werden, solange es nicht ganz dramatisch bergab gegangen war. So jedenfalls verstand ich seine Beweisführung. Er hatte mich auch schon mehrere Male aufgefordert, der Partei beizutreten. Ich solle mich ihr anschließen, meinte er, um zu beweisen, daß an meinem Engagement für eine Beendigung der Ungerechtigkeit auch was dran sei. Ich sagte ihm, ich würde mit Vergnügen beitreten, aber unter einer Bedingung: Er müsse mich küssen. Damit, sagte ich, würde er seine Bereitschaft zeigen, die angeborene bürgerliche Moral überwinden zu wollen. Aber er antwortete, gegenwärtig sei ich vielleicht doch noch nicht so weit, Mitglied der Partei zu werden.

Terrys leidenschaftliches Eintreten für Gleichheit entsprach meinem Sinn für klare Verhältnisse, und sein Haß auf bestehende Autoritäten kam meinen eigenen Ressentiments entgegen. Aber wenn ich auch Ungleichheit haßte, so hieß das noch lange nicht, daß ich wie jeder andere behandelt werden wollte. Ich begriff, daß ich an Dad und Charlie die Kompromißlosigkeit bewunderte, mit der sie gegenseitig ihre Distanz wahrten. Mir gefiel die Macht, die sie besaßen, und die Aufmerksamkeit, die sie erhielten. Mir imponierte, wie sie von anderen bewundert und vergöttert wurden. Und das war auch der Grund dafür, daß ich es trotz des gelben Schals, der mir die Eier abschnürte, des braunen Make-ups und sogar trotz des Akzents genoß, der Mittelpunkt der ganzen Produktion zu sein.

Ich begann, kleine Forderungen an Shitwell zu stellen. Ich verlangte eine längere Pause, und ob mich vielleicht jemand nach Hause fahren könnte, da ich mich nicht so besonders fühlte? Während der Proben mußte ständig Assam-Tee (mit einem Hauch Lapsang Souchong) für mich bereitstehen. Und könnte jener Schauspieler vielleicht ein bißchen weiter nach rechts rücken, nein, noch ein bißchen? Ich begriff allmählich, daß ich auf die Dinge, die ich brauchte, Anspruch erheben konnte. Mein Selbstvertrauen wuchs.

Ich war nur noch selten zu Hause und konnte daher nicht

mehr auf die gleiche protokollführende Weise aufmerksamer Zeuge der großen Liebe dort sein. Ich merkte, daß Evas intensives Interesse an den Besonderheiten in Dads Leben nachgelassen hatte. Sie sahen sich in letzter Zeit seltener Satyajit-Ray-Filme an und gingen nicht mehr so häufig in indische Restaurants; Eva gab es auf, Urdu lernen zu wollen und sich während des Frühstücks Sitar-Musik anzuhören. Sie interessierte sich für etwas Neues und begann eine großangelegte Kampagne. Eva plante ihren Anschlag auf London.

Jede Woche fanden in der Wohnung Parties und Essen in kleinem Kreis statt, was ziemlich lästig für mich war, weil ich warten mußte, bis alle ihre Gedanken zum neuesten Roman losgeworden waren, ehe ich auf dem Sofa schlafen konnte. Und oft mußte ich mir nach einem Probentag noch Shadwell anhören, der den Dinnergästen erzählte, wie gut es mit den Vorarbeiten zu *»Jungle Books«* voranginge und wie »expressionistisch« das Stück sei. Gott sei Dank waren Eva und Dad nicht oft zu Hause, da jede der zahlreichen Einladungen zu Regisseuren, Autoren, Mitherausgebern, Korrektoren, Schwulen und wen immer Eva sonst noch getroffen hatte, von ihr angenommen wurde.

Auf all diesen Festivitäten – so nannte ich sie immer noch, um Eva zu ärgern – konnte ich feststellen, wie Eva versuchte, sich zu einer künstlerischen Persönlichkeit hochzustilisieren. Menschen wie sie liebten Künstler und alles »Künstlerische«; das Wort selbst war für sie ein Zaubertrank; etwas Sublimes lag in seinem Klang; es war der Schlüssel zum Unkontrollierten und Inspirierten. Menschen wie sie würden alles tun, um das himmlische Wort »Künstler« für sich in Anspruch nehmen zu können. (Sie würden es schon selbst machen müssen – niemand sonst käme auf den Gedanken.) Einmal hörte ich Eva sagen: »Ich bin eine Künstlerin, eine Designerin. Mein Team und ich gestalten Häuser.«

Früher, als wir noch eine normale, vorstädtische Familie waren, hatten Dad und ich uns über diese affektierte und snobistische Seite Evas amüsiert. Und lange sah es so aus, als würde Evas Ehrgeiz in dieser Hinsicht nachlassen – vielleicht weil Dad ein dankbarer Abnehmer für hochfliegende Pläne war –, doch jetzt stieg der Prahl-Quotient wieder an, täglich und unübersehbar deutlich. Das Problem war nur: Eva hatte durchaus Erfolg, sie wurde, seit sie zum Angriff geblasen hatte, von London keineswegs ignoriert. Tag für Tag stieg sie in höhere und höhere Sphären auf. Es war fantastisch, zu wie vielen Mittag- und Abendessen, Dinners und Picknicks diese Londoner gingen, wie viele Parties, Empfänge, Sektfrühstücke, Eröffnungen, Schließungen, Erstaufführungen und Letztaufführungen sie besuchten. Sie hörten nicht auf zu essen, zu reden und sich Performances anzusehen. Während Eva London eroberte, während sie sich Zentimeter um Zentimeter, Party um Party, Beziehung um Beziehung über das fremde Terrain von Islington, Chiswick und Wandsworth vorkämpfte, vergnügte Dad sich ausgezeichnet. Aber er verstand nicht, wie wichtig all dies für Eva war. Während einer Dinnerparty, als sie zusammen in die Küche gingen, um Joghurt und Himbeeren zu holen, hörte ich zum erstenmal, wie die beiden sich wütend anschrien. Eva sagte: »Um Himmels willen, kannst du nicht wenigstens einmal diesen verdammten Mystizismus abstellen – wir sind doch hier nicht in Beckenham. Das da sind kluge, intelligente Leute, sie sind logisches Denken gewöhnt, nicht irgendwelche Behauptungen, Fakten, nicht Hirngespinste!«

Dad warf den Kopf in den Nacken und lachte. Er spürte die Schärfe ihrer Kritik gar nicht. »Eva, verstehst du denn die einfachsten Dinge nicht? Sie müssen ihre Rationalität, ihr ewiges Nachdenken und Sich-um-alles-Sorgen ablegen. Sie leiden an einer Kontroll-Manie! Erst wenn wir das Leben einfach zulassen, wenn wir es unserer angeborenen Weisheit gestatten, sich frei zu entfalten, werden wir leben!«

Er nahm den Nachtisch, eilte zurück ins Zimmer und hielt eine entsprechende Rede. Evas Wut steigerte sich noch, doch dann begann eine hitzige Diskussion über die Bedeutung der Intuition für die revolutionäre Phase der Wissenschaft. Die Party war ein voller Erfolg.

Etwa zur gleichen Zeit entdeckte Dad, wie sehr er Geselligkeit mochte. Und da er nicht wußte, wie wichtig dieser oder jener Mensch war, ob er für den BBC, die *TLS* oder das BFI arbeitete, behandelte er alle auf gleich gönnerhafte Art.

Eines Abends, als ich von der Probe nach Hause kam – ich hatte mir noch einen Drink mit Terry gegönnt –, zog sich Charlie gerade im Schlafzimmer von Eva und Dad an und stolzierte vor einem mannshohen Spiegel auf und ab. Ich erkannte ihn zuerst gar nicht wieder. Schließlich hatte ich ihn in seinem neuen Outfit bisher nur auf Fotos gesehen. Sein Haar war schwarz gefärbt und stand steif vom Kopf ab. Er trug, Innenseite nach außen, ein aufgeschlitztes T-Shirt, das er sich mit einem roten Hakenkreuz bemalt hatte. Seine schwarzen Hosen wurden von Sicherheitsnadeln, Büroklammern und Nähnadeln zusammengehalten. Darüber trug er einen schwarzen Macintosh; um seine Hüfte hatte er sich fünf Gürtel geschlungen, und über seinem Hintern hing noch eine Art graues Latztuch. Außerdem trug dieser Pisser eine von meinen grünen Westen. Ich hörte Eva weinen.

»Was ist los?« fragte ich.

»Halt dich da raus«, fuhr Charlie mich an.

»Bitte, Charlie«, flehte Eva ihn an. »Bitte mach das Hakenkreuz ab. Alles andere ist mir egal.«

»Wenn das so ist, laß ich es dran.«

»Charlie –«

»Ich hab deine verdammte Nörgelei schon immer gehaßt.«

»Ich nörgle nicht, ich habe Mitleid.«

»Gut. Ich werde nicht mehr hierher zurückkommen, Eva.

Du bist in letzter Zeit sowieso eine ziemliche Nervensäge. Ist wohl dein Alter. Oder machen dich die Wechseljahre so unausstehlich?«

Auf dem Boden neben Charlie lag ein Haufen Klamotten, aus dem er sich Jacken, Regenmäntel und Hemden fischte, um sie dann zur Seite zu werfen, weil sie ihm nicht gefielen. Schließlich zog er sich die schwarzen Lidstriche nach und verließ die Wohnung, ohne einem von uns einen Blick zu gönnen. Eva schrie ihm hinterher: »Denk an die Menschen, die in Konzentrationslagern krepiert sind! Und erwarte ja nicht, daß ich heute abend dabei bin, du Schwein! Ich werd dir nie wieder helfen, Charlie. Das kannst du vergessen!«

Wie vereinbart, ging ich am Abend zu Charlies Auftritt in einen Klub nach Soho. Ich nahm Eva mit. Es war nicht besonders schwierig, sie zu überreden, und mich hätten keine zehn Pferde davon abgehalten, mir anzusehen, was meinen Schulfreund in ein – wie der *»Daily Express«* es nannte – »Phänomen« verwandelt hatte. Ich sorgte sogar dafür, daß wir eine Stunde vor Beginn da waren, damit wir uns alles in Ruhe ansehen konnten, doch schon jetzt reichte die Schlange bereits einmal um den Block. Eva und ich rückten, umgeben von Kids, langsam vorwärts. Eva war aufgeregt und verwirrt; die Menge machte ihr angst. »Wie hat Charlie das nur geschafft?« fragte sie immer wieder. »Das werden wir bald herausfinden«, sagte ich. »Ob ihre Mütter wissen, daß sie hier sind?« fragte sie. »Weiß Charlie eigentlich, was er tut, Karim?« Einige der Kids waren kaum zwölf Jahre alt; die meisten höchstens siebzehn. Sie waren wie Charlie angezogen, überwiegend in Schwarz. Manche hatten orangefarbene oder blaue Strähnen im Haar und sahen aus wie Kakadus. Sie rempelten und boxten herum, gaben sich Zungen-Doppeldecker, spuckten Passanten an und rotzten sich gegenseitig ins Gesicht, dort, im kalten Regen des versifften London, und die Polizei sah gleichmütig zu. Ich trug als Zugeständnis an die New Wave ein schwarzes Hemd und schwarze Jeans, dazu weiße Socken und blaue Wildlederschuhe, aber mir war klar, daß meine Haare ziemlich langweilig aussahen. Ich blieb nicht der einzige: In teuren, lässigen Kleidern der 60er Jahre, Fiorucci-Jeans und Lederstiefeln mit (kotz!) schrägen Cowboyabsätzen waren mehrere ältere Männer hinter der Band her, um sie für sich unter Vertrag zu nehmen.

Was war eigentlich mit Charlie seit jener Nacht im Nashville geschehen? Er hatte sich mit den Punks eingelassen und bald erkannt, wie wichtig sie waren und was für eine Renaissance der Musik sie bedeuteten. Er änderte den Namen seiner Band in The Condemned und seinen eigenen Namen in Charlie Hero. Und da die britische Musikszene auf Neuheiten immer scharf war und heute nach weichen Barockklängen, morgen nach wütendem Garagen-Sound verlangte, hatte Charlie Mustn't Grumble zu einer der heißesten New-Wave- oder Punkbands aufgemotzt.

Evas Sohn wurde pausenlos von den landesweiten Zeitungen, Zeitschriften und Zeichendeutern belagert, die einen Spruch über den neuen Nihilismus, die neue Hoffnungslosigkeit und die neue Musik hören wollten. Hero sollte den Verblüfften, doch keineswegs Uninteressierten die Verzweiflung der Jugendlichen erklären, und er gab seine Erklärungen, indem er die Journalisten anspuckte oder ihnen einfach eine knallte. Er war ein kluges Köpfchen, dieser Charlie; er begriff, daß sein Erfolg und der Erfolg der anderen Bands nur dann garantiert war, wenn er es schaffte, die Presse zu beleidigen. Glücklicherweise hatte Charlie ein Talent für Grausamkeiten. Seine Beleidigungen, ebenso wie seine Angriffe gegen die Hippies, die Liebe, die Königin, Mick Jagger, gegen politisches Engagement und selbst gegen den Punk wurden in großer Aufmachung veröffentlicht. »Wir sind Scheiße«, verkündete er eines Tages in einer Fernsehsendung des Vorabendprogramms. »Können nicht spielen, können nicht singen, können keine Songs schreiben, und das beschissene Volk liebt uns!« Wütende Eltern sollen daraufhin ihre Fernseher eingetreten haben. Ein Foto von Eva erschien sogar im *»Daily Mirror«* mit der Schlagzeile: »PUNK-MUTTI SAGT: ICH BIN STOLZ AUF MEINEN SOHN!«

Fisch sorgte dafür, daß Charlie in den Nachrichten präsent blieb und sich als bekanntes Gesicht einprägte. Er sorgte außerdem dafür, daß ihre erste Platte, *»The Bride of Christ«*, in wenigen Wochen auf dem Markt sein würde. Die Band war bereits zu einem öffentlichen Ärgernis geworden, und mit etwas Glück würde man die Platte verreißen und auf den Index setzen, womit die Glaubwürdigkeit der Gruppe und der finanzielle Erfolg gesichert wären. Charlie war auf dem besten Weg zum Ruhm.

An diesem Abend war Fisch so höflich und zuvorkommend wie immer. Er versicherte Eva, daß er und Charlie genau wüßten, was sie hier taten. Doch Eva machte sich Sorgen. Sie küßte Fisch, klammerte sich an seinen Arm und flehte ihn in aller Öffentlichkeit an: »Bitte, bitte, lassen Sie meinen Sohn nicht heroinsüchtig werden. Sie haben keine Ahnung, wie labil er ist.«

Fisch verschaffte uns einen guten Platz im hinteren Teil des Klubs, wo wir auf hölzernen Bierkisten standen und uns gegenseitig festhielten, während der Boden unter der Hitze und dem Gestampfe aufzubrechen schien. Ich fühlte mich, als würde das gesamte Publikum auf mir liegen – dabei war die Band immer noch in der Garderobe.

Sie kamen auf die Bühne. Die Menge tobte. The Condemned hatten alles aus ihrem früheren Leben abgelegt – die Frisur, die Kleider, die Musik. Sie waren nicht wiederzuerkennen.

Und sie waren nervös, fühlten sich noch nicht ganz wohl in ihrem neuen Outfit. Sie rissen ihren Auftritt runter, als nähmen sie an einem Wettkampf teil, bei dem der gewann, der die meistens Songs in kürzester Zeit bringen konnte; dabei klangen sie wie eine ungeübte Version der Band, die Charlie und ich im Nashville gehört hatten. Charlie spielte nicht mehr Rhytmusgitarre, sondern stand am Bühnenrand, umklammerte ein Mikro und jaulte auf die Kids ein, die wie Preßlufthämmer auf- und abhüpften, in die Gegend spuckten und mit Flaschen herumwarfen, bis die Bühne mit Scherben übersät war. Charlie schnitt sich in die Hand. Eva neben mir stöhnte auf und hielt sich die Augen zu. Charlie schmierte sich das Blut ins Gesicht und malte den Baßgitarristen damit an.

Die übrigen Mitglieder von Condemned waren immer noch unbekannte Größen, sozusagen die Angestellten und Beamten des Musikgeschäfts. Aber Charlie war einzigartig in seinem Haß, seiner künstlichen Wut, seinem Zorn, seinem Trotz. Was für eine Ausstrahlung er hatte, welche Bewunderung er auf sich zog, welche Blicke ihm die Mädchen zuwarfen. Er war brillant: Er hatte genau die richtigen Zutaten gemischt. Ein wunderbarer Trick, eine herrliche Verkleidung. Der einzige Fehler, sagte ich mir grinsend, waren seine milchweißen, gesunden Zähne, und die verrieten, zumindest in meinen Augen, alles.

Dann gab es Krawall. Flaschen flogen, Fremde prügelten sich, und ein Zahn flog Eva in die Bluse. Ich war von oben bis unten mit Blut bespritzt. Mädchen wurden ohnmächtig; Krankenwagen wurden gerufen. Fisch brachte uns rasch nach draußen.

Ich war nachdenklich, als wir an diesem Abend durch Soho gingen. Eva, in Jeans und Turnschuhen, lief leichtfüßig neben mir her, versuchte, eines von Charlies Liedern zu summen und mit mir Schritt zu halten. Schließlich hakte sie sich bei mir ein. Unsere Beziehung war so locker und entspannt, als wären wir ein Pärchen. Wir sagten nichts; ich nahm an, daß sie über Charlies Zukunft nachdachte. Mir machte der Neid längst nicht so zu schaffen, wie ich erwartet hatte, denn ein anderes Gefühl beherrschte mich viel mehr: Ehrgeiz. Es war noch ungewiß, in welche Richtung er sich entwickeln würde, aber ich war zutiefst beeindruckt von Charlies Verwandlungstrick, davon, wie er an die Tür des Zufalls geklopft, sie sich ihm aufgetan hatte und ihm nun all die guten Sachen in den Schoß fielen. Er konnte sich nehmen, was er wollte. Bis zu diesem Augenblick hatte ich mich unfähig gefühlt, in dieser Welt erfolgreich zu sein; ich wußte nicht, wie ich es anstellen sollte; ich war Spielball der Ereignisse. Doch allmählich wurde mir klar, daß es auch anders gehen konnte. Mein Glück, mein Weiterkommen und meine Erfahrungen konnten von meinen eigenen Handlungen abhängen – solange es die richtige Handlung zur richtigen Zeit war. Mein baldiger Auftritt in *»The Jungle Books«* nahm sich im Vergleich mit Charlies Triumph bescheiden aus, aber bald würden alle Augen auf mich gerichtet sein. Der Auftritt würde nur ein Anfang sein, und ich fühlte mich stark und fest entschlossen: Der Weg würde nach oben führen.

Als wir in den Wagen stiegen, sah ich Eva an, und sie lächelte zurück. Ich spürte, daß sie überhaupt nicht an Charlie gedacht hatte – höchstens als an eine Art Inspiration – und daß sie, genau wie ich, von dem geträumt hatte, was sie in der Welt tun könnte. Während sie uns nach Hause fuhr, hämmerte Eva auf das Steuer ein und sang und schrie aus dem Fenster hinaus.

»Waren sie nicht großartig, Karim? Ist er nicht ein Star?«

»Yeah, yeah!«

»Sie werden wirklich groß rauskommen, Karim, einfach riesig. Charlie wird sich nur von der Gruppe trennen müssen. Er kann seinen Weg auch allein machen, meinst du nicht auch?«

»Yeah, aber was wird dann aus ihnen?«

»Aus den Jungs?« Eva winkte abfällig. »Aber unser Junge ist auf dem Weg nach oben, Karim. Nach oben!« Sie beugte sich zu mir herüber und küßte mich auf die Wange. »Und du bist auf dem gleichen Weg, okay?«

Die Generalprobe für *»The Jungle Books«* verlief einwandfrei. Alle waren überrascht, wie glatt alles ging; keiner vergaß seinen Text, und auch die Technik funktionierte reibungslos. Also gingen wir voll Selbstvertrauen in unsere erste Voraufführung und damit vors Publikum. Die Kostüme waren witzig, und man applaudierte. Die frechen Affen kreischten schrill, während die Ratsversammlung der Wölfe sich traf, um über die Zukunft des Menschenjungen zu beraten. Aber als Shere Khan mit seiner Hamlet-Geisterstimme aus dem Hintergrund grollte: »Das Junge gehört mir! Gebt es mir! Was hat das freie Volk mit einem Menschenjungen zu schaffen?« hörte ich es über mir krachen. Ganz unprofessionell blickte ich nach oben und sah, wie das Stahlnetz des Gerüsts sich bog, ins Schlingern geriet, wie es schließlich die Bolzen zerriß, das Gerüst auf mich zukam und die Lichter auf den Bühnenboden donnerten. Aus dem Publikum kamen Warnrufe. Die Zuschauer aus den ersten Reihen sprangen auf und liefen aus der Gefahrenzone in den Mittelgang. Wie die anderen Schauspieler, die sich auf der Bühne aufhielten, fiel auch ich aus der Rolle und ins Publikum. Ich landete auf Shadwell, der bereits die Techniker anschrie. Das Stück wurde für diesen Abend abgesagt und das Publikum nach Hause geschickt. Es gab fürchterlichen Stunk, und Shadwell benahm sich wie eine Furie. Zwei weitere Voraufführungen wurden gestrichen. Es würde nur noch eine weitere Voraufführung geben, und dann kam die Premiere.

Natürlich wollte ich Mum und Dad beim ersten Abend dabeihaben, aber da sie sich, seit sie aus unserem Haus ausgezogen waren, nicht gesehen hatten, dachte ich, mein Debüt in *»The Jungle Books«* sei nicht gerade der passende Augenblick für eine Wiedervereinigung. Also lud ich Mum,

Onkel Ted und Tante Jean zur nächsten Voraufführung ein. Diesmal lief nichts schief. Onkel Ted, heute in Anzug mit Brillantine im Haar, lud uns anschließend zu einem Festessen ins Trader Vic's im Hilton Hotel ein. Mum hatte sich schick gemacht und sah in ihrem blauen, mit einer Schleife besetzten Kleid wirklich süß aus. Sie war sogar in guter Stimmung; ich hatte ganz vergessen, wie glücklich sie sein konnte. In einem Anfall von Wagemut hatte sie ihren Job im Schuhgeschäft gekündigt und arbeitete jetzt in einer Arztpraxis an der Rezeption. Sie begann, mit sachverständiger Autorität über Krankheiten zu reden.

Mum weinte vor Stolz über meinen Mowgli. Jean, die seit dem Tod von Humphrey Bogart nicht mehr geweint hatte, lachte ausgiebig, war gut gelaunt und betrunken.

»Ich hatte geglaubt, daß es viel amateurhafter sein würde«, sagte sie immer wieder, offensichtlich überrascht, daß ich bei etwas mitmachte, was sich nicht als totaler Mißerfolg herausstellte. »Aber es war wirklich professionell! Und all diese Schauspieler aus dem Fernsehen!«

Um Mum und Tante Jean zu beeindrucken und dafür zu sorgen, daß sie meinen dämlichen Lendenschurz vergaßen, über den sie sich vor Lachen natürlich nur so gekrümmt hatten, war es das beste gewesen, sie nach der Aufführung den Schauspielern vorzustellen. Ich sagte ihnen, welche Darsteller sie in welchen Familiensendungen und Fernsehkrimis bereits gesehen hatten. Nach dem Essen gingen wir in einen Nachtclub im West End. Ich hatte Mum vorher noch nie tanzen sehen, doch heute schlüpfte sie aus ihren Sandalen und tanzte mit Tante Jean zur Musik der Jackson Five. Es war ein großartiger Abend.

Ich glaubte allerdings, daß der Beifall, den ich an jenem Abend erhielt, nur ein Vorgeschmack auf die dampfende Sauna von Anerkennung sei, die mich nach der Premiere erwarten würde. Also lief ich nach der Eröffnungsvorstellung aus der Garderobe zu Dad – heute mit roter Weste –

und den anderen, die auf mich warteten. Keiner von ihnen sah besonders fröhlich aus. Wir gingen in ein nahegelegenes Restaurant, und immer noch sagte niemand ein Wort.
»Nun«, fragte ich, »wie hat es dir gefallen, Dad? Freust du dich nicht darüber, daß ich kein Arzt geworden bin?«
Ich war ein Narr; ich hatte vergessen, daß Dad Ehrlichkeit für eine Tugend hielt. Dad war ein mitfühlender Mann, aber sein Mitleid ging nie so weit, daß er seine Meinung verschwiegen hätte.
»Verdammter Schwachsinn«, sagte er. »Dieser blöde Dreckskerl Mr Kipling glaubt weiß Gott, er würde Indien kennen! Und was für eine erbärmliche Leistung von meinem Jungen! Du hast ausgesehen wie der weiße Mohr von den Heiligen Drei Königen!«
Eva unterbrach Dad. »Karim hat überzeugend gespielt«, sagte sie bestimmt und strich mir über den Arm.
Wenigstens hatte Changez die ganze Zeit über vor sich hingegluckst. »Gute Unterhaltung«, sagte er. »Lädst du mich noch mal ein, he?«
Bevor wir uns setzten, zog Jamila mich zur Seite und küßte mich. Ich spürte, daß Changez uns beobachtete.
»Du hast wundervoll ausgesehen«, sagte sie, als redete sie nach dem Schultheater mit einem Zehnjährigen. »So unschuldig und jung, zeigst deine hübsche Figur, so schlank, so perfekt geformt. Aber wir sollten keine Zweifel daran aufkommen lassen, daß das Stück natürlich absolut neofaschistisch ist –«
»Jammie –«
»Und es war widerlich, dein Akzent und die Scheiße, mit der du dich eingeschmiert hattest. Du hast sämtliche Vorurteile bestätigt –«
»Jammie –«
»Und die Klischees über die Inder! Und der Akzent – um Himmels willen, wie hast du das nur fertiggebracht? Ich hoffe, du schämst dich wenigstens?«

»Ich schäme mich, das stimmt.«

Doch sie hatte kein Mitleid mit mir; sie imitierte meinen Akzent: »Stimmt, du hast keine Moral. Du kriegst sie später, nehme ich an, wenn du sie dir leisten kannst.«

»Das geht zu weit, Jamila«, sagte ich und kehrte ihr den Rücken zu. Ich ging und setzte mich neben Changez.

Das andere bedeutsame Ereignis dieses Abends ereignete sich zwischen Eva und Shadwell am anderen Ende des Restaurants, neben der Toilette. Shadwell stand mit dem Rücken an die Wand gelehnt, und Eva schien wütend auf ihn zu sein, denn sie machte wilde Gesten mit ihrer Faust. Finstere Schatten des Abscheus, des Schmerzes und der Ablehnung zogen über sein Gesicht. Einmal drehte sich Eva zu mir um und zeigte auf mich, als wollte sie ihn zur Verantwortung ziehen für etwas, das er mir angetan hatte. Shadwell hatte sie offenbar enttäuscht. Doch ich wußte, daß ihn nichts in der Welt entmutigen würde; er würde nie aufgeben, ein Regisseur sein zu wollen, und er würde nie ein guter Regisseur sein.

Das war alles. Keiner von ihnen sagte je wieder ein Wort über *»The Jungle Books«*, als ob sie nicht bereit wären, mich als Schauspieler zu akzeptieren, und es vorzogen, mich in meiner alten Rolle als nutzlosen Schuljungen zu sehen. Doch das Stück kam gut an, besonders in den Schulen, und ich begann, mich auf der Bühne lockerer zu bewegen und die Schauspielerei zu genießen. Ich ließ den Akzent sausen und brachte das Publikum zum Lachen, wenn ich zu den unmöglichsten Gelegenheiten in den Cockney-Slang verfiel. »Vergiß es, Bagheera«, sagte ich dann. Mir machte es Spaß, wenn man mich hinterher in der Kneipe wiedererkannte, und ich benahm mich ziemlich auffällig, damit man mich auch sah, falls jemand ein Autogramm von mir haben wollte.

Manchmal sah Shadwell sich die Aufführung an, und eines Tages war er plötzlich nett zu mir. Ich fragte Terry, was los sei. »Ich bin selbst ziemlich überrascht«, meinte der. Dann lud mich Shadwell ins Joe Allen ein und bot mir eine Rolle in seinem nächsten Stück an, Molières »Der Bürger als Edelmann«. Terry, dessen sanftes Herz mein eigenes so sehr aufgehen ließ, daß ich ihm half, um halb acht Uhr morgens vor den Fabriktoren, vor Streikposten und East-End-Undergroundstationen trotzkistische Zeitungen zu verkaufen, versuchte mir Mut zu machen. »Nimm an«, sagte er. »Wird dir guttun. Ist natürlich Schauspieler-Mist, aber du kannst Erfahrungen sammeln.«

Im Gegensatz zu den anderen Schauspielern – sie waren alle schon viel länger im Geschäft – hatte ich keine Ahnung, welche Rollen ich bekommen konnte. Also nahm ich an. Shadwell und ich umarmten uns. Eva sagte nichts.

»Wie ist es mit Terry?« fragte ich eines Abends. »Hast du für ihn was dabei?«

»Aber ja.«

»Was?«

»Noch nichts Bestimmtes«, sagte er. »Aber ich warte noch auf einen Ruf.«

»Was für einen Ruf?«

»Das kann ich dir nicht sagen, Karim, doch ganz im Vertrauen, der Ruf wird kommen.«

Als ich ins Theater kam, und Terry und ich uns nebeneinander umzogen, witzelte ich oft: »Na, Terry, schon jemand angerufen? War Peter Brook schon am Apparat?«

Oder einer von uns rannte kurz vor der Vorstellung in die Garderobe, um Terry zu sagen, jemand wolle ihn dringend am Telefon sprechen. Zweimal fiel er darauf rein, rannte halb angezogen aus dem Zimmer und wies jeden an, die Show für einige Minuten zu verschieben. Aber er verlor durch unsere Streiche nicht den Mut. »Eure kindischen Spiele machen mir nichts aus. Ich weiß, daß er irgendwann anrufen wird. Ich bin überhaupt nicht nervös. Ich werde in Ruhe abwarten.«

Eines Abends rief der Leiter des Kartenvorverkaufs aufgeregt in der Garderobe an und sagte, daß der Theaterdirektor Matthew Pyke sich eine Karte für *»The Jungle Books«* reserviert hätte. In nur fünfzehn Minuten redete das ganze Ensemble – außer mir – von nichts anderem. So ein Geschnatter, so eine Nervosität und Begeisterung hatte ich in den Ankleideräumen noch nie erlebt. Allerdings war mir auch klar, wie wichtig solche Besuche erstklassiger Theaterdirektoren für die Schauspieler waren, die sich ständig Sorgen um ihr nächstes Engagement machten. *»The Jungle Books«* hatten sie längst vergessen: das gehörte der Vergangenheit an. Jetzt saßen sie hier in dieser winzigen Garderobe, hängten ihre Wäsche über die Heizkörper, aßen biodynamisch und sandten unermüdlich Informationen und mit Weichzeichner aufgenommene Porträtfotos an Intendanten, Theater, Agenten, Fernsehgesellschaften und Produzenten. Und wenn sich ein Regisseur oder Personalchef dazu herabließ, sich ein Stück anzusehen, und wenn er, was selten geschah, bis zum Ende blieb, dann umringten ihn die Schauspieler, spendierten ihm Drinks und brüllten vor Lachen über jedes Wort, das er sagte. Sie sehnten sich danach, ihm im Gedächtnis zu bleiben: Von solchen Erinnerungen konnte das Leben eines Schauspielers abhängen.

Deshalb war Pykes Erscheinen so aufregend. Er war bisher unser wichtigster Besucher. Er besaß sein eigenes Ensemble. Man wandte sich nicht an ihn, um mit jemand Bedeutsamem in Kontakt zu kommen: Er war selbst jemand Bedeutendes. Doch warum wollte er sich unsere beschissene Show ansehen? Wir kapierten es einfach nicht, obwohl mir auffiel, daß Terry bei alldem ziemlich cool tat.

Vor Beginn der Aufführung drängten sich einige von uns in die winzige Beleuchterkabine, als Pyke in Baumwolljeans und weißem T-Shirt – er trug immer noch lange Haare – seinen Platz einnahm. Er war in Begleitung seiner Frau Marlene, einer Blondine mittleren Alters. Wir beobachteten ihn, während er das Programm studierte, die Seiten umblätterte, sich unsere Gesichter besah und den rechteckigen Textabschnitt mit den biografischen Details unter den Fotografien las.

Die übrigen Schauspieler stellten sich draußen an, bis sie an die Reihe kamen und einen Blick auf Pyke werfen konnten. Ich sagte kein Wort, doch ich wußte überhaupt nicht, wer Pyke war und was er gemacht hatte. Waren es Theaterstücke? Filme? Opern? Fernsehen? War er Amerikaner? Schließlich fragte ich Terry; ich wußte, er würde sich über meine Unkenntnis nicht lustig machen. Bereitwillig setzte Terry mich ins Bild; er schien genug über Pyke zu wissen, um seine Biografie schreiben zu können.

Pyke war der Star der aufblühenden alternativen Theaterszene; er galt als einer der originellsten Regisseure, die es zur Zeit gab. Er war am Magic Theater in San Francisco aufgetreten und hatte dort unterrichtet; er hatte bei Fritz Perls in Big Sur im Esalen Institute eine Therapie gemacht und in New York mit Chaikin und La Mama zusammengearbeitet. In London hatte er mit einigen Gleichaltrigen aus Cambridge sein eigenes Ensemble, das Moveable Theatre, gegründet, mit dem er jährlich zwei hinreißende Stücke aufführte.

Diese Stücke wurden in London an einem festen Theater aufgeführt, nachdem sie ihre gutgemeinte Tour durch die Galerien, Jugendvereine und Studiotheater absolviert hatten. Zu den Eröffnungsvorstellungen kam die Schickeria Londons: glitzernde Rockstars, Schauspieler wie Terence Stamp, Polit-Typen à la Tariq Ali, das Fußvolk des Theaters und sogar die gemeine Öffentlichkeit. Pykes Shows waren allein schon wegen ihrer tollen Pausen ein Hit; die waren nämlich wie kleine rauschende Feste, zu denen sich die eleganten Gäste so herausputzten, daß sie wie chinesische Bauern, Fabrikarbeiter (Overall) oder südamerikanische Rebellen (Baskenmütze) aussahen.

Natürlich hatte Terry für so etwas nur die Verachtung des kompromißlosen Hardliners übrig, und während wir uns an diesem bedeutsamen Abend für die Show umzogen, trug er seine Ansicht dem ganzen Ensemble vor, als würde er zu einer Versammlung reden.

»Genossen, was hat es mit dieser Pyke-Sache auf sich? Was denn, außer – denkt doch nur mal eine Minute darüber nach – einem Haufen reformistischer, hohlklingender ›linker‹ Politik! Lauter unbeholfene Schauspieler, die so tun, als kämen sie aus der Arbeiterklasse, dabei sind ihre Väter Neurochirurgen. Geile Schauspielerinnen – noch schöner als ihr alle –, gehätschelt und getätschelt von Pyke! Warum sind sie während der Shows ständig nackt? Fragt euch selbst! Schauspieler sind immer beschissen dran, Genossen. Absolut beschissen!«

Die anderen übertönten Terry.

»Schauspieler sind überhaupt nicht beschissen dran!« riefen sie. »Wenigstens ist das mal eine anständige Arbeit nach diesem Dschungelmist, nach all den Krimis und Bierwerbungen.«

Terry hatte sich inzwischen die Hose ausgezogen, und zwei Frauen aus dem Ensemble sahen durch einen Spalt im Vorhang zu, während Terry mit seiner Analyse Pykes fortfuhr. Langsam streifte er seine Hose über einen Bügel und hängte sie an die Kleiderstange, die sich durch die ganze Garderobe zog. Ihm gefiel es, wenn Mädchen sich seine kraftvollen Beine ansahen; ihm gefiel es auch, wenn sie sich seine kraftvollen Argumente anhörten.

»O ja«, sagte er. »Ihr habt recht. Es ist wahr, was ihr sagt. Es ist besser als das beschissene Nichts. Viel besser. Und genau aus dem Grund habe ich Pyke meine Personalunterlagen geschickt.«

Alle stöhnten auf. Aber mit Pyke im Publikum hatten wir Grund genug, voller Elan im Gerüst herumzuspringen. Die Show war so gut wie nie zuvor und lief ausnahmsweise über die ganze Länge. Wir hatten sie die letzten Male meistens um etwa zehn Minuten gekürzt, damit wir noch Zeit für einen Drink in der Kneipe hatten. Nach dieser Vorstellung zogen wir uns rasch um, ohne das übliche Gezänk und Gespött, und auch ohne die Versuche, sich gegenseitig die Unterhosen herunterzuziehen. Ich war natürlich der langsamste, weil mein Kostüm am schwierigsten wieder loszuwerden war. Es gab keine Dusche; ich mußte mir mein Make-up mit Allzweckcreme entfernen und konnte mich nur mit etwas Wasser aus dem Waschbecken bespritzen. Terry wartete ungeduldig auf mich. Als ich endlich soweit war und nur wir beide noch in der Garderobe waren, legte ich ihm die Arme um den Hals und küßte sein Gesicht.

»Komm schon«, sagte er. »Laß uns gehen. Pyke wartet auf mich.«

»Laß uns noch ein bißchen hierbleiben.«

»Warum?«

Ich sagte: »Ich frage mich, ob ich der Partei beitreten soll. Und deshalb will ich meine ideologischen Probleme mit dir besprechen.«

»Scheiße«, sagte er. Er wich zurück. »Ich bin gar nicht dagegen«, sagte er.

»Wogegen?«

»Sich anfassen.«

Er war natürlich dagegen.

»Ich muß nur im Moment über meine Zukunft nachdenken. Der Ruf ist gekommen, Karim.«

»Ehrlich?« fragte ich. »Ist er das? Ist das der Ruf?«

»Yeah, das ist der verdammte Ruf«, sagte er. »Also komm.«

»Mach mir die Hosenknöpfe zu«, sagte ich.

»Himmel, du... du blöder Junge. Okay. Komm her. Pyke wartet auf mich.«

Wir hetzten zur Kneipe. Ich hatte Terry noch nie so optimistisch gesehen. Ich wünschte ihm wirklich, daß er diesen Job bekam.

Pyke und Marlene lehnten am Tresen und nippten an einem Bier. Er sah nicht so aus, als gehöre er zu den Trinkertypen. Drei aus unserer Gruppe gingen zu ihm hin und schwatzten kurz mit ihm. Pyke antwortete, kriegte dabei aber kaum die Zähne auseinander. Dann kam Shadwell in die Kneipe, sah Pyke, blickte uns verächtlich an, nickte und verschwand wieder. Statt auf Pyke zuzugehen, führte Terry mich an einen Ecktisch, wo lauter alte Männer saßen, die sich jede Nacht allein betranken, und nuckelte dort an seiner Selbstgedrehten, während wir unseren üblichen Pint und einen Whisky zum Nachspülen bestellten.
»Pyke zeigt nicht gerade großes Interesse an dir«, sagte ich.
Terry war zuversichtlich. »Er wird schon noch kommen. Er ist ziemlich cool – du weißt doch, wie diese Mittelklassetypen sind. Keine Gefühle. Ich schätze, er braucht meine proletarischen Erfahrungen, damit seine unausgegorenen politischen Ideen etwas glaubwürdiger wirken.«
»Lehn ab«, riet ich ihm.
»Das mach ich vielleicht sogar, verflucht noch mal. Die Kritiker nennen seine Produktionen immer ›streng‹ oder ›puritanisch‹, weil er leergefegte Bühnen und Theater ohne Requisiten liebt, und Wände, bei denen man überall das Mauerwerk sehen kann. Als ob meiner Mum und der Arbeiterklasse so etwas gefallen würde. Die wollen bequeme Sitze, große Fenster und Süßigkeiten.«
In dieser Sekunde drehte Pyke sich zu uns um und hob sein Glas um einen Zentimeter. Terry lächelte zurück.
»Pyke hat natürlich auch seine guten Seiten. Er macht keine Eigenwerbung wie die übrigen Wichser von Regisseuren, Dirigenten und Produzenten, die sowieso nur vom Talent anderer Menschen leben. Er gibt keine Interviews und ist nie im Fernsehen. Das gefällt mir an ihm. Aber«, sagte Terry geheimnisvoll und beugte sich zu mir herüber, »es gibt etwas, was du wissen solltest, falls du jemals das Glück hast, mit ihm arbeiten zu dürfen.«

Er erzählte mir, daß Pyke in seinem Privatleben nicht gerade ein Einsiedler sei, der allen diesseitigen Freuden abgeschworen hatte. Hätten nämlich die unvermeidlichen Mißgeburten von Kritikern, die sein Werk bewunderten – und die Kritiker, die vom Publikum aus zu uns heraufsahen, schienen wirklich die Visagen von häßlichen Gnomen zu haben, deren Rollstühle die Seitengänge verstopften – gewisse Schwächen gekannt – oder sagen wir besser: bestimmte Zügellosigkeiten –, dann würden sie Pykes Werk in einem anderen Lichte sehen. »O ja, in ganz anderem Licht.«

»In was für einem Licht?«

»Das kann ich dir nicht verraten.«

»Aber Terry, wir haben doch noch nie etwas voreinander verheimlicht.«

»Trotzdem, das kann ich dir nicht sagen. Tut mir leid.«

Terry tratschte nicht. Er glaubte, daß die Menschen von den unpersönlichen Kräften der Geschichte geformt werden, und nicht durch Habgier, Arglist oder Wollust. Außerdem kam Pyke gerade direkt auf uns zu. Terry drückte überstürzt seine selbstgedrehte Zigarette aus, schob seinen Sessel zurück und stand auf. Er fuhr sich sogar mit der Hand durch das Haar, begrüßte dann Pyke und stellte uns einander vor.

»Schön, dich wiederzusehen, Terry«, sagte Pyke mit sanfter Stimme.

»Gleichfalls, gleichfalls.«

»Deine Schlange war ausgezeichnet.«

»Danke. Wenigstens machen ein paar Leute in diesem lausigen Land noch ein paar erstklassige Sachen.«

»Wen meinst du?«

»Dich zum Beispiel, Matthew.«

»Ach so, ja. Mich.«

»Ja.«

Pyke sah mich an und lächelte. »Komm mit mir an die Bar, Karim, ich geb einen aus.«

»Ich?«

»Warum nicht?«

»Okay. Bis später, Terry«, sagte ich.

Als ich aufstand, sah Terry mich an, als hätte ich ihm gerade verkündet, daß ich über ein privates Einkommen verfüge. Als Pyke und ich zur Bar gingen, sank er in seinen Stuhl zurück und kippte sich den Whisky hinter die Binde.

Während Pyke mir einen Pint bestellte, starrte ich auf die Reihen der zum Zapfen aufgehängten Flaschen über dem Kopf des Barkeepers und vermied es, die anderen Schauspieler in der Kneipe anzusehen, die mich sicher alle anstaunten. Ich meditierte einige Sekunden lang, konzentrierte mich auf meine Atmung und spürte sofort, wie flach sie war. Als wir mit Drinks versorgt waren, sagte Pyke: »Erzähl mir von dir.«

Ich zögerte. Ich sah zu Marlene, die hinter uns stand und mit einem Schauspieler sprach. »Ich weiß nicht, wo ich anfangen soll.«

»Erzähl mir, was mich deiner Meinung nach interessieren könnte.«

Und er sah mich gespannt an. Ich hatte keine Wahl. Die Worte stürzten rasch und wahllos aus mir heraus. Er unterbrach mich nicht, also machte ich weiter. Ich dachte: Er analysiert mich. Vielleicht verstand er ja überhaupt alles, was ich auch sagte. Ich war froh, daß er bei mir war; es gab soviel, was gesagt werden mußte. Also erzählte ich ihm Dinge, die ich noch nie jemandem erzählt hatte – wie sehr ich Dad übelnahm, was er mit Mum gemacht hatte, und wie Mum gelitten hatte, wie schmerzlich die ganze Geschichte gewesen war, obwohl ich das jetzt erst so langsam begriff. Der Rest des Ensembles hatte sich mittlerweile an Terrys Tisch versammelt; alle hatten Gläser mit gelbem Bier vor sich aufgestellt und Stühle umgedreht, damit sie mich besser beobachten konnten, fast so, als würde da ein Fußballspiel ablaufen. Wahrscheinlich waren sie überrascht und ver-

ärgert, daß Pyke ausgerechnet mit mir reden wollte, mit jemandem, der doch eigentlich noch gar kein richtiger Schauspieler war. Als ich ins Stottern geriet, weil mich plötzlich der Gedanke überkam, daß Mum nicht mich, sondern ich Mum verlassen hatte, sagte Pyke sanft: »Ich glaube, es würde dir gefallen, in meiner nächsten Produktion mitzuarbeiten.«
Ich schreckte aus meinen Träumereien hoch und fragte: »Was für ein Stück wird es sein?«
Mir fiel auf, daß Pyke den Kopf nachdenklich zur Seite legte und in eine unbestimmte Ferne sah, wenn er etwas sagen wollte. Seine Hände waren ständig in Bewegung; dabei wedelte er nicht mit ihnen herum und zeigte auch nicht mit den Fingern auf dieses oder jenes, sondern strich langsam durch die Luft und ließ die Finger schweben, als gleite er mit der flachen Hand im Abstand von wenigen Zentimetern über ein Gemälde. Er sagte: »Ich weiß nicht.«
»Was für eine Rolle wird es sein?«
Er schüttelte betrübt den Kopf.
»Ich fürchte, ich kann nichts dazu sagen.«
»Wie viele Schauspieler werden mitspielen?«
Eine lange Pause. Er fuhr sich mit der Hand, die Finger ausgestreckt und gespreizt, über das Gesicht.
»Frag mich nicht.«
»Wissen Sie überhaupt, was Sie inszenieren werden?« fragte ich, etwas mutiger geworden.
»Nein.«
»Nun, ich weiß nicht, ob ich bei einem so unbestimmten Stück mitmachen will. Ich bin noch ziemlich unerfahren, wissen Sie.«
Pyke gab nach. »Ich denke, es wird sich um das einzige Thema drehen, das es in England gibt.«
»Aha.«
»Ja.«
Er sah mich an. Er schien der Überzeugung zu sein, ich wüßte, worum es ging.

»Klassenunterschiede«, sagte er. »Ist das okay für dich?«
»Ja, ich glaub schon.«
Er klopfte mir leicht auf die Schulter. »Gut. Schön, daß du bei uns mitmachst.« Es klang, als würde ich ihm einen großen Gefallen erweisen.
Ich trank aus, verabschiedete mich rasch von den anderen Schauspielern und verschwand, so schnell es ging. Ich konnte ihr Grinsen und ihre Neugier jetzt einfach nicht ertragen. Ich ging gerade über den Parkplatz, als mich jemand von hinten festhielt. Es war Terry.
»Laß mich in Ruhe«, sagte ich ernst und schüttelte ihn ab.
»O yeah.«
Er lächelte nicht. Er sah sogar ziemlich niedergeschlagen aus. Ich schämte mich auf einmal für mein Glück. Wir gingen schweigend zur Bushaltestelle. Es regnete, und es war dunkel und kalt.
»Hat Pyke dir eine Rolle angeboten?« fragte er schließlich.
»Ja.«
»Lügner!«
Ich sagte nichts. »Lügner!« wiederholte er. Ich wußte, er war so wütend, daß er sich nicht mehr beherrschen konnte, und ich konnte ihm seinen Groll nicht verdenken. »Es kann einfach nicht wahr sein, es kann nicht!« sagte er.
Plötzlich schrie ich in den nächtlichen Himmel. »Ja, ja, ja, es ist wahr!« Und jetzt war das Leben spannend geworden; jetzt klirrte und vibrierte es vor lauter neuen Möglichkeiten und Aussichten. »Ja, ja, verdammt noch mal, ja!«

Als ich am nächsten Tag ins Theater kam, hatte jemand einen dreckigen roten Teppich von der Garderobentür bis zu dem Platz ausgebreitet, an dem ich mich üblicherweise umzog. »Kann ich Ihnen aus den Kleidern helfen?« fragte ein Schauspieler, und »Können Sie mir ein Autogramm geben?« ein anderer. Man übergab mir Narzissen, Rosen und ein Lehrbuch über die Schauspielkunst (für Anfänger).

Der SPT-Freak, Boyd, zog sich die Hose aus, winkte mir mit seinem Penis zu und meinte: »Wäre ich nicht ein Weißer und aus der Mittelklasse, dann hätte *ich* jetzt eine Rolle bei Pyke. Aber Talent allein reicht wohl in dieser Zeit nicht aus, wenn man es zu etwas bringen will. Wahrscheinlich machen im England der Siebziger nur die Minderheiten Karriere.«

Einige Tage lang war ich zu feige, Shadwell etwas von Pykes Angebot zu erzählen und ihm zu gestehen, daß ich den Molière nicht mitmachen würde. Ich war glücklich und wollte mir die Vorfreude nicht durch einen Streit mit ihm vermiesen lassen. Shitwell begann folglich das nächste Stück vorzubereiten, als ob ich darin mitspielen würde, bis er eines Tages, kurz bevor der Vorhang zum *»Jungle Books«* aufgehen sollte, in die Garderobe kam.

»Jeremy«, sagte ich, »ich glaube, ich muß dir etwas sagen.«

Wir gingen in die Gemeinschaftstoilette, dem einzigen abgeschlossenen Raum hinter der Bühne, und ich teilte ihm die Neuigkeiten mit. Shadwell nickte und sagte freundlich: »Du bist undankbar, Karim. Du solltest dich nicht einfach verpissen, es ist nicht richtig. Hier mögen dich alle, weißt du?«

»Bitte, versteh doch, Jeremy – Pyke ist ein wichtiger Mann. Sehr wichtig. Du mußt doch zugeben, daß es im Leben eines Menschen einen Punkt gibt, an dem er –«

Shitwells Stimme hob sich plötzlich auf Probenniveau, und er lief aus der Toilette in die Garderobe. Das Stück sollte jeden Moment beginnen, und die Zuschauer saßen bereits auf ihren Plätzen. Sie konnten jede Silbe hören. Ich lief in meinem Lendenschurz hinter ihm her und kam mir ziemlich lächerlich vor.

»Was für einen Punkt denn, du abgefuckter Arsch?« sagte er. »Dir fehlt doch jede Erfahrung, um mit Pyke fertigzuwerden. Der macht dich in drei Tagen zu Hackfleisch. Du hast keinen Schimmer, was für eine harte Nuß dieser Pyke ist.

Er ist charmant, zugegeben. Alle interessanten Menschen sind charmant. Aber er wird dich aufs Kreuz legen, paß nur auf!«

»Warum sollte er jemanden so Unwichtigen wie mich aufs Kreuz legen?« fragte ich schüchtern. Boyd grinste und flüsterte Terry ins Ohr: »Eben.« Der achtete nicht auf ihn, nickte Shitwell aber beipflichtend zu.

»Weil es ihm Spaß macht, du Idiot! So verhalten sich diese Typen! Sie tun so, als ob sie Demokraten wären, dabei sind sie lauter kleine Lenins –«

Das konnte Terry nicht durchgehen lassen. Er funkelte Shadwell an und sagte: »Schön wär's ja!«

Shadwell aber ließ sich nicht mehr bremsen, wenn er erst mal in Fahrt war: »Das sind elitäre Kulturfaschisten, die glauben, sie wüßten alles besser. Verklemmte Paranoiker sind das!«

Einige aus dem Ensemble lachten hinter vorgehaltener Hand, wie es Schulkinder tun, wenn einer aus der Klasse einen Anschiß vom Lehrer bekommt. Ich schritt über meinen roten Teppich auf die Bühne.

»Es ist mir egal, was du sagst. Ich kann auf mich selbst aufpassen.«

»Ha!« rief er. »Das werden wir ja sehen – du kleiner Parvenü!«

Kapitel elf

Es war Frühling. Ich verabschiedete mich von Bagheera, Baloo und den anderen (Shadwell konnte mir den Buckel runterrutschen) und ließ mich am letzten Abend nicht mal auf der Party blicken. Einige Zeit später stand ich dann in einem sauberen, strahlend hellen Probenraum mit poliertem Holzfußboden (damit wir barfuß herumlaufen konnten) in einer Kirche am Fluß, nicht weit von der Chelsea Bridge. In Pykes Gruppe waren wir sechs Schauspieler, drei Männer und drei Frauen. Zwei von uns waren offiziell »schwarz« (obwohl ich, genau besehen, eher beige als alles andere war). Keiner von uns war älter als dreißig Jahre. Außer mir kam nur Carol mit dem verkniffenen Gesicht aus Suburbia (deshalb durchschaute ich ihre ehrgeizige Tour auch sofort), und sie hatte schon einmal mit Pyke gearbeitet. Dann war da noch die neunzehnjährige, schwarze Schauspielerin Tracey mit ihren unerschütterlichen, wenn auch etwas seltsamen Ansichten, und die rothaarige Eleanor, Anfang zwanzig. Sie schien routiniert und ziemlich vernünftig zu sein, und im Unterschied zu Carol tat sie nicht ständig so, als wäre sie ein Star. Die beiden männlichen Schauspieler, Richard (schwul) und Jon, gehörten zur Sorte der verläßlichen, zynischen Gelegenheitsschauspieler, die sich seit Jahren in den Londoner Alternativtheatern herumtrieben und für einen Anteil von den Karteneinnahmen in Zimmern über Kneipen, in Kellerlöchern, auf Festivals oder bei Straßentheatern spielten. Sie waren nicht besonders anspruchsvoll: Sie verlangten nur eine gute Rolle, einen Regisseur, der weder ein Narr noch ein Diktator war, und nicht weit vom Spielort eine gemütliche Kneipe mit vernünftigem Bier. Außerdem gehörte eine Schriftstellerin zur Gruppe, Louise Lawrence, eine ernste und selbstgenügsame Frau aus dem Norden, die eine Brille mit dicken Gläsern trug und wenig sagte, aber jedes Wort aufschrieb, besonders die dummen Bemerkungen.

Jeden Morgen um zehn radelte ich nach Chelsea, Evas Kraftfrühstück – mit Pilzen überbackenen Toast – im Magen, und fuhr zur Feier des Tages und meines Lebens freihändig rund um die Kirche. Ich hatte mich noch nie so fantastisch gefühlt. Dies war in mehr als einer Hinsicht meine große Chance.

Pyke, mit ergrautem Haar und athletischem Körper, in blau glänzendem Trainingsanzug, saß meistens am Tisch, die Füße auf einem Stuhl. Lachende Schauspieler und zwei Inspizientinnen, junge Mädchen, die ihn vergötterten und beinahe so etwas wie seine persönlichen Dienerinnen waren, umringten ihn. Die Inspizientinnen kümmerten sich um seine Zeitungen, seinen Orangensaft und organisierten seine Trips nach New York. Die eine trug sein Notizbuch, die andere die Bleistifte und den Anspitzer. Sein Wagen (den Richard nur »Pykes Penis« nannte: »Pykes Penis blokkiert die Auffahrt« oder »Pykes Penis beschleunigt in dreißig Sekunden von Null auf hundert«) war den Inspizientinnen wichtiger als alles andere. Und jeden Morgen verbrachten sie viele Stunden am Telefon, um Pykes Verabredungen mit Frauen zu arrangieren.

Die Atmosphäre, die Pyke um sich herum schuf, war völlig anders als bei Shadwells angespannten und chaotischen Proben, die Shadwell für die Arbeitsweise eines Genies hielt. Bei Pyke begann der Morgen mit Frühstück und ausführlichem Klatsch, der so grausam und drastisch war, wie ich ihn vorher noch nicht gehört hatte. Meine Mutter hätte uns verboten, so über jemanden zu reden. Pyke fiel über andere Regisseure her (»Der kann doch nicht mal anständig einen Löffel zum Mund führen, geschweige denn ein Theater«); über Schriftsteller, die er nicht mochte (»Ich hätte ihn ohne Gewissensbisse zu Stalin zur Umerziehung geschickt«); und über Kritiker (»Beim Anblick seiner Visage kriegt jede Schwangere eine Frühgeburt«). Danach standen wir dann auf und spielten Fangen, Sackhüpfen oder »Wie spät ist es, Herr Wolf?«.

Mir kam das alles nicht gerade wie Arbeit vor, und ich dachte gern daran, was die Vorstadtpendler in unserer Straße, die mit ihren Steuern für uns zahlten, wohl von einer Bande Erwachsener gehalten hätten, die vorgaben, ein automatischer Toaster, ein Surfbrett oder eine Schreibmaschine zu sein.

Nach dem Mittagessen ließ Pyke uns zum Warmwerden »Fühlübungen« machen. Wir stellten uns, einer nach dem anderen, in den Mittelpunkt eines Kreises, Füße zusammen, Augen geschlossen, und ließen uns einfach fallen. Weich und federnd wurden wir dann von einem zum anderen weitergereicht. Wir berührten uns; wir umarmten und küßten uns. So schweißte Pyke die Gruppe zusammen. Bei einem dieser Spiele kam es mir so vor, als würde Eleanor eine winzige Sekunde länger als notwendig in meinen Armen bleiben.

Am vierten Tag saßen wir um zehn Uhr morgens alle um Pyke versammelt, als er ein Spiel begann, das mich beunruhigte, denn es ließ mich ahnen, daß es eine dunkle Seite an ihm gab, die ich noch nicht kannte. Mit listigem Blick sah er sich in der Gruppe um und verkündete, er könne vorhersagen, wer von uns mit wem schlafen würde. Eindringlich musterte er jeden einzelnen und sagte dann: »Ich glaube, ich weiß, welche Wege das Vergnügen sich suchen wird. Ich schreibe meine Voraussagen auf, und nach der letzten

Vorstellung des Stücks werde ich sie euch vorlesen. Okay?«

In der zweiten Woche schien die Sonne, und wir öffneten die Türen. Ich trug ein offenes Hawaiihemd, dessen Zipfel ich manchmal über meinem Bauch verknotete. (Im Ernst: Als eine der Inspizientinnen mich so sah, blieb ihr fast die Luft weg.) Einer nach dem anderen setzte sich auf den »elektrischen Stuhl«, wie ihn Pyke nannte, die Gruppe im Halbkreis um ihn versammelt. Jeder mußte die Geschichte seines Lebens erzählen. »Konzentriert euch auf das, was in euren Augen eure Stellung in der Gesellschaft bestimmt.« Zwar überspielte ich meine Verlegenheit angesichts eines solchen Ausmaßes an kalifornischer Selbstdarstellung auf typisch englische Art, nämlich mit Skepsis und Mißtrauen, doch ich fand die Lebensgeschichten – diese Aufzählung von Elend und Widersprüchen, Verwirrung und gelegentlichem Glück – seltsam rührend. Ich kicherte die ganze Zeit, als Louise von ihrer Arbeit in einem Massagesalon in San Francisco erzählte, wo die Frauen die Männer nicht direkt anmachten, weil sie Angst hatten, es könnten Bullen darunter sein. Sie mußten also sagen: »Gibt es noch einen Muskel, Sir, den ich Ihnen entspannen dürfte?« In diesem Salon entdeckte Louise den Sozialismus für sich, denn hier, in einem Wald von Schwänzen und einem Teich von Samen, »begriff ich bald, daß mir nichts Menschliches fremd war«, wie sie es formulierte.

Richard sagte, er wolle nur mit Schwarzen vögeln und beschrieb die Klubs, die er auf der Suche nach ihnen abklapperte. Und zum Entzücken Pykes und zu meiner Überraschung erzählte Eleanor, wie sie mit einer Performancekünstlerin gearbeitet hatte, die sie dazu überredete, ein Stückchen Papier mit Gedichten, zum Beispiel »Kuhzähne wie Schneeglöckchen rupfen das Knoblauchgras«, aus ihrer Vagina zu ziehen, bevor sie die Texte vorlas. Die Performancekünstlerin schob sich inzwischen ein Mikrofon

in ihre Vagina und spielte dem Publikum die gurgelnden Geräusche ihrer Möse vor. Das reichte mir. Ich war scharf auf Eleanor. Terry konnte mir erst mal gestohlen bleiben.
Alle zwei, drei Tage rief ich Jamila an, um ihr einen vollständigen Bericht von den Kuhzähnen wie Schneeglöckchen, von Pykes Penis, San Francisco, Hawaii und den automatischen Toastern zu geben. Jeder ermutigte mich: Eva war beeindruckt gewesen, als sie das von Pyke hörte; und Dad war glücklich, weil ich arbeitete. Der einzige Mensch, von dem ich sicher wußte, daß er die Flamme meiner Begeisterung auspinkeln würde, war Jamila.
Also erklärte ich ihr den Sinn der Spiele. »Pyke ist ein gerissener Typ«, erzählte ich ihr. »Da wir uns vor den anderen bloßgestellt haben, sind wir verletzbar geworden und müssen uns jetzt aufeinander verlassen können. Wir sind uns als Gruppe unglaublich nahe gekommen.«
»Pah. Ihr seid euch nicht nahe gekommen. Das ist doch nur ein Trick, nur eine Technik.«
»Ich dachte, du würdest an Teamwork und all das glauben. Dieses kommunistische Zeug.«
»Soll ich dir mal erzählen, Karim, was hier im Laden passiert ist, seit du in der Kirche fremde Menschen umarmst?«
»Wieso, was denn?«
»Keine Chance, Karim, ich werde dir nichts erzählen. Eigentlich bist du ein ganz schön egoistischer Typ, du interessierst dich für niemanden, nur für dich selbst.«
»Wieso?«
»Geh zurück und spiel wieder einen Baum.« Und sie legte auf.
Wir hörten bald auf, uns morgens im Probenraum zu treffen; statt dessen ging jeder seinen eigenen Weg, um die spezifischen Eigenarten von Menschen auf verschiedenen Stufen der sozialen Leiter zu studieren. Zum Schluß würde Louise Lawrence diese Figuren im selben Stück unterbringen müssen. Nachmittags improvisierten wir, probierten

unsere Rollen aus und begannen, erste Szenen zu entwerfen. Zuerst dachte ich, ich würde mir Charlie als Vorbild für meine Rolle wählen, aber Pyke riet mir sofort davon ab. »Wir brauchen jemanden aus deinem eigenen Milieu«, sagte er. »Einen Schwarzen.«

»Ach ja?«

Ich kannte keinen Schwarzen. Ich war zwar mit einem Nigerianer zur Schule gegangen, hatte aber keine Ahnung, wo der heute lebte. »Wen meinst du?« fragte ich.

»Wie steht's mit deiner Familie?« meinte Pyke. »Onkel? Tanten? Sie würden etwas Abwechslung ins Stück bringen. Ich würde wetten, daß sie interessant sind.«

Ich dachte einige Augenblicke nach.

»Irgendeine Idee?« fragte er.

»Ich glaube, ich hab, was du suchst«, sagte ich.

»Ausgezeichnet. Ich wußte, daß du für dieses Stück genau der Richtige bist.«

Nachdem ich mit Dad und Eva gefrühstückt hatte, fuhr ich mit dem Fahrrad über den Fluß, am Oval, dem Kricketstadion vorbei, zum Laden von Jeeta und Anwar. Ich dachte nämlich an Anwar als Vorbild für meine Rolle. Ich wollte sehen, wie er sich seit der Ankunft von verändert hatte, denn Changez war für Anwar – der damit gerechnet hatte, eine Art Lebenstransfusion von einem Sohn zu bekommen – eine solche Enttäuschung, daß er ein alter Mann geworden war. Sein natürlicher Verfall war durch diesen frischen Lebenssaft, der sich als gar nicht so erfrischend erwiesen hatte, nicht verzögert, sondern beschleunigt worden.

Als ich ankam, erhob sich Jeeta von ihrem Platz hinter der Kasse und umarmte mich. Mir fiel auf, wie schmuddlig und düster das Kaufhaus Paradies jetzt aussah: Die Farbe blätterte von den Wänden, die Regale waren dreckig, das Linoleum auf dem Boden wellte sich und platzte auf. Einige Glühbirnen schienen kaputt zu sein, so daß der Laden im Halbdunkel lag. Selbst das Gemüse in den alten Apfelsinenkisten vor dem Geschäft sah ziemlich verloren aus, und Jeeta war es leid geworden, die rassistischen Graffiti abzuschrubben, die doch jedesmal sofort wieder an den Wänden auftauchten. Andere Läden in dieser Gegend, und nicht nur hier, eigentlich überall in London, wurden zügig modernisiert, wenn ehrgeizige Pakistani oder Bengali sie aufkauften. Meistens kamen mehrere Brüder nach London; jeder besorgte sich zwei Jobs, tagsüber eine Stelle in einem Büro und abends Arbeit im Restaurant, und dann kauften sie sich einen Laden, setzten einen Bruder als Manager ein und ließen seine Frau an der Kasse arbeiten. Dann kauften sie sich einen neuen Laden und machten dasselbe wieder, bis sie sich eine Kette aufgebaut hatten. Das Geld floß dann in Strömen. Doch der Laden von Anwar und Jeeta hatte sich seit Jahren nicht verändert. Das Geschäft war flau, und alles schien falsch zu laufen, doch ich wollte nicht darüber nachdenken. Das Theater war mir zu wichtig.

Ich erzählte Jeeta vom Stück und was ich vorhatte – mich einfach nur bei ihnen aufhalten –, wobei mir klar war, daß sie kaum begriff, worauf ich hinauswollte und daß sie sich auch nicht besonders dafür interessierte.

»Es ist mir egal, was du tust«, sagte sie, »aber wenn du Tag für Tag in den Laden kommen willst, dann mußt du deinen Onkel davon abhalten, mit seinem Stock draußen rumzulaufen.«

»Warum, Tante Jeeta?«

»Einige Schlägertypen waren hier, Karim. Sie haben einen Schweinekopf durch das Fenster geworfen, als ich hier an der Kasse saß.«

Davon hatte mir Jamila nichts erzählt.

»Bist du verletzt worden?«

»Kleine Schnittwunden, Karim. Hier und da etwas Blut.«

»Was hat die Polizei gesagt?«

»Sie meinten, es seien die Besitzer eines anderen Ladens gewesen. Konkurrenzgeschichten.«

»Scheißdreck.«

»Fluch nicht, Junge.«

»Tschuldigung, Tante.«

»Dein Onkel ist seitdem ziemlich seltsam. Er zieht jeden Tag mit seinem Stock durch die Straßen und schreit die weißen Jungs an: ›Schlag mich doch, Weißer, wenn du dich traust!‹« Sie wurde rot vor Scham und Verlegenheit. »Red mit ihm«, sagte sie und drückte meine Hand.

Onkel Anwar war oben in seinem Zimmer. Er trug einen Pyjama und schien in den letzten Monaten regelrecht geschrumpft zu sein: sein Körper war abgemagert, bloß sein Kopf hatte die gleiche Größe behalten. Er stak obendrauf wie ein Globus auf einem Wanderstab.

»Hallo, du Mistkerl«, begrüßte er mich. »Wo bist du gewesen?«

»Ich komm jetzt jeden Tag zu euch.«

Er knurrte zustimmend und wandte sich wieder dem Fernseher zu. Er hatte mich gern um sich, aber er redete selten mit mir und fragte mich nie nach dem, was ich tat. Seit einigen Wochen ging er regelmäßig in die Moschee, und manchmal begleitete ich ihn.

Die Moschee, ein verfallenes, nach Bhuna Gost stinkendes Reihenhaus, lag ganz in der Nähe. Der Boden war übersät mit Zwiebelschalen, und hinter einem Tisch saß der Mullah Qamar-Uddin, umgeben von ledergebundenen Büchern über den Islam und einem roten Telefon, und strich sich unablässig über den Bart, der ihm bis auf den Gürtel fiel. Anwar beschwerte sich beim Mullah, daß Allah ihn im Stich gelassen habe, obwohl er regelmäßig bete und sich nicht mit Frauen abgebe. Hatte er etwa seine Frau nicht geliebt und ihr einen Laden gegeben? Und jetzt weigerte sie sich, mit ihm nach Hause, nach Bombay, zu kommen.

Anwar beklagte sich auch bei mir über Jeeta, während wir wie zwei Schulschwänzer in der Vorratskammer hockten. »Ich will jetzt nach Hause«, sagte er. »Ich habe genug von diesem verdammten Land.«

Doch die Tage vergingen, und ich beobachtete, welche Fortschritte Jeeta inzwischen machte. Sie wollte bestimmt nicht zurück in die Heimat. Es war, als hätte sie von Jamila gelernt, welche Möglichkeiten sie besaß; das Kind war zum Vorbild der Mutter geworden. Die Prinzessin wollte sich nämlich eine Lizenz besorgen, um in ihrem Laden Alkohol verkaufen zu können; sie wollte Zeitungen anbieten und das Warensortiment erweitern. Das alles konnte sie sich genau vorstellen, doch Anwar verhielt sich einfach unmöglich, man konnte kein vernünftiges Wort mit ihm reden. Wie so viele moslemische Männer – angefangen mit dem Propheten Mohammed selbst, dessen unfehlbare Behauptungen, frisch von Gott eingeflüstert, zwangsläufig zu absolutistischer Herrschaft führen mußten – dachte Anwar, er hätte immer recht. Zweifel kannte er nicht.

»Warum akzeptierst du Jeetas Vorschläge nicht?« fragte ich ihn.

»Warum? Was soll ich denn mit dem Profit anfangen? Wieviele Paar Schuhe kann ich tragen? Wie viele Socken? Soll ich noch mehr essen? Dreißig Frühstücke statt eins?« Und dann sagte er jedesmal: »Alles ist gut so.«

»Glaubst du das wirklich, Onkel?« fragte ich ihn eines Tages.

»Nein«, antwortete er. »Alles wird immer schlimmer.«

Sein moslemischer Fanatismus – Allah war für alles verantwortlich – deprimierte mich. Ich war jedesmal froh, wenn ich wieder gehen konnte. Außerdem war mein Leben auf der anderen Seite des Flusses zur Zeit wesentlich spannender. Ich hatte mir in den Kopf gesetzt, mich in Eleanor zu verlieben, und ich machte Fortschritte.

Wie ich gehofft hatte, sagte Eleanor nach den Proben fast jedesmal: »Kommst du später noch ein bißchen zu mir?« Und sie beobachtete mich ängstlich, biß sich auf die Fingernägel, knabberte mit den Zähnen an der Haut rings um ihre Nägel und wickelte sich eine Strähne ihres langen roten Haares um den Finger.

Schon bei Probenbeginn hatte sie meine Angst und Unerfahrenheit gespürt und mich getröstet. Eleanor hatte bereits in Kino- und Fernsehfilmen mitgespielt und war im West End aufgetreten. Neben ihr kam ich mir wie ein kleiner Junge vor, und trotzdem gab es auch etwas in ihr, was mich brauchte, etwas Schwaches, nicht unbedingt Freundliches oder Leidenschaftliches, so als wäre ich eine Art Trost nach langer Krankheit, vielleicht etwas zum Streicheln. Jedenfalls griff ich an, sobald ich diese Schwäche entdeckte. Ich hatte noch nie eine so reife und schöne Frau kennengelernt, und ich bestärkte sie in der Idee, mit mir ausgehen zu wollen, weil ich hoffte, daß man uns dann für ein Pärchen hielt.

Ich fing an, sie in ihrer Wohnung in Ladbroke Grove zu besuchen. Das war eine Gegend, die nach und nach von den Reichen wieder restauriert wurde, wo vor den Kneipentüren aber immer noch die Dealer mit Dreadlocks herumlungerten, während man drinnen an den Tischen den Dope mit dem Messer zerteilte. Neuerdings ließen sich hier auch ziemlich viele Punks sehen, die wie Charlie in zerfetzten schwarzen Klamotten herumliefen. Das war der letzte Schrei: Sobald man seine Klamotten vom Kaufhaus nach Hause geschleppt hatte, wurden sie mit einer Rasierklinge aufgeschlitzt. Außerdem traf man hier Kids, die an Forschungsaufträgen arbeiteten, Bücher herausgaben oder etwas Ähnliches machten: Sie hatten zusammen in Oxford studiert, brausten in glänzend roten oder blauen italienischen Kleinwagen zu den Wein-Bars, hatten Angst, die Schwarzen würden ihnen die Autos knacken und waren zu diplomatisch, um ihre Befürchtungen auszusprechen.

Wie dumm ich doch war – wie naiv. Meine mangelhaften Kenntnisse von London ließen mich glauben, daß meine Eleanor längst nicht so bourgeois sei, wie sie es tatsächlich war. Sie zog sich nachlässig an, trug viele Schals, lebte in Notting Hill und redete – manchmal – mit einem Catforder Akzent. Meine Mutter wäre über Eleanors Kleider und ihre

Manieren entsetzt gewesen: Alle zehn Sekunden sagte Eleanor »verdammt« oder »Scheiße«. Eva hätte das nichts ausgemacht, doch sie wäre enttäuscht und verwirrt gewesen, hätte sie gesehen, wie sehr Eleanor ihre soziale Herkunft zu verbergen suchte und für wie selbstverständlich sie ihre sozialen Kontakte dennoch hielt. Eva hätte viel darum gegeben, einen Fuß auf die Schwelle jener Häuser setzen zu können, in denen Eleanor als Kind gespielt hatte.

Eleanors Vater war Amerikaner und Besitzer einer Bank; ihre Mutter war Engländerin, eine bekannte Porträtmalerin; einer ihrer Brüder war Universitätsprofessor. Eleanor hatte in Landhäusern, in einem Privatinternat und in Italien gelebt, sie kannte viele liberale Familien und viele von denen, die sich in den sechziger Jahren einen Namen gemacht hatten, Maler, Schriftsteller und Dozenten; sie kannte Gleichaltrige mit Vornamen wie Candia, Emma, Jasper, Lucy oder India und Erwachsene, die Edward, Caroline, Francis, Douglas oder Lady Luckham hießen. Ihre Mutter war mit der Königinmutter befreundet, und wenn Ma'am in ihrem Bentley aufkreuzte, dann drängten sich die Kinder der Nachbarschaft um den Wagen und schrien Hurra. Einmal mußte Eleanor die Proben abbrechen und nach Hause fahren, weil ihre Mutter für ein Essen mit der Königinmutter noch eine Tischdame brauchte. Die Ausdrucksweise dieser Menschen und ihre Art zu sprechen erinnerte mich an Enid Blyton und an Bunter und Jennings, an Kindergärten und Kindermädchen, an eine Welt vollkommener Sicherheit, von der ich geglaubt hatte, sie existiere eigentlich nur in Büchern. Diese Leute machten sich überhaupt keinen Begriff davon, wieviel mehr als andere Menschen sie besaßen. Ihr Selbstvertrauen und ihre Bildung, ihr gesellschaftlicher Rang und ihr Geld jagten mir Angst ein, und ich begann allmählich zu verstehen, wie wichtig sie waren.

Zu meiner Überraschung waren die Leute, deren schäbige Häuser ich betrat, wenn ich Nacht für Nacht mit Eleanor herumzog und, wie sie es nannte, auf sie »aufpaßte«, höflich, freundlich und sehr aufmerksam zu mir; sie waren wesentlich angenehmere Menschen als der hochmütige Haufen, den Eva sich in ihre Wohnung einlud. Diese Mischung aus Klasse, Kultur und Geld und ihre Gleichgültigkeit gegenüber allen dreien war genau der Cocktail, der Evas Seele berauscht hätte, den sie aber nie in die Finger bekommen konnte. Es war ungezwungene Bohème, genau das, was Eva suchte: das gesellschaftliche Nonplusultra. Ich verbarg jedoch diese Begleiterscheinung meines sozialen Aufstiegs vor Eva und sparte sie mir für den Moment auf, wenn ich sie im Zuge einer Attacke oder Verteidigung als schlagendes Argument ins Feld führen konnte. Dad und Eva hatten allerdings schon gehört, daß ich ein Auge auf Eleanor geworfen hatte. Mein Vater war darüber sehr erleichtert, das wußte ich; er hatte so schreckliche Angst gehabt, ich könnte schwul werden, daß er es nie fertiggebracht hatte, dieses Thema auch nur zu erwähnen. Für ihn als Moslem war es schon schlimm genug, eine Frau zu sein; aber ein Mann zu sein und das männliche Geschlecht zu begehren, war für ihn pervers und selbstzerstörerisch und weiß der Teufel was noch. Wenn ich sah, daß Dad über diesem Thema brütete, dann erwähnte ich immer Mum, fragte, wie es ihr ging, was sie machte, weil ich wußte, daß dies ein so heftiges Unbehagen in ihm hervorrief, daß er die Frage nach meinen sexuellen Vorlieben aus seinen Gedanken verdrängte.

Eleanor hatte durchaus ihre exzentrischen Eigenheiten. Sie mochte es nicht, wenn sie nicht kommen und gehen konnte, wie es ihr gefiel. Dinnerpartys machte sie nie von Anfang bis Ende mit, sondern kam während des Essens, aß einige Süßigkeiten, ging im Zimmer umher, nahm den einen oder anderen Gegenstand in die Hand, fragte nach

seiner Geschichte, und schleppte mich dann nach einer halben Stunde auf irgendeine andere Party, weil sie plötzlich das Verlangen gepackt hatte, mit einem intimen Kenner der Profumo-Affäre zu reden.
Oft blieben wir zu Hause und sie kochte. Für Bildung und Gemüse hatte ich noch nie etwas übrig gehabt (in der Schule hatten sie mir gegen beides einen ziemlichen Widerwillen eingeimpft), doch Eleanor machte mir meistens Weißkohl, Brokkoli oder Rosenkohl, den sie dünstete und dann einige Sekunden lang in heißer Butter mit Knoblauch schwenkte. Ein andermal gab es roten Schnapper in Blätterteig mit saurer Sahne und Petersilie, aber er schmeckte ein bißchen zäh, fast wie Haifisch. Meistens tranken wir dazu eine Flasche Chablis. Eleanor konnte nur angetrunken einschlafen, und ich fuhr erst mit meinem Fahrrad nach Hause, wenn ich wußte, daß meine Kleine gut zugedeckt und beschwipst im Bett lag, einen Roman von Jean Rhys oder Antonia White in der Hand, um sich aufzumuntern. Natürlich wäre es mir lieber gewesen, ich selbst wäre ihr Schlummertrunk gewesen.
Eleanor hatte ohne Frage bereits mit einer großen und willkürlichen Auswahl von Männern geschlafen, doch als ich ihr vorschlug, mit mir ins Bett zu gehen, sagte sie: »Ich glaube, im Moment sollten wir das lieber lassen, meinst du nicht auch?« Ich fand das als Mann verdammt beleidigend. Wir streichelten uns ständig, rein freundschaftlich, und wenn es zuviel wurde (alle paar Stunden), dann klammerte sie sich an mich und weinte, aber die große Streichelei war tabu.
Ich merkte bald, daß Eleanors wichtigster Schutzengel und mein Hauptrivale im Kampf um ihre Zuneigung ein Mann namens Heater war. Er war der Straßenfeger in diesem Bezirk, ein ungeheuer fetter und häßlicher Hundert-Kilo-Schotte mit schwerer Arbeiterjacke, um dessen »Fall« sich Eleanor bereits seit drei Jahren kümmerte. Jeden Abend,

wenn er nicht im Theater war, kam er vorbei, saß in der Wohnung, las Balzac in Übersetzung und machte seine fiesen, großkotzigen Kommentare zu den neuesten Aufführungen vom »Ring« oder *»King Lear«*. Er kannte wahnsinnig viele Schauspieler, besonders linksgerichtete, von denen es in diesen politischen Zeiten nicht gerade wenig gab. Heater war der einzige Mensch aus der Arbeiterklasse, den die meisten von diesen Schauspielern je zu Gesicht bekommen hatten. Er wurde zu einer Art Symbol der Massen, erhielt deshalb beinahe zwangsläufig auch Karten für Premieren und für die Feiern danach und hatte ein regeres gesellschaftliches Leben als Cecil Beaton. Er kreuzte sogar zu Generalproben auf, um als »Mann von der Straße« seine Meinung abzugeben. Wenn man Heater nicht vergötterte – und ich haßte jeden widerlichen Zentimeter dieses Mannes – und ihn nicht als das authentische Sprachrohr des Proletariats verehrte, kam man entweder aus der Mittelklasse (und war damit als Krimineller geboren, straffällig geworden durch die Geburt), oder die Genossen und ihre Sympathisanten hielten einen verdammt schnell für snobistisch, elitär, scheinheilig, für einen Proto-Goebbels.

Ich kämpfte mit Heater um Eleanors Gunst. Wenn ich zu dicht bei ihr saß, funkelte er mich an; wenn ich sie zufällig berührte, weiteten sich seine Augen und flackerten wie eine Gasflamme. Der Sinn seines Lebens war, sich um Eleanors Glück zu sorgen, und das war anstrengender, als die Straße zu fegen, da Eleanor sich selbst gründlich verabscheute. Sie konnte sich nicht ausstehen und verlangte trotzdem, daß man ihr Komplimente machte, denen sie allerdings nie Glauben schenkte. Doch sie erzählte mir von den Komplimenten: »Weißt du, was Soundso heute morgen gesagt hat? Als er mich umarmte, meinte er, er liebte meinen Geruch, meine Haut und die Art, wie ich ihn zum Lachen bringe.«

Als ich diesen Aspekt meiner Beziehung zu Eleanor meiner

Beraterin Jamila erzählte, enttäuschte sie mich nicht. »Himmel noch mal, du milchgesichtiger Feuerschlucker, du einhundertprozentiger Trottel, genau so sind sie, diese Typen, diese Schauspielerinnen und der ganze eitle Rest. Die Welt steht in Flammen, und sie kämmen sich die Augenbrauen. Oder sie versuchen, die brennende Welt auf die Bühne zu zerren. Denen würde es im Traum nicht einfallen, die Flammen zu löschen. Auf was hast du dich nur eingelassen?«

»Auf die Liebe. Ich liebe sie.«

»Aha.«

»Und sie will mich nicht einmal küssen. Was soll ich bloß tun?«

»Bin ich jetzt vielleicht deine Kummerkastentante?«

»Ja.«

»Okay«, sagte sie. »Versuch nicht, sie zu küssen. Warte, bis ich dir Bescheid gebe.«

Mag sein, daß Eleanor eitel und selbstverliebt war, wie Jamila sich ausdrückte, doch Eleanor wußte nicht, wie man für sich selbst sorgt. Sie kümmerte sich nur um andere. Sie kaufte mir Blumen und Hemden und ging mit mir zum Friseur; sie war den ganzen Tag auf der Probe, machte Heater danach etwas zu essen und hörte ihm am Abend geduldig zu, wenn er ihr von seinem vergeudeten Leben vorjammerte. »Frauen werden dazu erzogen, sich um andere zu sorgen«, antwortete sie, als ich ihr sagte, sie müsse besser auf sich achtgeben und mehr an ihre eigenen Interessen denken. »Wenn ich anfange, über mich nachzudenken, wird mir schlecht«, meinte sie.

Vor kurzem hatte ein vielseitig begabter Theaterregisseur mit einem Faible für die Unterprivilegierten Interesse an Heater gefunden. Abbado und (einmal) Calvino besuchten Heater in seinem Haus, und das Universalgenie forderte ihn auf, von Messerstechereien, Glasgows Armut und der allgegenwärtigen Verkommenheit und Gewalt zu reden. Nach dem Essen öffnete Heater die Fenster, um den Gestank der wahren Welt ins Zimmer zu lassen. Heater erfüllte die Erwartungen seines Publikums; er tat es aus dem gleichen Grund wie Clapton, der bei jedem seiner Auftritte *»Layla«* spielte. Doch Heater brachte seine beißende Gesellschaftskritik rasch hinter sich, um endlich die späten Beethovenquartette erwähnen zu können oder zu erklären, was ihm an Huysmans nicht gefiel.

Eines Abends war Heater bei der Presseaufführung von *»La Bohème«* in Covent Garden, und Eleanor und ich kuschelten uns gemütlich auf das Sofa, sahen fern und tranken Wein. So mochte ich es: mit ihr allein zu sein und sie über die Leute auszufragen, die uns zu sich eingeladen hatten. Die hatten eine Geschichte, diese oberen Zehntausend, und Eleanor erzählte Geschichten aus dieser Geschichte. Der Großvater von irgend jemand hatte sich mit Lytton Strachey gestritten, der Vater von jemand anderem war Peer der Labour Party und hatte eine Affäre mit der Frau eines Abgeordneten der Konservativen gehabt; und wieder ein anderes Flittchen war mit viel Glück Star in einem Film geworden, der bald in die Kinos kommen und zu dessen Premiere alle Welt in die Curzon Street gehen würde. Irgend jemand hatte einen Roman über ihren früheren Geliebten geschrieben, und es war leicht zu durchschauen, um wen es sich dabei handelte.

Es muß jedoch ziemlich offensichtlich gewesen sein, daß ich ihr heute nicht zuhörte, denn sie drehte sich zu mir hin und sagte: »He, du Komiker, gib mir einen Kuß.« Ich war plötzlich hellwach. »Es ist schon so lange her, Karim, weißt du, ich kann mich kaum noch daran erinnern, wie sich Lippen anfühlen.«

»So«, sagte ich.

Sie fühlten sich heiß und wundervoll an, und wir haben uns bestimmt eine halbe Stunde lang geküßt. Ich bin mir allerdings nicht sicher, wie lange es tatsächlich dauerte, weil ich mit meinen Gedanken bald nicht mehr bei dem war, was in meinen Annalen als Kuß meines Lebens hätte verzeichnet werden sollen. Ich dachte an etwas anderes. O ja, ich wurde völlig überschwemmt von wütenden Gedanken, die sich in den Vordergrund drängten und meine Lippen zwar nicht gerade betäubten, sie aber von mir loslösten, als wären sie plötzlich ein Fremdkörper geworden, wie eine Brille zum Beispiel.

In den letzten Wochen hatte ich erkannt, was für ein Ignorant ich war. Zugegeben, seit einiger Zeit hatte ich Glück, und mein Leben änderte sich rapide, aber ich hatte kaum darüber nachgedacht. Wenn ich allerdings über mich nachdachte und mich mit den Leuten verglich, die zu Eleanors Clique gehörten, dann wußte ich, daß ich überhaupt nichts wußte; ich war leer, ein intellektueller Hohlraum. Ich hatte noch nicht einmal den Namen Cromwell gehört. Ich wußte weder etwas von Zoologie noch von Geologie, Astronomie, Sprachen, Mathematik oder Physik.

Fast alle Kids, mit denen ich aufgewachsen war, gingen mit sechzehn von der Schule und arbeiteten heute bei einer Versicherung, in einer Autowerkstatt oder als Geschäftsführer (Radio- und Fernsehabteilung) in einem Kaufhaus. Den Warnungen meines Vaters zum Trotz war ich, ohne zu zögern, vom College abgegangen. In den Vorstädten hielt man Bildung nicht für besonders vorteilhaft, auf jeden Fall nicht für etwas, was für sich selbst genommen bereits einen Wert hatte. Früh ins Geschäft einzusteigen, das war wichtig. Und jetzt gab ich mich mit Leuten ab, die so selbstverständlich Bücher schrieben, wie wir früher Fußball gespielt hatten. Aber wütend war ich, wütend und voller Haß gegen sie und mich, weil sie so selbstsicher waren und soviel wußten. Dieses ungezwungene Plaudern über Kunst, Theater, Architektur und Reisen; die Sprachkenntnisse, das Vokabular, das Wissen, wie man sich in dieser Kultur bewegte, waren ein unschätzbares und unersetzliches Kapital.

An meiner Schule hatten sie uns ein bißchen Französisch beigebracht, doch wer versuchte, ein Wort richtig auszusprechen, wurde ausgelacht. Bei einem Ausflug nach Calais hatten wir einen dieser lästernden Franzmänner hinter einem Restaurant verprügelt. Durch unser Nichtwissen waren wir andererseits den Kids aus den Privatschulen überlegen, diesen Typen in ihren Kotzuniformen und den ledernen Aktentaschen unterm Arm, diese lieben Kleinen, auf die Mummy und Daddy vor der Schule im Wagen warteten, um sie abzuholen. Wir waren härter; wir störten jede Schulstunde; wir waren Kämpfer; wir würden nie diese weibischen Aktentaschen mit uns herumtragen, weil wir sowieso keine Hausaufgaben machten. Wir waren stolz darauf, daß wir außer den Namen der Fußballstars, der Sänger von Rockbands und Texten wie *»I am the Walrus«* nichts lernten. Was waren wir für Idioten! Wir lagen so völlig daneben! Warum kapierten wir nicht, daß wir uns freudestrahlend selber dazu verdammten, nie etwas Besseres als Automechaniker zu sein? Warum hatten wir das nicht begriffen? Für die Typen aus Eleanors Clique lagen Fremdworte und kluge Ideen von Geburt an in der Luft, und ihre Sprache war die Währung, mit der man sich das Beste kaufen konnte, was die Welt zu bieten hatte. Doch für uns würde es immer nur eine Zweitsprache sein, eine, die man sich bewußt aneignete.

Und statt Eleanor von der Zeit zu erzählen, als Pelzrückens dänische Dogge mich fickte, hörte ich ihren Geschichten zu, denn ihre Geschichten hatten Vorrang, sie spiegelten eine etablierte Welt wider. Fast war es, als wäre meine Vergangenheit nicht wichtig genug, als wäre sie nicht so bedeutsam wie Eleanors Vergangenheit, also hatte ich sie über Bord geworfen. Ich erzählte nie von Mum und Dad oder vom Leben in den Suburbs, aber ich erzählte von Charlie. Charlie war berühmt, er war jemand. Und völlig verstummte ich (die Worte blieben mir im Hals stecken), als Eleanor sagte, ich hätte einen so süßen Akzent.

»Was für einen Akzent?« stammelte ich schließlich.

»Na, wie du redest! Einfach super.«

»Aber wie rede ich denn?«

Sie sah mich ungeduldig an, als triebe ich irgendein lächerliches Spielchen mit ihr, doch dann begriff sie, daß ich es ernst meinte.

»Du sprichst Straßen-Slang, Karim. Du kommst aus Südlondon, und so redest du auch. Klingt ein bißchen wie Cockney, nur nicht so hart. Nicht gerade unnormal. Aber es ist natürlich anders als meine Art zu sprechen.«

Natürlich.

In dieser Sekunde entschloß ich mich, meinen Akzent abzulegen: Was es auch war, es sollte verschwinden. Ich wollte reden wie Eleanor. Es konnte nicht so schwierig sein. Ich hatte meine eigene Welt verlassen, was ein notwendiger Schritt gewesen war, und ich wollte auch nicht zurück. Ich sehnte mich noch immer nach dem Abenteuer und dem Leben, das ich in jener Nacht vor mir gesehen hatte, als ich auf Evas Toilette in Beckenham meine Epiphanie erlebte. Doch mir war klargeworden, daß die Schwierigkeiten erst richtig anfingen.

Nach dem Kuß, als ich in dem dunklen Zimmer stand und auf die Straße sah, wurden mir die Knie weich.

»Eleanor, ich kann heute abend nicht nach Hause fahren«, sagte ich. »Ich glaube, meine Beine tragen mich nicht mehr.«

Sie sagte sanft: »Ich kann heute nacht nicht mit dir schlafen, Baby, du hast keine Ahnung, wie durcheinander ich bin. Meine Gedanken sind ganz woanders, und mein Kopf ist voller Stimmen, voller Lieder und lauter dummem Zeugs. Außerdem bringe ich dich nur in Schwierigkeiten. Du weißt schon, warum, nicht wahr?«

»Bitte, sag's mir.«

Sie drehte sich um. »Ein andermal. Oder frag irgend jemand. Ich bin sicher, Karim, daß man es dir gern erklären wird.«

An der Tür gab sie mir einen Gutenachtkuß. Ich war nicht traurig. Ich wußte, ich würde sie jeden Tag sehen.

Als wir die Vorbilder für unsere Rollen gefunden hatten, forderte Pyke uns auf, die gewählten Charaktere dem Rest der Gruppe vorzustellen. Eleanor spielte eine Engländerin, Anfang sechzig, aus der obersten Gesellschaftsschicht, die unter der britischen Herrschaft in Indien aufgewachsen war und sich selbst für einen Bestandteil dessen hielt, was Britanniens Größe ausmachte, die jedoch ebenso wie diese Größe verfiel und zu ihrer Bestürzung genau in der Zeit eine sexuelle Neugier in sich aufkommen spürte, als auch England dieses Thema für sich entdeckte. Eleanor war fantastisch. Wenn sie spielte, verlor sie ihre lockendrehende Unsicherheit und wurde ganz ruhig. Wie ein mit leiser Stimme sprechender Erzähler zog sie uns in ihren Bann und gab ihrer Rolle gerade genug satirischen Touch, um uns raten zu lassen, was sie selbst wohl von dieser alten Dame hielt.

Mit allgemeinem Beifall und theatralischen Küßchen endete Eleanors Vorstellung. Jetzt war ich an der Reihe. Ich stand auf und spielte Anwar. In einem Monolog erzählte ich, wer er war und wie er war, und führte anschließend vor, wie er wütend durch die Straßen lief. Ich hatte die Rolle in Eleanors Wohnung so oft geübt, daß ich problemlos in seine Gestalt schlüpfen konnte, und ich hielt meine Arbeit für so gut wie die der anderen in der Gruppe. Zum erstenmal hatte ich nicht das Gefühl, das Schlußlicht zu sein.

Nach der Teepause sprachen wir über unsere Rollen. Aus irgendeinem Grund, vielleicht weil sie etwas verwirrt aussah, fragte Pyke Tracey: »Warum erzählst du uns nicht, was du von Karims Rolle hältst?«

Tracey zauderte zwar manchmal, aber sie hatte immer eine sehr ausgeprägte eigene Meinung. Sie war gelassen und ernst, gar nicht so *trendy* wie viele der bourgeoisen Kids, die sich für Schauspieler hielten. Im besten vorstädtischen Sinne war Tracey ein anständiges Mädchen, ehrlich, freundlich und ohne Allüren, und sie zog sich an wie eine Sekretärin. Bestimmte Fragen jedoch machten ihr zu schaffen: Zum Beispiel dachte sie darüber nach, was es eigentlich bedeutete, eine schwarze Frau zu sein. Sie schien schüchtern zu sein, sich in der Welt nicht wohl zu fühlen, und machte alles, um aus einem Zimmer zu verschwinden, ohne es tatsächlich zu verlassen. Wenn ich sie jedoch auf einer Party sah, auf der nur Schwarze waren, dann benahm sie sich völlig anders, extrovertiert und leidenschaftlich, und erwies sich als wilde Tänzerin. Ihre Mutter, eine Putzfrau, hatte sie allein aufgezogen. Es war ein seltsamer Zufall, daß Traceys Mutter eines Morgens die Stufen eines Hauses ganz in der Nähe unseres Probenraums schrubbte, während wir im Park unsere Übungen machten. Pyke lud sie ein, sich während ihrer Mittagspause mit der Gruppe zu unterhalten.

Normalerweise sagte Tracey nicht viel, daher hörte die Gruppe zu, als sie begann, über meinen Anwar zu reden, hielt sich aber aus der Diskussion raus. Plötzlich war dies etwas, was die »Minderheiten« unter sich auszumachen hatten.

»Zwei Dinge, Karim«, sagte sie. »Anwars Hungerstreik gefällt mir nicht. Was du damit sagen willst, verletzt mich. Es tut mir wirklich weh! Und ich bin mir nicht sicher, ob wir das tatsächlich auf die Bühne bringen sollten!«

»Ehrlich?«

»Ja.« Sie redete mit mir, als ob ich nur ein wenig nachdenken müßte, um ihren Standpunkt begreifen zu können. »Es tut mir leid, aber du stellst Schwarze –«

»Inder –«

»Schwarze und Asiaten –«

»Einen alten Inder –«

»... so dar, als seien sie irrational, lächerlich und hysterisch. Und Fanatiker obendrein.«

»Fanatiker?« Ich appellierte an das hohe Gericht. Richter Pyke hörte aufmerksam zu. »Es geht hier nicht um einen fanatischen Hungerstreik, sondern um eiskalte Erpressung.«

Doch Richter Pyke winkte Tracey zu, sie möge fortfahren.

»Und diese arrangierte Heirat. Sie macht mir Sorgen, Karim, bei allem Respekt.«

Ich starrte sie an und sagte nichts. Sie war wirklich zutiefst betroffen.

»Erklär uns, warum du dir Sorgen machst«, sagte Eleanor mitfühlend.

»Ich weiß nicht einmal, wo ich anfangen soll. Dein Bild entspricht genau dem, was der Weiße bereits von uns hat. Wir sind lustig und haben seltsame Angewohnheiten und eigenartige Bräuche. Für den weißen Mann sind wir ein Volk ohne Menschlichkeit, und dann gehst du hin und zeigst Anwar, der wie verrückt die weißen Jungs mit seinem Stock bedroht. Ich kann es einfach nicht glauben. Du zeigst uns als Aggressoren und Störenfriede. Karim, warum haßt du eigentlich dich und das schwarze Volk?«

Während sie noch redete, blickte ich mich in der Gruppe um. Meine Eleanor sah skeptisch aus, doch es war offensichtlich, daß die anderen bereit waren, Tracey zuzustimmen. Es war nicht einfach, jemandem zu widersprechen, dessen Mutter man mit Eimer und Scheuerlappen vor einem Mittelklassehaus auf den Knien gesehen hatte.

»Wie kannst du nur so reaktionär sein?« sagte sie.

»Das klingt ja wie Zensur.«

»In Zeiten wie diesen müssen wir unsere Kultur schützen, Karim. Stimmst du dem nicht zu?«

»Nein. Die Wahrheit ist wichtiger.«

»Mein Gott, Wahrheit. Wer weiß schon, was Wahrheit ist? Welche Wahrheit? Du verteidigst die Wahrheit der Weißen. Worüber wir hier reden, das ist nur die weiße Wahrheit.«

Ich sah zu Richter Pyke, doch der ließ den Dingen gern seinen Lauf. Er hielt Konflikte für kreativ.
Endlich sagte er: »Karim, ich glaube, du mußt dir das noch einmal überlegen.«
»Aber ich weiß nicht, ob ich das kann.«
»Du kannst. Eng dich nicht unnötig ein in deiner Ausdrucksfähigkeit als Schauspieler und als Mensch.«
»Aber Matthew, warum denn?«
Er sah mich kühl an. »Weil ich es dir sage.« Dann fügte er hinzu: »Du mußt noch einmal von vorn anfangen.«

Kapitel zwölf

»Hey, Fettie, wie geht's?«

»Wie immer, mein großer, berühmter Schauspieler.« Changez nieste in die Staubwolken, die er aufwirbelte. »In welchem großen Stück können wir denn jetzt über dich lachen?«

»Gut, ich erzähl's dir, okay?«

Aus den Vorräten, die ich immer für den Fall bei mir hatte, daß mein Gastgeber nur Teebeutel haben sollte, machte ich uns eine Tasse Bananen- und Kokosnußtee. In Changez' Wohnung war ich erst recht auf meine Notrationen angewiesen, weil er seine Teebeutel gleich mit Milch, Wasser, Zucker und Kardamom zusammen ungefähr eine Viertelstunde lang kochen ließ. »Männertee« oder »Spitzentee« nannte Changez sein Gebräu. »Gut für die Potenz.«

Glücklicherweise – ich wollte nicht, daß sie mitbekam, worum ich Changez bitten wollte – war Jamila nicht zu Hause. Sie hatte angefangen, in einem Zentrum für schwarze Frauen zu arbeiten, wo sie die rassistischen Motive für Angriffe auf Frauen erforschte. Changez wischte gerade Staub; dabei trug er Jamilas rosafarbenen Seidenmorgenmantel. Braune Speckrollen schwabbelten auf und ab, wenn er mit seinem Staubwedel nach Spinnennetzen stieß, die so groß wie Taschenbücher waren. Er hatte gern Kleider von Jamila an: Ständig trug er einen Pullover oder ein Hemd von ihr oder saß in ihrem Mantel auf dem

Feldbett, wickelte sich nach indischem Brauch einen Schal um den Kopf und sah aus, als hätte er Zahnschmerzen.

»Ich arbeite an einer Rolle, Changez, und suche dafür nach einem Vorbild, und ich will jemanden spielen, den wir beide kennen. Es wird eine besondere Ehre für ihn sein, auf der Bühne dargestellt zu werden. Er hat wirklich verdammtes Glück.«

»Gut, gut. Jamila, he?«

»Nein. Du.«

»Was? Ich?« Changez richtete sich plötzlich auf und fuhr sich mit der Hand durch das Haar, als würde er jeden Moment fotografiert werden. »Aber ich hab mich nicht rasiert, *yaar.*«

»Eine tolle Idee, nicht wahr? Eine meiner besten.«

»Ich bin stolz darauf, Thema eines Theaterstücks zu sein«, sagte er. Doch dann verdüsterte sich sein Gesicht. »Hey, du wirst mich doch nicht in schlechtem Licht zeigen?«

»Schlechtes Licht? Bist du verrückt? Ich werde dich genauso zeigen, wie du bist.«

Das schien ihn zu beruhigen. Da ich seine Zustimmung hatte, wechselte ich rasch das Thema.

»Und Shinko? Wie geht es Shinko, Changez?«

»Ach, wie immer«, sagte er zufrieden und zeigte auf seinen Schwanz. Er wußte, daß mir dieses Thema gefiel; und da es das einzige war, mit dem er ein bißchen angeben konnte, hatten wir beide unseren Spaß daran.

»Ich habe mehr Stellungen ausprobiert als die meisten Männer. Ich habe schon daran gedacht, ein Handbuch darüber zu schreiben. Eigentlich gefällt es mir von hinten am besten, die Frau vor mir auf den Knien, dann fühl ich mich wie John Wayne auf einem Pferd.«

»Und Jamila hat nichts dagegen?« fragte ich. Dabei beobachtete ich Changez sorgfältig und überlegte, wie ich den verkrüppelten Arm darstellen sollte. »Ich meine wegen Prostitution und so?«

»Du hast den Nagel genau auf den Kopf getroffen! Zuerst hielten sie mich für einen Betrüger, ein männliches Ausbeuterschwein –«

»Nicht möglich!«

»Und ein paar Tage lang mußte ich zweimal täglich ganz allein wichsen. Shinko wollte alles aufgeben und Gärtnerin werden.«

»Glaubst du, sie würde eine gute Gärtnerin abgeben?«

Er zuckte mit den Schultern. »Sie hat flinke Finger und ist gut im Umgang mit Gewächsen; doch Gott sei Dank haben die beiden bald eingesehen, daß Shinko eigentlich mich ausbeutet. Ich war das Opfer, und damit war alles wieder beim alten.« Changez faßte mich plötzlich am Arm und sah mir in die Augen. Er wurde traurig. Wie sentimental er doch war. »Kann ich dir etwas anvertrauen?« Er sah in die Ferne – durch das Fenster in die Küche des Nachbarn. »Wir lachen über den einen oder anderen meiner Charakterzüge, gut, aber ich will dir was gestehen, das nicht zum Lachen ist. Jede Position, die ich auch nur fünf Minuten lang eingenommen habe, würde ich für immer aufgeben, wenn ich nur einmal meine Frau auf die Lippen küssen könnte.«

Frau? Was für eine Frau? Meine Gedanken kreisten um dieses Wort, bis es mir wieder einfiel. Ich vergaß ständig, daß er mit Jamila verheiratet war. »Deine Frau faßt dich immer noch nicht an, he?«

Er schüttelte traurig den Kopf und schluckte. »Und du? Bumst du sie regelmäßig?«

»Nicht doch, um Himmels willen, Blase, nicht seit damals, als du uns gesehen hast. Es wäre einfach nicht das gleiche.«

Er grunzte. »Also besorgt es ihr niemand?«

»Niemand, Mann.«

»Gut.«

»Frauen sind nicht so wie wir. Sie brauchen es nicht jeden Tag. Uns ist es egal, mit wem wir es machen, aber Frauen wollen es nur, wenn sie den Typen auch mögen.«

Doch er schien meinen Beobachtungen über die Psychologie des Liebens keine Beachtung zu schenken. Er drehte sich um und sah mich mit Leidenschaft und Entschlossenheit an, nicht gerade Eigenschaften, mit denen Gott ihn überreich gesegnet hatte. Er ließ seine gesunde Faust auf den Tisch krachen und rief: »Ich werd dafür sorgen, daß sie sich in mich verliebt! Ich weiß, daß ich es schaff! Irgendwann!«

»Changez«, sagte ich ernst, »bitte rechne nicht damit. Ich kenne Jamila schon, solange ich lebe. Begreifst du nicht, daß sie sich dir gegenüber niemals anders verhalten wird?«

»Ich glaub daran! Sonst wär mein Leben zu Ende! Ich würd mich umbringen!«

»Das bleibt dir überlassen, aber –«

»Natürlich werde ich das tun. Ich werde mir die Kehle durchschneiden.«

»Womit?«

»Mit einem Schwanz!«

Er warf Tasse und Teller auf den Boden, hievte sich in die Höhe und begann, im Zimmer hin und her zu gehen. Normalerweise hing der verkrüppelte Arm bewegungslos an seiner Seite, ein nutzloser Stumpf. Doch jetzt ragte er aus dem aufgekrempelten Ärmel des Morgenrocks und schwang hin und her. Changez schien ein anderer Mensch geworden zu sein, jemand, der echten Schmerz empfand und nicht nur jene ironische Geringschätzung, mit der er sonst sein eigenes Leben beurteilte. Als er nun mich, seinen Freund, ansah, lag Verachtung in seinen Augen, obwohl ich doch versuchte, dem fetten Schwein zu helfen.

»Changez, es gibt andere Frauen auf der Welt. Vielleicht kann ich dich mit einigen Schauspielerinnen bekanntmachen – du müßtest allerdings abspecken. Ich kenne 'ne ganze Menge, und einige davon sind echt scharf. Die sind ganz wild aufs Vögeln. Ein paar von denen wollen den Schwarzen und der dritten Welt helfen, das sind die Richtigen für dich. Ich stell sie dir vor.«

»Du bist ein kleiner Engländer mit einem gelben Teufelsgesicht! Deine Moral ist gleich Null! Ich bin verheiratet. Ich liebe meine Frau, und sie wird mich lieben. Ich würde bis zum letzten Tag auf sie warten –«

»Das könnte ziemlich lange dauern.«

»Ich will sie in meinen Armen halten!«

»Ich sag ja nur, daß es Zeit braucht. Und inzwischen könntest du –«

»Scheiß drauf. Ich rühr verdammt noch mal keinen Finger, bevor ich sie nicht habe. Und noch was: Du wirst mich nicht auf der Bühne darstellen. Nein, nein, nein! Endgültig nein! Und wenn du trotzdem versuchst, meinen Charakter zu stehlen, dann weiß ich nicht, wie wir noch Freunde sein und miteinander reden können. Versprochen?«

Da sollte man nicht wahnsinnig werden. Was sollte das jetzt wieder bedeuten – Zensur? »Versprochen? Du Arsch! Ich kann dir im Moment überhaupt nichts versprechen! Wovon redest du eigentlich?« Ich hätte ebensogut einen Felsen anschreien können. Irgend etwas in ihm hatte sich gegen mich verhärtet.

»Du bist in meine Frau eingedrungen«, sagte er. »Jetzt versprich mir, daß du nicht durch die Hintertür in mich eindringst und mich in deinem Stück benutzt.«

Ich war geschlagen. Was konnte ich dazu noch sagen? »Okay, okay, ich verspreche dir, nicht in dich einzudringen«, sagte ich halbherzig.

»Es macht dir Spaß, mich klein zu machen, und dir gefällt es, wenn du über mich lachen kannst. Du sagst mir mitten ins Gesicht, was für ein blöder Hund ich bin. Aber eines Tages wird dir das Lachen im Halse steckenbleiben. Hältst du dein Versprechen?«

Ich nickte. Ich ging.

Wie ein Verrückter radelte ich zu Eleanor. Ich mußte mit ihr reden. Zuerst hatte ich Anwar verloren, und jetzt geschah mir mit Changez das gleiche. Ohne ihn war meine ganze Karriere in Frage gestellt. Wen sollte ich sonst als Vorbild für meine Rolle nehmen? Mehr »Schwarze« kannte ich doch gar nicht; Pyke würde mich feuern.

Als ich den Hausflur betrat, kam Heater gerade heraus. Wie ein Berg Lumpen blockierte er meinen Weg, und jedesmal, wenn ich versuchte, mich an ihm vorbeizuschlängeln, prallte ich gegen seine stinkende Masse.

»Verdammt, Mann, was soll das, Heater?«

»Sie hat den Hund«, sagte er. »Und jetzt verzieh dich, Kleiner.«

»Was für einen Hund denn? Geh aus dem Weg, du Scheißer, ich muß mit ihr über geschäftliche Dinge reden.«

»Den schwarzen Hund hat sie. Depression. Also heute besser nicht. Vielen Dank. Komm ein andermal wieder.«

Doch für Heater war ich viel zu klein und zu flink. Ich wieselte unter seinen Schweißarmen durch, gab ihm einen Stoß ins Kreuz, war wie der Blitz in Eleanors Wohnung und schloß die Tür hinter mir.

»Zieh Leine und feg mit deiner Zunge die Hundescheiße von der Straße, du proletarisches Arschloch!« schrie ich.

Ich sah mich in der Wohnung um und erkannte sie auf den ersten Blick nicht wieder. Überall lagen Eleanors Kleider verstreut. Das Bügelbrett stand mitten im Zimmer, und Eleanor bügelte nackt einen Berg Klamotten. Während sie gegen das Eisen preßte, als wolle sie es durch das Brett drücken, weinte sie, und ihre Tränen fielen auf die Kleider.

»Was ist los, Eleanor? Sag's mir, bitte. Hat dein Agent schlechte Neuigkeiten für dich?«

Ich ging zu ihr. Ihre trockenen Lippen bewegten sich, aber sie wollte nicht reden. Sie hörte nicht auf, mit dem Bügeleisen über denselben Hemdärmel zu fahren. Als sie aufblickte, spürte ich, daß sie sich mit dem Eisen am liebsten über die eigene Haut bügeln würde, über den Handrücken oder den Arm. Sie war halb wahnsinnig.

Ich zog den Stecker des Bügeleisens heraus und legte ihr meine Lederjacke um die Schultern. Ich fragte sie noch einmal, was denn los sei, aber sie schüttelte nur den Kopf, und ihre Tränen tropften mir ins Gesicht. Ich gab es auf, dumme Fragen zu stellen und brachte sie ins Schlafzimmer. Sie legte sich hin und schloß die Augen. Ich hielt ihre Hand und saß da, sah auf die achtlos fortgeworfenen Kleider, die Schminksachen, das Haarspray und die Lackschächtelchen auf der Kommode, das Seidenkissen aus Thailand mit dem Bild eines Elefanten und die Bücherstapel auf dem Boden. Auf dem Tischchen neben dem Bett entdeckte ich in einem Goldrahmen die Fotografie eines Schwarzen. Er war um die Dreißig, trug einen dunklen Rollkragenpullover, kurze Haare und sah durchtrainiert und sehr gut aus. Ich nahm an, daß das Foto vor etwa fünf oder sechs Jahren aufgenommen worden war.

Ich spürte, daß Eleanor mich bei sich haben wollte, daß ich nichts sagen, sondern einfach nur dasein sollte. Als sie einschlief, machte ich es mir also bequem und dachte ernsthaft über Changez nach. Eleanor konnte warten, im Moment gab es nichts, was ich hätte tun können.

Wenn ich mich Changez widersetzen würde, wenn ich ihn zum Vorbild für meine Rolle machen würde, wenn ich dieses Arschloch benutzen würde, dann hieße das, daß man mir nicht vertrauen konnte, daß ich ein Lügner war. Wenn ich ihn dagegen nicht benutzte, hieße das, daß ich der Gruppe nach meinem Fiasko ›Ich-als-Anwar‹ nichts anzubieten hatte. Beim Nachdenken wurde mir klar, daß ich zum erstenmal in meinem Leben in einem moralischen Dilemma steckte. Vorher hatte ich immer genau das getan, wozu ich Lust hatte; meine Wünsche waren die einzige Richtschnur meines Handelns gewesen, und außer meiner Angst hatte mich nichts zurückgehalten. Doch jetzt, mit Anfang zwanzig, wuchs etwas in mir. Gerade so wie mein Körper sich zu Beginn der Pubertät verändert hatte, entwikkelte sich nun in mir ein Schuldgefühl, ein Gefühl nicht nur dafür, wie andere mich sahen, sondern auch dafür, wie ich selbst mich sah, besonders dann, wenn ich selbstgesetzte Verbote übertrat. Vielleicht würde niemand erkennen, daß meine Rolle auf Changez basierte; vielleicht würde es Changez später nichts mehr ausmachen, vielleicht fühlte er sich sogar geschmeichelt. Aber ich würde immer wissen, was ich getan hatte, daß ich mich entschlossen hatte, ein Lügner zu sein, einen Freund zu betrügen, jemand gegen seinen Willen zu benutzen. Was sollte ich tun? Ich hatte keine Ahnung. Wieder und wieder dachte ich darüber nach und konnte keinen Ausweg finden.

Ich vergewisserte mich, daß Eleanor schlief, und dachte, ich könnte mich leise verdrücken, nach Hause fahren und Eva bitten, mir etwas Gemüse in der Pfanne zu braten. Ich brauchte eine Stärkung. Doch als ich aufstand, sah Eleanor zu mir herüber und lächelte sogar ein wenig.

»Hey, schön daß du da bist.«

»Aber ich wollte gerade gehen und dich schlafen lassen.«

»Bleib hier, Liebling.«

Sie klopfte auf das Bett. »Komm rein, Karim.« Ich war so froh, sie wieder lächeln zu sehen, daß ich ihr unverzüglich gehorchte, mich neben sie legte, die Bettdecke über mich zog und den Kopf auf das zweite Kissen sinken ließ. »Karim, du kleiner Idiot, zieh dir gefälligst die Schuhe aus. Und auch die anderen Sachen.«

Sie lachte, als ich mir die Jeans auszog, und noch ehe ich sie bis zu den Knien heruntergezogen hatte, knabberte Eleanor schon an meinem Schwanz, ohne jedes Vorspiel; dabei wußte ich doch aus den zahllosen Sexhandbüchern, die ich jahrelang verschlungen hatte, daß das Vorspiel von wesentlicher Bedeutung war, wenn man sich richtig gut lieben wollte. Typisch Eleanor, dachte ich, während ich dort lag und ihre Zärtlichkeiten genoß. Sie neigte zu Extremen. Wenn sie ihre Launen hatte, war sie zu allem fähig. Eigent-

lich tat sie sowieso immer, wonach ihr gerade der Sinn stand, zugegebenermaßen nicht gerade schwierig für jemanden in ihrer Position und mit einem gesellschaftlichen Hintergrund, der das Risiko des Versagens auf ein Minimum reduzierte; eigentlich mußte man sich schon regelrecht anstrengen, wenn man in ihrer Welt versagen wollte.
So begann es, unser Sexleben. Und es überwältigte mich. Noch nie hatte ich so intensiv empfunden, weder körperlich noch gefühlsmäßig. Ich wollte der ganzen Welt erzählen, daß es möglich war, sich dieses heiße Lebenselixier durch die Adern fließen zu lassen; denn wenn alle das wüßten, dann würden sie sowieso nichts mehr anderes tun. Was für ein Rausch! Wenn ich sie während der Proben in ihrem langen, blau-weißen Rock sah, wie sie auf einem Stuhl hockte, die nackten Füße hochgezogen hatte und mit den Knien den Rock zwischen ihre Beine klemmte – und ich hatte ihr gesagt, sie solle keine Unterwäsche tragen – dann lief mir vor Vorfreude das Wasser im Mund zusammen. Mein Schwanz wurde steif, und ich mußte aus der Improvisation auf die Toilette flüchten und mir einen runterholen. Dabei dachte ich nur an sie. Wenn mein Lächeln verriet, was ich vorhatte, dann kam sie mit. Wir malten uns aus, wie es wäre, wenn alle öffentlichen Gebäude zum Onanieren und Vögeln bequeme Toiletten mit Blumen und Musik einrichten würden.
In körperlichen Dingen war Eleanor nicht so schüchtern wie ich; sie zeigte ihre Lust offen und ohne Scham. Wann immer ihr danach war, nahm sie meine Hand und legte sie auf ihre Brust, preßte meine Finger auf ihre Warzen, die ich dann drückte und rieb. Oder sie zog sich das T-Shirt hoch und streckte mir eine Titte entgegen, drängte sie mit den Fingern in meinen Mund, damit ich daran saugte. Oder sie nahm meine Hand und schob sie sich unter den Rock und wollte gestreichelt werden. Manchmal schnupften wir Koks, nahmen Speed oder Hasch, und dann zog ich Eleanor auf

dem Sofa aus, zog ihr langsam jedes Kleidungsstück aus, bis sie ganz nackt, mit gespreizten Beinen dalag, während ich völlig angezogen blieb. Eleanor war auch der erste Mensch, der mir den Zauber des Redens beim Sex beibrachte. Was sie da flüsterte, nahm mir den Atem: Sie wollte gefickt werden, gebumst, gelutscht oder geschlagen, sie wollte es so oder so oder andersrum. Sex mit ihr war jedesmal neu. Das Tempo war anders, die Zärtlichkeiten neu, manchmal dauerten Küsse eine Stunde, und dann wieder vögelten wir rasch an verrückten Orten – hinter Garagen oder in Zügen –, wo wir uns einfach auszogen. Dafür konnte der Sex beim nächstenmal Ewigkeiten dauern, wenn ich mit meinem Kopf zwischen ihren Beinen lag und ihre Möse leckte, die sie mit den Fingern für mich öffnete.

Es gab Momente, da sah ich Eleanor an und empfand soviel Liebe für sie – ihr Gesicht und ihr ganzes Wesen schienen wie von innen her zu leuchten –, daß ich es einfach nicht mehr aushalten konnte und den Blick von ihr abwenden mußte. Eigentlich wollte ich ein so tiefes Gefühl nicht: nicht diese Unruhe, diese Besessenheit. Mir gefiel Sex, genau wie mir Drogen gefielen, es war ein Spiel, Ekstase. Ich war mit Kids aufgewachsen, die mir beigebracht hatten, daß Sex etwas Ekelhaftes sei; nichts als Gerüche, Schweinereien, Peinlichkeiten und zynisches Gelächter. Aber die Liebe war zu mächtig für mich. Sie schwamm einfach direkt in meinen Körper hinein, ins Herz, in die Muskeln, das Blut, doch mit Sex, mit dem Schwanz, hatte das wenig zu tun. Etwas in mir wollte die Liebe, die ich fühlte, beschmutzen oder sie irgendwie vom Körper loslösen.

Ich hätte mir keine Sorgen machen brauchen. Meine Liebe zerfiel bereits. Ich hatte fürchterliche Angst, daß Eleanor mir erzählen könnte, sie hätte sich in jemand anderen verliebt oder daß sie sich mit mir langweilte, daß ich nicht gut genug für sie sei. Das Übliche eben.

Angst trat in mein Leben. Sie drängte sich in meine Arbeit.

Kaum etwas war in Suburbia so kleinbürgerlich gewesen wie die Angst, die jeder vor der Meinung des Nachbarn hatte. Sie war der Grund, weshalb meine Mutter die Wäsche nicht in ihrem Garten aufhängen konnte, ohne sich vorher die Haare zu kämmen. Mir war es scheißegal, was diese Leute dachten; aber jetzt war es plötzlich lebenswichtig, daß Pyke und Tracey und den anderen mein Spiel gefiel. Mein Status in der Gruppe war zur Zeit nicht der beste, und ich war ziemlich mutlos. Ich redete nicht einmal mehr mit Eva über das, was ich tat.

Abends, wenn ich nach Hause kam, arbeitete ich an der Darstellung von Changez' täppischem Gang, seiner verkrüppelten Hand und dem Akzent, der für weiße Ohren einfach bizarr, witzig und typisch indisch klingen würde. Ich hatte mir eine Geschichte zu dieser Changez-Figur ausgedacht (die jetzt Tariq hieß): Mit einem von Mücken nur so wimmelnden Koffer sollte Tariq in Heathrow ankommen, völlig aufgeregt, da ihm jemand bei einem Rennen anvertraut hatte, daß man in England nur das Wort »ausziehen« flüstern müßte und schon würden die weißen Frauen aus ihrer Unterwäsche schlüpfen.

Wenn jemand mein Spiel kritisierte, verließ ich den Probenraum und ging nach Hause. Dort bereitete ich mich dann mit dickschädligem Trotz weiter darauf vor, der Gruppe meinen Tariq vorzuführen. Schließlich war es soweit: Die Gruppe saß im Zimmer beim Fluß im Halbkreis um mich herum und sah mir zu. Ich versuchte, Tracey nicht zu beachten, die sich mit gespannter Miene vorgebeugt hatte. Richard und Jon lehnten sich mit ausdruckslosen Gesichtern zurück. Eleanor lächelte mir ermutigend zu. Pyke nickte, das Notizbuch auf den Knien; Louise Lawrence hielt ihren Schreibblock und fünf angespitzte Bleistifte griffbereit. Und Carol saß im Lotussitz, legte den Kopf zurück und reckte sich ungeniert, als ginge sie das Ganze nichts an.

Als ich fertig war, sagte keiner ein Wort. Alle schienen

darauf zu warten, daß jemand anderes beginnen würde. Ich sah in die Runde: Eleanor schien amüsiert, aber jetzt meldete Tracey Widerspruch an, ihr Arm war halb erhoben. Ich würde aus der Gruppe geworfen werden. Es war der Moment, vor dem ich am meisten Angst gehabt hatte, aber ich hatte mich schließlich entschieden. Irgendwie begriff Pyke, was los war. Er zeigte auf Louise und sagte ihr, sie solle anfangen zu schreiben.

»Also«, sagte Pyke. »Tariq kommt nach England, trifft im Flugzeug eine englische Journalistin – gespielt von Eleanor, nein, von Carol. Sie hat Klasse, eine echte Oberschichtenmieze. Mit ihr hält sich Tariq kurze Zeit bei den oberen Zehntausend auf; damit eröffnet sich uns ein neues Feld, das wir erforschen müssen. Die Mädchen liegen ihm scharenweise zu Füßen, weil er so schwach ist und in ihnen den Mutterinstinkt weckt. Das wär's. Wir haben alles drin: Klassenunterschiede, Rassismus, Vögelei und Farce. Was kann man an Unterhaltung von einem Abend mehr verlangen?«

Traceys Gesicht war fest verschlossen und verriegelt. Ich hätte Pyke küssen mögen.

»Gut gemacht«, sagte er zu mir.

Die meisten Schauspieler bewunderten Matthew. Immerhin war er ein bemerkenswerter und attraktiver Mann, und sie verdankten ihm eine Menge. Natürlich war ich bei ihm genauso ein Speichellecker wie die anderen, doch unterschwellig bewahrte ich mir eine gewisse Skepsis und hielt Distanz. Dafür machte ich meine Herkunft aus Südlondon verantwortlich, wo man jeden, der eine künstlerische Haltung an den Tag legte – also jeden, der mehr als fünfzig Bücher gelesen hatte, den Namen Mallarmé richtig aussprechen konnte oder den Unterschied zwischen Camembert und Brie schmeckte – im Grunde genommen für einen Scharlatan, Snob oder Narren hielt.

Pyke und ich standen in keinem besonders engen Verhältnis, aber seit mir eines Tages die Kette an meinem Fahrrad gerissen war, fuhr er mich mit seinem schwarzen Sportwagen immer von den Proben nach Hause. Wenn man sich in den schwarzen Sitzen zurücklehnte, schoß man etwa zehn Zentimeter über der Straßendecke dahin. Durch das offene Dach hatte man einen freien Blick auf den Himmel. In die Türen dieser Raumkapsel waren Lautsprecher eingelassen, so daß die Doors oder Jefferson Airplane einem direkt in die Ohren dröhnten. Und in ebendieser intimen Atmosphäre seines Wagens hatte Pyke damals so lange und detailliert über Sex sinniert, daß ich mittlerweile davon überzeugt war, das Erzählen dieser Geschichten sei ein integraler erotischer Bestandteil jedes ernsthaft promiskuitiven Lebens. Mag sein, vielleicht hatte Eleanor mich übersexualisiert. Vielleicht signalisierten meine Haut oder meine Augen ein Wissen um die fleischlichen Dinge, das anderen Menschen sinnliche Gedanken entlockte.

Die ersten Worte, die Pyke zu mir sagte, eine Art Einleitung zum Verständnis seines Charakters, lauteten: »Als ich neunzehn Jahre alt war, Karim, schwor ich mir, mein Leben zwei Zielen zu widmen: Ich würde ein hervorragender Intendant werden, und ich würde mit so vielen Frauen schlafen wie nur möglich.«

Es überraschte mich, daß er naiv genug war, mit solchen Sehnsüchten anzugeben. Während er fuhr, sah er starr geradeaus und erzählte von seinen Hobbys: von Orgien, New Yorker Bums-Klubs, von der Lust, einen ungewöhnlichen Ort für den alltäglichen Akt zu finden oder es mit ungewöhnlichen Menschen zu treiben.

Für Marlene und Matthew, die von den sechziger Jahren geprägt worden waren und in den siebziger Jahren das Geld und die Möglichkeiten hatten, ihre Phantasien auszuleben, war Sex zugleich regenerierend und informativ. »Wir treffen dabei so viele interessante Menschen«, sagte Pyke. »Wo würde man sonst einen Friseur aus Wisconsin treffen, wenn nicht in einem New Yorker Bums-Klub?«

Marlene war nicht anders. Sie vögelte mit einem Labour-Abgeordneten und gab an ihre dialektisch geschulten Freunde Klatsch und Informationen über das Unterhaus und die schmutzigen Intrigen der Labour Party weiter.
Zu den neuesten Eroberungen Pykes gehörte eine Polizistin, an der ihn weniger der Charakter faszinierte – der auch nicht sonderlich ausgeprägt war –, sondern die Uniform und vor allem die Verfilzung in der Londoner Stadtverwaltung, von der sie ihm nach der Fellatio in allen Einzelheiten berichtete. Aber Pyke hatte seine, wie er es nannte, »Gesetzeshüter-Phase« langsam satt. »Ich stehe momentan mehr auf Wissenschaftlerinnen – eine Astronomin oder Kernphysikerin zum Beispiel. Von der Kunst fühl ich mich intellektuell zu sehr eingeschränkt.«
Wie sie ihre Nasen in die verborgenen Winkel des Lebens steckten, erinnerten mich Pyke und Marlene eher an unerschrockene Journalisten als an Menschen, die im Strom des sinnlichen Vergnügens schwammen. Ihr Verlangen, sich dem wahren Leben an den Hals zu werfen, verriet eine tiefgehende Trennung von eben diesem Leben. Und diese besessene Suche nach der eigentlichen Welt schien mir nur Egoismus in anderer Gestalt zu sein. Pyke verschwieg ich meine Analyse natürlich: Ich hörte ihm mit heißen Ohren und keuchendem Atem zu. Ich wollte ihm näher sein. Ich war aufgeregt. Die Welt tat sich vor mir auf. Noch nie hatte ich jemanden wie ihn kennengelernt.
Bei einer dieser Bekenntnissitzungen, als ich nach der Probe erschöpft, aber zufrieden von der harten Arbeit neben ihm im Wagen saß, drehte Pyke sich mit breitem und hinterhältigem Grinsen zu mir um und sagte: »Hey, du solltest wissen, daß ich mit deinem Beitrag zu diesem Stück sehr zufrieden bin. Deine Rolle wird die Leute ganz schön zum Lachen bringen. Ich habe mich deshalb entschlossen, dir ein ganz besonderes Geschenk zu machen.«
Der Himmel zog mit irrer Geschwindigkeit vorbei. Ich sah

mir Pyke an, sein sauberes, weißes T-Shirt, die Trainingshose. Seine Arme waren dünn, sein Gesicht sah böse und verkniffen aus; er joggte ziemlich viel. Er hatte die Soul-Musik, die ich selbst ausgesucht hatte, voll aufgedreht. Smokey Robinsons *»Going to a Go-Go«* war eines seiner Lieblingsstücke, und wenn ihm etwas gefiel, dann wollte er es immer wieder hören. Und er hatte den Robinson-Song heute zum erstenmal gehört. Ich dachte gerade, daß er gar nicht so cool sei, wie ich immer gedacht hatte, als er etwas so verdammt Cooles abzog, daß mir gleichzeitig eiskalt und glühendheiß wurde.

Da saß ich, plapperte drauflos, sagte: »Du bist so gut zu mir gewesen, Matthew, schon allein deshalb, weil du mir diesen Job besorgt hast. Vielleicht begreifst du gar nicht, was das für mich bedeutet.«

»Was meinst du mit ›nicht begreifen‹?« fragte er mit schneidender Stimme.

»Mein ganzes Leben hat sich verändert. Wenn du mich nicht aufgegabelt hättest, würde ich noch immer irgendwo Häuser renovieren.«

Er grunzte. »Vergiß es. Ich wollte nicht nett sein – ist nur 'n Job, okay? Aber mein Geschenk hier, damit bin ich wirklich nett. Ich sag dir, was, oder besser, wer dein Geschenk ist. Ja, wer. Wer.«

»Wer?« Wir hörten uns fast wie ein Krähenschwarm an. »Wer ist es?«

»Marlene.«

»Deine Frau heißt Marlene, oder nicht?«

»So ist es. Wenn du sie haben willst, gehört sie dir. Sie ist scharf auf dich.«

»Auf mich? Ehrlich?«

»Ja.«

»Sie ist scharf auf mich? Weshalb denn?«

»Sie meint, du wärst die Art unschuldiger Junge, hinter der André Gide hergewesen ist. Und ich nehme an, da Gide nicht mehr lebt, wirst du wohl mit ihr vorliebnehmen müssen.«

Ich fühlte mich nicht geschmeichelt.

»Matthew«, sagte ich, »ich habe mich in meinem Leben noch nie so geschmeichelt gefühlt. Es ist einfach unglaublich.«

»Ja?« Er lächelte mich an. »Von Freund zu Freund. Ein Geschenk. Ein Zeichen meiner Zuneigung.«

Ich wollte nicht undankbar erscheinen, doch ich wußte, daß es dabei nicht bleiben konnte: Das dicke Ende kam erst noch. Andererseits würde es nicht besonders gut aussehen, wenn ich Pykes Geschenk einfach ablehnte. Schauspieler auf der ganzen Welt hätten ihren rechten Arm hergegeben, um nur einmal fünf Minuten mit Pyke sprechen zu können, und hier saß ich und wurde aufgefordert, seine Frau zu vögeln. Ich wußte, welche Auszeichnung das war. Und ich wußte die Qualität seines Angebots zu schätzen. Ich war sehr dankbar, wirklich. Aber ich mußte verdammt vorsichtig sein. Gleichzeitig fand etwas in mir – mein Schwanz, um genau zu sein – dieses Angebot durchaus attraktiv.

Schließlich sagte ich: »Du mußt wissen, Matthew, daß ich mit Eleanor zusammen bin. Sie bedeutet mir sehr viel. Und ich ihr auch, glaube ich.«

»Sicher, ich weiß das, Karim. Ich habe Eleanor gesagt, sie soll sich an dich ranmachen.«

»Ach ja?«

Er blickte zu mir rüber und nickte.

»Danke«, sagte ich.

»Bitte, bitte. Du tust ihr gut. Du beruhigst sie. Sie war lange ziemlich deprimiert, nachdem sich ihr letzter Freund auf so grausame Art abgeseilt hatte.«

»Ehrlich?«

»Wärst du's nicht gewesen?«

»Ja, Mann, ich glaub schon.«

»Einfach grauenhaft«, sagte er. »Und was für ein toller Typ er war.«
»Ich weiß.«
»Hübsch, talentiert, charmant. Kanntest du ihn?« fragte er.
»Nein.«
»Ich freue mich, daß ihr beiden zusammen seid«, sagte Pyke und lächelte mich an.
Diese Neuigkeiten über Eleanor machten mich fertig. Ich ließ mir durch den Kopf gehen, was Pyke gerade gesagt hatte, und versuchte es mit dem in Einklang zu bringen, was Eleanor mir von ihrer Vergangenheit erzählt hatte, und was ich von ihr wußte. Hatte sich ihr letzter Freund auf irgendeine entsetzliche Weise umgebracht? Wie genau? Wann war das? Warum hatte sie mir nichts davon gesagt? Warum hatte mir keiner der anderen etwas davon gesagt? Was ging hier vor? Ich wollte Pyke danach fragen, aber dazu war es jetzt zu spät. Pyke würde mich für einen Idioten halten, weil ich ihn angelogen hatte.
Pyke redete und redete, aber ich hörte nur noch mit halbem Ohr zu. Wir standen mit dem Wagen vor der Underground-Station West Kensington. In Scharen strömten die Pendler aus dem Ausgang und rannten buchstäblich nach Hause. Pyke schrieb etwas in sein Notizbuch.
»Komm am Samstag mit Eleanor zu Besuch. Wir haben ein paar Leute zum Abendessen eingeladen, es wäre schön, wenn ihr beide kommen würdet. Ich bin mir sicher, daß wir viel miteinander anfangen können.«
»Bestimmt«, sagte ich.
Ich kämpfte mich aus dem Wagen, Pykes Adresse in der Hand.

Als ich nach Hause kam – seit Ted mit der Arbeit angefangen hatte, sah die Wohnung wie ein Bauplatz aus – saß Dad da und schrieb: Er arbeitete an einem Buch über seine Kindheit in Indien. Später am Abend würde er noch eine

Meditationsstunde in einem Saal nicht weit von unserer Wohnung abhalten. Eva war nicht da. Manchmal fürchtete ich mich regelrecht davor, Dad zu sehen. Wenn man nicht in der richtigen Stimmung oder nicht in der Lage war, sich gegen ihn zur Wehr zu setzen, dann konnte er einen mit seinen Eigenheiten ziemlich fertigmachen. Dann kniff er dir in die Wangen oder in die Nase und glaubte, das sei die lustigste Sache der Welt. Oder er zog sich den Pullover hoch und schlug auf dem nackten Bauch eine Melodie und wollte, daß man erriet, ob es sich um *»Land of Hope and Glory«* oder *»The Mighty Quinn«* in der Version von Manfred Mann handle. Ich könnte schwören, daß er seine aufgedunsene Wampe mindestens fünfmal am Tag begutachtete, sich den Bauch tätschelte, seine Speckringe drückte und mit Eva darüber redete, als seien sie das neunte Weltwunder; oder er versuchte, Eva zu überreden, in die Wülste hineinzubeißen.

»Bei uns Indern liegt der Schwerpunkt tiefer als beim abendländischen Menschen«, behauptete er. »Wir halten eine bessere Balance. Wir leben aus dem Zentrum heraus – aus dem Magen. Wir leben mit dem Bauch, nicht mit dem Kopf.«

Eva ertrug dies alles; es brachte sie zum Lachen. Aber Dad war auch nicht *mein* Geliebter. Außerdem sah ich in ihm seit einiger Zeit nicht mehr meinen Vater, sondern eine von mir unabhängige Person mit eher zufälligen Eigenheiten. Er war Teil der Welt, nicht mehr deren Ursprung, und so sehr ich es auch bedauerte, war er in gewisser Weise doch nur ein anderer Mensch. Und seit Eva begonnen hatte, so hart zu arbeiten, staunte ich über Dads Hilflosigkeit. Er konnte sein Bett nicht machen, wußte nicht, wie man Wäsche wusch oder Kleider bügelte. Er konnte nicht kochen; er wußte nicht einmal, wie man Tee oder Kaffee macht.

Vor einigen Tagen bat ich Dad zum Beispiel – ich hatte mich gerade hingelegt, um meinen Text zu lernen –, mir einen Tee und etwas Toast zu machen. Als ich ihm aber schließlich doch in die Küche folgte, sah ich, daß er den Teebeutel mit der Schere aufgeschnitten und den Tee in die Tasse geschüttet hatte. Mit den Fingerspitzen hielt er ein Stück Brot hoch, als sei es ein seltener Fund einer archäologischen Ausgrabungsstätte. Sein Leben lang war er von Frauen umsorgt worden, und er hatte sie ausgebeutet. Ich verachtete ihn. Allmählich war ich davon überzeugt, daß die Bewunderung, die ich als Kind für ihn gehegt hatte, eigentlich grundlos war. Was konnte er schon? Welche Qualitäten hatte er denn? Warum hatte er Mum so schlecht behandelt? Ich wollte nicht mehr so sein wie er. Ich war wütend auf ihn. Er hatte mich irgendwie im Stich gelassen.

»Komm her, Trauerkloß«, sagte er jetzt zu mir. »Wie läuft's mit dem Stück?«

»Gut.«

Und schon legte er los: »Mag sein, aber paß auf, daß sie dir geben, was dir zusteht. Hör zu! Sag ihnen, du würdest nur die Hauptrolle spielen, sonst nichts. Man kann nicht hinter das Erreichte zurück – immerhin bist du bereits zum führenden Mowgli-Darsteller in der ganzen Theaterwelt aufgestiegen! Schließlich bist du auch die Frucht meines erstklassigen Samens, oder etwa nicht?«

Ich äffte ihn nach. »Erstklassiger Same, erstklassiger Same.« Dann sagte ich: »Warum hörst du nicht endlich auf, so einen Scheiß zu reden, alter Wichser«, und ging.

Ich ging ins Nashville, in dem es zu dieser Tageszeit ziemlich ruhig war. Ich genehmigte mir ein paar Pint Ruddles und eine Tüte Chips mit Hühnchengeschmack, saß da und fragte mich, warum Kneipen so düster aussehen müssen, vollgestopft mit dunklem Holz und schweren, ungemütlichen Möbeln und von einem so lausigen Licht erleuchtet, daß man in dieser verpesteten Luft kaum fünf Schritte weit sehen konnte. Ich dachte an Eleanor und hätte aus lauter Mitleid mit ihr am liebsten losgeheult. Aber mir war auch klar, daß dieses Gefühl vorübergehen würde, wenn ich es lange genug in der Kneipe aushielt. Selbst wenn er sich auf schreckliche Art und Weise umgebracht hatte, wollte Eleanor offenbar nicht über ihren letzten Freund reden. Jedenfalls hatte sie ihn mir gegenüber nie direkt erwähnt. Sie hatte mir einen wichtigen Teil ihres Lebens einfach vorenthalten. Ich fragte mich langsam, wie wichtig ich ihr eigentlich war.

Überhaupt passierten mir in meinem Leben schon ein paar verrückte Dinge, die mich ganz schön ins Wanken brachten. Zum Beispiel diese Einladung zum Essen. Ich betrachtete das Stück Papier, auf das Pyke seine Adresse geschrieben hatte. Allein das Wort »Abendessen« verwirrte und ärgerte mich. Diese Londoner nannten alles beim falschen Namen. Mittagessen war für sie Lunch, der Nachmittagstee Abendessen, Frühstück nannten sie Brunch, und Pudding hieß bei ihnen Dessert.

Ich mußte mit meinen Freunden darüber reden. Das würde mir helfen, einige Dinge klarer zu sehen. Doch als ich Eva besorgt von Pykes Einladung erzählte (ohne allerdings sein »Geschenk« zu erwähnen), konnte sie meine Angst und Verwirrung nicht begreifen. Sie hielt es für eine fantastische Chance. Sie wußte genau, wie bedeutend Pyke war, und sie sah mich bewundernd an, als hätte ich gerade im Schwimmwettkampf einen Pokal gewonnen. »Du mußt Matthew irgendwann in den nächsten Wochen einmal zu uns einladen«, antwortete sie. Als nächstes rief ich Jamila an. Bei ihr war die Sache nicht ganz so einfach. Mir wurde nämlich langsam klar, daß ich Angst vor ihr hatte, vor ihrer »Sexualität«, wie man das Vögeln heutzutage nannte, vor der Kraft ihrer Gefühle und der Kompromißlosigkeit ihrer Auffassungen. Leidenschaft stand in Südlondon ziemlich hoch im Kurs. »Nun?« fragte ich. »Was hältst du davon?«

»Ach, ich weiß nicht, Milchgesicht. Du tust ja doch, was du willst. Du hörst auf niemanden. Aber wenn du mich fragst, ich könnte da nicht hingehen. Ich mache mir Sorgen, daß diese Typen dich umkrempeln. Du entfernst dich von der wirklichen Welt.«

»Welcher wirklichen Welt? Das gibt es doch überhaupt nicht, eine wirkliche Welt.«

Sie sagte geduldig: »Doch, die Welt der gewöhnlichen Menschen und der Mist, mit dem sie sich abplagen müssen – Arbeitslosigkeit, miserable Wohnungen, Langeweile. Bald wirst du von dem, was eigentlich wichtig ist, kein Wort mehr begreifen.«

»Aber Jammie, das sind verflucht einflußreiche Typen.« Und dann machte ich einen Fehler. »Bist du denn nicht neugierig darauf, wie die Mächtigen und Erfolgreichen leben?«

Sie schnaubte verächtlich und lachte. »Ich interessiere mich offenbar längst nicht so für Innenarchitektur wie du, mein Lieber. Und um ehrlich zu sein, habe ich überhaupt keine Lust, mich mit solchen Leuten abzugeben. Also, wann kommst du uns besuchen? Ich habe hier einen großen Topf mit richtig scharfem Dal stehen, nur für dich. Selbst Changez laß ich da nicht dran – ich bewahre es extra für meinen alten Liebhaber auf.«

»Danke, Jammie«, sagte ich.

Am Freitag abend, am Ende der Workshop-Woche, legte Pyke seine Arme um Eleanor und mich, als wir gerade gehen wollten, küßte uns und sagte: »Bis morgen dann, eh?«

»Ja«, sagte ich. »Bis morgen.«

»Wir freuen uns auf den Abend«, sagte er.

»Ich mich auch«, antwortete ich.

Kapitel dreizehn

Wahnsinn, dachte ich und sah in mein Gesicht, das sich im gegenüberliegenden Fenster des U-Bahn-Wagens der Bakerloo Line spiegelte. Du kleiner Gott. Meine Füße tanzten, und meine Finger trommelten im Jive-Takt zur imaginären Musik der Velvettes: *»He was Really Saying Something«* – während die Bahn unter meiner Lieblingsstadt, meinem Spielplatz, meiner Heimstatt dahinbrauste. Und auch mein Baby summte vor sich hin. Wir stiegen am Piccadilly um und fuhren weiter Richtung Nordwesten, nach Brainyville, London, eine Gegend, die für mich so fremd war wie Marseille. Welchen Grund hatte ich bisher auch gehabt, nach St. John's Wood rauszufahren?

Ich sah durchtrainiert und gut aus, was wohl vom Gemüse kam. Die Liegestützen und die »Ich muß, ich muß, ich muß – vergrößern meine Brust«-Übungen, zu denen Eva mir geraten hatte, zeigten auch allmählich die gewünschte Wirkung; mein Profil war schärfer und mein Selbstvertrauen größer. Ich hatte mir bei Sassoon's in der Sloane Street die Haare schneiden lassen, und meine erst kürzlich mit Talkumpuder behandelten Eier waren so schmackhaft und wohlriechend bestäubt wie türkisches Lokum. Nur meine Kleider waren wie üblich zu groß, hauptsächlich deshalb, weil ich eines von Dads dunkelblauen Jacketts und einen seiner Bond-Street-Schlipse über einem Ronette-T-Shirt trug, das natürlich ohne Kragen war; darüber hatte ich mir einen rosaroten Pullover von Eva angezogen. Ich war nervös und, ich muß gestehen, auch etwas durcheinander, seit Heater mich vor ungefähr einer Stunde in Eleanors Wohnung mit einem Schnitzmesser bedroht hatte: »Du paßt mir auf die Frau auf, he? Wenn ihr was passiert, dann mach ich dich kalt!«

Eleanor, in schwarzem Kostüm und dunkelroter Seidenbluse mit hohem Kragen, saß neben mir. Sie hatte sich ihr Haar hochgesteckt, doch einige Locken fielen ihr offen auf die Schultern; sie waren gerade so groß, daß ich meinen Finger hindurchstecken konnte. »Du hast noch nie so schön ausgesehen«, sagte ich ihr. Ich meinte es auch. Ich mußte einfach unaufhörlich ihr Gesicht küssen. Am liebsten hätte ich sie den ganzen Tag lang in den Armen gehalten, sie gestreichelt, gekitzelt und mit ihr gespielt.

Aufgeregt und gut gelaunt schlenderten wir über die Auffahrt zum Landhaus. Das Haus, das Pyke sich mit Marlene teilte, war natürlich ein vierstöckiges Ding in einer ruhigen Straße mit blumenübersätem, frisch gesprengtem Vorgarten und zwei Sportwagen vor dem Eingang, der eine schwarz, der andere blau. Dann gab es da noch ein Kellergeschoß, in dem das Kindermädchen lebte, das sich um den dreizehnjährigen Sohn aus Pykes erster Ehe kümmerte.

Terry, der den Verbrechen der reichen Mittelklasse mit der Ausdauer eines politischen Maigret nachspürte, hatte mich bis in alle Einzelheiten informiert. Er war jetzt fest angestellt; der lang ersehnte Ruf war gekommen. Terry spielte einen Wachtmeister in einer Fernsehserie. Ideologisch war das für ihn etwas unangenehm, da er immer behauptet hatte, die Polizei sei das faschistische Instrument der herrschenden Klasse, aber als Polizist verdiente er einen Haufen Geld, viel mehr als ich, mehr sogar als alle anderen in der Gegend, in der er lebte, und auf der Straße wurde er ständig wiedererkannt. Außerdem lud man ihn ein, Feuerwerksveranstaltungen zu eröffnen, Preisrichter bei Wettbewerben zu sein und in Unterhaltungssendungen aufzutreten. Wenn ich mit ihm über die Straße ging, war es fast wie mit Charlie: Man rief seinen Namen, drehte sich nach ihm um und starrte ihn an, nur daß Terrys Fans ihn nicht als Terry Tapley, sondern als Wachtmeister Monty kannten. Diese Ironie des Schicksals machte Wachtmeister Monty besonders wütend auf Pyke, den Mann, der ihm die einzige Rolle verwehrt hatte, die er wirklich jemals hatte haben wollen.

Terry hatte mich vor kurzem auf eine politische Versammlung mitgenommen, und danach, in der Kneipe, erzählte ein Mädchen vom Leben nach der Revolution. »Die Masse wird Shakespeare lesen und Klarinette spielen lernen!« rief sie aus, und ihre Begeisterung und ihre Hoffnung faszinierten mich; ich wollte auch etwas tun. Doch Terry meinte, ich sei noch nicht soweit. Für den Anfang gebe er mir nur eine kleine Aufgabe. »Hab ein Auge auf Pyke«, sagte er, »wenn ihr schon so dicke Kumpel seid. Diese Sorte ist immer gut für Bares. Vielleicht kann man eines Tages was mit ihm anfangen. Wir geben dir dann Bescheid. Aber vorläufig sieh dich einfach nur um – versuch herauszufinden, wie er uns nützen kann, wenn wir ihn politisch brauchen. In der nächsten Zeit hilfst du uns am besten, wenn du dich mit seinem Sohn triffst.«

»Mit seinem Sohn? Okay, Wachtmeister Monty.«

Er hätte mir beinahe eine Ohrfeige verpaßt.

»Nenn mich nicht Monty. Und frag den Jungen – vor all den Gästen –, auf welche Schule er geht. Wenn es nicht eine der teuersten und exklusivsten von ganz England oder sogar der ganzen westlichen Welt ist, will ich Disraeli heißen.«

»Mach ich, Wachtmeister Monty – ich mein, Disraeli. Aber ich kann mir das nicht vorstellen, Mann. Pyke ist ein radikaler Linker.«

Terry schnaubte und lachte spöttisch. »Erzähl mir nichts von den verdammten Radikalen. Sind doch nur Liberale« – aus seiner Sicht so ziemlich das Schlimmste, was jemand sein konnte. »Die gefallen mir nur, solange sie Geld für unsere Partei spenden.«

Das Dienstmädchen, eine devote Irin, ließ uns ein. Sie reichte Eleanor und mir ein Glas Champagner und verschwand in der Küche – wahrscheinlich, um das »Abendessen« vorzubereiten. Nervös blieben wir auf dem Sofa sitzen. Pyke und Marlene seien dabei, »sich anzukleiden«, hatte man uns ausrichten lassen.

»›Auskleiden‹, meint sie wohl«, murmelte ich. Es war sonst niemand da. Das Haus war gespenstisch still. Wo zum Teufel blieben die anderen?

»Ich find es toll, daß Pyke uns eingeladen hat«, sagte Eleanor. »Glaubst du, es soll ein Geheimnis bleiben? Er gibt sich doch sonst nicht mit Schauspielern ab. Hat er schon mal jemand anderen aus dem Ensemble eingeladen?«

»Nein.«

»Warum dann uns?«

»Weil er uns so lieb hat.«

»Na ja, egal, was passiert, sollten wir uns nicht gegenseitig gewisse Erfahrungen absprechen«, sagte sie auf ihre arrogante Art, als hätte ich nichts Besseres zu tun, als ihr ihre Erfahrungen abzusprechen. Und dabei sah sie mich an, als würde sie am liebsten ein hartes Reiskorn in meine Harnröhre schieben.

»Welche Erfahrungen?« fragte ich und begann, auf und ab zu gehen. Sie antwortete nicht, sondern saß nur da und rauchte wie ein Schlot. »Was für Erfahrungen?« wiederholte ich. Sie würde mir noch den ganzen Abend verderben, und ich wurde immer nervöser. Ich schien überhaupt nichts von ihr zu wissen, nicht einmal die wichtigsten Tatsachen aus ihrem Leben. »Vielleicht die Art Erfahrungen, wie du sie mit deinem letzten Freund hattest? Mit dem Typen, den du so sehr geliebt hast? Meinst du das?«

»Bitte, red nicht von ihm«, sagte sie sanft. »Er ist tot, verdammt noch mal.«

»Das ist kein Grund, nicht von ihm zu reden.«
»Für mich wohl.« Sie stand auf. »Ich muß auf die Toilette.«
»Eleanor«, schrie ich zum ersten-, aber nicht zum letztenmal in meinem Leben. »Eleanor, warum reden wir nicht über alles?«
»Du weißt doch nur, wie man etwas nimmt, und nicht, wie man etwas gibt. Du kannst andere Menschen nicht verstehen. Es wäre viel zu gefährlich für mich, wenn ich mich dir anvertrauen würde.«
Und weg war sie, ließ mich einfach stehen.
Ich sah mich um. Schließlich war ich ja ein Detektiv im Dienste der Arbeiterklasse. Terry hatte das Ausmaß an Reichtum, mit dem wir es hier zu tun hatten, gründlich unterschätzt. Ich würde mal ein Wörtchen mit ihm über seine Schnüffler reden müssen. Pykes Haus war ein imposantes Gebäude, innen mit dunkelroten und grünen Wänden, an denen moderne Gemälde hingen – ein paar von Marlene, ein Foto von ihr, aufgenommen von Bailey – und Möbeln aus den Sechzigern: niedrige Couchtische mit Katalogen von Caulfield und Bacon und den beiden gebundenen Bänden der Biografie Nye Bevans von Michael Foot; drei Sofas in pastellfarbenen Tönen, darüber indische Friese und an der Wand eine Gipsskulptur aus Drähten und Glühbirnen, die aussah wie eine überdimensionale Möse. An einer anderen Wand lehnten drei von Pykes Auszeichnungen, eingerahmt, und auf dem Tisch standen ein Statuettenpaar und eine Schale aus geschliffenem Glas, in die Pykes Name eingraviert worden war. Von seinen Stücken waren weder Poster noch Fotografien zu sehen. Ohne die Auszeichnungen hätte kein zufälliger Besucher Pykes Beruf erraten können.
Eleanor kam zurück, als die beiden Ms gerade mit federnden Schritten die weite Treppe herunterkamen, Pyke in schwarzen Jeans und schwarzem T-Shirt, Marlene etwas exotischer in einem kurzen weißen Kleid mit bloßen Ar-

men und Beinen, dazu weiße Ballettschuhe. Marlene sah bezaubernd aus. Ihr Lächeln strahlte eine ursprüngliche, kompromißlose Sexualität aus, dabei war sie, wie meine Mutter sich ausgedrückt hätte, kein junger Hüpfer mehr.

Das irische Dienstmädchen servierte uns Truthahnsalat, und wir setzten uns, balancierten das Essen auf unserem Schoß und tranken noch mehr Champagner. Ich war hungrig und hatte extra das Mittagessen ausfallen lassen, um das »Abendessen« besser genießen zu können, doch jetzt bekam ich kaum etwas herunter. Marlene und Matthew sahen auch nicht gerade so aus, als würde es sie interessieren, was sie aßen. Ich behielt die Tür im Auge und erwartete, daß noch mehr Leute auftauchen würden, aber niemand kam. Pyke hatte gelogen. Er wirkte heute abend sehr still und irgendwie abwesend, als wäre es ihm zuviel, das Schauspiel einer Konversation zu inszenieren. Er murmelte nur einige Klischees und schien damit die Banalität des Abends noch unterstreichen zu wollen.

Marlene bestritt den größten Teil der Unterhaltung, und um kein Schweigen aufkommen zu lassen, stellte ich so viele Fragen, daß ich mir schon wie ein Fernsehinterviewer vorkam. Sie erzählte uns von den separaten Eingängen, durch die Prostituierte ins Unterhaus gelangten, und während wir unseren Truthahn aßen, servierte sie uns die Geschichte von dem Labour-Abgeordneten, der beim Sex gerne zusah, wie Hühner abgestochen wurden.

Marlene hatte einige Thai-Stengel, und wir rauchten unseren Verdauungs-Joint, als Pykes Sohn Percy hereinkam, ein blasser und launisch aussehender Junge mit rasiertem Schädel, Ohrringen und dreckigen Klamotten. Er sah viel zu hart und schlampig aus, um etwas anderes sein zu können als ein Mitglied der liberalen Mittelklasse. Zitternd vor Erwartung fuhr ich meine Terry-Antenne aus.

»Übrigens«, sagte Pyke zu dem Jungen, »weißt du, wer Karims Stiefbruder ist? Charlie Hero!«

Der Junge war wie ausgewechselt. Er wurde ganz hektisch und stellte Fragen. Plötzlich wirkte er viel lebhafter als sein Vater. »Ich vergöttere Hero. Erzähl, was ist er für ein Typ?« Ich gab ihm eine kurze Charakterskizze. Aber ich wollte auch Terry nicht enttäuschen, und hier war meine Chance gekommen.

»Auf welche Penne gehst du?«

»Westminster. Absolute Scheiße.«

»Ja? Voller Privatschultypen?«

»Voller idiotischer Mittelklasseklugscheißer, und die Alten sind alle beim BBC. Ich wollte auf eine Gesamtschule, aber die beiden hier waren dagegen.«

Er ging aus dem Zimmer. Und für den Rest des Abends hörten wir aus dem ersten Stock die gedämpften Klänge des ersten Albums der Condemned, *»The Bride of Christ«*, das ständig wieder aufgelegt wurde. Nachdem Percy gegangen war, warf ich Pyke und Marlene meinen bedeutungsvollsten Blick zu, mit dem ich ihnen zu verstehen geben wollte, daß sie die Arbeiterklasse verraten hätten, aber sie merkten es gar nicht. Sie saßen nur da, rauchten und sahen total gelangweilt aus, als würde dieser Abend schon tausend Jahre dauern und nichts könne sie mehr interessieren oder gar anmachen.

Plötzlich stand Pyke auf, ging durch das Zimmer und stieß die Türen zum Garten auf. Er drehte sich um und nickte Eleanor zu, die sich mit Marlene unterhielt. Eleanor brach mitten im Satz ab, stand auf und trippelte Pyke hinterher in den Garten. Marlene und ich waren allein. Durch die offenen Türen wurde es im Zimmer rasch kühl, aber die Luft roch so süß, als verströmte die Erde ein Parfüm. Was machten die beiden da draußen? Marlene tat so, als sei nichts geschehen. Schließlich holte sie sich einen frischen Drink und setzte sich neben mich. Sie legte mir den Arm um den Hals, was ich einfach ignorierte. Etwas in mir verkrampfte sich, aber ich ließ es mir nicht anmerken. Langsam wurde mir klar, was ich doch für ein glücklicher Mensch war, mit Marlene an meiner Seite, einer schönen Frau, die sich so ganz und gar auf mich konzentrierte. Aber es gab da noch etwas, das ich wissen wollte, und ich war überzeugt, daß Marlene mir helfen konnte.

»Marlene, erzählst du mir, was mir noch niemand erzählt hat? Was ist mit Gene, Eleanors letztem Freund, passiert?«

Sie sah mich mitfühlend, aber auch leicht ungläubig an.

»Bist du dir sicher, daß es dir noch niemand erzählt hat?«

»Ich bin mir sicher, daß mir niemand auch nur ein Wort davon gesagt hat, Marlene. Es macht mich noch wahnsinnig. Alle tun so, als sei es ein riesiges Geheimnis. Keiner sagt einen Ton. Sie behandeln mich wie den letzten Deppen.«

»Es ist kein Geheimnis, es ist einfach nur ziemlich schlimm und schmerzlich für Eleanor. Okay?« Sie rückte etwas näher. »Gene war ein junger, westindischer Schauspieler. Er hatte ein hübsches Gesicht, war talentiert und sensibel, schlank, freundlich und ein bißchen gammelig. Er kannte viele Gedichte auswendig, und manchmal, auf Feten, sagte er sie auf; er hatte eine kräftige und doch melodische Stimme. Afrikanische Musik war seine Spezialität. Einmal, vor vielen Jahren, hat er mit Matthew zusammengearbeitet. Matthew meinte, er sei der beste Schauspieler, den er je kennengelernt habe. Aber Gene bekam nie die Rollen, die er verdient gehabt hätte. In Krankenhausfilmen leerte er die Bettpfannen. Er spielte Ganoven und Taxifahrer. Er trat nie in einem Tschechow, Ibsen oder Shakespeare auf, dabei hätte er es verdient gehabt. Er war besser als die meisten, und deshalb war er auch wütend und unzufrieden. Ständig wurde er von der Polizei aufgegriffen und überprüft. Taxis fuhren einfach an ihm vorbei; in leeren Restaurants wurde ihm gesagt, man habe keinen Tisch frei. Es war eine ziemlich miese Welt, in der er lebte, in unserem guten alten England. Und eines Tages, als er mal wieder von einer der großen Theatergruppen abgelehnt wurde, hielt er es nicht mehr aus. Er drehte durch. Er nahm eine Überdosis. Eleanor war bei der Arbeit. Sie kam nach Hause, und er war tot. Sie war damals noch sehr jung.«

»Ach so.«

»Das ist alles.«

Marlene und ich schwiegen. Ich dachte an Gene und an das, was er durchgemacht hatte, was sie ihm angetan hatten, was er mit sich hatte machen lassen. Ich merkte, daß Marlene mich beobachtete.

»Sollen wir uns küssen?« fragte sie dann und strich mir leicht über das Gesicht.

Ich geriet in Panik. »Was?«

»Nur einen kleinen Kuß für den Anfang, nur um zu sehen, wie wir miteinander auskommen. Hm, was meinst du?«

Ihr Gesicht kam auf mich zu. Um die Augen hatte sie schon ganz viele Falten; sie war der älteste Mensch, den ich je geküßt hatte. Als wir uns aus unserer Umarmung lösten und ich mehr Champagner in mich hineinschüttete, warf sie mit einer plötzlichen, dramatischen Geste die Arme hoch, als feierte sie einen sportlichen Triumph, und zog sich ihr Kleid aus. Ihr Körper war schlank und braungebrannt, und als ich sie berührte, war ich überrascht, wie warm sie war, fast, als wäre sie leicht geröstet worden. Das erregte mich, und mit dieser Erregung kam auch etwas wie Zuneigung in mir auf, doch eigentlich hatte ich Angst, und mir gefiel es, Angst zu haben.

Der Dope machte mich schläfrig und lähmte meine Empfindungen und Reaktionen. Ich weiß nicht warum, aber auf den Schwingen der Thai-Stengel schwebte ich zurück nach Suburbia zu Evas Haus in Beckenham, zurück zu der Nacht, als ich Kordsamthosen mit Schlag trug und Dad den Weg nicht wußte, als ich ihn zu den Three Tuns mitnahm, wo Kevin Ayers spielte und meine Freunde an der Bar standen, die, nachdem sie sich stundenlang in ihren Schlafzimmern auf den Abend vorbereitet hatten, glücklich waren, wenn anerkennende Blicke ihre Kutten streiften. Etwas später saß Charlie, perfekt angezogen, oben auf der Treppe und beobachtete uns. Dann kamen die meditierenden Werbefritzen, und ich kroch über den Rasen und sah meinen Vater auf der Bank und Eva mit waagrecht flatterndem Haar auf ihm. Damals ging ich dann zu Charlie, um mich trösten zu lassen, und jetzt spielte oben seine Platte, er war berühmt und wurde angehimmelt, und ich war ein Schauspieler in einem Theaterstück in London, kannte bedeutende Leute und hielt mich in so großen Häusern wie diesem hier auf, und man akzeptierte mich, lud mich ein, mich ganz allein, und konnte es gar nicht abwarten, mit mir zu vögeln. Und dann war da noch meine Mutter, die sich verraten fühlte und sich ihrem Seelenschmerz hingab. In jener Nacht hatte das Ende unserer Familie seinen Lauf genommen, und alles andere hatte begonnen. Und Gene war tot. Er hatte Gedichte auswendig gewußt, war wütend und immer ohne Arbeit gewesen, und ich wünschte mir, ich hätte ihn kennengelernt, hätte sein Gesicht gesehen. Wie würde ich ihn in Eleanors Augen je ersetzen können?

Als ich mich aufrichtete, mußte ich erst einmal überlegen, wo ich mich befand. Ich kam mir vor, als hätte jemand in meinem Schädel die Lichter ausgeknipst. Immerhin konnte ich ein Pärchen am anderen Ende des Zimmers erkennen, das sich gegen das Licht vom Flur deutlich abhob. Und in der Tür stand ein irisches Mädchen, als hätte man es aufgefordert hereinzukommen, und sah dem fremden Paar zu, das sich küßte und mit den Händen aneinander herumrieb. Der Mann stieß die Frau auf das Sofa. Sie hatte sich aus irgendeinem Grund das schwarze Kostüm und die rote Bluse ausgezogen, dabei hatte sie doch so hübsch darin ausgesehen.

Marlene und ich ließen uns auf den Boden gleiten. Ich war in sie eingedrungen, und mir fielen die seltsamsten Dinge auf, zum Beispiel, daß sie starke Muskeln in ihrer Möse

hatte, mit denen sie meinen Schwanz so geschickt wie mit Fingern greifen konnte. Wenn sie wollte, daß ich mich nicht mehr in ihr bewegte, dann zog sie einfach ihre Mösenmuskeln zusammen, und ich saß für immer fest.
Später sah ich, daß das Paar sich getrennt hatte, und wie ein Lkw, der einen Kran geladen hat, trug Pyke seinen steifen Schwanz vor sich her und kam auf mich zu.
»Das sieht witzig aus«, sagte seine Stimme.
»Ja, es –«
Aber noch bevor ich meinen Satz beenden konnte, schob Englands interessantester und radikalster Theaterdirektor mir seinen Schwanz zwischen die Lippen. Ich wußte diese Auszeichnung zu schätzen, mochte sie aber nicht besonders: Irgendwie hielt ich ihn für etwas aufdringlich. Er hätte ja höflich fragen können. Also verpaßte ich seiner Latte eine saftige Südlondoner Abreibung – nicht richtig brutal, zumindest nicht so schlimm, daß er hätte meine Rolle streichen können, doch hart genug, um ihn zusammenzucken zu lassen. Gerade als ich aufblicken wollte, um zu sehen, wie er darauf reagierte, hörte ich ihn anerkennende Zustimmung seufzen. Glücklicherweise zog sich Pyke aber bald aus meinem Gesicht zurück, denn etwas Wichtiges war geschehen. Er wurde abgelenkt.
Eleanor ging auf Pyke zu; sie warf sich ihm rasch und leidenschaftlich an den Hals, als wäre er in diesem Moment von unschätzbarer Bedeutung, als hätte sie gehört, daß er ihr eine lebenswichtige Nachricht bringe. Sie nahm Pykes Kopf wie eine kostbare Vase in die Hände und küßte ihn, zog seine leicht geschürzten Lippen zu sich, so wie sie ganz spontan meinen Kopf zu sich gezogen hatte an jenem Morgen, als wir uns im vorderen Zimmer ihrer Wohnung eine Grapefruit teilten. Seine Hand fuhr ihr zwischen die Beine, seine Finger stießen in sie hinein. Während er sie rieb, redete sie in einer Art Singsang auf ihn ein. Gespannt versuchte ich, mir nichts entgehen zu lassen und hörte zu

meinem Kummer Eleanor flüstern, wie scharf sie darauf sei, mit ihm zu vögeln, wie sie es schon immer gewollt hätte, seit damals, als sie ihn zum erstenmal gesehen und bewundert hatte im Foyer des Theaters – im ICA war das; oder war es das Royal Court, das Open Space, das Almost Free oder das Bush gewesen? – egal, wie sehr sie ihn damals schon gewollt hatte, aber sein Ruf, sein Talent, seine Stellung hätten sie zu sehr eingeschüchtert, und jetzt endlich lernte sie ihn so kennen, wie sie ihn schon immer hatte kennenlernen wollen.

Marlene war von alldem völlig hingerissen. Sie umkreiste das Paar, um besser sehen zu können. »Ja, ja«, sagte sie. »Es ist so schön, so schön; ich kann es nicht fassen.«

»Halt's Maul«, fuhr Pyke sie plötzlich an.

»Aber ich kann es nicht glauben«, fuhr Marlene fort. »Du vielleicht, Karim?«

»Wirklich unglaublich«, stimmte ich zu.

Das lenkte Eleanor ab. Sie sah zuerst mich, dann Pyke mit verträumten Augen an, nahm sich Pykes Finger aus der Möse und steckte sie mir in den Mund.

»Laßt doch den ganzen Spaß nicht für mich allein«, flehte sie Pyke an. »Warum streichelt ihr beiden euch nicht?«

Marlene nickte begeistert über diesen konstruktiven Vorschlag.

»Wirklich?« fragte Eleanor. Mir fiel, mit Pykes Fingern im Mund, die Antwort etwas schwer.

»Au ja, ja«, sagte Marlene.

»Reg dich ab«, sagte Pyke zu ihr.

»Ich bin ja ganz ruhig«, meinte Marlene. Sie war außerdem auch noch betrunken.

»Verdammt«, sagte Pyke zu Eleanor. »Verfluchte Marlene.«

Marlene ließ sich auf die Couch fallen, nackt, die Beine gespreizt.

»Wir haben noch die ganze Nacht vor uns!« rief sie. »Stunden der totalen Lust. Wir können tun, was wir wollen. Wir haben erst angefangen. Laßt mich eure Drinks nachfüllen, und dann legen wir los. Karim, ich will, daß du mir ein paar Eiswürfel in die Möse schiebst. Würdest du sie bitte aus dem Kühlschrank holen?«

Kapitel vierzehn

Mir ging es wie immer: Ich hatte kein Geld. Diesmal sah es jedoch so schlecht aus, daß ich anfangen mußte zu arbeiten. Wir hatten gerade einige Wochen Pause, in denen Louise versuchen wollte, ein einziges zusammenhängendes Stück aus den von uns entwickelten Improvisationen und Charakteren zu schaffen. Bei Pyke dauerte der ganze Prozeß der Inszenierung mehrere Monate. Wir hatten im Frühsommer angefangen, und jetzt war es Herbst. Außerdem war Pyke nach Boston geflogen, um dort zu unterrichten. »Wir arbeiten daran, bis es fertig ist«, sagte er. »Mir kommt es auf den Prozeß und nicht auf das Ergebnis an.« Statt wie Carol, Tracey und Richard während dieser Wartezeit in Urlaub zu fahren, half ich als Schubkarrenboy – so jedenfalls nannte Eva es – beim Renovieren der Wohnung. Widerwillig begann ich eigenhändig den Schutt fortzuräumen. Es war eine schwere und schmutzige Arbeit, und daher war ich ziemlich überrascht, als Eleanor eines Abends meinte, sie würde sich gern den Job mit mir teilen. »Bitte«, sagte sie. »Ich muß hier raus. Wenn ich zu Hause bin, fang ich doch nur an nachzudenken.«

Weil ich nicht wollte, daß Eleanor nachdachte, und sie seit dem Abend bei Pyke (über den wir nie sprachen) enger an mich binden wollte, sagte ich Eva, sie solle Eleanor auch noch einstellen. »Natürlich mit gleichem Lohn. Schließlich arbeiten wir als Team«, erklärte ich.

Eva war in letzter Zeit energischer und härter geworden. Ihr Alltag war fast so gut durchorganisiert wie der eines typischen Managers; sogar ihr Gang war forscher geworden, und sie trug frechere, flottere Kleider. Für jede Kleinigkeit gab es neuerdings Listen. Keine mystischen Nebel verdunkelten mehr die Frage, wie praktische Dinge – etwa eine Wohnung ausräumen – zu erledigen waren. Seinen Impulsen zu folgen und eine sensible Intuition zu haben hieß noch lange nicht, daß man ein unpraktischer Idiot sein mußte. Eva redete direkt und ohne Umschweife; und dadurch verschreckte sie die Menschen, besonders die Klempner, für die so etwas ziemlich ungewohnt war. Sie waren noch nie jemandem begegnet, der sie zurechtstutzte: »Nun sagen Sie mir doch mal, wie konnten Sie einen so einfachen Auftrag dermaßen verpfuschen? Wollen Sie wirklich so drittklassig sein? Leisten Sie immer so miserable Arbeit?« Außerdem hatte sie als Charlies Mutter sehr an Ansehen gewonnen. Zweimal war sie bereits für die Beilagen der Sonntagszeitungen interviewt worden.

Jetzt tat sie herablassend. »Ich kann es mir nicht leisten, Eleanor auch noch einzustellen. Außerdem hast du gesagt, sie sei verrückt.«

»Das bist du auch.«

»Schauspieler sind eine lustige Gesellschaft. Sie verstellen ihre Stimmen und imitieren irgendwelche Leute. Aber sie haben keinen Charakter.«

»Ich bin Schauspieler, Eva.«

»Ach ja, hatte ich vergessen. Das bist du. Aber nicht für mich.«

»Was willst du damit sagen?«

»Schau nicht so ernst, mein Lieber. Ich meine nur, daß du dich nicht gleich dem ersten Mädchen an den Hals werfen sollst, nur weil es für dich die Beine breitmacht.«

»Eva!«

Seit dem Dschungelmist hatte ich gelernt, mich durchzusetzen, obwohl ich es nicht gerne mit Eva aufnahm. Ich wollte mir nicht unbedingt meine neue Mummy vergraulen. Aber was zuviel war, war zuviel: »Eva, ich werde keinen Handschlag mehr für dich arbeiten, wenn Eleanor nicht mitmachen darf.«

»Okay, abgemacht, wenn du unbedingt darauf bestehst. Gleiche Löhne für euch beide. Allerdings werden eure Löhne hiermit um fünfundzwanzig Prozent gekürzt.«

Also erledigten Eleanor und ich inmitten einer großen weißen Staubwolke alle Drecksarbeiten, rissen die Tapete von den Wänden und kippten die Vergangenheit haufenweise in die Müll-Container. Allerdings lag auch Eva nicht auf der faulen Haut. Sie hatte den Auftrag erhalten, die Wohnung eines Fernsehfilmproduzenten, der sich zur Zeit in Amerika aufhielt, neu einzurichten. Für Ted und Eva war dies der erste große Job, und während Eleanor und ich in unserer Wohnung schufteten, tüftelte Eva mit Ted Pläne für die Wohnung in Maida Vale aus. Eva und Dad schliefen auch dort, und manchmal blieb ich auch über Nacht.

Beim Arbeiten hörten Eleanor und ich die neueste Musik: Clash, Generation X, die Condemned, die Adverts, die Pretenders oder die Only Ones; wir tranken Wein und aßen dazu Würstchen auf Zwiebeln mit scharfem Senf. Nach der Arbeit nahmen wir den 28er Bus nach Notting Hill, saßen auf dem Oberdeck in der ersten Reihe und ließen uns durch den Verkehr der Kensington High Street schippern. Ich betrachtete die Beine der Sektretärinnen unter mir, und Eleanor las in der *»Evening News«* nach, welches Stück wir uns am Abend ansehen würden.

In ihrer Wohnung duschten wir, kämmten uns Zuckerwasser in die Haare, bis wir aussahen wie Stachelschweine, und zogen schwarze Klamotten an. Manchmal bemalte ich mir die Augen mit Kajal und die Fingernägel mit Nagellack. Dann zogen wir zum Bush, einem winzigen Zimmerchen über einer Kneipe in Shepherd's Bush: Es war ein Theater, das so klein war, daß die Typen in der ersten Reihe ihre Füße auf der Bühne ablegen mußten. Das berühmte Royal Court Theatre am Sloane Square hatte bequemere Sitze, und die Stücke waren echte Hämmer, die einem die Gedanken ins Schleudern brachten, Stücke von Caryl Churchill oder von Sam Shepard. Manchmal gingen wir auch zum Royal Shakespeare Company's Warehouse in dem dunklen, heruntergekommenen Viertel am Covent Garden und saßen zwischen Studenten, Amerikanern und Schlaumeiern aus Nordlondon. Während unsere Hintern auf Stahlrohr- oder Plastikstühlen gemartert wurden, sah man über grauen Dielen auf ein minimalistisches Bühnenbild, zum Beispiel vier Stühle und ein Küchentisch in einem Meer von zerbrochenen Flaschen und Bombenkratern, eine brodelnde Welt, in der Trockeneiswolken über das nach Luft ringende Publikum hinwegschwappten. Mit einem Wort: Es ging um London. Die Schauspieler trugen die gleichen Kleider wie wir, nur daß ihre wesentlich teurer waren. Die Stücke dauerten drei Stunden, waren chaotisch und barsten schier vor anarchischen und aufwühlenden Bildern. Für die Autoren war es eine ausgemachte Sache, daß England mit seiner Arbeiterklasse aus Pennern und rotnasigen Taugenichtsen und seinem mit Flippern, Pornographie und Fast Food großgezogenen Nachwuchs in der letzten Schlacht des Klassenkampfes untergehen würde. Das waren die Science-Fiction-Fantasien der in Oxford erzogenen jungen Schnösel, die nie einen Schritt vor die eigene Tür gesetzt hatten. Und dem Mittelstand gefiel's.

Eleanor glühte nach den Vorstellungen vor Begeisterung und redete wie ein Wasserfall. Dies war Theater, wie sie es mochte; dies war Theater, bei dem sie mitspielen wollte. Meistens kannte sie einige Leute im Publikum, oft sogar im Ensemble, und ich fragte sie jedesmal, mit wem sie schon alles geschlafen hatte. Wie viele es auch waren und was für ein Stück es auch war, wenn ich im Dunkeln neben ihr saß, bekam ich unweigerlich eine Erektion, und in der Pause zog Eleanor sich den Slip aus, damit ich sie so streicheln konnte, wie es ihr gefiel.

Das waren die schönsten Tage: Ich wachte auf, und Eleanor lag neben mir wie eine warme Pastete; manchmal hatte sich auf ihrer Brust etwas Schweiß angesammelt, der im Schlaf aus den Weiten ihres Körpers aufgestiegen zu sein schien. Ich erinnerte mich, daß auf einer von Tante Jeans Parties, als Mum sich nervös durch einen Kuchen, so groß wie ein Damenhut, hindurchfutterte, mein Vater einmal betrunken zum Bürgermeister gesagt hatte: »Wir kleinen Inder lieben dralle, weiße Frauen mit stämmigen Schenkeln.« Vielleicht lebte ich seine Träume aus, wenn ich Eleanors Schenkel umarmte, mit meiner Hand leicht über ihren Körper fuhr, sie wachküßte und meine Zunge in ihre Möse steckte, wenn sie die Augen öffnete. Wir liebten uns im Halbschlaf, doch manchmal stiegen dabei auch beunruhigende Bilder in mir auf. Hier lagen wir, ein zärtliches und leidenschaftliches Paar, aber, so fragte ich mich verwundert, was für ein seltsames Wesen ist doch der Mensch, daß er im Augenblick der Vereinigung und auf dem Weg zum Höhepunkt Vergewaltigungen, Massaker, Folterungen und Morde fantasiert? Teufel plagten mich. Ich hatte ständig das Gefühl, daß schreckliche Dinge geschehen würden.

Nachdem Eleanor und ich die Wohnung leergeräumt hatten, und bevor Ted und Eva mit dem Renovieren begannen, blieb ich ein paar Tage bei Jeeta und Anwar. Ich wollte nur abends im Laden arbeiten und etwas Geld verdienen und hatte gar nicht die Absicht, mich in irgendwelche ernsthaften Auflösungsaktionen einzumischen. Aber es hatte sich vieles geändert.

Onkel Anwar schlief kaum noch. Nachts saß er auf der Kante seines Stuhls, rauchte und trank unislamische Drinks, dabei hing er schwermütigen Gedanken nach, träumte von fremden Ländern, von fast vergessenen Häusern, Müttern und weiten Stränden. Anwar arbeitete nicht mehr im Laden, selbst der Blick auf Ladendiebe und Mädchenknie reizte ihn nicht mehr. Wenn Jamila vor der Arbeit nach ihrer Mutter sah, fand sie Anwar oft betrunken auf dem Boden liegend und nach Elend stinkend. Anwars Hungerstreik hatte ihn in seiner Familie nicht gerade beliebt gemacht, und jetzt kümmerte sich niemand mehr um ihn, keiner fragte nach seinem zerbrechenden Herzen. »Verscharr mich in einem Armengrab«, bat er mich. »Ich bin fertig mit der Welt, Karim, mein Junge.« »Schon gut, Onkel«, gab ich ihm zur Antwort. Und während Anwar zusehends verfiel, wurde Prinzessin Jeeta immer stärker; es sah aus, als würde ihr eine eiserne Nase wachsen, mit der sie, wie an einem Haken, schwere Kisten mit Corned Beef hätte anheben können. Sie ließ den betrunkenen Anwar auf dem Boden liegen, putzte sich höchstens die Füße an ihm, wenn sie vor ihrem Gemüsereich die Jalousien hochzog. Und es war Jamila, die ihn aufheben und in einen Sessel setzen mußte, wobei sie nie miteinander sprachen, sondern sich nur mit amüsierten, wütenden und doch liebevollen Blikken ansahen.

Langsam merkte ich, daß Anwars Unglück nicht nur ihm selbst zuzuschreiben war. Er war das Opfer einer Kampagne. Seit seinem Versuch, sich zu Tode zu hungern, hungerte Prinzessin Jeeta ihren Mann auf ihre eigene Art zu Tode, behutsam, doch beharrlich, Monat um Monat. Sie ließ ihn unter bestimmten, kaum faßlichen Entzugserscheinungen leiden. So redete sie zwar mit ihm, doch nur manchmal, und sie achtete darauf, daß sie dabei nicht lachte. Anwar begann, an Unterernährung infolge Zufuhr von unverdünnter Ernsthaftigkeit zu leiden. Wem nie Witze erzählt werden, der leidet bald an Lachmangel. Jeeta kochte auch weiterhin für ihn, doch nur noch einfache Mahlzeiten; sie brachte ihm jeden Tag das gleiche und auch das erst lange nach der gewohnten Zeit, wenn Anwar bereits schlief oder gerade beten wollte. Und das Essen war absichtlich so zubereitet, daß es Verstopfungen verursachte. Tage vergingen ohne Hoffnung auf Erleichterung.

»Ich steck bis oben hin voll Scheiße«, sagte Anwar zu mir. »Ich fühl mich, als wär ich aus Beton. Die Scheiße verstopft mir sogar die Ohren, Junge. Sie sitzt mir in der Nase, und selbst durch die verdammten Poren schwitze ich sie aus.«

Als er Jeeta von seinen Scheißschwierigkeiten erzählte, sagte sie kein Wort, aber an diesem Tag änderte sich sein Essen. Jetzt konnte er sich erleichtern, und wie. Wochenlang berührte Anwars Scheiße kaum noch den Rand der Kloschüssel, denn sie war so dünn, daß sie noch durch ein Nadelöhr geflossen wäre. Prinzessin Jeeta hörte nicht auf, den Herrn und Meister um seinen Rat zu fragen, doch nur in Kleinigkeiten, etwa bei der Frage, ob sie saure Sahne einlagern solle oder nicht. (Anwar war dagegen, er meinte, in ihrem Laden sei die Sahne sowieso immer sauer.)

Eines Tages betraten drei von Jeeta bestellte Männer den Laden, rissen die in der Mitte stehenden Regale heraus und schufen damit im Kaufhaus Paradies mehr Platz. Die Männer installierten drei lange, niedrige Gefriertruhen, in denen Jeeta große Mengen Kühl- und Tiefkühlkost, inklusive saurer Sahne, aufbewahrte; und bis zum letzten Moment hatte Jeeta Anwar nichts von dieser Neuerung gesagt. Als Anwar dann in den völlig veränderten Laden hinunter kam, muß er geglaubt haben, er sei verrückt geworden.

Mindestens einmal die Woche ließ Prinzessin Jeeta abschätzige Bemerkungen über Changez fallen. So sagte sie etwa, wenn sie eine Kiste anhob: »Das wär eine Arbeit für einen guten Schwiegersohn und nicht für eine alte Frau wie mich.« Oder sie machte Anwar auf Babys und Kinder aufmerksam, küßte sie und gab ihren Müttern Lebensmittel, ohne Geld dafür zu verlangen, da sie ja doch niemals Enkel bekommen würde von diesem so ausgezeichneten Schwiegersohn, den Anwars hervorragender Bruder aus Bombay ausgewählt hatte. Und manchmal, wenn sie ihre Behandlung noch wirksamer machen wollte, war sie beinahe einen ganzen Vormittag lang freundlich, liebevoll und aufmerksam zu Anwar, um dann, wenn das Lächeln langsam auf sein Gesicht zurückkehrte, bestimmt eine Woche lang kein Wort mehr mit ihm zu reden, bis er überhaupt nicht mehr wußte, woran er war und wie ihm geschah.

Als Anwar eines Tages aus der Moschee zurückkam, erspähte er durch das Schneegestöber seiner Schmerzen jemanden, an den er sich vage zu erinnern glaubte, doch es war schon lange her, seit er ihn das letzte Mal gesehen hatte (und diese Person war auch ganz schön fett geworden). In Gedanken jedoch hatte Anwar diesen Menschen tagtäglich gesteinigt und ihn mir gegenüber einen »verdammten, glatzköpfigen, nutzlosen Krüppel« genannt. Es war Changez. Er war mit Shinko beim Einkaufen, seiner Lieblingsbeschäftigung. Zuerst waren sie im Antiquariat und dann im größten Sexshop von Catford, dem »Salon der Liebe«, gewesen, und Changez trug unter seinem gesunden Arm ein braunes Paket mit den neu erstandenen Hilfsmitteln der Lust: roten, im Schritt offenen Slips, Strumpfhosen und Strumpfbändern, Zeitschriften mit Titeln wie »Tiefe Einblicke für den Herrn« oder *»Citizen Cane«* und der Hauptattraktion, einem großen, knotigen, rosafarbenen Penis, den Changez zu einem Aufpreis in Shinkos Jadeloch stoßen wollte, wenn sie »FickmichfickmichfickmichoManno-MannoMann!« schrie.

An diesem unvergeßlichen Tag trug Shinko eine Ananas und eine Grapefruit bei sich, die sie eigentlich am Nachmittag mit Changez hatte essen wollen, wären die Früchte nicht später auf die Straße gerollt und in der Gosse unbeachtet verfault. Während Changez und Shinko also unverdrossen durch den englischen Nieselregen schlenderten, erzählten sie sich, beide redselig und etwas umständlich, von ihren jeweiligen Heimatländern, Indien und Japan, die sie zwar schrecklich vermißten, doch nicht so sehr, daß sie in ein Flugzeug steigen und dorthin fliegen würden. Und Changez – wenn ich mich nicht völlig in meinem Changez täuschen sollte – verfluchte jeden Pakistani oder Inder, der ihm auf der Straße begegnete. »Sieh dir diesen Pöbel an«, sagte er mit lauter Stimme, blieb stehen und zeigte auf seine Landsleute – auf einen Kellner, der zur Arbeit eilte, auf einen alten Mann, der gemächlich zum Tagesheim schlurfte, oder auf eine Gruppe Sikhs, die auf dem Weg zu ihrem Steuerberater waren. »Zugegeben, sie haben eine Seele, aber in diesem Land herrscht deshalb ein so böser Rassismus, weil die da so dreckig aussehen, weil sie sich so ungehobelt und rüpelhaft benehmen. Und wie sie sich anziehen, mit diesen Turbanen und so, das muß einem Engländer ja ganz seltsam vorkommen. Wenn sie akzeptiert werden wollen, dann müssen sie sich den Engländern anpassen und ihre dreckigen Dörfer vergessen! Sie müssen sich entscheiden, ob sie hier oder dort leben wollen. Schau dir doch an, wie sehr ich mich diesem Land angepaßt habe! Und warum sieht dieser Idiot da dem Engländer nicht in die Augen? Da ist es doch kein Wunder, wenn er von dem Engländer verprügelt wird!«

Plötzlich hallte durch ganz Lewisham bis nach Catford und Bromley ein gellender Schrei. Mitten in seiner Hetzrede unterbrochen, drehte Changez sich in seinen unverschnürten Hush Puppies so rasch wie möglich um, und das war nicht besonders rasch, es erinnerte eher an einen Lastwagen, der in einer Sackgasse wenden mußte. Aber als Changez sein Wendemanöver von Ost nach West abgeschlossen hatte, sah er den Mann, der ihn nach England geholt hatte, zu Shinko, Karim, dem Feldbett und zu Harold Robbins, er sah seinen Schwiegervater, der mit erhobenem Stock die Straße hinunter auf ihn zu hastete und aus dessen Mund

Flüche hervorbrachen wie wilde Hunde aus einem Zwinger. Changez begriff sofort, daß diese zähnefletschenden Hunde nicht bloße Warnungen oder eitle Drohgebärden waren. Nein, der enttäuschte Schwiegervater hatte die Absicht, seinem Schwiegersohn hier und jetzt eins über den Schädel zu ziehen – und ihn womöglich zu Tode zu knüppeln. Shinko bemerkte zu ihrer Überraschung, daß Changez völlig ruhig blieb. (Und dieser Augenblick war der Beginn ihrer Liebe zu ihm.)

Als Anwar seinen Stock auf ihn niedersausen ließ, rollte sich Changez im letzten Moment zur Seite, zog den knotigen Dildo aus der Tütenscheide, stieß einen moslemischen Kriegsschrei aus – wenigstens behauptete Shinko, daß es ein moslemischer Schrei gewesen war, aber was wußte sie schon davon? – und knallte meinem Onkel den Liebesknüppel gekonnt über den Schädel. Das hätte sich mein Onkel in all den Jahren nicht träumen lassen. Seit er aus Indien zur Old Kent Road übergesiedelt war, um bei einem Zahnarzt zu wohnen, zu wetten und zu spielen, mit dem Ziel, sein Glück zu machen und zurückzukehren, um sich am Juhu-Strand ein Haus wie das Haus meines Großvaters zu bauen: daß ihn jetzt, gegen Ende seines Lebens, ein Plastikpenis bewußtlos schlagen würde. Kein Wahrsager hatte ihm das vorausgesagt. Kipling schrieb »jedem seine eigene Angst«, aber dies war nie Anwars Angst gewesen.

Stöhnend brach Anwar auf dem Gehweg zusammen.

Shinko rannte zur nächsten Telephonzelle, die drei Jungen gerade frisch bepinkelt hatten, und rief einen Krankenwagen. Später wurde Changez von der Polizei verhört und »Scheiß-Immigrant« »Paki«, »Abschaum«, »Nigger«, »Dreckskerl«, und »Mörder« genannt, während die Tatwaffe als eine Art *aide mémoire* vor ihm auf dem Tisch lag. Changez wollte zuerst einer plötzlichen Eingebung folgen und behaupten, daß er unschuldig sei, daß ihm der Dildo von der Polizei untergeschoben worden sei, da Changez wußte, daß solche Verbrechen nicht gerade selten waren. Aber selbst er war so schlau, einem englischen Gericht aus lauter Weißen lieber gar nicht erst einreden zu wollen, daß Wachtmeister McCrum ein großes, rosafarbenes Sexspielzeug in die Tasche des Angeklagten geschmuggelt hatte. Changez wurde unter Verdacht auf tätlichen Angriff festgehalten.

Mit einer Binde um den Kopf, die ihn wie den sterbenden Trotzki aussehen ließ, lag Anwar eine Woche lang auf der Intensivstation. Er hatte einen Herzinfarkt gehabt. Jamila und ich und manchmal sogar Prinzessin Jeeta saßen an seinem Bett. Doch Jeeta konnte ziemlich grausam sein. »Warum soll ich denn zu diesem schwarzen Teufel fahren?« fragte sie eines Abends, als wir im Bus saßen und auf dem Weg zum Krankenhaus waren.

Ich weiß nicht warum, aber Dad wollte Anwar auf keinen Fall besuchen. Vielleicht sah ich Dads Vergangenheit in einem sentimentaleren Licht als er selbst, jedenfalls wollte ich die beiden Männer wieder vereint sehen. »Bitte, geh ins Krankenhaus«, sagte ich. »Warum?« antwortete Dad etwas geziert. »Ich will doch nicht depressiv werden.«

Dad hatte sich ernsthaft mit Anwar entzweit. Sie sprachen kein Wort mehr miteinander. Anwar meinte, Dad hätte Mum nie verlassen dürfen. Es sei schändlich, sich so zu verhalten. Nimm dir eine Geliebte, hatte er gesagt, und behandle beide Frauen gleich gut, aber verlasse niemals deine Frau. Anwar beharrte darauf, daß Eva eine unmoralische Frau und Dad vom Westen verführt worden sei; er sei so dekadent und tugendlos wie der Rest der Gesellschaft geworden. Dad hörte sich doch sogar Popmusik an, oder etwa nicht? »Es dauert nicht mehr lange, und er ißt auch noch Schweinefleisch«, sagte Anwar. Dad tobte, wenn er so etwas hörte. Den Vorwurf der Dekadenz und Korruption akzeptierte er durchaus – er führte seit einiger Zeit ständig das Wort »unmoralisch« im Munde –, bloß bezog er ihn nicht auf sich selbst.

Nur Eva hätte Dad überreden können, Anwar zu besuchen, aber sie war kaum zu Hause. Eva arbeitete ununterbrochen. Die beiden waren ein fantastisches Paar und ergänzten sich hervorragend, denn Dad mit seiner Ignoranz gegenüber allen weltlichen Dingen und seiner offenen Arroganz, seinem »Wenn du willst, kannst du alles erreichen«, war weder von Zweifeln noch von Wissen geplagt und konnte Eva das Vertrauen und die Unterstützung geben, die sie immer gesucht hatte. Doch je mehr Eva aufblühte, um so stärker entfernte sie sich auch von ihm. Eva war ewig unterwegs, und ich wußte, daß Dad mehr als je zuvor an Mum dachte und sie wahrscheinlich idealisierte. Er hatte Mum nicht wiedergesehen, aber sie telefonierten jetzt miteinander, während ihre gemeinsamen Angelegenheiten vorher immer von mir erledigt worden waren.

Anwar starb. Er nuschelte etwas von Bombay, vom Strand, von den Jungen in der Domschule, dann rief er nach seiner Mutter. Jamila bestand darauf, daß er an einem ihrer Lieblingsplätze beerdigt wurde, einem kleinen, grasbewachsenen Platz, zu dem sie oft kam, um zu lesen, und an dem sich Schwule trafen, um sich zu sonnen und Kontakte zu knüpfen. Anwars Leiche wurde von seinen Freunden in der nahegelegenen Moschee gewaschen, und fünf Inder, angezogen in schreiend bunten und grellen Farben, trugen den Sarg zum Grab. Einer der fünf Männer hatte eine Hasenscharte und war geistig etwas zurückgeblieben; ein anderer trug einen kurzen, weißen Bart. Man öffnete den Sargdeckel, und ich reihte mich in die Schlange derer ein, die an dem aufgebahrten Leichnam vorbeizogen, denn ich wollte wie immer nichts verpassen; aber Dad hielt mich am Arm fest, als wäre ich ein kleiner Junge, und ließ mich auch nicht gehen, als ich versuchte, mich von ihm zu befreien. »Du würdest es nie vergessen«, sagte er. »Versuch, Onkel Anwar anders in Erinnerung zu behalten.«

»Wie denn?«

»Wie er in seinem Laden stand, zum Beispiel.«
»Meinst du das ernst?«
»Wie er die Regale auffüllt«, sagte Dad sarkastisch.
Es gab einen kleinen Streit, als einer der Inder einen Taschenkompaß zückte und verkündete, daß das Loch nicht in die richtige Richtung, nach Mekka zeigte. Die fünf Inder verschoben den Sarg ein wenig und murmelten dabei Verse aus dem Koran. Irgendwie erinnerte mich das an den Tag, als ich in der Schule vor die Tür gesetzt worden war, weil ich gefragt hatte, was die Menschen im Himmel anhätten. Ich hatte geglaubt, ich sei einer der ersten Menschen in der Geschichte, der alle Religionen für kindisch und unerklärlich hielt.
Doch während ich diesen seltsamen Wesen – den Indern – zusah, spürte ich, daß ich irgendwie zu ihnen gehörte, und daß ich mein Leben lang versucht hatte, diese Tatsache zu verdrängen oder zu verleugnen. Gleichzeitig schämte ich mich und fühlte mich unvollständig, als fehlte die Hälfte meines Selbst noch, oder als hätte ich meinen Feinden in die Hände gespielt, jenen Weißen, die wollten, daß die Inder so würden wie sie selbst. Teilweise gab ich Dad daran die Schuld. Wie Anwar hatte er schließlich die meiste Zeit seines Lebens kein Interesse daran gezeigt, jemals nach Indien zurückzukehren. Darin war er immer ehrlich gewesen: England war ihm in jeder Hinsicht lieber. Hier funktionierte alles; es war nicht so heiß, man sah keine schrecklichen Dinge auf der Straße, gegen die man nichts machen konnte. Er war nicht stolz auf seine Vergangenheit, aber er schämte sich deshalb auch nicht; sie existierte einfach, und es war sinnlos, aus ihr einen Fetisch zu machen, wie es einige Liberale und asiatische Radikale so gerne taten. Wenn ich also meiner Persönlichkeit den zusätzlichen Bonus einer indischen Vergangenheit anheften wollte, würde ich sie mir erfinden müssen.
Als man den Sarg ins Grab hinabsenkte und nichts auf der

Welt grausamer zu sein schien als das Leben, stolperte Jamila plötzlich, als würden ihre Beine sie nicht mehr tragen, sackte kraftlos in sich zusammen und wäre beinahe in die Grube gefallen, der langsam verschwindenden Kiste hinterher. Changez, der seine Frau den ganzen Tag über nicht aus den Augen gelassen hatte, war unverzüglich an ihrer Seite, versank knöcheltief im Morast, aber endlich hielt er seine Frau in den Armen, berührte ihren Körper. Auf Changez' Gesicht zeigte sich ein fast ekstatisches Lächeln und weiter unten eine Erektion. Ziemlich unpassend für eine Beerdigung, dachte ich, besonders wenn man den zu Grabe Getragenen ermordet hatte.

Nachdem Jamila an diesem Abend ihre Mutter zu Bett gebracht hatte – Jeeta hatte sofort mit dem Umbau des Kaufhaus Paradies beginnen wollen – durchstöberte ich den Laden auf der Suche nach dem Newcastle-Brown-Bier, das Jamila, Changez und ich seit einiger Zeit bevorzugten, und schleppte die dickbauchigen Flaschen nach oben. Überall lagen hier noch Anwars Sachen herum, als ob er nur für einen Moment fortgegangen wäre und gleich zurückkommen würde. Es war ein trauriger Anblick: die Pantoffeln, Zigaretten, die fleckigen Westen und die Gemälde von Sonnenuntergängen, die Anwar für Meisterwerke gehalten und mir vererbt hatte.

Wir drei waren müde, konnten aber noch nicht schlafen. Außerdem mußten Jamila und ich uns um den unablässig weinenden Changez kümmern, den wir insgeheim nur noch den Dildo-Killer nannten. Rein äußerlich gesehen schien Dildo-Killer stärker zu trauern als wir alle zusammen – wahrscheinlich weil er noch nicht so angepaßt, nicht so englisch war wie wir –, obwohl sein Opfer Anwar ihn gehaßt hatte und ermordet worden war, als er versuchte, Changez' Hirn zu Kartoffelpüree zu verarbeiten. Als ich Changez' Gesicht sah, das sich jammervoll verzerrte und zuckte, merkte ich, daß seine Aufregung nicht Anwar, sondern Jamila galt. Daß er den alten Mann los war, freute ihn eher, aber er hatte Angst, Jamila könnte ihm Vorwürfe machen, weil er ihrem Dad eins über den Schädel gezogen hatte, und daß sie ihn deshalb vielleicht weniger lieben würde, als sie es ohnehin schon tat.

Jamila war ruhiger als sonst, was mich nervös machte, weil ich deshalb die Unterhaltung allein in Gang halten mußte, doch immerhin war Jamila gelassen und gefaßt. Sie trauerte, weinte aber kaum. Ihr Vater war zum falschen Zeitpunkt gestorben, viel wäre noch zu klären und in Ordnung zu bringen gewesen. Sie hatten noch nicht einmal damit begonnen, gemeinsam als Erwachsene zu leben. Was blieb, war ein Stückchen vom Himmel aus jenen Tagen, als er das kleine Mädchen auf seinen Schultern durch den Laden getragen hatte; und dann war sie eines Tages nicht mehr da gewesen, war gegen eine Fremde, eine verschlossene und schweigsame Frau eingetauscht worden, bei der er nicht wußte, wie er mit ihr reden sollte. Verwirrt, schwach und vernarrt in sie, wie er war, hatte er sich für Unnachgiebigkeit entschieden und trieb sie so von sich fort. Die letzten Jahre hatte er damit verbracht, sich zu fragen, wohin sie gegangen war, und nur langsam begriffen, daß sie nie zurückkehren würde, und daß der Ehemann, den er ihr ausgesucht hatte, ein Idiot war.

Jamila, die wieder Jeans und ein Sweat-Shirt auf links trug, legte sich in das harte, orangefarbene Sofa zurück und nuckelte an einer Flasche Browns. Changez und ich teilten uns eine Flasche. Was für ein großer Moslem *er* doch war, trank Alkohol am Tag der Beerdigung. Nur zusammen mit Changez und Jamila fühlte ich mich wie das Mitglied einer Familie. Wir drei waren mit Banden aneinander geknüpft, die stärker waren als unsere Charaktere, stärker auch als die Frage, ob man sich mochte oder nicht.

Jamila redete langsam und nachdenklich. Ich fragte mich, ob sie vielleicht Valium geschluckt hatte. »Was in den letzten Tagen geschehen ist, hat mich darüber nachdenken lassen, was ich eigentlich mit meinem Leben anfangen will. Ich bin schon seit einer Weile nicht mehr zufrieden mit dem, wie die Dinge so laufen. Ich war die ganze Zeit träge und altmodisch, und das gefällt mir überhaupt nicht. Ich werde die Wohnung aufgeben. Ich überlasse sie wieder dem Vermieter, es sei denn, du« – sie sah zum Dildo-Killer hinüber – »willst die Miete zahlen. Ich möchte woanders leben.«

Der Killer war entsetzt. Er wurde im Stich gelassen. Verzweifelt sah er zwischen seinen Freunden hin und her. Er war blaß geworden. So ging das also. Ein paar einfache Worte wurden gewechselt, und danach war nichts mehr so wie zuvor. Den einen Tag lag man auf dem Feldbett wie im siebten Himmel, den nächsten Tag steckte man bis zum Hals in der Scheiße. Jamila war ziemlich direkt, und Direktheit war nicht gerade die Methode, die ich bevorzugt hätte. Changez hatte sich auch nie daran gewöhnen können.

»Woanders? Wo denn?« stieß er hervor.

»Ich möchte anders leben, es wenigstens ausprobieren. Ich hab mich hier einsam gefühlt.«

»Ich bin doch jeden Tag hier.«

»Changez, ich will gemeinsam mit einem Haufen Leute zusammenleben – mit Freunden, die sich in Peckham ein großes Haus gekauft haben.«

Sie streichelte ihm die Hand, als sie ihm die Neuigkeit beibrachte. Es war das erste Mal, daß ich sie freiwillig ihren Ehemann berühren sah.

»Und was ist mit Changez, Jammie?« fragte ich.

»Was würdest du denn gerne machen wollen?« fragte sie ihn.

»Mit dir gehen. Laß uns zusammen gehen, ja? Mann und Frau, immer zusammen, obwohl wir so verschieden sind, okay?«

»Nein.« Sie schüttelte bestimmt, wenn auch etwas traurig den Kopf. »Nicht unbedingt.«

Ich mischte mich ein: »Changez kann allein nicht überleben, Jammie. Und ich gehe bald auf Tournee. Was glaubst du, was dann mit ihm geschehen wird?«
Sie sah uns beide eindringlich an, doch sie redete nur mit Changez. »Darüber mußt du selbst nachdenken. Warum gehst du nicht zu deiner Familie nach Bombay zurück? Sie hat doch ein Haus, hast du mir erzählt. Da ist Platz genug, da sind Diener, Chauffeure.«
»Aber du bist doch meine Frau.«
»Nur vor dem Gesetz«, sagte sie sanft.
»Du wirst immer meine Frau sein. Das Gesetz ist unwichtig, das verstehe ich. Aber in meinem Herzen bleibst du immer meine Jamila.«
»Ach, Changez, du weißt doch, daß es nie so gewesen ist.«
»Ich geh nicht zurück«, sagte er kategorisch. »Niemals. Du wirst mich nicht dazu zwingen können.«
»Ich will dich zu überhaupt nichts zwingen. Du mußt tun, was du tun willst.«
Changez war keineswegs der Narr, für den ich ihn immer gehalten hatte. Er hatte seine Jamila seit langem genau beobachtet. Er wußte, welche Worte er gebrauchen mußte. »Das ist mir zu westlich«, sagte er. Einen Augenblick glaubte ich, er würde sogar »eurozentristisch« sagen, doch er beschloß, sich das Wort für eine spätere Gelegenheit aufzuheben. »Hier, in diesem Kapitalismus der Gefühle, kümmert sich doch keiner um den anderen. Stimmt's?«
»Das stimmt«, gab Jamila zu.
»Jeder fault allein vor sich hin. Keiner greift dem anderen unter die Arme, wenn der erst einmal am Boden liegt. Dieses industrielle System hier ist zu hart für mich. Also werde ich zugrundegehen. Trotzdem«, sagte er laut, »ich werde es allein versuchen.«
»Aber du selbst, was willst du eigentlich?« fragte sie ihn.
Er zögerte. Er sah sie flehentlich an.

Sie sprach schnell, schicksalshaft schnell, vielleicht ohne es sich zu überlegen: »Würdest du gern mit mir gehen?«
Changez nickte. Er wagte es kaum, seinen eigenen, haarigen Ohren zu glauben. »Bist du denn sicher, daß das möglich ist?«
»Ich weiß nicht«, sagte sie.
»Natürlich ist es möglich«, sagte er.
»Changez –«
»Prima«, sagte ich. »Ausgezeichnet.«
»Aber ich habe noch nicht richtig darüber nachgedacht.«
»Wir können es irgendwann einmal in Ruhe besprechen«, sagte er.
»Aber ich bin mir nicht sicher, Changez.«
»Jamila.«
»Wir werden nicht Mann und Frau sein – du weißt doch, daß wir das nie sein werden, nicht wahr?« sagte sie. »In dem Haus wirst du wie alle anderen am Gemeinschaftsleben teilnehmen müssen.«
»Ich glaube, in Gemeinschaft wird sich unser alter Changez ganz fantastisch halten«, sagte ich, da der Dildo-Killer schon wieder heulte, diesmal allerdings vor Erleichterung. »Er wird euch beim Abwasch helfen. Geschirr und Besteck handhabt er wie ein echter Zauberkünstler.«
Jetzt würde sie ihn nicht wieder los. Es gab keinen anderen Ausweg. Sie sagte:
»Aber du wirst für dich bezahlen müssen, Changez. Anders geht's nicht. Mein Vater hat die Miete für diese Wohnung bezahlt, aber die Zeiten sind vorbei. Du wirst schon selbst für deine Kosten aufkommen müssen.« Und zaghaft fügte sie hinzu: »Du wirst wohl ums Arbeiten nicht mehr herumkommen.«
Das war zuviel für ihn. Changez sah besorgt zu mir herüber.
»Aufregend, he?« sagte ich.
Wir sprachen noch einmal über alles. Er würde mit ihr gehen. Jamila konnte sich nicht mehr herausreden.

Während ich Jamila beobachtete, dachte ich daran, was für ein wundervoller Mensch sie geworden war. Sie schien heute nicht besonders gut gelaunt zu sein, und sie behandelte mich sowieso oft von oben herab, die hochmütige Kuh, aber trotzdem sah ich in ihr einen tiefen Willen, eine Begeisterung für das, was in der Welt geschah, und eine große Kraft zur Liebe. Ihre Weiblichkeit, ihr Selbstwertgefühl und die Konflikte, die sich daraus ergaben, die Ziele und Pläne, die sie hatte, die Beziehungen – von denen sie wollte, daß sie sich so und nicht anders entwickelten –, die Dinge, die sie sich selbst beigebracht hatte und die ihr so vieles verstehen halfen, schienen heute abend wie von innen her zu leuchten, während sie Anstalten machte, als indische Frau ein nützliches Leben im weißen England zu leben.

Da ich noch etwas Zeit hatte, ehe die Proben wieder anfingen, lieh ich mir Teds Lieferwagen aus und half Jamila und Dildo-Killer beim Umzug. Als ich mit einer Wagenladung voll Taschenbüchern, den gesammelten Werken von Conan Doyle und verschiedenen Sex-Utensilien vor dem Haus aufkreuzte, war ich überrascht, ein großes, doppelfassadiges und von der Hauptstraße etwas nach hinten versetztes Gebäude vor mir zu sehen, das von einer dichten Hecke verdeckt wurde. Überall im Garten verstreut, entdeckte ich verrottende Zeltplanen, alte Badewannen, zerfledderte Zeitschriften und durchweichte Schutthaufen; das stattliche Haus selbst hatte Risse und Sprünge wie ein altes Gemälde. Aus einer Regenrinne floß Wasser über die Wände. Und drei Skinheads, so respektabel wie Beamte, obwohl einer von ihnen sich ein Spinnennetz ins Gesicht tätowiert hatte, standen vor dem Haus und grölten.

Das Haus selbst quoll über von fleißigen und schwer schuftenden, ernsthaften und lustigen Vegetariern, mit Examen in diesem und jenem, die über Cage und Schumacher diskutierten, während sie in blauen Arbeitshosen und Overalls Toilettenspülkästen nach draußen schleppten. Changez stand vor einem Banner, auf dem zu lesen war: »Amerika, wo bist du nun? Kümmerst du dich nicht mehr um deine Söhne und Töchter?« Er sah aus wie Oliver Hardy in einem Zimmer mit lauter Paul Newmans und war so ängstlich wie ein kleiner Junge am ersten Schultag. Wenn jemand an ihm vorbeistürzte und sagte: »Die Zivilisation entwickelt sich in die falsche Richtung«, zog Changez ein Gesicht, als wäre er überall lieber gewesen als in Utopia. Tarotkarten sah ich keine, aber ich hörte jemanden sagen, daß sie mit dem Garten »Liebe machen« wollten. Ich ließ Changez zurück und fuhr eilig nach Hause, um meiner Rolle einige neue Aspekte hinzuzufügen.

Es gab nur wenige Aufgaben, die mir so viel Spaß machten wie die Entwicklung der Figur Changez/Tariq. Mit einem Bier und dem Schreibblock auf dem Tisch konzentrierte ich mich zum erstenmal seit meiner Kindheit auf etwas, das mich völlig in Anspruch nahm. Meine Gedanken rasten: Eine Idee zog die nächste nach sich wie ein Taschentuch das andere aus dem Ärmel eines Zauberers. Ich deckte Ahnungen auf, Gemeinsamkeiten, Ideen, von denen ich vorher nicht gewußt hatte, daß sie in mir bereitlagen. Ich wurde energischer und lebhafter, seit ich neue Farben und Schattierungen ausprobierte. Ich arbeitete regelmäßig und führte Tagebuch; ich sah, daß das Schöpferische ein eigener Prozeß des Wachsens war, der sich nicht bewußt beschleunigen ließ und Geduld und vor allem Liebe verlangte. Ich fühlte mich stärker, und mein Kopf war nicht länger nur eine Art Kino für Myriaden von Impressionen und Gefühlen, die dort an mir vorbeizogen. Was ich tat, war eine lohnende und wichtige Arbeit, sie verband die einzelnen Elemente meines Lebens zu einem Ganzen. Und dies hatte ich Pyke zu verdanken, er hatte mir gezeigt, wie ein kreatives Leben aussehen konnte. Ich bewunderte ihn also trotz der Dinge, die er mir angetan hatte. Ich machte ihm daraus keinen Vorwurf und war bereit, den Preis dafür zu zahlen, daß er ein Romantiker, ein Experimentator war. Er mußte seiner Wißbegier nachgehen und seinen Gefühlen folgen, wohin sie ihn auch führten, selbst wenn es bis in meinen Arsch und in die Möse meiner Freundin war.

Als ich einige Wochen später wieder zur Kommune kam, um neue Ideen für Changez/Tariq zu sammeln und zu sehen, wie Changez sich eingelebt hatte, war der Vorgarten aufgeräumt. Gerüstholz stapelte sich und wartete darauf, vor dem Haus aufgebaut zu werden. Man wollte das Dach neu eindecken. Onkel Ted beriet bei der Renovierung und hatte bereits einige Male mit angefaßt.

Mir gefiel es, die Vegetarier und ihre Freunde zusammen arbeiten zu sehen, selbst wenn sie sich alle Genossen nannten. Ich blieb gerne bis spät am Abend und trank mit ihnen, obwohl sie nur auf biologischem Wein standen. Und wenn er sie überreden konnte, *»Nashville Skyline«* einmal abzustellen, legte Simon – ein radikaler, bartloser Rechtsanwalt mit kurzem Haar und Schlips, der die Kommune zu führen schien – Charlie Mingus und das Mahavishnu Orchestra auf. Er sagte mir, welcher Jazz mir gefallen könnte, denn inzwischen fand ich die neue Musik, ehrlich gesagt, tödlich langweilig.

Wenn wir am Tisch saßen, redeten wir davon, wie die neue, gleichberechtigte Gesellschaft aufzubauen sei. Um nicht für dumm gehalten zu werden, sagte ich kein Wort; aber mir war klar, wie dringend wir diese neue Gesellschaft brauchten. Anders als Terrys Clique, wollten diese Leute hier keine Macht. Das Problem sei, sagte Simon, wie man den Umsturz herbeiführen könne, nicht um die momentan Regierenden zu Fall zu bringen, sondern um das ganze Prinzip »Macht« zu stürzen.

Wenn ich zu Eva oder Eleanor ging, um dort zu schlafen, wünschte ich mir manchmal, daß ich bei Jamila und Changez bleiben könnte, weil in ihrem Haus die neuesten Ideen besprochen wurden. Doch die Probenarbeit war in vollem Gange, und Louise Lawrence hatte bisher ungefähr ein Drittel des Stücks in Szene setzen können. Bis zur Eröffnungsvorstellung waren es nur noch ein paar Wochen. Es gab noch unglaublich viel zu tun, und ich hatte Angst.

Kapitel fünfzehn

Es war während der Probe. Pyke trug seinen üblichen blauen Trainingsanzug, dessen enge Hose sich wie ein Kissenbezug an seinen Hintern schmiegte, während sich vorne bei jeder Bewegung sein kleiner Schwanz deutlich abzeichnete. Ich sah ihm zu und ahnte zum erstenmal, daß man mich ganz schön reingelegt hatte. Dieser Schwanz, mit dem er mich in den Hintern gefickt hatte, während Marlene uns anfeuerte, als wären wir zwei Catcher im Ring – und Eleanor sich einen Drink eingoß –, dieser Schwanz hatte mich innerlich regelrecht aufgerissen. Und jetzt, da war ich mir langsam sicher, verarschte mich dieser Arschficker schon wieder, bloß auf andere Weise. Aber diesmal würde ich besser aufpassen.

Ich beobachtete ihn genau. Pyke war ein guter Regisseur, da er andere Menschen auch dann noch mochte, wenn sie schwierig wurden. (Schwierige Menschen waren für ihn Rätsel, die es zu lösen galt.) Und Schauspieler mochten ihn, weil er wußte, daß sie den richtigen Dreh für eine Rolle von ganz allein finden konnten, wenn man ihnen die entsprechende Freiheit ließ. Das schmeichelte ihnen, und Schauspieler lieben Schmeicheleien. Pyke wurde nie wütend und drängte niemanden in eine Ecke, in die er nicht wollte; er manipulierte auf subtilere und effektivere Art. Trotzdem war dies für mich eine schlimme Zeit. Der Rest der Gruppe, besonders Carol, ärgerte sich oft über mich, weil ich langsamer und be-

griffsstutziger war als sie. »Karim erfüllt alle notwendigen Voraussetzungen für den Beruf eines Schauspielers«, sagte Carol. »Keine Technik, keine Erfahrung, kein Charisma.«
Pyke mußte jeden Satz und jede Zeile der ersten Szene mit mir durchgehen. Meine größte Angst war, daß Louise Lawrence und Pyke mir in der Endfassung des Stücks nur eine kleine Rolle zubilligen würden und daß ich wie ein Ersatzpimmel hinter der Bühne herumhängen würde. Doch als Louise das Stück ablieferte, war ich überrascht: Ich hatte eine Bombenrolle, und ich konnte es kaum erwarten, sie endlich zu spielen.
Die Schauspielerei ist eine verrückte Sache, sagte Pyke; du versuchst, das Publikum davon zu überzeugen, daß du jemand anderes bist, daß du dein Nicht-Ich bist. Das geht so: Wenn du eine Rolle spielst, wenn du Nicht-Ich bist, dann mußt du du selbst sein, das heißt, um dein Nicht-Ich in die Realität umzusetzen, mußt du dir die Kraft von deinem wahren Ich stehlen. Eine falsche Bewegung, ein falscher Ton, irgend etwas nur Vorgespieltes, und du fällst dem Publikum auf wie ein nackter Katholik in einer Moschee. Je stärker du dich mit der Rolle identifizierst, um so besser. Und das Paradox aller Paradoxe: Um glaubhaft jemand anders zu sein, mußt du *du* selbst sein! Und das lernte ich!
Im Winter zogen wir nach Norden, tourten mit dem Stück durch Studiotheater und Bühnenvereine. Wir übernachteten in eiskalten Hotels, deren Besitzer ihre Gäste für kaum etwas Besseres als Einbrecher hielten, schliefen in unbeheizten Zimmern, die Toiletten am Ende des Flurs, in Häusern ohne Telefon, wo man sich weigerte, um acht Uhr Frühstück zu servieren. »Die Art, wie die Engländer schlafen und essen, wäre schon Grund genug, nach Italien auszuwandern«, sagte Eleanor jeden Morgen beim Frühstück. Für Carol zählte nur die Aufführung in London; der Norden war für sie Sibirien, die Menschen nichts als Tiere.
Ich spielte also einen Einwanderer, der gerade aus seinem

kleinen indischen Dorf nach England gekommen war, und bestand darauf, mir mein Kostüm selbst aussuchen zu dürfen, denn ich hatte etwas Passendes gefunden: Ich trug weiße Stiefel mit Plateausohlen, weite, kirschfarbene Hosen, die wie Bonbonpapier an meinem Hintern klebten und mir um die Knöchel flatterten, und dazu ein getüpfeltes Hemd mit breitem »Concorde«-Kragen, den ich über die Revers meiner Jacke schlug.

In dem Augenblick, als ich, furzend vor Furcht, zur ersten Vorstellung auf die Bühne kam, brach das Publikum, etwa zwanzig Leute, in Lachen aus; zuerst lachten sie noch etwas gehemmt, doch dann immer lauter, je mehr sie begriffen, wen ich darstellte. Ich machte einfach weiter, und mit der Zeit spornten mich diese Heiterkeitsausbrüche sogar noch an. Ich spielte einen jämmerlichen und komischen Tropf. Die anderen Schauspieler hatten die gewichtigen Passagen mit den vielsilbigen, politischen Analysen, mit Flammenwerferangriffen gegen kleinmütige Labour-Regierungen, doch mich schloß das Publikum ins Herz. Ich riß Witze über die ehrgeizigen Sex-Fantasien der Inder und die entwürdigenden Szenen, die sie in England erleben. Allerdings hatte ich meine längeren Auftritte zusammen mit Carol, und die sah mich nach der ersten Voraufführung auch auf der Bühne nicht mehr besonders freundlich an. Nach der dritten Vorstellung schrie sie dann plötzlich in der Garderobe: »Ich kann mit diesem Typen nicht spielen – das ist ein Idiot, kein Schauspieler!« Und sie lief aus dem Zimmer, um Pyke in London anzurufen.

Matthew war erst an diesem Nachmittag nach London zurückgefahren. Er fuhr die ganze Strecke von Manchester nach London, bloß um mit einer fantastischen Rechtsanwältin, einer Verteidigerin von Bombenlegern und Freiheitskämpfern, zu schlafen. »Das ist eine einmalige Gelegenheit, Karim«, erzählte er mir. »Schließlich kenn ich mich bei der Polizei schon aus, aber ich will das Gesetz selbst, diese

Säule unserer Gesellschaft, neben mir liegen haben, auf meinen eigenen Kissen.« Und er raste los und überließ uns dem Publikum und dem Regen.

Vielleicht lag Pyke gerade im Bett und redete über das Schicksal der »Acht von Bradford« oder der »Sechs von Leeds«, als Carol anrief. Ich malte mir aus, wie sorgfältig er das Liebesspiel mit der Rechtsanwältin arrangiert haben würde; bestimmt hatte er an alles gedacht – Champagner, Hasch, Blumen – um sicherzugehen, daß sie ihn in bester und leidenschaftlicher Erinnerung behielt. Und jetzt versuchte Carol ihn am Telefon zu überzeugen, daß ich offenbar glaubte, in einem anderen Stück als alle anderen zu spielen, wahrscheinlich in einer Komödie. Doch wie die meisten talentierten Menschen, die Erfolg beim Publikum haben, hatte Pyke auch eine volksnahe Seite. Er ergriff für mich Partei. »Karim ist die Schlüsselfigur in dem Stück«, sagte er zu Carol.

Als wir nach Aufführungen in zehn Städten zurück nach London kamen, begannen wir erneut mit den Proben und der Vorbereitung für die Voraufführungen an einer kleinen Schaubühne in Westlondon, ganz in der Nähe von Evas Wohnung. Die Schaubühne war gerade *in*; hier wurden die neuesten internationalen Tanznummern, Bildhauerarbeiten, Filme und Theaterstücke gezeigt. Das Theater wurde von zwei hochsensiblen Ästheten geführt, die einen so puren und strengen Geschmack in Fragen der Kunst hatten, daß Pyke im Vergleich zu ihnen wie ein Anhänger des Rokoko wirkte. Ich saß mit ihnen im Restaurant, aß Bohnenschößlinge und hörte zu, wie sie sich über den New Dance und eine innovative Tanzform, genannt Performance, unterhielten. Ich sah mir so eine Performance an. Ein Mann in einem Overall zog an einem Bindfaden ein Stück Camembert über eine riesige Bühne. Im Hintergrund spielten zwei schwarzgekleidete Jünglinge Gitarre. Das Ganze hieß *»Cheesepiece«*. Anschließend hörte ich jemanden sagen:

»Mir gefiel die Originalität des Bildes.« Das war sehr lehrreich. Ich hatte noch nie so gehässige Kommentare über Dinge gehört, die ich bisher kaum beachtet hatte. Für die beiden Ästheten war, ähnlich wie für Pyke (nur noch in viel schlimmerem Maße), das Spiel eines Schauspielers oder die besondere Begabung eines Autors, dessen Stücke ich mit Eleanor gesehen hatte und den wir für »vielversprechend« oder »ein bißchen fad« hielten, so wichtig wie ein Erdbeben oder eine Heirat. »Die sollen an Krebs krepieren«, verwünschten sie diese Autoren. Ich dachte, sie träfen sich deshalb mit Pyke, um über Stanislawski und Artaud zu diskutieren, aber sie und Pyke haßten sich bis aufs Blut. Die zwei Ästheten erwähnten den Mann, dessen Stück in ihrem Theater geprobt wurde, höchstens in Anspielungen wie »dieser Typ, der seine Jeans bügelt«, oder sie nannten ihn Caliban. Begleitet wurden die beiden von einem Schwarm Mittelklassemädchen in teuren Klamotten, lauter Töchtern von Medienbaronen. Es war schon seltsam: Dies hier war ein subventioniertes Theater, und ich war von lauter Radikalen umgeben, doch alle – die Leute, die hier arbeiteten, die Journalisten, die Fans des Ensembles, andere Regisseure und Schauspieler –, alle wollten nur die Antwort auf eine Frage: Würde das Stück erfolgreich sein oder nicht?

Um der wachsenden Spannung und Unruhe zu entfliehen, besuchte ich eines Sonntagmorgens Changez in seinem neuen Haus. Sie waren großartig, diese Vegetarier, aber ich hatte ein ungutes Gefühl, wenn ich daran dachte, wie sie reagieren würden, wenn sie herausfanden, daß Changez ein fetter, nutzloser Taugenichts war und daß er ihnen auf der Pelle liegen würde.

Zuerst erkannte ich ihn überhaupt nicht wieder. Unter anderem lag das an der Umgebung, in der er jetzt lebte. Die gute alte Blase saß in der ganz in Kiefernholz gehaltenen Gemeinschaftsküche, umgeben von Pflanzen und radikalen

Zeitschriften. An den Wänden hingen Poster, die zu Demonstrationen gegen Südafrika und Rhodesien, zu Komitees und Urlauben in Cuba und Albanien aufriefen. Changez hatte sich die Haare geschnitten und seinen Flaubertschnauzbart abrasiert; und er trug einen großen, grauen, bis zum Hals zugeknöpften Overall. »Du siehst aus wie ein Automechaniker«, sagte ich. Er strahlte mich an. Man hatte die Anklage wegen Totschlags gegen ihn fallengelassen, als feststand, daß Onkel Anwar an Herzversagen gestorben war. »Ich werde jetzt das Beste aus meinem Leben machen, *yaar*«, sagte er.

Mit Changez am Tisch saßen Simon und ein junges, blondes Mädchen namens Sophie, das Muffins aß. Sie hatte gerade anarchistische Zeitungen vor Fabriktoren verkauft.

Als Changez sich zu meiner Überraschung erbot, Milch aus dem Laden zu holen, fragte ich, wie es ihm gehe, ob alles in Ordnung sei. Kam er mit dem Leben hier zurecht? Mir war klar, daß der Ton meiner Frage andeutete, daß ich Changez für jemanden hielt, der eigentlich in eine psychiatrische Anstalt gehörte. Aber Simon und Sophie mochten Changez. Sophie nannte ihn einmal einen »behinderten Einwanderer«, und ich schätze, das war eine zutreffende Beschreibung für den Dildo-Killer. Vielleicht verschaffte ihm das in diesem Haus eine gewisse Vertrauenswürdigkeit. Offenbar hatte er auch Verstand genug bewiesen, sich nicht lang und breit darüber auszulassen, daß er aus einer Familie kam, die Rennpferde besaß. Und er mußte wohl auch die vielen Geschichten, die er mir von seinen unzähligen Dienern erzählt hatte, ausgespart haben, ebenso die Analysen der Eigenschaften, die seiner Ansicht nach für einen guten Diener, Koch oder Straßenkehrer unabdinglich waren.

»Ich liebe das Gemeinschaftsleben, Karim«, sagte Changez, als wir später zusammen spazierengingen. »Bei uns herrscht Familienatmosphäre, ohne daß einem irgendwelche Tanten die Ohren vollkeifen. Außer bei den Meetings, *yaar*. Alle fünf Minuten ein Meeting; dann hocken wir da und diskutieren, über den Garten, das Essen, über die Situation in England, die Situation in Chile und die Situation in der Tschechoslowakei. Die Demokratie geht mit ihnen durch, *yaar*. Trotzdem, es ist verdammt interessant, vor allem die Nackten, die man jeden Tag sieht.«

»Welche Nackten?«

»Nackte eben, vollständig nackte Nackte.«

»Was für vollständig nackte Nackte?«

»Wir sind im Haus fünf Frauen und nur zwei Typen, Simon und ich, die die Welt der Männer repräsentieren. Und die Mädchen – ganz nach dem kommunistischen Prinzip, daß man keine Scham zu verbergen braucht – laufen ohne Kleider herum. Ihre Brüste ohne BH! Ihre Büsche unverhüllt!«

»Wahnsinn –«

»Aber ich kann nicht bleiben –«

»Was, nach allem, was du mir erzählt hast? Warum nicht, Blase? Überleg doch mal, was ich dir da besorgt habe! Denk an die hüllenlosen Brüste am Frühstückstisch!«

»Karim, es bricht mir das Herz, wirklich. Aber Jamila treibt es mit diesem netten Jungen Simon. Und wie sie dabei stöhnt und brüllt! Sie teilen sich das Zimmer neben meinem. Jeden Abend höre ich sie im Bett herumtoben. Mir wird noch das verdammte Trommelfell platzen.«

»Eines Tages mußte das ja passieren, Changez. Wenn du willst, besorg ich dir ein paar Ohrstöpsel.« Und ich kicherte leise bei dem Gedanken, daß Changez Nacht für Nacht mitanhören mußte, wie es der Liebe seines Lebens im Nachbarzimmer besorgt wurde. »Warum tauschst du nicht dein Zimmer mit jemand anderem?«

Er schüttelte den Kopf. »Ich möchte in ihrer Nähe bleiben. Ich mag es, wenn ich höre, wie sie im Zimmer auf und ab geht. Mir sind alle ihre Geräusche vertraut. Mir gefällt es, wenn ich weiß, was sie macht, daß sie sich hinsetzt oder daß sie liest.«

»Weißt du, Changez, Liebe kann manchmal der Dummheit sehr nahe kommen.«

»Liebe ist Liebe, und die ist ewig. Ihr im Westen kennt keine romantische Liebe mehr. Ihr singt nur noch im Radio davon. Richtig lieben kann hier niemand mehr.«

»Was ist mit Eva und Dad?« konterte ich unbekümmert. »Das ist doch die wahre romantische Liebe, oder etwa nicht?«

»Das ist Ehebruch. Das ist das Böse selbst.«

»Ach so.«

Ich war froh, daß Changez so gut gelaunt war. Er schien glücklich der Lethargie entronnen zu sein und ein neues Leben beginnen zu wollen, ein Leben, von dem ich nie erwartet hätte, daß es ihm gefallen würde.

Als wir durch die Straßen schlenderten, sah ich, wie verfallen und verkommen dieser Teil der Stadt – Südlondon – im Vergleich mit dem London wirkte, in dem ich lebte. Hier zogen die Arbeitslosen die Straße auf und ab, ohne zu wissen, wohin sie gehen sollten, Männer in dreckigen Mänteln und Frauen in ausgetretenen Schuhen ohne Strümpfe. Während wir spazierengingen und uns umsahen, erzählte Changez, wie sehr er die Engländer mochte, wie freundlich und rücksichtsvoll sie seien. »Sie sind wahre Gentlemen. Besonders die Frauen. Sie versuchen nicht ständig, einen niederzumachen, ganz anders als die Inder.«

Sie hatten eine ungesunde Gesichtsfarbe, diese Gentlemen, ihre Haut war grau. Die Reihenhaussiedlungen wirkten wie provisorische Gefangenenlager, Hunde streunten umher, der Wind blies Abfall durch die Straßen, überall waren Graffiti zu sehen. Man hatte kleine Bäume angepflanzt und sie mit schützendem Maschendraht umwickelt, aber bei den meisten Bäumen waren die Äste abgebrochen. Die Läden verkauften nur unzulängliche und schlecht verarbeitete Kleider. Überall sah es billig und schäbig aus, erst recht dort, wo man versucht hatte, besonders modern und schick zu sein. Changez mußte das gleiche wie ich gedacht haben, denn er sagte: »Vielleicht fühle ich mich hier zu Hause, weil es mich so sehr an Kalkutta erinnert.«

Als ich sagte, es sei Zeit zurückzukehren, änderte sich Changez' Stimmung. Aus einer trübsinnigen Laune wechselte er beinahe schlagartig in einen aggressiven, geschäftsmäßigen Ton über, als hätte er sich von vornherein zurechtgelegt, was er sagen wollte, und glaubte jetzt den richtigen Zeitpunkt dafür gekommen.

»Sag, Karim, du nimmst mein Leben nicht als Vorlage für deine Rolle, oder?«

»Nein, Changez. Habe ich dir doch schon gesagt.«

»Ja, du hast mir dein Ehrenwort gegeben.«

»Hab ich, okay?«

Er dachte einige Sekunden lang nach. »Aber was bedeutet es eigentlich, dein Ehrenwort?«

»Alles, Mann, gottverdammt alles. Du liebe Scheiße, Changez, meinst du nicht, daß du langsam verflucht selbstgerecht wirst?«

Er sah mich mit finsterem Blick an, als ob er mir kein Wort glaubte, das Arschloch, und watschelte davon.

Ein paar Tage später, als die Voraufführungen von unserem Stück in London bereits liefen, rief Jamila mich an, um mir zu sagen, daß Changez unter einer Eisenbahnbrücke angegriffen worden sei, als er von einem Treffen mit Shinko kam. Es war ein typischer Südlondoner Winterabend gewesen – still, dunkel, kalt, nebelig, feucht –, als diese Bande über Changez herfiel und ihn als Paki beschimpfte, ohne zu merken, daß er Inder war. Sie bearbeiteten ihn mit Fußtritten und ritzten ihm mit einer Rasierklinge die Initialen der National Front auf den Bauch. Erst als Changez die Sirene seines moslemischen Kriegsschreis anwarf, die man bis Buenos Aires hätte hören können, ergriffen sie die Flucht. Natürlich stünde er unter Schock, sei völlig verschreckt und durcheinander, sagte Jamila, doch er habe allzu bald die

Freundlichkeit schamlos ausgenützt, die man ihm entgegenbrachte. Sophie servierte ihm seitdem das Frühstück ans Bett, und er war von mehreren Koch- und Abwaschpflichten entbunden worden. Die Polizei, die von Changez langsam die Nase voll hatte, meinte, wahrscheinlich habe er sich unter die Eisenbahnbrücke gelegt und sich die Wunde selbst beigebracht, um ein schlechtes Licht auf die Hüter des Gesetzes zu werfen.

Dieser Überfall auf Changez machte mich wütend, und ich fragte Jamila, ob ich irgendwie helfen könne. Ja, meinte sie, diese Überfälle geschähen immer häufiger. Ich sollte mich mit Jamila und ihren Freunden am kommenden Samstag zu einer Demo treffen. Die National Front plane nämlich einen Marsch durch einen asiatischen Wohnbezirk ganz in der Nähe. Anschließend würden die Faschos in der Stadthalle eine Kundgebung abhalten; asiatische Läden würden angegriffen werden und Menschenleben bedroht sein. Die Leute im Bezirk hatten Angst. Wir könnten zwar das Treffen nicht verhindern, aber wir könnten wenigstens unsere Demo machen und protestieren. Ich versprach zu kommen.

Ich hatte in letzter Zeit höchstens einmal die Woche mit Eleanor geschlafen. Wir hatten kein Wort darüber verloren, aber sie war merklich kühler zu mir. Das beunruhigte mich nicht sonderlich; nach den Proben ging ich ganz gern nach Hause und versuchte, allein mit meinem Lampenfieber fertigzuwerden. Ich bereitete mich auf die Premiere vor, indem ich als Changez in der Wohnung umherlief, nicht um ihn zu karikieren, sondern um mich an seinen seltsamen Blick auf diese Welt zu gewöhnen. Robert de Niro wäre stolz auf mich gewesen.

Es war selbstverständlich für mich, daß Eleanor ihre Abende mit Freunden auf irgendwelchen Parties verbrachte. Sie lud mich oft ein, aber nach einigen Stunden mit ihrer Meute fühlte ich mich träge und lustlos. Das Leben bot sich diesen Typen dar wie ein zum Kuß bereiter Mund, aber während sie sich von Party zu Party schleppten und Nacht für Nacht die gleichen Gesichter sahen und die gleichen Dinge sagten, wurde mir klar, daß dies der Kuß des Todes war; ich sah, wie kraft- und saftlos sie schon waren. Welche Leidenschaft, welche Sehnsucht, welches Begehren trieb sie, wenn sie sich in ihren Londoner Wohnzimmern räkelten? Ich sagte zu meinem politischen Ratgeber, Wachtmeister Monty, daß die herrschende Klasse unseren Haß nicht verdient hätte. Er war anderer Meinung. »Ihre Selbstzufriedenheit macht sie nur noch schlimmer«, argumentierte er.

Als ich Eleanor anrief, um ihr zu sagen, daß wir uns mit den anderen zur Anti-Faschisten-Demo treffen sollten, verhielt sie sich ziemlich seltsam, besonders wenn man daran dachte, was damals mit Gene passiert war. Sie kam nämlich ziemlich ins Lavieren. Einerseits müsse sie unbedingt diese Einkäufe bei Sainsbury's erledigen, andererseits solle sie jemanden im Krankenhaus besuchen. »Ich treff dich auf der Demo, Lieber«, sagte sie schließlich. »Ich bin ein bißchen durcheinander.« Ich legte den Hörer auf.

Ich wußte, was ich machen würde. Ich war mit Jamila, Changez, Simon, Sophie und den anderen morgens vor dem Haus verabredet. Das würde ich nicht schaffen, aber die Demo brauchte ich trotzdem nicht zu verpassen; ich würde mich einfach nur nicht mit den anderen treffen, sondern direkt hingehen.

Ich wartete eine Stunde und nahm den Zug nach Norden. Im Vordergarten des Hauses, das dem von Pyke gegenüber lag, setzte ich mich auf einen Baumstamm und beobachtete sein Haus durch ein Loch in der Hecke. Die Zeit verging. Es wurde langsam spät. Ich würde ein Taxi zur Demo nehmen müssen. Das war kein Problem, Hauptsache, Jamila ertappte mich nicht dabei, wie ich aus einem Taxi stieg. Nach drei

Stunden wurde mein Warten belohnt. Ich sah Eleanor direkt auf Pykes Haus zugehen. Was für ein Genie ich doch war: Ich hatte richtig getippt! Eleanor klingelte, und Pyke öffnete sofort. Kein Kuß, keine Umarmung, kein Lächeln – nur die Tür, die sich hinter ihnen schloß. Dann nichts mehr. Was hatte ich erwartet? Ich starrte auf die geschlossene Tür. Was sollte ich tun? Diese Situation hatte ich nicht vorhergesehen. Die Demo war jetzt wahrscheinlich in vollem Gange. Vielleicht würden Pyke und Eleanor mitgehen. Ich konnte hier auf sie warten, ihnen einfach sagen, ich sei zufällig vorbeigekommen, und dann konnten sie mich in ihrem Wagen zur Demo mitnehmen.

Ich wartete noch einmal drei Stunden. Vielleicht aßen sie noch einen späten Lunch miteinander. Es wurde dunkel. Als Eleanor das Haus verließ, folgte ich ihr in die Underground und setzte mich ihr gegenüber. Sie sah ziemlich überrascht aus, als sie aufblickte und mich da sitzen sah. »Was machst du denn hier in der Bakerloo Line?« fragte sie.

Ich war nicht gerade in der Stimmung, mich vor ihr zu rechtfertigen. Ich setzte mich neben sie und fragte ohne Umschweife, was sie bei Pyke getrieben habe, statt sich den Faschisten entgegenzuwerfen.

Sie strich sich ihr Haar aus dem Gesicht, sah sich im Zug um, als suchte sie nach einer Fluchtmöglichkeit, und sagte, sie könne mich ja schließlich das gleiche fragen. Sie sah mir nicht in die Augen, aber sie entschuldigte auch nichts. »Pyke fasziniert mich«, sagte sie. »Er ist ein aufregender Mann. Und wie dir vielleicht noch nicht aufgefallen sein dürfte, sind solche Männer ziemlich selten.«

»Wirst du auch in Zukunft mit ihm schlafen?«

»Ja. Ja. Sooft er will.«

»Wie lange geht das schon so?«

»Seit der Zeit ... seit dem Tag, als wir zum Abendessen eingeladen waren, und du und Pyke diese Sachen miteinander getrieben habt.«

Sie lehnte ihre Wange gegen mein Gesicht. Die Zartheit ihrer Haut und ihr Duft ließen mich beinahe ohnmächtig werden.

»Ach, mein Liebes«, sagte ich.

Sie sagte: »Ich möchte bei dir bleiben, Karim, und außerdem habe ich viel für dich getan. Aber ich kann es nicht ertragen, wenn jemand – ein Mann – mir sagt, was ich tun soll. Wenn Pyke mit mir zusammen sein möchte, dann werde ich meiner Lust nachgeben. Er kann mir noch so viel beibringen. Und bitte, bitte, spionier mir nie wieder nach.«

Die Türen des Zuges schlossen sich, doch ich konnte gerade noch hindurchschlüpfen. Während ich den Bahnsteig entlanglief, beschloß ich, die Beziehung mit Eleanor aufzugeben. Ich würde sie zwar täglich im Theater sehen müssen, aber ich würde sie nicht mehr als meine Geliebte betrachten. Es war also vorbei, meine erste richtige Liebesaffäre war zu Ende. Es würde andere geben. Eleanor zog Pyke vor. Ihr süßer Gene, ihr schwarzer Lover, Londons bester Schauspieler, der in einer Fernsehserie Bettpfannen leerte, hatte sich umgebracht, weil die Engländer ihn jeden Tag mit einem Blick, einer Bemerkung, einer Geste spüren ließen, wie sehr sie ihn haßten; sie ließen ihn nie vergessen, daß er für sie ein Nigger war, ein Sklave, ein Untermensch. Und so wie wir England umwarben, warben wir auch um die Blüten englischer Schönheit; hatten wir diese Trophäen, ihre Sanftmut und Grazie, erst einmal in Besitz genommen, konnten wir endlich dem Empire trotzig ins selbstbewußt blickende Auge sehen – ins Auge von Pelzrükken, ins Auge der großen Dänischen Fickerdogge. Wir mußten uns aber auch von aller Bitterkeit und allem Haß befreien. Nur, wie sollte dies möglich sein, wenn Bitterkeit und Haß jeden Tag aufs neue provoziert wurden?

Ich ließ Eleanor eine entsprechende Nachricht zukommen. Dann begrub ich meine Liebe zu ihr. Das war das Schwierigste. Alles im Leben konzentriert sich auf Menschen, die

sich verlieben. Verlieben ist einfach; aber keiner sagt einem, wie man seine Liebe wieder los wird. Ich wußte nicht einmal, womit ich anfangen sollte.
Den Rest des Tages verbrachte ich in Soho und sah mir etwa zehn Pornofilme an. Danach muß ich mich wohl eine Woche lang in einem eigenartigen Zustand von Depression, Verzagtheit und Menschenscheu befunden haben, denn ich machte mir nichts aus dem, was eigentlich der großartigste Abend meines Lebens hätte sein sollen – der Premiere des Stücks.
In den Tagen vor der Premiere sprach ich mit den anderen Schauspielern kein Wort. Die Intimität, die Pyke zwischen uns geschaffen hatte, kam mir jetzt wie eine Droge vor, die für eine gewisse Zeit in uns den Eindruck von Zuneigung und Unterstützung hervorgerufen hatte, deren Wirkung jetzt aber nachließ und wie bei LSD nur in gelegentlichen Flashbacks wieder aufflackerte. Ich folge den Regieanweisungen Pykes, aber ich stieg nicht mehr zu ihm ins Auto. Ich hatte ihn so sehr bewundert, sein Talent, seinen Wagemut und seine Unbekümmertheit gegenüber Konventionen, aber jetzt war ich nur noch verwirrt. Hatte er mich nicht verraten? Oder hatte er mir etwa zeigen wollen, wie die Dinge in dieser Welt eben liefen? Ich wußte es nicht. Jedenfalls mußte Eleanor ihm erzählt haben, was zwischen uns vorgefallen war, denn er verhielt sich mir gegenüber nur noch distanziert und höflich. Marlene schrieb mir einen Brief: »Wo bleibst du, mein Süßer? Hast du keine Lust, mich wiederzusehen, lieber Karim?« Ich antwortete nicht. Ich hatte die Schnauze voll von den Theatermenschen und dem ganzen Stück; ich wurde allmählich taub und gefühllos. Was mit mir geschah, schien nicht länger wichtig. Manchmal empfand ich Wut, doch meistens gar nichts; noch nie zuvor hatte ich soviel Nichts gespürt.
Die Garderobe quoll über vor Blumen und Glückwunschkarten, und in einer Stunde wurde mehr geküßt als in ganz

Paris an einem Tag. Fernsehen und Radio wollten Interviews, und ein Journalist fragte mich, was die wichtigsten Ereignisse in meinem Leben gewesen seien. Ich wurde einige Male vor Stacheldraht fotografiert. (Fotografen lieben offenbar Stacheldraht.) Und meine Gedanken rasten, während ich versuchte, Eleanor nicht ständig anzustarren und die anderen Schauspieler nicht zu sehr zu hassen.

Dann plötzlich war es soweit, die Nacht der Nächte hatte begonnen; ich stand allein im vollen Licht der Scheinwerfer, und vierhundert weiße Engländer sahen mich an. Heute weiß ich, daß der Text, der für mich altbekannt und langweilig klang und sich in meinen Ohren so schwungvoll anhörte wie ein läppisches »Hallo, wie geht's?«, vom Publikum mit Leben und Bedeutung erfüllt wurde. Der Abend war ein Triumph, und – das weiß ich aus verläßlicher Quelle, nämlich von den Kritikern – ich hatte spritzig und überzeugend gespielt. Endlich.

Nach der Aufführung trank ich in der Garderobe einen Pint Guinness und schleppte mich ins Foyer. Und dort erwartete mich ein seltsamer und ungewöhnlicher Anblick, seltsam vor allem, weil niemand von mir zur Premiere eingeladen worden war.

Wäre ich eine Figur in einem Film gewesen, hätte ich mir jetzt die Augen gerieben, um zu zeigen, daß ich nicht glauben konnte, was ich sah. Denn da standen Mum und Dad, und sie redeten miteinander und lachten. So etwas erwartet man ja eigentlich nicht von seinen Eltern. Dort, unter all diesen elenden Salonlöwen, den Frackschleifen, Lackschuhen und den Frauen mit rückenfreien Kleidern stand Mum in einem blau-weißen Kleid, einem blauen Hut und braunen Sandalen. An ihrer Seite mein kleiner Bruder Allie. In dem Moment dachte ich nur, wie verloren und schüchtern Mum und Dad aussahen, wie grauhaarig und verletzlich, und in welch unnatürlichem Abstand sie zueinander standen. Da hält man sein Leben lang seine Eltern für erdrückende, beschützende Ungeheuer, die unendliche Macht über einen zu besitzen scheinen, und dann kommt der Tag, da dreht man sich überraschend um und sieht nur zwei schwache, nervöse Menschen, die versuchen, irgendwie miteinander auszukommen.

Eva kam mit einem Drink in der Hand zu mir und sagte: »Ein glücklicher Anblick, nicht wahr?« Wir sprachen eine Weile über das Stück. »Es handelt von diesem Land«, sagte sie. »Davon, wie gefühllos wir geworden sind, und daß wir allen Anstand verloren haben. Es räumt mit dem Mythos vom toleranten, ehrbaren England gründlich auf. Mir haben sich die Nackenhaare gesträubt. Und deshalb wußte ich, daß es ein gutes Stück war. Ich beurteile alle Kunst anhand dieser Wirkung auf meine Nackenhaare.«

»Ich bin froh, daß sich dir die Haare sträubten, Eva«, sagte ich. Sie war offenbar schlecht gelaunt, und ich wußte nicht, was ich sagen sollte. Shadwell lauerte neben ihr und wartete darauf, daß ich mich ihm zuwenden würde. Und ständig wanderte Evas Blick unruhig umher – dabei vermied sie es, Mum und Dad anzusehen, obwohl es den Anschein hatte, als würde ihr Blick gerade dort noch am ehesten seinen Ruhepunkt finden. Eva schien die beiden mit den Augen verschlingen zu wollen. Als sie Shadwell den Rücken zukehrte, lächelte der mich an und sagte: »Ich bin hingerissen, zögere aber, weil ...« Ich sah noch einmal zu Mum und Dad. »Sie lieben sich immer noch, begreifst du das denn nicht?« sagte ich zu Eva. Vielleicht sagte ich es auch nicht; vielleicht dachte ich es nur. Manchmal kann man nicht genau sagen, ob man Worte tatsächlich gesprochen oder sie nur im eigenen Kopf gehört hat.

Ich sah Terry an der Bar stehen, neben sich eine Frau, die nicht wie die anderen parfümierten und herumstolzierenden Premierenbesucherinnen aussah. Terry stellte sie mir nicht vor. Er tat einfach so, als wäre sie nicht da, und gab mir auch nicht die Hand. Also sagte die Frau: »Ich bin

Yvonne, eine Freundin von Matthew Pyke, und Polizistin in Nordlondon. Wachtmeister Monty und ich« – sie kicherte – »sprachen gerade über die Methoden der Polizei.«

»Tatsächlich, Terry?« Ich hatte Terry noch nie so aufgeregt gesehen; er schüttelte den Kopf, als hätte er Wasser in den Ohren. Er wollte mir nicht in die Augen sehen. Das beunruhigte mich etwas. Ich strich ihm über den Kopf. »Was ist los, Monty?«

»Nenn mich nicht Monty, du Wichser. Ich heiße nicht Monty, ich heiße Terry, und ich bin sauer. Ich sag dir, was los ist. Ich wünschte mir, ich hätte da oben auf der Bühne stehen können. Es hätte meine Rolle sein können, ich hatte es verdient, kapiert? Aber du hast die Rolle. Okay? Also warum muß ich einen verdammten Polizisten spielen?«

Ich ließ ihn allein. Morgen würde er sich besser fühlen. Aber er war noch nicht mit mir fertig. »Hey, wo willst du hin?« rief er und kam mir nach. »Es gibt etwas für dich zu tun«, sagte er. »Machst du es? Du hast es versprochen.«

Er zog mich auf die Seite, fort von den anderen, damit uns niemand hören konnte. Er hielt mich am Arm. Er tat mir weh, mein Arm wurde taub. Ich blieb trotzdem.

»Jetzt ist es soweit«, sagte er. »Wir rufen dich.«

»Nicht heute abend«, sagte ich.

»Nicht heute abend? Warum nicht heute abend? Was kann dir heute abend schon bedeuten?«

Ich zuckte mit den Achseln. »In Ordnung.«

Ich sagte, ich würde es machen, wenn ich könnte. Ich wußte, was er vorhatte. Ich würde kein Feigling sein. Ich wußte, wen ich zu hassen hatte. Er sagte: »Die Partei verlangt Geld, und zwar sofort. Geh zu zwei Leuten und verlang Geld von ihnen«.

»Wieviel?« fragte ich.

»Das überlassen wir dir.«

Ich schnaubte verächtlich. »Sei nicht blöd.«

»Paß auf, was du sagst, mein Junge«, schrie er. »Paß verdammt gut auf!« Dann lachte er und sah mich spöttisch an. Dies war ein Terry, den ich noch nicht kannte. »Soviel wie du auftreiben kannst.«

»Also ein Test?«

»Ein paar hundert«, sagte er. »Wir wollen ein paar hundert Pfund. Frag sie. Dräng sie in die Ecke. Nimm sie aus. Klau ihnen die Möbel. Sie können sich's leisten. Nimm, was du kriegen kannst, okay?«

»Ja.«

Ich ging. Ich hatte genug. Aber er griff wieder nach meinem Arm, nach dem gleichen Arm. »Wo zum Teufel willst du hin?«

»Was?« fragte ich. »Mach mich nicht an.«

Er war wütend, im Gegensatz zu mir: Ich wurde nie wütend. Mir war völlig egal, was passierte.

»Wie willst du denn das Geld besorgen, wenn du die Namen der Leute nicht kennst?«

»In Ordnung. Wie heißen sie?«

Er riß mich zu sich herum, bis ich wieder vor der Wand stand. Ich konnte meine Eltern nicht mehr sehen, ich sah nur noch die Wand und Terry. Er biß seine Zähne zusammen. »Es herrscht Klassenkampf«, sagte er.

»Weiß ich.«

Seine Stimme sank zu einem Flüstern herab. »Pyke ist der eine, Eleanor die andere.«

Ich war überrascht. »Aber das sind meine Freunde.«

»Yeah, dann sollten sie dir auch diesen kleinen Gefallen tun.«

»Nein, Terry.«

»Doch, Karim.«

Er drehte sich um und blickte sich in dem überfüllten Restaurant um. »Feine Leute hier. Drink gefällig?«

»Nein.«

»Sicher?«

Ich nickte.

»Bis dann, Karim.«
»Yeah.«
Wir gingen auseinander. Ich kannte eine Menge Leute, aber ich nahm sie kaum wahr. Zu meinem Pech stand ich binnen kürzester Zeit auch noch vor dem Menschen, dem ich unbedingt hatte aus dem Weg gehen wollen – Changez. Jetzt wurde abgerechnet. Ich war dran.
Vor diesem Treffen hatte ich so viel Schiß gehabt, daß ich vor einigen Tagen versucht hatte, ihn daran zu hindern, zur Vorstellung zu kommen. Ich sagte zu Jamila: »Ich glaube nicht, daß Changez dieser Abend gefallen wird.«
»Wenn das so ist, dann werde ich ihn auf jeden Fall mitbringen«, sagte sie; typisch Jamila.
Changez umarmte mich und klopfte mir auf den Rücken. »Hervorragendes Stück«, sagte er, »und fantastisch gespielt.«
Ich sah ihn mißtrauisch an. Ich fühlte mich gar nicht gut. Am liebsten wäre ich weit weg gewesen, an einem anderen Ort. Aus irgendeinem Grund hielt ich das Ganze für eine Falle. Ich war dran. Heute abend wurde abgerechnet.
»Yeah, Changez, siehst zufrieden aus. Was versetzt dich so in Ekstase?«
»Dir ist doch bestimmt nicht entgangen, daß Jamila guter Hoffung ist.« Ich sah ihn verständnislos an. »Wir bekommen ein Baby.«
»Dein Baby?«
»Du blöder Idiot, wie soll das denn gehen ohne Geschlechtsverkehr? Du weißt doch ganz genau, daß sie mir dieses Privilig nicht einräumt.«
»Absolut, Euer Klugheit. So hatte ich es mir auch gedacht.«
»Es ist von Simon. Aber wir werden es uns alle teilen.«
»Ein Gemeinschaftsbaby?«
Changez grunzte zustimmend. »Alle Freunde werden seine Familie sein. Ich bin noch nie so glücklich gewesen.«
Besten Dank, aber jetzt hatte ich genug. Ich würde ver-

schwinden, mich nach Hause verziehen. Doch bevor ich gehen konnte, streckte Changez seine dicke Tatze – die gesunde Hand – nach mir aus. Ich wich zurück. Jetzt geht's los, dachte ich, jetzt wird er mir den Schädel einschlagen – Inder gegen Inder in einem weißen Theater!

»Komm ein bißchen näher, Starschauspieler«, sagte er, »und hör dir meine Kritik an. Ich bin froh, daß du deine Rolle ganz aufs Biographische beschränkt hast und gar nicht erst versucht hast, mich als Vorlage zu nehmen. Offensichtlich war dir klar, daß ich kein Mensch bin, der sich leicht darstellen lassen würde. Dein Ehrenwort ist also doch ein Ehrenwort. Ausgezeichnet.«

Ich war froh, als Jamila neben mir auftauchte; ich hoffte, sie würde das Thema wechseln. Und wen hatte sie bei sich? War das nicht Simon? Was war mit seinem Gesicht passiert? Über einem Auge trug er eine Augenklappe, auf der Wange ein Pflaster, und der halbe Kopf war bandagiert. Jamila machte ein sehr ernstes Gesicht, auch dann noch, als ich ihr zum zweitenmal zum Baby gratulierte. Dabei sah sie mich unaufhörlich an, wie einen Verbrecher oder einen Vergewaltiger. Was war denn jetzt schon wieder los, das wollte ich wirklich wissen.

»Was ist los?«

»Du warst nicht da«, sagte sie. »Ich konnte es nicht glauben, aber du hast dich wirklich einfach nicht blicken lassen.«

Wo war ich nicht gewesen?

»Wo war ich nicht?« fragte ich.

»Muß ich dich auch noch daran erinnern? Bei der Demo, Karim.«

»Ich hab's nicht geschafft, Jammie. Ich war auf der Probe. Wie war's denn? Ich hab gehört, es war sehr eindrucksvoll...?«

»Andere Schauspieler aus deinem Ensemble waren auch da. Simon ist ein Freund von Tracey, und sie war da. Direkt in der ersten Reihe.«

Sie sah zu Simon. Ich sah zu Simon. Man konnte unmöglich erkennen, was er für ein Gesicht zog, weil das meiste davon momentan nicht zu sehen war.
»Schau nur her, so war's. Eine Flasche ins Gesicht hab ich gekriegt. Wo wird es nur enden mit dir, Karim?«
»Da vorne«, sagte ich.
Ich wollte die Fliege machen. Gerade als ich am Ausgang war, kam Mum auf mich zu. Sie lächelte, und ich gab ihr einen Kuß. »Ich hab dich sehr lieb«, sagte sie.
»War ich nicht gut, Mum?«
»Du hast keinen Lendenschutz getragen so wie sonst«, sagte sie. »Wenigstens lassen sie dir jetzt deine eigenen Kleider. Allerdings bist du kein Inder. Du bist nie in Indien gewesen. Du würdest Dünnschiß kriegen, sobald du aus dem Flugzeug steigst, da bin ich mir sicher.«
»Warum redest du nicht *noch* lauter?« sagte ich. »Bin ich nicht zumindest ein halber Inder?«
»Und was ist mit mir?« sagte Mum. »Wer hat dich geboren? Du bist ein Engländer, Gott sei Dank.«
»Mir ist es egal«, sagte ich. »Ich bin Schauspieler. Die Rolle ist nur ein Job.«
»Sag das nicht«, meinte sie. »Sei, was du bist.«
»Oh, yeah.«
Sie sah zu Dad, der sich mit Eva unterhielt. Eva redete wütend auf ihn ein. Dad sah belämmert aus, aber er schluckte, was sie zu sagen hatte, und erwiderte nichts. Er blickte zu uns herüber und senkte die Augen. »Sie verpaßt ihm eine Lektion«, sagte Mum. »Blöde alte Kuh – das hilft doch kein bißchen bei dem dickschädeligen Esel.«
»Geh lieber auf die Toilette und putz dir die Nase«, sagte ich.
»Ist wohl besser so«, sagte sie.
An der Tür stellte ich mich auf einen Stuhl und ließ den Blick über diese Ansammlung zukünftiger Skelette wandern. In achtzig Jahren würden die meisten von ihnen tot

sein. Wir lebten, als hätten wir eine Wahl, als wären wir nicht allein, als würde nicht ein Moment kommen, in dem jeder von uns begreift, daß das Leben vorbei ist, daß wir ohne Bremsen auf eine Wand zufahren. Eva und Dad redeten miteinander; Ted und Jean redeten, Marlene und Tracey redeten; Changez und Simon und Allie redeten; und mich brauchte im Moment keiner. Ich ging.

Im Vergleich zu den stinkenden Ärschen da drinnen und ihrem ätzenden Geschwätz war die Nacht sehr mild. Ich öffnete meine Lederjacke und den Reißverschluß meiner Hose und hängte meinen Schwanz in den Wind. Ich ging in Richtung Themse, zu diesem Scheißfluß, diesen Pißfluten, die von Trotteln auf Hausbooten und rudernden Männern verpestet wurden. Ich ging rasch, bis ich merkte, daß eine kleine dunkle Gestalt mich verfolgte. Sie lief in einigen Schritten Abstand hinter mir her und hatte die Hände in den Taschen. Sie war mir total egal.

Ich wollte an Eleanor denken und daran, wie weh es tat, sie jeden Tag wiederzusehen, wo ich doch nichts lieber wollte, als wieder mit ihr zusammenzusein. Ich hatte gehofft, daß meine Gleichgültigkeit ihr Interesse an mir wiederbeleben würde, daß sie mich vermissen und wieder in ihre Wohnung einladen würde, zu gedünstetem Kohl und einem letzten Kuß zwischen ihre Schenkel. Aber in meinem Brief hatte ich sie gebeten, sich von mir fernzuhalten; und genau das tat sie. Es schien ihr nicht viel auszumachen. Vielleicht sollte ich doch noch einmal mit ihr reden.

Wer war dieses Wesen, das hinter mir herlief? Ich hielt es nicht mehr aus vor Neugier und versteckte mich in einem Kneipeneingang. Als sie an mir vorbeiging, sprang ich sie an, halbnackt wie ich war, und schrie: »Wer bist du? Warum läufst du mir nach?« Aber sie schien gar keine Angst zu haben und lächelte mich an, als ich sie losließ.

»Ich hab dich in der Vorstellung bewundert«, sagte sie, während wir weitergingen. »Du hast mich zum Lachen gebracht. Das wollte ich dir nur sagen. Und du hast ein verdammt hübsches Gesicht. Diese Lippen, einfach Wahnsinn.«

»Ach ja? Ich hab dir gefallen?«

»Ja. Und ich wollte ein paar Minuten mit dir zusammensein. Es macht dir doch nichts aus, daß ich dir nachgegangen bin, oder? Ich hab nur gesehen, wie du gehen wolltest. Du sahst völlig verschreckt aus. Irgendwie wütend. Ich kenn das, ein ätzender Zustand. Oder willst du jetzt doch alleinsein?«

»Nein, ist schon okay – ist gut, einen Freund zu haben.«

Ich mußte mich wie ein Idiot anhören. Aber sie hakte sich bei mir unter, und wir gingen am Fluß entlang, vorbei an William Morris' Haus und Richtung Hogarth's Tomb.

»Schon komisch, da muß noch jemand die gleiche Idee gehabt haben«, sagte die Frau. Sie hieß Hilary.

»Was für eine Idee?«

»Dir zu folgen«, sagte sie.

Ich drehte mich um und entdeckte Heater. Er machte gar nicht erst den Versuch, sich zu verstecken. Ich begrüßte ihn mit einem Schrei, der tief aus meinem Bauch aufstieg und wie ein Düsenjet durch die Luft donnerte. Janov hätte seine helle Freude daran gehabt.

»Was willst du, Heater? Warum verpißt du dich nicht und krepierst an Krebs, du fetter, häßlicher Saftsack?«

Er änderte nur seine Stellung, bis sich sein Gewicht gleichmäßig auf beide Beine verteilte, dann war er bereit. Er wollte den Kampf.

»Ich bin deinetwegen hier, Paki-Fresse! Ich kann dich nicht ausstehen! Und ihr habt mir meine Eleanor angerührt! Du und dieser Pyke!«

Hilary hielt meine Hand. Sie war sehr ruhig. »Warum rennen wir nicht einfach weg?« fragte sie.

»Gute Idee«, sagte ich. »Okay.«

»Also, auf geht's.«

Ich rannte auf Heater zu, sprang ihn an, hielt mich an seinem Revers fest und ließ meine Stirn mit voller Wucht gegen seine Nase krachen, so wie man es mir in der Schule beigebracht hatte. Dem Himmel sei Dank für meine Schulzeit. Heater taumelte zur Seite und hielt sich die Nase. Hilary und ich liefen los, schrien und umarmten und küßten uns, und überall schien Blut zu sein; es tropfte richtig an uns herunter. Ich hatte vergessen, daß Heater in der Schule gelernt hatte, sich Rasierklingen in die Revers einzunähen, bevor er aus dem Haus ging.

Kapitel sechzehn

Das Theater war jeden Abend ausverkauft, und freitags und samstags mußten wir sogar Besucher abweisen. Wir planten Sondervorstellungen. Das Stück nahm mich pausenlos in Anspruch. Wie hätte es auch anders sein sollen? Es war ein großes Ereignis, das jeden Abend überstanden werden mußte, und es war unmöglich, sich darauf nur halb zu konzentrieren, wie ich eines Abends feststellen mußte, als ich völlig verloren auf der Bühne stand, Eleanor ansah und nicht wußte, welchen Akt des Stückes wir gerade spielten. Wenn die Aufführung am Abend mir nicht den ganzen Tag ruinieren sollte, war es das beste, den Ablauf des Tages zu verschieben, also etwa um drei oder vier Uhr am Nachmittag aufzustehen, so daß das Stück quasi am Vormittag gespielt wurde und man hinterher noch einige Stunden Zeit hatte, in denen man es wieder vergessen konnte.

Nach der Aufführung gingen wir ins Theaterrestaurant. Die Gäste machten sich gegenseitig auf uns aufmerksam und starrten uns an. Sie spendierten uns Drinks und fühlten sich geehrt, wenn sie sich mit uns unterhalten konnten. Oft baten sie uns inständig, doch zu ihren Parties zu kommen, sie etwas aufzupeppen. Wir trafen dann meist erst gegen Mitternacht ein, die Arme voll Bier- und Weinflaschen. Und kaum waren wir da, wurden uns auch schon Drogen angeboten. Ich schlief mit einigen Frauen; das war jetzt viel leichter. Neuerdings hatte ich sogar eine Agentin. Man bot mir eine kleine Rolle in einem Fernsehfilm an: Ich sollte einen Taxifahrer spielen. Und endlich hatte ich etwas Geld, mit dem ich um mich werfen konnte. Eines Abends kam Pyke zu uns und fragte, ob wir mit dem Stück auch in New York auftreten wollten. Er hätte da ein Angebot von einem kleinen, aber ziemlich renommierten Theater. Ob wir Lust hätten? »Wenn ihr euch die Mühe machen wollt«, sagte er beiläufig, »laßt es mich wissen. Ihr braucht euch nur zu entscheiden.«

Als Pyke uns nach der Aufführung noch ein paar Informationen durchgab, fragte ich ihn, ob ich ihn am Wochenende besuchen könnte. Er lächelte und tätschelte meinen Hintern. »Warum nicht«, sagte er. »Wann immer du willst.«

»Setz dich«, sagte er, während er mich ins Wohnzimmer führte. Eine ältere Frau in einem rosafarbenen Kittel kam mit einem Staubwedel herein. »Später, Mavis«, sagte Pyke.

»Matthew –« begann ich.

»Mach's dir bequem. Ich dusch mich inzwischen«, sagte er. »Oder bist du sehr in Eile?« Und er ging wieder hinaus und ließ mich mit der Mösenskulptur allein im Zimmer. Wie beim letzten Mal sah ich mir alles genau an. Vielleicht ließ sich etwas klauen, das Terry dann zugunsten der Partei verkaufen konnte. Oder ich konnte eine Art Trophäe mitgehen lassen. Ich betrachtete die Vasen und nahm Briefbeschwerer in die Hand, aber ich hatte keine Ahnung, wieviel sie wert waren. Gerade wollte ich einen Briefbeschwerer in meine Tasche verschwinden lassen, als Marlene in T-Shirt und Shorts ins Zimmer kam. Ihre Hände und Arme waren mit Farbe verschmiert. Sie war beim Renovieren. Mir fiel auf, daß ihre Haut heute krankhaft bleich aussah. Wie hatte ich sie nur küssen und ablecken können?

»Du bist's«, sagte sie. Von der Begeisterung, die sie beim letzten Mal gezeigt hatte, war kaum noch etwas zu spüren. Wahrscheinlich stand sie nicht mehr auf mich. Diese Leute können das: Mal stehen sie auf dich, dann bist du ihnen wieder egal. »Was treibt dich hierher?« fragte sie. Sie kam näher. Ihre Miene hellte sich auf. »Gib uns einen Kuß, Karim.« Sie beugte sich vor und schloß die Augen. Ich hauchte ihr einen Kuß auf die Lippen. Sie öffnete ihre Augen nicht. »Das ist kein Kuß. Wenn ich geküßt werden will, dann will ich richtig geküßt werden«, sagte sie. Ihre Zunge fuhr in meinen Mund; ihre Lippen rieben sich auf meinen Lippen; ihre Hände betatschten mich.

»Kannst du ihn nicht in Ruhe lassen, verdammt noch mal?« fauchte Pyke sie an, der plötzlich wieder im Zimmer stand. »Wo ist das Sandelholzshampoo, das ich so gerne mag?«

Sie stand auf. »Woher soll ich das wissen? Ich bin nicht eitel. So etwas benutze ich nicht, bin schließlich keiner von euch beschissenen Männern.«

Pyke durchwühlte Marlenes Handtasche; er stöberte in diversen Schubladen herum und warf auf den Boden, was ihn nicht interessierte. Marlene sah ihm dabei zu, die Arme in die Hüften gestemmt. Sie wartete, bis er wieder zur Tür ging, dann schrie sie: »Warum bist du nur so verflucht arrogant? Red nicht mit mir, als wäre ich eines von deinen Theaterflittchen. Und warum soll ich meinen Karim in Ruhe lassen? Schließlich treibst du es ja auch mit seiner Freundin.«

Pyke sah sie an und sagte: »Du kannst ihn bumsen. Mir ist das egal. Du weißt, daß es mir egal ist. Mach einfach, wozu du Lust hast, Marlene.«

»Verpiß dich«, sagte Marlene. »Scheiß-Liberalität. Schieb sie dir in den Arsch.«

»Außerdem ist sie nicht seine Freundin«, sagte Pyke.

»Was? Wieso?« Marlene drehte sich zu mir. »Ist das wahr?« Sie sah sich wieder nach Pyke um. »Was hast du gemacht?« Pyke sagte nichts. »Ihr habt euch seinetwegen getrennt, nicht wahr, Karim?«

»Yeah«, sagte ich und stand auf. Marlene und Pyke sahen sich haßerfüllt an. Ich sagte: »Matthew, ich bin nur vorbei-

gekommen, weil ich dich um etwas bitten wollte. Eine kleine Angelegenheit. Es wird nicht lange dauern. Können wir das vielleicht jetzt erledigen?«
»Ich laß euch Jungs dann allein«, sagte Marlene sarkastisch.
»Wo ist mein Bodyshampoo?« fragte Pyke. »Ich will es endlich wissen.«
»Leck mich«, sagte Marlene und ging.
»Oh, yeah«, atmete Pyke auf.
Ich bat ihn um das Geld. Ich erklärte ihm, wofür es sei. Ich verlangte dreihundert Pfund. »Für die Politik?« fragte er. »Für die Partei etwa? Hab ich recht?«
»Ja.«
»Du?«
»Ja.«
»Oje, Karim. Ich glaube, ich hab dich falsch eingeschätzt.«
Ich gab mich gelassen. »Ja, vielleicht.«
Er sah mich ernst und doch freundlich an, als hätte er ein echtes Interesse an mir. »Ich wollte dich nicht ärgern. Ich wußte nur nicht, daß du so engagiert bist.«
»Bin ich eigentlich auch nicht«, sagte ich. »Sie haben mich nur gefragt, ob ich dich fragen kann.«
Er zückte sein Scheckbuch. »Ich könnte wetten, daß sie das nicht gerne hören würden.« Er zog seinen Füllfederhalter. »Du bist also ihr Postbote. Ein riskanter Job. Paß auf, daß sie dich nicht ausnutzen. Hier, nimm den Scheck.«
Er war reizend. Er gab mir einen Scheck über fünfhundert Pfund. Ich hätte den ganzen Tag lang mit ihm quatschen und tratschen können, so wie früher im Wagen. Aber ich ging, sobald ich das Geld in der Hand hielt; er war nicht unbedingt scharf darauf, mich bei sich zu haben, und ich wollte Marlene nicht noch einmal über den Weg laufen. Als ich die Haustür öffnete, kam sie die Treppen heruntergestürzt und rief: »Karim, Karim!«, und ich hörte Pyke sagen: »Er kann gar nicht schnell genug vor dir davonlaufen«, als ich hinter mir die Tür zuschlug.

Ich konnte mich nicht überwinden, noch einmal zu Eleanors Wohnung zu gehen. Also bat ich sie eines Abends im Theater um das Geld. Es fiel mir neuerdings ziemlich schwer, mit ihr zu reden. Diesmal war es noch schwieriger, weil sie sich, während ich ihr erklärte, daß es sich hierbei um ein Geschäft und nicht um Liebe handeln würde, mit den tausend Dingen beschäftigte, die sie bei sich in der Garderobe hatte: Bücher, Kassetten, Make-up, Fotos, Karten, Briefe, Kleider. Sie probierte sogar einige Hüte auf! Sie hantierte mit diesen Dingen, weil sie sich nicht hinsetzen und mir ins Gesicht sehen wollte. Aber ich spürte auch, daß ich für sie keine Rolle mehr spielte. Ich bedeutete ihr nichts mehr; ich war kein besonders gravierender Irrtum gewesen.

Dabei hielten sich meine Gefühle für sie ebenso in Grenzen, aber ich wollte sie auch nicht einfach aufgeben. Ich wollte nicht zur Seite geschoben, fallengelassen und ausrangiert werden. Und genau das hatte sie mit mir gemacht. So war es. Was konnte ich schon dagegen tun? Also sagte ich nur, was ich von ihr wollte. Sie nickte und hielt ein Buch hoch. »Hast du das gelesen?« fragte sie. Ich sah nicht einmal hin. Ich wollte jetzt nicht mit ihr über Bücher reden. Ich fragte sie noch einmal nach dem Geld. Es würde der Partei helfen; und die würde ändern, was geändert werden mußte.

Endlich sagte sie: »Nein, ich werde dir keine fünfhundert Pfund geben.«

»Warum nicht?«

»Ich hab an Gene gedacht.«

»Du denkst immer nur an Gene und –«

»Ja, und? Warum nicht?«

»Vergiß es, Eleanor«, sagte ich. »Bleiben wir bei dieser Sache.«

»Gene war –«

Ich knallte die Faust auf den Tisch. Langsam hatte ich die Nase voll. Und ein Satz von Bob Dylan ging mir nicht aus dem Kopf: *»Stuck Inside of Mobile with the Memphis Blues Again.«*

»Die Partei. Sie braucht Geld. Das ist alles. Sonst nichts. Kein Wort über Gene. Kein Wort über uns.«
Sie blieb hart. »Ich werde dir etwas sagen, und du wirst mir zuhören.«
»Du bist doch reich, oder nicht? Gib's aus, Darling, mit vollen Händen.«
»Du zynisches Arschloch«, sagte sie. »War es nicht auch schön mit uns?«
»Yeah, stimmt schon. Ich hab meinen Spaß gehabt. Wir sind ins Theater gegangen. Wir haben gevögelt. Und du hast es mit Pyke getrieben.«
Sie lächelte mich an und sagte: »Der springende Punkt ist, daß es keine Partei für die Schwarzen ist. Sie ist *whites only*, wenn du es genau wissen willst. Ich geb dir keinen Penny für diese Apartheid-Säcke.«
»In Ordnung«, sagte ich. »Trotzdem vielen Dank.«
»Karim«. Sie sah mich an. Sie wollte etwas Freundliches sagen, also sagte sie: »Sei nicht so hart gegen dich selbst.«

An meinem freien Tag besuchte ich Terry. Er und seine Kumpel hielten ein Haus in Brixton besetzt. Ich stieg aus der U-Bahn und ging Richtung Norden, wie Terry es mir beschrieben hatte; dabei kam ich unter der Eisenbahnbrücke durch, über die ich damals mit Onkel Ted gefahren war, als er die Sitze zerschlitzte und »Ihr Nigger« geschrien hatte. Es war die gleiche Linie, mit der mein Vater all die Jahre zur Arbeit gefahren war, in seiner Aktenmappe ein blaues Wörterbuch.
Diese Häuser waren für eine andere Zeit gebaut worden, dachte ich, als ich mir ansah, wo Terry wohnte. Fünfstökkige Gebäude zwischen hübschen Parks, und sie verrotteten, wie dieser ganze Stadtteil verrottete, selbst wenn sich im Verfall die ein oder andere Sumpfblüte zeigte. Die Kids hier waren so verrückt wie nirgendwo sonst in London. Die Frisur, die Charlie sich mit soviel Sorgfalt zurechtgestylt

hatte – schwarz, in Strähnen vom Kopf abstehend, eine Skulptur, ein Schmuckstück, etwas, das man nur abends und nicht etwa zur Arbeit trug –, diese Frisur war zum Irokesenschnitt weiterentwickelt worden. Man trug jetzt auf den ansonsten rasierten Schädeln steife Regenbögen in den abartigsten Farben. Den schwarzen Kids wuchsen Dreadlocks bis auf die Schultern, sie hatten Turnschuhe an und hielten Spazierstöcke in der Hand. Die Frauen trugen Hosen, die bis kurz über die Knöchel gingen, die Typen schwarze Sado-Hosen mit Schlag, Koppelschloß und Reißverschlüssen. In der Gegend gab es unglaublich viele Pinten, besetzte Häuser, Lesben-Bars, Schwulen-Kneipen, Drogenkneipen, Selbsthilfegruppen, Beratungszentren und Büros der verschiedenen radikal-politischen Organisationen. Trotzdem war nicht viel los; massenhaft Typen hingen herum und fragten mich, ob ich schwarzes Hasch wollte; ich wollte schon, aber nicht von ihnen.

Die Haustür stand offen. Die Schlösser waren herausgeschlagen worden. Ich ging direkt nach oben und überraschte Terry bei einer seltsamen Beschäftigung: Er war in Shorts und T-Shirt, barfuß, und machte seltsame Verrenkungen in einem breiten, gepolsterten Sessel vor dem großen Fenster. Er stemmte eine Hantel, stand auf und setzte sich, stand auf und setzte sich, und konzentrierte sich dabei auf ein Rugbyspiel, das über einen Schwarzweißfernseher flimmerte. Er sah mich überrascht an. Ich suchte nach einer Sitzgelegenheit, einem Stuhl, der noch alle Beine hatte, oder einem Kissen ohne Flecken. Es war eine dreckige Bleibe, und dabei war Terry ein gutverdienender Schauspieler. Bevor ich mich hinsetzen konnte, griff er nach mir und umarmte mich. Er roch gut, nach Schweiß.

»Hey, du bist's. Tauchst hier einfach so auf. Wo bist du gewesen?«

»Wachtmeister Monty«, sagte ich.

»Wo warst du, Karim? Sag's mir, wo?«

»Geld für dich auftreiben.«

»Was, ehrlich?« sagte Terry. »Soll ich dir das vielleicht glauben?«

»Du hast es doch so gewollt.«

»Ja, schon, aber –« Er rollte mit den Augen.

»Du hast es verlangt. Du hast es mir verdammt noch mal befohlen. Oder vielleicht nicht? Soll das etwa heißen, du kannst dich nicht einmal daran erinnern?«

»Erinnern? Wie könnte ich den verfluchten Abend vergessen, Karim? Dieses ganze Geld, die Intellektuellen. Diese Klugscheißer. Diese pompösen Mösen. Scheiß drauf. Ein naives Kerlchen wie mich kann das ganz schön durcheinanderbringen.«

»Sag nicht so was«, spottete ich.

Er fuchtelte mit den Händen herum und blies die Backen auf. »Aber ich bild mir nicht sehr viel darauf ein.«

Er machte uns einen Tee, aber es war Tee aus Teebeuteln und die Tasse nicht sauber ausgespült. Ich stellte sie zur Seite und gab ihm Pykes Scheck. Er warf einen Blick darauf und sah mich an. »Verdammt gute Arbeit. Ich dachte, du machst nur Spaß. Fantastisch. Gut gemacht. Kumpel.«

»Ich brauchte ihn nur zu fragen. Du weißt ja, wie diese Liberalen sind.«

»Yeah, sie können sich's leisten, diese Drecksäcke.« Er steckte sich den Scheck in die Tasche. »Hör zu, es gibt ein paar andere Dinge, die du jetzt für die Partei erledigen könntest.«

Ich sagte: »Ich gehe mit Pyke nach Amerika.«

»Scheiß drauf. Warum?« Es tat gut, Terry einmal wieder hitzig und aufgeregt zu sehen. »Dieses Land hier ist das Land, um das es geht. Es liegt am Boden. Das siehst du doch, oder nicht?«

»Klar.«

»Callaghan wird's nicht mehr lange machen. Dann sind wir dran.«

»Amerika ist okay.«

»Logo. Großartig.« Er klopfte mir auf die Schulter. »Komm schon.« Ich spürte, daß er mich berühren wollte. Oder küssen. Er sagte: »Ist bloß ein faschistisches, imperialistisches, rassistisches Scheißhaus.«

»Yeah?«

»Bestimmt –«

Ich sagte: »Manchmal kotzt mich deine Unwissenheit einfach an. Deine gottverdammte Blindheit. Amerika. Was glaubst du denn, woher die militante Schwulenbewegung kommt?« Das war vielleicht nicht besonders geschickt. Ich dachte einen Augenblick lang nach. Noch hörte er mir zu, hielt seinen Spott zurück. »Frauenbewegung. Die schwarze Revolution. Warum redest du bloß so einen Scheiß, wenn du von Amerika sprichst, Terry? Das ist idiotisch! Verdammt noch mal!«

»Schrei mich nicht an. Was ich sagen will? Ich will sagen, daß ich dich vermisse, das ist alles! Und ich will sagen, daß es verdammt gespenstisch ist, wenn ich höre, daß Pyke und du so dicke Freunde seid, nach dem, was er dir angetan hat. Kapiert? Hast du kapiert?«

»Was hat er mir angetan?« fragte ich.

»Du weißt schon. Hast es doch selbst erlebt.«

»Was weiß ich? Was ist los? Erzähl!«

»Ich hab's gehört«, sagte er. »Sie reden darüber.«

Er wandte sich ab, wollte kein Wort mehr sagen. So würde ich nie erfahren, was man sich über mich und Pyke erzählte, und was er mir angetan hatte.

»Ist mir auch egal«, sagte ich.

»Dir ist alles egal«, sagte er. »Dir ist alles völlig unwichtig, sogar die Partei. Du kannst einfach nicht lieben. Bleib hier und kämpf.«

Ich ging unruhig auf und ab. Terrys Schlafsack lag auf dem Boden, neben dem Bett ein Messer. Es wurde langsam Zeit, hier zu verschwinden. Ich wollte mich noch ein bißchen in diesem Teil von London herumtreiben. Ich wollte Changez anrufen und ihn bitten, auf seinen Chaplin-Füßen neben mir herzuwatscheln. Terry tigerte jetzt durch das Zimmer; ich starrte aus dem Fenster und versuchte, die Fassung zu bewahren. Menschen, die ständig nur halb recht und halb unrecht hatten, machten mich wahnsinnig. Ich haßte die Meinungsvielfalt, diese Gewißheit, die über bestimmte Probleme herrschte, das sorglose Reden über Cuba und Rußland und das Wirtschaftssystem, denn unter den entschiedenen Worten lauerte ein Abgrund der Unwissenheit und Ignoranz und eigentlich auch des Nicht-wissen-Wollens. Fruitbat-Jones' Lover, Chogyam-Rainbow-Jones, hatte für sich eine Regel aufgestellt: Er sprach nur von Sachen, die er selbst kennengelernt hatte, von Dingen, mit denen er selbst praktische Erfahrung gemacht hatte. Es schien eine gute Regel zu sein.

Ich öffnete den Mund, um Terry noch einmal zu sagen, was für ein Idiot er sein, wie stur er meiner Meinung nach in seinen Ansichten war, als er sagte: »Du kannst herkommen und hier bei mir leben. Eleanor hat dich doch rausgeschmissen, oder nicht? In dem besetzten Haus hier treiben sich ein paar anständige Mädchen aus der Arbeiterklasse herum. Du wirst schon nicht zu kurz kommen.«

»Darauf würd ich wetten«, sagte ich.

Ich legte ihm meine Hand zwischen die Beine. Ich glaubte nicht, daß er es zulassen würde, meine Annäherung wirklich zu genießen; ich glaubte nicht, daß er mir gestatten würde, seinen Schwanz herauszunehmen, doch ich dachte immer, man soll es auf jeden Fall mit jedem probieren, der einem gefiel. Man konnte ja nie wissen, vielleicht hatten sie doch Spaß daran, und wenn nicht, war auch nichts verloren. Attraktive Menschen sind einfach eine Provokation, dachte ich, zumindest wenn ich in der richtigen Stimmung war.

»Rühr mich nicht an, Karim«, sagte er.

Ich hörte nicht auf, ihn zu reiben, ihm die Fingernägel in die Eier zu krallen, doch dann sah ich in sein Gesicht. Wie wütend ich auch auf ihn war, wie sehr ich ihn auch demütigen wollte, plötzlich sah ich soviel Menschlichkeit in Terrys Augen und in der Art, wie er zu lächeln versuchte, soviel Unschuld in seinem Bemühen, mich zu verstehen, soviel potentiellen Schmerz und die innere Gewißheit, daß ich ihn nicht verletzen würde, daß ich mich ans andere Ende des Zimmers zurückzog. Ich setzte mich hin und starrte gegen die Wand. Ich dachte an Menschen, die andere quälen und ihnen unnötige physische Schmerzen bereiten. Wie konnte man so etwas tun, wenn es doch Blicke gab, die einen aus den tiefsten menschlichen Abgründen heraus so anflehten, daß man vor Mitleid ein Jahr lang heulen könnte? Ich ging auf ihn zu und schüttelte ihm die Hand. Er hatte keine Ahnung, was los war. »Terry«, sagte ich, »bis bald.«
»Bis wann?« fragte er besorgt.
»Bis ich aus Amerika zurückkomme.«
Er begleitete mich bis an die Tür. Er verabschiedete sich, und dann sagte er, es täte ihm leid. Ganz ehrlich, es hätte mir jetzt nichts ausgemacht, bei ihm einzuziehen und mit ihm in Brixton zu leben, doch die Zeit dafür war wahrscheinlich vorbei. Amerika wartete auf mich.

Kapitel siebzehn

Nach der ersten Vorstellung in New York brachten uns Taxis zu einem Apartmenthochhaus am Central Park South, nicht weit vom Plaza Hotel. Wir fuhren mindestens in den neunhundertsten Stock; die eine Wand der Wohnung war ganz aus Glas und bot einen freien Blick über die Parks und das nördliche Manhattan. Diener trugen silberne Tabletts umher, und am Klavier spielte ein Schwarzer *»As Time Goes By«*. Ich kannte die Gesichter von einigen Schauspielern, und es hieß, es seien auch Agenten, Journalisten und Verleger anwesend. Carol ging von einem zum anderen und stellte sich vor. Pyke blieb beharrlich am selben Fleck stehen, nicht ganz exakt in der Mitte des Zimmers, wo er zufrieden und huldvoll das freigiebig gespendete Lob entgegennahm und zweifellos darauf hoffte, Friseure aus Wisconsin kennenzulernen. Tracey, Richard und ich mimten die englischen Provinzler, die vor lauter Angst, vom kapitalistischen Virus angesteckt zu werden, nervös in einer Ecke standen. Eleanor unterhielt sich angeregt mit einem jungen Filmregisseur, der sich seine Haare zu einem kleinen Pferdeschwanz gebunden hatte. In den letzten drei Monaten hatte ich kaum mehr als ein paar Worte mit Eleanor gewechselt, und als ich sie mir jetzt so betrachtete, merkte ich zum erstenmal, wie wenig ich sie eigentlich kannte, verstand oder mochte. Ich hatte sie haben wollen, und sie doch auch irgendwie nicht gewollt. Woran hatte ich nur die ganze Zeit gedacht, als ich mit ihr zusammen gewesen war? Ich beschloß, mir noch einige Drinks zu genehmigen und dann mit ihr zu reden.

Der Intendant des Theaters, Dr Bob, war ein ehemaliger Akademiker, Theaterkritiker und begeisterter Anhänger der »ethnischen Kunst«. Sein Büro quoll über von peruanischen Bastkörben, geschnitzten Paddeln, afrikanischen Trommeln und Bildern. Irgendwie hatte er geahnt, daß ich kurz davor war, in ein Stimmungstief zu fallen, denn als wir für die amerikanische Premiere probten, sagte er zu mir: »Keine Angst, ich werd schon vernünftige Musik für dich auftreiben«, als hätte er gespürt, was mir fehlte, um mich hier wie zu Hause zu fühlen.

Er ließ Tracey und mich in zwei etwas in den Vordergrund gerückten Sesseln Platz nehmen und versammelte den Rest der Party hinter uns. Alle dachten, jemand wolle eine Rede halten oder etwas ansagen. Plötzlich stürmten drei dunkelhäutige Männer in das Zimmer, in der Hand Trommeln, auf die sie mit einer Art hölzernem Haken einschlugen. Einer der Männer wirbelte in glänzend rosa Hosen, nacktem Oberkörper und ausgestreckten Armen durch das Zimmer. Zwei schwarze Frauen bildeten sein Gefolge und wedelten dabei mit den Händen herum. Dann sprang noch ein Mann in Glitzerhosen ins Zimmer, und kaum einen Schritt vor Traceys und meinen Augen begann eine Art Balztanz. Dr Bob hockte in einer Ecke und schrie »Yeah« und »Gut so«, während die Haitianer tanzten. Ich fühlte mich wie ein Kolonialist, dem zu Ehren die Eingeborenen eine Vorstellung geben. Dann rasender Applaus, und Dr Bob forderte uns auf, den schwarzen Tänzern die Hände zu schütteln.

Ich sah Eleanor an dem Abend erst wieder, als die meisten Gäste bereits gegangen waren, und Eleanor, Richard, Carol und ich in einem Schlafzimmer um Pyke versammelt saßen. Pyke war richtig aufgedreht und lachte ständig. Er war in

New York, hatte Erfolg mit seinem Stück und war umgeben von Bewunderern. Was konnte er mehr vom Leben verlangen? Er spielte wieder eines seiner Lieblingsspielchen; ich konnte die Gefahr beinahe riechen. Doch wenn ich aus dem Zimmer ginge, würde ich unter lauter Fremden sein, also blieb ich und stellte mich dem, was geschehen mochte, auch wenn mir nicht danach zumute war.

»Ihr alle«, sagte er, »wenn ihr die freie Wahl hättet, mit wem in dieser Wohnung würdet ihr vögeln wollen?« Alle lachten, sahen sich an, überlegten sich ihre Wahl, versuchten besonders kühn zu sein, zeigten mit dem Finger aufeinander und riefen: »Mit dir! Mit dir!« Ein Blick auf Pyke sagte mir, wie unwichtig ich an diesem Abend für ihn war. Ich nickte, lächelte ihn an und flüsterte Eleanor zu: »Können wir draußen mal miteinander reden?«, doch Pyke sagte: »Einen Moment noch, wartet eine Minute, ich muß euch etwas vorlesen.«

»Komm schon«, sagte ich zu Eleanor, aber sie hielt mich am Arm fest. Ich wußte, was jetzt kommen würde. Pyke zückte sein Notizbuch. Und er begann, seine Prophezeiungen vorzulesen, die er sich an unserem ersten Probentag aufgeschrieben hatte, damals, in dem Raum am Fluß, wo wir um der Gruppe willen ehrlich miteinander gewesen waren. Himmel, war ich betrunken, und ich kapierte nicht, wieso die anderen Pyke so aufmerksam zuhörten: Es war fast so, als würde Pyke unsere Kritiken vorlesen, nicht die unseres Stücks, sondern die Kritiken unserer Persönlichkeit, unserer Kleider, unserer Ideale – eben unsere Kritiken. Jedenfalls las er gerade die über Tracey und Carol vor; ich lag lang auf dem Boden ausgestreckt und hörte nicht hin – es war sowieso nicht interessant. »Jetzt Karim«, sagte er, »hör zu, das wird dich wieder aufmuntern.«

»Woher willst du das wissen?«

»Ich weiß es.«

Er begann, seine Notizen über mich vorzulesen. Gesichter

sahen mich an und lachten. Warum haßten sie mich so? Was hatte ich ihnen getan? Warum konnte ich nicht härter, stärker sein? Warum war ich so empfindlich?

»Karim sucht nach jemandem, mit dem er vögeln kann. Einen Typ oder eine Frau: Das ist ihm egal, und das ist gut so. Aber er würde eine Frau vorziehen, weil die ihn bemuttern könnte. Deshalb geht er alle Frauen der Gruppe durch. Tracey ist ihm zu widerspenstig, zu gierig; Carol zu ehrgeizig; und Louise vom Aussehen her nicht sein Typ. Es wird Eleanor sein. Er hält sie für attraktiv, aber sie ist von ihm nicht gerade überwältigt. Außerdem ist sie wegen der Sache mit Gene immer noch ziemlich mitgenommen und fühlt sich für seinen Tod verantwortlich. Ich werde ein Wort mit ihr reden, ihr vorschlagen, daß sie sich ein wenig um Karim kümmert, ihn vielleicht bekocht, ihm etwas Selbstvertrauen einflößt. Ich schätze, Eleanor wird mit ihm vögeln; im Grunde wird sie es zwar aus Mitleid tun, doch Karim wird sich bis über beide Ohren in sie verknallen, und sie ist zu sanftmütig, um ihm die Wahrheit zu sagen. Es wird ein Ende mit Tränen geben.«

Ich ging in das andere Zimmer. Am liebsten wäre ich in London gewesen; ich wollte fort von diesen Menschen. Ich rief Charlie an, der in New York lebte, aber er war nicht zu Hause; ich hatte schon einige Male mit ihm telefoniert, ihn aber noch nicht getroffen. Plötzlich legte Eleanor ihren Arm um mich und hielt mich fest. Ich sagte immer wieder: »Laß uns gehen, laß uns irgendwohin gehen, wo wir zusammensein können.« Sie sah mich mitfühlend an und sagte, nein, sie müsse mir die Wahrheit sagen, sie würde die Nacht mit Pyke verbringen, sie wolle ihn so intensiv wie möglich kennenlernen. »Dazu braucht man keine ganze Nacht«, sagte ich. Ich sah Pyke zusammen mit den anderen aus dem Schlafzimmer kommen und stürzte mich auf ihn. Ich wollte ihn zusammenschlagen. Aber ich konnte keinen sauberen Schlag landen. Es gab ein Handgemenge; ich tobte, überall waren Arme und Beine. Wem gehörten sie? Ich drehte durch, trat um mich, biß, schrie. Ich wollte einen Stuhl durch das Glasfenster feuern und gleichzeitig auf der Straße sein, um ihn in Zeitlupe durch das Fenster fallen zu sehen. Auf einmal schien ich in einer Art Kiste zu stecken. Ich starrte auf geschliffene Holzdielen und konnte mich nicht bewegen. Jemand hielt mich fest. Ich war bestimmt tot, Gott sei Dank. Eine amerikanische Stimme sagte: »Diese Engländer sind wie die Tiere. Ihre Kultur ist völlig den Bach runter.«

Die Cabs in New York haben diese kugelsicheren Trennwände, damit man den Fahrer nicht umbringen kann, und die Sitze sind verdammt schlüpfrig; ich lag praktisch auf dem Boden. Wenigstens war Charlie bei mir. Er hielt mich mit seinen Armen umklammert und paßte auf, daß ich nicht vom Sitz rutschte. Er weigerte sich, den Wagen anhalten zu lassen, als ich in eine Oben-ohne-Bar wollte. Dann sah ich die Haitianer auf der Straße. Ich kurbelte die Fensterscheibe herunter, befahl dem Fahrer langsamer zu fahren und schrie sie an: »Hey, Typen, wo wollt ihr denn hin?«

»Hör auf damit, Karim«, sagte Charlie sanft.

»Kommt schon!« kreischte ich. »Laß uns losziehen. Erobern wir Amerika!«

Charlie sagte dem Fahrer, er solle nicht auf mich achten. Aber er war immerhin gut gelaunt und freute sich, mich wiederzusehen, sogar dann noch, als wir aus dem Taxi stiegen und ich mich auf den Bürgersteig legen wollte, um zu schlafen.

Charlie war an diesem Abend im Theater gewesen, hatte nach der Vorstellung aber mit einem Plattenproduzenten essen müssen und war deshalb erst spät zur Party gekommen. Als er mich halb bewußtlos unter dem Klavier fand, umringt von wütenden Schauspielern, brachte er mich nach Hause. Tracey erzählte mir später, daß sie mir gerade das Hemd geöffnet hätte, als sie aufblickte und Charlie auf sich zukommen sah. Er sei so schön gewesen, sagte sie, daß ihr die Tränen gekommen seien.

Eingewickelt in eine Bettdecke, wachte ich in einem gemütlichen, strahlend hellen Zimmer auf. Es war nicht sonderlich groß, aber ich entdeckte mehrere Sofas, alte Ohrensessel, einen Kamin und eine Küche hinter offenen Schiebetüren. An den Wänden hingen gerahmte Poster von Kunstausstellungen, und überall lagen Bücher: Es war eine behagliche Wohnung, keine der Behausungen, wie man sie sonst von Rockstars kennt. Allerdings hielt ich Charlie auch nicht für einen Rockstar. Im Grunde paßte diese Rolle überhaupt nicht zu ihm, er schien sie nur zeitweilig angenommen zu haben.

Ich übergab mich drei- oder viermal, dann trug ich Kaffee und Toast mit Marmelade nach oben zu Charlie. Er lag allein im Bett. Als ich ihn aufweckte, knurrte er mich nicht wütend an, wie er es sonst immer getan hatte, sondern setzte sich auf, lächelte und küßte mich. Er sagte eine Menge Dinge, von denen ich nicht glauben konnte, daß sie aus seinem Mund kamen.

»Willkommen in New York. Ich weiß, wie beschissen du dich fühlst, aber wir werden hier zusammen auf den Putz hauen, wie du es noch nicht erlebt hast. Mann, das ist eine fantastische Stadt! Man darf überhaupt nicht daran denken, daß wir uns all die Jahre am falschen Ort aufgehalten haben. Kannst du mal gerade die Lightnin'-Hopkins-Scheibe auflegen? Laß uns so anfangen, wie wir weitermachen wollen!«

Charlie und ich liefen durch das Village und tranken einen dickflüssigen Milchshake mit viel italienischem Eis. Ein Mädchen erkannte Charlie, kam an unseren Tisch und reichte ihm einen Zettel. »Herzlichen Dank dafür, daß du die Welt mit deinem Genie beehrst«, hatte sie geschrieben. Darunter stand ihre Telefonnummer. Charlie nickte ihr zu.

Ich hatte vergessen, wie einschüchternd es war, mit ihm durch die Straßen zu schlendern. Überall erkannte man ihn, obwohl er sein Haar unter einer schwarzen Wollmütze versteckte und einen blauen Overall und schwere Arbeiterschuhe trug.

Ich hatte keinen blassen Schimmer gehabt, daß er in Amerika so berühmt war. Man ging um die Ecke, und schon hing da sein Gesicht an einer Brandschutzmauer oder einem angestrahlten Bretterzaun. Charlie hatte mit seiner neuen Band eine Tournee durch Sporthallen und Stadien gemacht. Er zeigte mir die Videos, weigerte sich aber, sie sich mit anzusehen. Ich begriff auch bald, warum. Auf der Bühne trug er schwarze Lederklamotten mit silbernen Schnallen, Ketten und Halsband, aber am Ende der Vorstellung hatte er sich fast völlig ausgezogen und fetzte mit seiner spindeldürren Gestalt, dünn und weiß wie Mick Jagger, mit nacktem Oberkörper über eine Bühne groß wie ein Flugzeughangar. Er gefiel denen, die über ihr Einkommen frei verfügen konnten, und den Schwulen und den Jugendlichen, besonders den Mädchen; sein Album *»Kill For DaDa«* war schon seit Monaten in den Charts.

Seine Show hatte all ihre Bedrohlichkeit verloren. Die wilden und grausamen Elemente in ihr waren bereits Travestie, und die Musik, an sich nichts Besonderes, hatte die Dramatik und Aggressivität verloren, die sie noch besessen hatte, als sie aus dem England der Arbeitslosen, der Streiks und Klassengegensätze herübergekommen war. Mich überraschte nur, daß Charlie das alles bewußt war. »Die Musik ist ziemlich schwach, okay. Ich bin kein Bowie, glaub bloß nicht, daß ich das nicht selbst weiß. Aber ich hab Ideen zwischen meinen Ohren. Ich kann noch verdammt gute Sachen machen, Karim. Dieses Land gibt dir einen unglaublichen Optimismus. Die Leute hier glauben an dich, sie glauben, daß du was erreichen kannst. Sie machen dich nicht ständig runter, so wie in England.«

Also hatte er sich diese dreistöckige Wohnung in einem Reihenhaus in der East Tenth Street gemietet, schrieb an den Songs für seine nächste Platte und lernte Saxophon. Am Morgen, als ich mich ein bißchen in der Gegend umsah, entdeckte ich, daß unter dem Dach des gleichen Hauses eine Wohnung leerstand. Ich ging noch einmal zu Charlie zurück, warf mir meinen Mantel über, weil ich gleich ins Theater gehen wollte, und stand traurig vor ihm. Es tat mir leid, mich von ihm zu trennen – er wirkte so verdammt anständig und schien wirklich froh, mich wiederzusehen.
Ich sagte: »Charlie, ich wohne mit dem ganzen Ensemble in der großen Wohnung; und ich halt es nicht mehr aus, Eleanor jeden Tag zu sehen. Es bricht mir das Herz.«
Charlie zögerte keine Sekunde. »Wär toll, wenn du hier einziehen würdest.«
»Großartig, Mann. Danke.«
Ich ging die Straße entlang, lachte und amüsierte mich darüber, daß Charlie sich hier in Amerika den Cockney-Slang angewöhnt hatte; dabei gehörte es zu meinen frühesten Erinnerungen, daß ich ihn flennend dahocken sah, als sich eines dieser stinkenden Zigeunerkinder über ihn lustig gemacht hatte, weil er so hochgestochen daherredete. Ich hatte auch noch nie jemanden so reden hören. Jetzt versuchte er sogar manchmal, in Cockney zu reimen und Wortspielchen zu machen. »Ich heb den Fuß, weil ich mal muß«, sagte er zum Beispiel, wenn er auf die Toilette wollte. Oder er sagte, er wolle seinen Minterwantel tragen, und meinte damit seinen Wintermantel. Seine typische *»Englishness«* war für ihn etwas, das er verkaufen konnte, und er bekam viel Geld dafür.
Einige Tage danach zog ich bei ihm ein. Tagsüber war Charlie meistens zu Hause, gab Journalisten aus aller Welt Interviews, ließ sich fotografieren, probierte neue Klamotten an und las. Manchmal tummelten sich junge, kalifornische Mädchen in der Wohnung und hörten sich Platten von

Nick Lowe, Ian Dury und besonders von Elvis Costello an. Ich redete mit diesen Mädchen nur, wenn ich von ihnen angesprochen wurde, denn ich fand diese Kombination aus Schönheit, Geistlosigkeit und Grausamkeit schlichtweg beängstigend.

Es gab da allerdings auch drei oder vier kluge und seriöse New Yorker Frauen, Verlegerinnen, Filmkritikerinnen, Professorinnen der Columbia oder Sufistinnen, die Unterricht im Derwischtanz gaben; ihnen hörte Charlie erst ein paar Stunden zu, ehe er mit ihnen schlief. Später machte er sich einige rasche Notizen über ihre Unterhaltung, um sie in den nächsten Tagen vor anderen Leuten zum besten zu geben. »Sie bilden mich, Mann«, sagte er über diese Frauen, mit denen er sich über internationale Politik, südamerikanische Literatur, über den Tanz und die Möglichkeiten unterhielt, sich mittels Alkohol in mystische Zustände versetzen zu können. In New York schämte er sich nicht über seine Unwissenheit: Er wollte lernen; er wollte nicht länger lügen und bluffen.

Wenn ich in der Wohnung umherlief und zuhörte, wie er etwas über Le Corbusier erfuhr, merkte ich, daß Ruhm, Erfolg und Reichtum ihm wirklich gut bekamen. Er war längst nicht mehr so unruhig, verbittert und launisch wie früher. Seit er selbst die Erfolgsleiter emporgestiegen war, sah er nicht mehr neidvoll nach oben. Er konnte seinem Ehrgeiz eine Pause gönnen und menschlich werden. Man hatte ihm eine Rolle in einem Film angeboten, danach würde er in einem Theaterstück mitspielen. Er traf bekannte Leute; er reiste, um Erfahrungen zu sammeln. Das Leben war herrlich.

»Ich will dir was sagen, Karim«, meinte er beim Frühstück. Das war die Zeit des Tages, wenn seine jeweilige Freundin noch schlief und wir miteinander reden konnten. »Ich weiß noch, wie ich mich zum erstenmal verliebt habe. Ich wußte sofort, diesmal würde es ernst. Damals wohnte ich in einem

Haus in Santa Monica, ich hatte gerade einige Auftritte in LA und San Francisco hinter mich gebracht.« (Für mich waren das lauter magische Namen.) »Zum Haus gehörten fünf Terrassen, die sich einen steilen, saftigen Hügel hinunterzogen. Ich hatte im Swimmingpool gebadet, aus dessen Wasser irgendein Lakai gerade alle Blätter herausgefischt hatte, trocknete mich ab und telefonierte dabei mit Eva in West Kensington. Die Frau eines berühmten Schauspielers, dem das Haus gehörte, kam auf mich zu und gab mir die Schlüssel zu ihrem Motorrad. Eine Harley. Da wußte ich, daß ich Geld liebe. Geld und alles, was für Geld zu haben ist. Ich wünschte mir, nie wieder ohne Geld zu sein, weil es mir ein solches Leben kaufen konnte.«

»Zeit und Geld sind super, Charlie. Aber wenn du nicht aufpaßt, dann hebst du ab, wirst verwöhnt und habgierig. Geld kann die Nabelschnur zwischen dir und dem normalen Leben durchschneiden. Da sitzt du dann, siehst auf die Welt hinab, denkst, du verstehst sie, und daß du so bist wie all die anderen, und hast doch keine Ahnung, verstehst überhaupt nichts. Denn für die anderen stehen im Mittelpunkt ihres Lebens die Sorgen um das Geld und die Frage, wie sie mit ihrer Arbeit fertig werden sollen.«

»Ich genieße diese Unterhaltungen mit dir«, sagte er. »Sie bringen mich zum Nachdenken. Was für ein Glück, daß ich vom Reichtum noch nicht verdorben bin.«

Charlie war fit. Jeden Morgen um elf Uhr fuhr er mit dem Taxi zum Central Park, um dort eine Stunde lang zu joggen; anschließend trieb er in einem Fitneß-Studio noch eine Stunde Gymnastik. Manchmal aß er tagelang nur so verrückte Sachen wie Hülsenfrüchte, Bohnensprossen und Tofu, und ich mußte meine Hamburger heimlich draußen im Schnee verdrücken, weil er, wie er sagte, »das Tier nicht in seinen vier Wänden haben wollte«. Dienstagabends kam regelmäßig sein Dealer vorbei. Für Charlie gehörte das mit zu dem Lebensstil, auf den er in Santa Monica einen ersten

Blick hatte werfen können. Besonders die Art, wie dieser ehemalige NYU-Filmstudent seine Pandorabüchse auf Charlies MOMA-Katalog stellte und mit elegantem Schwung öffnete, imponierte ihm. Charlie leckte sich die Finger und zeigte ihm die Mengen an: soundsoviel Gras, diese Menge Koks, ein paar Pillen zum Aufputschen, ein paar zum Abturnen und soviel H zum Schnupfen.

Unser Stück hielt sich nicht lange in New York – gerade mal einen Monat –, weil Eleanor sich eine kleine Rolle in einem großen Film ergattert hatte und mit den Dreharbeiten beginnen mußte. Das Stück brachte nicht genug ein, als daß es sich gelohnt hätte, Eleanors Part mit einer anderen Schauspielerin zu besetzen; außerdem war Pyke in San Francisco, um dort zu unterrichten.

Als das Ensemble nach London zurückkehrte, zerriß ich mein Ticket und blieb in New York. Es gab nichts in London, was meine Anwesenheit dort verlangt hätte, und mein Herumlungern wäre von meinem Vater bloß mißtrauisch beäugt worden. Er würde es als Argument gegen mich gebrauchen, daß ich doch endlich Arzt werden oder zumindest einen konsultieren sollte. In New York konnte ich mich meiner Trägheit hemmungslos hingeben.

Mir gefiel es, durch die Stadt zu schlendern, mit Charlie in Restaurants zu essen, Einkäufe für ihn zu erledigen (ich kaufte Autos und Grundbesitz für ihn), das Telefon zu beantworten und mich mit britischen Musikern herumzutreiben, die gerade auf der Durchreise waren. Wir waren zwei Engländer in Amerika, im Geburtsland der Musik, und Mick Jagger, John Lennon und Johnny Rotten wohnten bei uns um die Ecke. Es war ein Traum, der Wirklichkeit geworden war.

Meine Depression und Selbstverachtung, mein Wunsch, mich selbst mit Flaschenscherben zu verstümmeln, meine Benommenheit, meine Heulkrämpfe, meine tagelange Unfähigkeit, aus dem Bett zu steigen, das Gefühl, die Welt stürze auf mich ein, um mich zu vernichten, hörten trotzdem nicht auf. Aber ich wußte auch, daß ich nicht dabei war, verrückt zu werden, selbst wenn diese Erlösung, dieses Sichgehenlassen eine Freiheit war, nach der ich mich gesehnt hatte. Ich wartete darauf, daß meine Wunden verheilten.

Allmählich fragte ich mich, wieso ich so stark war – was mich eigentlich zusammenhielt. Wahrscheinlich hatte ich Dads starken Überlebensinstinkt geerbt. Dad hatte sich den Engländern immer überlegen gefühlt, was eine Folge seiner indischen Kindheit war: Politische Wut wurde ihm zu Spott und Verachtung. In Indien hatte er die Briten für lächerlich, steif, unsicher und obrigkeitshörig gehalten. Und er ließ mich spüren, daß wir uns in den Augen dieser Leute die Blamage eines Versagens nicht leisten konnten. Wir durften es nicht zulassen, daß die Ex-Kolonialisten einen von uns auf den Knien am Boden liegen sahen, denn diese Haltung erwarteten sie von unsereinem. Jetzt waren sie am Ende, ihr Empire untergegangen, ihre Tage vorbei und wir waren dran. Ich wollte nicht, daß Dad mich so sah, weil er nicht begriffen hätte, wie ich die Sache so hatte verpfuschen können, wo die Bedingungen doch so gut und die Zeit für einen Aufstieg so günstig gewesen waren.

Charlie gab mir Geld, wenn ich welches brauchte, und er ermutigte mich zu meiner Entscheidung, in New York zu bleiben. Aber nach sechs Monaten sagte ich zu ihm, es würde Zeit für mich, ich müßte zurück. Ich war für ihn eine Last, eine Plage, ein Parasit, davon war ich überzeugt, obwohl er sich nie beschwert hatte. Er sagte mit väterlicher Stimme und allem Nachdruck: »Du bleibst hier, wo du auch hingehörst, Karim. Da draußen gibt es viel zu viele Arschlöcher, und hier hast du schließlich alles, was du brauchst, oder etwa nicht?«

»Klar, hab ich.«

»Was ist also dein Problem, Mann?«
»Gibt keins«, sagte ich. »Ich will nur –«
»Dann ist ja alles in Ordnung. Laß uns Klamotten kaufen gehen, okay?«
Er wollte nicht, daß ich ihn verließ. Sie war wirklich ganz schön verrückt, unsere wachsende gegenseitige Abhängigkeit. Ich glaubte, er hatte mich gern als eine Art Zeugen um sich. Anderen Leuten gegenüber gab er sich reserviert, rätselhaft, lakonisch; er hatte alle Qualitäten, auf die Zeitschriftenleser scharf waren, und trug seine Jeans mit einem gewissen Schick. Aber mir erzählte er gern alles bis ins letzte Detail, so, wie es Schuljungen tun. Mit mir zusammen konnte er von neuen Bekanntschaften geblendet sein, durfte von den Häusern, die er betrat, von den Geschenken, mit denen er eingedeckt wurde, überwältigt sein. Ich, Karim, sah ihn in die Edellimousinen steigen, und ich, Karim, sah ihn mit Schauspielern, berühmten Schriftstellern und Filmproduzenten im Russian Tea Room sitzen. Ich sah ihn mit Frauen nach oben gehen, mit Intellektuellen diskutieren und für die italienische *»Vogue«* fotografiert werden. Und nur ich konnte wirklich begreifen, wie weit der Weg war, den er seit Beckenham zurückgelegt hatte. Es war fast so, als wäre Charlies Erfolg beinahe bedeutungslos gewesen, gäbe es mich nicht, um ihn mit mir zu feiern. Mit anderen Worten, ich war ein mannshoher Spiegel für Charlie, doch ein Spiegel, der sich erinnern konnte.
Mein erster Eindruck, daß Charlie durch den Erfolg stärker zu sich selbst gefunden hatte, war falsch gewesen; zu vieles an Charlie war mir unklar, weil ich es nicht klarer sehen wollte. Charlie zitierte Milton: *»O dark, dark, dark«;* und Charlie war *dark*, war düster, unglücklich, wütend. Ruhm und Erfolg bedeuteten in England und in Amerika nicht dasselbe. In England hielt man jeden für vulgär, der sich selbst inszenierte, doch in Amerika war Ruhm ein Wert an sich, bedeutete mehr als Geld. Selbst die Verwandten der

Berühmten waren berühmt, denn Ruhm war erblich: Die Kinder der Stars waren selbst wieder kleine Stars. Und Ruhm verschaffte einem auch da noch Zutritt, wo Geld allein nicht ausreichte. Charlie hatte seit dem Augenblick berühmt werden wollen, als er das angebetete Konterfei von Brian Jones an die Wand seines Schlafzimmers geheftet hatte. Als er dann berühmt war, hatte er ziemlich schnell gemerkt, daß er den Ruhm nicht loswerden konnte, wenn er für eine Weile genug davon hatte. Er saß zum Beispiel mit mir in einem Restaurant, sagte stundenlang keinen Ton, um dann plötzlich aufzuschreien: »Warum starrt ihr mich alle an, nur weil ich etwas essen will? Diese Frau da, mit dieser komischen Puderquaste auf dem Kopf, sie soll sich endlich verpissen!« Er war gefragt. Fisch sorgte dafür, daß Charlie der Öffentlichkeit im Gedächtnis haften blieb, ließ ihn in Talk-Shows auftreten, schleppte ihn zu Premieren und Galerien, wo man von ihm erwartete, daß er sich lustig und rebellisch aufführte. Eines Abends kam ich ziemlich spät auf eine Party und sah, wie Charlie sich gegen die Bar lehnte und trübsinnig und genervt dreinschaute, weil die Gastgeberin ihn gebeten hatte, sich mit ihr fotografieren zu lassen. Charlie konnte sich an diesen Rummel einfach nicht gewöhnen: Dazu fehlte ihm das Talent.

Es geschah zweierlei, das den Wunsch in mir festigte, endgültig aus Charlies Leben zu verschwinden und nach England zurückzukehren. Eines Tages, als wir gerade aus dem Aufnahmestudio kamen, redete uns ein Mann an. »Ich bin Journalist«, sagte er. Er sprach mit englischem Akzent, war ungefähr vierzig, kurzatmig und hatte weder ein Gesicht noch Haare, die der Erwähnung wert wären. Er stank nach Fusel und sah jämmerlich aus. »Du kennst mich. Tony Bell. Ich hab für den *›Mirror‹* in London gearbeitet. Ich brauch unbedingt ein Interview. Laß uns einen Termin verabreden. Ich bin gut. Ich kann sogar die Wahrheit schreiben.«

Charlie schlenderte einfach wortlos an ihm vorbei. Der Journalist war verzweifelt und schamlos. Er lief neben uns her.

»Ich laß dich nicht in Ruhe«, keuchte er. »Typen wie ich haben dich erst berühmt gemacht. Ich habe sogar deine verdammte Mutter interviewt.«

Er griff nach Charlie, und das hätte er nicht tun sollen. Charlie schlug ihm mit der Handkante auf den Arm, aber der Mann hielt ihn immer noch fest. Charlie boxte ihm spielerisch gegen den Schädel. Der Mann ging wie betäubt in die Knie und fuchtelte dabei mit den Armen, wie jemand, der um Vergebung fleht. Aber Charlies Wut war noch nicht erschöpft. Er trat dem Mann gegen die Rippen, und als der auf die Seite fiel und nach Charlies Beinen langte, trat ihm Charlie mit voller Wucht auf die Hand. Der Mann lebte in unserer Nachbarschaft. Wenigstens einmal die Woche sah ich ihn, wie er seine Einkäufe mit der gesunden Hand nach Hause schleppte.

Der andere Grund, weshalb ich aus New York fort wollte, war sexueller Natur. Charlie machte gern Experimente. Seit unserer Schulzeit, als wir darüber debattiert hatten, mit welcher der menstruierenden Köchinnen wir Cunnilingus machen wollten (und keine von ihnen war unter sechzig), hatten wir nur eins im Sinn: Frauen vögeln, so viele wie irgend möglich. Und wie Menschen, die in Zeiten des Mangels und der Rationierung aufgewachsen sind, konnte keiner von uns vergessen, wie sehr wir uns nach Sex gesehnt hatten oder wie schwierig es gewesen war, eine Frau dazu zu überreden. Also trieben wir es wahllos mit jeder, die sich uns anbot.

Eines Morgens, als wir uns in einem Café in der Nähe gerade über Hörnchen, Müsli und eisgekühlten Orangensaft beugten und von unserer lausigen Penne redeten, als wären wir in Eton gewesen, sagte Charlie, daß es da ein paar Sexgeschichten gäbe, an die er hätte denken müssen und die er gern mal ausprobieren würde. »Ich bin scharf auf das totale Erlebnis«, sagte er. »Hättest du Lust mitzumachen?«

»Wenn du willst.«

»Wenn du willst? Ich biete dir etwas Einmaliges, Mann, und du sagst: ›Wenn du willst.‹ Früher war mehr mit dir los.« Er sah mich verächtlich an. »Du und dein kleiner brauner Hintern, ihr würdet stundenlang voller Entzücken jedes ranzige Loch rammeln, Pilz und Schimmel zur Seite schieben und dann –«

»Du kannst mit mir rechnen.«

»Yeah, aber du siehst nicht gerade zufrieden aus.«

»Ich weiß nicht, was ich machen soll«, sagte ich.

»Hör zu.« Er beugte sich zu mir vor und schlug auf den Tisch. »Nur wenn wir bis an unsere Grenzen gehen, erfahren wir etwas über uns selbst. Und dahin will ich, an die Grenze. Denk an Kerouac und all die anderen Typen.«

»Yeah, ich denk dran. Und was dann, Charlie?«

»Jetzt bin ich an der Reihe«, sagte er. »Laß mich ausreden. Wir werden es bis zum Äußersten treiben. Noch heute abend.«

Also kam nachts um zwölf eine Frau namens Frankie vorbei. Ich ging nach unten, um sie hereinzulassen, während Charlie hastig die erste Platte von Velvet Underground auflegte – wir hatten eine halbe Stunde gebraucht, um uns für die richtige Musik zu entscheiden. Frankie trug einen kurzen Bürstenhaarschnitt, hatte ein knochiges Gesicht, blasse Haut und schlechte Zähne; außerdem war sie jung, Anfang Zwanzig, hatte eine tiefe, volle Stimme und ein herzhaftes Lachen. Sie trug ein schwarzes Hemd zu einer schwarzen Hose. Als ich sie fragte: »Und was machst du so?«, muß ich wie einer dieser bügelfreien Langweiler auf Evas längst vergangenen Beckenham-Parties geklungen haben. Sie sei Tänzerin, sagte Frankie, Performerin und spiele E-Cello. Etwas später meinte sie dann: »Sado/Maso interessiert mich.

Schmerz als Spiel. Eine tiefe menschliche Liebe zum Schmerz. Glaubst du nicht, daß es ein Verlangen nach Schmerz gibt?«

Offenbar würden wir heute nacht herausfinden, ob es ein Verlangen nach Schmerz gab. Ich sah zu Charlie hinüber, weil ich versuchen wollte, die Situation etwas aufzuheitern, aber er beugte sich vor und nickte Frankie aufgeregt zu. Als er sich erhob, stand ich auch auf. Frankie nahm meinen Arm. Sie hielt auch Charlie bei der Hand. »Vielleicht solltet ihr beide euch erst aneinander gewöhnen, eh?« fragte sie. Ich betrachtete Charlie und rief mir die Nacht in Beckenham in Erinnerung, als ich versucht hatte, ihn zu küssen und er sein Gesicht abgewandt hatte. Ich wußte noch, wie sehr er mich damals gewollt hatte – er ließ sich immerhin von mir streicheln –, und wie sehr er sich gegen sein Gefühl gesperrt hatte, als könnte er sich von dem, was wir taten, distanzieren und dennoch weitermachen. Dad hatte das gespürt. Es war auch die Nacht gewesen, in der Dad Eva auf dem Rasen gebumst hatte, es war die Nacht meiner Einführung in Verrat, Hinterlist und Betrug gewesen, der Beginn der Jagd auf Herzen. Heute nacht war Charlies Gesicht offen und freundlich, keine Spur von Ablehnung, nur Lust und Leidenschaft. Er wartete darauf, daß ich etwas sagte. Ich hatte nie geglaubt, daß er mich je so ansehen würde.

Wir gingen nach oben. Charlie hatte das Zimmer vorbereitet. Es war dunkel, nur von Kerzen beleuchtet, eine an jeder Seite des Bettes und drei auf den Bücherregalen. Aus irgendeinem Grund hatte Charlie gregorianische Gesänge aufgelegt. Wir hatten uns stundenlang deswegen gestritten, aber wenn er gefoltert würde, meinte Charlie, wolle er keine Musik hören, mit der er etwas anfangen könne. Charlie zog sich aus. Er war schlanker, als ich ihn in Erinnerung hatte, muskulös, sehnig. Frankie legte ihren Kopf in den Nacken, und er küßte sie. Ich stand da und räusperte mich. »Seid ihr sicher, daß ihr mich dabeihaben wollt?«

»Wieso?« fragte Frankie und blickte mich über ihre Schulter hinweg an. »Warum denn nicht?«

»Seid ihr sicher, daß ihr einen Zuschauer dabeihaben wollt?«

»Ist doch nur Sex«, sagte sie. »Er wird schließlich nicht operiert.«

»Ja, ja, ich meine nur –«

»Setz dich, Karim, verdammt noch mal«, sagte Charlie. »Hör auf, herumzusülzen. Du bist hier nicht in Beckenham.«

»Das weiß ich auch.«

»Also, kannst du dann bitte aufhören, da herumzustehen und so englisch auszusehen?«

»Wieso ›englisch‹?«

»So schockiert, so selbstgerecht und moralisch, so leidenschaftslos und unfähig, dich gehenzulassen. Sie sind engstirnig, diese Engländer. Untertanen eines Königreichs der Vorurteile, das sind sie. Also sei nicht so wie sie!«

»Charlie ist wirklich total intensiv«, sagte Frankie.

»Ich mach's mir gemütlich«, sagte ich. »Nehmt keine Rücksicht auf mich.«

»Werden wir nicht«, sagte Charlie gereizt.

Ich setzte mich in den Sessel vor den zugezogenen Gardinen des Fensters, an die dunkelste Stelle im ganzen Zimmer, und hoffte, daß sie mich vergessen würden. Frankie zog sich aus, und sie streichelten sich auf die traditionelle Art. Frankie bestand fast nur aus Tätowierungen, Haut und Knochen, und es sah fast so aus, als wollte Charlie mit einem Regenschirm ins Bett gehen. Ich süffelte Piña Colada, und während mir angesichts der unwürdigen Situation, in der ich mich befand, der Schweiß ausbrach, dachte ich daran, wie selten man ein anderes Pärchen vögeln sieht. Wie lehrreich es doch sein konnte! Welche neuen Positionen, Stellungen, Zärtlichkeiten man kennenlernen konnte! Es ist wirklich sehr zu empfehlen.

Frankies Segeltuchtasche stand neben dem Bett, und aus ihr fischte sie nun vier lederne Riemen hervor, die sie Charlie um Hand- und Fußknöchel band. Dann fesselte sie ihn an das breite und schwere Bett und stopfte ihm ein dunkles Taschentuch in den Mund. Nach weiterem Herumwühlen in ihrer Tasche kam etwas zum Vorschein, das wie eine tote Fledermaus aussah. Es war eine Lederkapuze mit Reißverschluß. Frankie zog sie über Charlies Kopf, Reißverschluß nach vorn, kniete sich hin und band die Kapuze fest. Dabei schürzte sie ihre Lippen vor lauter Konzentration und sah aus, als wollte sie ihm einen Knopf annähen. Und schon war es nicht länger Charlie: Es war ein Körper mit einem Sack über dem Kopf, nur noch halb menschlich, bereit zur Exekution.

Während sie auf ihm saß, küßte, leckte und lutschte Frankie ihn ganz wie eine Geliebte. Ich konnte sehen, daß Charlie sich entspannte. Ich konnte aber auch sehen, wie Frankie eine Kerze nahm, sie über ihn hielt, und so weit drehte, bis das Wachs abtropfte und ihm auf die Brust fiel. Ich mußte laut lachen, so plötzlich bäumte Charlie sich auf und stöhnte. Das würde ihm eine Lehre sein, anderen Menschen nicht auf die Hand zu treten. Dann begoß Frankie ihn von oben bis unten mit Wachs – auf Bauch, Schenkel, Füße und Schwanz. Spätestens dann, wenn mir jemand heißes Wachs auf die Eier getropft hätte, wäre ich an die Decke gegangen. Charlie hatte offensichtlich die gleiche Idee: Er zuckte, warf sich hin und her und brachte das Bett zum Tanzen, aber Frankie ließ sich dadurch nicht davon abbringen, mit der Flamme über Charlies Genitalien zu fahren. Charlie hatte mir am Nachmittag gesagt: »Wir müssen darauf achten, daß ich gut festgebunden bin. Ich will nicht ausweichen können. Wie hat Rimbaud gesagt? ›Ich erniedrige mich so tief wie möglich. Es geht darum, durch den Wahnsinn aller Sinne zum Unbekannten vorzustoßen.‹ Diese französischen Dichter haben eine

Menge zu verantworten. Aber ich werde bis zum Letzten gehen.«

Und während Charlie zum Unbekannten aufbrach, ließ Frankie ihre Lippen über ihn wandern und flüsterte ihm aufmunternd zu: »Hmmm… das fühlt sich gut an. Hey, gefällt dir das, eh? Sei positiv, sei positiv. Und wie ist es hiermit? Mann, das ist fantastisch! Und wie ist das hier, eh? Echt intensiv, Charlie, oder? Ich wußte, daß es dir gefallen würde«, sagte sie, während sie seinen Schwanz wie einen Hot Dog briet. Scheiße, dachte ich, was würde Eva sagen, wenn sie ihren Sohn und mich jetzt so sehen könnte?

Diese müßigen Betrachtungen wurden von dem unterbrochen, was nur ich und nicht Charlie sehen konnte. Frankie holte zwei hölzerne Wäscheklammern aus ihrer Tasche, und während sie Charlie in die eine Brustwarze biß, klemmte sie eine Klammer mit großer und ziemlich kräftig aussehender Spannfeder auf die andere Brustwarze. »Entspann dich, *relax*«, sagte Frankie, doch ziemlich hastig und eindringlich, als hätte sie Angst, zu weit gegangen zu sein. Charlie krümmte sich und schien seine Qual hinausschreien zu wollen, aus dem Mund, den Ohren, überall. Doch als Frankie ihm zusprach, entspannte er sich langsam wieder und gab sich den Schmerzen hin; schließlich war es das, was er gewollt hatte. Frankie ließ ihn danach einige Minuten so liegen, damit er sich in seinem selbsterwählten Gefängnis aus Leid und Lust zurechtfinden konnte. Als sie zurückkam, hing ich meinen eigenen Gedanken nach. Und in diesem Moment, als Frankie die Kerze ausblies, sie einfettete und ihm in den Arsch stieß, wußte ich, daß ich Charlie nicht mehr liebte. Er interessierte mich auch nicht mehr. Er war mir völlig egal geworden. Ich hatte ihn hinter mir gelassen und mich selbst entdeckt durch das, was ich zurückgewiesen hatte. Er kam mir nur noch lächerlich vor. Ich stand auf. Es überraschte mich, daß Charlie nicht nur noch am Leben war, sondern sogar einen Ständer hatte. Ich vergewisserte mich, indem ich nahe genug ans Bett ging. Ich hockte mich auf den Logenplatz und sah Frankie zu, die auf ihm saß, ihn vögelte und mir mit Gesten zu verstehen gab, daß ich Charlie die Klammern abnehmen sollte, wenn es ihm kam. Ich war froh, nicht völlig überflüssig zu sein. Dieser herrliche Abend wurde nur dadurch getrübt, daß Frankie eine ihrer Kontaktlinsen verlor. »Verdammter Mist«, sagte sie, »ich hab nur dieses eine Paar.« Also suchten Charlie und ich auf Händen und Knien eine halbe Stunde lang den Boden ab. »Wir müssen die Dielen aufreißen«, sagte Frankie schließlich. »Gibt's hier im Haus vielleicht ein Stemmeisen?«

»Nimm doch meinen Schwanz«, sagte Charlie.

Er gab ihr etwas Geld und sagte ihr, sie solle verschwinden.

Nach diesem Abend entschloß ich mich, nach London zurückzufliegen. Meine Agentin hatte angerufen und gesagt, ich solle für eine wichtige Rolle vorsprechen. Sie sagte, es könnte die wichtigste Rolle meines Lebens sein, was für mich eigentlich Grund genug war, gar nicht erst hinzugehen. Aber da es außerdem das einzige Vorsprechen war, daß mir meine Agentin überhaupt hatte beschaffen können, hatte ich vor, sie mit meinem Erscheinen zu belohnen.

Ich wußte, daß es Charlie nicht gefallen würde, wenn ich New York verließ, und ich brauchte ein paar Tage, um den Mut aufzubringen, ihm meine Entscheidung mitzuteilen. Als ich es ihm dann sagte, lachte er nur, als hätte ich eigentlich etwas ganz anderes im Sinn und wollte nur mehr Geld oder so etwas. Er forderte mich gleich auf, ganztags für ihn zu arbeiten. »Ich will dich schon seit einigen Tagen darum bitten«, sagte er. »Wir teilen uns Arbeit und Vergnügen. Ich red mit Fisch über dein Gehalt. Du wirst einen fetten Lohn kriegen. Du wirst ein richtig fetter, kleiner, brauner Krösus werden, nicht wahr, mein Kleiner?«

»Ich glaub nicht, Großer. Ich will nach London zurück.«

»Wovon redest du überhaupt? Du sagst, du willst nach London? Aber ich mach eine Tournee rund um die Welt. LA, Sydney, Toronto. Und ich will, daß du mitkommst.«

»Ich will mich in London nach Arbeit umsehen.«

Er wurde wütend. »Ist doch völlig bescheuert, hier abzuhauen, wenn es gerade interessant wird. Du bist ein guter Freund. Ein guter Assistent. Bei dir klappt die Arbeit immer wie am Schnürchen.«

»Bitte gib mir das Geld für den Flug. Ich bitte dich, mir zu helfen. Ich will nach England; das ist es, was ich wirklich will.«

»Was du willst, eh?«

Er lief auf und ab und redete, wie ein Professor zu Studenten redet, die er noch nie zuvor in seinem Leben gesehen hat.

»England hat abgewirtschaftet. Keiner glaubt mehr an irgend etwas. Hier, in den Staaten, liegen Geld und Erfolg auf der Straße. Die Menschen hier wollen etwas, sie haben ein Ziel. England ist gar kein so schlechtes Land, wenn man reich ist, aber wenn nicht, ist es ein Scheiß-Sumpf voller Vorurteile, Klassengegensätze und all dem Mist. Nichts funktioniert drüben. Und kein Mensch arbeitet da –«

»Charlie –«

»Deshalb laß ich dich auf keinen Fall gehen. Wenn du dich hier durchschlagen kannst, warum willst du dann woanders hin? Was soll das? Du kriegst in Amerika alles, was du haben willst. Und was willst du? Sag schon, was willst du haben?«

»Charlie, ich bitte dich –«

»Ich höre, daß du mich bittest, Mann! Ich hör dich flehen! Und ich werde dich erretten!«

Das war alles. Er setzte sich hin und sagte kein Wort mehr. Am nächsten Tag, als ich zur Rache kein Wort mehr mit ihm sprach, platzte Charlie endlich heraus: »Okay, okay, wenn es dir so viel bedeutet, kauf ich dir ein Ticket nach London.

Du mußt mir bloß versprechen, daß du wieder zurückkommst.«

Ich versprach es ihm. Er schüttelte den Kopf. »Es wird dir nicht gefallen, das kann ich dir jetzt schon sagen.«

Kapitel achtzehn

Also flog ich auf Charlies Kosten, mit einem Gramm Koks als Abschiedsgeschenk und seiner Warnung im Kopf zurück nach London. Ich war froh, mich endlich dazu entschlossen zu haben: Ich vermißte meine Eltern und Eva. Wir hatten zwar miteinander telefoniert, aber ich wollte endlich wieder mal ihre Gesichter sehen, mal wieder mit Dad streiten. Eva hatte angedeutet, daß große Ereignisse bevorstünden. »Was denn?« bestürmte ich sie. »Ich erzähl's dir erst, wenn du hier bist«, lockte sie. Ich hatte keine Ahnung, wovon sie sprach.

Auf dem Flug nach England bekam ich fürchterliche Zahnschmerzen, und so besorgte ich mir gleich an meinem ersten Tag in London einen Termin beim Zahnarzt. Ich lief durch Chelsea, glücklich, wieder in London zu sein, und erleichtert, meinen Blick wieder auf etwas Altem ruhen lassen zu können. Die Gegend um Cheyne Walk war einfach wunderschön: lauter kleine Häuser mit blauen Kacheln an den Wänden und blumenüberwucherten Vorgärten. Es war fantastisch, jedenfalls solange man sich nicht die Stimmen der Leute anhören mußte, die dort wohnten.

Als die Zahnarztgehilfin mich in die Praxis führte und ich dem Zahnarzt zunickte, fragte er sie mit südafrikanischem Akzent: »Spricht er Englisch?«

»Ein bißchen«, antwortete ich.

Ich ging durch die City von London und sah, daß die Stadt

total umgekrempelt wurde: Verfallenes wurde durch Neues ersetzt, und das Neue war häßlich. Irgendwie war die Gabe, etwas Schönes hervorbringen zu können, verlorengegangen. Sogar die Menschen waren häßlich. Die Londoner schienen sich gegenseitig nicht ausstehen zu können.

Ich traf Terry auf einen Drink zwischen seinen Proben zu neuen Episoden der Wachtmeister-Monty-Serie. Vor lauter Streiks, Demonstrationen und Polit-Treffs hatte er kaum Zeit für mich. Und wenn wir uns trafen, dann diskutierten wir über die politische Situation.

»Du hast ja wahrscheinlich auch schon gemerkt, Karim, daß es mit England zu Ende geht. Es fällt einfach in sich zusammen. Der landesweite Widerstand bringt endgültig alles zum Erliegen. Gestern abend hat die Regierung eine Abstimmungsniederlage erlitten. Man wird Wahlen einberufen müssen. Die Hühner flüchten zurück in den Stall, um zu krepieren. Entweder sind wir jetzt dran, oder die Rechte wird siegen.«

Terry hatte von den letzten zwanzig Krisen vierzig vorhergesagt, doch das zerstrittene und zersplitterte Land war wirklich in Aufruhr: Man streikte, demonstrierte, stellte Lohnforderungen. »Wir müssen die Macht ergreifen«, sagte er. »Das Volk will eine starke Hand und eine neue Führung.« Er glaubte, die Revolution stünde unmittelbar bevor und dachte an nichts anderes mehr.

Am nächsten Morgen sprach ich mit den Produzenten und Casting-Leuten der Seifenoper, in der man mir eventuell eine Rolle geben wollte. Dazu mußte ich in das Büro kommen, das die Produktionsleitung extra für eine Woche in Soho gemietet hatte. Aber ich hatte gar keine Lust, mit ihnen zu reden, obwohl ich extra deswegen von den Staaten hierher geflogen war. Pyke hatte viel von seiner Kunst oder seinem Handwerk gehalten – nie hatte er irgendwelchen Schund in seinen Stücken zugelassen; sein ganzes Leben lang hatte er bei seiner Arbeit Wert auf Qualität gelegt. Aber bei denen wußte ich nach nur fünf Minuten, daß es uninteressante, eingebildete Typen waren, die da in ihren langweiligen Pullovern vor mir saßen. Sie taten so, als wollten sie ein Stück von Sophokles inszenieren. Dann baten sie mich, mit einigen anderen Gelegenheitsschauspielern, die bereits zum Ensemble gehörten, im Büro herumzulaufen und eine Szene in einem Fish-n'-Chip-Laden zu improvisieren – wir sollten uns um einen Fisch streiten, wobei dann jemandem kochendes Fett über den Arm gegossen wurde. Sie waren langweilig, diese Typen, und wenn ich den Job bekäme, würde ich monatelang mit ihnen zusammenarbeiten müssen.

Endlich konnte ich mich aus dem Staub machen. Ich ging zurück zu Fischs Wohnung, die er mir zeitweilig überlassen hatte, eine unpersönliche, aber ganz komfortable Bleibe, die mich an ein Hotelzimmer erinnerte. Ich saß da, fragte mich, ob ich meine Sachen packen und auf immer nach New York ziehen sollte, um für Charlie zu arbeiten, als das Telefon klingelte. Meine Agentin sagte: »Gute Nachrichten. Sie haben angerufen. Du hast die Rolle.«

»Ausgezeichnet«, sagte ich.

»Das Beste überhaupt«, sagte sie.

Aber es dauerte zwei Tage, bevor ich die Bedeutung dieses Angebots begriff. Worum ging es eigentlich? Man hatte mir eine Rolle in einer neuen Fernsehserie gegeben, die die aktuellsten Themen ansprechen würde: Abtreibungen ebenso wie rassistische Überfälle, kurz, Geschichten, die die Menschen erlebten, aber nie im Fernsehen sahen. Wenn ich das Angebot annahm, würde ich den rebellischen Sohn eines indischen Ladenbesitzers spielen. Millionen Menschen sahen sich solche Serien an. Ich würde eine Menge Geld verdienen. Man würde mich überall im Land kennen, und mein Leben würde sich über Nacht radikal verändern.

Als ich den Job und die Rolle schließlich angenommen

hatte, beschloß ich, Dad und Eva diese Neuigkeit mitzuteilen. Eine Stunde lang überlegte ich, was ich anziehen sollte, und entschied mich letztlich für ein lässiges, doch nicht allzu aufdringliches Outfit. Beim Anziehen betrachtete ich mich in vier Spiegeln und aus allen möglichen Blickwinkeln. Ich wollte nicht wie ein Bankangestellter aussehen, aber ebensowenig die Nachwehen meines Jammers und meiner Depression allzu deutlich zeigen. Ich trug einen schwarzen Kaschmirpullover, graue Hosen aus weichem, breitem Kord, der eng anlag und keine Falten warf, und dazu schwarze amerikanische Turnschuhe.

Vor Dad und Evas Haus stieg ein Paar aus einem Taxi. Ein junger Mann mit punkigem Haarschnitt trug mehrere schwarze Kisten mit fotografischer Ausrüstung und einen großen Scheinwerfer. Er wurde von einer eleganten Frau mittleren Alters in beigefarbenem Regenmantel begleitet. Irritiert beobachtete die Frau, wie der Fotograf auf mich zeigte, als ich die Treppe hinaufging und klingelte. Der Mann rief: »Sind Sie der Manager von Charlie Hero?«

»Nein, sein Bruder«, antwortete ich.

Eva öffnete die Tür. Einen Moment lang war sie verwirrt, weil wir drei zusammen eintrafen. Und im ersten Augenblick erkannte sie mich nicht: Ich mußte mich verändert haben, aber ich wußte nicht wie. Ich wußte nur, daß ich mich älter fühlte. Eva sagte mir, ich solle eine Sekunde im Flur warten. Da stand ich also, sah die Post durch und dachte, daß es ein Fehler gewesen war, Amerika zu verlassen. Ich würde die Rolle in der Seifenoper besser ablehnen und zurückfahren. Nachdem Eva die anderen beiden Besucher begrüßt und ins Wohnzimmer bugsiert hatte, kam sie mit ausgestreckten Armen auf mich zu, küßte und umarmte mich.

»Tut gut, dich wiederzusehen, Eva. Du hast keine Ahnung, wie sehr ich dich vermißt habe«, sagte ich.

»Wieso redest du so komisch?« sagte sie. »Hast du vergessen, wie man mit seiner eigenen Familie spricht?«

»Ich fühl mich ein bißchen seltsam, Eva.«
»Schon in Ordnung, Lieber, kann ich verstehen.«
»Das weiß ich. Deswegen bin ich auch zurückgekommen.«
»Dein Dad wird sich freuen, dich zu sehen«, sagte sie. »Er vermißt dich mehr als alle anderen, weißt du das? Es bricht ihm das Herz, wenn du fort bist. Ich habe ihm gesagt, daß Charlie auf dich aufpassen würde.«
»Hat ihn das beruhigt?«
»Nein. Sag, ist Charlie heroinsüchtig?«
»Wie kannst du bloß so etwas fragen, Eva!«
»Sei ehrlich.«
»Nein«, sagte ich. »Eva, was ist los? Wer sind diese lächerlichen Typen?«
Sie senkte ihre Stimme. »Nicht jetzt. Es geht um die Wohnung. Man will mich für *»Schöner Wohnen«* interviewen. Ich will die Wohnung verkaufen und woanders hinziehen. Warum mußtest du auch ausgerechnet heute kommen?«
»Welcher Tag wäre dir denn lieber gewesen?«
»Ach, hör schon auf«, warnte sie mich. »Du bist unser verlorener Sohn, der zurückkehrt. Jetzt verdirb nicht alles.«
Sie führte mich in das Zimmer, in dem ich vor langer Zeit einmal auf dem Boden geschlafen hatte. Der Fotograf packte seine Kisten aus. Als Dad aufstand, um mich zu umarmen, erschrak ich über sein Aussehen. »Hallo, mein Junge«, sagte er. Um den Hals trug er einen dicken, weißen Kragen, der ihm das Doppelkinn an den Kiefer hochdrückte. »Mein Nacken tut mir verdammt weh«, erklärte er und zog eine Grimasse. »Immerhin hilft mir diese Halskrause, mein Gehirn zu tragen. Es drückt sonst so auf mein Rückenmark.«
Ich mußte daran denken, wie Dad mich, als ich noch klein war, immer überholt hatte, wenn wir durch den Park zum Freibad um die Wette liefen. Und wenn wir Ringkämpfe machten, warf er mich jedesmal auf den Rücken, setzte sich auf meine Brust und zwang mich, zu sagen, daß ich ihm

immer gehorchen würde. Jetzt konnte er keine Bewegung machen, ohne vor Schmerz zusammenzuzucken. Ich war der Stärkere geworden; aber ich konnte nicht mehr mit ihm kämpfen – und dabei wollte ich mit ihm kämpfen –, weil ihn der erste Schlag schon zu Boden schicken würde. Ich war enttäuscht und traurig.

Im Gegensatz zu ihm sah Eva jung und wie eine Managerin aus. Sie trug ein kurzes Kleid, schwarze Strümpfe und flache Schuhe. Ihre Haare waren elegant frisiert, und sie benutzte ein teures Parfüm. Alles Vorstädtische an ihr war verschwunden; sie war über sich selbst hinausgewachsen und eine prächtige, kluge und charmante Frau mittleren Alters geworden. Ich hatte sie schon immer geliebt und nicht immer nur als Stiefmutter. Sie hatte mir viel bedeutet und tat es immer noch.

Eva zeigte der Journalistin die Wohnung und hielt mich an der Hand, während wir durch die Zimmer gingen. »Komm mit und sieh dir unsere Arbeit an«, sagte sie zu mir. »Und spar nicht mit Bewunderung, Mr Zynisch.«

Ich bewunderte. Sie hatten mehrere Vorratskammern und einen Großteil des ehemals breiten Flurs in die Wohnfläche eingegliedert, wodurch die Zimmer größer und offener geworden waren. Eva und Ted hatten hart gearbeitet.

»Wie Sie sehen können, ist die Wohnung im femininen Stil englischer Tradition gehalten«, erklärte Eva der Journalistin, während wir die cremefarbenen Teppiche, die mit Gardenien bemalten Tapeten, die hölzernen Fensterläden und die Sessel und Bambustische im englischen Landhausstil betrachteten. In der Küche standen Körbe mit getrockneten Blumen, und auf dem Boden lagen Kokosmatten. »Sehr weich, doch nicht zu überladen«, fuhr sie fort. »Allerdings ist das nicht unbedingt der von mir bevorzugte Stil.«

»Ah ja?« sagte die Journalistin.

»Ich persönlich würde eher etwas Japanisches vorziehen.«

»Etwas Japanisches, ach so.«

»Aber ich möchte mehrere Stilarten beherrschen können.«
»Wie ein guter Friseur«, sagte die Journalistin. Eva konnte nicht anders: Sie warf der Frau einen wütenden Blick zu, bevor sie ihr Gesicht wieder unter Kontrolle brachte. Ich mußte laut lachen.
Der Fotograf stellte die Möbel um und fotografierte jeden Gegenstand nur an Stellen, an denen er vorher nicht gestanden hatte. Und er fotografierte Eva nur in Stellungen, die sie unbequem fand und in denen sie unnatürlich wirkte. Bestimmt hundertmal fuhr sich Eva mit den Fingern durch das Haar, spitzte die Lippen und riß die Augen auf, als hätte man ihr die Lider an die Stirn geklebt. Und dabei redete sie unermüdlich auf die Journalistin ein, erzählte ihr, wie sie aus einer ehemaligen Abbruchbude dieses Beispiel kreativer Raumnutzung geschaffen habe. Aus ihrem Mund klang es wie die Erbauung von Notre Dame. Sie sagte kein Wort davon, daß sie plante, die Wohnung zu verkaufen, sobald der Artikel erschienen war, mit dem sie den Preis in die Höhe treiben wollte. Als die Journalistin fragte: »Und was ist Ihre Lebensphilosophie?«, tat Eva so, als hätte sie im Verlauf eines Gesprächs über Inneneinrichtung nichts anderes erwartet, als genau diese Frage.
»Meine Lebensphilosophie?«
Eva sah zu Dad hinüber. Normalerweise hätte er eine solche Frage zum Anlaß genommen, eine Stunde lang über Taoismus und dessen Beziehung zum Zen-Buddhismus zu reden. Aber er sagte nichts, sondern wandte nur sein Gesicht ab. Eva setzte sich neben ihn auf die Armlehne des Sofas, streichelte ihm mit einer zugleich liebevollen und doch auch unpersönlichen Geste über die Wange und sah ihn zärtlich an. Sie hatte es ihm immer recht machen wollen. Und sie liebte ihn noch, dachte ich. Ich war froh, daß sie sich um Dad kümmerte. Aber dann fragte ich mich: Liebte er sie eigentlich? Ich war mir nicht sicher. Ich würde ihn beobachten.

Eva gab sich selbstsicher, stolz und gelassen. Sie hatte viel zu sagen; jahrelang hatte sie über viele Dinge nachgedacht, und endlich ergaben die Ideen für sie einen Zusammenhang. Sie hatte eine Weltanschauung; jedoch zog sie das Wort Paradigma vor.

»Bevor ich diesen Mann hier traf«, sagte sie, »war ich mutlos und hatte den Glauben an mich verloren. Ich hatte Krebs, mir wurde eine Brust entfernt. Ich rede nur selten davon.« Die Journalistin nickte, als wisse sie dieses Vertrauen zu schätzen. »Aber ich wollte leben. Und heute liegen hier in der Schublade die Unterlagen für mehrere Aufträge. Ich spüre jetzt, daß für mich fast nichts unmöglich ist – vorausgesetzt, ich übe mich regelmäßig in den verschiedenen Techniken wie Meditation und Yoga, außerdem vielleicht noch etwas Gesang, um den Geist in Ruhe zu versetzen. Sie sehen, ich glaube an Selbsthilfe, an die Initiative des einzelnen, an die Liebe zu dem, was man tut, und an die freie Entfaltung jedes Individuums. Ich bin immer wieder enttäuscht, wenn ich sehe, wie wenig wir von uns und der Welt um uns her erwarten.«

Sie sah zum Fotografen, der unruhig in seinem Sessel hin und her rutschte. Zweimal öffnete und schloß er den Mund; fast hätte er etwas gesagt. Redete sie etwa mit ihm? Erwartete er auch zu wenig von sich? Doch Eva fuhr fort: »Wir müssen zu unserer eigenen Stärke finden. Sehen Sie sich doch die Leute an, die in diesen elenden Hochhaussiedlungen leben. Sie erwarten, daß andere – die Regierung zum Beispiel – etwas für sie tun. Sie sind nur halb menschlich, weil sie nur mit halber Kraft aktiv sind. Wir müssen für sie einen Weg finden, der ihnen zeigt, wie sie wachsen können. Die Entfaltung des einzelnen Menschen haben sich weder die Sozialisten noch die Konservativen auf die Fahne geschrieben.«

Die Journalistin nickte Eva zu, und Eva lächelte zurück. Aber Eva hatte noch nicht das letzte Wort gesprochen: neue Gedanken flogen ihr zu. So wie jetzt, mit einer solchen

Klarheit, hatte sie noch nie geredet. Das Tonband lief. Der Fotograf lehnte sich vor und flüsterte der Journalistin etwas ins Ohr. »Vergiß nicht, sie nach Hero zu fragen«, hörte ich ihn wispern.

»Dazu kein Kommentar«, sagte Eva. Sie wollte sich nicht unterbrechen lassen. Die alberne Frage irritierte sie nicht einmal: Sie wollte nur ihr Thema weiterführen. Ihre Gedanken schienen sie selbst zu überraschen. »Ich glaube, ich –« begann sie.

Als Eva den Mund öffnete, erhob sich die Journalistin und drehte sich zu Dad um, ohne weiter auf Eva zu achten. »Man hat Ihnen ein Kompliment gemacht, Sir. Möchten Sie etwas dazu sagen? Bedeutet Ihnen diese Philosophie auch etwas?«

Mir gefiel es, wenn Eva den Ton angab. Schließlich spielte Dad oft genug den kleinen aufgeblasenen Haus-und-Hof-Tyrannen, und er hatte mich als Kind so oft gedemütigt, daß ihm diese Erfahrung zur Abwechslung einmal ganz gut tat. Doch Dad war heute nicht in Hochform; er gab nicht einmal an. Er sprach langsam und blickte der Journalistin dabei starr in die Augen.

»Die meiste Zeit meines Lebens habe ich im Westen verbracht, und ich werde hier auch sterben, doch in all meinen Zielen und Absichten bleibe ich ein Inder. Ich werde nie etwas anderes sein. Als ich jung war, da hielt ich den Engländer für ein Geschöpf, das uns Indern überlegen ist.«

»Ehrlich?« sagte die Journalistin und freute sich ein bißchen.

»Ja, wirklich«, sagte Dad. »Und wir lachten ihm dafür in sein weißes Gesicht. Doch wir begriffen, daß er Großes geleistet hatte. Diese Gesellschaft, die ihr euch hier im Westen aufgebaut habt, ist die reichste Gesellschaft, die es in der Geschichte der Welt je gegeben hat. Das Geld fließt in Strömen, und es gibt Schüsseln nur zum Geschirrspülen. Ihr beherrscht die Natur und die dritte Welt. Ihr beherrscht so vieles. Auch die Wissenschaft ist weit fortgeschritten. Ihr habt sogar die Bomben, die ihr braucht, um euch sicher zu fühlen. Und trotzdem fehlt etwas.«

»Tatsächlich?« fragte die Journalistin und freute sich deutlich weniger. »Erzählen Sie uns doch bitte, was uns Ihrer Meinung nach fehlt.«

»Sehen Sie, Miss, die Kultur hat sich in all diesen Jahren nicht vertieft, es hat keinen Zuwachs an Weisheit, keine Vermehrung des Geistes gegeben. Wir haben einen Körper und einen Intellekt. Das wissen wir, daran ist nicht zu rütteln. Aber wir haben auch eine Seele.«

Der Fotograf schnaubte verächtlich. Die Journalistin machte ihm ein Zeichen, zu schweigen, doch er sagte: »Was auch immer Sie damit meinen.«

»Was auch immer ich damit meine«, sagte Dad, und seine Augen funkelten ihn böse an.

Die Journalistin sah zum Fotografen. Es war kein vorwurfsvoller Blick; sie wollte bloß jetzt gehen. Von diesem Thema würde sowieso nichts in dem Artikel erwähnt werden, und sie vergeudeten ihre Zeit.

»Was bringt es denn, überhaupt von Seele zu reden?« fragte der Fotograf.

Dad setzte seine Rede fort. »Dieser Mangel, dieses große Nichts in eurer Lebensart überwältigt mich, doch letzten Endes wird es euch überwältigen.«

Danach sagte er kein Wort mehr. Eva und ich sahen ihn an, aber Dad schwieg. Die Journalistin schaltete das Tonband ab und verstaute die Bänder in ihrer Tasche. Sie sagte: »Ein wunderschöner Sessel, Eva, wo bekommt man so etwas?«

»Hat Charlie schon einmal darauf gesessen?« fragte der Fotograf. Er war wütend auf Dad und etwas verwirrt.

Die Journalistin und der Fotograf standen auf, um zu gehen. »Ich fürchte, es wird höchste Zeit für uns«, sagte die Journalistin und wollte aus dem Zimmer eilen. Doch noch bevor sie die Tür erreichte, wurde diese aufgestoßen, und Onkel

Ted stürmte atemlos und mit weit aufgerissenen Augen herein. »Wo wollen Sie hin?« herrschte er die Journalistin an, die mit ausdrucksloser Miene auf diesen haarlosen Verrückten starrte. Er trug einen Kampfanzug und einen Sechserpack Bier in der Hand.

»Nach Hampstead.«

»Hampstead?« fragte Ted. Er tippte mit dem Zeigefinger auf seine Taucheruhr. »Ich bin doch nicht zu spät, höchstens ein bißchen. Meine Frau ist die Treppen hinuntergefallen.«

»Hat sie sich verletzt?« fragte Eva besorgt.

»Sie ist in ziemlich schlechter Verfassung.« Ted setzte sich, blickte uns alle der Reihe nach an, nickte mir zu. Als er sprach, wandte er sich an die Journalistin. Sein Kummer hatte ganz Besitz von ihm ergriffen, aber er schämte sich deswegen nicht. Er sagte: »Mir tut meine Frau Jean leid.«

»Ted –« Eva wollte ihn unterbrechen.

»Sie verdient unser Mitleid«, sagte er.

»Was Sie nicht sagen«, meinte die Journalistin abfällig.

»Ja, wirklich! Wie kommt es nur, daß wir werden, was wir sind? Was ist mit uns geschehen? Gestern noch waren wir Kinder mit strahlenden, offenen Gesichtern. Wir wollten wissen, wie Maschinen funktionieren. Wir verliebten uns in Eisbären. Und schon am nächsten Tag werfen wir uns besoffen und heulend die Treppe hinunter. Unser Leben ist vorbei. Wir hassen das Leben, und wir hassen den Tod.« Er wandte sich an den Fotografen. »Eva sagte mir, daß Sie uns zusammen fotografieren wollen. Ich bin Evas Partner. Wir machen alles gemeinsam. Wollen Sie mir keine Fragen über unsere Arbeitsmethoden stellen? Wir haben wirklich einzigartige Methoden entwickelt. Sie könnten für andere Menschen beispielhaft sein.«

»Wir müssen uns leider auf den Weg machen«, sagte diese verklemmte Zeilenschinderin.

»Mach dir nichts draus«, sagte Eva und strich Ted sanft über den Arm.

»Du bist ein verdammter Narr«, sagte Dad und lachte Ted ins Gesicht.

»Bin ich nicht«, sagte Ted, ohne zu zögern. Er wußte, daß er kein Narr war, und niemand würde ihn vom Gegenteil überzeugen können.

Onkel Ted freute sich über unser Wiedersehen genausosehr wie ich. Wir hatten uns viel zu sagen. Seine Depression war abgeklungen, und er war wieder wie früher, als ich noch ein Kind war, witzig und begeisterungsfähig. Nur seine Wut war verschwunden, und die Art, wie er früher jemanden, dem er zum erstenmal begegnete, angesehen hatte, als wolle er dem Unbekannten den Garaus machen, ehe der ihm zuvorkam.

»Ich liebe meine Arbeit, Söhnchen«, sagte er. »Davon hätte ich den Zeitungen einiges erzählen können. Weißt du noch? Damals wäre ich doch fast verrückt geworden, hätte Eva mich nicht gerettet.«

»Dad hat dich gerettet.«

»Ich will andere Menschen davor bewahren, ein unehrliches Leben zu führen. Führst du ein unehrliches Leben, Milchgesicht?«

»Ja«, sagte ich.

»Egal was du machst, du darfst dir nie etwas vorlügen. Du darfst nie –«

Eva kam zurück und sagte zu ihm: »Komm, wir müssen gehen.«

Ted nickte Dad zu. »Ich muß mit Haroon reden. Ich will, daß du mir zuhörst, Haroon, okay?«

»Nein«, sagte Eva. »Wir müssen arbeiten. Jetzt komm schon.«

Also zogen Eva und Ted los, um mit einem Kunden in Chelsea einen Auftrag zu besprechen. »Laß uns irgendwann in dieser Woche ein Bier zusammen trinken«, sagte Ted.

Als sie gegangen waren, bat Dad mich, ihm einen Käsetoast zu machen. »Aber bitte kroß und nicht zu labberig«, sagte er.

»Hast du denn noch nichts gegessen?«

Das genügte, um ihn in Fahrt zu bringen. »Eva kümmert sich überhaupt nicht mehr um mich. Sie ist viel zu beschäftigt. Ich werde mich nie an diesen neumodischen Kram gewöhnen, daß Frauen arbeiten und so. Manchmal hasse ich sie richtig, Eva, meine ich. So etwas sollte ich nicht sagen, ich weiß. Aber ich halt's nicht aus, wenn sie in meiner Nähe ist, und ich kann's nicht haben, wenn sie nicht da ist. In meinem ganzen Leben habe ich mich noch nicht so gefühlt. Was ist bloß los mit mir?«

»Frag mich nicht, Dad.«

Ich wäre eigentlich gerne bei ihm geblieben, aber ich hatte Mum versprochen, bei ihr vorbeizusehen. »Ich muß gehen«, sagte ich.

»Nur eins noch«, meinte er.

»Was denn?«

»Ich geb meinen Job auf. Ich hab gekündigt. All die vergeudeten Jahre.« Er warf die Arme in die Luft. »Von jetzt ab werde ich unterrichten und nachdenken und zuhören. Ich will mich mit anderen darüber unterhalten, wie wir unser Leben leben sollen, welchen inneren Werten wir folgen, welche Art Mensch aus uns geworden ist, und wie wir uns entfalten können, wenn wir es wirklich wollen. Ich will Leute zum Denken anregen, zur Kontemplation, zum Ausleben ihrer Begierden. In welcher Schule wird schon Meditation gelehrt? Ich will anderen helfen, die tiefere Weisheit ihres eigenen Selbst zu erkunden, die nur allzuoft unter der Hektik des Alltags verborgen liegt. Ich will mein eigenes Leben so intensiv wie möglich gestalten! Gut, was?«

»Das Beste, was ich je von dir gehört habe«, sagte ich sanft.

»Meinst du wirklich?« Mein Vater glühte vor Begeisterung. »Du glaubst nicht, was ich in der letzten Zeit für Tagträume gehabt habe. Augenblicke, in denen das Universum der Gegensätze mit sich versöhnt war. Welche Ahnungen von einem erfüllteren Leben! Denkst du nicht auch, daß sich für freie Geister wie mich ein Platz auf dieser Erde finden lassen sollte, für weise alte Narren wie die Sophisten und Zen-Lehrer, die erkenntnistrunken umherwandern und Philosophie, Psychologie und die Kunst des Lebens lehren? Wir haben die Frage nach der Realität zu rasch für beantwortet erklärt, Karim. Unser Geist ist umfassender und vielfältiger, als wir es uns je haben träumen lassen! Ich will jungen Menschen, die sich selbst verloren haben, diese einleuchtenden Tatsachen vor Augen führen.«

»Gute Idee, ausgezeichnet.«

»Karim, das ist der Sinn meines Lebens.«

Ich zog meine Jacke an und verabschiedete mich von ihm. Er sah mir nach, als ich über die Straße ging; wahrscheinlich unterhielt er sich immer noch mit mir. Ich nahm den Bus und fuhr durch Südlondon. Ich war ziemlich aufgewühlt. Im Haus traf ich Allie, der sich gerade anzog und dabei Cole-Porter-Songs hörte. »Mum ist noch nicht da«, meinte er. Sie war noch nicht vom Gesundheitszentrum zurück, wo sie inzwischen als Sprechstundenhilfe für drei Ärzte arbeitete.

Der kleine Allie war in Sachen Mode ziemlich affig geworden. Er trug tadellose italienische Klamotten, gewagt und farbenfroh, ohne vulgär zu wirken, teuer und doch genau richtig: die Reißverschlüsse nicht zu auffällig, die Nähte gerade, und die Socken exakt abgestimmt – einen modischen Mann erkennt man immer an seinen Socken. Er wirkte nicht einmal deplaziert, wie er da auf Mums Sofa aus Lederimitat saß, die Schuhe auf Mums Secondhand-Teppich wie Juwelen auf Toilettenpapier, und vor sich das geblümte Sitzkissen. Manche Menschen wußten einfach, wie man sich präsentierte, und ich war froh, daß mein Bruder zu ihnen gehörte. Außerdem hatte Allie Geld; er arbeitete für einen Modedesigner. Er und ich sprachen wie Erwachsene miteinander; was blieb uns auch anderes übrig? Trotzdem waren wir schüchtern und etwas verlegen. Allies ironische

Haltung änderte sich erst, als ich ihm von meiner Rolle in der Fernsehserie erzählte. Ich machte nicht viel Aufhebens davon: Ich redete, als würde ich denen einen großen Gefallen tun, wenn ich die Rolle annahm. Aber Allie sprang auf und klatschte in die Hände. »Das ist doch großartig, Mann! Fantastisch, Karim!« Ich begriff das nicht: Allie konnte sich gar nicht mehr beruhigen, dabei kam es mir selbst so bedeutungslos vor.

»Du bist doch sonst nicht so«, sagte ich mißtrauisch, nachdem er all seine Freunde angerufen und ihnen von meinem Job erzählt hatte. Ist irgendwas mit deinem Kopf nicht in Ordnung, Allie? Oder willst du mich verarschen?«

»Nein, ehrlich, ich mein's ernst. Dieses letzte Stück, bei dem Pyke die Regie geführt hat, das war gut, an manchen Stellen sogar richtig unterhaltsam.«

»Yeah?«

Er schwieg einen Moment lang, vielleicht hatte er Angst, daß sein Lob zu herzlich ausgefallen war. »Wirklich, ein gutes Stück – nur ein bißchen hippie.«

»Hippie? Was meinst du mit hippie?«

»Es war zu idealistisch. Das Politische daran ging mir auf die Nerven. Wer kann die schon ausstehen, diese ewig jammernden Linken.«

»Wieso? Was meinst du?«

»Die mit diesen Klamotten, die aussehen wie die letzten Lumpen. Außerdem hasse ich Typen, die einem ständig erzählen müssen, wie schwarz sie sind, und daß sie in der Schule unterdrückt werden und einmal vielleicht von irgend jemandem angespuckt wurden. Du weißt schon: dieses ewige Selbstmitleid.«

»Sollte man nicht – ich meine, wir – sollten wir wirklich nicht darüber reden, Allie?«

»Darüber reden? Mein Gott, bloß nicht.« Er war offensichtlich bei seinem Lieblingsthema. »Diese Typen sollten die Schnauze halten und ihr Leben leben. Die Schwarzen haben wenigstens ihre Geschichte, die Sklaverei. Und die Inder wurden aus Uganda rausgeworfen. Die haben wenigstens einen Grund, verbittert zu sein. Aber kein Mensch hat jemanden wie dich oder mich in irgendein Lager gesteckt, und das werden sie auch nicht. Mit denen kann uns niemand in einen Topf werfen, Gott sei Dank. Außerdem sollten wir dankbar dafür sein, daß wir keine weiße Haut haben. Ich mag nicht einmal den Anblick von weißer Haut, die ist doch –«

»Gestern war ich beim Zahnarzt, Allie, und der –«

»Milchgesicht, lassen wir deine Zähne doch einen Moment beiseite und –«

»Allie –«

»Man muß doch mal festhalten, daß wir eigentlich ziemlich privilegiert sind. Wir können doch nicht so tun, als ob wir beschissen dran wären und ständig unterdrückt würden. Ich denke, wir sollten einfach das Beste aus uns machen.« Er sah mich an wie ein Prediger in der Sonntagsschule, der dir sagt, du sollst dich nicht so hängen lassen. So gefiel er mir; ich wollte mehr von ihm wissen; nur was er sagte, war ziemlich seltsam. »Also meinen Glückwunsch, großer Bruder. Eine Fernsehserie ist ein Grund zu feiern. Fernsehen gefällt mir.«

Ich verzog das Gesicht.

»Das Theater hasse ich noch mehr als die Oper, Karim. Die Stücke wirken immer –« Er suchte nach dem falschen Wort. »Ja, so Als-ob. Aber egal, Milchgesicht, es gibt etwas, das du wissen solltest. Es geht um Mum.«

Ich sah ihn an, als ob er gleich sagen würde, daß sie Krebs oder so etwas hatte. »Seit ihrer Scheidung trifft sie sich mit einem Mann. Er heißt Jimmy. Das geht jetzt schon ungefähr vier Monate so. Ich weiß, es ist ein großer Schock, okay. Aber ich meine, wir sollten es einfach akzeptieren und ihr keinen Vorwurf daraus machen.«

»Allie –«

Er saß ganz cool da. «Jetzt stell mir keinen Haufen blödsinniger Fragen, Karim. Mehr kann ich dir nicht von ihm erzählen, weil ich ihn selbst noch gar nicht kennengelernt habe, und ich darf es vorläufig auch nicht.«

»Warum nicht?«

»Du auch nicht, okay? Er hat Bilder von uns gesehen, da waren wir zehn oder so, aber nicht älter. Jimmy weiß nicht, wie alt Mum ist. Sie meint, er wäre schockiert und würde sich vielleicht abgestoßen fühlen, wenn er wüßte, daß sie Söhne in unserem Alter hat. Also müssen wir uns ziemlich im Hintergrund halten.«

»Wahnsinn, Allie.«

»Aber so ist es.«

Ich seufzte. »Gut für sie. Sie hat es verdient.«

»Jimmy ist in Ordnung. Er ist solide, hat eine Stellung, und er bumst nicht in der Gegend rum.« Dann trat wieder dieser bewundernde Blick in seine Augen, er schüttelte den Kopf und sagte gedehnt: »Eine Fernsehserie, eh? Mann, das hat Stil.«

»Weißt du«, sagte ich, »nachdem Mum und Dad sich getrennt hatten, ging alles ziemlich durcheinander. Ich wußte nicht mehr, was mit mir los war.«

Er sah mich an. Ich hatte ein schlechtes Gewissen, weil ich ihn nie gefragt hatte, wie es eigentlich ihm damals ergangen war. »Sprich nicht davon«, sagte er. »Ich werd auch nicht damit fertig. Ich verstehe sehr gut, was du meinst.«

Er lächelte mir beruhigend zu.

»In Ordnung«, sagte ich.

Dann beugte er sich vor und sagte mit gehässiger Stimme: »Ich treff mich nicht mehr mit Dad. Wenn ich ihn vermisse, dann ruf ich ihn an. Aber ich hab nicht viel Zeit für Leute, die Frau und Kind im Stich lassen. Ich werf dir nicht vor, daß du mit ihm gegangen bist – du warst ja damals noch ziemlich klein. Aber Dad war verdammt egoistisch. Und was hältst du davon, daß er seinen Job aufgegeben hat? Ist er nicht völlig durchgedreht? Er wird ohne Geld dastehen. Eva wird ihn unterstützen müssen. Und das heißt, daß Eva auch Mum unterstützen wird. Das ist doch grotesk. Und Mum haßt sie. Wir werden ihr alle auf der Tasche liegen!«

»Allie –«

»Was will er denn machen, dieser heilige Franz von Assisi? Mit irgendwelchen Idioten, die ihn für einen aufgeblasenen alten Langweiler halten, über Leben, Tod und Heirat reden? Darin ist er bestimmt Fachmann. Mein Gott, Karim, was passiert eigentlich mit den Leuten, wenn sie alt werden?«

»Verstehst du denn überhaupt nichts?«

»Was soll ich verstehen?«

»Mensch, Allie, wie kann man nur so doof sein? Kapierst du denn nicht, was hier abläuft?«

Er sah mich verletzt an und ließ die Schultern hängen: Es war nicht schwer, ihn zu verletzen, weil er so unsicher war. Ich wußte nicht, wie ich mich entschuldigen sollte, damit wir uns wieder vertragen konnten.

Er murmelte: »Aber ich hab es noch nie von einem anderen Standpunkt aus gesehen.«

Gerade in dem Moment hörte ich, wie ein Schlüssel ins Schloß gesteckt wurde. Es klang neu in meinen Ohren, und doch war es ein Geräusch, das ich jahrelang jeden Tag gehört hatte, wenn Mum aus dem Laden nach Hause kam, um unser Abendessen zu machen. Sie war es. Ich stand auf und umarmte sie. Mum freute sich, mich zu sehen, wenn auch nicht gerade überschwenglich; immerhin beruhigte es sie, zu wissen, daß ich nicht umgekommen war und eine Arbeit hatte. Sie sagte, sie sei in Eile. »Ein Freund wird gleich kommen«, erklärte sie ohne zu erröten. Allie und ich zwinkerten uns zu. Sie duschte sich, zog sich um, und wir putzten Staub und saugten das vordere Zimmer. »Mach lieber auch noch die Treppe«, sagte Allie.

Mum brauchte ewig, und Allie sagte ihr, welchen Schmuck und welche Schuhe sie zu welchem Kleid tragen sollte. Und das war einmal eine Frau gewesen, die gewöhnlich nur einmal die Woche badete. Als wir in unser Haus einzogen, Ende der fünfziger Jahre, hatte es noch nicht einmal ein Badezimmer gegeben. Dad saß zum Baden mit angezogenen Knien in einer Blechwanne im vorderen Zimmer, und Allie und ich rannten mit den Wasserkrügen zwischen der Wanne und dem Ofen hin und her.

Allie und ich blieben so lange wie möglich im Haus, um Mum mit der Vorstellung zu foltern, daß Jimmy auftauchen und entdecken könnte, daß wir beide schon Mitte Zwanzig waren. Mum sagte gerade: »Könnt ihr Burschen nicht mal woanders hingehen?«, als es klingelte. Die arme Mum erstarrte vor Schreck. Ich hätte nie gedacht, daß sie so weit gehen würde, aber sie sagte: »Ihr beide verschwindet jetzt durch die Hintertür.« Sie schob uns fast in den Garten hinaus und schloß hinter uns die Tür ab. Allie und ich kicherten, warfen uns einen Tennisball zu und liefen zur Vorderseite, um einen Blick durch die Fenster zu werfen, diese schwarz umrahmten »georgianischen« Fenster, die Mum hatte einsetzen lassen; seither sah das Haus von vorn wie ein Kreuzworträtsel aus.

Und da war er, Jimmy, der Ersatz für unseren Dad. Er saß neben Mum auf dem Sofa. Er war ein blasser Engländer, und das überraschte mich: Irgendwie hatte ich erwartet, daß ein Inder neben ihr sitzen würde. Ich fühlte mich enttäuscht, fast wie im Stich gelassen. Wahrscheinlich hatte sie genug von Indern. Jimmy war Ende Dreißig, wirkte sehr ernst und trug einen unauffälligen grauen Anzug. Wie wir gehörte er zur unteren Mittelklasse, sah aber hübsch und klug aus: wie einer von denen, die alle Schauspieler aus den Filmen von Vincente Minnelli beim Namen kennen und in Quizsendungen im Fernsehen auftreten, um es zu beweisen. Mum packte gerade sein Geschenk aus, als sie aufsah und die Gesichter ihrer beiden Söhne entdeckte, die sie durch die Stores anstarrten. Sie errötete, geriet kurz in

Panik, hatte sich aber in Sekundenschnelle wieder gefaßt und beachtete uns nicht mehr. Wir verdrückten uns.
Ich wollte nicht direkt wieder nach Hause, also ging ich mit Allie in einen neuen Klub in Covent Garden, den ein Freund von ihm eingerichtet hatte. London hatte sich in zehn Monaten ziemlich verändert. Keine Hippies und keine Punks mehr: Statt dessen war alle Welt adrett angezogen, die Männer mit kurzen Haaren, weißen Hemden, legeren Hosen und Hosenträgern. Es war fast so, als säße man in einem Raum mit lauter George-Orwell-Doubles, nur daß Orwell keine Ohrringe getragen hätte. Allie erklärte mir, die meisten von ihnen seien Modedesigner, Fotografen, Grafiker oder Schaufensterdekorateure, allesamt jung und talentiert. Allies Freundin war ein Model, eine dünne Schwarze, die nichts weiter zum Gespräch beitrug als die Bemerkung, eine Rolle in einer Seifenoper könnte ja vielleicht zu besseren Angeboten führen. Ich sah mich nach jemandem um, den ich abschleppen könnte, aber ich war so einsam, daß man es mir bestimmt ansah. Ich war nicht cool genug für einen Flirt.
Ich verabschiedete mich von Allie und ging zurück in Fischs Wohnung. Eine Zeitlang hockte ich in seiner Höhle, lief auf und ab, hörte mir *»Dropout Boogie«* von Captain Beefheart an, bis es mich wahnsinnig machte, setzte mich eine Weile und ging schließlich aus.

Eine Stunde lang trieb ich mich an diesem späten Abend in den Straßen herum; schließlich hatte ich mich verlaufen und rief mir ein Taxi. Ich sagte dem Fahrer, er solle mich nach Südlondon bringen, doch zuerst – und plötzlich hatte ich es eilig – solle er mich zurück zu meiner Wohnung fahren. Er wartete, während ich Fischs Wohnung nach einem Geschenk für Changez und Jamila durchsuchte. Ich wollte mich wieder mit ihnen vertragen. Ich hatte sie beide gern und würde ihnen zeigen, wie gern ich sie hatte, indem ich ihnen eines von Fischs riesigen Tischtüchern schenkte. Auf dem Weg ließ ich noch einmal anhalten, um mir ein indisches Essen zum Mitnehmen einpacken zu lassen; das würde Changez und Jamila, falls sie immer noch wütend auf mich sein sollten, endgültig mit mir versöhnen. Wir fuhren an Prinzessin Jeetas Laden vorbei, der nachts mit Rollgittern gesichert, verriegelt und verrammelt war. Ich stellte mir vor, wie sie dort oben lag und schlief. Gott, was habe ich doch für ein interessantes Leben, dachte ich.

Ich klingelte, und ungefähr fünf Minuten später kam Changez an die Tür der Kommune. Das Haus hinter ihm war ruhig; von erbarmungslosen politischen Debatten war nichts zu hören. Changez hielt ein Baby im Arm.

»Es ist halb zwei Uhr morgens, *yaar*«, war seine einzige Begrüßung nach dieser langen Zeit. Er drehte sich um, ging zurück ins Haus, und ich folgte ihm wie ein Hund, der weiß, daß er gleich geprügelt wird. In dem schäbigen Wohnzimmer mit seinen Aktenschränken und dem alten Sofa sah ich zu meiner Erleichterung, daß Changez sich nicht geändert hatte, und ich wußte, daß ich mir von ihm keinen Scheiß anhören mußte: Er war weder bürgerlich noch respektabel geworden. An seiner Nase klebte Marmelade, er trug noch denselben alten Overall, aus dessen zahlreichen Taschen überall Bücher hervorlugten, und als ich mir Changez genauer ansah, schien mir, als sei ihm eine voll entwickelte weibliche Brust gewachsen. »Hier«, sagte ich und hielt ihm das Tischtuch hin, »ein Geschenk. Extra aus den Staaten mitgebracht.«

»Pssst...« antwortete er und zeigte auf das in der Decke vergrabene Baby. »Die Tochter des Hauses, Leila Kollontai. Sie ist endlich eingeschlafen. Unser Baby. Superfrech.« Er schnüffelte. »Rieche ich etwa indisches Essen?«

»Korrekt.«

»Dal und Kebabs? Mit allem Drum und Dran?«

»So ist es.«

»Aber sie werden verdammt schnell kalt, Mann. Mach auf, schnell, mach auf!«

»Warte noch.«

Ich schüttelte die Tischdecke aus und wollte die Zeitungen, dreckigen Teller und eine Leninbüste vom Tisch räumen, aber Changez war zu gierig und breitete Fischs Tischtuch einfach über die anderen Sachen aus. »Hungrig, eh?« fragte ich, als er sich hinsetzte und die glitschigen, tropfenden Kartons aus der Tüte fischte.

»Ich bin auf Stütze, Karim. Drei Pfund am Tag, und davon soll ich leben. Ich eß schon nur noch Kartoffeln. Und wenn ich nicht nach deren Pfeife tanze, wollen sie mir einen Job aufhalsen. Aber wie soll ich arbeiten gehen und gleichzeitig auf Leila Kollontai aufpassen?«

»Wo sind denn die anderen?«

»Mr Simon, der Vater, ist in den Staaten. Er ist schon ziemlich lange unterwegs, hält Vorlesungen über die Geschichte der Zukunft. Ein großer Mann, *yaar*, auch wenn du ihn nicht gemocht hast.«

»Und Jamila?« fragte ich zögernd. »Ich hab sie vermißt.«

»Sie ist oben, gesund und munter. Aber sie wird nicht gerade erfreut sein, dich wiederzusehen. Sie wär bestimmt glücklicher, wenn sie deine Eier am Spieß grillen und als Nachspeise verzehren könnte. Bleibst du lange?«

»Blase, wovon redest du überhaupt, du fetter Scheißer? Ich bin's, Milchgesicht, dein einziger Freund, und ich hab den ganzen Weg bis in diesen Morast namens Südlondon zurückgelegt, um dich wiederzusehen.«

Er schüttelte den Kopf und gab mir Leila Kollontai. Die Kleine hatte ein dickliches Gesicht und olivfarbene Haut; sie riß die Deckel von den Kartons. Changez schaufelte sich mit den Fingern haufenweise Spinat in den Mund, nachdem er ihn zuerst mit rotem Chili bestreut hatte. Changez mochte kein Essen, das er schmecken konnte.

»Ich war in Amerika«, sagte ich lässig, »politisches Theater, weißt du.« Und ich erzählte ihm von dem, was ich getan hatte, und protzte mit den Parties, zu denen ich eingeladen, den Zeitschriften, von denen ich interviewt worden war, und den Leuten, die ich getroffen hatte. Er hörte nicht zu, sondern stopfte sich bloß den Fraß in sein aufgeschwemmtes Gesicht. Ich redete weiter. Plötzlich unterbrach er mich: »Du bist ein blödes Arschloch, Karim. Und was machst du dagegen? Jammie wird es dir nie verzeihen, daß du nicht zur Demo gekommen bist. Darüber solltest du nachdenken, *yaar.*«

Das saß. Wir schwiegen. Changez schien sich nicht dafür zu interessieren, was ich ihm zu erzählen hatte. Also fragte ich notgedrungen danach, wie es ihm ergangen war. »Du mußt ja jetzt zufrieden sein, he, wo Simon nicht da ist und du Jamila ganz für dich allein hast. Irgendwelche Fortschritte?«

»Wir machen alle unsere Fortschritte. Aber es gibt eine andere Frau, die bei diesem Thema mitzureden hat.«

»Bei welchem Thema?«

»Jamilas Geliebte, du Idiot.«

»Jamila hat eine Geliebte? Hör ich recht?« fragte ich.

»Ich spreche doch laut und deutlich. Jammie liebt zwei Menschen, das ist alles. Ist doch nicht schwer zu verstehen, oder? Sie liebt Simon, aber der ist nicht hier. Sie liebt Joanna, und Joanna ist hier. Hat sie mir jedenfalls gesagt.«

Ich starrte ihn verblüfft an. Ob er wohl damals, als er Bombay den Rücken kehrte, auch nur die leiseste Ahnung von dem gehabt hatte, was an verwickelten Beziehungen hier auf ihn zukommen würde. »Was hältst du denn von alldem?«

»Hä?« Er sah mich verlegen an. Fast war es, als wollte er kein Wort mehr sagen und die Sache damit auf sich beruhen lassen. So hatte er sich nun einmal die Dinge zurechtgelegt, und so sollten sie denn auch sein. »Ich? Was willst du denn eigentlich von mir wissen?« Und er hätte auch noch hinzufügen können: »Wenn du überhaupt etwas von mir wissen willst.«

Ich sagte: »Ich frage dich, Changez, der du doch so ungefähr gegen alles auf dieser Welt Vorurteile hast, wie du damit fertig wirst, mit einer Lesbe verheiratet zu sein.«
Die Frage erschütterte ihn stärker, als ich in meiner Ahnungslosigkeit vermutet hatte. Er rang um Worte. Schließlich stieß er, mit gesenktem Blick, hervor: »Tu ich doch gar nicht, oder?«
Jetzt war ich verwirrt. »Ich weiß es verdammt noch mal nicht«, sagte ich. »Ich dachte, du hättest mir gesagt, daß sie sich lieben?«
»Ja, Liebe! Ich bin für die Liebe«, verkündete er. »In diesem Haus wollen sich alle lieben!«
»Na prima.«
»Bist du etwa nicht für die Liebe?« fragte er, als wolle er wenigstens diese Gemeinsamkeit zwischen uns festhalten.
»Doch, ja.«
»Na also«, sagte er. »Ich bin mit allem, was Jamila macht, einverstanden. Schließlich bin ich kein tyrannischer Faschist. Ich hab keine Vorurteile, höchstens gegen Pakistanis, aber das ist normal. Was willst du also, Karim? Worauf willst du hinaus?«
Im selben Augenblick ging die Tür auf, und Jamila kam herein. Sie sah magerer und älter aus, ihre Wangen waren ein wenig eingefallen, und um die Augen zeigten sich erste Falten, aber sie schien lebhafter zu sein, unbeschwerter, nicht mehr so ernst wie früher; das Lachen fiel ihr offenbar leichter. Sie sang einen Reggae-Song und tanzte ein paar Schritte auf Leila zu und wieder zurück. Hinter Jamila kam eine zweite Frau ins Zimmer. Sie sah aus wie neunzehn, war aber wahrscheinlich älter, vielleicht Ende Zwanzig. Sie hatte ein unverbrauchtes, offenes Gesicht und eine klare Haut. In ihrem kurzen Haar trug sie blaue Strähnchen, außerdem hatte sie Jeans an und ein rot-schwarz kariertes Arbeiterhemd. Als Jamila ihre Pirouetten drehte, lachte sie und klatschte in die Hände. Sie wurde mir als Joanna vorge-

stellt, lächelte und starrte mich an, so daß ich mich langsam fragte, was ich wohl verbrochen hatte.

»Hallo, Karim«, sagte Jamila und drehte sich geschickt zur Seite, als ich aufstand, um sie zu umarmen. Sie nahm Leila Kollontai auf den Arm und fragte Changez, ob alles in Ordnung sei. Sie küßte die Kleine und wiegte sie in ihren Armen. Während Jammie und Changez sich unterhielten, meinte ich einen neuen Ton zu hören. Ich spitzte die Ohren. Was war es nur? Freundlicher Respekt, das war es: Sie sprachen ohne jedes Mißtrauen und ohne alle Geringschätzigkeit miteinander. Wie sich die Dinge doch geändert hatten!

Dann fragte Joanna mich: »Hab ich dich nicht schon mal irgendwo gesehen?«

»Ich glaub nicht, daß wir uns schon getroffen haben.«

»Nein, getroffen noch nicht. Aber ich bin mir sicher, daß wir uns schon irgendwo gesehen haben.« Nachdenklich betrachtete sie mich.

»Er ist ein großer, berühmter Schauspieler«, mischte sich Jamila ein. »Das bist du doch, nicht wahr, Liebling?«

Joanna hieb mit der Faust durch die Luft. »Das ist es. Natürlich. Ich hab dich in diesem Stück gesehen. Und es hat mir gefallen. Du warst großartig. Sehr lustig.« Sie drehte sich zu Changez um. »Dir hat's doch auch gefallen. Ich weiß noch, wie du mich überredet hast, daß ich mir das Stück ansehen soll. Du hast gesagt, es wäre ziemlich realistisch.«

»Nein, ich glaub nicht, daß es mir so besonders gut gefallen hat«, brummte Changez. »Das Wenige, woran ich mich erinnern kann, hat bei mir nicht gerade einen bleibenden Eindruck hinterlassen. Eigentlich war es ein Stück von Weißen für Weiße, nicht wahr, Jammie?« Und Changez sah Jamila an, als suchte er bei ihr Zustimmung und Unterstützung, aber Jamila gab der Kleinen gerade die Brust.

Joanna ließ sich glücklicherweise von diesem fetten Arschloch Changez nicht irritieren. »Ich habe deine Art zu spielen bewundert«, sagte sie.

»Und was machst du so?«
»Ich filme«, sagte sie. »Jamila und ich drehen einen Dokumentarfilm.« Und an Changez gewandt, sagte sie: »Wir müssen los, Jammie und ich. Wär großartig, wenn wir morgen zum Frühstück wieder Grapefruit und Toast haben könnten.«
»Geht klar«, sagte Changez leichthin, doch seine Augen blickten kummervoll drein. »Macht euch keine Sorgen, Punkt neun Uhr steht für dich und Jamila das Frühstück auf dem Tisch.«
»Super.«
Joanna küßte Changez. Als sie wegschaute, wischte sich Changez über die Wange. Jamila reichte Changez das Kind, nahm Joanna an der Hand und die beiden machten sich händchenhaltend auf den Weg. Ich blickte ihnen nach, dann wandte ich mich wieder Changez zu. Er wollte mir nicht ins Gesicht sehen, sondern starrte wütend vor sich hin und schüttelte den Kopf.
»Was ist los?« fragte ich.
»Du wühlst zuviel in mir auf.«
»Tut mir leid.«
»Geh nach oben. Du kannst in dem Zimmer am Ende des Flurs schlafen. Ich muß Leilas Windeln wechseln.«
Ich war zu müde, um die Treppen hinaufzusteigen, deshalb legte ich mich einfach hinter das Sofa, als Changez aus dem Zimmer ging, und wickelte mich in eine Decke. Der Boden war hart; ich konnte nicht schlafen. Unter mir schaukelte die Welt wie eine Hängematte. Ich zählte meine Atemzüge und spürte, wie meine Bauchdecke sich hob und senkte, wie der Wind meines Atems an meiner Nasenhöhle entlangstrich und meine Stirn sich allmählich glättete. Doch wie so oft bei meinen Meditationsversuchen, dachte ich bald nur noch an Sex und andere Dinge. Wie unerschütterlich und zufrieden Changez wirkte; niemals geriet seine Liebe ins Wanken, es war die echte, die totale Liebe, und er wußte,

was er fühlte. Und Jamila fand es offenbar nicht unangenehm, auf diese Art geliebt zu werden. Sie konnte tun, was sie wollte, und trotzdem würde Changez sie immer mehr lieben als sich selbst.

Durchfroren und verkrampft wachte ich auf und war mir zuerst nicht sicher, wo ich eigentlich war. Statt aufzustehen, blieb ich auf dem Boden liegen. Ich hörte Stimmen. Offenbar waren Changez und Jamila ins Zimmer zurückgekommen und unterhielten sich, während Jamila darauf wartete, daß Leila einschlief. Sie hatten sich viel zu sagen; sie redeten über Leilas Verdauung, über das Haus, über den Tag, an dem Simon zurückkehren würde – und wo er schlafen würde –, und über Joannas Dokumentarfilm.

Ich schlief wieder ein. Als ich erneut aufwachte, wollte Jamila gerade ins Bett. »Ich geh nach oben«, sagte sie. »Du solltest auch versuchen, etwas zu schlafen, mein Süßer. Ach, übrigens, Leila hat keine Windeln mehr.«

»Ich weiß, dieses kleine freche Monster hat alles vollgeschissen. Ich werd die Windeln morgen mit in den Waschsalon nehmen.«

»Und meine Klamotten? Sind nicht viele. Und Joannas Hosen? Könntest du –?«

»Überlaß das alles ruhig Meister Changez.«

»Danke,« sagte Jamila, »Meister Changez.«

»Die Hauptsache ist, ich meine, ich bin verdammt froh, daß du gut ißt«, sagte Changez. Er sprach mit hoher und angestrengt klingender Stimme und redete zu schnell, als fürchte er, daß Jamila in dem Moment gehen würde, in dem er aufhörte zu sprechen. »Von jetzt an gibt es für dich nur noch das beste Essen. Zum Frühstück eine Grapefruit und warmes Brot. Frische Sardinen mit frischem Brot zum Mittagessen, und als Nachtisch Pfirsiche und etwas Frischkäse –«

Er langweilte sie, er wußte, daß er sie langweilte, aber er konnte nicht aufhören. Sie versuchte, ihn zu unterbrechen.

»Changez, ich –«

»Seit ich Tante Jeeta von dem neuen Trend überzeugt habe, verkauft sie ziemlich gute Lebensmittel.« Er hob die Stimme. »Sie ist altmodisch, aber ich beschreib ihr die neuesten Entwicklungen auf dem Markt, von denen ich in Zeitschriften gelesen habe. Sie ist völlig begeistert von meinen Ratschlägen. Sie geht mit der frechen kleinen Leila im Park spazieren, während ich ihr den Laden neu einrichte!« Er schrie jetzt beinahe. »Ich hab sogar Spiegel gegen Ladendiebstähle aufhängen lassen.«

»Ausgezeichnet, Changez. Aber bitte, schrei nicht so. Mein Vater wäre stolz auf dich. Du bist –«

Ich hörte Schritte und dann Jamila, die sagte: »Was machst du denn?«

»Mein Herz klopft«, sagte er. »Ich will dir einen Gutenachtkuß geben.«

»Okay.«

Es folgte ein Schmatzen, dann ein selbstgefälliges »Gute Nacht, Changez. Und vielen Dank, daß du heute auf Leila aufgepaßt hast.«

»Küß mich, Jamila. Küß mich auf die Lippen.«

»Changez, bitte –« Ich konnte die Anwesenheit seines massigen Körpers im Zimmer beinahe spüren. Es war wie in einem Hörspiel. Versuchte er, sie zu umarmen? Wehrte sie ihn ab? Sollte ich mich einmischen? »Bitte, Changez, genug geküßt. Vielleicht solltest du dich mal wieder mit Shinko verabreden.«

Changez keuchte. Ich sah ihn vor mir mit hechelnder Zunge; ein solch frontaler Angriff ging einfach über seine Kraft.

»Karim hat mich ganz durcheinandergebracht, Jammie. Ich muß dir das erklären. Dieser teuflische, kleine Arschficker –«

»Was hat er gesagt?« fragte Jamila lachend. »Der hat selber ganz schöne Probleme, das wissen doch alle. Aber er ist ein lieber Junge, mit seinen kleinen Grabschhändchen und seinen flatternden Augenlidern, die ständig in Bewegung sind –«

»Er hat ungeheure persönliche Probleme, das sehe ich auch so. Außerdem glaube ich langsam, daß er total pervers ist, allein schon, wie er mich immer an sich drückt. Letztens hab ich ihn gefragt, ob er mich vielleicht für eine Apfelsine hält. Ich sagte –«

»Changez, es ist schon spät und –«

»Ja, ich weiß, aber Karim hat vorhin ausnahmsweise mal was Wichtiges gesagt.«

»Wirklich? Was denn?«

Changez wollte unbedingt sagen, was ihn so bedrückte, aber er schwieg einige Sekunden und hielt den Atem an, weil er sich nicht sicher war, ob er nicht vielleicht doch einen Fehler machte. Jamila wartete.

»Er sagte, du wärst eine Lesbe, Jamila. Ich dacht, ich trau meinen Ohren nicht. Blödsinn, du Spinner, hab ich ihm gesagt. Ich hätte ihn vom Erdball fegen können, so weit war ich. Meine Frau doch nicht. Oder?«

Jamila seufzte. »Müssen wir uns unbedingt jetzt darüber unterhalten?«

»Aber zwischen Joanna und dir, das ist doch was anderes?«

»Zur Zeit sind Joanna und ich sehr enge Freundinnen – wir mögen uns sehr gern.«

»Ihr mögt euch?«

»Ich habe schon lange niemanden mehr so gern gehabt wie Joanna. Du weißt doch, wie das ist – man trifft sich und man will zusammensein, will den anderen wirklich kennenlernen. Vielleicht nennt man das Leidenschaft, jedenfalls ist es fantastisch. Und so fühle ich mich auch, Changez. Es tut mir leid, wenn –«

Er schrie: »Was zum Teufel stimmt denn mit deinem einzigen Ehemann nicht, daß du pervers werden mußt? Bin ich denn der letzte normale Mensch in England?«

»Mach keine Szene. Bitte. Ich bin so müde. Und ich bin endlich glücklich. Versuch es zu verstehen, Blase.«

»Und ihr hier im Haus, ihr ach so tollen Typen, ihr redet

ständig von Vorurteilen. Vorurteile gegen diesen Juden und jenes schwarze Gangsterarschloch, gegen diesen Paki und jene arme Frau, und so weiter und so fort.«

»Changez, du wirst ausfallend, das ist –«

»Aber was ist mit den Arschlöchern, die auch noch häßlich sind? Was ist mit uns? Was ist mit unserem Recht, geküßt zu werden?«

»Du wirst geküßt, Changez.«

»Nur nachdem ich meine Pfund Sterling dafür bezahlt habe!«

»Bitte, laß uns ins Bett gehen. Es gibt genug Menschen, die dich küssen würden. Ich allerdings nicht. Ich nicht. Schließlich bist du mir von meinem Vater einfach aufgehalst worden.«

»Ich weiß, ich bin unerwünscht.«

»Aber in deinem Inneren bist du nicht häßlich, Changez, wenn dir dieses Kompliment ein Trost ist.«

Er hörte nur mit halbem Ohr zu; und er war noch lange nicht fertig.

»Weiß ich auch, von innen seh ich aus wie Shashi Kapoor«, sagte er und schlug sich mit der Hand aufs Knie. »Aber manche Menschen haben wirklich häßliche Schweinsgesichter, und für sie ist das Leben fürchterlich. Ich werde eine nationale Kampagne starten, damit alle Vorurteile gegenüber häßlichen Menschen ein Ende haben. Aber du, hier, in diesem verdammten Haus mit all seinen frommen Sozialisten, du solltest die erste sein, die ihre Vorurteile begräbt!«

Wieder Geräusche, dann ein Rascheln: »Sieh her«, sagte er, »Sieh ihn dir an, bin ich etwa kein Mann?«

»Steck ihn wieder weg, Changez. Ich sag ja gar nicht, daß er mir nicht gefällt. Aber du mußt irgendwie mit dir selbst klarkommen. Das Leben geht schließlich weiter.«

»Faß ihn an. Mach mal Ferien vom eigenen Ich.«

Sie schnaubte verächtlich. »Wenn ich Ferien machen will, dann flieg ich nach Cuba.«

»Faß ihn an, faß ihn an, oder ich –«

»Ich warne dich«, sagte Jamila. Keine Sekunde lang hob sie ihre Stimme oder ließ auch nur das geringste Anzeichen von Panik erkennen. Sie war ein wenig ironisch, aber so war sie immer, und sie hatte sich völlig im Griff. »Mit einer demokratischen Abstimmung kann aus diesem Haus jeder herausgeworfen werden. Und wohin würdest du dann gehen wollen, etwa nach Bombay?«

»Jamila, meine Frau, bitte nimm mich in dich auf«, stöhnte er.

»Laß uns den Tisch abräumen und das Geschirr in die Küche tragen«, sagte sie sanft. »Komm schon, Meister Changez. Du brauchst ein bißchen Ruhe.«

»Jamila, ich flehe dich an –«

»An deiner Stelle würde ich aufpassen, daß Joanna dich nicht mit deinem Pilzstengel herumwedeln sieht. Sie hält sowieso schon alle Männer für Vergewaltiger, und wenn sie dich so sieht, fühlt sie sich nur noch bestätigt.«

»Ich will lieben. Hilf mir doch –«

Jamila tat weiterhin ganz gleichgültig. »Wenn Joanna dich so sehen würde –«

»Warum sollte sie mich denn so sehen? Zur Abwechslung sind wir beide mal für einige kostbare Augenblicke zusammen, ohne daß ein Dritter dabei ist. Ich seh meine Frau ja sonst nie allein.«

Ich fühlte mich nicht besonders wohl in meiner Haut. Diese Voyeursgeschichte wurde mir langsam zuviel. Früher hatte es mir richtig Spaß gemacht, anderen Leuten beim Vögeln zuzusehen. Ich hatte sogar öfter zugesehen, als es selbst getan; ich fand es lehrreich und man fühlte sich verbunden mit seinen Freunden und so. Aber hier, hinter dem Sofa, wußte ich plötzlich, daß ich nach mehr verlangte – nach größeren Ideen und neuen Interessen. Eva hatte recht; wir forderten nicht genug von uns selbst und unserem Leben. Ich würde fordern, jawohl, ich würde aufstehen und Forderungen stellen. Ich wollte mich gerade zu erkennen geben, als Jamila plötzlich sagte: »Was war das für ein Geräusch?«

»Was? Wo?«

Sie senkte ihre Stimme. »Hinter dem Sofa. Es klang wie ein Furz.«

»Ein Furz?«

Ich setzte mich auf und sah über den Rand des Sofas. »Ich bin's nur«, sagte ich. »Ich hab versucht zu schlafen. Ich hab kein Wort gehört.«

»Du Dreckskerl«, sagte Changez und regte sich noch mehr auf. »Ich ruf die Polizei, Jamila, dieser verdammte Spitzel! Ich ruf jetzt sofort einseinsnull!«

Er zitterte, pustete und prustete, während er sich die Hosen hochzog. Er rief: »Du hast dich schon immer über meine Liebe zu Jamila lustig gemacht. Du hast dich von Anfang an zwischen uns gestellt.«

Genaugenommen war es Jamila, die sich jetzt zwischen Changez und mich stellte, um zu verhindern, daß er über mich herfiel. Sie brachte mich nach oben in ein Zimmer, das ich abschließen konnte, damit ich sicher war vor Changez' Wut. Am Morgen stand ich früh auf und schlich auf Zehenspitzen aus dem Haus. Ich hörte Leila Kollontai schreien und Changez, der leise in Urdu auf sie einredete.

Ein paar Tage später besuchte ich Dad. Als ich hereinkam, saß er in seinem Pyjama in einem von Evas Armsesseln; vor ihm auf dem Boden hockte ein blasser, junger Mann. Der Mann wirkte sehr angespannt, den Tränen nahe und verzweifelt. Dad sagte: »Ja, ja, das Leben ist wirklich eine schwierige Sache.«

Offenbar kreuzten diese Typen aus Dads Klassen ständig in seiner Wohnung auf, und es blieb ihm dann nichts anderes übrig, als sich mit ihnen abzugeben. Dad hielt dies für »mitleidiges Handeln«. Er behauptete neuerdings, daß aus Gründen der »Harmonie« jeder Tag im Leben drei Elemente enthalten müsse: das lehrende, das mitleidende und das meditative Element. Mehrmals wöchentlich lehrte Dad diese Einsicht im nahegelegenen Yoga-Zentrum. Ich hatte immer damit gerechnet, daß Dads Guru-Aktivitäten in London früher oder später im Sande verlaufen würden, aber inzwischen war deutlich geworden, daß er niemals arbeitslos werden würde in dieser Stadt, in der es vor einsamen, unglücklichen und verunsicherten Menschen nur so wimmelte, die alle nach einer führenden Hand, nach Unterstützung und Mitleid verlangten.

Eva nahm mich mit in die Küche, um mir einige Suppenschüsseln zu zeigen. Sie hatte sich außerdem den Druck eines Tiziangemäldes gekauft; darauf war ein junger Mann mit langem Haar zu sehen, der mich an den Charlie meiner Schulzeit erinnerte. Langstielige Tulpen und gelbe Narzissen standen in Krügen auf dem Tisch. »Ich bin so glücklich«, sagte Eva, als sie mir ihre Neuerwerbungen zeigte. »Aber ich hab's eilig. Irgendwie sollte man mal bald etwas gegen den Tod erfinden. Ist doch einfach lächerlich, so jung schon zu sterben. Ich möchte mindestens hundertfünfzig werden. Das Leben fängt doch jetzt erst richtig an.«

Später setzte ich mich zu Dad. Er war gewichtig und fett geworden; die obere Hälfte seines Gesichts bestand aus schlaffen Hautsäcken, die in Kaskaden über seine Wangen fielen.

»Du hast mir noch nichts von dem erzählt, was du in letzter Zeit so getrieben hast«, sagte er. Ich wollte ihn mit der Neuigkeit von meiner Rolle in der Fernsehserie regelrecht überwältigen. Aber immer, wenn ich jemanden beeindrukken will, dann klappt es nicht; meistens sind die Leute alles mögliche, nur nicht beeindruckt. »Ich arbeite beim Fernsehen«, sagte ich und imitierte Changez' Stimme. »Spitzen-Lohn, Spitzen-Job, einfach ein Spitzen-Typ.«

»Mach dich nicht lustig über mich. Benimm dich nicht, als wärst du der letzte Idiot«, sagte er.

»Tu ich nicht. Hab ich nicht.«

»Jetzt lügst du auch noch.«
»Dad –«
»Wenigstens hängst du nicht faul herum, und man kann zumindest sehen, daß du was tust.«
Ich fühlte mich gedemütigt und lief vor Wut rot an. Nein, nein, nein, wollte ich schreien. Wir mißverstehen uns schon wieder! Aber die Sache klarzustellen, war unmöglich geworden. Wahrscheinlich hört man nie auf, sich vor seinen Eltern wie ein Achtjähriger zu fühlen. Man beschließt, seine ganze Reife zu zeigen, lieber wohlüberlegt und bedacht als auf die übliche elementare Art zu reagieren, gleichmäßig tief aus dem Bauch heraus zu atmen und seine Eltern wie gleichberechtigte Menschen zu behandeln, und innerhalb von fünf Minuten sind alle guten Vorsätze beim Teufel, und man brabbelt und tobt vor Wut wie ein zorniges Kind.
Ich konnte kaum reden, bis Dad mir schließlich die Frage stellte, die ihm so schwer über die Lippen kam und doch dem einzigen in der Welt galt, das ihn wirklich interessierte. »Wie geht es deiner Mutter?« fragte er.
Ich sagte ihm, daß es ihr gutgehe, besser sogar, als jemals zuvor in den letzten Jahren, daß sie lebendig und optimistisch sei. »Gütiger Gott«, sagte er rasch. »Wieso denn? Sie war zwar immer die liebste Frau der Welt, aber doch auch fürchterlich depressiv.«
»Stimmt schon, aber seit einiger Zeit trifft sie sich mit jemandem – mit einem anderen Mann.«
»Einem Mann? Was für einem Mann? Bist du sicher?« Seine Fragen wollten gar nicht mehr abreißen. »Wer ist es? Wie sieht er aus? Wie alt ist er? Was macht er?«
Ich überlegte mir meine Antwort genau, erst recht, weil ich sah, daß Eva hinter Dad im Flur stand. Sie stand dort ganz unbekümmert, als unterhielten wir uns über unsere Lieblingsfilme. Ihr fehlte der Anstand, uns allein zu lassen. Sie wollte genau wissen, was los war, denn in ihrem Herrschaftsbereich duldete sie keine Geheimnisse.

Mums Freund sei nichts Besonderes, sagte ich zu Dad. Auf jeden Fall kein Beethoven. Aber er sei jung, und er kümmere sich um sie. Dad wollte nicht glauben, daß es so einfach sein könne; nichts stellte ihn zufrieden. Er sagte: »Glaubst du – ich meine, du kannst das natürlich gar nicht wissen, wie solltest du auch, es geht dich ja nichts an, mich ja eigentlich auch nicht, aber könntest du dir vorstellen, oder hast du vielleicht von Allie oder von ihr gehört, wo du doch deine große Nase sowieso ständig in anderer Leute Angelegenheiten steckst – ich meine, glaubst du, daß er sie küßt?«

»Ja.«

»Bist du dir sicher?«

»Klar bin ich mir sicher. Seit sie ihn kennt, macht ihr das Leben wieder Spaß. Ist das nicht fantastisch?«

Das schien ihn zu überwältigen. »Nichts wird mehr so sein wie früher«, sagte er.

»Wie sollte es auch?«

»Du weißt nicht, wovon du redest«, sagte er und wandte sich ab. Dann sah er Eva. Ich merkte, daß er Angst vor ihr hatte.

»Mein Liebling«, sagte er.

»Was redest du da, Haroon?« fragte sie verärgert. »Wie kannst du überhaupt nur so etwas denken?«

»So denke ich ja gar nicht«, sagte Dad.

»Dummkopf, es ist idiotisch, zu bedauern, was passiert ist.«

»Tu ich überhaupt nicht.«

»Doch, tust du wohl. Und du gibst es nicht einmal zu.«

»Bitte, Eva, nicht jetzt.«

Er saß da und versuchte, sie zu ignorieren, doch sein Unmut gegen sie saß tief. Trotzdem überraschte er mich. Begriff er erst jetzt, nach all der langen Zeit, daß seine Entscheidung endgültig gewesen war? Merkte er erst jetzt, daß es kein Witz, kein Spiel oder Experiment gewesen war, daß Mum nicht mehr zu Hause mit Curry und Chapatis im

Ofen und der elektrischen Decke über dem Bett auf ihn wartete?

An diesem Abend lud ich Dad, Eva, Allie und seine Freundin zum Essen ein, um meinen neuen Job und Dads Abschied von seinem alten Job zu feiern. »Eine gute Idee«, sagte Eva. »Vielleicht habe ich heute abend dann auch noch eine Überraschung für euch.«

Ich rief Jammie in der Kommune an und fragte sie, ob sie und Changez nicht mitkommen wollten. Changez nahm ihr den Hörer aus der Hand und sagte, er würde kommen, wenn er könnte, aber bei Jamila wäre er sich nicht so sicher. Die freche kleine Leila, ich müßte das verstehen. Und außerdem hätten sie den ganzen Tag vor den Stimmkabinen gestanden, als Wahlhelfer der Labour-Party.

Wir machten uns fein, und Eva überredete Dad, die kragenlose und bis zum Hals zugeknöpfte Nehru-Jacke anzuziehen, die wie eine Beatlesjacke aussah, nur etwas länger. Die Kellner würden ihn für einen Botschafter, einen Prinzen oder etwas Ähnliches halten. Eva war stolz auf ihn und hörte gar nicht auf, ihm irgendwelche Fussel von der Hose zu zupfen. Je schlechter gelaunt Dad aussah, weil alles irgendwie danebenging, um so häufiger küßte Eva ihn. Wir nahmen ein Taxi zum teuersten Lokal in Soho, das ich kannte. Ich bezahlte alles; dazu nahm ich das Geld, das ich für den Verkauf meines Tickets nach New York bekommen hatte.

Das Restaurant erstreckte sich über drei Etagen und hatte enteneierblaue Wände, ein Klavier und einen jungen blonden Pianisten im Abendanzug. Die Gäste sahen blendend aus; sie waren reich, sie waren laut. Eva war glücklich, weil sie vier der Gäste kannte und weil eine Tunte mittleren Alters mit rotem Gesicht und Schmerbauch zu ihr sagte: »Hier ist meine Karte, Eva. Kommen Sie doch am Sonntag zum Dinner, dann können Sie meine vier Labradorhunde bewundern. Haben Sie schon von Soundso gehört?« fügte er hinzu und nannte den Namen eines berühmten Filmregisseurs. »Er wird auch da sein. Und er sucht noch jemanden, der ihm sein Haus in Frankreich renoviert.«

Eva redete mit ihm über ihre Arbeit und den Auftrag, der sie momentan beschäftigte, die Planung und Durchführung der Renovierung eines Landhauses. Sie und Ted würden dazu eine Zeitlang in einem Cottage auf dem Grundstück wohnen müssen. Es war der größte Auftrag, den sie bisher bekommen hatte. Sie würde mehrere Arbeiter anstellen müssen, aber sie würde nur Leute beschäftigen, die sich ihrer selbst bewußt seien, sagte sie. »Selbstbewußt, doch hoffentlich nicht selbstgefällig«, sagte die Tunte.

Der kleine Allie kannte natürlich auch einige der Gäste, drei Models, die zu uns an den Tisch kamen. Das Essen artete in eine mittlere Party aus, und am Ende des Abends schien jedermann zu wissen, daß ich eine Rolle beim Fernsehen hatte und wer der nächste Premierminister sein würde. Und gerade letzteres versetzte sie in einen richtigen Begeisterungstaumel. Es tat gut, Allie und Dad wieder zusammen zu sehen. Dad gab sich besondere Mühe, küßte ihn unaufhörlich und stellte ihm viele Fragen, doch Allie blieb auf Distanz; er war verwirrt, und außerdem hatte er Eva nie leiden können.

Um Mitternacht ließ sich zu meiner großen Erleichterung auch Changez in seinem Overall blicken. Er kam mit Shinko, umarmte Dad, Allie und mich und zeigte uns Bilder von Leila. Leila hätte keinen nachsichtigeren Onkel haben können als Changez. »Hättest du doch nur Jamila mitgebracht«, sagte ich. Shinko war sehr aufmerksam zu Changez. Sie erzählte uns, wie sehr sich Changez um Leila kümmerte, und von seiner Arbeit im Laden von Prinzessin Jeeta, doch er beachtete sie gar nicht, und verkündete lautstark seine Ansicht über das beste Arrangement einzelner Artikel in seinem Laden – den exakten Ort der Lagerung für Süßigkeiten im Verhältnis zu den Brotregalen –, selbst dann, wenn Shinko ihn vor allen anderen lobte.

Er aß Unmengen, der alte Changez, und ich forderte ihn auf, sich auch noch einen zweiten Nachschlag Kokosnußeis zu gönnen, den er daraufhin so gierig verschlang, als wollte ihm jemand das Eis wieder fortnehmen. »Bestellt euch, was ihr mögt«, sagte ich. »Wollt ihr noch ein Dessert, noch einen Kaffee?« Ich begann, meine Großzügigkeit zu genießen; ich spürte, wieviel Vergnügen es machen kann, anderen ein Vergnügen zu bereiten, besonders dann, wenn einem die Macht des Geldes zur Seite steht. Ich bezahlte für meine Gäste, und sie waren dankbar, mußten es sein; und sie konnten mich nicht länger für einen Versager halten. So etwas wollte ich öfter tun. Es war fast, als hätte ich etwas entdeckt, in dem ich gut war und das ich von jetzt an pausenlos praktizieren wollte.

Als alle sich um den Tisch versammelt hatten, leicht angeheitert und vergnügt, stand Eva auf und klopfte auf den Tisch. Sie lächelte und streichelte Dad über den Hinterkopf, während sie versuchte, sich Gehör zu verschaffen: »Könnt ihr bitte einen Moment ruhig sein. Ruhe bitte, nur ein paar Minuten. Alle – bitte!«

Es war ruhig. Alle sahen sie an. Dad strahlte.

»Ich muß eine Ankündigung machen«, sagte sie.

»Dann mach, um Gottes willen«, sagte Dad.

»Ich kann nicht«, sagte sie, beugte sich vor und flüsterte in sein Ohr: »Stimmt es denn immer noch?«

»Sag's schon«, antwortete er, die Frage ignorierend. »Eva, alle warten auf dich.«

Sie stand auf, faltete die Hände und wollte gerade sprechen, da drehte sie sich noch einmal zu Dad und sagte: »Haroon, ich schaff's nicht.«

»Sag's schon, sag's schon«, forderten wir.

»Also gut. Komm schon, Eva, reiß dich zusammen. Wir werden heiraten. Jawohl, wir werden heiraten. Wir trafen uns, verliebten uns, und jetzt werden wir heiraten. In zwei Monaten. Okay? Ihr seid alle eingeladen.«

Sie setzte sich abrupt wieder hin, und Dad legte den Arm um sie. Eva sagte etwas zu ihm, aber jetzt brüllten wir alle zustimmend, schlugen auf den Tisch und gossen uns neue Drinks ein. Ich hob mein Glas, brachte einen Toast aus, und alle johlten und klatschten in die Hände. Es war ein großartiger, ein vollkommener Abend. Dann wurde stundenlang gratuliert und getrunken, und so viele Leute standen um unseren Tisch herum, daß ich kaum ein Wort sagen mußte. Ich konnte der Vergangenheit nachhängen, daran denken, was ich durchgemacht hatte, als ich so mühselig versuchte, mich selbst zu finden und zu begreifen, an welcher Stelle das Herz sitzt. Vielleicht würde ich in Zukunft bewußter und intensiver leben können.

Und so saß ich mitten in dieser alten Stadt, die ich so sehr liebte, dieser Stadt, die selbst wiederum am unteren Rand einer kleinen Insel liegt. Ich war von Menschen umgeben, die ich liebte, und ich fühlte mich zugleich glücklich und unglücklich. Ich dachte daran, wie chaotisch alles gewesen war, und daran, daß es nicht immer so bleiben würde.

Knaur

THAT'S IT!

Das einzig Wahre ist die Phantasie

(60335)

(60234)

(60315)

(60173)

(60230)

(2930)